本书系教育部人文社会科学研究青年基金项目『先唐书信发展史论』（项目批准号：20YJC751015）之相关成果。

本书获山东师范大学中国语言文学山东省高水平学科·优势特色学科建设经费资助。

# 汉魏六朝书信研究

刘银清 著

中国社会科学出版社

**图书在版编目(CIP)数据**

汉魏六朝书信研究/刘银清著. —北京:中国社会科学出版社,
2022.8

ISBN 978 - 7 - 5227 - 0443 - 2

Ⅰ.①汉⋯　Ⅱ.①刘⋯　Ⅲ.①书信—文学研究—中国—
汉代—魏晋南北朝时代　Ⅳ.①I207.62

中国版本图书馆 CIP 数据核字(2022)第 117873 号

| | |
|---|---|
| 出 版 人 | 赵剑英 |
| 责任编辑 | 王小溪 |
| 责任校对 | 师敏革 |
| 责任印制 | 戴　宽 |

| | |
|---|---|
| 出　　版 | 中国社会科学出版社 |
| 社　　址 | 北京鼓楼西大街甲 158 号 |
| 邮　　编 | 100720 |
| 网　　址 | http://www.csspw.cn |
| 发 行 部 | 010 - 84083685 |
| 门 市 部 | 010 - 84029450 |
| 经　　销 | 新华书店及其他书店 |

| | |
|---|---|
| 印刷装订 | 北京君升印刷有限公司 |
| 版　　次 | 2022 年 8 月第 1 版 |
| 印　　次 | 2022 年 8 月第 1 次印刷 |

| | |
|---|---|
| 开　　本 | 710×1000　1/16 |
| 印　　张 | 23 |
| 字　　数 | 344 千字 |
| 定　　价 | 118.00 元 |

# 目　　录

序一 ……………………………………………………… （1）

序二 ……………………………………………………… （1）

绪论 ……………………………………………………… （1）

第一章　书信文献学与文体学发微 …………………… （26）
　第一节　书信的实用形制与文本形制 ……………… （26）
　第二节　书信的文体学考察 ………………………… （45）

第二章　汉魏六朝书信概况及其繁盛原因 …………… （78）
　第一节　书信的起源与先秦书信 …………………… （78）
　第二节　汉魏六朝书信的存世状况 ………………… （80）
　第三节　汉魏六朝书信繁盛的原因 ………………… （87）
　第四节　汉魏六朝书信发展的四个阶段 …………… （102）

第三章　汉代：书信的初步发展 ……………………… （108）
　第一节　汉代书信发展概况 ………………………… （108）
　第二节　因势而变的汉代军政书信 ………………… （121）
　第三节　"杼轴乎尺素，抑扬乎寸心"
　　　　　——司马迁等人的书信 …………………… （136）
　第四节　著意万重的家书 …………………………… （156）

第五节 建安文学的先声
　　　　——孔融书信 ………………………………（166）

第四章 三国：书信的因革与创新 ………………………（177）
　第一节 建安书信的历史贡献 ……………………（178）
　第二节 三曹与建安诸子之书信 …………………（182）
　第三节 正始书信概况及文化背景 ………………（203）
　第四节 "秀绝时表"的应璩书信 …………………（207）
　第五节 "开模以范俗"的阮籍、嵇康书信 ………（214）

第五章 两晋：书信的多元发展 …………………………（229）
　第一节 西晋书信发展的文化背景及历程 ………（229）
　第二节 陆氏兄弟与书信的论文传统 ……………（246）
　第三节 《月仪帖》：书信与礼仪、书法的结合 ……（255）
　第四节 东晋政治文化背景与书信的演变 ………（263）
　第五节 王羲之书信的历史意义 …………………（270）

第六章 南朝：书信的繁荣期 ……………………………（287）
　第一节 南朝书信概况及社会文化背景 …………（287）
　第二节 南朝书信由散入骈的演变历程 …………（294）
　第三节 《文选》与《文心雕龙》的书信文体观念 …………（308）
　第四节 南朝书信中的自然：从赋法山水到诗意
　　　　山水的转变 …………………………………（319）
　第五节 南朝书信论学传统的形成 ………………（328）

结束语 …………………………………………………（342）

参考文献 ………………………………………………（345）

后记 ……………………………………………………（352）

# 序　一

　　书信，若极简单地说，就是个人与个人之间的主要采用文字表达的信息传递和交流方式。它就像生活中的空气和水一样，为人们日常所惯用。熟知并常用的东西，往往会被轻易看待，这可能是书信这种历史悠久的文体直至很晚才进入文学研究视野的主要理由之一。但实际上，从文学和文学史的角度来看，书信具有无可替代的独特价值，择其要者：其一，书信的常态或本质，是个人对个人的信息传递或交流，因此在一般情况下，它最真实（无论是事实描述，还是情志告白）。同时，个人总是生活在特定的社会历史环境之中，其所历、所感、所思、所愿，总是不能脱离与社会历史环境的关联。如果把一个历史时期的私人书信集中起来共同参酌，可能会看到一个不太一样的世俗世界，这个世界可能更为真实。研究者可以借助书信，去补充乃至修正官史、杂史等其他史料文献的相关记载，了解历史、社会、人生最真切的一面。其二，因为是个人之间的信息、事务或情感、思想交流，书信的内容和形式都很自由，没有额外的顾忌或特别的限定，因此它更能展现写信人的精神品格、才学修养和写作水准。研究一个历史时期的书信，可以从这个特别的视角，切实了解这个时期文人的精神面貌、处世心态，考察这个时期的文学表现、文学观念情状及其演进轨迹，成为这个时期一般文学史的有效补充，丰富对文学史的认知。

　　任何定型的或普遍的思想认知，置入复杂纷纭的历史或事实之中，都会捉襟见肘、左支右绌。即如我们心目中明明白白的书信，一旦进入历史事实中去考察，就会发生许多纠缠不清的问题，甚至是最基本的认知问题，比如书信的名称问题。今天所说的书信，在古人那里，除了普遍被称为"书"之外，还有尺牍、奏疏、奏记、简、笺、札、启等名称。这些名称各自所指的书信，其书信功用或收信对象都有所差别；同时，这些名称又具有不同于"书信"的其他所指。再如书信的功用、仪制问题。写信的目的是公事还是私事，诉求的是什么事情，以及收信者的身份地位等，都会影响书信的表达特征和书写仪制。又如书信的对象问题。写信人和收信人社会地位、职业身份甚至性情志趣的不同，都会令书信呈现出各异其趣的性征。以上粗略例举的几个基本问题，本身已经需要仔细辨析；而这些书信的基本元素之间，实际上又是相互关联纠结的，同时这些元素还是在历史进程中不断发生演变的，这就使问题更为复杂。因而，走进一段历史，在动态演进中认真厘清这些基本问题，必然是描述一个历史时期书信史的先要工作。

银清的著作，要研究汉魏六朝时期的书信，他先做出了一个重要的限定：只研究汉魏六朝的"私人交往书信"——也就是明人吴讷《文章辨体》所说的"朋旧往复"之"书"，而不包括制、策、章、表、奏、疏等可以纳入广义书信范畴的公牍文类。这个限定有两点重要意义：一个是明确了此项研究的对象范围；另一个，也是更重要的意义，把那些程式化、事务性的书信排除在外，这就扣紧了"文学"研究的根本目的。继而，银清"考镜源流"，对书信的形制演变、文体源流及其名称、文体特性等基本问题，做了动态的考察和辨析，使他的研究对象更加明晰。进入正题之前，首先做了这些工作，说明银清的学术思想是端正周匝的，研究路径是合理清明的。银清的主体研究——对汉魏六朝私人交往书信的具体描述，我以为最值得称赞之处在于：第一，以"三个统系，四个阶段"为纲目，清明有序地展开。这既符合历史事实，也是一个清晰的理论总结；第二，在合理分类分期的基础上，运用充分翔实的文献史料，系统描述了汉魏六朝时期私交书信的历史事实及其体貌演变，为学界提供了一部比较信实的汉魏六朝书信史。我以为，这是银清的学术贡献。

　　当然，任何一部学术著作都不可能没有缺憾。银清的著作，未能把北朝书信纳入进来，感觉尚不够完整；也未能清晰地将书信文学纳入当时整体文学创作背景、思想文化背景之中去考量，论述深度有所欠缺。不过，银清还年轻，学术道路还很长，假以时日，必当为学界贡献出更有深度、更为成熟的著作。

　　阅读银清的著作，引发了我一个莫名的联想。陶渊明《五柳先生传》自谓："好读书，不求甚解。每有会意，便欣然忘食。"袁行霈先生《陶渊明集笺注》，从学术思想史角度给出了合理妥帖的诠释："意谓虽然好读书，但不作烦琐之训诂，所喜乃在会通书中旨略也。此与汉儒章句之学大异其趣，而符合魏晋玄学家之风气。"我由此更进一步扩展联想：人文学术的趣味和魅力，恰就在于"不求甚解"而"会意"吧？"不求甚解"不是"不求其解"，"会意"也不是不顾原著语境而随意或按需"阐释"；个中之要旨，盖在不胶着于一词一句而能融会贯通、得其精髓。因为，人文学术研究中，实存一个普遍的情形：越想把一个现象条分缕析地辨说清楚，往往就越会缠夹不清、漏洞百出。所以，不如"得意忘言"，反而更能精准把握。当然，不拘于训诂章句而"会通旨略"的必需的前提，是研究者要有一颗端正诚悫的心，足够丰厚的相关知识、思想的积累和正确合理的思想路径——也就是要有"良知""良能"。读书、思考、研究的成果，务须符合事理（合事实）、情理（说人话）和学理（合行规）；那些无根游谈、恣意妄为、随心所欲的"会意"和"阐释"，是毫无事实依据和思想价值的。此人文学术之"个中滋味"，其中的趣味和魅力，也只能自行体会，见仁见智。我以为，靖节先生之"不求甚解"，盖亦可作如是观。

　　此一联想，并非没有缘由。文学和文学史的研究中，就存在着这个有趣味的现象：大家其实并不能清晰无疑地说明"什么是文学""什么不是文学"，但是都在做"文学"研究（文学史研究、文学理论研究、文学批评研究等）。并且，大多数的研究成果，又都能非常切合"文学"这个研究对象。这说明，大家都明白"文学"是什么，但又都说不清楚"文学"究竟是什么——因为我们无法给"文学"

一个内涵外延十分清晰、毫不含糊的定义。这是因为，理解"何为文学"，有很多界定的角度，如动态的历史性征和静态的本体性征、功能价值、体貌特征、表现特征甚至载体、传播方式等，而动静的考量又需交织在一起参酌。而不同的研究者，对于这些界定角度的价值等级认知也不尽相同——或是综合考量多个角度，或是以某个角度为主而以其余为辅，甚或固执其一而轻视其他角度。这一点，只要看一下众多特色各异的文学史类著作（包括通史、断代史、分体史等），其描述对象之广狭不一，所述论题之多寡、偏重各异，就可明了。这个现象，就是不同的研究者"得意忘言"的结果。而这，正是人文学术的兴味所在，也是呈现研究水准高低的关键所在。

文学文体的研究也是如此。文体论说的历史可谓久远，自从古人对"文章"有了理性感知，文体便是一个重要的讨论对象（如蔡邕《独断》述策、制、诏、戒、章、奏、表、议八体的仪制，曹丕《典论·论文》论奏、议、书、论、铭、诔、诗、赋八体的性征）。从简单区分到复杂罗列，文体由数种推衍为上百种，古人对文体的划分，整体趋向是越来越细。直至当下，研究古代文体的论著不可谓少，或综论，或单说。但是最基本的问题，仍未得到妥帖的解决：第一，古往今来的文体，究竟划分为多少种才比较合情合理？第二，不同文体之间的"边界"如何清晰无疑地划分区隔？第三，就每一种文体而言，其独特的体式、体貌特征，及其区别于其他相邻文体的特质究竟是什么？这些基本问题，古人未能解决，今人也很难辨析清楚。实际上，这些"基本问题"，可能永远都得不到明白无疑的说明；最好的办法，仍是需要"得意忘言"，得其精髓。

以上联想，并不是说银清的此项研究不够清晰明确，而是有感于人文学术研究的"科学化""条块化"甚至"数据化""技术化"倾向——思想认识上追求标准答案（或者唯一"正确"的结论），研究思路上顺从于画地为牢的"学科分类"（将文、史、哲人为强行区隔，各自坐井观天），研究方法上热衷于片面的"科学性"。殊不知，人文学术的本质特性，是关乎"人"、关乎"人心"的，而"人心"是非常复杂的，难以"科学"地单一线性地认知；它需要考量所有直接、间接的相关因素，在动态语境中仔细斟酌，才能得到接近于事实本真的理解。这个研究思考过程，便需要"不求甚解"的"会意"，需要基于"良知""良能"的"得意忘言"。这也正是人文学术的魅力和趣味所在。银清的博士学位论文要出版，嘱我作序，故拉杂述说如上。

张峰屹

二〇二一年七月

于南开大学范孙楼之研究室

# 序　二

中国历史上的汉魏六朝时期，是各种文体迅速发展的阶段，有关作家作品大量涌现，仅见于《隋书·经籍志》之集部著录，便让人叹为观止。遗憾的是，唐宋以来，由于在年代渐行渐远过程中的自然消亡，更由于天灾人祸的频仍，汉魏六朝集部文献留存的状况日益寂寥。好在明清两代尤其是清代，以及近世今世，社会上出现一些热衷搜辑董理汉魏六朝集部文献的学者文人，他们的工作，为当时及后世的人们提供了阅读与研究的便利。

20世纪80年代以来，乘国家改革开放政策之实施，学术文化事业得以不断繁荣之大好形势的东风，以诗赋散文为主体的汉魏六朝文学研究取得空前的进步。尤其是诗歌，有关研究成果无论从广度还是深度而言，几可谓达到后来者难以为继的境地。其次是关于辞赋的研究，其总体状况虽逊于诗歌，但也呈现出生机勃勃的景象。究其原因，主要在于诗赋属于纯文学体裁，受文学研究者的关注程度相对较高。相对而言，存量比诗赋大得多的汉魏六朝散文，因其多属应用文性质，蕴含的文学性一般来说不如诗赋那么浓重显豁，易于引人入胜，故作为一个庞大的文类，有关的研究状况整体言之较为薄弱。

以上仅是对诗赋与散文之整体研究状况而言，但要不断促进汉魏六朝文学研究向纵深发展，就必须弥补并加强对散文这一领域的关注与研究。大约在二十年前，也就是21世纪伊始，我逐渐将研究工作的重点转向汉魏六朝散文领域，自己当时比较清楚地认识到，要不断拓展汉魏六朝文学的研究领域，自觉关注并加大精力，投入文献存量较大的散文领域，乃必然之路，舍此似乎没有什么捷径可走。并由此延伸到传统上属于子部或史部的一些作品，探讨其与文学的关系。多年的教学研究工作实践证明，这样做避免了一些选题的迷茫和弯路。因此，我往往建议我所指导的汉魏六朝文学研究方向的研究生，在选择学位论文题目时，考虑散文范围的内容。譬如 2008 级博士生朱秀敏选题为《建安散文研究》、2009 级博士生杨朝蕾选题为《魏晋南北朝论体文研究》。我所指导的硕士学位论文做散文研究课题的更多。鉴于古代文学专业研究生的身份，我在与其商议学位论文选题时，当然要强调论文须突出文学性的梳理和论析，于是，打算钻研汉魏六朝散文的学生，便自然地将选题范围限定于文学性相对较浓的书信文、论辩文、奏议文等几种散文类型，乃至选择某些在我国传统书目分类中虽然归属子部或史部，但却不乏文学性的作品。实践证明，有关选题大多做得不错，在毕业季的外审和答辩中受到好评。刘银清君便是其中颇有代表性的一位。

在山东师范大学圆满完成硕士阶段的学业以后，刘银清君立志继续深造，以优异成绩考入南开大学读博。南开三年，银清君得到导师张峰屹先生的精心培育，他惜时如金、好学深思、勤奋拼搏，按时顺利毕业，获得博士学位。2021 年仲春时节的某天，银清告知，他已将博士学位论文《汉魏六朝书信研究》认真打磨修订完毕，准备交付出版社出版，先行给我发上修订稿。

对此硕果，我有幸先睹为快。这部书稿给我带来的最大感受是内容厚重切实，超越前人。关于汉魏六朝书信，以往一些成果，表现形式多为期刊论文，或为硕士学位论文，论题的时段覆盖面有限，所涉及的作品较为零散。作为国内第一部即将公开出版的关于汉魏六朝书信的论著，此书可以说在较大程度上弥补了以往研究留下的缺憾，它系统全面地梳理了汉魏六朝八百年间书信文体的具体发展历程，有全时段的总体概括，有各个具体阶段的特征描述，以及细节的追踪，所涉及具体作品丰富多样，在传世文献之外，还注重对新近出土文献的梳理运用，让人读来如行走于山阴道上，有美不胜收之感。其次是论述重点突出，分析精彩到位。其中对早期书信文体功能之嬗变及其特征的论述，对两汉到南朝书信发展中几个重要节点的揭示，逻辑严密，环环相扣，显示了敏锐而宏通的学术眼光。譬如对西汉司马迁书信、汉魏之际书信以及东晋王羲之书信之历史意义的剖析，揭示其长于抒写情怀、表现个性风采的特色，以及将抒情性拓展于更广泛的日常生活领域，与抒情诗赋在功能上更为接近的文体贡献；还善于在比较中呈现特点，揭示差异，皆观点新颖，论述精彩。此书出版，必将对汉魏六朝文学研究在深度上、广度上进一步拓展起到积极的推动作用。

　　另外，我在此向银清君提两条建议。根据我以往阅读相关总集、别集的印象和经验，我认为汉魏六朝书信研究这个课题，还有继续延伸下去的余地和必要。一是向北朝延伸，尤其是对徐陵羁留北方所撰书信作品，要加大探析力度；二是关于萧统《文选》书类选文的接受影响，要继续挖掘延伸。《文选》选录此类文章二十多篇，数量居各体文章之冠，其对后世产生深远的影响，历朝历代文人在写作书信时，往往不乏效仿者，乃至形成一些仿作汉魏六朝书信的经典系列，譬如李陵书系列、司马迁书系列、曹丕书系列、嵇康书系列，等等，不一而足。这其中不乏杰作，不乏有价值的话题，因而鲜活地呈现了汉魏六朝书信作为文学经典的永恒魅力。

　　《汉魏六朝书信研究》这部新作即将付梓，我甚为欣喜，兹聊表衷心祝贺并略述阅读感受。银清为人笃厚正直，处事责任感强烈，治学功底扎实，对人文科研工作充满兴趣。我坚信，他在学术上定会取得更大的成就。

王　琳

辛丑年仲夏记于济南

# 绪　　论

## 一　作为文学作品的书信

书信本于实用，原初的目的是传递信息。中国古代所采用的通信形式有实物通信、图画通信、符号通信①、声光通信、文字通信等。文字通信是使用时间最长、范围最广的一种方式，也是本书所要关注的领域。文字通信中的信息，何以成为文学作品，这是我们研究汉魏六朝书信首先要思考的问题。

书信的目的是传递信息，而它出现的前提条件却是空间距离的存在。② 因为有着空间距离的存在，通信才有着存在的必要；也正因为这种空间距离的存在，人与人之间才产生了急切交流的期盼，通信的不便又加剧了对通信交流的重视。并且，空间距离的存在客观上也给予了通信双方足够的思考和写作时间。空间的限制和时间上的充裕，使无法面对面交流的双方，都处于心灵上的孤寂境遇，此种境遇之下，内心的情感亟须宣泄，书信又有着"尽言"的特征，饱含情感

---

① 这三种通信方式的具体内容，可以参阅刘广生、赵梅庄《中国古代邮驿史》（修订版），人民邮电出版社 1999 年版，第 26—31 页。需要说明的是，三种通信方式目前找不到坚实的实物证据，只是依靠人类学的方法，从原始部落遗留的习俗中，进行相关的推论。目前看来，这些结论还是符合历史发展实际的。

② 空间距离随着时代的演变而逐渐缩小，这种缩小并非物理意义上的真实缩短，而是随着通信技术的发达，信息的交流更为便利，书信赖以存在的空间距离逐渐被消解。尤其是进入电信时代，除了正式或者严肃的场合，为郑重起见才会使用书信，其他时候书信越来越不被人使用，取而代之的是电话或者短信。短信是电信时代书信的一种变体形态，它出现后被广泛地使用，使书信的信息传递功能空前的回归，而铺天盖地的节日问候短信又像极了古代书信的写作范文，个人情感逐渐被抽离。这是空间距离逐渐消失后，书信必然会面对的状况。

的文字流淌于笔端，也就具备了审美鉴赏的可能。

作为读者，在接触到历史上的书信时，尤其是在接触到书信实物或者是作为书法作品出现的法帖时，往往因为时间的久远而产生一种莫名的好奇和历史的沧桑感，甚至会是一种历史的亲近感。因而在读者眼中，书信阅读与理解是可以满足好奇心的历史探秘，毕竟每一封书信都是具体历史情境中的私人交流；书信又因为地位的平等和相对密闭的交流环境，往往在不经意间将内心深处最真实的情感表露出来。读者会随着书信写作的真实情境和文字的变化而产生一种心理上的认同感，这种认同感往往是一种历史的认同和审美的欣赏。① 因此可以看出，书信因距离而产生美，这种距离是空间的距离，也是时间的距离。

书信本于实用，却不局限于实用。刘勰《文心雕龙·书记》篇："书者，舒也；舒布其言，陈之简牍，取象于夬，贵在明决而已。"② 刘勰此处所说之书，指广义之书，自然也包含书信在内。"书者，舒也"，"舒"，《说文》云："伸也。从舍从予，予亦声。一曰舒，缓也。"③《诗·召南·野有死麕》："有女如玉，舒而脱脱兮。"毛传："舒，徐也。"④ "舒"，既有伸展之意，亦有缓慢、从容之意。那么，所谓的"舒布其言"就否认了消息的直接性，而存在书写心志的可能。从后世的创作情况而言，"舒布其言"才使书信摆脱了消息传递的萦绕，进入文学作品的领域。正如洪堡特所说："散文也可以只被用于单纯描述现实，即只满足于纯粹外在的目的，在这种情况下，散

----

① 丹纳《英国文学史》："在翻阅年代久远的一个文件夹的发了硬的纸张时，在翻阅一份手稿——一首诗、一部法典、一份信仰声明——的泛黄的纸张时，你首先注意到的是什么呢？你会说，这并不是孤立造成的。它只不过是一个铸型，就像一个化石外壳、一个印记，就像是那些在石头上浮现出一个曾经活过而又死去的动物化石。在这外壳下有着一个动物，而在那文件背后则有着一个人。如果不是为了向你自己描述这动物的话，你又何必研究它的外壳呢？同样，你之所以要研究这文件，也仅仅是为了了解那个人……真正的历史只有当历史学家穿越时间的屏障开始解释活生生的人时才得以存在。"（转引自［德］卡西尔《人论》，甘阳译，上海译文出版社 2013 年版，第 332—333 页）

② 刘勰撰，范文澜注：《文心雕龙注》，人民文学出版社 1958 年版，第 455 页（注：所引《文心雕龙》均出自范文澜注本，以下只注篇名，不再详注）。

③ 许慎：《说文解字》，中华书局 1963 年版，第 84 页。

④ 阮元校刻：《十三经注疏》，中华书局 1980 年版，第 293 页。

文只不过起了报道某些事物的作用，并不激发思想或感觉，它无异于普通的言语，未达到自身本质所要求的高度。这样的散文称不上是智力发展的途径，它只具备物的关系，而不具备任何形式的关系。事实上，散文若要走上一条更发达的道路，攀上发展的顶峰，就需要拥有一种能够更深刻地触动心灵的手段，需要上升为一种崇高的语言。"①

　　这种可能性被书信创作者充分地利用和实现了。刘勰《文心雕龙·书记》篇中对历代书信代表作品所作的评价：春秋，辞若对面、多被翰墨；战国，诡丽辐辏；汉代，志气盘桓，各含殊采，并杼轴乎尺素，抑扬乎寸心；魏晋，号称翩翩，留意词翰，志高而文伟，少年之激切，丽而规益，有美于为诗，喻切以至，情周而巧。若分类而言，则历代书信，均不出情志感人和文辞讲究的范围，正是二者的交互作用，才造成了书信颇具欣赏潜能的文学性。刘勰也正是在梳理历代书信作品后，才总结出书信的基本美学特征，"本在尽言，言以散郁陶，托风采，故宜条畅以任气，优柔以怿怀。文明从容，亦心声之献酬也"，并特别注意到了书信因礼仪要求而做出的改变，"尊贵差序，则肃以节文"（这似乎被大多数研究者忽略了）。

　　如果说上文是从学理的角度阐述书信作为文学作品存在的可能，那么下面笔者将从中国文体发展的角度，探讨书信作为文学作品的实际。王长华、郗文倩曾撰文称："从中国古代文体产生和发展的历史来看，文体自身早就形成了一个与礼仪制度、意识形态密切相关的价值序列，并因其不同的社会功用而分列于不同的位置，自然形成了尊卑高下的价值等级。"他们还依据古代文体在社会价值体系中所担当的社会身份将其分为三类：与礼乐制度保持密切关系的文体，维持国家运转的实用性公文及其衍生文体，符合现代文学观念的"文学性"文体。② 有趣的是，所举文体实例，并未言及书信，主要是因为，书信有着灵活、自由的形式和内容，游走于三类文体之间。书信是实用文体，既有与礼乐制度保持密切关系的奏

---

　　① ［德］威廉·冯·洪堡特：《论人类语言结构的差异及其对人类精神发展的影响》，姚小平译，商务印书馆1997年版，第229页。

　　② 王长华、郗文倩：《中国古代文体的价值序列》，《文学遗产》2007年第2期。

记、笺启，也有如鲍照《登大雷岸与妹书》之类的符合现代文学观念的"文学性"文体。

因而我们可以看到，无论是从学理还是文体的角度，中国古代的书信并非只注重实用，而是呈现出实用性与文学性的交叉和浑融，也正因此，书信作为文学作品进入了我们的研究范围。

## 二 研究对象与基本文献综述

本书的研究对象是汉魏六朝时期私人交往的书信，时间起讫为汉朝建立直至陈朝灭亡。从时间的角度来讲，本书在论述的过程中，为更好地说明问题，不会仅仅局限于此一时间段，必要时会有所延伸，如论述汉初书信发展时，会涉及战国、秦朝时的书信风格；而陈代书信的论述，也会牵涉部分北朝作家的创作。

笔者所说的汉魏六朝书信，并不包括北朝书信。一是因为汉魏六朝是个历史概念，其中六朝是指建都在南方的东吴、东晋、宋、齐、梁、陈六个王朝，笔者的研究将沿用这一历史概念；二是因为书信从初步形成到出现第一次繁荣期，基本上是在汉魏六朝完成的，六朝偏安格局下产生的书信，成为整个唐前书信的绝对主导。虽然像徐陵这样的书信大家，因为有着北朝的生活经历，才有了感人至深的乡关之思，但其创作风格仍属于六朝文学。北朝书信偏于实用，艺术上主动学习南朝，且受南朝书信影响较大，总体成就远不能与南朝相提并论。

我们所要研究的汉魏六朝书信，实际上是有广义和狭义之分的，广义的书信包括章表疏奏等公牍文，笔者所说的私人交往书信，乃是狭义的，主要是指亲友之间的书信，然而研究对象颇为复杂，尚有两个问题需要详加斟酌。

一是书信与礼制联系紧密。书信在产生之初，就与礼制紧密相连，"战国以前，君臣同书；秦汉立仪，始有表奏"（《文心雕龙·书记》），秦汉以来，礼制的规定更加明晰化了。我们所研究的书信"家族"成员主要有书、奏记、笺、启和帖，它们都与礼制有着紧密的联系。汉初的一部分上书，如习知的《上书谏吴王》等，实际上是奏记，而奏记、奏笺、笺，虽属上行书信，仍可列入私人交往书信的行列加以研究；启，实际上分为公启和书启两类，公启为奏疏之类，书启则明显属于书信，亦当纳入研究行列。再如帖，虽为书法瑰宝，内容也多是礼节性的存问庆悼，却也能见出两晋南朝士人的真性情，自然应该加以关注。

二是书信的篇名往往是后人拟定的，拟名往往以与书对象为主，少部分涉及书信的内容，其形式多为"与×××书"、"报×××书"、"答×××书"和"为×××报（与）×××书"等。有些书信虽不以这种方式命名，实际上却是书信，如《弘明集》中的不少文章以"答××"的形式出现，并非问对体文章。因此在确定研究对象时，部分文章需要借助史料和文章本身的信息去判定。这一方面是因为文体在自然生成的过程中本身就会有交叉，是一种必然现象，尤其是书信，内容和写法都极为自由，极易出现文体上难以归类的现象，如黄侃《文选平点》中认为孙子荆《为石仲容与孙皓书》是檄文；另一方面是很多文体在写作时，并没有题目，而现在我们看到的题目是后人所加，命名时的标准不同，题目迥然，不足为奇。

汉魏六朝时期，"是中国尺牍文学由发皇到繁荣的第一个阶段"①，而将汉魏六朝书信作为一个整体进行系统研究，则学术成果较少，实与汉魏六朝书信的创作繁荣状况不相称。

书信往返是古人采取的一种信息传递的方式，实用性始终伴随书信。因此，书信必然会引起史学家的重视，成为撰写史书的直接材料。汉魏六朝书信，尤其是两汉时期的书信，很多都是由史书保存下来的。史家在选用书信时，往往会根据需要进行截取，完整引录的情况则比较少，而在《两汉纪》中，还有史家改写书信引用的现象。②

---

① 赵树功：《中国尺牍文学史》，河北人民出版社 1999 年版，第 85 页。
② 如《全后汉文》中李固的《奏记梁商》，《后汉书·李固传》与《后汉纪》大不相同，严可均注曰："即前篇约文。"再如臧洪《答陈琳书》，《魏志·臧洪传》所载比《后汉书·臧洪传》多四百余字，而《后汉书·臧洪传》中所载又有四十余字是《魏志》没有的，《后汉纪》卷二十八乃是节略《魏志·臧洪传》而来。参见严可均辑《全上古三代秦汉三国六朝文》，中华书局 1958 年版，第 736、847 页。

因此，《史记》《汉书》《后汉书》《三国志》《晋书》《宋书》《南齐书》《梁书》《陈书》《北齐书》《魏书》《周书》《南史》《北史》《两汉纪》《资治通鉴》，不仅是书信文献的直接来源，更为我们的研究提供了可靠的历史背景。

而如《文选》《文苑英华》等总集，以及各家别集，都将书信作为重要的文体收录；再如《北堂书钞》《艺文类聚》《初学记》《太平御览》等类书，也都将汉魏六朝书信作为重要的资料来源，分门别类地征引，既有保存文献之功，又有对汉魏六朝书信研究之助。清人严可均穷毕生精力，搜集各部文献汇集而成《全上古三代秦汉三国六朝文》，书信是其中重要的文体之一，翻检十分便利，为我们的研究省却了诸多麻烦。

然而受条件和精力所限，《全上古三代秦汉三国六朝文》尚遗漏了不少文献，如常见的《世说新语》中书信的漏辑就达十条之多，《真诰》中存留的大量书信也未被辑录。因此，从史书、类书、总集、别集中辑补书信的工作远未结束。此外，20 世纪以来，简帛文献的发现和整理，又提供了大量的新资料和实物证据。如居延汉简（帛）、居延新简、敦煌汉简（帛）、敦煌悬泉置汉简（帛）、肩水金关汉简、天长汉墓简牍、额济纳汉简、长沙东牌楼东汉简牍、张家界古人堤东汉简牍，这些简牍（帛）中留存的汉代书信数量颇丰。[①] 将出土文献中的书信放入我们的研究中，必然能够更加真实地反映出汉魏六朝书信的发展历程，这是古代学者所没有的便利条件。

汉魏六朝书信的研究文献则呈现出散乱、缺乏系统的特点，很少能像《文心雕龙·书记》篇那样进行系统的总结。《文心雕龙》系统的理论总结和《文选》中隐含的书信选文标准，是书信研究史上的一个高潮。众多研究者多将书信作为散文文体的一种，去探讨其特点，涉及汉魏六朝书信则少之又少，且都未超出《文心雕龙·书记》篇之理论范围。虽如此，如《艺文类聚》之分类，《历代文话》中关

---

① 杨芬：《出土秦汉书信汇校集注》，博士学位论文，武汉大学，2010 年。汉代书信较完整者 48 篇（尚有汉代悬泉置汉帛书 8 件帛质书信未公布释文），残缺书信 200 篇，这一数字必将随着考古的进行而不断地增加。

于汉魏六朝书信的具体评论，甚或是《骈体文钞》《六朝文絜笺注》之评语，亦有助于我们的研究，实为研究文献之重要来源。

### 三　选题意义

书信源于信息的传递，在信息传播尚不发达的时代，文字通信无疑是最为有效的方式。书信有着明确的发信者和收信者，多数情况下是一对一式的交流，其私密性也就显而易见了。在私密的交流中，往往能够更加直接、真实地看到双方的观点、态度和情感。在私密性和真实性的双重作用下，书信的历史价值和文学价值也就显露无遗了。

书信的历史价值体现在它能够将历史进行真实的记录，而且这种记录是私人化的，更能够为我们研究历史的发展提供丰富的资料。在留存的书信中，我们可以发现大量的有关政治、军事、经济、文化、民俗、士人生活等庞杂的信息，而这都有助于了解每一个时代的历史文化背景，对于文学研究而言，无疑具有极大的价值和作用。

书信的文学价值，首先表现在抒情性的极力张扬上。情感之于文学，其重要性不言而喻。在私密的书信中，作者的真实情感往往能够充分显露，而情感的真实表达则最能够引起对方的共鸣，同时也能穿越千年的时空，感染当下的读者。作为散文中的重要文体，书信的价值显得非常独特，值得我们进行一番研究。

"辨章学术，考镜源流"是中国学术研究的优秀传统，作为书信起始阶段的汉魏六朝，必须要进行一番梳理，以明书信发展之源流，此其一。其二，书信本于实用，而在汉魏六朝阶段却完成了从实用向审美的完美转变，成为一种文学文体，这种转变需要厘清。书信在汉代"完全脱离公牍文的性质，而成为个人交流思想感情、互相交往的工具"[①]。在建安和萧梁时期出现了两次书信创作的高潮，萧统以选文的方式，刘勰以文体理论总结的形式，探讨了书信的特点，成为

---

① 褚斌杰：《中国古代文体概论》（增订本），北京大学出版社1990年版，第402页。

后世文选和书信体理论探讨的基本规范。汉魏六朝书信所取得的文学成就和理论成就需要我们将其作为一个整体进行研究。其三，汉魏六朝书信别称的形式和特点，在该时期几乎全部出现；书信的内容在汉魏六朝时期不断地拓展，后世的书信内容的分类几乎无出其右者。综上，汉魏六朝书信作为一个整体，有必要进行系统的研究，上述问题的厘清对于学术研究也具有重要的意义。

### 四 研究现状

汉魏六朝时期，书信经历了由发轫到繁荣的过程，完成了载体由帛牍到纸张的转换，从实用文本到文学文本的转变，也有着数量颇丰的作品传世，因而汉魏六朝书信较早引起人们的关注。现将汉魏六朝的研究状况做一番整理，以期能够彰显成就、明晰问题，展示不同的研究方法与研究思路。为了行文方便，笔者将汉魏六朝书信的研究成果分成书信形制研究、书信与书仪关系研究、书信文学研究三部分进行叙述。

1. 书信形制研究

所谓书信的形制，是书信"在交际过程中形成的某种约定俗成的制作和书写的样式"①。书信形制的形成，无论是简牍的大小、书写的格式、用语、用字还是检署，始终与礼制有着紧密的关系，其集中的表现形式是书仪。书仪与书信的研究，自 20 世纪 80 年代以来，成绩斐然，笔者后文拟将其单独撰述。

书信的形制研究取得突破性的进展，是在 20 世纪出土简帛文献资料不断丰富和敦煌文献整理公布的背景下发生的。书信的形制，实际上分为帛牍和纸张两个阶段，两者因载体的不同自然分割，却又有紧密的承继关系。

20 世纪以来，出土简帛文献的发现和整理，为汉代书信研究提供了大量的新资料和实物证据。笔者梳理了学界整理公布的出土简帛文献资料，将出土汉代书信的基本信息作简表如下。

---

① 彭砺志：《尺牍书法：从形制到艺术》，博士学位论文，吉林大学，2006 年，第 1 页。

**出土汉代书信信息简表**

| 序号 | 简帛名称 | 出土时间 | 地点 | 朝代 | 书信数量 |
|---|---|---|---|---|---|
| 1 | 敦煌汉简（帛） | 1907—1988 年 | 甘肃西部疏勒河流域汉塞烽燧遗址 | 西汉武帝元鼎三年至东汉桓帝永兴元年（前 114—153 年） | 完整 5 封 残信 71 封 疑似 80 封 |
| 2 | 居延汉简 | 1930 年 | 西北额济纳河流域 | 西汉武帝征和三年至东汉光武帝建武六年（前 90—30 年） | 完整 12 封 残信 89 封 疑似 191 封 |
| 3 | 居延新简 | 1972—1976 年 | 西北额济纳河流域居延甲渠侯官（破城子）、甲渠塞第四燧 | 西汉昭帝始元五年至东汉安帝永初五年（前 82—111 年） | 完整 10 封 残信 160 封 疑似 164 封 |
| 4 | 张家界古人堤简牍 | 1987 年 | 湖南张家界古人堤遗址 | 东汉时期 | 残信 12 封 疑似 9 封 |
| 5 | 敦煌悬泉置汉简（帛） | 1990—1992 年 | 甘肃敦煌甜水井东南汉代悬泉置遗址 | 主要为汉代帛书书信，又含有一封晋代书信 | 书信 11 封，已公布 2 封帛书书信 |
| 6 | 额济纳汉简 | 1999—2002 年 | 西北额济纳河流域居延遗址 | 汉代 | 残信 12 封 疑似 16 封 |
| 7 | 东牌楼汉简 | 2004 年 | 湖南长沙市五一广场东南七号古井 | 东汉灵帝时期 | 完整 9 封 残信 33 封 疑似 13 封 |
| 8 | 天长西汉简牍 | 2004 年 | 安徽天长市安乐镇纪庄 | 西汉中期 | 公布书信 8 封 |

　　书信是尺牍的一种，其基本的形制在传世文献中是有所记载的，但大多不完整。简帛研究是 20 世纪学术界的热点，取得了令人瞩目的成就。而出土的汉晋书信，尤其是汉代书信，既丰富了书信文献，也以实物的形式展现了书信当时的状貌。针对出土汉代书信进行的研究，主要在历史学领域，大体而言不出如下范围：书信的释文与年代

判定①，书信的封检题署②，形制、称谓、用语③等。将此类史学成果运用于汉魏六朝书信研究，应该是今后研究的一个着力点。

2. 书信与书仪关系研究

书信与礼仪的关系，是伴随书信的产生而发生的，这种关系在秦汉时期被以官方规定的形式确定下来。秦汉时期，书信与礼仪的关系主要体现在书信的用语和书信与书对象不同而产生的名称差异上。对此，刘勰曾有总结，"秦汉立仪，始有表奏，王公国内，亦称奏书"，"迄至后汉，稍有名品，公府奏记，而郡将奏笺"，"原笺记之为式，既上窥乎表，亦下睨乎书，使敬而不慑，简而无傲，清美以惠其才，彪蔚以文其响，盖笺记之分"，这仅是礼仪在书信上的部分表现，更多、更重要的则应体现在"尊贵差序，则肃以节文"上，也就是书

① 书信的释文是包含在整个简帛释文研究之中的，而简帛释文又是简帛研究的基础工作，历来被学人重视，罗振玉、王国维、劳幹、陈直、饶宗颐、李均明等大批的研究者对此用力颇勤，而如《流沙坠简》、《居延汉简甲乙编》乃至《中国简牍集成》的出版，则是历代学人努力的结果。在此基础上，围绕书信的释文，仍有不少学者提出不同的看法，如王冠英《汉悬泉置遗址出土元与子方帛书信札考释》（《中国历史博物馆馆刊》1998 年第 1 期）、刘乐贤《天长纪庄汉墓"丙充国"书牍补释》《天长汉墓所见书信牍管窥》（《简帛》第 3 辑，上海古籍出版社 2008 年版）、李均明《秦汉简牍文书分类辑解》（文物出版社 2009 年版），等等。而出土书信年代，则往往由考古发掘者综合判定后出现在发掘报告中，为研究带来便利；也有学者进行相关的编年研究工作，如饶宗颐、李均明《敦煌汉简编年考证》（台北：新文丰出版公司 1995 年版）、《新莽简辑证》（台北：新文丰出版公司 1995 年版），李均明《居延汉简编年——居延编》（台北：新文丰出版公司 2004 年版）。这两方面的工作目前还存在很多的分歧和问题，尚有极大的研究空间。

② 书信的封检题署方面的研究，较早的著作当数王国维《简牍检署考》，从检封、囊封、绳封、泥封、题署五个方面进行讨论，取得了令人瞩目的成就，大庭脩、陈直、陈槃、马怡等人在此基础上又多有拓展。彭励志博士学位论文《尺牍书法：从形制到艺术》，对此也有所探讨，值得注意。

③ 书信往往因为史家作为史学资料来运用而被截取，传世书信在形制、称谓、用语方面，往往很难见其原貌，出土的汉代书信极大地弥补了这一缺失。而利用这些资料，学者也取得了前所未有的成绩，如陈槃《汉晋遗简识小七种》（"中央研究院"历史语言研究所 1975 年版）中对书信称谓用语的研究，陈直《居延汉简研究·西汉书札的形式》（中华书局 2009 年版）中结合传世书信对西汉书信款式的研究，马怡《读东牌楼汉简〈侈与督邮书〉——汉代书信格式与形制的研究》（《简帛研究 2005》，广西师范大学出版社 2008 年版）；彭励志博士学位论文《尺度书法：从形制到艺术》，杨芬博士学位论文《出土秦汉书信汇校集注》中关于形制、称谓、用语方面的研究，都对我们研究汉代书信的形制有着极大的启发。这方面的研究还可以拓展到书信形制与书仪形成关系的探讨上，也有益于我们去理解索靖《月仪帖》、王羲之《月仪》、萧统《锦带书》等出现的历史渊源。

信中的用语和遣词造句上的差别。

书信始终处于礼仪的规范下，发展到西晋时出现了索靖《月仪帖》，周一良等认为"这种体裁，可能还不始于西晋"①，此观点值得注意。虽然书仪的起源现在无法确知，但是从漫长的创作过程中可以推测，某些用语典范、文辞优美、书法精绝、体例严谨的书信，自然会成为人们竞相模仿的范本，起到书仪的作用，这种书信被搜集、整理，就可以成为后世所用的书仪。书仪在两晋南北朝时应该是非常普遍的，《隋书·经籍志》"史部仪注类"著录有《内外书仪》《书仪》《书笔仪》《吉书仪》《书仪疏》《妇人书仪》《僧家书仪》等九部书仪，涉及妇女、僧家、吉凶等诸多方面，范围极广，只可惜这些书仪散佚，无法知道具体的情况了。

20世纪初，敦煌写本书仪的发现，为研究魏晋南北朝的书信和书仪，提供了坚实的原始文献。20世纪以来敦煌书仪的研究状况，可以参考杜海《敦煌书仪研究评述》②一文。本书所要论及的，是与汉魏六朝书信相关部分的研究。书仪的研究，前辈学者周一良、赵和平《唐五代书仪研究》实为拓荒之作，将书仪分为朋友书仪、综合类书仪、表状笺启书仪三种类型，成为敦煌书仪研究的基础。赵和平又在此基础上整理出版了《敦煌写本书仪研究》《敦煌表状笺启书仪辑校》，是敦煌写本书仪原始资料的第一次全面的公布。周、赵二位先生的溯源、考论和研究，都以历史流变的眼光往前推进。如梳理出《朋友书仪》远承魏晋时代的月仪而来，并指出敦煌《朋友书仪》与《十二月相辩文》直接的来源是南朝《梁武帝纂要》③，这就为研究魏晋南北朝的《月仪帖》《锦带书》等勾勒出了较为清晰的演变脉络。再者是将书仪与两晋南北朝，尤其是南朝礼制联系起来，学者史睿《敦煌吉凶书仪与东晋南朝礼俗》认为："书仪将丰富而复杂的礼学义理融入士大夫的礼仪行为、亲属称谓及相关用语之中，是士族维护自身社会文化地位的工具，在生活中实践并发展礼仪文化的指

① 周一良、赵和平：《唐五代书仪研究》，中国社会科学出版社1995年版，第95页。
② 杜海：《敦煌书仪研究评述》，《史学月刊》2012年第8期。
③ 周一良、赵和平：《唐五代书仪研究》，中国社会科学出版社1995年版，第114页。

南。"并从"南朝士族家仪、家训中关于吉凶礼仪、吊贺书信的规定和南北朝时代的民间风俗"等内容入手,"在永嘉南渡以后江南文化礼俗的背景之下,结合传世文献与敦煌写本书仪,分析南北朝士族生活交往方式与吉凶书仪产生的关系"①。《隋书·经籍志》中众多东晋南朝时书仪散佚的缺憾得到了一定程度的弥补,书仪在东晋南朝所扮演的礼法规范角色也更加清晰了。

周、赵二位先生的研究成果也可以从同时代学者的研究中得到印证,如姜伯勤分析了唐敦煌书仪,认为唐五代书仪包含了:"早期《月仪》帖一类文学性的用于朋友间的尺牍书;南朝家礼、家训中关于内外族相见礼、书式礼的轻重的规定,包括口头的和书面的……从北朝及南朝以来的北南方民间风俗(如婚俗)的融入和提升。"② 遗憾的是,书仪与魏晋南北朝存世书信的关系还未深入、系统地研究,尚有极大的拓展空间。将书信研究置于礼制之下,刘勰已再三提及,却未真正引起重视。脱离礼制研究书信,恐怕只能是以文论文、流于表面的研究。只有真正将书信放入更广阔的社会文化背景和士人交往的历史中,才能将汉魏六朝的书信研究引向深入。

另外,敦煌书仪中的单、复书,揭示出了与存世书信一纸单书的不同形制。单书与我们今天所理解的书信差别不大,复书则是分为上下两纸,上纸为礼节性套语,下纸才叙述与书的目的。赵和平在《新定书仪镜》题解中抄录出三种杜氏书仪中出现的有关单、复书形式的记载,《吉凶书仪》(P3442)云:"凡复书以月日在前,若作单书,移月日在后,其结(吉?)书尾语亦移在后。"《新定书仪镜》(P3637)和《书仪镜》(S329)之"四海吊答书仪"双行小字注云:"诸仪复书皆须两纸,今删为一纸,颇为剪浮,但重叙亡人,兼申孝子哀情,参验古今,亦将通体,达者裁择,安敢执焉。"又《新定书仪镜》录"黄门侍郎卢藏用仪例一卷"云:"古今书仪皆有单复两体,但书疏之意本以代词,苟能宣心,不在单复,既能叙致周备仪,首末合宜,

---

① 史睿:《敦煌吉凶书仪与东晋南朝礼俗》,郝春文主编《敦煌文献论集——纪念敦煌藏经洞发现一百周年国际学术研讨会论文集》,辽宁人民出版社 2001 年版,第 397—398 页。

② 姜伯勤:《敦煌艺术宗教和礼乐文明》,中国社会科学出版社 1996 年版,第 426 页。

何必一封之中都为数纸。今通婚及重丧吊答，量留复体，自余悉用单书。旧仪每一封皆首末具载，非直叙作频重，稍亦疑晤晚生。"又云："凡复书月日在前，单书月日在后。"赵氏总结出四点特征：一是旧书仪皆有单复两体，复书在杜友晋编订书仪后，除重丧和通婚书外，其余皆用单书；二是诸书仪复书皆须为两纸，单书仅用一纸；三是区别单复书的简便方法：复书月日在前，单书则移月日在后，复书尾语在中，单书尾语在后；四是完整的复书信札几乎见不到了，而单书的法帖以及敦煌写本中还能窥见端倪。最后赵氏又复原出典型的单、复书各一通。[①]

此处所说的单、复书，虽然是唐代书仪，但是对于研究汉魏六朝书信具有极大的指导作用。祁小春认为马融《与窦伯向书》一百来字的书简共用两纸，似乎应是复书形式，[②] 换言之，东汉中期时已经有复书存在，这种推测笔者认为是不能成立的。复书是礼仪在书信上的集中反映，不可能会出现在书写载体主要为简帛的时代，它的使用应该是纸张普及之后的事情；再者，出土书信中不少是起首致敬语与正文连在一起书写的，这种书写方式多是出于节约书写材料的考虑，很难想象当时会出现仅作礼仪之用的复书。复书似乎在西晋就被使用了。吴丽娱研究认为，索靖《月仪帖》中"'月日'在前，结书尾语在'中'（即'君白'重复出现）而实分两纸的情况，正是典型的复书"，在分析其内容后说："两纸转折自然，内容毫无重复而是各有侧重，与其认为是对答不如说是上下呼应，因此两纸实应合为一首。"[③] 吴氏的观点是否成立，尚需论证。然而至少可以确知，在索靖不久后的东晋，复书已经被广泛使用了。《真诰》卷十七、十八中，陶弘景记载了杨羲和许翙的通信原文，并以小字的形式记载了书信的样式，是东晋复书已被普遍使用的最有力证据。吴丽娱、祁小春虽然在王羲之哪些法帖为复书上存在争议，但都认为王羲之法帖中的

---

① 赵和平：《敦煌写本书仪研究》，台北：新文丰出版公司 1993 年版，第 372—374 页。

② 祁小春：《迈世之风——有关王羲之资料与人物的综合研究》，文物出版社 2012 年版，第 204 页。

③ 吴丽娱：《唐礼摭遗——中古书仪研究》，商务印书馆 2002 年版，第 19 页。

确存在复书的形式，"了解王羲之法帖尺牍是否为单复书，不但可以考察并掌握其尺牍用语书式和用语的基本特征，也可以通过尺牍在形式上所反映出来的尊卑礼仪，推测王与收信人之间的关系，为进一步考察其尺牍内容奠定坚实可信的资料基础"。① 祁小春的上述观点，实际上可以推而广之，毕竟单复书是魏晋南北朝书信中曾经存在的形式，确定单复书，有利于书信中所涉及礼仪的研究。

与复书有关的还有别纸。周一良、赵和平等认为，"别纸是一种有别于正式公文，如表、状、牒、启等正式公文程式的公私信函的泛称"②。梁太济认为，别纸是一种篇幅短小、用于私人之间交往的书牍文体。③ 陈静认为两种解释皆不准确，并提出了别纸的四种用法：另外的纸，另一张纸；另一封信；复书第二纸的别称；文件的附件，多指书信的附件。④ 吴丽娱在赞赏陈静推进别纸研究的基础上，又提出了不同的看法，"根据文书和文献，'别纸'除了作为'另一张纸'的本意之外，从它出现时始，便基本上可以概括为一封书信的另件或另纸，也就是上述第三第四意的综合"。吴氏判定《三国志·吴主传》注引《吴历》之"别纸曰：'足下不死，孤不得安'"，并非另一封信，而是同一封信的另纸，并以周鲂《密表呈诱曹休笺草》"时事变故，列于别纸"中别纸乃同一书信的另纸佐证，甚至认为《密表呈诱曹休笺草》乃是晚唐五代重叠别纸的滥觞。⑤ 别纸研究中存在的争议，还需进一步论证，然而别纸概念的出现，对于我们理解史籍中的书信提供了更多的帮助。

书信与书仪关系的研究，因为文献的缺失而无法推进，敦煌写本书仪出现后，这方面的研究可谓突飞猛进，解决问题的同时也存在着很大的争论，尤其是对汉魏六朝书信与书仪关系的研究，亟待

---

① 祁小春：《迈世之风——有关王羲之资料与人物的综合研究》，文物出版社 2012 年版，第 204 页。

② 周一良、赵和平：《唐五代书仪研究》，中国社会科学出版社 1995 年版，第 253 页。

③ 梁太济：《"别纸""委曲"及其他——〈桂苑笔耕集〉部分文体浅说》，《梁太济文集》，上海古籍出版社 2018 年版，第 87—88 页。

④ 陈静：《"别纸"考释》，《敦煌学辑刊》1999 年第 1 期。

⑤ 吴丽娱：《唐礼摭遗——中古书仪研究》，商务印书馆 2002 年版，第 291 页。

深入。

3. 书信文学研究

为更加清晰地说明问题，笔者将汉魏六朝书信的文学研究分为古代和现代两部分进行梳理。

（1）古人对汉魏六朝书信的研究

古代汉魏六朝书信的研究，基本上是沿着《文心雕龙》的文章辨体式研究和《文选》的选本批评而展开并不断丰富完善的。

〈1〉文章辨体式研究

书信由先秦时期的"国书"发展到汉代个人情感的集中抒发，经历了漫长的时期，书信名篇脍炙人口，早已广为流传。然而，书信体的探讨却是魏晋之后的事，其中以刘勰的贡献最为突出，后世的书信文体理论基本上未超出他的范围。关于刘勰之前和刘勰在《文心雕龙·书记》篇中对于书信文体所做出的理论探索，笔者将在本书的最后一章中专门阐述其功绩和不足。需要说明的是，后世的书信理论研究虽未能突破刘勰的藩篱，却有效地弥补了《文心雕龙·书记》篇的不足并又有深入的探讨。集中体现在两方面。

一是对书信体起源的探讨。唐敦煌杜友晋《新定书仪镜》引黄门侍郎鲁藏用《仪例一卷》议论也称："书疏之兴，其来自久。上皇之世，邻国相闻，人至老死不相往来，则无不贵于斯矣。降及三五，迄于汉魏，宪章道广，笺记郁兴，莫不以书代词，因辞见意。《易》曰：书不尽言，言不尽意，盖书之滥觞也。"① 试图探讨书信与言语交际之间的关系。陈骙的《文则》考察了《左传》的八种文体，并以《子产与范宣子书》《晋叔向诒郑子产铸刑书书》为例，指出了书信的特点是"达而法"②，这一思路延续任昉、刘勰而来并有所深入。与刘勰相比，清人姚鼐的追溯则大胆而具体。《古文辞类纂序》中说："书说类者，昔周公之告召公，有《君奭》之篇。春秋之世，列

---

① 赵和平：《敦煌写本书仪研究》，台北：新文丰出版公司1993年版，第359页。
② 陈骙：《文则》，王水照主编《历代文话》（第一册），复旦大学出版社2007年版，第177页。

国士大夫或面相告语，或为书相遗，其义一也。"① 林纾《春觉斋论文·流别论》卷十二："姚惜抱谓书之为体，始于周公之告君奭。"②据此可知，姚鼐认为《尚书·君奭》是古代书信的源头。此说将一种文体产生的源头，追溯到具体的一篇文章，不符合事物产生和发展的规律，因此也就很难被广泛接受。然而，姚鼐的观点对我们探讨书信与辞令、辞命的关系，具有启发意义。

二是对书信中的奏记、笺记、简、札、帖等有着更加细微的辨析，《文章辨体》《文体明辨》，甚至到近代的高步瀛（《文章源流》）还在不遗余力地做这个工作。再如王之绩《铁立文起》结合后世创作指出的拟书现象，也是汉魏六朝书信研究应该关注的事实。

〈2〉书信总集与文本评论

《四库全书总目》曾言，总集之作，"一则网罗放佚，使零章残什，并有所归；一则删汰繁芜，使荛稗咸除，菁华毕出"③。第一类中，《隋书·经籍志》所载书信总集，尽皆散佚，只能在推测中得到一些信息。而将先唐书信裒为一集，以明代梅鼎祚《书记洞诠》最具代表性。"先是，杨慎编《赤牍清裁》一书，自左氏至六朝，仅八卷。……是书仍杨慎之旧，起周、秦，讫陈、隋，凡长篇短幅，采录靡遗，卷帙几十倍于杨，而真赝并收，殊少甄别。至《左传》所载问对之辞，并非形诸笔札，非类强附，尤为不伦。"④《四库全书总目》之言，大体不谬。梅氏的书信观点，散见于选文凡例和叙传、杂评中，有借总集以成先唐书信学史的主观努力。梅氏的书信体观念基本承续刘勰而来，并有所驳正，如对奏启、教、令文体的归类探讨。然而梅氏的选文，对书信体之辨析不精，如问对之辞皆辑为书信，使本就繁乱的书信家族更为混乱，亟须厘清。

---

① 吴孟复、蒋立甫主编：《古文辞类纂评注》，安徽教育出版社 2004 年版，第 15—16 页。

② 林纾：《春觉斋论文》，人民文学出版社 1959 年版，第 66 页。

③ 四库全书研究所整理：《钦定四库全书总目》（整理本），中华书局 1997 年版，第 2598 页。

④ 四库全书研究所整理：《钦定四库全书总目》（整理本），中华书局 1997 年版，第 2713 页。

　　第二类中真正对书信具有范本意义的是《文选》。《文选》选入了39篇书信①，本着"事出于沉思，义归乎翰藻"的原则，入选的书信都是情、理、辞采上十分优秀的作品。《文选》虽然只在《序》中对文体有所阐释，然而对于文体特点和文体分类还是非常清楚的，《文选》中关注到书、笺、奏记基本上奠定了书信选文的基础。可以说，《文选》与《文心雕龙》合力为书信在文学史上争取了一席之地。后世大型的选本，如《文苑英华》《文章辨体》《文体明辨》《骈体文钞》，几乎都是在《文选》的基础上进行拓展的，只不过有些选本在文学作品之前加入了文体论的辨析。

　　另外，在书信的选本中还有一种类型是按照书信的内容进行分类的。分类的标准往往有两种：一是按照书信所述内容分类；二是以表达方式中的议论、叙事、抒情为标准进行分类。按照书信所述内容进行分类，当始于类书。如《艺文类聚》，其分类征引文献的方式，应是书信分类逐渐细化的学术之源。两种分类的标准有时也会交叉在一起出现，如张相在《古今文综评文》中按照表达方式总体上将书信分成了两大类：一是叙事之书；一是达情之书。两大类之下又按照内容进行了细致的划分。叙事之书下又细分出论学、论文（评骘和阐发）、论政、杂论、辩驳、讽劝、慰藉、干谒和状况九小类。达情之书下又细分为感慕、牢骚、恬淡、恍伤、恳挚、侧艳六小类。客观而言，两种分类方式各有优缺点。按所述内容分类往往能够见出新内容的出现和某一时期人们的关注点，然而毕竟分类标准不一，过于烦琐；以议论、叙事、抒情为标准则概括性颇强，简洁的同时却又不免失于简单。

　　与中国古代文学批评的非系统化的特点相应，汉魏六朝时期的书信批评也散见于各种文本中，如《艺概》《四六丛话》《春觉斋论文》《六朝文絜笺注》《骈体文钞》等。这是前人研究的宝库，文字不多，却往往能切中肯綮。

---

　　① 《文选》"上书"类中除司马相如《上书谏猎》外，实为奏记类书信。39篇之外，赠答诗中随诗歌并录有刘琨《与卢谌书》、卢谌《答刘琨书》两篇。

（2）今人对汉魏六朝书信的研究

与汉魏六朝书信现存的数量和取得的成就相比，学术界的研究还是远远不够的。进入 21 世纪，随着文体学的兴盛，书信渐成学界关注的热点，大量的学位论文涌现出来。为方便行文，特将学术界对汉魏六朝时期书信的研究分为四类来叙述：出土书信研究、书信发展史研究、书信分类研究、书信艺术风貌研究。

〈1〉出土书信研究

目前对出土书信进行研究，主要是集中在书信的释文和形制方面，从文学的角度着手研究，并未展开。一方面是出土书信零乱，文献信息大都模糊不全，争议较大，短时间内难以进行有效的归纳并给予文学史定位；二是出土书信本身文学性不强，难以纳入文学史的研究范围。但是随着出土文献的增多和研究的深入，将其作为文学发展中的一环进行审视，是必要的。台湾学者周凤五做出了很好的示范，在《从云梦简牍谈秦国文学》① 一文中，周凤五详细阐明了《惊尺牍》和《黑夫尺牍》的内容和形式特点，并结合秦国其他文学作品，对比之下凸显出两篇尺牍内容和语言上的特点。虽然周凤五研究的是秦代书信，但其学术眼光和研究方法是值得我们赞赏和学习的，以此来研究我们的出土书信，必将获益良多。

〈2〉书信发展史研究

中华人民共和国成立以后，书信研究相对沉寂，各种版本的文学史所涉及的书信仅限于历史名篇而已，自然很难进行系统的研究。20世纪 80 年代中期，褚斌杰《中国古代文体概论》较早地对书信予以关注，虽是谈论文体，实际则为简略的书信发展史。褚先生的论述关注了三个方面：书信的特点、发展历程和功能。第一次明确提出"我国的书牍文完全脱离公牍的性质，而成为个人交流思想感情、互相交往的工具，当始于汉代"②。先秦、两汉、魏晋南北朝、唐宋、明清的分期论述，对魏晋南北朝与唐宋尤为重视，这是符合历史事实的。

---

① 台湾中国古典文学研究会主编：《古典文学》（第七集），台北：学生书局 1985 年版，第 149—186 页。

② 褚斌杰：《中国古代文体概论》（增订本），北京大学出版社 1990 年版，第 390 页。

几乎同时，陈必祥在《古代散文文体概论》中也集中论述了"书信体散文"①，与褚斌杰相类，陈氏也简略地叙述了书信的发展历程，并重点论述了书信的特点：个体性、真实性、抒情性、表达方式的特殊性。褚、陈二位先生的贡献不可抹杀，然而只是着力于书信特点的总结和简略的发展史的概述，尚不能真正地体现书信的文学史价值。

90 年代学术界对于书信的研究着力点放在了书信学史的撰写上。1996 年，钟涛、王孔琳就在《先唐书牍文论略》②一文中指出书信在先唐时期已经成熟，并将先秦、两汉、建安、两晋、南北朝分别对应雏形期、正式成立期、繁荣期、新的开端期、新的高峰期。该文实际上也是对书信发展简史的描述，只不过分期和各个时期书信特点的概括较为准确且有启发意义。

1999 年谭邦和发表《中国书信体文学史论略》③，呼吁撰写专门的书信学史，而 1999 年 11 月出版的赵树功的《中国尺牍文学史》④就填补了这一空白。这是迄今尺牍文学研究史上唯一的通史专著，具有划时代的意义。赵树功将尺牍文的发展分为先唐、唐代、宋代、元明、清代五个时期，他认为先唐是尺牍文的私人化完成到第一个高峰的时期。在论述汉代书信时，赵树功紧扣汉代书信在内容上的开风起源，总结出汉代书信 10 种类型并分别加以论述，细致而精当，着力于三国时期的尺牍文艺术上质朴通脱到繁艳娴雅的转变，并将南朝作为书信的第一次高峰。

2013 年出版的《中国散文通史》是从文体角度来写散文史的，"最大的优势是可以更切近地了解古人文章的脉络及其前后变化。以书信体文章言，将其作为一种文体单独看可以更加集中地观察一个时代书信体制的确立及写法的变迁"⑤。《中国散文通史》中汉代和魏晋

①　陈必祥：《古代散文文体概论》，河南人民出版社 1986 年版，第 150—161 页。

②　钟涛、王孔琳：《先唐书牍文论略》，《青海师范大学学报》（哲学社会科学版）1996 年第 1 期。

③　谭邦和：《中国书信体文学史论略》，《荆州师范学院学报》1999 年第 4 期。

④　赵树功：《中国尺牍文学史》，河北人民出版社 1999 年版。

⑤　郭预衡、郭英德主编：《中国散文通史》（魏晋南北朝卷），安徽教育出版社 2013 年版，第 465 页。

南北朝卷都对书信进行了专章论述，实可目为断代书信文学史，然而这种文学史的写法，始终未能脱离罗列作家与作品的模式，其中虽不乏精彩之处，却在总体上很难进行深入的研究。出土文献未加以利用，未能在更深更广的社会交往层面去研究书信，未关注文体间的相互融合，这不能不说是一种缺失。

〈3〉书信分类研究

分类研究是为了使事物更为条理明晰，易于把握特点和规律。书信分类研究延续古人的思路而来，多是学位论文采取的一种研究方式。然而书信涉及内容的复杂和研究者分类标准的不同，导致了分类研究过于纷繁复杂，反而不易把握书信的内容了。总体而言，分类的方法有三种：一是就与书对象而分类，二是就书信内容而分类，三是就表达方式而分类。试图确定更加合理的标准，使书信的分类能够更加清晰化，应该是书信分类研究在当下的一个努力方向。

褚斌杰在《中国古代文体概论》中说："无论是军国大事，讨论学术，评述人物，推举自荐，倾诉个人境遇，以至日常所感所思，皆可入书，其内容可以包罗社会生活、个人生活的各个方面。"[1]

比较有代表性的是熊礼汇在《先唐散文艺术论》中对于东汉书信艺术特色探讨的一节。熊礼汇将东汉书信按照收信对象将东汉书牍分为公文书牍、与友人书、与亲戚书、诫子书、夫妻书简和遗书六类，分类基本合理，论述也相当精彩。[2] 但将公文尺牍与按对象分类的五种类型放在一起则有待商榷。

卞孝萱、王琳在《两汉文学》中对于东汉书信的分类有过比较精细的探讨。其分类是从对象和具体内容两个角度来划分的。就研究对象而言分为了诫子书、与妻（夫）书、与兄弟书、与亲戚书、与友人书，等等；从具体内容的角度分为了劝诫儿辈尊敬长老勤俭持家的、品评人物的、赞美弃官隐居的、声明绝交的……共十三种之多。[3] 较为全面地研究了东汉书信的变迁和发展，并且结合具体的作品

---

① 褚斌杰：《中国古代文体概论》（增订本），北京大学出版社 1990 年版，第 388 页。

② 熊礼汇：《先唐散文艺术论》，学苑出版社 1999 年版，第 376—394 页。

③ 卞孝萱、王琳：《两汉文学》，安徽教育出版社 2001 年版，第 361 页。

总结出相应的艺术特点，这种分类和研究的方法值得我们重视。

赵树功在《中国尺牍文学史》中将历代尺牍分为言事、问候、庆吊、山水、叙情、性命、论道、论学、讽世、刺时、干谒、闲情十二类，并将言事、问候、庆吊、叙情四类作为各代的常用体。① 另外，赵树功在论述汉代尺牍时，按尺牍的内容将其分为围绕李陵事件的两则著名尺牍、招隐之作、自荐之书、馈赠之书、家庭琐事之书、论学之书、绝交之书、举荐之书、边塞风光生活之书、闲逸之书、通篇用喻之书等。②

蒋竹荪主编的《书信用语词典》中按人际交往将书信主体部分常用语分为十五类：通联类、邀约类、请托类、求教类、馈赠类、庆贺类、慰问类、吊唁类、述况类、借还类、职业类、荐举类（自荐与荐人）、行旅类、赞扬类、劝勉类（为人、学习、处事、识务四个方面）。③ 虽是针对书信的常用语而非书信本身，但对我们研究书信的分类还是有一定的提示作用的。

对于书牍分类讨论比较多的是相关的学位论文，这类研究往往又将之与书信的艺术特征结合为一个整体进行探讨。④ 台湾学者徐月芳《魏晋南北朝书牍研究》在《古今尺牍大观》基础上将尺牍文分为抒情、论说、叙事三类的基础上又分出写景类，此种分法从表达方式着手，也不失为一种很好的分类方法。

〈4〉 书信艺术风貌研究

书信艺术风貌方面的研究相对薄弱，代表性著作为熊礼汇《先唐散文艺术论》。熊氏的散文艺术研究植根于理、气、情、辞、法等

---

① 赵树功：《中国尺牍文学史》，河北人民出版社1999年版，第32页。

② 赵树功：《中国尺牍文学史》，河北人民出版社1999年版，第91—108页。

③ 参见蒋竹荪《书信用语词典》，上海辞书出版社2002年版。

④ 柏秀叶：《汉魏六朝书信体散文论》，硕士学位论文，山东师范大学，2001年；孙丹萍：《两晋尺牍文学研究》，硕士学位论文，山东师范大学，2006年；王丽萍：《南朝尺牍文研究》，硕士学位论文，山东师范大学，2007年；陈廷玉：《建安尺牍文学研究》，硕士学位论文，山东师范大学，2008年；闫茜：《建安书信研究》，硕士学位论文，河北师范大学，2008年；方涛：《南朝书体文研究》，硕士学位论文，广西师范大学，2010年；刘德纯：《两汉尺牍文研究》，硕士学位论文，河北师范大学，2011年；王坤：《北朝书信研究》，硕士学位论文，山东师范大学，2011年。

散体古文的五大文学质素①，着重于表现手法、表达方式和语言形式的探讨，其中自然少不了对先唐书信的论述。熊氏的散文艺术研究虽有时不免机械，但对于书信的艺术特征的论述能够细致入微，如东汉书信的分类和艺术探讨（第四编第四章第二节）、孔融的书信艺术探讨（第五编第四章），具有极大的启发意义。

台湾大学柯庆明《"书"、"笺"作为文学类型之美感特质的研究》②一文在探讨书信的美感特质时，论文的主体仍是以表达方式为标准将书信分为戏剧性、叙事性美感类型和抒情性、描写性美感类型，而后又根据书信的具体内容分为八种类型，其分类的方法未能超出前人研究的樊篱，然而文中从雅各布森语言沟通的六个要素——说话者、信息、语境、符码、接触、受话者——出发去研究书信的美学特质，还是非常具有借鉴意义的。而钟涛则将六朝骈体书信的文学特质定位于诗化特征，③ 即诗歌化的运用，情感的抒发和创作中审美意味的加强。

综上，围绕汉魏六朝时期的书信，前辈学者在分类、文学特征乃至书信学史方面都做出了探索，取得了较高的成就，提供了诸多的借鉴经验。然而，就汉魏六朝书信而言，这种研究在系统性、规律性探索方面、书信与文化意蕴的深层关系探索方面，显得明显着力不足，需要进一步地加以研究。

本书将汉魏六朝书信作为一个整体，立足于前人的研究，充分分析和吸收前人的学术成果，对其发展的历史、新变、特色以及原因做深入的探讨，以期能够清晰地描述汉魏六朝书信的发展规律，并在此基础上探索汉魏六朝书信与社会文化的互动关系。

## 五 本书的研究思路和方法

（一）研究思路

汉魏六朝书信研究，是将一个时间段内的一种文体作为整体进行

---

① 熊礼汇：《先唐散文艺术论》，学苑出版社 1999 年版，第 90 页。
② 柯庆明：《拨云寻径——古典中国实用文类美学》，生活·读书·新知三联书店 2021 年版，第 95—166 页。
③ 钟涛：《论六朝骈体书牍文》，《广西师范大学学报》（哲学社会科学版）1999 年第 4 期。

研究，那么对于书信进行文体、文化、文学的逐层深入剖析自然是题中应有之义，而这种剖析是建立在作家、作品精准把握的基础之上的。本书拟沿如下思路展开研究。

1. 书信作为一种文体，从萌芽到确立再到高峰，必然会经历漫长的过程。汉魏六朝八百年的时间里，书信的文体特征逐渐确定，创作也出现了历史上的第一次高峰，成为一种实用与审美、骈与散完美结合的文体。漫长的发展过程中，书信在既定的文体特征下，又因受具体历史环境和创作实践的不同而表现出阶段性的差异。因此，要准确地把握汉魏六朝书信演变的轨迹和规律，阐释其内蕴，就必须将研究置于书信发展的历史长河中，去比较，去定位。

2. 一种文体的确立是特定社会需求的结果，同时又蕴含着深层的文化底蕴。书信兴于实用，在实用性与审美性的交织作用下得到文人的普遍认可，其发展受社会需求和社会文化的影响也最为明显。可以说，汉魏六朝书信，以非常个体化的方式在反映历史的发展，既有客观反映现实的可能，也包含浓重情感的主观认知。因此，在研究汉魏六朝书信的过程中厘清社会现实与书信的互动关系，探索书信背后的士人心路历程和深层文化底蕴，都应该成为我们努力的方面。

3. 书信作为一种文体，是中国文学的有机组成部分，因而书信的发展必然是伴随中国文学的发展而进行的。可以说，书信的创作是自身发展规律与整个文学发展合力作用的结果。那么，汉魏六朝书信研究，就必须关注书信的创作与特定时期文学创作、文学观念、文学思潮的关系，关注题材的变化，关注作家的自身素养、审美情趣、思维方式的差异，甚至是各种文体之间的相互借鉴与融合的关系。唯其如此，汉魏六朝书信方能有更准确的文学史定位。

（二）研究方法

1. 书信研究，本质上是一种文体学研究。每一种文体的形成和演变都有其内在的规律，同时又是社会文化作用的产物，书信也不例外。书信的研究，既要关注其文体的特质形成、演变的历史，又要关注书信演变的社会文化机制和其本身的文化内涵，因此必须采用文化诗学的研究方法，将两者有机地结合起来。

2. 宏观与微观相结合的研究方法。具体而言，在解析每一阶段书信时，将其放置于在整个书信发展演变的进程中加以考察，以揭示文体演变的规律；将每一时期的书信放置于同时期文学与文化发展的整体环境中加以考察，解释书信所蕴含的文化机理；将书信（客体）与人（主体）的认知结合起来，揭示书信中所展现的古人对于政治、文化、人生、社会生活等认识，展现其中所包蕴的深层人文情怀。

3. 历史真实与审美感知相结合的方法。书信的发生每每都有具体的历史背景，揭示这一背景，通过书信去体认历史的原貌，这是求真意识下的历史还原，也是我们科学研究不能脱离的事实基础。然而，书信毕竟是文学作品，诸多作品历经千年仍能感染人，这种审美感知和文学体验，是其美学特质的体现。因此书信的研究中，要将历史的求真和文学的求美结合起来，探索其价值和意义。

## 六 本书的创新点与难点

### （一）本书的创新点

1. 文学研究，一要辨体，二要明变。辨体是从具体作品分析入手，结合历史现实，总结书信的静态文体特征。明变则是将汉魏六朝书信作为一个整体进行研究，探讨汉魏六朝书信的分期以及不同阶段书信内容的消长和变化，总结不同阶段的特点，探索其发展演变的原因，并努力总结汉魏六朝书信发展的规律，探求其内在的审美意蕴和文化内涵。希望对该时期书信的基本走向、特点及学术地位等做出较为客观、基本符合历史事实的回答，以弥补该时段书信综合研究的不足。

2. 从宏观视野出发，结合相关的文化学、传播学、接受美学理论，将书信的研究置于更加广阔的历史文化背景中，探索汉魏六朝书信与载体、礼制等方面的关系，揭示书信所表现的士人与士人、士人与隐士、士人与僧道之间的关系，总结汉魏六朝书信与各种文体之间的相互交融关系。

3. 根据书信的特点，结合具体的作品分析，揭示汉魏六朝书信所表现的士人内心情感的真实变化，以期在书信关注焦点的变化中，揭示出士人对于社会和人类的思考以及蕴含的深层人文关怀。

（二）本书的难点

书信在人与人交往的过程中产生，文献的保存十分困难，现在能够看到的书信能否真实而全面地反映当时的状况，是颇有疑问的。从史书中的记载和出土简帛文献来看，如何更多地占有文献，是本书的一个难点。再者，汉魏六朝时期的书信，多为文士之作，民间的书信罕有保存，那么，就现有的汉魏六朝书信进行研究，是否能够真正地接近历史真相，也是我们必须思考的问题。书信的写作具有私密性和随意性的特点，这就造成了很多的书信无法释读；并且随意性也造成了书信文体特征的不稳定和总体特点的难以把握。

文献的留存并不以人的意志为转移，因而我们的研究只能是在现有的条件下，尽可能多地占有文献资料，本着实事求是的精神，有几分材料说几分话，勾勒汉魏六朝书信的发展状况。毕竟我们的研究是不断向前推进的，在不断占有新材料、不断超越既有研究的基础上，相信我们能够展现出汉魏六朝书信发展的大致面貌。

# 第一章　书信文献学与文体学发微

要追溯古代书信的源流，应从文献学和文体学两个层面入手。从文献学的角度看，书信经历了简、牍、帛、纸四个不同的文献载体阶段，其中以牍和纸最为重要。载体的不同，造成了书信不同的发展状况，这是文献学层面上需要考察的重点。而从文体学的角度看，收信人角色的不同造成了书信出现了繁杂的异名。考索异名的源流，辨明不同名称的特点、使用范围等，是文体学层面需要解决的问题。

## 第一节　书信的实用形制与文本形制

在文献层面上，笔者考索的目的是探知书信在汉魏六朝时期究竟是一种怎样的存在，又经历了哪些变化，对后世有着怎样的影响。若要对书信进行一番文献学层面的考察，则应从书写材料、封检、封缄、题署、平阙、补字、单复书、别纸、书仪、传递等方面展开。

所要考察的方面看起来是十分繁杂的，而实际上细究起来，可以分成两大部分：书信的实用形制和书信的文本形制。书信的实用形制是指书写材料、封检、封缄、题署、传递等方面，书信的文本形制则是指书信的正文、用语、平阙、补字、单复书、别纸和书仪等。笔者相信，唯有将这些问题一一了解清楚，才能更好地研究和理解汉魏六朝时期的书信。①

## 一　书信的书写材料

根据出土文献来看，古代书信的书写材料，有简、牍、帛、纸四种；而使用的时间，根据马衡的研究："竹帛纸三种材质兴废之时期，虽不敢确定其起讫界限，然行用时期，可大略得结论如下：（一）竹木：自有书契以来迄于三、四世纪；（二）缣帛：自前四、五世纪迄于五、六世纪；（三）纸：自二世纪迄于今日。"②牍、帛、纸经历了先后的更迭，还存在长时间的交叉过程，以牍和纸使用的时间最长，影响也最大。

先来看简、帛。帛书因材质的昂贵而很难被普遍使用，这已成为一种共识，再加上材质难以长久保存，出土文献中的帛书书信数量自然就较少。与帛书的昂贵相比，简册应该是当时使用最多的一种材质了，然而在出土文献中，真正的简册书信数量极少，这应该是当时很少使用简册写作书信所造成的。何以如此？杜预《春秋左氏传序》曰："诸侯亦各有国史，大事书之于策，小事简牍而已。"③由此可知，简与牍在一开始就有着明显不同的分工。册即策也，王国维曾言："以见于载籍者言之，则用竹者曰'册'。《书·金滕》'史乃册祝'，《洛诰》'王命作册逸祝册'，《顾命》'命作册度'。'册'字或假'鞭策'之'策'字为之，《聘礼》'百名以上书于策'，《既夕礼》'书遣于策'，《周礼·内史》'凡命诸侯及公卿大夫，皆策命之'，《左传》'灭不告败，克不告胜，不书于策'，又'名藏在诸侯之策'是也。"④一般而言，大事或字数较多的文字用简册

———————

① 需要说明的是，书信的过去，是不是我们今天根据出土文献和存世文献所描绘出来的面貌，应持有谨慎相信的态度。毕竟历史邈远，现有的资料还很难解决所有的问题，汉魏六朝书信也会在学术的探索中不断发现和更新，目前也只是在现有的资料基础上进行的细致研究和总结。

② 马衡：《马衡讲金石学》，凤凰出版社 2010 年版，第 203 页。

③ 阮元校刻：《十三经注疏》，中华书局 1980 年版，第 1704 页。

④ 谢维扬、房鑫亮主编：《王国维全集》（第二卷），浙江教育出版社 2009 年版，第 479 页。

书之，这与简册的使用对象有很大的关系；而小事或字数较少者，则用单简或者木牍书之。《仪礼·聘礼》载："百名以上书于策，不及百名书于方。"① 这种情况，王充则说得更为明白，《论衡·量知》篇曰："夫竹生于山，木长于林，未知所入。截竹为筒，破以为牒，加笔墨之迹，乃成文字，大者为经，小者为传记。断木为椠，析之为板，力加刮削，乃成奏牍。"② 可见，东汉前期，这种分工已经是非常明确了。这一点从出土的文献中也能得到印证。

牍之义，就其应用而言，有四层。一是书写之材料，《说文》卷七片部云："牍，书版也。"段玉裁注曰："牍，专谓用于书者。"③《战国策·齐策》记载王建母临终言，"取笔牍受言"④。《韩诗外传》："墨笔操牍，从君之后，司君之过而书之。"⑤ 二是奏牍，《史记·东方朔传》曰："凡用三千奏牍。"⑥ 又前引王充之"断木为椠，析之为板，力加刮削，乃成奏牍"。三是谒牍，《汉书·昌邑王传》："簪笔持牍趋谒。"⑦《释名·释书契》："牍，睦也，手执之以进见，所以为恭睦也。"⑧《急就篇》颜师古注："牍，木简也，既可以书，又执之以进见于尊者，形若今之木笏，但不挫其角耳。"⑨ 第四乃是书信。

王国维《简牍检署考》中考证"牍"之长短曰："牍则自三尺（椠），而二尺（檄），而尺五寸（传信），而一尺（牍），而五寸（门关之传）。"⑩ 牍之未成者为椠，二尺之牍常用于书写檄文诏令，一尺五寸的多用于书写传信公文，五寸的牍往往用作符信或通行证，而一尺的牍则多用于写书信。

---

① 阮元校刻：《十三经注疏》，中华书局 1980 年版，第 1072 页。

② 王充撰，黄晖校释：《论衡校释》，中华书局 1990 年版，第 551 页（注：本书所引《论衡》皆出于此书，只随文注出篇名，不再详注）。

③ 许慎撰，段玉裁注：《说文解字注》，上海古籍出版社 1981 年版，第 318 页。

④ 刘向集录：《战国策》，上海古籍出版社 1998 年版，第 472 页。

⑤ 韩婴撰，许维遹集释：《韩诗外传集释》，中华书局 1980 年版，第 248 页。

⑥ 司马迁：《史记》，中华书局 1959 年版，第 3205 页。

⑦ 班固：《汉书》，中华书局 1962 年版，第 2767 页。

⑧ 刘熙撰，毕沅疏证，王先谦补：《释名疏证补》，中华书局 2008 年版，第 202 页。

⑨ 史游撰，颜师古注：《急就篇》，上海商务印书馆 1936 年版，第 177—178 页。

⑩ 谢维扬、房鑫亮主编：《王国维全集》（第二卷），浙江教育出版社 2009 年版，第 491 页。

西汉及东汉前期，书籍的主要形式仍是竹简。如《文选》卷二十九张景阳《杂诗》李善注引《风俗通》曰："刘向为孝成皇帝典校书籍，皆先书竹，为易刊定，可缮写者以上素也。今东观书，竹素也。"① 皇家图书馆藏书也是先以竹简为稿本，再以帛书作为定本，这是西汉末的事。《后汉书·儒林列传》记："董卓移都之际，吏民扰乱，自辟雍、东观、兰台、石室、宣明、鸿都诸藏典策文章，竞共剖散，其缣帛图书，大则连为帷盖，小则制为滕囊。及王允收而西者，裁七十余乘。"② 这些书可以拿去作车篷与布袋，就是因为制作这些书的材料本身就是昂贵的布帛。这说明东汉皇家图书馆藏仍以帛书为主，纸书仍是不多的。在蔡伦改良了造纸术后，纸张的运用更为广泛了，东汉后期，纸张可能已经流行于汉代学府了，并有纸书的存在，经用简册，传用纸张，《后汉书·贾逵传》载："书奏，帝嘉之，赐布五百匹，衣一袭，令逵自选《公羊》严、颜诸生高才者二十人，教以《左氏》，与简纸经传各一通。"③

《文士传》记载："杨修为魏武主簿，尝白事，知必有反覆教，豫为答数纸，以次牒之而行，告其守者曰：'向白事，每有教出，相反覆，若案此弟连答之。'已而有风，吹纸乱，遂错误，公怒推问，修惭惧，以实答。"④ 此事表明，建安时纸已作为公文用具了。这可能与曹操有意推重纸有关。曹操曾下《求言令》曰："自今诸掾属侍中、别驾，常以月朔各进得失，纸书函封，主者朝常给纸函各一。"⑤

受蔡伦改良造纸术的启示，魏晋时期人们已经认识到，一切有韧性的植物皮都可以成为造纸的原料，继承了以麻为原料的造纸术，有皮纸、穀纸、藤角纸、桑纸等；造纸工艺也出现了纸张的染色技术，有青纸、黄纸、排华纸、五彩纸、泥金纸等。北宋苏易简在《文房四谱》中载："雷孔璋曾孙穆之，犹有张华与其祖书，所书乃桑根纸也。"⑥

① 萧统：《文选》，上海古籍出版社 1986 年版，第 1383 页。
② 范晔：《后汉书》，中华书局 1965 年版，第 2548 页。
③ 范晔：《后汉书》，中华书局 1965 年版，第 1239 页。
④ 欧阳询撰，汪绍楹点校：《艺文类聚》，上海古籍出版社 1982 年版，第 1053 页。
⑤ 中华书局编辑部：《曹操集》，中华书局 2012 年版，第 36 页。
⑥ 苏易简：《文房四谱》，上海商务印书馆 1939 年版，第 51 页。

纸张作为书写材料在魏晋时期已经普遍流行起来。

从简牍到纸张，中间存有一个简纸并存的时间段。《太平御览》引《桓玄伪事》曰："古无纸，故用简，非主于敬也。今诸用简者，皆以黄纸代之。"① 纸张之前多使用简牍，并非出于敬意，而是因为书写材料的限制。纸张替代简牍是历史的趋势，然而简贵纸轻的观念曾经长时间存在，此则史料中所说古代用简不是出于敬意，可见桓玄时代（即东晋）用简有出于尊敬之意，只不过黄纸已经非常普及，简牍应只是出于礼仪上的尊重才被使用。

傅咸《纸赋》最早论及简纸转换一事："盖世有质文，则治有损益，故礼随时变，而器与事易。既作契以代绳分，又造纸以当策。夫其为物，厥美可珍……廉方有则，体洁性真，含章蕴藻，实好斯文，取彼之弊，以为此新，揽之则舒，舍之则卷，可屈可伸，能幽能显。若乃六亲乖方，离群索居，鳞鸿附便，援笔飞书，写情于万里，精思于一隅。"② 傅咸更多地赞美了纸张作为书写材料的便利。的确，作为新型的书写材料纸张是便利的，并且对书信的发展产生了巨大的影响，这一点笔者将在后文详述。与书信有关的书法，也在纸张的普遍运用下获得了飞跃式的发展："晋代之所以出现像王羲之、王献之那样的大书法家，在很大程度上归因于纸的普遍使用。周密《癸辛杂识·前集》云：'王右军（羲之）少年多用紫纸，中年用麻纸，又用张永义制纸，取其流丽，便于行笔。'"③

纸张作为书写的材料被普遍运用之后，作为信纸的纸张因为人们的求美意识被美化了，出现了各色笺纸。宋代高承《事物纪原》中说："《桓玄伪事》曰玄令平淮作青赤缥桃花纸。又石季龙写诏用五色纸。盖笺纸之制也，此疑其起也。"④ 笺纸之制是否起源于东晋，已很难确定，但是各色笺纸在六朝时已经被使用确有明证，"杂色笺导源六朝，梁江洪有'为传建康咏红笺'诗，《南史》陈后主使宫人

---

① 李昉等：《太平御览》，中华书局1960年版，第2724页。
② 严可均辑：《全上古三代秦汉三国六朝文》，中华书局1958年版，第1752页。
③ 潘吉星：《中国造纸史》，人民出版社2009年版，第141页。
④ 高承：《事物纪原》（丛书集成初编本），上海商务印书馆1937年版，第298页。

擘彩笺，可知此物六朝时尚为官阙官府珍品。至唐始粲然大备，段成式自制云蓝纸，以赠温飞卿。韦陟以五彩笺为书记，使侍妾主之。李峤《咏纸》诗：'云飞锦绮落，花发缥红披。'杨巨源《酬崔驸马惠笺》诗：'浮碧空从天上得，殷红应自日边来。'皆是唐人尚杂色采笺之证"①。如果说六朝笺纸还是偶然为之，那么到了唐代，各色笺纸的使用则成为一种风尚，如薛涛笺、益州十样鸾笺等。除了笺纸的各种颜色，人们又在笺纸上印上各种花纹和图案，使笺纸更为精美雅致，这种变化除了文人的雅趣追求，更多的可能还是商业竞争下的创新，"新安人贸易于白门，遂名笺简，加以藻绘。始而打蜡，继而揩花，再而五彩。此家欲穷工极妍，他户即争奇竞巧，互相角胜，则花卉鸟兽，又进而山水人物，甚至天文、象纬、服物、彩章，以及鼎彝珍玩，穷极荒唐幽怪，无不搜剔殆尽，以为新奇，月异而岁不同，无非炫耳目以求售"②。

## 二　书信的形制演变

### 1. 书信的格式

现代书信的格式，一般包括称谓、问候语、正文、祝颂语、署名和日期，这一格式是在历史的演变中定型的。那么汉魏六朝书信的格式是怎样的呢？许同莘《公牍学史》说："史传载章奏，或节采精要语，或直录全篇，无兼及上下文格式者，史例然也。"③ 许同莘所说虽是章奏，实际上同样适用于书信。因此要考察书信的格式必须要借助于实物，尤其是汉代书信。需要说明的是，书信毕竟是较为自由的文体，因此格式也较为复杂，笔者在总结书信格式时，只选取具有代表性的格式，以展示汉魏六朝书信格式的大体样貌。

汉代书信的格式，一般来说包括自称、拜礼、收信人称谓、题称、问候语、正文、信末问候语、拜礼八部分。笔者选取两篇保存较为完整的出土汉代书信，进行说明。一篇是《贲且与孟书》，于2004

---

① 黄濬：《花随人圣庵摭忆》，中华书局2008年版，第423—424页。
② 黄濬：《花随人圣庵摭忆》，中华书局2008年版，第424页。
③ 许同莘：《公牍学史》，档案出版社1989年版，第29页。

年在安徽天长市出土，是西汉中期的书信，实物为木牍，长 23 厘米，宽 6.7 厘米，文字双面皆有；一篇是《元致子方书》，20 世纪 90 年代在甘肃敦煌附甜水井附近的汉代悬泉置出土，实物为帛书，长 23.2 厘米，宽 10.7 厘米。

《赍且与孟书》

赍且伏地再拜请：【1】

孺子孟马足下，赍且赖厚德到东郡，幸毋恙。赍且行守丞，【2】

上订以十二月壬戌到洛阳，以甲子发兵广陵。长史卿俱□以赍且家【3】

室事羞辱左右。赍且诸家死有余罪，毋可者，各自谨而已。家毋【4】

可鼓者，且完而已。赍且西故，自亟为所以请谢者，即【5】

事□，大急。幸遗赍且记。孺子孟，通亡桃（逃）事，愿以远谨【6】

为故。书不能尽意，幸少留意。志遝（归）至来留东阳，毋使遝（归）【背1】

大事。寒时幸进酒食，慎察诸。赍且过孟故县，毋缓急。【背2】

以吏亡劾，毋它事。伏地再拜。【背3】

孺子孟马足下。【背4】

《元致子方书》

元伏地再拜请：【1】

子方足下，善毋恙？苦道子方发，元失候不待驾，有死罪。丈人、家室、儿子毋恙，元伏地愿子方毋忧。丈人、家室【2】

元不敢忽骄，知事在库，元谨奉教。暑时元伏地子方适衣、幸酒食、察事，幸甚！谨道"会元当从屯敦煌，【3】

乏沓（鞜），子方所知也。元不自外，愿子方幸为元买沓（鞜）一两，绢韦、长尺二寸；笔五枚，善者，元幸甚。钱请【4】

以便属舍、不敢负。愿子方幸留意。沓（鞜）欲得其厚，可以步行者。子方知元数烦扰，难为沓（鞜）。幸甚幸甚。【5】

所因子方进记差次孺者，愿子方发过次孺舍，求报。次孺不在，见次孺夫人容君求报，幸甚。伏地再拜【6】

子方足下。●所幸为买沓（鞜）者愿以属先来吏，使得及事，幸甚。元伏地再拜再拜！【7】

●吕子都愿刻印，不敢报，不知元不肖，使元请子方，愿子方刻御史七分印一，龟上，印曰：吕安之印。唯子方留【8】

意，得以子方成事，不成复属它人。●郭营所寄钱二百买鞭者，愿得其善鸣者，愿留意。【9】

自书：所愿以市事幸留意。毋忽，异于它人。【10】

"贲且伏地再拜请：孺子孟马足下""元伏地再拜请：子方足下，善毋恙？"是自称、拜礼和收信人称谓、题称、问候语部分，其中"贲且"和"元"乃是与书人的自称，"伏地再拜请"乃是拜礼，"孺子孟马""子方"乃是收信人称谓，收信人的称谓可以加上如"孺子"这样对人的尊称，"足下"则是题称语，"善毋恙"是对收信人的问候语，《贲且与孟书》中没有问候语，可见是可以根据情况省略的部分。接来下的部分是书信的正文，"伏地再拜。孺子孟马足下""伏地再拜子方足下"则是信末拜礼部分，有的书信在信末拜礼之前会有"无恙"之类的问候语。有的书信会在开始的拜礼之前写上时间，如《居延新简》中《习与某君书》，"习叩头死罪言"就有"十一月廿二日具记"，只不过在出土的书信中标记上时间还不是普遍的情况。这两封出土书信的情况，可以证之以传世文献。以《报任安书》为例，"太史公牛马走司马迁再拜言，少卿足下：……谨再拜"，书信格式与两封书信大体相同，只是在与书者自称前加上了官职。

《元致子方书》出现了三次"●"，研究者认为这是一种提示符号，或提示主题的转换，或提示补字的情况。《元致子方书》中的"●"明显是一种主题转换的符号，但是从整篇书信来看，这是在书信完成后以附记的形式又填写进去三件事情。在书信的最后出现的

"自书"，是另外一件附记的事情。从实物来看，书信前九行的字迹与"自称"后的字迹不同，表明书信前面可能是由书佐这类的文吏代写的，最后的自称才是与书者亲笔书写的部分。

汉代的书信格式虽然是相对较为固定的，但还是存在着很多的变化和差异，这是书信格式发展中的必然现象，会随着社会的需要而不断改变。魏晋南北朝时期的书信格式在汉代书信格式的基础上，演变成为时间、发信人（或前加官职）白、问候语、正文、结束语、发信人白等六部分。只不过在笺体中因与书的对象是自己的上级，尤其是诸侯王或者是王子，发信者人名之后往往会有"死罪死罪"这样的用语，如繁钦《与魏太子书》："正月八日壬寅，领主簿繁钦死罪死罪。近屡奉笺，不足自宣。（正文）……钦死罪死罪。"再如《答魏太子笺》："二月八日庚寅，臣质言：奉读手命，追亡虑存，恩哀之隆，形于文墨……不胜惓惓，以来命备悉，故略陈至情，质死罪死罪。"有的笺体书信中开头没有时间，如《在元城与魏太子笺》，当是流传过程中被删去了。彭砺志博士认为，宋以后尺牍书写的形式已经完备，至少包括九部分：具礼、称谓、题称、前介、本事、祝颂、结束、日期及署押。① 对比之下可以看出，魏晋南北朝时期，书信的基本格式已经确定了。值得注意的是，汉魏六朝书信不仅有这种较为完备的书信格式，还有极具礼仪特征的复书形式。

2. 单书与复书

书信的形制在发展演变的过程中出现过单书与复书两种形式。敦煌写本书仪被发现后，赵和平、吴丽娱、陈静、祁小春等学者对照存世文献与法帖，结合唐代书仪的记叙，逐渐将单书与复书的早期形态揭示出来。② 下面结合前辈学人的研究成果，将单复书的问题进行一番简单的总结。

---

① 彭砺志：《尺牍书法：从书法到形制》，博士学位论文，吉林大学，2006 年，第 105 页。

② 关于单复书问题的研究论著，罗列于下：赵和平：《敦煌写本书仪研究》，台北：新文丰出版公司 1993 年版；吴丽娱：《唐礼摭遗——中古书仪研究》，商务印书馆 2002 年版；陈静：《"别纸"考释》，《敦煌学辑刊》1999 年第 1 期；祁小春：《山阴道上：王羲之研究丛札》，中国美术学院出版社 2009 年版；祁小春：《迈世之风——有关王羲之资料与人物的综合研究》，文物出版社 2012 年版。

首先，单书与复书有何差别呢？单书是一般意义上的书信，复书则是出于礼敬和郑重而被使用的书信形式；单书月日在后，复书则是月日在前；单书仅有一纸，复书则有上下纸，其中上纸为一张，写问候与客套语，下纸可以多张，写信件的主要内容。书信中不易被人察觉者，乃是复书的存在。

其次，需要明确的是，单书出现在前，复书出现于后；虽然复书出现的具体时间不能断定，但可以确定应不会出现在纸张未大量使用的阶段，换句话说，其时间的上限不应早于蔡伦改进造纸术，因为牍帛不具备复书出现的便利条件。复书的出现是书信与礼仪紧密结合的产物，复书中的上纸在历史发展中虽多数流于形式，却也能从侧面反映出礼仪在日常交往中的深入程度。关注复书，无疑对我们理解书信的演变和礼仪的发展及运用有着巨大的帮助作用。尤其是书信复书中的上纸因为多被作为一种礼仪形式而不被保存，致使存世文献中的书信往往被理解成文本的原始面貌而加以研究，与历史真实恐终有隔膜。

最后，唐代书仪中所记载的单复书的状况应当说是非常清楚了。这其中尚有两个问题需要注意：第一，单书用一纸，复书用两纸，这种表述实际是非常容易引起误会的，在现实通信中，复书上纸是一纸，而下纸则往往不限制用纸多少，而应该是根据内容的多寡决定。单书一纸，自然也不是说单书只能用一张纸，而且书信用纸往往会有界栏，一张纸所容纳的字数是非常有限的，一张纸一封书信，不能概括书信写作的事实状貌，这种表述的出现是用对比的形式，显示二者的区别，不能仅从字面理解。第二，唐代书仪所说的单复书的问题，在魏晋南北朝是怎样一种状况？是否与唐代书仪中所总结的特征一致？上文已经说过，单复书的形式只会出现在纸张大量运用之后，现在我们已经不能看到单复书的原始文本了，所能见到的实物是王羲之父子的法帖，只是哪些是单书，哪些是复书，学界对此还存在着很大的争议。文献中记载较早的则是《真诰》卷十七、卷十八中杨羲与许翙的通信，陶弘景见到了这些书信的原始文本，并将文本的原始状态以小字注释的方式记录了下来，为我们判断单复书、了解单复书在东晋时的特征提供了最为直接的资料，当然这些原始文本还能够佐证王羲之父子的法帖，毕竟他们所处的时代十分接近。另外，有学者还对索靖《月仪帖》进行了考察，认为《月仪帖》中存在复书的痕迹，因缺乏较为有力的证据，学界对此尚存异议。

3. 书信的用字

此处所谈用字，是指书信书写所用的书法字体。劳幹在《汉代的"史书"与"尺牍"》一文中对中国书法的字体有一个分类："中国的书法，从甲骨文、金文，到战国时代的秦文及六国文字，可以算作一个时期。从汉代至于现代，可以算作另外一个时期。前者不妨称为篆书时代，后者不妨称为隶书时代。从甲骨文到战国文字，其中是有不少变化的，但不论如何变化，都可以归入'篆书'这个范畴之内。从汉代以后直到现代，除去偶然在应用还可以看到篆书的痕迹，……应当都是'隶书'及隶书的变体。"① 劳幹的分类大致不错。先秦时期的书信，今天所能见到的实物是云梦秦简中的两封家书，其写作时间为秦始皇二十四年②，即公元前 223 年，书体为隶书，已经不能归入篆书时代了。依据劳幹的分类和现有的史料，先秦时期不甚盛行的书信，其用字应该是以篆书为主的。

劳幹所说的隶书系统实际上是十分繁杂的，"如同隶书、章草、北碑书体、草书，唐以后的楷书、行书、六朝别字、日本的片假名、平假名、契丹文字、女真文字、西夏文字、韩国的谚文、刻书的'宋体'，以及注音符号，都是属于'隶书'范畴之内"③。从历史流变的角度看，隶书时代，书信用字经历的字体主要是隶书、楷书、行书三种。楷书和行书（行草）成为汉以后书信用字的主体，两相比较，楷书因字体规整，多用于正式的场合，行书因书写简易、方便，则多用于日常的交往。

汉代书写以隶书为主，汉代民间习吏成为风尚，书馆教育应运而

---

① 劳幹：《古代中国的历史与文化》，中华书局 2006 年版，第 527 页。

② 具体内容参阅黄胜璋《云梦秦墓两封家信中有关历史地理的问题》，《文物》1980 年第 8 期。

③ 劳幹：《古代中国的历史与文化》，中华书局 2006 年版，第 527 页。

生。闾里书师先后以《苍颉篇》《急就篇》为教材，学童由史书入门，经由长吏的辟除，始步入吏途。王国维曾言："汉人就学，首学书法，其业成者，得试为吏，此一级也；其进则授《尔雅》《孝经》《论语》。有以一师专授者，亦有由经师兼授者。"①《仓颉篇》《急就篇》成为习字的教材，史书也就普遍流行，也是要做一名书吏所必须具备的本领。于豪亮说："所谓'史书'决不是大篆，而是当时流行的、也是居延汉简使用的隶书。所谓'善史书'是说善于写这种字。称之为史书是因为令史、书佐这样的人草拟、誊写公文，常常写这样的字的缘故。"② 一般来说，发出的官文书写要求用正规的隶书，即使存档文书也不能苟且。书信中的用字当然也以隶书为主。

《后汉书·宗室四王传》载："睦能属文，作《春秋旨义终始论》及赋颂数十篇。又善《史书》，当世以为楷则。及寝病，帝驿马令作草书尺牍十首。"③《三国志·刘廙传》载："（刘廙）遂归太祖。太祖辟为丞相掾属，转五官将文学。文帝器之，命廙通草书。廙答书曰：'初以尊卑有逾，礼之常分也。是以贪守区区之节，不敢修草。必如严命，诚知劳谦之素，不贵殊异若彼之高，而惇白屋如斯之好，苟使郭隗不轻于燕，九九不忽于齐，乐毅自至，霸业以隆。亏匹夫之节，成巍巍之美，虽愚不敏，何敢以辞？'"④ 两则史料说明了一个现象，上行的文书，甚至是笺记，必须使用正式的字体——隶书书写，因为传主的草书书法受人赏识，所以特命使用草书书写，这也说明当时的私人书信运用的应该就是草书。

草书出现的时间比较早，秦时就开始使用草书了。张怀瓘《书断》引蔡邕之语云："昔秦之时，诸侯争长。简檄相传，望烽走驿，以篆隶难，不能救急，遂作赴急之书，盖今之草书是也。"⑤ 可见草书因为能够快速书写，多是紧急情况下使用的一种字体。草书盛行于

---

① 谢维扬、房鑫亮主编：《王国维全集》（第八卷），浙江教育出版社 2009 年版，第 109 页。

② 于豪亮：《于豪亮学术文存·居延汉简丛释》，中华书局 1985 年版，第 203 页。

③ 范晔：《后汉书》，中华书局 1965 年版，第 557 页。

④ 陈寿：《三国志》，中华书局 1959 年版，第 614 页。

⑤ 张彦远：《法书要录》，人民美术出版社 1986 年版，第 239 页。

汉魏时期，主要与汉末士人思想解放有关，草书之所以被士大夫所喜爱，主要是它能任意挥洒，形式上不拘一格，尤其能展露士大夫之个性与情感。

宋羊欣《采古来能书人名》："颍川钟繇。魏太尉。同郡胡昭，公车征，二子俱学于德升，而胡书肥，钟书瘦。钟书有三体：一曰铭石之书，最妙者也；二曰章程书，传秘书教小学者也；三曰行狎书，相闻者也。三法皆世人所善。"① 所谓"行狎书"，王僧虔《论书》中释为"行书"②。所谓相闻，指的是书信往返交流，所用的书法字体乃是行书。刘涛说："行书之所以成为'行狎书'，是因为这种书法体态不如隶书、正书那样正规、严整，又不若草书那样简率、放任，是'介于草书与正体字之间的流畅书体'，既便于书写也便于识读。在汉魏时期，行书是较进步而合用的新书体，因为主要用于私人间的尺牍书疏，又称之为'相闻书'。"③ 魏晋南北朝时期书信用字是以行书为主体，这一点也能从存世的法帖中得到进一步的印证。

当然，史书中还记载有特例，如《三国志·张纮传》注引《吴书》曰："纮既好文学，又善楷篆，尝与孔融书，自书。融遗纮书曰：'前劳手笔，多篆书。每举篇见字，欣然独笑，如复睹其人也。'"④ 运用篆书来书写，只是熟识的朋友间的用法，不能代表普遍的情况。

4. 书信的封缄

版牍帛书的封缄与纸张时代的封缄有所不同，同时又有着十分紧密的承继关系，笔者将其分为两部分来探讨，只是为了叙述的方便，但这并不意味着纸张出现后封缄方式出现了颠覆性变化。客观而言，封缄的方式，在方便、实用的现实原则下，于实践中呈现出渐变的特点。

书信的封缄，作用无非保密，虽然具体的起源时间今已无法详考，但出现的时间不应晚于战国。《战国策·齐策》："齐王使使者问

① 张彦远：《法书要录》，人民美术出版社 1986 年版，第 12—13 页。
② 张彦远：《法书要录》，人民美术出版社 1986 年版，第 23 页。
③ 刘涛：《中国书法史》（魏晋南北朝卷），江苏教育出版社 2002 年版，第 73 页。
④ 陈寿：《三国志》，中华书局 1959 年版，第 1247 页。

赵威后。书未发，威后问使者曰：'岁亦无恙耶？民亦无恙耶？王亦无恙耶？'①""书未发"，即指书信尚未启封，可见当时书信就已经有封缄了。《秦律十八种·司空》："令县及都官取柳及木楺（柔）可用书者，方之以书；毋（无）方者乃用版。其县山之多荓者，以荓缠书；毋（无）荓者以蒲、蔺以枲蔺之。名以其获时多积之。"② 这已清楚说明，秦王朝官文以木牍作书，以蒲草类扎封。书信的封缄方法应该是从公文封缄中借鉴而来的。结合出土文献和传世文献，可以看到秦汉时期的封缄方式主要有三种：检署、函封和囊封。

检署之事，王国维已论述甚详，"书函之上既施以检，而复以绳约之，以泥填之，以印按之，而后题所予之人，其事始毕"③。也就是在书写文字的木牍上再加上一个大小相近的木牍，以遮蔽牍上的文字内容，并用绳子将沿刻线槽加以缠绕，将绳子结口放入封泥槽，然后加盖印章，最后在封检上题写受书人的姓名，这个过程就是检署。杨慎《升庵集》卷六十六"简牍"条认为古代简牍是："古人与朋侪往来，以漆版代书帖。又苦其露泄，遂作二版相合，以片纸封其际，故曰简版，或云赤牍。"④ 杨慎所说的用片纸封住两个木牍的缝隙，可能是纸张流行后，检署制度的一种变化，或者可能是封皮纸的雏形。检署是书信封缄最常用的方法。

函封，现在还没有见到实物，文献中的记载却颇多，如吴质《答东阿王书》"发函伸纸"。函封可以用于封缄简牍，也可以用来封缄纸质书信。《通典》卷五十八引用东汉郑众《百官六理辞》详细说明了婚书的函封程序："六礼文皆封之，先以纸封表，又加以皂囊，着篋中。又以皂衣篋表讫，以大囊表之。题检文言：谒表某君门下。"⑤ 木牍婚书写好后，用纸加以包裹，再用黑色的布囊包裹盛放，

---

① 刘向集录：《战国策》，上海古籍出版社 1998 年版，第 418 页。

② 《睡虎地秦墓竹简》，文物出版社 1978 年版，第 83 页。

③ 谢维扬、房鑫亮主编：《王国维全集》（第二卷），浙江教育出版社 2009 年版，第 500 页。

④ 杨慎：《升庵集》，《景印文渊阁四库全书》（第 1270 册），上海古籍出版社 1987 年版，第 651 页。

⑤ 杜佑撰，王文锦等点校：《通典》，中华书局 1988 年版，第 1649 页。

放入箧中，再用一个黑色的布囊将箧子包裹，用绳子扎紧，附上封检，最后题写收信人。婚书可能因为礼仪的要求，函封的程序更加复杂，普通书信的函封可能较此简单，《晋书·殷浩传》曾记载："后温将以浩为尚书令，遗书告之，浩欣然许焉。将答书，虑有谬误，开闭者数十，竟达空函，大忤温意，由是遂绝。"① 能够开闭数十，说明封缄的程序不是很烦琐。然而与检署和囊封相比，函封可能是三个之中最为烦琐的封缄方式，毕竟函封之中还使用了布囊。

《后汉书·光武十王列传》："光武崩，大行在前殿，荆哭不哀，而作飞书，封以方底。"注曰："方底，囊，所以盛书也。《前书》曰：'绿绨方底。'"② 囊，方底，用不同颜色的布帛做成，如大臣上言密事用皂囊，也就是黑色的布囊，《独断》曰："章表皆启封，其言密事，得以皂囊盛。"③ 布囊两端开口，书信放入之后，将两端的开口折叠到中间，然后用绳子捆扎，再施以封检，最后题写收信人信息。

魏晋之后，纸张逐渐盛行，既被用于书写，也被用于包裹书信。用纸张包裹书信的方法，成为后世信封封装的雏形。用纸包裹书信，有直封和斜封两种方式。所谓直封就是将纸四角对折，折叠成"方形"，然后用绳子捆扎后，施以封检，在背面题写收信人信息；斜封则是将纸沿对角线折叠，然后用绳子捆扎后，施以封检，在背面题写收信人信息。唐五代时还出现过一种随纸卷封的封缄方式，即将书信写完之后，按照从左到右或者是从右到左的顺序，将纸卷成圆柱，中间用绳子捆扎后，再在纸缝上加盖印章，并写好收信人的信息，这种方式虽然简单，但保密性较差，再加上不能用于尊者，因而渐行废止。

### 三　书信交往发生的可能——邮驿与信使

书信的发展历史中，邮驿与信使是通信顺利进行的媒介。小到片纸交流，大到国家政令的发布与传播，军事情报的火速递送，邮驿和信使在国家的统治、私人的交流等方面发挥着巨大的作用。

---

① 房玄龄等：《晋书》，中华书局 1974 年版，第 2047 页。
② 范晔：《后汉书》，中华书局 1965 年版，第 1446、1447 页。
③ 蔡邕：《独断》，上海商务印书馆 1939 年版，第 5 页。

　　中国古代的邮驿有如下共同特征："①官办、官管、管用，是历代政府机构的组成部分；②以'传命'为主旨，融通信、交通、馆舍三位于一体；③以人力或人力与物力（车、船、牲畜）相结合的方式，接力传送，逐程更替。"① 中国古代的邮驿，所传递的是官方文书，赵宋之前严禁传递私人信件。② 宋太宗雍熙二年十月诏书："自今的亲实封家书，许令附递，自余亲识只令通封附去。"③ 王栐《燕翼诒谋录》卷五记宋仁宗时事云："景佑三年五月，诏中外臣僚许以家书附递。明告中外，下进奏院依应施行。盖臣子远宦，熟无坟墓宗族亲戚之念，其能专人驰书，必达官贵人而后可。此制一颁，则小官下位受赐者多。今所在士大夫私书多人递者，循旧制也。"④ 私书入官递，这是宋之前未有过的现象，明显地提高了私人通信的效率。⑤

　　汉魏六朝时期，官方的邮驿制度不断完善，邮驿范围逐渐扩大，虽说官邮不用于民间的私人信件收发，但是官邮的发展和完善，客观上也带动了民间通信方式的发展。现在所能知道的汉魏六朝时期私人间的通信方式，主要是捎传和专人专递。

　　捎传的方式出现较早，《诗经·小雅·采薇》中"忧心烈烈，载饥载渴。我戍未定，靡使归聘"，指的就是驻守之地漂泊不定，又遇不到归聘的使者，无法传递信件的焦虑；云梦秦简中的两封家书，应该就是捎传，是托役满回乡的士卒给家中送信，报告平安、问候家人并索要日常生活的财物。捎传当然不只是信件，有时候可能是口信，如唐诗中所描写的情景，"马上相逢无纸笔，凭君传语报平安"，也

────────────

① 刘广生、赵梅庄：《中国古代邮驿史》（修订版），人民邮电出版社1999年版，第5页。
② 庶民在被征召或上言事变时，可以使用官方邮驿，他者皆被禁止。
③ 徐松辑：《宋会要辑稿》（第三册），中华书局1957年版，第2393页。
④ 王栐：《燕翼诒谋录》，中华书局1981年版，第53页。
⑤ 需要说明的是，宋代的这一举措，并非平民百姓亦能私书附官递，私书附递只限于官员，只允许使用步递，严禁擅发急递。宋徽宗崇宁四年九月，尚书省奉御笔："近来官司申请，许发急递司局甚多，其间多有将私家书简，并不依条入步递遣走，却旋寻闲慢关移，或以催促应入急脚递文书为名，夹带书简附急脚递遣发，致往来转送急脚递甚繁多，铺兵疲乏不得休息。"［徐松辑：《宋会要辑稿》（第八册），中华书局1957年版，第7487页］当然，宋代私书附递中擅发急递虽三令五申，终不能禁止，但也无力改变通信依旧困难的事实。通信困难的真正改变是在明永乐年间出现民信局以后的事情。

可以捎代物品，王子今研究指出："秦汉时期由于人员的大规模流动，早期货币及实物包裹转寄已相应得到初步的发展，远道'遗钱'、'遗衣物'、'赍之米财'的情形已经比较普遍。"① 出土书信中有着不少这方面的记载，如天长西汉书信《方被与孟书》，方被随信送予谢孟礼物（一石米、一只鸡），希望对方能够接受，这是私人书信交往中比较常见的现象。随信赠物表达情意，有时也寓意于物，表达特定的含义，如邹长倩《遗公孙弘书》就是赠物讽谏，秦嘉、徐淑夫妻间相互赠物则体现出浓浓的亲情。官邮虽明令禁止发私人书信，但是官员利用职权偷偷捎传私人信件的现象从未中断，只不过这是部分人才能拥有的"特权"。官员不发私书，是罕见的特例，值得史书中特殊指出和表扬，如《艺文类聚》卷五十八引《吴录》曰："王宏为冀州刺史，不发私书，不交豪族，号曰'王独坐'。"

捎传书信，通信效率自然很低，有时甚至连是否能完成都无法保证，《世说新语·任诞》篇曰："殷洪乔作豫章郡，临去，都下人因附百许函书。既至石头，悉掷水中，因祝曰：'沈者自沈，浮者自浮，殷洪乔不能作致书邮。'"② 《艺文类聚》卷五十八引《鲁国先贤志》曰："孔翊为洛阳令，置水庭前，得嘱托书，皆投水中，一无所发。"③ 书信的捎传，南北朝至唐代并未有多大的变化，且信使身份不一。梁张充《与王俭书》曰："关山复阻，书罢莫因。傥遇樵者，妄尘执事。"④ 唐代王维《山中与裴迪秀才书》结语曰："因驮黄蘗人往不一。"⑤ 王绩《答程道士书》曰："因山僧还，略此达意也。"⑥

以捎传的方式传递书信，局限性和弊端都非常明显，因而在经济条件允许的情况下，往往是专人专递。汉魏六朝时期，大量的"信"出现在史籍中，"信"字不是指书信，而是指信使，这说明专人专递

---

① 王子今：《秦汉交通史稿》，中共中央党校出版社 1994 年版，第 473 页。

② 刘义庆撰，余嘉锡笺疏：《世说新语笺疏》，中华书局 2007 年版，第 876 页。

③ 欧阳询撰，汪绍楹点校：《艺文类聚》，上海古籍出版社 1999 年版，第 1048 页。

④ 姚思廉：《梁书》，中华书局 1973 年版，第 330 页。

⑤ 王维撰，陈铁民校注：《王维集校注》，中华书局 1997 年版，第 929 页。

⑥ 周绍良主编：《全唐文新编》（第一部第三册），吉林文史出版社 2000 年版，第 1475 页。

的状况很普遍。如《世说新语·栖逸》篇说："孟万年及弟少孤，居武昌阳新县。万年游宦，有盛名当世，少孤未尝出，京邑人士思欲见之，乃遣信报少孤，云'兄病笃'。狼狈至都。时贤见之者，莫不嗟重，因相谓曰：'少孤如此，万年可死。'"①

专人专递的普遍出现，是私邮盛行的结果。秦朝统一之后，秦始皇采取了"书同文"、"车同轨"、开河渠、修驰道等一系列措施，促使邮传系统在全国范围内建立，并制定了相关律令，使邮传制度开始向法规化、制度化发展。汉承秦制，邮传制度在汉代得到了进一步的发展。汉魏六朝邮传主要为上层统治者服务，并带有浓重的军事色彩，私人邮传可施展作用的空间极大。一般私人设置的邮站主要为其本人服务，不求盈利；且零散、不成体系，不被纳入官方进行统一管理；经办人的身份皆为官员，非一般人物。如《史记·郑当时列传》记郑庄"为太子舍人，每五日洗沐，常置驿马长安诸郊"②，以迎宾客；《汉书·昭帝纪》云燕王旦等"置驿往来相约结"③，以便与同谋联络；同书《王温舒传》云王温舒上任后，"令郡具私马五十匹，为驿自河内至长安"，颜师古注曰："以私马于道上往往置驿也"④，以便自己上奏迅速；《二年律令·津关令》简504、505记："相国上中大夫书，请中大夫谒者、郎中、执盾、执戟家在关外者，买私买马关中。"⑤ 这是为了方便家居关外的朝官与家人联络之用；简519云："丞相上长信詹事书请汤沐邑在诸侯、属长信詹事者，得买骑、轻车、吏乘、置传马关中，比关外县……"⑥ 这是为汤沐邑在关外的人征收、运输租赋方便而请私人置传的。两晋时，曾有"千里牛"的民间传信组织，《晋书·苟晞传》："晞见朝政日乱，惧祸及己，而多

---

① 刘义庆撰，余嘉锡笺疏：《世说新语笺疏》，中华书局2007年版，第775页。
② 司马迁：《史记》，中华书局1959年版，第3112页。
③ 班固：《汉书》，中华书局1962年版，第226页。
④ 班固：《汉书》，中华书局1962年版，第3656页。
⑤ 张家山二四七号汉墓竹简整理小组编著：《张家山汉墓竹简［二四七号墓］》（释文修订本），文物出版社2006年版，第85页。
⑥ 张家山二四七号汉墓竹简整理小组编著：《张家山汉墓竹简［二四七号墓］》（释文修订本），文物出版社2006年版，第87页。

所交结，每得珍物，即赆都下亲贵。兖州去洛五百里，恐不鲜美，募得千里牛，每遣信，且发暮还。"① 私人邮站都是为方便自己而设置的，不统属于官方领导，是官营邮传的一个重要补充。

王子今指出："由于通信条件的限制，有否私书往来，一般可以作为判定'亲疏'的标准。"并以杜安和曹腾为例，说明其目的是"防范官僚朋党勾结"②。《后汉书·杜根传》载："（杜安）少有志节，年十三入太学，号奇童。京师贵戚慕其名，或遗之书，安不发，悉壁藏之。及后捕案贵戚宾客，安开壁出书，印封如故，竟不离其患，时人贵之。"③《后汉书·曹腾传》："时蜀郡太守因计吏赂遗于腾，益州刺史种暠于斜谷关搜得其书，上奏太守，并以劾腾，请下廷尉案罪。帝曰：'书自外来，非腾之过。'遂寝暠奏。"④ 因而有些官吏为了避祸或者是表现自己的公正无私，不发私书，如《汉书·郅都传》："都为人，勇有气，公廉，不发私书，问遗无所受，请寄无所听。常称曰：'己背亲而出，身固当奉职死节官下，终不顾妻子矣。'"⑤《东观汉记》卷十一曰："樊准，字幼陵，为州从事，临职公正，不发私书，世称冰清。"⑥ 再如《会稽典略》云："黄昆，字文通，迁廷尉，闭门不发私书。"⑦

与此相关的是，汉魏六朝时期，对藩王与官员以及官员之间的书信交往，都是有所限制的。《后汉书·郑众传》说："太子储君，无外交之义，汉有旧防，蕃王不宜私通宾客。"⑧ 程树德《九朝律考》谓："魏重诸王交通宾客之禁。"⑨ 晋人对执掌机要的大臣与他人的通信限制较严，《晋书·裴秀传》载："时安远护军郝诩与故人书云：

---

① 房玄龄等：《晋书》，中华书局 1974 年版，第 1667 页。

② 王子今：《秦汉交通史稿》，中共中央党校出版社 1994 年版，第 474 页。

③ 范晔：《后汉书》，中华书局 1965 年版，第 1839 页。

④ 范晔：《后汉书》，中华书局 1965 年版，第 2519 页。

⑤ 班固：《汉书》，中华书局 1962 年版，第 3648 页。

⑥ 刘珍等撰，吴树平校注：《东观汉记校注》，中华书局 2008 年版，第 464 页。

⑦ 虞世南撰，孔广陶校注：《北堂书钞》（续修四库全书本），上海古籍出版社 1995 年版，第 247 页。

⑧ 范晔：《后汉书》，中华书局 1965 年版，第 1224 页。

⑨ 程树德：《九朝律考》，中华书局 1963 年版，第 209 页。

'与尚书令裴秀相知，望其为益。'有司奏免秀官。诏曰："不能使人之不加诸我，此古人所难。交关人事，诩之罪耳，岂尚书令能防乎！其勿有所问。"① 虽不问罪，然交关人事，到底是"诩之罪耳"。以至于官员为远祸，"自以职在中书，绝不与人交关书疏，闭门不通宾客，家无儋石之储"②。

## 第二节　书信的文体学考察

### 一　书信的文体渊源

研究一种文体，"原始以表末"，追溯文体的渊源，正本清源，能够更好地把握文体的发展脉络，对蔚为大观的书信追本溯源，是十分必要的。笔者试分析三种源头说，从中找寻合理的因素，并试图提出解决问题的新观点。

所谓三种源头说，指的是马增芳的殷商起源说，刘勰的"三代政暇，文翰颇疏。春秋聘繁，书介弥盛"说，姚鼐的《尚书·君奭》篇说。

马增芳之说见诸《书信探源》③ 一文，试图结合出土甲骨文文献解决问题，所依据的是三片甲骨文字（第 431、512、513 片），认为皆是军事信件，"从内容来看，不像卜辞那样作点滴记录，而是具体完整的叙事文字，具备书信的叙事特点。时间、地点、对象、事件、结果均具体明白"，"由此可见，在殷商时期，我国已经开始用文字来进行军事通信了。这应该是我国书信的滥觞"；另外，马氏还认为殷商"驲传制度的存在，说明了书信通讯的存在"，殷代"在书信发展史上开创了辉煌起点"。马氏无非想将书信的起源向更早推进，但是其观点是缺乏依据的。所据之三片甲骨中的信息，皆为告语，也即使者口头传达信息，无法证明乃是书信传递；驲传制度的存在也只能证明通讯的存在，通讯中传递信息的方式很多，并不能作为书信的起源。且殷商时期，文字与书写材料都极为不便，远不如专

---

① 房玄龄等：《晋书》，中华书局 1974 年版，第 1039 页。
② 刘义庆撰，余嘉锡笺疏：《世说新语笺疏》，中华书局 2007 年版，第 207 页。
③ 马增芳：《书信探源》，《文史知识》1994 年第 9 期。

人面告便利。

刘勰《文心雕龙》文体论按照"原始以表末，释名以彰义，选文以定篇，敷理以举统"的体例进行，却因历史的久远和文献的缺失，对书信的起源，采用了较为模糊的说法。"三代政暇，文翰颇疏。春秋聘繁，书介弥盛。"（《文心雕龙·书记》）一是三代之事，不可得耳闻，并非书信起源于三代；二是以《春秋》为据，指出春秋时书信的发展和原因；三是指出书信的内容皆以政治为主。客观而言，刘勰的观点无疑是审慎合理的，被后世广泛接受。《新编事文类聚翰墨全书》"书记式"曰："书简往返，故无所考，其始起于先秦乎？"①也只是以疑问的方式将书信的源头推至先秦。

与刘勰相比，清人姚鼐的追溯大胆而具体。姚鼐之说本书绪论部分已详述，为便于阅读，仍置于下。《古文辞类纂序》中说："书说类者，昔周公之告召公，有《君奭》之篇。春秋之世，列国士大夫或面相告语，或为书相遗，其义一也。"②林纾《春觉斋论文·流别论》卷十二："姚惜抱谓书之为体，始于周公之告君奭。"③姚鼐认为《尚书·君奭》是古代书信的源头。此说将一种文体产生的源头，追溯到具体的一篇文章，不符合事物产生和发展的规律，因此也就很难被接受。然而，姚鼐的观点还是具有很大的启发意义。

《尚书·君奭》篇是周公还政于周成王后，对召公的诰词，类似于对面语，如面谈。面相告语，极受重视，"春秋时候，列国交际频繁，外交的谚语关系国体和国家的利害更大，不用说更需慎重了。这也称为'辞'，又称为'命'，又合称'辞命'或'辞令'"④。战国时期，辞令成为纵横之士采用的主要形式，进而发展成为陆机所谓"炜晔以谲诳"的"说"体文。若将告语辞令以文字出之，遣书介送出，则为广义的书信，在"秦汉立仪"后又分化为章表奏议和私人书

---

① 刘应李辑：《新编事文类聚翰墨全书》，《四库全书存目丛书》（子部第169册），齐鲁书社1997年版，第17页。
② 吴孟复、蒋立甫主编：《古文辞类纂评注》，安徽教育出版社2004年版，第15—16页。
③ 林纾：《春觉斋论文》，人民文学出版社1959年版，第66页。
④ 朱自清：《经典常谈》，上海古籍出版社1999年版，第97页。

信。蔡邕《独断》亦言："相见无期，惟是书疏，可以当面。"① 汪道昆《五岳山人尺牍序》："尺牍，辞命之流也。"② 可见，书信源自面相告语，也即辞令、辞命。

书信与说，皆有与人交流、陈述观点之用，加之相关文本流传时，乃是截取部分，后世命名唯以记载判断，因此极易混淆。如邹阳、枚乘与吴王、梁孝王书，《文心雕龙·论说》篇则以说体论之。说与书信，有同有异。其同是指，两者用于交流，要求发语真实，刘勰认为"说"，"自非谲敌，则唯忠与信"，以忠信为本，并非陆机所谓的"说炜晔而谲诳"。其异有四，分条述之。第一是内容的范围，书信论政抒情皆可，说"必使时利而义贞，进有契于成务，退无阻于荣身"（《文心雕龙·论说》），主要涉及政治方面。第二，格式上的不同，书信有着明确的格式要求，甚至出现了写作书信的范本——书仪；除因陈述对象不同而态度不同外，说没有明确的格式要求。第三，灵活性的不同，"凡说之难，在知所说之心，可以吾说当之"（《韩非子·说难》），说既要明了对方的意欲和思路，又要顺应对象的思路，而且"世无常贵，事无常师"（《鬼谷子·忤合》），要求说者根据情境的不同、对象的反应等迅速调整说辞，极具灵活性；与之相较，书信则主要阐述自己的观点，并推想对象可能的反应而设辞，书信一旦发出，其辞不可再变。第四，情境的不同，同是交流，说是对面语，书信则是想象中的对方交流，这种交流需要邮驿、信使的帮助方能完成。

说与书信皆源自辞令，刘勰和姚鼐的观点中，实际上早已注意到，刘勰所举春秋四书，"辞若对面"，姚鼐更是将书信之源定于一篇诰词，做法虽然不妥，却也指出了问题的实质，上文所说姚鼐观点有启发意义，皆指此点。笔者认为，书信文体源自辞令，它承续了辞令中的优点，如交际中的礼仪，且每封书信就如面对面与人谈话，书信的内容与辞令相同，具有极大的灵活性和广阔性。在继承和不断发

---

① 陈梦雷编纂：《古今图书集成·理学汇编·文学典》（第161卷），中华书局1934年版，第635册，第38页。

② 陈梦雷编纂：《古今图书集成·理学汇编·文学典》（第161卷），中华书局1934年版，第635册，第42页。

展中，书信的文体特性逐步形成。

## 二　书信的文体特性

书信的发展过程也是文体特性逐渐清晰化的过程。自魏晋时期，曹丕、挚虞等人就已经做出了探讨书信特性的尝试，刘勰则将魏晋以来的探索总结在《文心雕龙·书记》篇中，将其看作先唐书信理论的集大成之作，是符合历史事实的。刘勰的书信理论为后世书信理论奠定了基础，成为书信探讨者经常引用的理论，因而《文心雕龙·书记》篇对书信文体特性的总结也就成为我们对于书信文体特性探讨的基本参照点。在下文的阐述中，笔者将结合前贤的理论成果，尤其是刘勰的书信理论，具体论述书信的文体特性。

刘勰《文心雕龙·总术》篇云："今之常言，有文有笔，以为无韵者笔也，有韵者文也。"刘师培《中国中古文学史讲义》延续了刘勰的观点："是偶语韵词谓之文，凡非偶语韵词概谓之笔"，"官牒史册之文，古概称笔。盖笔从'聿'声，古名'不律'，'聿'、'述'谊同。故其为体，惟以直质为工，据事直书，弗尚藻彩"①。书信属于"笔"类，具有实用文的特点，"直质为工，据事直书，弗尚藻彩"，近人许同莘《公牍学史》中也持这样的观点："表奏书檄之属皆谓之笔，不谓之文。盖叙事达旨，施于实用，与文人之冥心孤往，骋秘抽研，各不相涉。故有能为表奏书檄而不能赋诗为文者，亦有诗文造诣极深而不能胜记室参军之任者。"② 书信乃实用之文非文学之文，明矣。然而中国古代文学的复杂性就在于实用与文学往往交糅并行，很难判然区分。

1. 实用性

毋庸置疑，实用性是书信最基本的属性之一，且始终伴随书信。书信的实用性首先体现在信息的传递上。广义的书信，包括章、表、奏、启、议、对等，与其他文体不同者，都有传递的要求和希望得到

---

① 刘师培：《中国中古文学史讲义》，上海古籍出版社 2000 年版，第 5 页。
② 许同莘：《公牍学史》，档案出版社 1989 年版，第 60 页。

回复的心理预期，只不过书信与章、表、奏、启、议、对等相比，期望得到回复的愿望更加强烈，书信来往的可能性也远大于章、表、奏、启、议、对等。书信不仅因为传递的存在而显得独特，更因传递的存在而得以完成。书信是社会发展的产物，是生产力极端低下时，人类为了传递信息而采用的一种方式。这种方式的采用，是为了弥补口耳传递的不足，即当人们需要将信息送往他地，口耳传递所具有的缺点（如保密性等）无法克服时而使用文字进行传递的一种方式。书信信息传递的出现，与战争有着紧密的关系。早期的书信多是诸侯国之间的"国书"，这是替代诸侯使者而进行的文字交流，其内容多涉及两国之间的军政，其中最多的与战争有关。而战争的出现必然需要大量的信息的传送，且传送的内容往往十分机密，因而书信的文字形式最为直接。同时，战争的爆发所带来的可能是家书的繁多，云梦秦简中两封家书就能够明显地看出书信实用性的重要性。历史的发展过程中，人们不满足于仅是缘事而发，更多的是缘情而发。曹丕《与吴质书》："途路虽局，官守有限，愿言之怀，良不可任。足下所治僻左、书问致简，益用增劳。每念昔日南皮之游，诚不可忘。"[1] 有时候这种情感的浓烈，甚至是书疏往复也不能真正地消解，"三年不见，《东山》犹叹其远，况乃过之，思何可支？虽书疏往返，未足解其劳结"（《又与吴质书》）[2]。

　　书信的广泛使用，是因为它的迅捷性。所谓的迅捷性，除了信息传递的迅速，还包含三个层面的意思。从作者的角度而言，一封书信的发出，是希望得到迅速回复的，尤其是在通信不方便的古代，此种迅捷性乃是潜意识中的期盼。从内容的角度而言，书信所涉及的往往是现实生活中发生的事情，这些事情比其他体裁的文学作品有着更为迅捷的反映。因而，书信往往能够迅速地反映现实，反映士人和社会关注的热点。从创作的角度而言，虽然书信的写作有着本身的礼制要求和相对的稳定性，但是书信所具有的自由性，使书信作者可以充分

---

① 　严可均辑：《全上古三代秦汉三国六朝文》，中华书局 1958 年版，第 1089 页。
② 　严可均辑：《全上古三代秦汉三国六朝文》，中华书局 1958 年版，第 1089 页。

利用自己的写作优势进行创作，这也就造成了书信的风格、语言等会随着时代的变化而变化，作家和时代的偏好会迅速反映在书信之中，这种迅捷性也是其他文体所不能具备的特点。

其次，书信的实用性还体现在情感与思想的交流和探讨方面。如果说信息的传递是书信最基本的属性，那么在具体的运用和历史的发展中，人们一定不会满足于简单的信息交流，情感和思想的介入，无论从理论的推演上还是在历史的实际上，都一定会成为一种发展的趋势。书信的发展历程中，大到爱国情感，小到亲情、友情、爱情，都可以出现在书信的写作之中，而且，在相对私密的环境之中，这种情感似乎能够表达的更为直接坦率。不独是情感，书信中所包含的是创作主体的思想，这种思想可能是对于国家政局的独特看法，也可能是对于人生哲理的探讨，也或许是一种文学观念的表达，或是一种宗教信仰的传播。魏晋南北朝时期，书信中探讨文学观念和学术问题，尤其是东晋南朝时期关于儒、释、道所进行的论战，很多都是借助书信将自己的思想和盘托出。尤其值得注意的是，书信中这种思想的交流和探讨，实际上形成了一种书信论学的传统，这种传统一直延续到今天。

再次，书信的实用性还表现在礼仪的传承与家族地位的体现方面。这一点似乎很难理解。实际上，书信是一种礼仪性特别强的应用文体，书信传递中所遵循的礼法习惯往往因习用而被固定，这种固定不仅是用语上的固定，更是格式上的固定，西晋时期甚至就已经出现了书仪——索靖《月仪帖》。周一良说："在中国封建社会中，尊卑、君臣、上下、亲疏的关系是不容紊乱的，这既有律令的保证，也有礼经的制约。书仪正是把律令、礼经的内容融在其中，处处渗透着尊卑森严的等级关系。"① 可见，书信不仅是一种信息传递的工具，受礼制的规范和限制，更在潜移默化中普及和强化着礼制。另外，书信还可以是家族地位的体现。《宋书·王弘传》："凡动止施为，及书翰礼

---

① 周一良、赵和平：《唐五代书仪研究》，中国社会科学出版社1995年版，第8页。

仪，后人依仿之，谓为王太保家法。"① 王弘的书仪，体现着世家大族的优美辞令和交际礼仪。南朝时期，皇权强化，魏晋以来的世家大族地位受到威胁。为了维护和体现世家大族的地位和优越感，士族子弟往往在文化上彰显自己的独特，书仪是其中非常重要的一类。尤其是关于婚礼和丧葬礼的书信，在当时是十分繁多的，辞令优美，格式烦琐而固定，呈现出一种模式化的倾向。在这一过程中，礼制和世家大族的地位在书信上得以凸显。

最后，书信的实用性体现在其独特的文献价值上。书信是研究某一历史人物最为直接的资料，举凡人物的思想、生平、个性等特点，都可以在书信中找到原始资料，这当然是与书信的真实性和私密性相关。因为只有相对私密，书信中才能更多地展现创作主体的真实性，也因为真实性书信的文献价值才得以凸显。如司马迁《报任安书》早已成为研究司马迁生平和思想的重要资料，而王僧虔的《诫子书》也为我们理解南朝玄谈的具体情况提供了坚实的资料。再者书信内容广泛，几乎没有内容不能进入书信的写作之中，因而除了情感和思想的表达，古人生活的方方面面都反映在书信之中，可以说是正史资料之外，一部最为广泛的社会生活史画卷。周作人在《茶汤》一文中感慨，如果笔记、日记和尺牍中还没有相应社会生活的记录，那么古人的社会生活我们就无从查考了，于此可见书信作为社会生活史料，其价值的重要性。

### 2. 私密性

私密性是一个复杂的心理学概念，阿托曼曾用简单的语言给出了一个定义："对接近自己或自己所在群体的选择性控制。""从这一定义可以看出，私密性并非仅仅指离群索居，而是指对生活方式和交往方式的选择与控制。"私密性的表现形式，"总的来说，可以概括为行为倾向和心理状态两个方面：退缩（withdrawal）和信息控制（control of information）。退缩包括个人独处，与其他人亲密相处，或隔绝来自环境的视觉和听觉干扰。信息控制包括匿名，即不愿别人对

---

① 沈约：《宋书》，中华书局 1974 年版，第 1322 页。

自己有任何了解；保留，即个人对某些事实加以隐瞒，如人们常说的隐私权，当然不包括对犯罪的隐瞒；不愿多交往，尤其不欢迎不速之客"①。因为私密性的存在，个人可以在情绪上比较放松，甚至可以从社会的礼仪习俗的规范中获得心理上的解放，而信息的控制则较好地对沟通加以限制和保护，使人能够说出自己的真心话或者是隐藏的秘密。

私密性是书信的基本属性之一。在书信产生之初，私密性就伴随而来，前文所引《战国策·齐策》中"齐王使使者问赵威后，书未发"，是史书中较早的关于书信私密性的记载，书信封缄的出现和不断完善，甚至在某些书信中要求对方阅后焚毁，也是书信私密性的要求。需要说明的是，古代还没有严格意义上的隐私权和著作权，因而好的书信也可以成为众人传阅和诵读的对象，但是这并不影响书信的私密性。

私密性在书信中的表现，可以是人为意义上的信息隔绝，如专人专递、封缄等形式的采用，使书信内容得到保护。然而更大意义上的私密性表现在对通信双方心理的影响上。私密性隔绝了通信双方之外的人，并且信息控制中可以保留不愿他人知道的信息，因而通信者在心理上所产生的情绪松弛，使书信中情感的流露有着较少的顾虑，因而在抒情性的书信中，情感的本真宣泄可谓是找到了合适的出口。这种抒写，很大程度上是一种倾诉，也是一种自我的心理疏导，如著名的《报任安书》和《答苏武书》，实际上都是作者将对方作为倾诉的对象，将内心郁结的情感和苦楚倾倒而出，在宣泄与渴望理解中，达到一种心理的释放，客观意义上也保证了书信内容的"真"。

如果说，诗文都有一定意义上的隐含读者的话，那么书信所拥有的读者则是确定的，是书信作者在写作伊始就已经预设好的。书信中往往以第一人称和第二人称的方式进行着交流，所涉及的内容若是双方的私事，往往只有当事人才能明白内容的含意，如王羲之父子的法帖历来被认为难释读，恐怕主要是由于这一原因，这自然也是书信私

---

① 林玉莲、胡正凡：《环境心理学》，中国建筑工业出版社2000年版，第111页。

密性的很好的体现。

3. 礼仪性

作为应用文的一种，书信必然要讲求格式。书信作为私人交往中运用最为频繁和广泛的载体，古人对其礼仪要求实际上是烦琐而细致入微的。

书信在一开始就不是一种随意的交往方式。书信的用语、用字，实际上都是书信礼仪性要求的一种体现，早期书信将日常的交往礼仪变化融入书信的用语中，产生了潜移默化的影响，"秦汉立仪"之后，书信的基本形制得到了确立，这一过程实际上也是书信礼仪逐渐形成的过程。

当然，书信礼仪的要求开始并不是特别严格，或者可以说并非一种硬性的规定，只是出于日常交往中的习俗，尤其是朋友间的交往。然而书信并非完全是身份平等的人的交往，"秦汉立仪"时不仅将奏章议表与书信进行了分割，也对书信中奏记和书笺做出了不同的要求，这一点刘勰《文心雕龙·书记》篇总结得最为清楚："原笺记之为式，既上窥乎表，亦下睨乎书，使敬而不慑，简而无傲，清美以惠其才，彪蔚以文其响，盖笺记之分也。"西晋时留存下来的《月仪帖》表明，朋友之间的交往也有着固定的礼仪规定，且在彰显才情的作用下，书信的礼仪性也愈加雅致。南朝时，琅琊王氏的书仪成为大家写信时必须遵守的礼仪，礼制的要求成为书信的硬性要求，并且在上层社会普遍流传开来。无论是婚丧嫁娶，书信中的礼仪都成为关注的焦点，也是家族地位和身份的一种象征。书信中的礼仪被极度强化，有时甚至高过书信本身的内容，复书中上纸所写的内容虽是冠冕堂皇的客套话，却能从侧面反映出书信礼仪的被重视程度。唐宋时期，魏晋南朝的书信礼仪被继承，并随着时代的变化而不断变革。敦煌书仪中的对于不同状况下书信格式、用语、用典等的详细分类和记录，充分说明书信交往过程中礼仪是被高度重视的，书仪也成为写信不可或缺的工具。书信的礼仪要求，在历史的发展中，不断地下移至民间，成为普遍采用的一种形式，很多书信用语一直延续至今天。

在书信礼仪的规定下，无论是用语、用字还是用纸、封缄，都有着严格的规定，可谓影响深远。与书对象的不同会带来礼仪上的差异，如家书往往是家庭成员间的书信，一般较为随意，而与他人通信时，往往要特别重视措辞，同样是陆云的书信，他的《与戴季甫书》《与杨彦明书》同《与平原兄书》相比，风格迥然不同。与书对象不同所带来的礼仪上的差异，这是很好理解的。需要注意的是，因为礼仪性的需要，与书中如果特别讲究措辞，复信者在复信用语上也同样会斟酌，这应当是书信礼仪作用下的一种交互现象。交互现象的出现，实际上加强了书信的文学性。如果与书的文学性很强、用语典雅、文辞优美，那么，复信时的写作往往也有文学性逐渐加强的趋势，这种交互性也引导书信在文学性不断加强的过程中，出现"滚雪球"效应，曹魏、齐梁时期文学水平颇高的书信集中出现，与此不无关系。

4. 审美性

较之于实用性、私密性与礼仪性，书信的审美性是其能立足于散文之林的最主要因素。审美性，历来是文学理论研究中的难点，何为"美"也早成为仁者见仁、智者见智的争论性话题，然而这不是本书所要讨论的问题，笔者只从真、自由和书法艺术之美三个维度来探讨书信的审美性。

以实用为目的的书信，实用性如何演变出审美性，集实用与审美为一体？赵树功在《中国尺牍文学史》中谈到尺牍由实用性转化为审美性时，认为情感的郁结、历史的距离感和淡然之趣等因素造成了实用与审美的转化。① 赵先生的观点，与笔者的观点基本相同。本书伊始，笔者在探讨书信何以能作为文学作品出现时，从情感和距离（包括空间距离和时间距离）两方面进行过论述，这自然是书信从实用到审美不可或缺的因素。

情感之于书信，实有灵魂主宰作用，其首要的要求是"真"。《庄子·渔父》说："真者，精诚之至也。不精不诚，不能动人。故强哭者虽悲不哀，强怒者虽严不威，强亲者虽笑不和。真悲无声而

---

① 具体论述参阅赵树功《中国尺牍文学史》，河北人民出版社 1999 年版，第 21—22 页。

哀，真怒未发而威，真亲未笑而和。真在内者，神动于外，是所以贵真也。……真者，所以受于天也，自然不可易也。故圣人法天贵真，不拘于俗。"① 庄子强调真诚动人，自然天成，贵真崇真，几乎可以说是等同于尊道，极为重视。王充《论衡·超奇》篇说："实诚在胸臆，文墨著竹帛，外内表里，自相副称。意奋而笔纵，故文见而实露也。"② 所谓实诚，指的就是情真，唯有真情与文辞相辅相成，才能创作出高妙的文学作品，好的书信又何尝不是如此呢？

刘勰《文心雕龙·书记》篇曾引扬雄《法言·问神》篇曰："言，心声也；书，心画也。声画形，君子小人见矣。"李轨注云："声发成言，画纸成书！书有文质，言有史野！二者之来，皆由于心。"③ 此处所说之"书"，虽指的是书写著作，但也包含书信在内。正如李轨所言，书之文质史野，皆由于"心"，也就是真情。刘勰在此基础上阐述了对于书信特征的理解，"详总书体，本在尽言，言所以散郁陶，托风采，故宜条畅以任气，优柔以怿怀；文明从容，亦心声之献酬也"，实际上也是对于书信真情抒发的强调和凸显。明代钟惺也十分重视书信中的真情，他曾指出："情之所达，觌面可通也，暌违亦可通也，促膝可彻也，千里亦可彻也；鱼腹可传也，雁足亦可传也；关河可递也；中华可鉴也，夷狄亦可鉴也；骨肉可信也，吴越亦可信也。情之不翼而飞，不胫而走。而谐人我，联亲疏，贯遐迩，释臆想，调恩仇，皆本于情。"④

出于对真情的重视和提倡，评论者对书信中的代书现象就颇有微词，周亮工《尺牍新钞·选例》曰："裁书见志，取喻己怀，如病者之自呻，乐者之自美，安能隔彼膜而披其衷？讵可剜他肤而附其骨？故以此假人，不能快我心；以此代人，不能畅人意。何逊衡山之作，徒涉于淫；韩愈文昌之篇，实缘盲废。历稽古彦，亦甚寥寥。故代传之

---

① 庄子撰，郭庆藩集释：《庄子集释》，中华书局 2012 年版，第 1026—1027 页。

② 王充撰，黄晖校释：《论衡校释》，中华书局 1990 年版，第 609 页。

③ 扬雄撰，汪宝荣义疏，陈仲夫点校：《法言义疏》，中华书局 1987 年版，第 159—160 页。

④ 《四库禁毁丛刊》编纂委员会编：《四库禁毁丛刊补编》（第 52 册），北京出版社 2005 年版，第 164—165 页。

章，弃而弗录，亦姑例置也。"① 虽然代书的历史意义还有待进一步商榷，但是周亮工因此强调书信应出于自身的真情实感，这是正确的。

书信因情感的介入而独特，书信中的情感更多的是个人感触的抒发，在关注群体情感的先秦两汉时期，个体情感被压制或者是被忽略，而如司马迁、李陵、杨恽等人在书信中所表达的对于人生遭际、生活方式乃至生命的思考是多么的珍贵。书信中真正的个体情感表达成为重点，是在汉末魏晋时期，自然也引发了书信创作的繁荣和艺术水平的提高。值得注意的是，汉末魏晋时期的个体情感，往往具有普遍意义，正如李泽厚所说："这个'情'虽然发自个体，却又依然是一种普泛的对人生、生死、离别等存在状态的哀伤感喟，其特征是充满了非概念语言所能表达的思辨和智慧。它总与对宇宙的流变、自然的道、人的本体存在的深刻感受和探询连在一起。"② 当个体情感成为创作的基点，而这类情感又具有普适意义的时候，作品就能引发后世的共鸣，其美学价值也就体现出来了。

书信中除了感情真，还有性情真。性情真是指人的不同的性情反映到书信中，表现为不同的风格。孔融书信中的抒情主人公毫无顾忌，嬉笑怒骂皆成文章；曹丕书信则是温雅便娟，一派多愁善感贵公子模样；嵇康书信中则展现出抗争不屈、鞭辟入里的峻急人格……不同的性情在书信中展现出不同的风格，周作人说："中国尺牍向来好的很多，文章与风趣多能兼具，但最佳者还应能显出主人的性格。""日记与尺牍是文学中特别有趣味的东西，因为比别的文章更鲜明的表出作者的个性。"周作人还通过比较诗文戏剧与书信，探究其中的原因："诗文小说戏曲都是做给第三者看的，所以艺术虽然更加精练，也就多有一点做作的痕迹。信札只是写给第二个人，日记则给自己看的，（写了日记预备将来石印出书的算作例外），自然是更真实更天然的了。"（《日记与尺牍》）③

书信有着特定的读者，又有着私密性的传递方式，无论是写作方

① 周亮工：《尺牍新钞·选例》，上海杂志公司 1935 年版，第 2—3 页。
② 李泽厚：《美学三书》，安徽文艺出版社 1999 年版，第 351—352 页。
③ 周作人：《雨天的书》，人民文学出版社 2000 年版，第 12 页。

式还是书信的内容，都没有太多的条条框框，因而书信作者可以任意挥洒，毫无顾忌，直抒胸臆，不事雕琢，评论者认为文人将最真的自己留给了书信是有道理的，书信中充溢着文士的真情，展现着文士的真性情。俗语有云，唯有真情最动人。无论是司马迁、杨恽等人的不得志，还是马援对子弟的谆谆教诲，抑或秦嘉与徐淑二人的夫妻情意、曹丕等人的忧生之叹、阮籍嵇康的高峻人格，这一切都能在历史的长河中找寻到知音，嗣响不绝，古人的一份真情也总能穿越千年的时空，感动和鼓舞后人。也许，这就是书信真情美的直接体现。

如果说书信的真情美是情趣的话，那么书信还有一种理趣之美。书信关涉交流，析理游说是书信的基本功能，因事而发议论在所难免；书信因内容的广泛和形式的不拘一格，成为探讨学术的一种途径，东晋南北朝时玄佛道的理论辨析，唐代文以载道影响下的书信，使大量辨析义理的论学书信存世。无论是析理游说还是辨析义理，若只求说理，往往流于枯燥，也很难达到预期的目的。因而古人书信中的辨析义理也讲求一种趣味，也就是理趣。

所谓理趣，实乃中国文论中争议性颇大的理论范畴。葛晓音认为："孕含在诗歌感性观照和形象描写之中的哲理，便可称之为理趣。"[①] 阎福玲则认为理趣是"通过具体生动形象的事物的吟咏描绘或刻画来展示诗人对自然社会人生的思考与体悟，阐说道理而有诗趣诗味，既给人诗美的愉悦，又能启迪人的心智"[②]。则理趣不独是一种哲理思考，更要给人一种美感，让人在美的感受中，思考和体悟人生。葛、阎二人所说的虽然是诗歌，实际上对于书信也具有通约性，好的书信是理趣的完美载体。

书信与诗歌、哲学论文毕竟不同，它往往随意率性、饱含情感，并不有意做艰深的理论探讨。"理"之存在方式，正如钱锺书先生《谈艺录》所说："理之在诗，如水中盐、蜜中花，体匿性存，无痕

---

① 葛晓音：《论苏轼诗文中的理趣——兼论苏轼推重陶王韦柳的原因》，《学术月刊》1995 年第 4 期。

② 阎福玲：《禅宗·理学与宋人理趣诗》，《中州学刊》1995 年第 6 期。

有味，现相无相，立说无说。所谓冥合圆显者也。"①"理"不仅融化于诗歌中，同样也融化在书信中。它的理趣之美可以是乐极生悲的人生之叹，"既妙思六经，逍遥百氏，弹棋闲设，终以六博，高谈娱心，哀筝顺耳。驰骛北场，旅食南馆，浮甘瓜于清泉，沈朱李于寒水。白日既匿，继以朗月，同乘并载，以游后园，舆轮徐动，参从无声，清风夜起，悲笳微吟，乐往哀来，凄然伤怀"（曹丕《与吴质书》），也可以是逍遥从道，"若良运未协，神机无准，则腾精抗志，邈世高超，荡精举于玄区之表，摅妙节于九垓之外。而翱翔之乘景跃踯，踔陵忽慌，从容与道化同悠，逍遥与日月并流，交名虚以齐变，及英祇以等化"（阮籍《答伏义书》），也可以就一问题往复争论、精心阐释和推演，如东晋南朝时围绕沙门袒服、不敬王者、因果报应、形神之辨等所进行的书信交流，对义理的辨析由浅入深，通信双方的观点都得到了较好的表达。

不论是书信的情趣美还是理趣美，都是对于"真"的追求：一方面追求真情，一方面追求真理。除此之外，还需要提到的是，书信真迹所引发的历史体验美。书信真迹的搜求在两晋时期已经是非常盛行之事了，主要是出于对书法艺术的追求，后世对于书信的收藏和出版逐渐流行。面对书信真迹，自然也会引发对于古人的历史想象，美国作家霍桑在《亲笔书简》中面对书信真迹时曾说："我们可以想象到，为了充分发挥这些信件的作用，当时必是由邮差骑着快马，踏着泥泞，疲惫不堪地把信送到镇上；或者，也许由一名着装整齐的龙骑兵，冒着危险，策马急驰，以完成他的送信使命。只要用正直的眼光去看，就会承认这些函件都是不可思议的无价之宝。某些信件中，隐约可闻军中的鼓点与号声；某些信件回响着旧日费城大陆会议厅中的雄辩；某些信件则使我们感到似乎是一位当时的杰出人物以一种生气勃勃的语调，在同我们面对面友好交谈。奇怪，那些纸张和墨水本身竟有如此强大的魅力。同样的思想，出现在印刷的书中，也许没有这么大的感染力。人性中有某种实物主义，知其确实存在方才相信，似

---

① 钱锺书：《管锥编》，生活·读书·新知三联书店 2008 年版，第 569 页。

乎是否确实存在比其中的精神更重要。而确实，真迹往往具有印刷品无可避免会损失掉的某些东西。一处涂改，甚而一个墨迹，一个偶见的不规则的写法，所有这些手工操作的细微缺陷，反使我们同书信人更加接近，也许还由此领悟出某些无法用语言表达的微妙暗示。"①

　　与此相比，相互熟知的亲朋好友之间的书信真迹更容易令人睹物思人，触发一种思念，东汉马融《与窦伯向书》："孟陵奴来赐书，见手迹，欢喜何量，次于面也。书虽两纸，纸八行，行七字，七八五十六字，百十二言耳。"面对手迹，欢喜无量，之所以仔细描绘，并非真的是手迹有多么独特，实是饱含着浓浓的思念之情甚至是"纸弊默渝，不离于手"（张奂《与阴氏书》）。即使是对素未谋面之先人，也能生发出一种历史体验美。正如郑逸梅所说："朋好贻书，务须黏存，则明窗净几间，出而展玩，仿佛数十百人之言动状态，涌现与予眼前。且字体不同，标格各异。有瘦劲如铁虬者，有拙朴如古彝器者；或温润如花枝垂露，或雄健似剑之拔而弩之张。或严正似直士之靴笏立朝，而幸臣违避；或妩媚如夭桃满树，美女游春，绣陌钿车，人窥颜色。致趣种种，聚于尺幅之间，非其他纪念品所得而及也。"②

　　在论及书信的自由时，赵树功认为："若细论，文字形式上，它可骈可散，也可骈散结合；表达方式上，它可议可论，可抒情可叙事，亦可同汇一炉，诸体杂出；风格上，可庄可谐，可雅可俗，率意而为，随心所欲，只要笔力有余，即可勾画无盐；篇幅上有长有短，长者如陆象山、陈亮论理，洋洋万言，短者如宋懋澄连三言两语都少见，往往是一言一语即封笔；内容上，因是私人创作、秘密体裁，它涵盖作者所想涉及的所有领域，还能说平时不敢说的话，骂平时不敢骂的人。"③赵树功从五个方面论述书信的自由性，全面但略显简单。本书拟从言辞自由、文体自由、内容自由三方面进行论述。

　　洪锡豫《〈小仓山房尺牍〉序》中引袁枚之言说："尺牍者，古

---

　　①　［美］罗伊·哈维·皮尔斯编：《霍桑集》（下），姚乃强等译，生活·读书·新知三联书店1997年版，第1113—1114页。

　　②　郑逸梅：《尺牍丛话》，上海古籍出版社1985年版，第78页。

　　③　赵树功：《中国尺牍文学史》，河北人民出版社1999年版，第25页。

文之吐余。今之人或以尺牍为古文，误也。盖古文体最严洁，一切绮语、谐语、排偶语、词赋语、理学语、佛老语、考据、注疏、寒暄、酬应语，俱不可一字犯其笔端；若尺牍，则信手任心，谑浪笑傲，无所不可。"① 袁氏所论者，即是书信的言辞自由，古文中不能出现的诸种用语，都能在书信中运用。书信的语言，可以质朴无华，也可以华美典雅，可以骈俪整齐，也可以骈散结合。既可以是时代影响的结果，如汉魏时期书信多为散体，而南朝书信则多是骈体，这是受散文语言演变的影响，也可以是书信作者风格的体现，如刘宋时期的王微，散体书信取得了较高的成就，在骈体盛行的时期，可谓别具一格。

书信虽是散文中的一员，其文体特征也早在南朝时就得以总结和确立，但书信兼包众体，从其他文体中吸收创作手法，如蔡邕、孔融等人的举荐书中对于被举荐人的介绍，实际上是对行状的直接借鉴，而如曹丕《答繁钦书》《又与钟繇书》则明显是赋法写信，有时候整篇书信甚至可以说就是赋体，如陆云《答车茂齐书》、鲍照《登大雷岸与妹书》。书信文体的自由，使书信作者可以自由选择，表现力也就得到了相应的提高。

书信内容是自由与广泛的。因为自由，各种题材都可以成为书信往来中谈论的对象。《艺文类聚》中引录了大量的书信，在绝交、品藻、鉴诫、谏、说、言志、行旅、游览、离别、赠答、闺情、报恩、哀伤、贫、隐逸、谲、经典、谈讲、逊让、封、荐举、奉使、读书等类目下引录的书信数量较多，而在人、山、器物等类下也有部分书信的引录。《艺文类聚》虽没有就书信的内容进行分类，但是从书信在各类目下的分布，也能明显看出书信内容是多么的广泛。宋人《文苑英华》中列书信一门，又按照题材内容分为太子（附诸王）、宰相、北省、省、节度（附刺史）、幕职、州县、刑法、谏诤、赠答、文章、边防、祥瑞、医药、劝谕、宗亲、交友、道释（附隐逸）、举

---

① 王英志编纂校点：《袁枚全集新编》（第十五册），浙江古籍出版社 2015 年版，第1 页。

荐（附铨选）、经史、迁谪、杂书等二十二类①，虽然分类有重出之嫌，不是很科学，但是书信门下的二十二种分类，已经明显能让人感受到书信内容的广泛性。《唐文粹》书类则有论政、论兵、论易、论礼、论国语、论制诏、论书、论史、论选举、论谏诤、论仕进、论虚无、论法乘、论服饵、论文、荐贤、师资、自荐、激发、哀鸣、忿悲、切磋、规、诲、谕等二十五类②。《铁立文起》依内容将其分为时政，经学、论文、师友、规谏、游说、投谒、陈情、辨贤③。《历代名人尺牍分类选粹》按内容分为问讯、交际、聚散、哀乐、游息、褒贬、正言、达恉、自叙等 15 大类 84 小类④，分类可说是巨细无遗，可见书信内容的自由与广泛。

王阳明《答方叔贤》中说："书札往来，终不若面语之能尽，且易使人溺情于文辞，崇浮气而长胜心。求其说之无病，而不知其心病之已多矣。"⑤ 书信没有面语的自由，不能够根据实际情况将话说尽说透，因为书信毕竟不同于面对面的言语交际，因而也就很难利用言语交际中的空间位置⑥、面部表情、身体动作⑦、副语言⑧。没有面语的自由，书信却因文字而有着想象的自由。与书者在写作书信的过程中，实际上在想象中是存在潜在的交谈对象的，这种交谈自由随意；收信者也可以根据与书的语言想象与书者的情态、面貌以及书信中蕴含的思念之情等。因而，书信的自由实际上还可以体现在书信给人带

---

① 李昉等编：《文苑英华》，中华书局 1966 年版。

② 姚铉编：《唐文粹》，浙江人民出版社 1986 年版。

③ 王之绩：《铁立文起》，王水照主编：《历代文话》（第四册），复旦大学出版社 2007 年版。

④ 姚汉章：《历代名人尺牍分类选粹》，北京图书馆出版社 2004 年版。

⑤ 王守仁撰，吴光等编校：《王阳明全集》，上海古籍出版社 1992 年版，第 175 页。

⑥ 空间位置的主要功能有：显示关系、展示地位、表明态度、反映情绪。

⑦ 身体动作不仅能传递出各种信息，而且可以体现一个人的文化修养。身体动作的功能主要有：显示身份、指示替代、昭示心理（刘焕辉主编：《言语交际学教程》，中央广播电视大学出版社 1995 年版，第 340—346 页）。

⑧ 副语言是一种有声而无固定语义的符号系统。比如音量、音质、语调以及苦笑声、干咳声、叹息声、口哨声。他们虽然不是语言，但是也能传达思想感情，是一种和语言伴随而存在的辅助性语言（刘焕辉主编：《言语交际学教程》，中央广播电视大学出版社 1995 年版，第 340—346 页）。

来的各种自由想象上。

由于书信为互通信息而作，故书写时意在表达心境，直抒胸襟，而不在书法之艺术表现，是以笔法线条无须雕琢刻画，结构行气无须布置安排。在这种无意求工的情况下书写，呈现出的却是无意而佳的真率自然与潇洒随意，此即书信书法与其他形式的书法大异其趣之处。书信与书法的结合有着独特的审美价值，这在东晋王羲之的法帖中呈现的最是完美，后文详述，于此不赘。

### 三 书信别称的语义考察

中国古代文体量可至数以百计，纷繁复杂，特点迥异者有之，区别甚微者亦大量存在。书信作为古代散文中的一种文体，也有着不同的称谓和细微的差别，这些是因通信对象和礼制的要求而产生的，研究汉魏六朝的书信，首先要将这些称谓和差别厘清。再者，文体之名，历代记载或陈陈相因，或语焉不详，或差别巨大，纷繁复杂，莫衷一是者甚多，因此要厘清书信文体，则应在借助历代评论文献的基础上，考察作品的实际。笔者认为，只有将两者结合，才真有可能接近文体演变的实际。

1. 尺牍

"尺牍"一词，最早见于《史记·扁鹊仓公列传》记太仓公淳于意坐法当刑，其女缇萦上书汉文帝，愿入宫为奴替父赎刑。太史公赞曰："缇萦通尺牍，父得以后宁。"① "通尺牍"，就是传记中所言之"上书"，即缇萦写给汉文帝的奏书。《汉书·韩信传》载："发一乘之使，奉咫尺之书，以使燕，燕必不敢不听。"颜师古注曰："八寸曰咫。咫尺者，言其简牍或长咫，或长尺，喻轻率也。今俗言尺书，或言尺牍，盖其遗语耳。"② 尺牍，又称尺书、尺翰、尺素、尺锦等。《后汉书·蔡邕传》李贤注引《说文》云："牍，书板也，长一尺。"③ 王国维《简牍检署考》中考证"牍"之长短曰："牍则自三尺（檄），

---

① 司马迁：《史记》，中华书局 1959 年版，第 2817 页。
② 班固：《汉书》，中华书局 1962 年版，第 1871—1872 页。
③ 范晔：《后汉书》，中华书局 1965 年版，第 1992 页。

而二尺（檄），而尺五寸（传信），而一尺（牍），而五寸（门关之传）。"① 牍之未成者为椠，二尺之牍常用于书写檄文诏令，一尺五寸的多用于书写传信公文，五寸的牍往往用作符信或通行证，而一尺的牍则多用以写书信，此为尺牍为书信代称之由来。

后世虽多用尺牍以代指书信，然而考察史籍，尺牍之意远不止此。清人翟灏《通俗编》卷二对尺牍含义的解释最为恰切："凡笔迹、文辞，皆得谓之尺牍。《后汉书·鲁王瞻》传'上令作草书尺牍'，乃笔迹也。杜笃《吊比干文》'敬申吊于比干，寄长怀于尺牍'，乃文辞也。自谢宣城诗云'谁谓情可书，尽言非尺牍'，后人遂但以笺书当之。又山谷刀笔皆尺牍，刀笔二字，见《史记》，谓吏也，以作尺牍，亦不可解。"② 笔迹者，书法之谓也；文辞乃文章之意。参考上引王国维考证"牍"之用途，则尺牍还有檄文诏令、书信之功用，那么，尺牍之意至少有四：表彰书法、文章、公文、书信。尺牍四意，汉魏六朝史籍中均有记载，分别引录以证明其四种含义运用之普遍。

尺牍有表彰书法、书迹之意。最为习见的史料乃《汉书·陈遵传》："（陈遵）略涉传记，赡于文辞。性善书，与人尺牍，主皆藏去以为荣。"③ 再如《后汉书·蔡邕传》："初，帝好学，自造《皇羲篇》五十章，因引诸生能为文赋者。本颇以经学相招，后诸为尺牍及工书鸟篆者，皆加引召，遂至数十人。"④ 《三国志·胡昭传》："初，昭善史书，与钟繇、邯郸淳、卫觊、韦诞并有名，尺牍之迹，动见模楷焉。"⑤ 《南史·萧子云传》："百济国使人至建邺求书，逢子云为郡，维舟将发。使人于渚次候之，望船三十许步，行拜行前。

---

① 谢维扬、房鑫亮主编：《王国维全集》（第二卷），浙江教育出版社 2009 年版，第 491 页。

② 翟灏：《通俗编》（丛书集成初编本），上海商务印书馆 1937 年版，第 23 页。翟氏谓刀笔二字，谓吏也，以作尺牍，亦不可解，实乃泥古之论，孰不知刀笔可借指文章，如《文心雕龙·论说》篇："夫说贵抚会，弛张相随，不专缓颊，亦在刀笔。"

③ 班固：《汉书》，中华书局 1962 年版，第 3711 页。

④ 范晔：《后汉书》，中华书局 1965 年版，第 1991—1992 页。

⑤ 陈寿：《三国志》，中华书局 1959 年版，第 362 页。

子云遣问之，答曰：'侍中尺牍之美，远流海外，今日所求，唯在名迹。'子云乃为停船三日，书三十纸与之，获金货数百万。"① 上述史料中尺牍之意，不涉及文辞好恶，只关注表彰书法之美。

尺牍还可以代指文章，史籍中虽未明言具有文章含义的尺牍文篇幅的长短，由尺牍形制可以推知，这类文章应该是较为短小的制作。如《晋书·齐献王攸传》："及长，清和平允，亲贤好施，爱经籍，能属文，善尺牍，为世所楷。"②《晋书·习凿齿传》："温出征伐，凿齿或从或守，所在任职，每处机要，莅事有绩，善尺牍论议，温甚器遇之。"③《梁书·范云传》："（范云）少机警，有识具，善属文，便尺牍，下笔辄成，未尝定稿，时人每疑其宿构。"④

当然，尺牍主要是一种实用文，既可以是檄文诏令的公文，也可以是私人交往的书信。东汉灵帝设鸿都门学，"后诸为尺牍及工书鸟篆者，皆加招引"，唐章怀太子注曰："能为尺牍辞赋及工书鸟篆者"，这里，"尺牍"与"辞赋"连用，显然是指辞赋之外的实用文。⑤ 刘师培说："笔之为体，统该符、檄、笺、奏、表、启、书、札诸作言，其弹事、议对之属，亦属于史笔，册亦然。凡文之偶而弗韵者，皆晋、宋以来所谓笔类也。故当时人士于尺牍、书记之属，词有专工。"⑥ 尺牍属笔，乃实用文之列，赵树功也持相同的意见："古代的所谓尺牍，还不单是'书'的异名，而是全部实用文体，即用以区分于'文'的符、檄、书、启等的代称。"⑦ 前引"缇萦通尺牍，父得以后宁"，尺牍乃是上奏文书。尺牍除用于上书外，还可以指国与国之间来往的国书，如前引《汉书》中均记韩信听从广武君怀柔北燕的建议，"发一乘之使，奉咫尺之书"。尺牍又用以指皇帝的诏令，

① 李延寿：《南史》，中华书局 1975 年版，第 1075 页。
② 房玄龄等：《晋书》，中华书局 1974 年版，第 1130 页。
③ 房玄龄等：《晋书》，中华书局 1974 年版，第 2153 页。
④ 姚思廉：《梁书》，中华书局 1973 年版，第 229 页。
⑤ 杨继刚："我们认为鸿都尺牍的构成主体是形制上长度为汉尺一尺的木牍，内容则是章、表、奏、启等一类公牍文，所用书体为汉代通行的官方正订书体隶书。"（杨继刚：《汉灵帝鸿都门学研究》，博士学位论文，华中师范大学，2012 年，第 95 页）
⑥ 刘师培：《中国中古文学史讲义》，上海古籍出版社 2000 年版，第 109—110 页。
⑦ 赵树功：《中国尺牍文学史》，河北人民出版社 1999 年版，第 7 页。

《汉书·匈奴传》"汉遗单于书，以尺一牍"①。"尺一牍"，合尺牍之制，史注常谓之"诏策也"。《梁书·徐勉传》："勉居选官，彝伦有序，既闲尺牍，兼善辞令，虽文案填积，坐客充满，应对如流，手不停笔。又该综百氏，皆为避讳。"②《北史·颜之推传》："之推聪颖机悟，博识有才辩，工尺牍，应对闲明，大为祖珽所重，令掌知馆事，判署文书。"③ 其中尺牍，皆指公文书。

《颜氏家训·书证》篇曰："官曹文书，世间尺牍。"④ 尺牍与文书并列，当指世间交往书信。《宋书·刘穆之传》："穆之与朱龄石并便尺牍，常于高祖坐与龄石答书。自旦至中，穆之得百函，龄石得八十函，而穆之应对无废也。"⑤《南齐书·周颙传》："颙善尺牍，沈攸之送绝交书，太祖口授令颙裁答。转齐台殿中郎。"⑥ 尺牍之意，皆为书信。

综上，尺牍所蕴含的意义十分丰富，既有书法艺术之美，又有文章之意，同时又可以指公私文书。在较长的历史时间内，尺牍被用作书信的代称。

2. 书、信与书信

《文心雕龙·书记》篇中的"书"是有广义和狭义之分的。"大舜云：'书用识哉！'所以记时事也。盖圣贤言辞，总为之书，书之为体，主言者也。"此之谓广义的"书"，包括所有的书写文字。刘勰的观点实际上是沿袭自汉人，许慎《说文解字序》曰："著于竹帛谓之书。书者，如也。"⑦ 刘熙《释名》云："书，庶也，记庶物也。亦言著也，著之简纸永不灭也。"⑧《文心雕龙·书记》篇："详总书体，本在尽言，言所以散郁陶，托风采，故宜条畅以任气，优柔以怿

---

① 班固：《汉书》，中华书局 1962 年版，第 3760 页。
② 姚思廉：《梁书》，中华书局 1973 年版，第 378 页。
③ 李延寿：《北史》，中华书局 1974 年版，第 2795 页。
④ 颜之推撰，王利器集解：《颜氏家训集解》（增补本），中华书局 1993 年版，第 516 页。
⑤ 沈约：《宋书》，中华书局 1974 年版，第 1305 页。
⑥ 萧子显：《南齐书》，中华书局 1972 年版，第 730 页。
⑦ 许慎撰，段玉裁注：《说文解字注》，上海古籍出版社 1988 年版，第 754 页。
⑧ 刘熙撰，王先谦证补：《释名疏证补》，上海古籍出版社 1984 年版，第 58 页。

怀；文明从容，亦心声之献酬也。若夫尊贵差序，则肃以节文。"这是狭义的"书"，也就是书信，后世又有人将狭义的"书"细分，如"书者，别出议论以成书者也。合人臣进御之书，朋友往来之书，为三体"①。"书者，言事之书也。体有二：一君与臣，谓之赐书，如汉文帝《赐南越王赵佗书》是；一朋友相与，谓之遗书，如鲁仲连《遗燕将书》是。又谓之诒书，如叔向《诒子产书》是。又谓之与书，如魏文帝《与吴质书》是。又谓之复书，如子产《复叔向书》是。复书一名答书，如韩愈《答李翊书》是。"② 实际上就是公牍文和私人信函的区分。"书"很早就可以作为现代意义上的书信义来理解和使用，这一点是没有问题的。

然而，"信"何时作为现代意义上的书信来使用，书信连用出现的时间以及可以作为书信来理解的时间，一直以来存在很大的分歧。郭在贻、张永言等语言学家在这方面做出的努力，使这一问题逐渐清晰。

"信"，其意义在六朝时主要作为信使和消息义被使用。如《宋书·张邵传》载："信反，方使世子出命。"③《梁书·夏侯亶传》："及高祖起师，详与长史萧颖胄协同义举，密遣信下都迎亶。"④《宋书·庾炳之传》："得臣此信，方复遣耳。"⑤

郭在贻曾在《新的书信义究竟起于何时》一文中在《南齐书·张敬儿传》和《幽明录》两条材料的基础上，又补充了八条材料，作为"信"为"书信义"的证据，并指出："新的书信义，目前所能找到的最早的例证是西晋人的作品。"⑥

张永言针对郭氏的研究，发表《关于两晋南北朝的"书"与

---

① 来裕恂：《汉文典·文章典》，王水照主编：《历代文话》（第十册），复旦大学出版社 2007 年版，第 8632 页。

② 来裕恂：《汉文典·文章典》，王水照主编：《历代文话》（第十册），复旦大学出版社 2007 年版，第 8649 页。

③ 沈约：《宋书》，中华书局 1974 年版，第 1394 页。

④ 姚思廉：《梁书》，中华书局 1973 年版，第 418 页。

⑤ 沈约：《宋书》，中华书局 1974 年版，第 1519 页。

⑥ 郭在贻：《新的书信义究竟起于何时》，《中国语文》1984 年第 4 期。

"信"》一文，对郭文之十例一一进行分析辨正，"郭文所举十例中的
'信'乃是'信使'（messenger）或'信息、消息'（message）的意
义，不是'书札'（letter）的意义"①。该文还指出了南北朝时期作
为书信义出现的"信"的四条史料，后秦佛陀耶舍共竺佛念译《长
阿含经》卷十三第三分"阿摩昼经第一"中"持此信授彼，持彼信
授此"；梁元帝萧绎《玄览赋》"报荡子之长信，送仙人之短书"；萧
子良《与王僧虔书》"若三珍尚存，四宝斯觌，何但尺素信札，动见
模式，将一字径丈，方寸千言也"；《魏书·陆俟传》"讪谤朝廷，书
信炳然"。由此，"信""书信"作为书信义在南朝时已经出现，但是
从史料中记载的稀少来看，两者的使用在唐朝以前还非常不普遍，唐
以后"信""书信"的书信义才盛行起来。

　　3. 奏记与笺

　　奏与奏记。奏乃上呈天子之书，乃公牍文，此确定无疑者。蔡邕
《独断》曰："凡群臣上书于天子者四名：一曰章，二曰奏，三曰表，
四曰驳议。"②《文心雕龙·奏启》篇："昔陶唐之臣，敷奏以言。秦
汉附之，上书称奏。陈政事，献典仪，上急变，劾愆谬，总谓之奏。
奏者，进也，敷于下情进乎上也。"《论衡·对作》篇："上书奏记，
陈列便宜，皆欲辅政。……夫上书谓之奏，奏记转易其名谓之书。"③
很明显，王充是将上书、奏记皆作为公牍文来看的，两者功用相同，
甚至可以统称为"书"。然而，王充还是注意到了奏记的使用对象，
"《论衡》之人，奏记郡守，宜禁奢侈，以备困乏"，这一点是与《文
心雕龙·书记》篇吻合的。不可否认，王充注意到了上书（奏）、奏
记皆属于上行应用文的特点，而奏书用于君上，奏记用于郡守的差别
尚未区分明确。这种混淆后世仍然延续，如近人吴曾祺："奏，进
也。或称奏记，或称奏书，或称奏牍，其实一也，与上书相似，同为

---

　　① 张永言：《语文学论集》，语文出版社1999年版，第254页。
　　② 蔡邕：《独断》，商务印书馆1939年版，第4页。
　　③ "夫上书谓之奏记，转易其名谓之书"，原文作"夫上书谓之奏，奏记转易其名谓之
书"，刘盼遂按曰："二'奏'字盖衍其一，'奏记'句绝。"（王充撰，黄晖校释：《论衡校
释》，中华书局1990年版，第1181页）参之《对作篇》后文，刘盼遂的观点是正确的，今
从之。

进御之称，而臣下可以通用者也。惟进御之作，多只称曰奏，其称奏记者罕矣。"① 吴氏虽发现"进御之作……称奏记者罕矣"，也将奏记归入书牍类，但是仍然不能以使用对象的不同而区分奏与奏记。至于奏记之特点，后文与笺一同详述。

笺之名，其意有三。一是表识古书，彰明作者之意；二是文体的一种，属于书信一体；三是书信的用纸。

笺，本指狭小之竹片，后用以表识古书，彰明作者之意。《说文》曰："笺，表识书也，从竹，戋声。"《毛诗》篇首"郑氏笺"，孔颖达疏："郑于诸经皆谓之'注'。此言'笺'者，吕忱《字林》云：'笺者，表也，识也。'郑以毛学审备，遵畅厥旨，所以表明毛意，记识其事。故特称为笺。"② 宋洪迈《容斋五笔·经解之名》："又如郑康成作《毛诗笺》，申明传义，他书无用此字者。"③ 近人余嘉锡考之最详："刘向《晏子书录》曰：'中书以夭为芳，又为备，先为牛，章为长，如此类者多，谨颇略楱（《玉篇》云"古文笺字"），皆已定。'又《列子书录》曰：'或字误以尽为进，以贤为形，如此者众。及在《新书》有栈校雠从中书已定。'楱栈皆即笺字也。盖简策之制，字与上下齐，无复余地，故读者欲有所表识，则削竹为小笺，系之于简。刘向校书，康成注诗，皆先书之于笺也。"④ 笺字于注释古书之外，尚有标记之功能，略相当于现在的读书笔记。

笺还是一种书信文体，又称奏笺，《文心雕龙·书记》篇将其与奏记一起评论。"迄至后汉，稍有名品，公府奏记，而郡将奉笺。记之言志，进己志也。笺者，表也，表识其情也。崔寔奏记于公府，则崇让之德音矣；黄香奏笺于江夏，亦肃恭之遗式矣。公干笺记，丽而规益，子桓弗论，故世所共遗。若略名取实，则有美于为诗矣。刘廙

① 吴曾祺：《涵芬楼文谈附录》，王水照主编：《历代文话》（第七册），复旦大学出版社 2007 年版，第 6645 页。
② 阮元校刻：《十三经注疏》，中华书局 1980 年版，第 269 页。
③ 洪迈撰，孔凡礼点校：《容斋随笔》，中华书局 2005 年版，第 893 页。
④ 余嘉锡：《余嘉锡论学杂著》，中华书局 1963 年版，第 543 页。

谢恩，喻切以至；陆机自理，情周而巧；笺之为美者也。原笺记之为式，既上窥乎表，亦下睨乎书，使敬而不慑，简而无傲，清美以惠其才，彪蔚以文其响，盖笺记之分也。"

奏记与笺，"迄至后汉"，才"稍有名品"。这也就能解释为什么王充能够注意到奏记，却并未能区分与奏的差别。笺之与书对象，似于西晋时已经确定，张华《博物志》曰："圣人制作曰经，贤者著述曰传。郑玄注《毛诗》曰笺，不解此意。或云毛公尝为北海郡守，玄是此郡人，故以为敬。"① 其说《四库全书总目》已辨其附会，"推张华所言，盖以为公府用记、郡将用笺之意。然康成生于汉末，乃修敬于四百年前之太守，殊无所取"②。然而，张华推论郑玄因毛公曾为北海郡守而用笺，可以说明西晋时笺用于郡守已是一种普遍的认识了，刘勰的"公府奏记，而郡将奉笺"，或许是延续已有之观念。

奏记与笺，有众多共同点，"笺记之分"也即笺记的文体特征是相同的，除有着书信"本在尽言，言所以散郁陶，托风采，故宜条畅以任气，优柔以怿怀；文明从容，亦心声之献酬也"的基本特点外，奏记和笺还因礼制和对象的不同，出现了"上窥乎表，亦下睨乎书，使敬而不慑，简而无傲，清美以惠其才，彪蔚以文其响"的文体特征，也即态度上要崇让肃恭，却也能简洁而不畏惧；语言上要文笔清丽，言文而行远。奏记与笺的区别，刘勰也说得非常明白，奏记用于公府，笺则用于郡将。这种差别实际上并非不能逾越，前述王充"奏记郡守"即可说明此点。再者，从创作实际上看，这种差别也并非完全被遵守。

奏记之公府，乃所谓三公之府。三公者，《通典》卷十九《职官》记载："汉以丞相、大司马、御史大夫为三公。后汉又以太尉、司徒、司空为三公。"③ 任昉《文章缘起》"奏记"类以董仲舒《诣

---

① 张华撰，范宁校证：《博物志校证》，中华书局 1980 年版，第 72 页。
② 四库全书研究所整理：《钦定四库全书总目》（整理本），中华书局 1997 年版，第 188 页。
③ 杜佑撰，王文锦等点校：《通典》，中华书局 1988 年版，第 488 页。

公孙弘奏记》①为代表，公孙弘乃汉丞相也。可见，奏记是以致书三公之府为典型代表的，如丙吉《奏记霍光议立皇曾孙》、杜钦《奏记王凤理冯野王》、李寻《奏记翟方进》、范升《奏记王邑》、朱穆《奏记大将军梁冀》等。在实际的运用中这一范围应该是有所扩大的，但所致书的对象往往是三公，或者是实际身份相当于或略低于三公的官员，如郑朋《奏记萧望之》、张奂《奏记谢段颎》。笺之用于郡将，情况类似。以《文选》选笺文为例，最为典型者是谢朓《拜中军记室辞随王笺》，而如杨德祖《答临淄侯笺》、繁钦《答魏文帝笺》、陈琳《答东阿王笺》、吴质《答魏太子笺》等，奉笺之对象皆非郡将，与奏记相同，奉笺的对象在实际运用中也是有所扩大的。奏记中甚至有用于郡守的例子，如张敞《奏记王畅》，笺中也有用于大司马的例子，如任昉《到大司马记室笺》，可见奏记和笺有混用的情况，但实例不多，也反映出文士在使用奏记和笺的过程中，十分注意两者与书对象的差别。

奏记在汉代以后逐渐退出历史舞台，这一点从严可均《全上古三代秦汉三国六朝文》所收奏记的数量可以得知。笺所使用的频率则远高于奏记，徐师曾说："是时（唐前）太子诸王大臣皆得称笺，后世专以上皇后太子，于是天子称表，皇后太子称笺，而其他不得用矣。"②徐氏的说法是不准确的，高步瀛据萧颖士《为南阳尉

①　董仲舒《诣丞相公孙弘记室书》见于《古文苑》，文献来源不详，其真实性自然颇受怀疑，然而在没有直接的证据证明其为伪作的前提下，仍需以董氏之作论之，此其应注意者一。《诣丞相公孙弘记室书》之名，刘跃进在《秦汉文学编年史》中认为"题目似后人所加"，此怀疑是有道理的，然未加展开论述。任昉《文章缘起》"奏记"类例举汉江都相董仲舒《诣公孙弘奏记》，任昉将其列为奏记类，陈懋仁以《文心雕龙·书记》篇论笺记之语释之，可谓能窥其精髓矣。又比之《汉书·萧望之传》引郑朋《奏记萧望之》，两文之体式用语极为类似，亦可见任昉之分类不诬。再者，记室之职，乃东汉时设置，加于公孙弘尤显不伦不类。严可均辑录古文，所加题目往往依从于原始文献，基本上不加改动，因此也就延续了《古文苑》作者之误，故此书当以《诣公孙弘奏记》名之，此其应注意者二。《诣丞相公孙弘记室书》章樵注曰："元朔三年，御史大夫公孙弘为丞相，封平津侯。时仲舒废为中大夫，居家。此书当在弘为御史大夫时，汉御史大夫与丞相俱称'三公'。"章樵之注尤不足取，公孙弘元朔五年（前124年）被任命为宰相，董仲舒被废为中大夫是元光五年（前130年），元光六年复为中大夫，元朔二年或稍后复相江都王，元朔五年被公孙弘嫉妒而出为胶西相，从董仲舒尚自称江都相可以看出，此书当作于元朔五年董仲舒被出为胶西相而未上任时。此其所应注意者三。

②　徐师曾撰，罗根泽点校：《文体明辨序说》，人民文学出版社1962年版，第123页。

上邓州赵王笺》、任华《上严大夫笺》认为笺除了用于皇后和太子，"于诸王上官，亦得通用之"①，这一论断应该是符合实际的。

笺，通"牋"，《说文》曰："表识书也。"本指狭条形小竹片，古代无纸，用简策，有所表识，削竹为小笺，系之于简。笺后来演变成为书信的一种，《文心雕龙·书记》篇谓："原笺记之为式，既上窥乎表，亦下睨乎书，使敬而不慑，简而无傲，清美以惠其才，彪蔚以文其响。盖笺记之分也。"笺因与书对象的特殊地位，写法介乎于书和表之间，那么笺的与书对象是谁呢?《苏氏演义》卷下释"笺"："荐也。谓书其事皆可荐进于尊者，南朝上太子以笺。"② 吴曾祺《涵芬楼文谈》附录《文体刍言》："字或作牋，本奏记之类，上太子诸王多用之。魏有繁钦、吴质各致魏文帝笺，梁有任昉百辟劝今上笺，核其时代，盖皆在未临御之先，与体初无不合。至若晋简文帝有《遗会稽王笺》，是上之于下亦用之，此特偶然耳，未可为典要也。"③"笺者，表之尤简者也。始于东汉。当时上于太子、诸王、大臣皆称笺，《文选》载之。后世专用于上皇后、太子，其他不得用。明制，奏事太子、诸王称'启'，庆贺皇后、太子称'笺'。"④ 由此可见，笺之名起源较晚，并且主要是用于臣下与太子、诸侯王之间的通信，这种用法仅限于明朝以前。明朝以后，笺就有了公牍文的性质。

纸质尺牍代替简牍之后，在牍、札、简、牒等以材质代书的名词中，笺取得了尺纸的含义。人们把纸之华美尺幅较小者叫作笺，在某种意义上，笺成了尺幅制式之内诗、书用纸的专称，南朝陈徐陵《玉台新咏·序》有"五色花笺，河北胶东之纸"之语。后世笺纸制作精美，等同清玩，是与尺牍共生的一门艺术。

4. 启

《说文》卷二曰："启，开也，从户从口。"《文心雕龙·奏启》

① 高步瀛：《文章源流》，余祖坤主编：《历代文话续编》，凤凰出版社2013年版，第1460页。

② 苏鹗：《苏氏演义》，辽宁教育出版社1998年版，第16页。

③ 吴曾祺：《涵芬楼文谈附录》，王水照主编：《历代文话》（第七册），复旦大学出版社2007年版，第6645页。

④ 来裕恂：《汉文典·文章典》，王水照主编：《历代文话》（第九册），复旦大学出版社2007年版，第8637页。

篇云:"启者,开也。高宗云'启乃心,沃联心',取其义也。孝景讳启,故两汉无称。至魏国笺记,始云启闻。奏事之末,或云'谨启'。自晋来盛启,用兼表奏。陈政言事,既奏之异条;让爵谢恩,亦表之别干。必效饰入规,促其音节,辨要轻清,文而不侈,亦启之大略也。"刘勰认为,两汉因为避讳汉景帝刘启,奏疏之中不得用"启"字,三国曹魏时奏疏、笺记末尾才开始使用"谨启"这样的词语。晋代以来,启文盛行,既可以陈政言事,又可以让爵谢恩,乃是类似于奏表的公牍文。

至于两汉是否因避讳而不用启,范文澜说:"《通典》一百四载魏刘辅等《论赐溢启》,是魏奏亦称启之证。《释名·释书契》:'启,亦诣也,以告语官司所至诣也。'据此,东汉已有启矣。"[1] 刘永济云:"徐矩《事物原始》曰:'张璠《汉纪》董卓呼三台尚书以下自诣卓启事,然后得行',此启事得名之始也。"[2] 也认为东汉已有启。这一观点应该是正确的,因为毕竟在严可均的《全后汉文》中有桓谭《启事》和《桓子新论·启寤第七》两文用到了"启",至少能说明,启在东汉虽不流行却是存在的。陈垣说:"东汉碑中之邦、盈、恒、启等字尤数见,犹可谓建武以前,亲尽不讳也。""汉时避讳之法亦疏,六朝而后,始渐趋严密耳。"[3] "自晋代开始,上呈公文盛行用启。"[4]《文章缘起》认为"晋吏部郎山涛作《选启》",为启文代表,任昉所论的与刘勰相同,都认为启乃是上行的公牍文。晋代以后启盛行,臣下之间的往来书信也有称启的。《文选》收任昉启文3篇,《启萧太傅固辞夺礼》上书的对象就是大臣,乃是臣僚之间交往的书信。孙梅《四六丛话》卷一四云:"原夫囊封上达,宫廷披一德之文;尺素遥传,怀袖置三年之字。下达上谓之表,此及彼之谓书。表以明君臣之谊,书以见朋友之悰。泰交之恩洽而表义显,《谷风》之刺兴而书致衰。若乃敬谨之忱,视表为不足;明慎之旨,俾书为有

---

① 刘勰撰,范文澜注:《文心雕龙注》,人民文学出版社1958年版,第435页。

② 刘永济校释:《文心雕龙校释》,武汉大学出版社2013年版,第76页。

③ 陈垣:《史讳举例》,中华书局2012年版,第4—5页。

④ 褚斌杰:《中国古代文体概论》(修订版),北京大学出版社1990年版,第442页。

余，则启是也。"① 说明启的性质介于表、书之间。高步瀛："古人于所尊重则用启，后人书牍泛署曰启，非古义也。"②

据此，可以得出结论，在古代文体分类上，启有两种不同的表现形态。一种是专用于向天子或太子进言的启文，习称奏启，行文首称"臣某启"，文末曰"臣某谨启"，属于奏议类，为上行文书；另一种是臣民朋旧之间交往时使用的书信，文首称"某启"，文末称"某谨启"，属于书牍类，为平行文书。

5. 帖

王兆芳《文章释》说："帖者，帛书署也。服虔曰：'题赋曰帖。'帛书言事题署之变，后世以纸代也。主于题写事指，明若表楬。源出汉崔瑗《杂帖》，流有蜀武侯《远涉帖》，魏钟繇《杂帖》，阮籍《搏赤猿帖》，晋王眠、王羲之多杂帖。"③ 吴曾祺说："《说文》'帖，帛书署也'。盖书于木则谓之札，书于帛则谓之帖，各随其字之所从，而义自见。后乃转为书之别名。其文亦以善于用短为贵。魏晋间人多有之。今则学书者取前人笔迹以供临摹，名之曰帖，又一义也。"④ 帖乃是书法与书信的结合体，书法精美，"书者随意写之，作者随意出之，原不期人之刻之也。故其字与文一任天而行，极自然之致，与钟鼎石刻之文字家适极端相反"⑤，以王羲之法帖为历代帖之楷模。

6. 拟书

王之绩《铁立文起》："诸书记外，又有所谓拟书，谓拟古人而代为之，如坡公《拟孙权答曹操》是也。或遗或复，亦各不同。而王弇州又有《遗亡友宗子相书》，晁道元至为笺以与天则尤横甚。嗟夫！文人之锋固无所不至也。往闻米襄阳以书抵蔡鲁公，至言独

---

① 孙梅：《四六丛话》，王水照主编：《历代文话》（第五册），复旦大学出版社 2007 年版，第 4524 页。

② 高步瀛：《文章源流》，余祖坤主编：《历代文话续编》，凤凰出版社 2013 年版，第 1467 页。

③ 王兆芳：《文章释》，王水照主编：《历代文话》（第七册），复旦大学出版社 2007 年版，第 6306 页。

④ 来裕恂：《汉文典·文章典》，王水照主编：《历代文话》（第七册），复旦大学出版社 2007 年版，第 6644 页。

⑤ 陈柱：《中国散文史》，东方出版社 1996 年版，第 172—173 页。

得一舟如许大，遂画一艇于行间，此又书中之奇之奇者。时米方流落，而韵胜如此，古人胸次不凡，于此可见。徒以颠目之，不知子都之姣，惜哉。"①

稍晚于王之绩的章学诚，对于拟文有更精辟的论断，《文史通义·言公下》说："又有诗人流别，怀抱不同，变韵言兮裁文体，拟古事兮达私衷。旨原诸子之寓辞，文人沿袭而成风；后人不得其所自，因疑作伪而相攻。盖伤心故国，斯传塞外之书；（李陵《答苏武书》，自刘知几以后，众口一辞，以为伪作。以理推之，伪者何所取乎？当是南北朝时，有南人羁北，而事类李陵，不忍明言者，拟此书以见志耳。）灰志功名，乃托河边之喻；（世传鬼谷子《与苏秦张仪书》，言河边之树，处非其地，故招剪伐，托喻以招二子归隐，疑亦功高自危之人所托言也。）读者以意逆志，不异骚人之赋。（出之本人，其意反浅，出之拟作，其意甚深，同于骚也。）其后词科取士，用拟文为掌故。庄严则诏诰章表，威猛则文檄露布。作颂准于王褒，著论裁于贾傅。兹乃为矩为规，亦趋亦步。庶几他有心而予忖，亦足阐幽微而互著。"② 章氏此论透露出三点信息：拟文乃是忖度他人心思而阐幽发微，最终能"拟古事兮达私衷"；拟文经历过被怀疑为伪作的阶段，文人的大量创作使其最终争得一席之地，甚至成为词科取士的惯例；例举两封书信，力证拟文之作不亚于骚人之赋。章学诚不仅注意到了历史上的拟书现象，而且给予了高度评价。

汉魏六朝时期的拟书有刘谧之《与天公笺》《与河伯笺》、乔道元《与天公笺》，也有拟书于亡灵的王微《以书告弟僧谦灵》和刘峻《答刘秣陵沼书》等。郑逸梅《尺牍丛话》中说："文人好事，往往喜为古人作札，如拟山巨源答嵇叔夜绝交书，拟范丹上石崇书，拟汉王嫱汉关别书，拟毕吏部醒后以书谢酒家，拟陶渊明谢督邮书，皆摹古人之口以为之，非妙手不办也。"③

① 王之绩：《铁立文起》，王水照主编：《历代文话》（第四册），复旦大学出版社 2007 年版，第 3669 页。

② 章学诚撰，叶瑛校注：《文史通义校注》，中华书局 1985 年版，第 197 页。

③ 郑逸梅：《尺牍丛话》，上海古籍出版社 1985 年版，第 96 页。

## 四 书信传递所引发的异名及由来

古代的书信传递十分困难，私人书信是不允许使用官邮的，即使出现夹带的情况，也只是极少数的现象。即使是赵宋时允许私人信件进入官邮，也未能有效地改变通信困难的事实，在通信不便的状况下，人们对于远方的亲人和朋友的消息有着深深的期盼之情，各种通信手段的使用，甚至衍生出美好的传说。民间通信因为使用或者幻想使用的对象，产生了不少的书信异名，这些异名有的甚至成为后世诗歌中的意象，被广泛使用。

笔者不打算对这些因民间通信而产生的异名做全面的叙述，只选取其中的典型，窥斑览豹。

### 1. 鸿雁传书

这是使用频率最高，也最被人熟知的通信传说。《汉书·苏武传》："昭帝即位。数年，匈奴与汉和亲。汉求武等，匈奴诡言武死。后汉使复至匈奴，常惠请其守者与俱，得夜见汉使，具自陈道。教使者谓单于，言天子射上林中，得雁，足有系帛书，言武等在某泽中。使者大喜，如惠语以让单于。单于视左右而惊，谢汉使曰：'武等实在。'"① 《汉书》中这段史料的记载，往往被作为鸿雁传书的起源，这恐怕是一厢情愿的，毕竟这个故事是编造的，民间所说之鸿雁传书是否源于此，很值得怀疑。

《礼记·月令》曰："孟春之月……东风解冻，蛰虫始振……鸿雁来……是月也，以立春；仲秋之月……盲风至，鸿雁来……是月也，日夜分；季秋之月……鸿雁来宾……是月也，草木黄落……"② 鸿雁被作为节候之信使，《周礼·春官·大宗伯》云："卿执羔，大夫执雁。"郑玄注曰："雁，取其候时而行。"③ 鸿雁不违时令，且不受空间的限制，能到达远方，人们自然会将心中的美好愿望寄托在它的身上，久而久之，鸿雁也就成为传书的使者或者成为书信的代称，这才应是这一传说的渊源所在。鸿雁也因为这一美好的寄托而成为

---

① 班固：《汉书》，中华书局 1962 年版，第 2466 页。

② 阮元校刻：《十三经注疏》，中华书局 1980 年版。

③ 阮元校刻：《十三经注疏》，中华书局 1980 年版，第 762 页。

历代文学作品中被广泛使用的意象。

2. 双鲤传书

鲤鱼腹中传书，早有记载，《史记正义》引《说苑》云："吕望年七十钓于渭渚，三日三夜鱼无食者，望即忿，脱其衣冠。上有农人者，古之异人，谓望曰：'子姑复钓，必细其纶，芳其饵，徐徐而投，无令鱼骇。'望如其言，初下得鲋，次得鲤。刺鱼腹得书，书文曰'吕望封于齐'。望知其异。"① 《列仙传》："涓子者，齐人也，好饵术，接食其精至三百年，乃见于齐，著《天人经》四十八篇。后钓于荷泽，得鲤鱼，腹中有符。隐于宕山，能致风雨。"② 此神仙家言，不可据信。《乐府古辞·饮马长城窟行》："客从远方来，遗我双鲤鱼。呼儿烹鲤鱼，中有尺素书。"③ 然而"双鲤""鲤鱼""锦鲤"等成为信使或书信的代称，实则是美丽的误会。闻一多《乐府诗笺》："双鲤鱼，藏书之函也。其物以两木板为之，一底一盖，刻线三道，凿方孔一，线所通绳，孔所以受封泥……此或刻为鱼形，一孔当鱼目，一底一盖，分之则为二鱼，故曰双鲤鱼也。"④ 汉代书信有函封的情况，但未出现信封，所以麻守中认为"双鲤鱼"乃是信封，并以《琅嬛记》所载贞观年间有人"以朝鲜厚纸作鲤鱼函，两面俱画鳞甲，腹下令可藏书"⑤ 来证明，实际上忽略了汉唐时期书信载体实有牍、纸之差别，不符合历史事实。后世以讹传讹，竟以为鲤鱼传书，实大谬也。然而沿用成俗，鲤鱼与鸿雁相同，虽未有传书之实，却负书信之意，真可谓将错就错也。

3. 青鸟传书

《艺文类聚》卷九十一《汉武故事》曰："七月七日，上于承华殿斋，正中，忽有一青鸟从西方来，集殿前，上问东方朔，朔曰：'此西王母欲来也。'有顷，王母至，有二青鸟如乌，侠侍王母旁。"⑥ 后以青鸟作

① 司马迁：《史记》，中华书局1959年版，第1478页。
② 王叔岷校笺：《列仙传校笺》，中华书局2007年版，第24页。
③ 郭茂倩编：《乐府诗集》，中华书局1979年版，第556页。
④ 闻一多：《乐府诗笺》，生活·读书·新知三联书店1982年版，第124页。
⑤ 麻守中：《双鲤鱼和古代信封》，文史知识编辑部主编：《古代礼制风俗漫谈二集》，中华书局1986年版。
⑥ 欧阳询撰，汪绍楹点校：《艺文类聚》，上海古籍出版社1999年版，第1577—1578页。

为传信的使者，如李白《有所思》："西来青鸟东飞去，愿寄一书谢麻姑。"《以诗代书答元丹丘》："青鸟海上来，今朝发何处。口衔云锦字，与我忽飞去。鸟去凌紫烟，书留绮窗前。开缄方一笑，乃是故人传。"李商隐《无题》："蓬山此去无多路，青鸟殷勤为探看。"

　　飞鸟传信，实际上是渊源有自，并发展成为一种文化传统，钱锺书《管锥编》考证曰：《思美人》："因归鸟而致辞兮，羌宿高而难当"，《注》："思附鸿雁，达中情也。"按后人多祖此构，而无取于《九辩》八之"愿寄言夫流星兮，羌倏忽而难当"。刘向《九叹·忧苦》："三鸟飞以自南兮，览其志而欲北；愿寄言于三鸟兮，去飘疾而不可得"；《艺文类聚》卷十八应场《正情赋》："听云雁之翰鸣，察列宿之华辉，……冀腾言以俯首，嗟激迅而难追"；《文选》江淹《杂体诗·李都尉从军》："袖中有短书，愿寄双飞燕"，李善注引陈琳《止欲赋》"欲语言于玄鸟，玄鸟逝以差池"。① 后世传说中，飞鸟亦有因传书而得名者，如《琅嬛记》引《谢氏诗源》载："昔有丈夫与一女子相爱，书札相通。凭一鸟往来，此鸟殊解人意，忽对女子曰'情急了'，因名此鸟为情急了。沈如筠诗云：'好因秦吉了，一为寄情深。'"② 李白《自代内赠》诗："安得秦吉了？为人道寸心。"

　　如果说飞鸟传信还是一种美好愿望的话，那么信鸽传书则在唐代时已经实现，《开元天宝遗事》载："张九龄少年时，家养群鸽，每与新知书信往来，只以书信系在鸽足上，依所教之处飞往投之，九龄目之为飞奴，时人无不爱讶。"③ 这种飞鸽传书的方式，作为一种传统，在通信极为发达的今天一直被保留沿用。④

---

① 钱锺书：《管锥编》，生活·读书·新知三联书店 2007 年版，第 947 页。
② 张玉书：《佩文韵府》卷一百三，上海古籍出版社 1983 年版。
③ 王仁裕等：《开元天宝遗事十种》，上海古籍出版社 1985 年版，第 69 页。
④ 郑逸梅《尺牍丛话》中记载："世间知传信鸽，不知尚有传信蜂，曾见震旦君记录云：'近有某英人思到一法，能令蜜蜂传递消息，其教蜜蜂之法，将蜂窝编以色旗，使之认熟，然后移旗他处试之。盖蜂最恋其王，王所在则群焉趋之，虽远弗失。久之教成一二十蜂。遇有军事，或须告急，先以照相器将字迹缩小，即以极轻轻薄极微小之纸，系于蜂腰，纵令飞去。虽数十里之外，必能寻旗而至其处。且为物甚微，日光中人不得见，即见亦不以为意也。'"（郑逸梅：《尺牍丛话》，上海古籍出版社 1985 年版，第 137 页）

# 第二章　汉魏六朝书信概况及其繁盛原因

## 第一节　书信的起源与先秦书信

任何一个文学门类都要经历长时间的准备才能达到鼎盛，趋于完美。汉魏六朝书信的准备期，自然要到先秦时期的书信中去找寻。

阮元《文言说》谓："古人无笔砚纸墨之便，往往铸金刻石，使传久远。"又谓："古人以简策传事者少，以口舌传事者多，以目治事者少，以口耳治事者多。故同为一言，转相告语，必有愆误，是必寡其词，协其音，以文其言，使人易于记诵，无能增改；且无方言俗语，杂于其间，始能达意，始能行远。"① 阮氏执果索因，虽是推论，却应是符合历史事实的。就其推论可知：春秋时期，诸侯国之间的交往主要是行人聘问往来，口授辞令；这一时期的信息传递以实用性为主，语句简短而便于记诵，因而即使是文字通信，受此影响也是质朴无文。进入战国，诸侯国纷争加剧，交流也就更加的频繁，口授辞令的方式有时并不能满足诸侯间的应酬答对。再加上口授辞令本身的局限，有时并不能传达出外交辞令的神韵，达不到预期的效果，保密性上也无法保证，因而战国时期的书信交往运用越发频繁起来。这与刘勰"三代政暇，文翰颇疏。春秋聘繁，书介弥盛"的观点是一致的。

---

① 阮福编：《文笔考》，上海商务印书馆1936年版，第1页。

唐敦煌写本《书仪镜·序》则说得更为具体："书疏之兴，其来自久。上皇之世，邻国相闻，人至老死不相往来，则无贵于斯义。降及三五，延于汉魏，宪章道广，笺记郁兴，莫不以书代词，因辞见意。《易》曰：书不尽言，言不尽意。盖书之滥觞也。春秋之时，子产叔向已有往复，爰及李斯、乐毅、少卿、子长，殆不可胜记，并直陈其旨。至于称谓轻重，阙而不闻。"①

然而春秋战国时期的书信毕竟与后来的书信有着很大的差别，它们是外交辞令的书面化，是诸侯国之间传递信息的一种需要，类似于国书，这一点姚鼐早已指出："春秋之世，列国士大夫或面相告语，或为书相遗，其义一也。"② 从内容上看，春秋战国时期的书信，绝大部分是军政内容，属于公牍文的范畴，真正意义上的私人书信还很少，"至私家往来，沿用简牍，则盛于嬴秦以后，李陵答苏武，杨恽之报会宗，马援之诫子，朱浮之诘彭宠，朴茂渊懿，宏我两京"（民国古稀老人序《唐宋十大家尺牍》）③。当然这并不代表书信中私人情感的缺乏。在春秋战国现存的近 70 篇书信中，有极少一部分文章并不是把着眼点全放在国家大事上，如春秋时期范蠡的《为书辞句践》《自齐遗文种书》和战国时期乐毅的《献书报燕王》、范痤的《献书魏王》《又遗其后相信陵君书》，在论政之中已经开始涉及个人安危的问题，有意识地去回避那些对自己有伤害的事情，这既是人本能的表现，也是后世书信发展的一个方向和趋势。褚斌杰说："细分析起来，这时出现的一些书牍，终究与春秋时代那种纯系列国之间的'国书'性质稍有不同，他们所陈所述，虽也属政治事务，但总多少带有些个人色彩，谈个人见解，诉自己命运，与后世的所谓书牍接近了一步。"④ 只有极少部分书牍文涉及诫子、归隐和夫妻通信，数量虽少，但出现在文体起源时期就弥足珍贵了。如春秋时期季孙行父的《戒子》和战国芮敖的《将死戒其子》、赵鞅的《自为二书牍与二子》

①　赵和平：《敦煌写本书仪研究》，台北：新文丰出版公司 1993 年版，第 359 页。
②　吴孟复、蒋立甫主编：《古文辞类纂评注》（上），安徽教育出版社 2004 年版，第 16 页。
③　赵树功：《中国尺牍文学史》，河北人民出版社 1999 年版，第 3 页。
④　褚斌杰：《中国古代文体概论》（修订版），北京大学出版社 1990 年版，第 402 页。

（残篇）乃是我们今天能够见到的最早的诫子书；战国时期鬼谷子的《遗书责苏秦张仪》，被学者称为"隐士较早的宣言"①，只不过真伪的争议声从未断绝；韩凭妻何氏的两篇书牍残篇，出自小说集《搜神记》，如果是真实记载的话，就能有力地为我们本来就不十分多见的情书画廊添上浓重的一笔。

春秋战国时期的书信，在内容上与两汉书信有着许多的共同之处，可以说两汉是在春秋战国书信的基础上发展、拓展的，只不过在私人情感的表达上，两汉书信明显比春秋战国拓展、进步了。

从艺术风格上看，春秋战国时期，尤其是战国，纵横驰骋、辞采飞扬、慷慨激昂、极具说服力的策士文风代表着散文发展的趋势，军政书信中或多或少都受到了策士文风的影响，甚至在汉初有过一次"回光返照"式的集中展现，成就斐然。当然，在策士文风主导下，实际上还存在着一种质朴平实、明白晓畅的文风，这种文风似乎更加有利于展露个体思想和情感，如乐毅的书信，这种风格在两汉时期得到了极大的开拓和发展。

从总体上看，先秦时期的书信还只能是一个雏形，然而其中已孕育着书信发展的各种因素，等待着后世书信创作者的承继和创新。

## 第二节　汉魏六朝书信的存世状况

### 一　颇受重视的汉魏六朝书信

汉魏六朝书信，是书信发展史上的第一个阶段，它经历了文体的初步形成、发展和第一次创作高潮的出现，而且有着对书信文体特征的探索，奠定了后世书信理论的基础。汉魏六朝书信呈现出一派繁盛的景象。

作为应用文，书信是人际交往中的重要媒介；作为社会生活中的人，人际交往中，难免会频繁使用书信进行信息的传递，因而书信有着潜在的全民写作的可能性，也就有着最为广泛的写作群体。汉魏六

---

① 赵树功：《中国尺牍文学史》，河北人民出版社 1999 年版，第 87 页。

朝时期，虽然受教育程度和广度的影响，也受物质条件的限制，书信写作的群体不如后世广泛，但是举凡王公贵族、平民百姓都已经在使用书信交流。而如孔融、曹丕、应璩、陆云、王羲之、徐陵等人，都以擅长写作书信闻名，他们的书信成为文学史研究者必然要关注的部分，有着较高的艺术成就。

广泛的创作群体写作了大量的书信，据笔者不完全统计，汉魏六朝时期留存下来的书信有一千一百余篇，这其中还不包括王羲之、王献之父子的法帖近七百篇（条）。文献记载中，经常能够看到这样的状况，"遵冯几，口占书吏，且省官事，书数百封，亲疏各有意，河南大惊"①；"玄于是兴军西征，亦声云救洛，与仲堪书，说佺期受国恩而弃山陵，宜共罪之"②；"孙楚时为著作郎，数就社中与语，遂载与俱归，京不肯坐。楚乃贻之书，劝以今尧舜之世，胡为怀道迷邦。京答之以诗曰……"③；"穆之与朱龄石并便尺牍，常于高祖坐与龄石答书。自旦至中，穆之得百函，龄石得八十函，而穆之应对无废也"④。史料中所提到的书信都已经散佚不存了，从《史记》到《隋书》，翻检史书，这种情况的记载比较多。我们虽然根本无法知道汉魏六朝时期书信的总量曾有多少，但是从这些记载中，已可以看出书信使用的广泛、频繁，书信的数量应该远远大于我们上文所总结的数字。

至少在东汉时书信就作为一种文体被列入作者的作品行列，如《后汉书·班固传》："固所著《典引》、《宾戏》、《应讥》、诗、赋、铭、诔、颂、书、文、记、论、议、六言，在者凡四十一篇。"⑤《后汉书·崔瑗传》："瑗高于文辞，尤善为书、记、箴、铭，所著赋、碑、铭、箴、颂、《七苏》、《南阳文学官志》、《叹辞》、《移社文》、《悔祈》、《草书势》、七言，凡五十七篇。"⑥而文集出现后，书信自

---

① 班固：《汉书》，中华书局 1962 年版，第 3711 页。
② 房玄龄等：《晋书》，中华书局 1974 年版，第 2588 页。
③ 房玄龄等：《晋书》，中华书局 1974 年版，第 2427 页。
④ 沈约：《宋书》，中华书局 1974 年版，第 1305 页。
⑤ 范晔：《后汉书》，中华书局 1965 年版，第 1386 页。
⑥ 范晔：《后汉书》，中华书局 1965 年版，第 1724 页。

然也就被作为文体的一种收入其中，甚至还出现过应璩《书林》这样的书信总集。不仅如此，汉魏六朝书信中的优异者，被选入《文选》《艺文类聚》等文学总集、类书中，如《文选》选入了汉魏六朝书信41篇，并将书、笺、奏记、启加以分别，《艺文类聚》则更为广泛，选入了汉魏六朝书信190余篇，除了按照书、笺、奏记、启加以分别，还将汉魏六朝书信按照内容加以分类，也彰显出汉魏六朝书信的广泛性。虽然汉魏六朝书信因时代久远散佚很多，但是在历代正史作为史料使用，文集、总集、类书等广泛引录的状况下，汉魏六朝书信才得以避免湮灭在历史长河中的厄运。

汉魏六朝时期，人们不仅创作了大量的书信，还对书信有着浓厚的兴趣。首先，表现在人们对于书信的期盼和珍视上，如习见的马融《与窦伯向书》所说"孟陵奴来赐书，见手迹，欢喜何量，次于面也"，此种状况也可以从后世传说、意象，如鸿雁传书、黄耳传书等，得以证明。而书法大家的书信，历来成为人们珍视的对象，如陈遵的书信、王羲之父子的法帖等。其次，表现在人们对于好的书信的赞赏方面，如吴质《答东阿王书》："奉所惠贶，发函伸纸，是何文采之巨丽，而慰喻之绸缪乎！"曹植《与吴季重书》中写道："得所来讯，文采委曲，晔若春荣，浏若清风，申咏反复，旷若复面。"除去对来书者的礼敬性的赞美，我们可以明显地看到他们对文辞华美、情感真挚的书信发出了由衷的赞美。再次，至少在西晋时期，人们就已经开始尝试如何能够在人际交往中写出典雅华美、符合礼仪规范的书信，于是有着《月仪帖》之类的书仪产生，书仪逐渐成为日常往来书信不可或缺的资料，当然也从侧面反映出人们对于交往中书信写作的重视。最后，当然也是最重要的，是汉魏六朝时期对书信文体特性有着持续探讨的浓厚兴趣，从三国曹丕开始，一直到齐梁时期的刘勰和萧统，他们都针对书信文体阐述了自己的看法，其中以刘勰《文心雕龙·书记》篇为唐前书信理论的集大成者，书信"本在尽言，言所以散郁陶，托风采，故宜条畅以任气，优柔以怿怀；文明从容，亦心声之献酬也。若夫尊贵差序，则肃以节文"的基本特征也得以确立。

## 二　汉魏六朝书信留存途径说略

郑逸梅《尺牍丛话》中曾言：“书札之可留存者凡三，一重其人，二重其字，三重其文，否则无取也。至于作为纪念或考证，则属例外。”① 郑逸梅实际上指出了书信得以留存的最基本途径，一是因为人物重要或者极受尊重，书信得以保存；二是因为书信的书法高妙，有着较高的赏玩和收藏价值，书信得以保存；三是书信感情真挚，文辞极具感染力，被作为文学作品广泛流传，书信得以保存。除此之外，书信还可能作为一种纪念文字得以留存，如家人间为了纪念去世的长者，保存长者的书信，朋友间因为对友情的珍重而保存彼此的书信文字，爱人间为了纪念爱情的成长而保存往来的情书。书信也可能作为一种考证、论证的证据被引用而得以保存，如《文心雕龙·事类》篇就曾引录保存了曹植的《报陈孔璋书》“葛天氏之乐，千人唱，万人和，听者因以蔑《韶夏》矣”。

研究汉魏六朝书信的发展历程，在确定研究对象时，必须要面对的就是书信的留存问题。那么，汉魏六朝书信得以留存的途径有哪些呢？

汉魏六朝书信存世的数量应该是非常少的，这可以从史书的记载中窥知一二，前文已述，于此不赘。

再者，如郑逸梅《尺牍丛话》所言：“书信防入他人之目，则于结尾可写阅后请火之，盖付之祖龙一炬也。或云阅后请付丙丁，或简写付丙、丙丁、火日也。《吕氏春秋》：‘孟夏之日，其日丙丁。’”② 王献唐《临淄封泥文字叙目》对汉代官府文书焚瘗之制提出了引人注意的创见：“前潍县陈氏所获一窨，闻有焚余检片粘合其上，次等则云黑土满坑，封泥间经火烧，色泽宛然，且同一农田而各自为窨，同一区而各自为地，因悟西汉一代，绵力岁时，库藏文书，势难永久积存，疑后世官署之制，历若干时，焚烧一次，此殆当时焚烧之余，

① 郑逸梅：《尺牍丛话》，上海古籍出版社 1985 年版，第 105 页。
② 郑逸梅：《尺牍丛话》，上海古籍出版社 1985 年版，第 11 页。

火后瘞埋，因获独存。"① 可以推知，所焚烧之文书，乃无关乎朝局大事者。书信在留存的过程中，因简牍的诸多不便，也应不免于此劫难，因此，可以推想，日常生活之寒暄存问者，往往不能得以留存。而纸张出现以后，因保存便利，这种情况得到了有效改善。

那么，能够留存下来的书信，必定是历史的偶然与必然的结合，而这些都体现在以下要讨论的留存方式中。

范文澜曾指出："感遇谢恩，无当政要，故前汉谢表，彦和时已寡存篇。"② 此虽是释"前汉表谢，遗篇寡存"，然亦可发明汉代书信留存之现状：其存者多与军政有关，其出处多源于史书。书信具有较高的文献价值，这有可能会引起史学家的注意，包括官方史学家和民间史学家，它们常被当作撰写史书的基本材料。而如果书信写得文采出众，具有一定的文学价值，收信人因欣赏而保存，也就有可能收入文集而被世人知晓。当然，史学家在撰写史书时也会将一些文学价值较高的书信收入其中，客观上也保存了一定数量的书信。较为遗憾的是，这些书信因为留存的目的或出发点不同，往往被截取或者是转录，很多已不是完篇。反之，书信如果仅仅是私人间的琐事交往，不具有文献价值和文学价值，也就很难引起别人的注意，湮没不传是其必然的命运。这些书信，具体数目虽不可知，但数量应该是非常巨大的。

作为史料被史学家用于史书中的部分书信，可能是当时的档案文字。笔者以杨恽《报孙会宗书》为例加以说明。《报孙会宗书》是怎样流传下来的，我们已经很难在史料里面找到直接的证据了，然而根据历史文献中的蛛丝马迹，或许能够推知一二。《汉书·宣元六王传》载张博与其外甥淮阳王钦往返书信，"有司奏王，王舅张博数遗王书，非毁政治，谤讪天子，褒举诸侯，称引周、汤，以诡惑王，所言尤恶，悖逆无道"，此因书信而悖逆败露，"京房及博兄弟三人皆弃市，妻子徙边"③。《后汉书·杜根传》载杜安保留原封未动的书

---

① 王献唐：《临淄封泥文字叙目》，《海岳楼金石丛编》，青岛出版社 2009 年版，第 6 页。
② 刘勰撰，范文澜注：《文心雕龙注》，人民文学出版社 1958 年版，第 411 页。
③ 班固：《汉书》，中华书局 1962 年版，第 3316、3318 页。

信，才得以免遭祸患。①《后汉书·曹腾传》② 中，书信成了控诉曹腾的有力证据。可见，在通信不便的时代，书信可以判定人与人之间的交往亲疏，甚至可以成为物证。此一点前文已详论。《三国志·崔琰传》注引《魏略》曰："人得琰书，以裹帻笼，行都道中。时有与琰宿不平者，遥见琰名著帻笼，从而视之，遂白之。太祖以为琰腹诽心谤，乃收付狱，髡刑输徒。前所白琰者又复白之云：'琰为徒，虬须直视，心似不平。'时太祖亦以为然，遂欲杀之……遂自杀。"③《报孙会宗书》又何尝不是如此？

　　杨恽因与戴长乐失和，被诬"以上主为戏语，尤悖逆绝理"④，而免为庶人，心中自然不服，借《报孙会宗书》而发之："会有日食变，驷马猥佐成上书告恽'骄奢不悔过，日食之咎，此人所致'。章下廷尉按验，得所予会宗书，宣帝见而恶之。廷尉当恽大逆无道，要斩。妻子徙酒泉郡。"⑤《报孙会宗书》成为最主要的证据，与之有交往者皆被惩处："谭坐不谏正恽，与相应，有怨望语，免为庶人。召拜成为郎。诸在位与恽厚善者，未央卫尉韦玄成、京兆尹张敞及孙会宗等，皆免官。"⑥ 杨氏是平定霍氏之乱的重要人物，史书必有其传，而《报孙会宗书》又最终导致了杨恽被杀，可以推知此书必会被作为案卷中的档案资料加以保存，再加上杨恽豪迈恣肆的文风，想来必得史官青睐。

　　在文集出现之后，书信的留存方式也发生了相应的变化。情感真挚、文辞优美的书信成为士人创作的一部分，被收入文集中。书信作为一种文体被史家关注，在《史记》《汉书》中还没有出现，《后汉书》中详细著录了传主各种文体的著述情况，其中有各类文体著述著录者48人，有"书"者31人⑦，占65%。"《后汉书》列传著录

----

① 范晔：《后汉书》，中华书局1965年版，第1839页。
② 范晔：《后汉书》，中华书局1965年版，第2519页。
③ 陈寿：《三国志》，中华书局1959年版，第369页。
④ 班固：《汉书》，中华书局1962年版，第2892页。
⑤ 班固：《汉书》，中华书局1962年版，第2898页。
⑥ 班固：《汉书》，中华书局1962年版，第2898页。
⑦ 这三十一人是：桓谭、冯衍、贾逵、桓麟、班彪、班固、刘苍、朱穆、崔骃、崔瑗、崔寔、崔烈、杨修、刘陶、马融、蔡邕、延笃、皇甫规、张奂、孔融、服虔、班昭、杜笃、王隆、黄香、葛龚、王逸、边韶、张升、赵壹、张超；其中后九人在《文苑传》中。

传主各体著述的体例，显示出东汉时期文人各种文体的著述和编集情况"①，"书"在其中所占的比重还是相当大的。也就是说，东汉末，书信就已经作为一种重要的文体，被列入文人的创作和编集活动中了。文集观念的出现，使书信在留存方式上有了一个新的突破，更多的书信，尤其是前述情感真挚、文辞优美的书信，得以保存。通过文集留存也成为史书之外书信存世的另一主要途径。不仅如此，从史书到文集的开拓，更为重要的是对书信文学观念上的一种转变。史书中留存的书信，虽然不乏文学性很强的书信，但是史学家并不能等同于文学史家，其选择书信的基本观念是作为一种信史材料，来叙述历史事实的。虽然并非绝对，但文学性并非史学家所要考虑的问题，因而可以看到，《史记》《汉书》中所保存的书信，主要内容是军政，民间生活几乎不曾涉及。文集观念出现以后，这种状况有了极大的变化，一是书信的内容被更为全面广泛地记录下来了，二是部分书信的格式、用语得以保存，三是书信在历史的淘洗中文学性作为一种考虑逐渐成为留存与否的一种标准。文集保存书信的情况后来又有所发展，郑逸梅说："古人函札，以讨论学术，及谈政论道者居多，故多列于文集中。及后以风雅游戏出之，毋关宏旨，聊资欣赏，于是别刊为尺牍。"②

宋朱长文《续书断序》中曾言："若夫尺牍叙情，碑板述事，惟其笔妙则可以珍藏，可以垂后，与文俱传；或其缪恶则旋即弃掷，漫不顾省，与文俱废，如之何不以为意也。"③ 有些书信是借助书法得以保存的，此种现象历史上早已出现，《汉书》记载陈遵的书信，"主皆藏去以为荣"，杨树达《汉书窥管》引张尔岐《蒿庵闲话》卷一云："古人往来书信疏，例皆就题其末以答，唯遇佳书心所爱玩，乃特藏之，别作柬以为报。晋谢安轻献之书，献之尝作佳书与之，谓

---

① 郭英德：《中国古代文体学论稿》，北京大学出版社 2005 年版，第 70 页。有关《后汉书》著录传主著述的问题，笔者赞同郭英德的观点，只取其结论，相关论述可以参阅《中国古代文体学论稿·〈后汉书〉列传著录文体考述》一文。

② 郑逸梅：《尺牍丛话》，上海古籍出版社 1985 年版，第 133 页。

③ 上海书画出版社编：《历代书法论文选》，上海书画出版社 1979 年版，第 318 页。

必存录，安辄题后答之，甚以为恨。汉人藏遵尺牍，亦爱其笔画也。"① 陈遵的尺牍，虽最终不传，但根据历史记载，在当时却是被人珍藏的。王献之因谢安不存录其书而甚以为恨，可见书法优者，收信人常常留存。王羲之父子的法帖，历经千年，原作几乎不存，却被不断地临摹翻刻，大部分得以保存。② 这类书信，有些可能也是私人间的琐事往来，抑或是文学价值不高，却因为是高妙的书法作品而得以保存。也恰恰是这些墨迹的保存，使我们有幸能够更为直观地看到书信写作的状况。

如果说书法帖能够展现纸张形态下的书信的原始状态，那么出土的简帛则能够展示更为古老书信的原始状态，而这些书信得以保存，不能不说是一种历史的偶然。20 世纪以来，随着考古的发展，大量秦汉时期甚至更早的简帛文献资料被发现，这些资料中就包含了不少书信，③ 极大地弥补了传世文献存在的缺憾：一是简帛书信原件的出土，为研究早期书信的封缄、题署、格式等提供了最为直接的证据，这是以往无法做到的；二是出土的书信，无论语言还是书法，都比较朴实，为更加准确地描述书信的发展历程奠定了坚实的基础。

## 第三节　汉魏六朝书信繁盛的原因

众所周知，事物的发展变化是外因和内因相互作用的结果，考察

---

① 杨树达：《汉书窥管》，上海古籍出版社 1984 年版，第 728 页。

② 关于王羲之书帖得以留存的原因，祁小春有过详细的探讨，可参阅祁小春《迈世之风——有关王羲之资料与人物的综合研究》，文物出版社 2012 年版，第 73—74 页。

③ 这些书信的保存有可能与陪葬的习俗有关。云梦秦简中两封家书是与石砚、墨一起放入墓主的坟墓中的，彭砺志博士推测，"就其书法娴熟技巧来看，或是军中刀笔文吏亦未可知，其中用语也与里耶书牍中文书相类""受书者衷也受过一定的教育"，这是有一定的道理的，至于"以家书入葬，不知是否与死者对尺牍书写文字的喜好有关"（彭砺志：《尺牍书法：从形制到艺术》，第 80 页）则无法证明。安徽天长西汉墓，发现木牍 34 片，其中书信 8 片，墓主谢孟（"孟"为名或字）的发掘报告中认为其为有一定权利的官吏，至于是否因是文吏而随葬有文书木牍，则不得而知。从现在的出土文献看，书信可以成为陪葬品，这在西汉中期以前可能是一种习俗，具体情况如何，也只能等有更多的资料才能解决。

汉魏六朝书信繁盛的原因，自然也要从外因和内因两方面着手。所谓外因，笔者认为是社会政治因素、思想文化因素和物质文化因素；所谓内因，笔者认为是创作主体因素和文体自身发展演变的规律。汉魏六朝书信繁盛是两者共同作用的结果，在下文笔者将具体阐释这些因素的不同作用。

## 一　社会政治因素

首先是政局变迁带来书信的繁盛。《文心雕龙·书记》篇指出："三代政暇，文翰颇疏。春秋聘繁，书介弥盛。绕朝赠士会以策，子家与赵宣以书，巫臣之遗子反，子产之谏范宣，详观四书，辞若对面。又子叔敬叔进吊书于滕君，固知行人挈辞，多被翰墨矣。及七国献书，诡丽辐辏；汉来笔札，辞气纷纭。"刘勰看到了在春秋战国和汉初，书信的发展受到政局的巨大影响。实际上，纵观汉魏六朝书信，政局变迁、战乱频发都与书信的繁盛有着极为紧密的关系。如两汉之际，现在所保存下来的书信，大多是当时关于军政利害分析的文字；汉末动乱，党锢再起；西晋八王之乱，永嘉之乱；东晋北伐力图恢复中原；南北割据、战乱频发：种种动荡都引发了书信的繁荣，所展现的内容也不仅仅局限于军政，更有因政局动荡而产生的对亲友的思念、对人生苦难的感慨、对人生意义的探索等。

仲长统《昌言》载："汉二百年而遭王莽之乱，计其残夷灭亡之数，又复倍乎秦项矣。以及今日，名都空而不居，百里绝而无民者，不可胜数。此则又甚于亡新之时也。悲夫！"[1] 战乱和饥馑所带来的瘟疫，使"亲故多离其灾"，"家家有强尸之痛，室室有号泣之哀，或阖门而殪，或举族而丧者"。[2] 丧乱的后果不仅对政治的统治产生巨大的影响，也成为萦绕于文人心头无法挥去的永久痛楚。曹操《蒿里》："白骨露于野，千里无鸡鸣。生民百遗一，念之断人肠。"王粲《七哀诗》（其一）："西京乱无象，豺虎方遘患。复弃中国去，

---

① 严可均辑：《全上古三代秦汉三国六朝文》，中华书局1958年版，第949页。
② 司马彪《续汉书》刘昭注引"魏文帝与吴质书"以及"魏陈思王常说疫气"，见范晔《后汉书》，中华书局1979年版，第3351页。

委身适荆蛮。亲戚对我悲，朋友相追攀。出门无所见，白骨蔽平原。路有饥妇人，抱子弃草间。顾闻号泣声，挥涕独不还。未知身死处，何能两相完？驱马弃之去，不忍听此言。南登霸陵岸，回首望长安。悟彼下泉人，喟然伤心肝。"凄惨场景的经历，所带来的是士人思想的转变和分化。一方面沿着《古诗十九首》"人生天地间，忽如远行客""人生非金石，岂能长寿考"的思路，产生了人生无常、及时行乐的消极思想；一方面是在人生的哀叹中，越发珍惜短暂的生命，不断思索人生的价值和意义，产生多样的人生追求，有的如曹操般因战乱而雄心勃发，力图一统国家，救民于水火之中（丁冲《与曹公书》："足下平生常喟然有匡佐之志，今其时矣"），有的如曹丕般于立德、立功之外，特别关注立言者，"文章者，经国之大业，不朽之盛事"（《典论·论文》）[①]，"生有七尺之形，死惟一棺之土，惟立德扬名，可以不朽；其次莫如著篇籍"（《与王朗书》）。这些对于人生价值的思考，在建安书信中表现得尤为直接。

实际上，除了政局变迁、战乱频发带来书信的繁盛，政局的安定同样也可以给予书信繁荣以巨大的助推力。汉武帝时期，整个时代是昂扬向上的，虽有"罢黜百家、独尊儒术"的举措，却未真正贯彻。士人精神的昂扬向上，再加上多种思想的共同作用，这一时期的书信在内容拓展和创作数量上都是前所未有的。建安时期，虽然处于军阀割据的混战之中，但是邺城却有着相对稳定的生活环境，围绕在曹丕兄弟周围的文士，在声色犬马中尽享短暂的安宁，诗文创作也达到高潮。而当昔日宴游的场景被离别取代时，文士书信中表露出对于朋友和美好生活的怀念，表露出对于人生无常的伤感，在华美的文辞中，缓缓流淌的伤感情调感染着后世的读者。

其次是统治者的提倡和参与。论及统治者对文学的提倡，汉魏六朝时期，以建安和齐梁两个时段最为世人称道。建安时期，曹氏父子对人才的招揽和对文学的大力提倡，与社会动荡和对人生价值的思考

---

①　严可均辑：《全上古三代秦汉三国六朝文》，中华书局 1958 年版，第 1097 页（注：后文所引《典论·论文》皆出于此书，不再一一详注）。

有着直接的关系。无论是对书信还是对整个建安文学而言，这都是至关重要的。先谈对人才的招揽。曹操因现实政治的需要，渴慕贤才，曾三下求贤令——《求贤令》（建安十五年）、《敕有司取士毋废偏短令》（建安十九年）、《举贤勿拘品行令》（建安二十二年），乃人所习知之事实。陈寅恪《书世说新语文学类钟会撰四本论始毕条后》曾分析此三令之历史意义，指出："孟德三令，大旨以为有德者未必有才，有才者或负不仁不孝贪诈之污名，则是明白宣示士大夫自来所遵奉之金科玉律，已完全破产也。由此推之，则东汉士人夫儒家体用一致及周孔道德之堡垒无从坚守，而其所以安身立命者，亦全失其根据矣。故孟德三令，非仅一时求才之旨意，实标明其政策所在，而为一政治社会道德思想上之大变革。……然则此三令者，可视为曹魏皇室大政方针之宣言。"① 陈先生特重孟德三令，不止于求才之上，更关注其变革社会道德思想的重大作用，由此，求才、重才之风气盛行。

孟德三令的出现，实则是东汉末年社会发展之必然结果。钱穆《国史大纲》中对此有精辟分析："士人在政治社会上势力之表现，'清议'之外，更要的则为'门第'。""及门第势力已成，遂变成变相的贵族。自东汉统一政府倾覆，遂变成变相之封建。长期的分崩离析，则中国史开始走上衰运。"② 汉末军阀混战之局面，皆由此而起。而"汉末割据的枭雄，实际上即是东汉末年之名士。尤著者如袁绍、公孙瓒、刘表诸人"③。那么，想要统一安定的国家，必须要有雄才大略和强有力的支持，包括取之不尽的人力资源。而东汉末年，过分重视名教所导致的虚伪风气盛行，"举秀才不知书，举孝廉父别居"的现象极为普遍，成为汉末子书重点批评的对象。孟德三令，实有循名责实之动机。至于陈先生所说之"孟德出身阉宦家庭，而阉宦之人，在儒家经典教义中不能取有政治上之地位。若不对此不两立之教义，摧陷廓清之，则本身无以立足，更无从与士大夫阶级之袁氏等相

---

① 陈寅恪：《金明馆丛稿初编》，生活·读书·新知三联书店 2015 年版，第 51 页。
② 钱穆：《国史大纲》，商务印书馆 1996 年版，第 184、186 页。
③ 钱穆：《国史大纲》，商务印书馆 1996 年版，第 215 页。

竞争也"①，钱穆所关注的"曹操为自己的家世，对当时门第，似乎有意摧抑"②，与曹氏的唯才是举，虽不能说毫无关系，但也不应做过多强调。

唯才是举，重才、求才政策的奉行，促使曹氏父子特别关注对人才的笼络，③曹氏父子与文士的通信，即是最好的明证；而对于贤才的逝去，曹氏父子都表现出极大的悲伤和思念，可以想见，曹氏并非仅仅以上下级的关系去对待士人，更多的是建立了深厚的情谊。广而言之，曹操该天下英才，才有了邺下盛会，也才有了建安书信的主体面貌和成就。孟德三令，其影响可谓至大至广矣。

对文学的大力提倡，前贤多有论述，如上文所引刘勰《文心雕龙·时序》篇："魏武以相王之尊，雅爱诗章；文帝以副君之重，妙善辞赋；陈思以公子之豪，下笔琳琅；并体貌英逸，故俊才云蒸。"钟嵘《诗品序》曰："降及建安，曹公父子，笃好斯文，平原兄弟，郁为文栋，刘桢、王粲，为其羽翼。次有攀龙托凤，自致于属车者，盖将百计。彬彬之盛大备于时矣。"④"建安文学，实由文帝、陈王提倡于上。"⑤曹氏父子对文士予以激赏，同时也醉心于诗文的创作中。曹氏三父子诗文创作的数量和成就，都足以名垂青史，就书信而言，曹操和曹丕的书信也有着开疆拓土的历史功绩。不仅如此，建安诗文的创作中明显存在着一较高下的倾向。同题共作是建安时期较为普遍和引人关注的文学现象，这自然是游宴的需要，带有游戏的性质，然而不可忽略的是背后实际上还隐藏着一较高下的心理，此种心理一方面出于现实利益的引诱，一方面是对文学创作的重视。书信毕竟是双方交流的媒介，不可能如诗赋般同题共作，在留存的书信中，繁钦与

① 陈寅恪：《金明馆丛稿初编》，生活·读书·新知三联书店 2015 年版，第 51 页。
② 钱穆：《国史大纲》，商务印书馆 1996 年版，第 219 页。
③《三国演义》第二十三回"祢正平裸衣骂贼　吉太医下毒遭刑"中，曹操对自己人才之盛，颇为自负："荀彧、荀攸、郭嘉、程昱，机深智远，虽萧何、陈平不及也。张辽、许褚、李典、乐进，勇不可当，虽岑彭、马武不及也。吕虔、满宠为从事，于禁、徐晃为先锋；夏侯敦天下奇才，曹子孝世间福将。安得无人？"此虽为演义小说，实能从一定意义上体现曹氏人才策略之功效。
④ 钟嵘撰，曹旭集注：《诗品集注》，上海古籍出版社 2011 年版，第 20 页。
⑤ 刘师培：《中国中古文学史讲义》，上海古籍出版社 2000 年版，第 18 页。

曹丕的通信可谓高水平的同题共作的书信，这反映出书信写作中的竞赛心理。虽然同题共作在书信中不太现实，但是一较高下的心理则是普遍存在的。

《文心雕龙·时序》篇说："暨皇齐驭宝，运集休明：太祖以圣武膺箓，世祖以睿文纂业，文帝以贰离含章，高宗以上哲兴运，并文明自天，缉熙景祚。今圣历方兴，文思光被，海岳降神，才英秀发，驭飞龙于天衢，驾骐骥于万里，经典礼章，跨周轹汉，唐虞之文，其鼎盛乎！"刘勰此论虽有溢美之词，但萧齐统治者爱好、倡导文学的事迹，史籍斑斑可考，萧齐一朝也因此拥有了大批的文学创作者，文学自然出现了彬彬盛况。"降及梁朝，其流弥盛。盖由时主儒雅，笃好文章，故才秀之士，焕乎俱集。于时武帝每所临幸，辄命群臣赋诗，其文之善者赐以金帛。是以缙绅之士，咸知自励。"① 与萧齐相比，萧梁统治者对文学的热爱可谓有过之而无不及，萧衍、萧统、萧绎、萧纲等不仅以至尊之位提倡文学，更是文坛上首屈一指的作家。

统治者因为地位的特殊，其倡导和身体力行往往会引发追随者的竞相效仿，一段时间内创作热情高涨，形成浓厚的创作风气，此期间作品的数量急剧增长，艺术水平也十分值得关注。建安书信和齐梁书信能够在较短的时间内有极大的发展，这一因素的影响是至关重要的。

## 二 思想文化因素

如果说社会政治是一种显性影响因素，那么思想文化则是一种隐性影响因素，它始终如影随形地影响着书信的内容和风格。汉魏六朝书信，主要是受儒学、道家文化、玄学和佛学的交替、交织影响。

汉初，书信曾受战国策士之风的影响，呈现出短暂的"辞气纷纭"的艺术风貌。汉武帝时代，"罢黜百家，独尊儒术"，定儒术于一尊，儒家学说成为汉代主流的统治思想。儒学的兴盛所带来的是对于礼仪的强调，刘勰所说的"秦汉立仪"与儒学的发展有着密切的

---

① 李延寿：《南史》，中华书局 1975 年版，第 1762 页。

关系。儒家思想即使是在玄学和佛学兴盛的六朝时期，也一直在发挥它的作用，六朝书仪的兴盛，实际上就是儒家礼仪在书信形式上的反应。再者，儒家思想的兴盛，也奠定了汉魏六朝诫子书的基本基调，儒家信条成为诫子书的主要内容。作为儒家思想有益补充的道家思想，一直如一股潜流影响着书信的创作，主要表现在诫子书中对于薄葬的提倡和死亡的思考方面。《颜氏家训·勉学》篇说："学之兴废，随世轻重。汉时贤俊，皆以一经弘圣人之道，上明天时，下该人事，用此致卿相者多矣。末俗已来不复尔，空守章句，但诵师言，施之世务，殆无一可。故士大夫子弟，皆以博涉为贵，不肯专儒。"① 东汉后期，儒学日渐空疏，道家思想复归，书信中更多地表现出对现实的不满和批判，以及对于自然隐逸生活的向往。

宗白华曾经指出："汉末魏晋六朝是中国政治上最混乱、社会上最苦痛的时代，然而却是精神史上极自由、极解放，最富于智慧、最浓于热情的一个时代，因此也就是最富有艺术精神的一个时代。"② 可见，汉末魏晋六朝思想文化的自由为艺术的发展提供了宝贵的精神支持，而书信作为其中的一分子，也必然受到这种自由思想文化的影响。魏晋南北朝时期，对书信产生重大影响的是玄学和佛学。

玄学的形成是一个非常复杂的过程，它是两汉儒学没落后出现的新哲学思潮。"汉末魏初以来政治性和审美性的'人物品藻'很自然发展成为对个体人生的意义价值的思考，成为魏晋玄学的最高主题。"③ "玄学与美学的内在的联结点则主要在于个体在人格理想上、在内在的自我精神上超越有限达到无限。……这是玄学的主要特色，也是它对美学的主要贡献所在。"④ 玄学致力于个体人格的发现和探讨，因而个体的喜怒哀乐和主观思想往往得以呈现在文学作品中，

---

① 颜之推撰，王利器集解：《颜氏家训集解》（增补本），中华书局 1993 年版，第 176—177 页。

② 宗白华：《美学与意境》，人民出版社 1987 年版，第 183 页。

③ 李泽厚、刘纲纪：《中国美学史》（魏晋南北朝卷），安徽文艺出版社 1999 年版，第 103 页。

④ 李泽厚、刘纲纪：《中国美学史》（魏晋南北朝卷），安徽文艺出版社 1999 年版，第 104 页。

也自然会反映在书信中。玄学思潮的影响，为书信打开了个体情感的丰富世界，社会生活和主观感触得以进入书信，甚至哲学意义上的个体人格理想也出现在书信中，如阮籍的《答伏义书》。发展到东晋，自然景色也成为书信中的审美对象。社会、自然、情感成为书信的审美对象，书信内容因为玄学思潮的出现而得到了极大的拓展。

佛教自东汉传入中国，国人多以方术目之，影响力也极为微弱，直到东晋佛学才借助玄学的力量，教义得以广泛传播，佛教也随着士族的认同而迅速壮大起来。然而佛教毕竟是来自异域的宗教，它的礼仪、教义和制度与中华原有的文化传统在很多方面是不同的。如僧侣踞食，本是印度僧人吃饭时的习惯，但是不符合儒家礼仪的要求，因此范泰、郑鲜之等分别写信规劝僧侣能够改变这种习惯，释慧义则在《答范伯伦书》认为范泰的建议是，"求不异之和，虽贪和之为美，然和不以道，则是求同，非求和也"[1]，不会轻易改变如来所立之戒。再如沙门落发修行、辞亲出家、不敬王者、不尊礼俗，与儒家传统的忠孝观念相悖，因此而掀起来一场大的讨论，书信往返频繁，最终以慧远的《沙门不敬王者论》折中调和两者的矛盾而告终。道教与佛教的冲突演变为夷夏之辨，书信往返中，双方将自己的观点尽力阐明，并不遗余力地攻击对方的弱点，客观上迫使对方完善自己的理论观点。更为引人关注的是梁武帝萧衍就形神之争而要求朝野大臣对于范缜的神灭论做出回应，表明自己的态度，可谓规模空前。佛教以外来宗教融入中华文化的过程，使思想文化变得活跃起来，交往交流的频繁自然也就使书信出现了创作上的繁盛景象。

### 三　物质文化因素

书信较为特殊，它需要经过传递才能完成，因而外部的物质文化因素在一定程度上会给书信的发展带来影响。逐渐发达的邮驿和便利纸张的使用，为汉魏六朝书信的繁盛提供了最基础的物质保障。

古代交通条件极为不发达，因而书信的传递也非常困难，无论是

---

[1]　严可均辑：《全上古三代秦汉三国六朝文》，中华书局 1958 年版，第 2784 页。

"鸿雁传书""千里飞鸿"的想象，还是"家书抵万金"的感叹，都客观地展现出书信在当时的珍贵和传递的不易。与现代相比，古代的通信肯定是十分落后的，但并不代表通信系统不存在。"汉承秦制，疆域之辽阔远过于秦。为了巩固中央集权的统治，使中央与地方之间能够密切联系，声息相通，汉政权非常重视交通与通信建设。不惜耗费巨帑，堑山堙谷，在秦代邮传的基础上，开辟了通达全国各郡的交通线，在主要道路上完善了通信系统。丝绸之路的开通，沟通了与西域各国的联系。邮驿设施与组织管理进一步加强，邮书传递制度更加完善，通信效率有了提高。所谓'军书交至而辐辏，羽檄重迹而押至'（《两汉博闻》卷7）。所有这些，成为汉代邮驿的显著特色。"①而魏晋南北朝时期，"高度统一的邮驿体制虽然不复存在，为各个分割的政权所替代，但是在局部地区和范围内，邮驿仍得到充分发展，各国间交往频繁，邮驿联系声息相通，一脉相承。同秦汉时期的邮驿相比，可以说自成格局，独具特色，各有千秋了"②。上述引文所指出的乃是官方邮驿，邮驿系统的建立，根本目的在于强化帝国的统治，承平时期用于治理国家，官方文件的上传下达赖以运行，战时则用于战况、战报等军事消息的快速传递。汉魏六朝时期，官方邮驿备受重视，曹魏时期就出现了中国第一部邮驿专门法规——《邮驿令》，以法律规定和完善邮驿制度，大大推进了邮驿的发展速度。

虽然官方的邮驿不允许寄发私人书信（至少在赵宋允许私书附递之前是如此），但是邮驿条件的改善，如道路的畅通、逆旅的增多等，客观上也促进了民间私邮的发展。与官方邮驿的体系化、规范化不同，民间邮驿呈现出分散化、个人化的特点，如前述已经提到的，西汉时期就有官员在郊外设置私邮或迎接宾客，或联络同谋。西晋时期更出现了"千里牛"的私邮组织，用于地方官员与中央官员的沟通交流。永嘉南渡后，南方邮驿得到了发展，最具特点的是南方水驿

---

① 刘广生、赵梅庄：《中国古代邮驿史》（修订版），人民邮电出版社1999年版，第120页。

② 刘广生、赵梅庄：《中国古代邮驿史》（修订版），人民邮电出版社1999年版，第176页。

的发展，速度极快，十分便利，再加上政权割据，通信的距离相对缩短，极大地促进了私人通信的进行。私人书信的传递较官邮自然相对落后，主要是捎传、专人的传送，还有的官员利用职务之便通过邮驿来传送私人信函，这当然是比较少的情况。因此逆旅的出现和繁荣，佛教盛行后，寺院林立，都为民间信使提供了最为基本的生活保障，促进了书信交往的繁荣。

不管是官方的邮驿还是私人书信的传送，都是为了满足人与人之间交流的需求，这种需求往往会以信件的方式表现出来。书信需求的增加促进了信件传递方式的多样发展，同时传递速度的加快也为书信的繁荣增加了动力，两者相辅相成。

再来看纸简替代对书信繁盛所起的推动作用。东汉中期以前，竹简占据书写载体的主要位置，东汉中后期，这种情况开始发生变化，纸张的使用越来越普遍，三国中期，也就是 3 世纪初，纸简替换基本完成。纸张的普遍使用，是一件伟大的事情，它对文学产生的影响，似乎还未引起学界足够的重视。纸张的使用，"为抒情写志带来了充分的自由"，"一是材质轻便，改善了文字传播的条件，大大促进了文人间的交流和文化的传播；二是空间广阔，人们可以不受简册空间拘束，尽兴地挥洒才情，排遣孤独，也可以更加方便地发表自己的观点和感受"①。纸张的使用不仅激发了创作的热情，使以纸传情成为一种时尚，更促使书信写作中气势的贯通和语体文言的充分使用，这些都对建安书信的繁荣产生了深远的影响。赵树功曾言："尺牍由贵族化到平民化过渡，起码应是东汉中期以后的事。"② 纸的应用，在平民化的过程中是助益良多的。

章学诚在《乙卯札记》中从书写材料演变的角度给出了精当的解释："至于古人作书，漆文竹简，或著缣帛，或以刀削，繁重不胜。是以文辞简严，章无剩句，句无剩字，良由文字艰难，故不得已而作书，取足达意而止，非第不屑为冗长，且亦无暇为冗长也。自后

---

① 查屏球：《从游士到儒士——汉唐士风与文风论稿》，复旦大学出版社 2005 年版，第 131 页。

② 赵树功：《中国尺牍文学史》，河北人民出版社 1999 年版，第 5 页。

世纸笔作书，其便易十倍于竹帛刀漆，而文之繁冗芜蔓，又遂随其人所欲为。虽世风文质固有转移，而人情于所轻便，则易于恣放，遇其繁重，则自出谨严，亦其常也。"① 章学诚以科学的态度总结出了纸简替代前后对人们创作思维和创作的篇幅带来的影响，实为不刊之论。

正如章学诚所言，新的书写材料的普遍应用，不仅仅是方便了书写，更重要的是改变了创作的观念。更为有趣的是，纸简替代与人的自我意识的觉醒交叉在一起，文学的面貌就有了巨大的变化。"我手写我心"，文人的情感毫无滞涩的喷薄而出，这种情景更多的是表现在友人之间的通信之中，知乎此，或许就可以明白，建安文士在书信中表露自己的心声为什么会那么不遗余力。纸张的使用，还极大地促进了书法的进步，当书法与书信紧密结合到一起时，一种新的书信形式——帖也就产生了，书信的艺术品位也随之提高。

纸张的便利不仅反映在写作观念的变化上，更反映在通信的便利上。纸张的使用有效地避免了简牍的沉重，减轻了信使的负担，既加快了速度，也增加了书信传递的数量。可以想见，如果不是纸张的使用，《世说新语·任诞》篇所记载的"殷洪乔作豫章郡，临去，都下人因附百许函书"，捎传上百封书信的现象是不可能出现的。

## 四　书信文体因素

上文在阐述书信的文体特征时，曾经提到书信书写的内容是十分自由和广泛的，无论是论政、言事、问候、叙情、论理、庆悼还是闲情逸致，都已进入书信的创作之中，汉魏六朝书信逐渐将书信内容加以拓展，基本上囊括了后世书信全部的内容。汉魏六朝士人极具开拓精神，不仅丰富了书信写作的内容，而且促进了书信的繁盛。

书信被作为一种文体加以重视，从现存的资料看，最早的是曹丕。曹丕对阮瑀、陈琳、孔融的书信表现出极大的兴趣，并给予了高度赞扬，不仅如此，曹丕还身体力行，写作了许多优秀的书信。曹丕以贵公子的身份赞扬和提倡书信，自然会引起书信写作的热情。

---

① 章学诚：《乙卯札记　丙辰札记　知非日札》，中华书局 1986 年版，第 36 页。

曹丕是一位杰出的文学家，更是优秀的文学理论家，《典论·论文》将文学提高到"经国之大业，不朽之盛事"的地位；"文气说"的提出也使文人的性情得到重视，"'文以气为主'，就是以感情气势、感情力量为主"①，重个性、重抒情成为文学发展的一种趋向。

与对文学创作的大力提倡相映成趣的是文学观念的极大进步。前述已论汉末丧乱、人生无常所引发的人对自身价值和意义的思考，章培恒说："对个性的尊重和在一定程度上对于违背传统道德观念的个人欲望的肯定——都意味着自我意识的加强和对个人价值的新的认识。"② 这一点嵇康《难自然好学论》已指出："推其原也，《六经》以抑引为主，人性以从容为欢。抑引则违其愿，从欲则得自然。然则自然之得，不由抑引之《六经》；全性之本，不须犯情之礼律。故仁义务于理伪，非养真之要术；廉让生于争夺，非自然之所出也。"③自我意识的加强，表现在书信创作中则是政治内容的减少和对日常喜怒哀乐的敏锐把握与抒写，文人热衷描写的对象不再局限于外部的世界，不再仅仅是对事物的客观描写和照搬，更多的是带有强烈主观感受的叙述。这种叙述不再讲求社会的功能性，更关注于内心的满足和情感的宣泄。"建安文人从汉代迷信化的儒学思想束缚中解脱出来，从无病呻吟、内容贫乏、徒知雕润文字的辞藻堆中走了出来，运用五言诗和小型赋的形式，描写社会的现状、政治的腐败，抒发个人的思想与情怀，这就是建安风力的由来，也是我国古典文学到建安时期，所以能获得飞跃发展的根本原因。"④ 需要说明的是，这种个体情感的抒发，在建安时期表现得集中而浓烈，而更多的哲理性思考和如何更好地表达情感（即情感表达的技巧）方面的问题，后来成为文学创作需要解决的问题。

魏文帝不仅表彰文学创作、努力进行文学创作，更在理论上给文学争得一席之地。"文章者，经国之大业，不朽之盛事""文气说"的

---

① 罗宗强：《魏晋南北朝文学思想史》，中华书局2006年版，第23页。
② 章培恒：《关于魏晋南北朝文学的评价》，《复旦学报》（社会科学版）1987年第1期。
③ 嵇康撰，戴明扬校注：《嵇康集校注》，中华书局2014年版，第447页。
④ 万绳楠：《魏晋南北朝文化史》，黄山书社1989年版，第150页。

提出，都是理论总结的结晶。很难想象，没有曹丕的倡导，建安文学会以什么样的面貌呈现于世人面前，更遑论书信的变革了。此时的书信是被文人当作文章去阅读的，这种阅读带有品评的性质，同时又带有竞赛辞藻的心理创作动机。这一点可以从当时人的书信中看出。杨德祖《答临淄侯笺》："不侍数日，若弥年载，岂由爱顾之隆，使系仰之情深邪！损辱嘉命，蔚矣其文。诵读反复，虽讽《雅》《颂》，不复过此。若仲宣之擅汉表，陈氏之跨冀域，徐、刘之显青、豫，应生之发魏国，斯皆然矣。至于修者，听采风声，仰德不暇，自周章于省览，何遑高视哉？"陈琳《为曹洪与魏太子书》："前初破贼，情侈意奢，说事颇过其实。得九月二十日书，读之喜笑，把玩无厌。"吴质《答东阿王书》："奉所惠贶，发函伸纸，是何文采之巨丽，而慰喻之绸缪乎！夫登东岳者，然后知众山之逦迤也；奉至尊者，然后知百里之卑微也。"不论是收信还是写信，都成为一件乐事，如曹丕《答繁钦书》中说："披书欢笑，不能自胜。"曹植在给丁敬礼的信中有过这样的评论："故乘兴为书，含欣而秉笔，大笑而吐辞，亦欢之极也。"（《与丁敬礼书》）

汉人论文，重视政教功用，强调讽谕教化，"经夫妇，成孝敬，厚人伦，美教化，移风俗"。魏晋南北朝时期，文章的实际功能仍被重视，但是随着思想的多元化，对于文学的认识也多元化了，文章的抒情功能得到了强化。魏晋南北朝文士将抒情作为文学评价的重要标准，创作了大量的吟咏性情、写景咏物的作品，抒情观念深入人心。建安时期激赏"雅好慷慨"之作，陆机重视"缘情而绮靡"，反对"言寡情而鲜爱，辞浮漂而不归"，陆云称赞"《述思赋》，流深情至言，实为清妙"，刘勰则说"繁采寡情，味之必厌"，钟嵘《诗品》提倡"吟咏性情"。抒情的提倡，不仅是一种文学观念的转变，更是对书信内容的拓展，个人情感成为抒写的主要对象。魏晋南北朝重视抒情功能的同时，也崇尚文辞的华美，因而也就特别关注文学表现技巧的使用和探索。《文心雕龙·丽辞》篇曾言："魏晋群才，析句弥密，联字合趣，剖毫析厘。"南北朝时期则是在魏晋群才的基础上，更加重视文学表现技巧的运用，用典、对偶、声韵等都被用于创作之中，散文也发展出成熟的骈文。情文并重，在魏晋南北朝时期被普遍提倡。

对于书信而言，因为创作的自由，受到文风的影响也就最大，变化也最为明显，因而汉魏六朝书信所呈现出的抒情为主、崇尚华美的倾向也就十分明显。情文并重，也成为书信被作为文学作品的最基本的因素。书信写作往往会根据收信人的接受程度来进行撰写，这自然是出于保证交流能够进行的考虑，然而当文士间进行通信时，就不单单是满足交流的需要了，很大程度上有着骋才游戏的意味。书信所具有的潜在回复倾向，会刺激人们的创作热情，形成一种"滚雪球"效应，尤其是在魏晋南北朝尚文风尚的氛围中，书信的艺术水平也会越来越高。

### 五　创作主体因素

安德烈·莫洛亚在《拜伦书信选·绪言》中指出："书信的作者可以说有这样三种：一种是借助书信来披露思想的；一种是无病呻吟、把十分单调的生活中的极其微不足道的事情说得天花乱坠，借重形式来装饰各种事情；最后一种是因为没有别的办法只好写信并把他们的整个炽烈而充满活力的身心都倾注到通信中去的人。"① 安德烈·莫洛亚的分法，实际上可以借以用来对汉魏六朝书信创作主体进行考察。

书信的内容是十分自由和广泛的，而书信的作者，就其社会身份而言，也是十分广泛的，无论皇室宗亲、王公贵族、官僚臣子，还是平民百姓，甚至是僧侣道士、隐逸高士，只要是有交往的需要，就会有书信写作的可能。书信是最具有全民参与写作潜在可能的一种文体。

就创作主体而言，汉魏六朝书信中官员士人是主导。古代社会，政治生活几乎成为士人社会生活的全部，参政议政也就势在必行，尤其是当处于战争之中，士人既要充当战争中的智囊，也要用笔触为己

---

① ［英］乔治·戈登·拜伦：《拜伦书信选》，王昕若译，百花文艺出版社1992年版，第7页。

方争得最大的利益。书信成为表达意见、交流思想的最好方式。在汉末魏晋南北朝，社会长期处于一种动荡之中，讨论如何施政与作战几乎成为一种常态，那么军政内容的书信也就大量出现了。另外，需要说明的是，前述所言的佛教传入后在东晋南北朝与儒道所引发的争论，很多也是采用书信的方式进行，佛教的兴盛，僧侣的众多，士人对佛教兴趣的高涨，也势必带动书信的繁盛。

安德烈·莫洛亚所说的第二种作者，在魏晋南北朝书信创作主体中可以分为两类。一类是在骋才游戏的风气下，为展示自己的才能而进行的书信创作，如繁钦与曹丕的往来书信。一类是南朝时，为了彰显世家大族地位，结合书仪而写作的婚书、吊书等书信，这类书信文辞华美，内容空洞，在南朝世家大族的交往中大量出现。只不过这类书信因流传的价值不大而散佚，现在只能从文献记载中窥见其兴盛的面貌。

汉魏六朝创作主体中，最值得关注的就是安德烈·莫洛亚所说的第三种作者。钱谷融曾经指出："一个作家总是从他的内在要求出发来进行创作的，他的创作冲动首先总是来自社会现实在他内心所激起的感情的波澜上。这种感情的波澜，不但激动着他，逼迫着他，使他不能不提起笔来；而且他的作品的倾向，就决定于这种感情的波澜是朝哪个方向奔涌的；他的作品的音调和力量，就决定于这种感情的波澜具有怎样的气势和多大的规模。这就是艺术创作的动力学原则。"[1]

上文已经阐释了社会政治因素在书信发展的过程中产生的影响，这里需要注意的是，政治体制的转变实际上对创作主体产生了巨大的影响。分封制转变为中央集权制，游士也就相应转变为皇权统治下的士人。秦汉时期，士人的出路由多项选择转变为唯一道路，士人精神发生根本性变化，对于皇权的依附也就此形成。在这种状况之下，士人的得志与否已经不是自己能够选择和掌控的事了。从司马迁等人的书信中，就能明显看到这种变化给士人带来的不适和精神郁结，而这

---

[1] 钱谷融：《论"文学是人学"》，人民文学出版社 1981 年版，第 90 页。

种不适和郁结在古代社会一直存在，或因为统治者的残暴、虚伪而发出反抗的声音，如嵇康，或身份卑微而无法出人头地，如鲍照。这种情感的郁结被发泄在诗文中，当然也频繁出现在写给好友的书信中。

当然，情感的激荡不只是对于仕途的郁结，有时可能是对于生命易逝的一种无法抑制的悲伤和无奈，如建安文士在书信中畅叙昔日宴游的欢乐场景，感慨生命的凋零，悲伤的基调浓郁到无法化解。

对个体情感的重视，使生活中的事物所引发的感受成为抒写的重点，题材也由社会扩展至自然景物。也正是这些景物，引发了文士的想象空间，"物色之动，心亦摇焉"（《文心雕龙·物色》）。于是在他们眼中，自然的景物可以不再只是苦寒之地，如"胡地玄冰，边土惨裂，但闻悲风萧条之声。凉秋九月，塞外草衰，夜不能寐。侧耳远听，胡笳互动。牧马悲鸣，吟啸成群，边声四起，晨坐听之，不觉泪下"（李陵《重报苏武书》）；"太阴之地，冰厚三尺，木皮五寸，风寒惨冽，剥脱伤骨"（张奂《与延笃书》）。转而为南方的优美景色，甚至是心中想象之境，"山川之美，古来共谈。高峰入云，清流见底，两岸石壁，五色交辉，青林翠竹，四时俱备，晓雾将歇，猿鸟乱鸣，夕日欲颓，沈鳞竞跃，实是欲界之仙都，自康乐以来，未复有能与其奇者"（陶弘景《答谢中书书》）；"或日因春阳，其物韶丽，树花发，莺鸣和，春泉生，暄风至，陶嘉月而嬉游，藉芳草而眺瞩。或朱炎受谢，白藏纪时，玉露夕流，金风多扇，悟秋山之心，登高而远托。或夏条可结，倦于邑而属词，冬云千里，睹纷霏而兴咏"（萧统《答湘东王书》）。书信因情感和景物的参与而更加富有诗意了。

# 第四节　汉魏六朝书信发展的四个阶段

## 一　汉魏六朝书信的分期问题

任何事物的发展演变都是历史综合因素作用的结果，时代的变迁会带来思想和境遇的变化，人们所面对的问题也就层出不穷。作为文学创作来说，"若无新变，不能代雄"，这是作家创作不能也不愿意因循前代的法则。汉魏六朝的书信，经历了从实用文体向文学文体的转变，所依据的就是文人的创新意识。本书所要展现的，就是汉魏六朝的文人在面对不同的境遇时，在书信方面的努力、思考以及成就。这种描绘无疑是提纲挈领式的，唯其如此，才能在一定高度上对汉魏六朝书信进行一个整体的观照，也才能理解这一时期的书信在文学史上有着怎样的地位。在后面的章节中，笔者将细致地展现各个时期书信的具体发展状况，以期在宏观与微观的结合中，更为准确地理解汉魏六朝时期的书信。

研究书信的发展历史，实际上是研究文学史上一种文体的发展历史，因而为研究和叙述的方便，文学史研究者往往将书信的历史进行阶段性的划分。这种通用的文学史研究方法，虽然备受争议（此非本书要探讨的问题，故不赘述），却有着无法替代的便利性，本书的探讨也将采用分期研究的方式。

褚斌杰《中国古代文体概论》中将汉魏六朝书信分成汉代和魏晋南北朝两个阶段，魏晋南北朝下又分出魏晋和六朝两个阶段，[①] 这是从书信完全脱离公牍性质和文风演变的角度进行分类的。赵树功认为，"由秦汉到南北朝，这是中国尺牍文学由发皇到繁荣的第一个阶段"，并将这一时期的书信分成了汉、魏、晋、南朝四个阶段。[②] 钟涛、王孔琳在《先唐书牍文论略》中指出书信在先唐时期已经成熟，并将先秦、两汉、建安、两晋、南北朝分别对应雏形期、正式成立期、繁荣期、新的开端期、新的高峰期。[③] 综合来看，将汉魏六朝时期的书信分为四个时期——两汉、三国、两晋、南北朝，目前学术界比较认同，四个时期的书信的确表现出了不同的风貌，但有鉴于北朝并非汉魏六朝历史概念涵盖的范围，本书论述的四个阶段分别确定为汉代、三国、两晋和南朝。

然而，目前还仅限于文风演变方面的研究，着眼点也局限于各个

---

① 褚斌杰：《中国古代文体概论》（增订本），北京大学出版社 1990 年版，第 401—410 页。

② 赵树功：《中国尺牍文学史》，河北教育出版社 1999 年版，第 85—86 页。

③ 钟涛、王孔琳：《先唐书牍文论略》，《青海师范大学学报》（社会科学版）1996 年第 1 期。

时期的名家名篇，未能真正从书信产生与运作的社会机理出发，忽略了对历史研究成果的借鉴（如出土文献、敦煌文献等），这种描述实际上无力于真正反映书信发展的状况。笔者认为，只有把握住书信产生和发展的深层社会文化背景，才能实现对各个时期书信的准确把握。

### 二 三个统系， 四个阶段

所谓三个统系，指的是纪事、述情、说理。近人王葆心认为，"文章之体制既不外告语、记载、著述三门，文章之本质亦不外述情、叙事、说理三种"①，并曾以此三种统系展示古代文章发展的轨迹，提出了纪事、述情、说理三派平排、侧注之说。王葆心认为汉唐为三派平排时代，魏晋南北朝为侧注时代，且以述情为主，缺少说理文，"宋人则承偏统而不能自完其三派"②，缺少述情一派，宋之后则侧注于说理文而缺少述情文，至于纪事文于文章则始终相伴，"汉至隋而盛著缘情之文，宋至今而盛推说理之文。文家情先于理，而叙事常居其中数"③。

王氏所论自成系统，于文章研究多有发明，至于其功过是非，不是本书所要论及的问题。若以王氏三个统系理论以观汉魏六朝书信，则可于宏观处明其发展大势，试详述之。

纵观汉魏六朝书信，类型有三种：纪事说理、抒发情志、辩论义理。汉代书信以纪事说理为主，书信与章奏区别不大，以司马迁等人的书信预示着一种新的发展趋向。魏晋南北朝时期，抒发情志，彰显人格魅力成为潮流，在东晋中后期因佛教传入的不断深化，辩论义理成为书信发展中的一种新趋势。汉魏六朝书信的三种类型，成为后世书信发展的基本模式，姚汉章《古今尺牍大观》中以达情、论理、叙事分类古今书信，就是因为此三种类型乃古今书信发展的基本类

---

① 王葆心：《古文辞通义》，王水照主编：《历代文话》（第八册），复旦大学出版社2007 年版，第 7719 页。

② 王葆心：《古文辞通义》，王水照主编：《历代文话》（第八册），复旦大学出版社2007 年版，第 7727 页。

③ 王葆心：《古文辞通义》，王水照主编：《历代文话》（第八册），复旦大学出版社2007 年版，第 7730 页。

型。当然，三种类型的发展虽是在不同时段有所侧注，但并不是截然划分的，往往是以一种类型为主，其余两种类型并行发展，甚至有时会如南朝一般，述情与辩论义理都成为时代侧注。三种类型中以抒发情志类最为引人关注，也成为书信文体的基本特征，取得了较高的文学成就。

以上是就书信类型论汉魏六朝书信发展大势，若从细处着眼，则汉魏六朝书信又表现出不同阶段的特点。孙学濂论汉魏六朝书信曰："汉人爽发，郁勃纵横。魏人婉絜，少而弥旨。垂至齐梁，小启多佳，巨制罕觏。大约景可含情，故不废点染。笔贵达意，故不厌曲折。质胜则野，事多则杂，以元瑜翩翩之思，运敬通洋洋之词，则无阂不通，千里一堂矣。招邀谢馈，并宜小简。论志言情，则重大文。侧艳之作，齐梁乃倡，偶一为之，斯不伤雅。挽近浮薄，好为艳体，而辞俚气促，未梦六朝，艳于何有。俗则斯然，学古之士，幸勿出此。"[1] 兹将汉魏六朝书信发展分为四个阶段并加以阐释。

书信"完全脱离公牍的性质，而成为个人交流思想感情、互相交往的工具，当始于汉代"，[2] 这一判断应该是符合实际的。书信从先秦时期的"国书"发展到汉代，的确是发生了巨大的变化。

汉代的书信，从其留存方式上来看，在"集"的概念出现之前，书信主要是以史家引录的方式被保存下来。因此，军政题材成为书信的主要内容，这一内容的主体地位，至南北朝时期也没有被撼动。史家所保存的这些书信内容，明显地展现出书信是作为一种实用文体而被使用的，部分书信的文采飞扬并不能改变汉代书信无意为文的事实。笔者认为，只有以此为基础去看待汉代的书信，才能做出正确的评价。

汉代书信的发展，有两点值得特别关注。一是书信的形制。"秦汉立仪"，书信的格式和用语，沿用了日常交往的礼仪用语和官文书中的某些用语以及形式，逐渐确定了汉代的书信形制。一方面要关注

---

① 转引自郑逸梅《尺牍丛话》，上海古籍出版社 1985 年版，第 39 页。

② 褚斌杰：《中国古代文体概论》（修订版），北京大学出版社 1990 年版，第 402 页。

书信在"秦汉立仪"后有着怎样的具体形式，另一方面也要注意这种礼仪与书信结合的形式不仅仅是一种用语和格式上的要求，它实际上体现出了专制制度下的森严的等级制度，书信与礼仪的结合，到后来越发紧密，使书信发生了巨大的变化。这一点似乎还没有真正引起书信研究者的重视。二是汉代书信对后世的贡献。汉代书信最为后世称道、贡献最大的，莫过于司马迁、李陵、杨恽等大才的书信创作，这些书信同样不是一种有意的文学创作，也正因为此，书信中所抒发出的情感才能是真挚感人的。个人情感的抒发，成为我们关注书信成就的一个重要观察点。除此之外，笔者认为，汉末士人书信文采上也许没有特别值得称道之处，但是众多书信中所展现出的士人群体的分化，尚需关注和研究。

如果说汉代书信还是属于无意为文，那么建安、曹魏前期的书信已经完全处于有意为文的阶段了。建安、曹魏前期的书信最受人关注的是个人情感的浓烈和辞采的富丽，两者可谓在这一时期有着完美的结合。需要注意的是，这一时期的书信不仅是以文学创作的观念来写作书信，更以文学的观念来批评和鉴赏书信。因此书信作为文学文体有了极大的进步。另外，三国鼎立的局面，使书信的写作受地域影响较大，与曹魏不同，吴蜀书信更多的是延续汉代直书其意的做法，杰出者可谓凤毛麟角，未能为书信的发展贡献更多。曹魏正始时期，阮籍、嵇康的信展现出另一番风貌。阮籍、嵇康的书信，接续司马迁、杨恽等人书信中的精神而来，无论对于仕途还是人生境界，都有着新的认知。嵇康之以气运词、率性而言，嬉笑怒骂，又条理清楚，实乃性情中人的最好写照。阮籍则喜怒不形于色，书信中往往以大言为遁词，用譬喻创造玄远之境界，遒劲壮丽。这是玄学影响下，书信出现的新变化和新境界，南朝书信中不断出现的回响，有力地说明了阮、嵇书信的影响。

两晋时期，书信出现了形制上的巨大变化。这种形制的变化表现在因与书对象的不同，书信呈现出的面貌有着巨大的不同，如陆云的家书，近乎于口语，而与他人的书信则用语典雅，这是书信与礼仪紧密结合后造成的，家书也在这一时期呈现出明显与其他类型书信不同的风貌。书信与礼仪结合，最终产生了适应社会交往需求的书信写作程序和范本——书仪。书仪的产生，说明书信模式化写作的时期已经到来。虽然这种模式化的书信无助于书信文学性的提高，但是在这种风气之下，对于书信的写作特别重视文采富丽，客观上加强了书信辞藻富丽的提升，同时也预示了书信朝向辞藻方面努力的倾向，这与南朝书信的发展趋势是一致的。另外，书仪是礼学文化的重要载体，它的广泛使用，既是礼学昌盛在书信方面的反映，也加剧了礼学的深入化和普遍化，两者有着明显的相辅相成的互动关系。南朝时，随着门阀的式微，原有的世家大族难以维持昔日的辉煌，文化上的传统优势成为重要的阵地。两晋时的书仪被世家大族广泛传播，逐渐细化深入，形成独特的书信礼仪。

两晋书信沿着两个趋势发展：一是骈俪化的趋势，这是符合整个汉魏六朝文学发展大势的；二是简洁玄远的趋势，这是玄学产生后在书信发展上的又一影响。除玄学的影响外，东晋时期，佛教的影响愈加明显，书信中具有论辩色彩的内容也越来越多，逐渐形成了一种书信论学的传统，这种传统经过南朝的加强，成为后世论学普遍采用的一种形式。

书信发展到南朝，除延续汉魏晋的优秀传统外，又有四个方面的新发展。一是前述已谈及的书仪的广泛与深入；二是骈体书信取得较高成就；三是玄学影响下的山水成为审美对象，山水景物正式以审美客体的身份进入书信，创造出前所未有的艺术成就；四是《文心雕龙·书记》篇以理论探讨的方式，《文选》以选文定篇的方式，将书信理论推至一个新高度。

# 第三章　汉代：书信的初步发展

汉代四百余年是书信初步发展的阶段，留下的书信数量虽远不如后世多，却有着颇为值得关注的地方。从表现形式上看，汉代书信在"秦汉立仪"的背景下，受礼制的约束，充分借鉴官文书程序和形制，形成了较为成熟的书信形制。书信与礼仪如影随形，成为一种不可分离的传统。从文学传承上看，汉代书信虽不能完全改变先秦时期书信"国书"式的写作方式，却也为书信开辟了个人情愫抒发的路径，《文心雕龙·书记》篇论汉代书信时说："观史迁之报任安，东方之难公孙，杨恽之酬会宗，子云之答刘歆，志气盘桓，各含殊采，并杼轴乎尺素，抑扬乎寸心。""杼轴乎尺素，抑扬乎寸心"，由外部的政治世界关注到个人的情感世界，这是汉代书信的功绩，也是书信在文学史上备受青睐的显著特征。

本章笔者将用五节的篇幅去展现两汉书信文发展的状况，先介绍两汉书信发展的概况、发展的文化背景和政治主线以及发展动因，再以个案的形式展现其具体的发展状况，力求对两汉书信能够有一个既宏观概述，又微观考察的整体、细微的把握。

## 第一节　汉代书信发展概况

### 一　汉代书信的存世数量与基本状貌

秦朝统一天下，无论是政治制度还是文化策略，都产生了深远的影响。汉代书信之所以在数量上比先秦有着更为迅猛的增长，大一统政局下的书同文、车同轨，可以说是先秦不具备的外部条件。也正因此，书信翻开了新的一页。

西汉的书信，现存的数量较少，传世文献中所能见到的书信有70余篇，其中完整的书信有50余篇，残书近20篇，主要保存在《史记》《汉书》《汉纪》《文选》《艺文类聚》等文献中。与西汉类似，东汉书信大部分也是因史书而得以留存，主要保存在《后汉书》《三国志》《后汉纪》，以及类书《艺文类聚》《北堂书钞》中。留存的数量，约有200篇，是西汉书信的三倍，但大部分是残篇，且呈现出两头多、中间少的现象，即东汉光武帝时期以及桓灵时期，书信出现的数量远多于东汉承平时期的数量，文学成就也明显高于承平时期的书信。需要说明的是，上述数字仅就迄今所见的传世文献中的书信而言。

随着考古发掘的深入开展，越来越多的汉代书信进入了我们的视野。迄今为止，出土文献中的汉代书信有250余篇，其中完整的近50篇，残篇200篇有余，还有大量的疑似书信，主要见于居延汉简（帛）、居延新简、敦煌汉简（帛）、敦煌悬泉置汉简（帛）、肩水金关汉简、天长汉墓简牍、额济纳汉简、长沙东牌楼东汉简牍、张家界古人堤东汉简牍等出土的简牍帛书中。传世文献与出土文献中的汉代书信，现在看来数量是不少的，遗憾的是，汉代书信并未有较好的整理辑校本，学界常用的严可均《全汉文》《全后汉文》中整理的书信，已经远远不能满足学术需求，因而吸收考古成果，整理辑校汉代的书信全集，已经成为研究汉代书信必须要面对的基础研究工作。

当然，汉代书信的数量远不是我们今天所看到的状况，书信得以流传的途径就能明显地说明这一问题。史官采撷书信作为撰写史书的直接材料，战乱纷争、朝局动荡时，书信往复自然繁多，引录的书信最能直接说明问题，这类书信保存的自然也就多起来。而当朝野安定时，从出土文献中的书信来窥探，书信的内容往往多为私人间的存问，这类书信的数量应该不少，但是因很少牵涉军政要事，不被史官垂青，被遗忘于历史长河中是其摆脱不了的历史宿命。另外，东汉末年士人游学活动频繁，士人间的交往密切，书信往来的次数和数量应该不会很少。然而党锢之祸起，大批的士人被禁锢，书信往来自当断绝，而之前交往的书信，很有可能是由于持有者的惧祸心理而被销毁了，我们也只能依据史书中的蛛丝马迹进行相关的推断了。

《文心雕龙·书记》篇中说："详总书体，本在尽言，言所以散郁陶，托风采，故宜条畅以任气，优柔以怿怀；文明从容，亦心声之献酬也。"刘勰所关注到的尽言，应该是有一个发展过程的，是从详尽地阐明观点逐渐发展到"散郁陶，托风采"，抒发内心的情感的。换句话说，刘勰所谓的尽言，实际上包含了两层含义：一是详尽地阐明观点，二是抒写内心的情感。以抒写内心的真情实感最为引人关注，也才有了谭献所说的："应用之世，书启最繁。情深为上，意足次之，修辞末矣。"① 谭献将书信文学成就的高低分成三个层次，且以"情深"为书信的最上品，确为卓见；而书信却是按照意足—情深—修辞的顺序来发展的，汉代书信，意足者为多，情深者较少，这是书信尚处于实用为主阶段的必然情状。

西汉的书信，延续战国书信的痕迹十分明显，内容大部分关乎国家政治，类似于战国时期的"国书"。西汉出土文献与传世文献中的书信有着很大的不同，出土文献中的书信，往往是生活中的互相存问、简单的信息交流和物品馈赠等，程序化的痕迹很重。传世文献中的书信，大部分则是与军政有关的内容，这些书信很大程度上是官文书的延续，很多书信写得犹如奏疏，因此西汉书信在意足上可谓做足了功夫，而很多与个人情感和生活有关的内容，要到东汉的时候才逐渐被放入书信中，作为私人交往谈论的话题。但是这并不代表西汉书信不值得我们关注，西汉书信在鸿文无范的时代，反而为后世书信的发展奠定了基础。

西汉的书信内容，就其大略而言，主要有四类：一是日常生活中的交往、存问、赠物等，此类内容主要见于出土书信中，文献价值极大。审视汉代存留的书信，往往是文士、官吏的书信，民间普通百姓的声音很少能够听闻，而从云梦睡虎地秦简的两封木牍书信来看，这

① 李兆洛选辑：《骈体文钞》，岳麓书社1992年版，第713页。

种民间发声应该是存在的。民间书信的不断加入，可以让我们更加准确地描述整个汉代书信的发展，也更能让我们感知百姓的喜怒哀乐，这无疑有助于我们认知文学和历史；二是军政书信，所涉及主要是当朝军事政治，此类书信数量最多；三是因个人情感郁结而得以宣泄者，此类书信文学性最强，以《报任安书》《答苏武书》《报孙会宗书》为代表，容后详述；四是谈文论艺的书信，此类书信在西汉早期就已出现，且绵延不绝，终成两千年以书信论学之传统。

与西汉相比，东汉书信在内容上有所延续，又有所拓展。东汉书信中，数量最多的还是军政类书信，且在光武帝和桓灵时期集中出现。时代变化，所谈论的内容也必然会有异同，笔者在后文还会谈到。东汉书信中，个人生活和情感凸显出来，成为士人表达的一个重点，最值得关注。士人心中的好恶，真性情的表达，出现在了抒写隐逸生活、夫妻书信、诫子书等类型的书信中，这是极为珍贵的内容拓展。尤其是汉末孔融的书信，嬉笑怒骂皆成文章，内心的真实想法毫不保留地展现在了书信中，形成的气势雄迈、文辞典丽的风尚，直接影响了建安书信。

## 二　言语交际与官文书制度共同作用下的汉代书信

刘勰说"秦汉立仪，始有表章"，书信在秦汉时就因仪礼的要求与章表疏奏有着较为明显的划分。实际上，汉初的书信还没有真正进入立仪的阶段，这从汉初的几封书信的归属难以有统一的标准就可以看出。如邹阳《与吴王书》《狱中上梁王书》，枚乘的《与吴王书》《又与吴王书》，在《文选》中被归入"上书类"，而根据后世的标准，这最多只能算作奏记，文体的不确定，导致了文章在命名时出现了现在的模样，这种情况的形成可能与汉初政权不稳、诸侯王分立有很大的关系。

书信与礼制的大规模结合，出现过两次巨变：第一次是秦汉立仪后，书信形制的渐变和形成；第二次是书仪出现后，书信成为家族门第和文化修养的象征，更兼具礼仪推广的功能。

前文已述，书信源自面相告语，也即辞令、辞命。既然是源自面相告语，就必然受到言语交际规则的制约。言语交际中的原则有合作原则、礼貌原则、协调原则。这些原则，或多或少地被用于书信的交往中。其中应用最多的是礼貌原则。[①] 书信交往中的礼貌包括尊重、谦虚、同情、宽宏、平等、友好等，其目的无非使交往能够顺利完成，却也在客观上展现出人的文化修养，因而被普遍重视。

完整的汉代书信包括以下几个部分：致信人自称、拜礼、启事、受信人称谓、题称、信首问候、正文信末问候、拜礼。[②]《礼记·曲礼》云："夫礼者，自卑而尊人。"[③] 书信处处渗透着"自卑而尊人"的礼学精神。"致信人自称"与"受信人称谓"，往往是自称称名，他称称字，亦出于"自卑而尊人"。名，实含尊卑二义。《白虎通·姓名》中说"名者，幼小卑贱之称也"[④]，年至弱冠，情况则改变，孔颖达《礼记·檀弓》疏曰："冠字者，人年二十，有为人父之道，朋友等类，不可复呼其名，故冠而加字。"[⑤] 冠字以尊名，是对成年男子名之尊敬。《礼记·曲礼》曰"父前子名，君前臣名"，郑玄注称"对至尊，无大小皆相名"[⑥]，因为"名者质贱之称"[⑦]，对至尊范围明显扩大而广泛用于社会交往之中。自称称名是"自卑而尊人"的表现，他称称字则是尊人之意，若直呼其名，则有轻蔑之嫌。这种称名与称字的区别，在书信中被严格地遵守。

陈直所说汉代书牍上下款格式"以某伏地再拜，或某伏地再拜请一种最为普遍"[⑧]，这种拜礼云梦秦简中两封家书中就已经存在了："敢再拜问""敢大心问"。实际上，无论是"敢再拜问"，还是"伏地再拜"，都是先秦时当场问答辞的一种变化，如《左传》僖公二十八年，"王命尹氏及王子虎、内史叔兴父策命晋侯为侯伯"，"晋侯三

---

① 关于言语交际的原则，可参阅刘焕辉主编《言语交际学教程》，中央广播电视大学出版社 1995 年版，第 199—200 页。

② 杨芬：《出土秦汉书信汇校集注》，博士学位论文，武汉大学，2010 年，第 199 页。

③ 阮元校刻：《十三经注疏》，中华书局 1980 年版，第 1231 页。

④ 陈立：《白虎通义疏证》，中华书局 1994 年版，第 407 页。

⑤ 阮元校刻：《十三经注疏》，中华书局 1980 年版，第 1286 页。

⑥ 阮元校刻：《十三经注疏》，中华书局 1980 年版，第 1241 页。

⑦ 阮元校刻：《十三经注疏》，中华书局 1980 年版，第 1267 页。

⑧ 陈直：《居延汉简研究》，中华书局 2009 年版，第 152 页。

辞,从命,曰:'重耳敢再拜稽首,奉扬天子之丕显休命'"①。而如"再拜稽首"这一用语,在《礼记》、《周礼》和《仪礼》中作为问对应答用语,经常出现。"伏地再拜",汉代拜礼,这里用作书信中的礼敬辞。《周礼·春官宗伯·大祝》:"辨九拜:一曰稽首,二曰顿首,三曰空首……"郑玄注:"稽首,拜头至地也。顿首,拜头叩地也。空首,拜头至手,所谓拜手也。"贾公彦疏:"空首者,先以两手拱至地,乃头至手,是为空首也。以其头不至地,故名空首。顿首者,为空首之时,引头至地,首顿地即举,故名顿首。一曰稽首,其稽,稽留之字。头至地多时,则为稽首也。"② 可知稽首、顿首、空首三者之中,稽首最重,顿首次之,空首又次之。在汉代书信中,作为礼敬辞的"稽首",仅用于臣子给君王的上书。作为礼敬辞的"顿首",常用于给上司、长辈以及平交之较尊者的书信。而对一般的平交对象,则往往以"伏地"为礼敬辞。此类用语汉代又变化出"叩头死罪""顿首顿首"等说法。此种用语亦可见书信源自双方的面谈,士人相见时之礼节自然转入文字。

除了这种形式上的书信用语,书信在内容的组织和策略上也体现出言语交际中的礼貌原则。如军政书信,往往是要说服对方,这种情况之下就必然要求书信的作者充分考虑对方的利益,使对方能够感受到书信中的意见可以充分地保护自己的利益,这样才能真正地达到与书的目的,薄昭《与淮南王长书》,用忠告之语,充分分析其中的利害关系,虽是诘责之文,却也给人情深文挚之感,淮南王也自然能够听从薄昭的意见了。

无论是官文书还是书信的制作和收发程序,都是在不断演变中确立下来的。20世纪以来,随着简帛文书不断被发现,官文书制度也逐渐明晰。官文书中的官府往来文书,与书信的程序有着紧密的关系。现在还无法确知书信是否与官文书一样,在程序的要求上有着同样的官方规定,一是因为我们所看到的书信,包括帛牍书信在内,时

---

① 阮元校刻:《十三经注疏》,中华书局1980年版,第1825、1826页。
② 阮元校刻:《十三经注疏》,中华书局1980年版,第810页。

间越早越显得程序杂乱无章，二是至今没有发现关于书信写作程序的官方规定或者是相关的记载。但是，经过对书信文献与官府往来文书的比勘，可以发现，书信的程序与官府往来文书的程序有着十分紧密的联系。虽然不能断言书信的程序是从官文书制度中演变而来的，但是可以确定书信的程序是从官文书制度中借鉴过来的。这种借鉴应该也是顺理成章之事，因为从广义的角度看，官府往来文书中的章奏表议等，实质也是书信，只是因为与书对象的不同，在"秦汉立仪"之后，广义和狭义的书信被区别开来了。

有着上述天然的联系，只是存在一种可能性，对比书信与官文书就能发现，书信发展中是将此变成现实了。汉代书信形制直接借鉴了汉代官文书制度，可以抬头、平出之制证之。所谓抬头，是指行文书写时遇到某些特殊原因文字位置高于其他文字的现象；平出或称"提行"，是指因特殊的人、事、物或者称谓等另起一行书写的现象：两者皆以此表达敬意。许同莘说："周时钟鼎文字，凡'王曰'、'惟王某月'等辞句，不提行亦不空格。君臣一体，不以直书为嫌，此古义也。"[1] 可见先秦未有平阙。王国维《秦阳陵虎符跋》："行文平阙之式，古金文中无有也。惟琅邪台残石则遇始皇帝'成功盛德'及'制曰可'等字，皆顶格书，此为平阙之始……可知平阙之制，自秦以来然矣。"[2] 王国维所说实际上就是抬头，抬头有两种情况，"标题抬头居简首"，"皇帝及皇室成员之称谓抬头居简首"[3]。抬头始于皇帝，乃表示皇帝之无上权威，进而下移至官员、百姓，方出现为表尊敬意的平出或提行。平出或提行被广泛、严格地用于汉代的官文书中，汉代书信中的平阙就是从这些官文书中借鉴而来的，只不过有时候为了方便起见，没有官文书那样严格遵守而已，如致信人自称、拜礼与书信的正文本应该是分两行书写，但在出土书信中比较常见的是连在一起书写，这当然是为了方便和节约书写材

---

[1] 许同莘：《公牍学史》，档案出版社1989年版，第27页。

[2] 谢维扬、房鑫亮主编：《王国维全集》（第八卷），浙江教育出版社2009年版，第458页。

[3] 李均明、刘军：《简牍文书学》，广西教育出版社1999年版，第115页。

料，但不可否认的是，平阙制度在汉代还不成熟，也是这种现象形成的重要原因。

书信中的用语不仅是言语交际中的礼貌原则的要求，更是对官文书制度用语直接的借鉴。现在所能看到的最早的书信实物，是云梦睡虎地秦简中的《黑夫、惊与中书》《惊与中书》，起句分别为"二月辛巳，黑夫、惊敢再拜问中"，"惊敢大心问衷（中）"，比勘里耶简，可见秦书信的这种起句形式，明显源自官文书，如J1（9）4中起句"卅三年四月辛丑朔丙午，司空腾敢言之"，"四月己酉，阳陵守丞厨敢言之"①。《黑夫、惊与中书》与里耶简相似度较高，《惊与中书》则没有时间，这可能是书信还没有固定的格式，书写时较为随意所致。总地来看，秦书信与官文书的渊源关系明显，当然写作者皆为文吏的因素也不应忽略。到汉代，此类书信用语又变化为"伏地再拜请""叩头"等词语。

"（汉代诏书）除了皇帝以自己单方面的意志下达命令文书，其他则是皇帝批示臣属奏书形成的。在文书程序上，诏书显然与策书、制书等有所不同，除第一种情形诏书起首多作'告某官'或'告某官某'外，其他诏书可包括两部分，第一部分是臣下的奏文，第二部分是皇帝的指示文字，两部分文字共同构成一份诏书，根据这一程式特点来判断孰为诏书孰为策书或制书是很容易的。"② 这种奏书的批示方式，是最为简便的一种回应。此种回应的方式，在书信中被一度保存下来。书信还存在直接用来信一方的版牍或纸张直接回信的情况。如王献之、谢安③、曹景宗兄弟书信④。这种方式的存在，一方

---

① 王焕林：《里耶秦简校诂》，中国文联出版社2007年版，第72、73页。

② 汪桂海：《汉代官文书制度》，广西教育出版社1999年版，第34页。

③ 孙过庭《书谱》云："谢安素善尺牍，而轻子敬之书。子敬尝作佳书与之，谓必存录，安辄题后答之。甚以为恨。"据孙氏之言可推知，其时书信以"题后答之"为常，遇有珍重者（如书法特善），才会别纸以答。王献之之所以"甚以为恨"，就是因为谢安将他的书信作为平常的书信对待。

④ 《南史·曹景宗传》记载：景宗齐永元初任竟陵郡，其第九弟义宗年少，未有位宦，居在雍州。既方伯之弟，又是豪强之门。市边富人姓向以见钱百万欲坤义宗，以妹适之。义宗遣人送书竟陵容景宗，景宗题书后答曰："买犹未得，云何已卖。"义宗贪镪遂成（李延寿：《南史》，中华书局1975年版，第1357页）。

面是由于邮驿的困难，信使往往在送信后随即索要回信，同牍纸下方直接回信自然是出于方便快捷的考虑；另一个方面是因为无论是简牍还是纸张，在汉魏六朝时，并不是随手易得的，此种处理方式应该也是出于节约书写材料的考虑。

另外，汉代书信内容多为军政，其写法与官文书似乎没有截然的差别，而当军政内容向私人内容的演变中，官文书中的一些用法自然也就成为书信借鉴的直接范本。书信在发展的过程中根据礼仪和尊卑而衍生出的书信别名，也与官文书制度类似。

汉代书信还直接借鉴官文书中的内容，如荐举书。汉代招纳贤才实行的是征辟制和察举制，因为举荐贤才成为地方官员的职责之一，察举的主要依据是行状。行状是附属于察举制而存在的，为国家获取贤才服务，具有很强的官方实用性，记载着被举荐人的年龄、品行、事迹，且多用四言成句。许同莘说："汉人举荐博士状式。魏晋人之行状，即本于此，其文多四字为句，此今人所谓考语也。"① 行状中对于人物的评价用语，往往被举荐书直接引用，如蔡邕《与何进书荐边让》："窃见令史陈留边让字文礼，天授逸才，聪明贤智。纂成伐柯不远之则，龆龀夙孤，不坠家训，及就学庐，便就大典，闲不游戏。初览诸经，见本知义，寻端极绪……三业以次，大义略举，众传篇章，无术不综。心通性达，剖纤入冥，口辩辞长，而节之以礼。安详审固，守持内定，非礼勿动，非法不言。若处狐疑之论，定嫌审之分，经典交至，检括参合，众夫寂焉，莫之能夺也。"② 行状作为选官之用的文书，成为书信中的直接素材，其影响流布后世，举荐书中多用四言评价被举荐人的德行才能。

### 三　汉代文风的演变以及对书信的影响

分期研究文学史、文学思想史和文学批评史，是学界目前普遍采用的一种方法，虽然有着明显的缺点，却能较为清晰地将一代之

---

① 许同莘：《公牍学史》，档案出版社 1989 年版，第 29 页。
② 范晔：《后汉书》，中华书局 1965 年版，第 2646 页。

文学提纲挈领展现出来。① 所以，论述汉代文风对书信的影响，笔者也将分期述之。

总结汉代文风，熊礼汇的观点值得注意："两汉散文文风的发展，经历了一个由气盛词雄、排宕纵横，到深厚含蓄、温醇儒雅，到简约明朗、峻厉多风的过程。"② 文风的演变如熊先生所论，是一个动态的过程，往往是在继承中不断开拓创新。汉代散文文风的形成和演变，受惠于前代文学的发展，楚骚精神和纵横捭阖的策士文风，给予汉代文学无尽的滋养，而"罢黜百家，独尊儒术"后的儒家风尚，汉末政权衰微时道家思想回归的批判精神，都给汉代散文带来新的发展因子。

若分阶段而言，汉代散文似可以依上述影响因素分为四个阶段。汉初，受"分封诸王"政策的影响和总结秦亡汉兴经验教训，文士的政治热情空前高涨，纵横策士的风气有所回归，这种现实状况下产生了如陆贾、贾谊、晁错、枚乘、邹阳等著名的散文家。如果说总结秦亡汉兴的经验教训，在武帝时还有司马迁以撰写《史记》的方式从历史中寻找规律，那么纵横策士则很快失去了发展的土壤和可能，

---

① 然而要将四百余年的汉王朝进行分期，绝非易事。就目前学界的分期状况来看，多以西汉、东汉朝代自然分野而各自单独划分研究。西汉者，往往分为三期：汉初至武帝之前，武帝至宣帝朝，宣帝以后；东汉也分为三期：光武、明、章朝，和帝至桓帝之前，桓灵时期。无论西汉还是东汉，都可以用早中晚三期视之。这种方式是目前学术界大多数学者所采用的一种分期方式，只是在具体的时间上存在一些差异，如张峰屹《西汉文学思想史》，卞孝萱、王琳《两汉文学》，陈君《东汉社会变迁与文学演进》。有学者将汉代文学发展朝代界限打破，分成肇造期、鼎盛期、转折期、中兴期、衍变期、觉醒期（许结：《汉代文学思想史》，人民文学出版社 2010 年版）。也有学者将整个汉代文风的演变分成三期：昭宣以前为第一阶段，西汉后期和东汉前期为第二阶段，东汉后期 70 余年为汉代散文发展的第三阶段（熊礼汇：《中国古代散文艺术史论》，湖北人民出版社 2005 年版）。这些分期法，对于研究汉代文学大有裨益，当然也有着不可避免的缺点。

② 具体表现在四个方面：一是立论从"由意而出"，新颖、深刻，到"假取于外"，平实、稳当，到跌宕放言，出人意料。二是说理言事从悠言激切、铺张扬厉、耸人听闻，到称引先古、缘饰经术、含蓄不尽，到纯尚真实、径遂直陈、以气运词。三是句式从参差不齐，费用短句，以奇句散行为主，不杂骈俪之词，即使对偶也是大体相对，并不要求句法相同，到句多长句、偶句，且对偶要求语词相对、句式相同，但仍以奇句推动偶句运行，到句尚整齐，多作排比。四是语词从疏荡萧丽，到茂密典丽，到简约清雅。用字则从多用古文奇字，到务求雅洁，到不避浅近［熊礼汇：《两汉散文艺术嬗变论》，《武汉大学学报》（人文科学版）1997 年第 5 期］。

养士之风甚至遭到了王权的仇恨，《史记·卫青传》记载："苏建语余曰：'吾尝责大将军至尊重，而天下之贤大夫毋称焉，愿将军观古名将所招选择贤者，勉之哉。'大将军谢曰：'自魏其、武安之厚宾客，天子常切齿。彼亲附士大夫，招贤绌不肖者，人主之柄也。人臣奉法遵职而已，何与招士！'"① 枚乘、邹阳的书信虽有着纵横家的文风，却始终维护中央集权的权威性。汉家一统在制度上完全确立后，刘氏皇权正宗的地位在很长一段时间内始终被维护着，这种状况甚至一直持续到曹操秉政之时。

第二阶段是楚骚精神影响的阶段。刘汉以楚人入主政权，楚地之风尚以上行下效的方式被提倡，楚骚精神自然会产生影响。楚骚精神似乎与中央集权下的文士始终有着不解之缘，汉初贾谊等辞赋作家已有所表现，武帝朝的文士，却在盛世之下将楚骚精神表露无遗。这种精神在司马迁身上体现得最为明显，而如李陵、董仲舒、东方朔、杨恽等士人，也是这种精神的集中代表人物。在儒家经典逐渐深入士人的生活之后，楚骚精神成为一种隐性的文化基因，潜藏于士人的精神深处。西汉文学散文摆脱历史、学术的束缚，主要是楚骚精神的影响。这种精神不仅表现在辞赋中，更为直接地表现在司马迁《报任安书》、杨恽《报孙会宗书》等充满激情的书信中。

第三阶段是"罢黜百家，独尊儒术"后儒家风尚影响下的汉代散文。这一阶段持续的时间比较长，主要包括西汉后期和东汉前期。散文中往往引经以助文，主体意识逐渐减弱，散文中表现出的个性特征也渐渐消弭了，散文中的句式也不再挥洒自如，不拘一格，可长可短，而是逐渐趋于定式，以四字句为主，以单行之语运排偶之词，渐露骈俪端倪，表现出的总体艺术风貌是雍容典雅、排衍阐缓。这一阶段的书信，无论是内容上还是艺术成就上，都没有太大的进步。只是在两汉之际的战乱中，书信有了一次集中的涌现，其内容也无非分析形式利弊的军政，没有了战国策士的纵横捭阖，有的只是依经立义，娓娓道来，有着词茂阐缓的文风。

---

① 司马迁：《史记》，中华书局 1959 年版，第 2946 页。

第四阶段是东汉中后期，这是汉末政权衰微道家精神回归的批判精神的阶段。主弱臣强，大权旁落，国家政权成为牟利者随意操纵的工具，于是道家精神回归，文学作品中的批判意识明显加强，虽然也有依经立义，但是更多的是论由己出，词切气盛，语言犀利，可谓酣畅淋漓地展现出真性情。国家前途的渺茫，党锢之祸的发生，最终导致的是士人与政权的疏离，士人开始分化，不同的政治观点、生活方式得以展现。因而在这一阶段的书信中，我们看到了忠心维护汉政权的视死如归，也看到了士人被挫败后的失望和退避，也看到了士人因此而产生的对于人生意义的重新思考。这是一个变革的时代，士人在书信交流中最为直接地说出了他们的真实想法。

### 四 政治变革与士人身份转变下的书信

两汉是封建集权制的大一统时代，同时也是经学"昌明""极盛"的时代（皮锡瑞语）。两汉的大一统，结束了战国以来诸侯争霸、天下割裂的局面，也宣告了秦王朝暴政统治的反动性。汉承秦制，汉王朝在秦制基础上不断改进，奠定了两千年封建社会运作的基本模式，这是它的功绩，也是历史发展的必然结果。

抛开政治制度不谈，汉王朝的统治，改造最大的莫过于士人阶层。战国时期，纵横捭阖的游说之士已经失去了其赖以生存的政治土壤，游士时代终结，士人进入了新的历史阶段。

这一时代的结束并非戛然而止，而是逐渐的消失，汉初采用的部分"分封制"就是游士现象的回光返照，然而这种状况也已经与战国时期有着明显的不同，邹阳和枚乘的上书中就能够明显地看出这样的一种倾向，无论士人的游士情怀有多么重，审时度势，中央集权的不可挑战是他们必须要承认的。另外，仍需注意的是，游士情怀并未真正地退出历史舞台，在战乱纷争、朝代更迭的时候，这一隐性的文化基因会时不时地显现出来。远者不言，就在两汉之际，这种状况就再一次出现过，只不过已经是今非昔比了。

在新的政治制度之下，士人的命运似乎成了一场赌博，由一种双向选择变成了单向度的挑选，成败完全取决于帝王的好恶，而没有了丝毫的选择余地。迎合者可得荣华富贵，违背者则窘困潦倒，只能唯君主马首是瞻。有研究者指出，"与前期战国时代相比，士人精神发生了根本性变化：士人由王师君友沦为弄臣家奴，失去了人格的平等与自尊；由天下游士变为一主之臣，失去了自由意识；由布衣之士多变为食禄之士，失去了独立性；由四民之士变为儒臣之士，失去了主体意识"①。这种对游士的改变，其实在秦朝的时候就已经开始了，如《睡虎地秦墓竹简·秦律杂抄·游士律》："游士在，亡符，居县赀一甲；卒岁，责之。有为故秦人出，削籍，上造以上为鬼薪，公士以下刑为城旦。"② 这是以律法的形式强制改变游士的身份，汉武帝以"推恩诏"削藩，彻底铲除游士生存的土壤，则与秦王朝的做法在本质上是相同的。前引"自魏其、武安之厚宾客，天子常切齿"，即是明证。

明晰士人身份的改变，实际上就可以将汉代士人以得志者与不得志者简单加以区分。之所以如此，是因为纵观整个汉代书信的发展，始终紧紧围绕着政治这一条主线展开，不管是得志者还是不得志者，他们所有的遭际，他们所谈论的内容，始终不脱离政治。概括而言，西汉初年如邹阳、枚乘、薄昭、公孙弘等人，东汉初方望、申屠刚、苏竟、窦融等人，他们是明晰历史发展趋势之人，可谓得志者，在他们的书信中，有着对于局势的洞明分析，是识时务者。士人身份的转变，并非所有的士人都能够适应，在道义与权势的抉择中，如司马迁、李陵、杨恽、东方朔、董仲舒、冯衍等士人，选择了精神对抗；而在汉末，面对外戚和宦官势力的淫威，士人选择了直接的对抗，却招致了王权的打压，遭受了两次党锢之祸。士人在逐渐认清大汉政权不可挽回的情况下，迅速发生了分化，有坚持效忠大汉者，有淡出政治逐渐隐居者，有为自身利益割据者。选择不同，书信的内容和相应的风格自然也就不同。

---

① 查屏球：《从游士到儒士——汉唐士风与文风论稿》，复旦大学出版社 2005 年版，第 23 页。

② 睡虎地秦墓竹简整理小组编：《睡虎地秦墓竹简·释文注释》，文物出版社 1990 年版，第 80 页。

## 第二节　因势而变的汉代军政书信

### 一　汉代军政书信的历史渊源

《拙堂文话》卷六曰:"文章之变,到秦汉之际极矣,后人不得不祖述焉。非唯后人祖述秦汉,秦汉人又各有所祖述也。……秦汉人虽有所本,皆能出机轴,各成一家,不使后人知所本,是善学古人者也。"① 秦汉文章有所祖述,又有所创新,此乃不易之论,借此以观汉代军政书信历史渊源,获益良多。

《文心雕龙·书记》篇曰:"春秋聘繁,书介弥盛:绕朝赠士会以策,子家与赵宣以书,巫臣之遗子反,子产之谏范宣,详观四书,辞若对面。又子服敬叔进吊书于滕君,固知行人挈辞,多被翰墨矣。及七国献书,诡丽辐辏。"可见,在刘勰眼中,春秋、战国的书信,实有判然不同的特点:春秋书信,辞若对面,明白如话;战国书信,诡丽辐辏,纵横捭阖,气势如虹,文采飞扬。除此,刘勰言外恐还有春秋书信为外交之语,战国书信则是谋利之用的意思。

若就总体而言,刘勰的判断大体不差。细玩之,则战国书信非"诡丽辐辏"之语所能涵盖。就艺术倾向而言,实则有两种类型:一是刘勰所说"诡丽辐辏"型,二是词气渊雅平实型。两种类型的书信,实为汉代书信的直接渊源,故分别详述,以明汉代书信之源,以见汉代书信之变。

所谓"诡丽辐辏"型,多是纵横家言,故议论析理,少有情感涉及,而直以利害言之,往往能旁征博引,对比譬喻,帷幄筹谋,胸有成竹,以磅礴的气势,反复陈说,或打动人心,或迫人屈服。如苏代《约燕昭王书》,"通篇皆引秦往事,笔力奇肆"②,金圣叹评曰:"此文看他三'正告',三'欲攻'、三'困于'、五'谪曰'、五

---

① 斋藤正谦:《拙堂文话》,王水照主编:《历代文话》(第十册),复旦大学出版社2007年版,第9907页。

② 吴孟复、蒋立甫主编:《古文辞类纂评注》,安徽教育出版社2004年版,第791页。

'之战'，笔态如群龙戏于空中，一一鳞爪中间，皆有大风大雨大雷大电应时而集。"①

嵇康在《声无哀乐论》中说："夫推类辨物，当先求自然之理。理已定，然后借古义以明之耳。今未得于心，而多恃前言以为证，自此以往，恐巧历不能纪耳。"唯有"师心"，方能"独见"，情理畅达，征引故事、古义以为助，则新意迭出。徒能旁征博引，以古人为权威，也就很难使人信服。因而"诡丽辐辏"型的书信，首要是所论有观点、有内容。

再来看词气渊雅平实型，这一类书信多写得直白、恳切，重视自身情感在书中的抒写。战国书信中可以乐毅《献书报燕王》为代表。此乃乐毅的自辩书。燕昭王求贤重用乐毅，国力大增，昭王死其子惠王立，惠王因与乐毅有嫌隙，加之齐国的反间，惠王欲取代乐毅，乐毅惧祸而亡走赵国。惠王惧乐毅被赵国重用，与书责备其无情义，乐毅这才复书以辩解。其书暗讽惠王不能用贤，礼赞昭王的知遇之恩，并表达出对于易代之后功高不能善终之忧虑，"臣闻善作者不必善成，善始者不必善终。昔者五子胥说听乎阖闾，故吴王远迹至于郢。夫差弗是也，赐之鸱夷而浮之江。故吴王夫差不悟先论之可以立功，故沈子胥而不悔。子胥不蚤见主之不同量，故入江而不改。夫免身全功，以明先王之迹者，臣之上计也。离毁辱之非，堕先王之名者，臣之所大恐也。临不测之罪，以幸为利者，义之所不敢出也"②。后世评论者多以燕昭王与乐毅的君臣关系类比刘备与诸葛亮。楼昉说："可以见燕昭王、乐毅君臣相与之际，略似蜀昭烈、诸葛武侯。书词明白，洞见肺腑。"③ 金圣叹评论曰："善读此文者，必知其为诸葛《出师》之蓝本也。"④ 其书在叙事之中，感慨颇多，无论是叙写知遇之恩，还是感慨忠而被疑，都能写得明白平实。书中交绝而不出詈骂之言，却能让人感到满满的悲

---

① 吴孟复、蒋立甫主编：《古文辞类纂评注》，安徽教育出版社 2004 年版，第 790 页。

② 严可均辑：《全上古三代秦汉三国六朝文》，中华书局 1958 年版，第 27 页。

③ 楼昉：《崇古文诀》，《景印文渊阁四库全书》第 1354 册，上海古籍出版社 1987 年版，第 3 页。

④ 金圣叹选评：《天下才子必读书》，中国国际广播出版社 1997 年版，第 111 页。

愤，可谓寓诮于婉的典范。值得注意的是，平实的语言，深沉的个人情感，无疑代表着书信发展的方向。

## 二 "辞气纷纭" 的汉初笔札

《文心雕龙·书记》篇称"汉初笔札，辞气纷纭"，汉初书信延续了战国书信的两种类型，即"诡丽辐辏"型、词气渊雅平实型。薄昭《与淮南王长书》实乃汉初词气渊雅平实型的代表。

薄昭与淮南王书，可注意者有二：一是与书的背景，二是与书的风格；与书背景又决定了与书的风格，此不可不察。

薄昭与书淮南王，除皇室宗亲关系外，尚有政治利害关系需要特加注意。淮南王刘长乃高祖少子，敕封淮南王，为文帝皇叔。薄昭乃文帝母薄太后之弟，故与刘长乃平辈宗亲。淮南国原为九江郡，公元前203年更名为淮南国，辖境寥廓，相当于今安徽、河南淮河以南，湖北黄冈以东及江西全境，乃南楚重要区域。淮南国与长沙国以南，乃所谓南越国。"高帝已定天下，为中国劳若，故释佗不诛。十一年，遣陆贾立佗为南粤王，与剖符通使，使和辑百粤，毋为南边害，与长沙接境。"[1] 南越不臣之心，从未中断，文帝即位后即赐书与佗，用语甚为温和，并派出使臣陆贾安抚，"陆贾还报，文帝大说。遂至孝景时，称臣遣使入朝请。然其居国，窃如故号；其使天子，称王朝命如诸侯"[2]。汉王对南越国，之所以如此谨慎，是因为北方受匈奴压制，国力暂不能与之抗衡，汉王朝必须稳定南方，以谋图发展。淮南国与长沙国毗邻南越，对待淮南王的态度，会牵扯到整个南方的稳定与否，自然就颇费周章了。

"当是时，自薄太后及太子诸大臣皆惮厉王。……文帝重自切责之。时帝舅薄昭为将军，尊重，上令昭予厉王书谏数之"[3]，薄昭与书，就是在这样一种背景下出现的。严格而言，《与淮南王长书》并非私人交往的书信，乃是政令下的与书。试想，若是以汪洋恣肆的笔

---

① 班固：《汉书》，中华书局1962年版，第3848页。
② 班固：《汉书》，中华书局1962年版，第3853页。
③ 班固：《汉书》，中华书局1962年版，第2136—2137页。

调大加挞伐，恐怕会适得其反。

《与淮南厉王书》乃"情深文挚"之作，书中薄昭也以一长者的身份，推心置腹。淮南王有各种劣行，皇帝却应之以四"甚厚"；高皇帝有厚德和创业艰苦，淮南王却应之以"不孝""不贤""不谊""不顺""无礼""不仁""不知""不祥"，"此八者，危亡之路也"，两相对比之下，淮南王抱十二种劣行，实已"弃南面之位，奋诸、贲之勇，常出入危亡之路"，却不自知。紧接着薄昭又用古今迫不得已诛杀兄弟的典故，"周、齐行之于古，秦、汉用之于今，大王不察古今之所以安国便事，而欲以亲戚之意望于太上，不可得也"，如若不改，则结果必为"堕父大业，退为布衣所哀，幸臣皆伏法而诛，为天下笑，以羞先帝之德，甚为大王不取也"。① 薄昭不仅以危言感之，更以具体行动指导淮南王，所作只需一道罪己的奏章，小小举动，昆弟欢欣，上下得宜，海内常安，否则祸如发矢，不可追已。与汉初邹阳、枚乘上书之骈词善辩的纵横家遗风相比，此书文风渊雅平实，乃汉文、景帝诏书一脉。正如刘熙载所说："西京文之最不可及者，文帝之诏书也。《周书·吕刑》论者以为'哀矜恻怛，犹可以想见三代忠厚之遗意'。然彼文至而实不至，孰若文帝之'情至而文生耶'？"② 如此看来，《与淮南厉王书》难道不是情至文生吗？胡朴安《读汉文记》评此书最精当："薄昭《与淮南厉王书》，论者推为绝调，危言痛论，弥觉其亲爱仁慈。虽诘责之文，实忠告之语，义正辞严，情深文挚也。文之佳者，或以情，或以事，情能生文，事能润文。有情有事，虽布局造句、用字遣辞稍有疵累，无伤大雅。若夫既无沉挚之情，又无练达之事，仅以布局造句、用字遣词为能事，读者未终卷合眼思睡矣。西汉文最佳处在于不以文为文。以文为文，纵有佳作，不足观也。"③

最能代表汉初书信辞气纷纭的是"诡丽辐辏"型的书信，以邹

---

① 严可均辑：《全上古三代秦汉三国六朝文》，中华书局 1958 年版，第 205 页。

② 刘熙载撰，袁津琥校注：《艺概注稿》，中华书局 2009 年版，第 53 页。

③ 胡朴安：《读汉文纪》，王水照主编：《历代文话》（第九册），复旦大学出版社 2007 年版，第 9076 页。

阳的《上书吴王》《狱中上书自明》、枚乘的《上书谏吴王》《上书重谏吴王》为代表。鲁迅先生《汉文学史纲要》论曰："盖吴蓄深谋，偏好策士，故文辩之士，亦常有纵横家遗风，词令文章，并长辟阖，犹战国游士之口说也。"① 战国游士之辩，顺应诸侯逐鹿的天下形势，多着眼于攻伐征战，所谓运筹帷幄之中、决胜于千里之外是基本的立足点。骋词之时好为夸饰之语，以求立竿见影的游说效果，几乎是游士的共性。"《国策》之文，雄健横绝，冠乎战国。前辈喜其文词，而病其多捭阖倾危之说。"② 较之战国游士的观点，游士的文词之美成为博得喜爱的焦点。

汉初，养士之风稍复，枚乘和邹阳，都曾是吴王的文学侍从，然而与战国游士不同的是，枚乘与邹阳皆能明了历史发展的趋势，维护来之不易的大一统中央政权，对于吴王以藩国谋乱、阴谋篡逆，表现出极大的担忧，皆有上书，劝谏吴王能够看清历史发展的大势，然而吴王终究不听，二人皆奔梁孝王刘武。二人的上书延续了战国游士遗风，上书之意简单明了，然文辞皆有可观之处。

枚乘、邹阳二人在公元前157年都有一封给吴王的上书，此是景帝即位之初，吴王反迹蓄而未发，枚乘以借喻立论，邹阳则于假设中引史以论、叙事立论，也就是邵子湘所说的："邹以事讽谏，枚以理喻也。"③ 枚乘《上书谏吴王》之妙在于以借喻立论而终不说破，用不同的事物，将危机之势描摹铺陈而出，使人如身临一触即发的危机中，"夫以一缕之任系千钧之重，上悬之无极之高，下垂之不测之渊，虽甚愚之人犹知哀其将绝也。马方骇鼓而惊之，系方绝又重镇之；系绝于天不可复结，队入深渊难以复出。其出不出，间不容发"④，"人性有畏其景而恶其迹，却背而走，迹愈多，景愈疾，不知就阴而止，景灭迹绝。欲人勿闻，莫若勿言；欲人勿知，莫若勿

① 鲁迅：《鲁迅全集》（第九卷），人民文学出版社2005年版，第410—411页。
② 斋藤正谦：《拙堂文话》，王水照主编：《历代文话》（第十册），复旦大学出版社2007年版，第9911页。
③ 于光华辑：《重订文选集评》（中），国家图书馆出版社2012年版，第609—610页。
④ 萧统：《文选》，上海古籍出版社1986年版，第1779页（注：邹阳、枚乘的书信引文皆出于《文选》卷三十九，只随文注出篇名，不再详注）。

为。欲汤之沧，一人炊之，百人扬之，无益也，不如绝薪止火而已。不绝之于彼，而救之于此，譬由抱薪而救火也"，危急情景铺陈而出，无论是千钧一发还是抱薪救火，都是借喻，黄亦真指出："使用比喻法，尤其是'借喻法'，能使文章意旨蓄。因为借喻法，只写'喻依'，不写'喻体'，本意寄托于比喻文字中，是不直接表达的。"① 虽是婉言其事，然而受书者吴王一望便知，抽象道理具象化，也增强了文章的说服力。再者，从今天的角度看，借喻法的运用，也使这篇文章具有了更为深广的历史解读空间，毕竟世间的危机不只是谋反后的灭顶之灾。

与枚乘《上书谏吴王》相比，邹阳的《上书吴王》就略显直白了，终究也是因为反迹未露而未明斥其非，只是在假设中引史以论、叙事立论，所用多是时隔不久的政事，以期望能够使对方醒悟。战国游士往往是站在被游说者的立场上，提出最为有利的解决方案，使对方的利益最大化，而自己或得利或得名，所用最多的方法就是用典。只不过这种引史以论、叙事立论的用典方法不如《狱中上梁王书》运用得娴熟。

《汉书·邹阳传》曰："邹阳、枚乘、严忌知吴不可说，皆去之梁，从孝王游。阳为人有智略，慷慨不苟合，介于羊胜、公孙诡之间。胜等疾阳，恶之孝王。孝王怒，下阳吏，将杀之。阳客游以谗见禽，恐死而负累，乃从狱中上书。"② 被谗入狱，邹阳心有不甘，终借给梁王的书信才得以发泄，只不过他所用的方法是"比物连类"，也就是大量典故的繁复铺陈。

所谓用典，也称用事、事类，《文心雕龙·事类》篇："事类者，盖文章之外，据事以类义，援古以证今者也。""然则明理引乎成辞，征义举乎人事，乃圣贤之鸿谟，经籍之通矩也。"刘永济释义说："文家用典，亦修辞之一法。用典之要，不出以少字明多意。其大别有二：一用古事，二用成辞。用古事者，援古事以证今情也。用成辞

---

① 黄亦真：《文心雕龙比喻技巧研究》，台北：学海出版社1991年版，第180页。
② 班固：《汉书》，中华书局1962年版，第2343页。

者，引彼语以明此义也。"① 黄侃《文心雕龙札记·事类》："意皆相类，不必语出于我；事苟可信，不必文起乎今，引事引言，凡以达吾之思而已。若夫文之以喻人也，征于旧则易为信，举彼所知则易为从。"② 用典的目的是达己之思，证己之理，因此，用典又可以以论据的形式出现。如:

> 昔玉人献宝，楚王诛之；李斯竭忠，胡亥极刑。是以箕子阳狂，接舆避世，恐遭此患。愿大王察玉人、李斯之意，而后楚王、胡亥之听，毋使臣为箕子、接舆所笑。臣闻比干剖心，子胥鸱夷，臣始不信，乃今知之。愿大王熟察，少加怜焉！语曰："白头如新，倾盖如故。"何则？知与不知也。故樊於期逃秦之燕，藉荆轲首以奉丹事；王奢去齐之魏，临城自刭以却齐而存魏。夫王奢、樊於期，非新于齐、秦而故于燕、魏也，所以去二国，死两君者，行合于志，而慕义无穷也。是以苏秦不信于天下，为燕尾生；白圭战亡六城，为魏取中山。何则？诚有以相知也。苏秦相燕，人恶之于燕王，燕王按剑而怒，食以駃騠；白圭显于中山，人恶之于魏文侯，文侯投以夜光之璧。何则？两主二臣，剖心析肝相信，岂移于浮辞哉！（《狱中上书自明》）

邹阳书中大面积地使用典故，也就是司马迁所说的"比物连类"，苏轼曰："天下之事散在经、子、史中，不可徒使，必得一物以摄之，然后为己用。所谓一物者，意是也。不得钱不可以取物，不得意不可以用事，此作文之要也。"③ 贯穿这些繁复典故的情感主线正是内心的悲叹愤激，反复陈说中期盼明主能够用诚心对待忠臣。邹阳自辩的殷切让人感到他急于脱难的迫切以及效忠不能的悲愤，反复陈说而不嫌语言累赘，正是情感回环的感染力所致。孙月峰评曰:

---

① 刘永济校释:《文心雕龙校释》，武汉大学出版社 2013 年版，第 116 页。
② 黄侃:《文心雕龙札记》，上海古籍出版社 2000 年版，第 187 页。
③ 洪迈撰，孔凡礼点校:《容斋随笔》，中华书局 2005 年版，第 765 页。

"词章炳蔚，悲叹愤激，语兼讽刺，使人读之，千百遍不厌，卓为千古奇作。只一意而重复说，味态无穷……比物连类，颇似骚赋。"①邹阳此书，是汉初书写个人内心情感的书信，明显是受楚骚精神的影响。然而与司马迁等人的书信相比，他的目的似乎不是宣泄内心的情感，而是要达到某种实用目的——脱罪，对文辞的过分注重也就影响了主体情感的抒发。

总结邹、枚二人的写作模式，无非道义上的劝说—现实情境的分析—典故运用以增强说服力—私人交情的感化，正所谓晓之以理，动之以情。只不过，若不是邹阳自身被谗下狱，"情"在"诡丽辐辏"型书信中似乎是不被重视的，也就有可能被忽略。因而骈词成为比拼和关注的焦点，这当然也是古代文士比较关心的问题，"因为古代文人们谋生之道，主要是做官或做幕僚。这就使他们必须善于写作一些应用文字。他们对这种文字的要求，似乎主要是强调其措辞的技巧。例如清人金圣叹评《左传》中的《吕相绝秦》，就明确说：'饰词驾罪何足道，止道其文字。'（《天下才子必读书》）历来论者重视任昉等人的应用文，采取的也是这个态度。因此'善于辞令'就成为古人论文的一个重要方面"②。然而书信若只注重言辞，便成为语言技能的炫耀，枚乘、邹阳的书信文辞让人惊讶，虽然邹阳的《狱中上梁王书》也是"迫切之情，出以微婉，呜咽之响，流为激亮，此言情之善者也"（李兆洛评语）③，但是全书四十多个典故的使用，也不能排除他以自己的语言技能吸引梁孝王的注意，进而为自己脱罪的嫌疑。当文辞成为语言技能时，它对主体情感的抒写毕竟是有妨碍的。枚乘、邹阳乃"用辞赋之骈丽以为文者"，"用辞赋之骈丽以为文者，起于宋玉《对楚王问》，后此则邹阳、枚乘、相如是也。惟此体施之，必择所宜，古人自'主文谲谏'外，鲜或取焉"④。刘熙载所说实际上指出了两点，第一是游士生存的土壤不复存在，主文谲谏的游

---

① 于光华辑：《重订文选集评》（中），国家图书馆出版社 2012 年版，第 604 页。
② 曹道衡：《中古文学史论文集续编》，中华书局 2011 年版，第 169 页。
③ 吴孟复、蒋立甫主编：《古文辞类纂评注》，安徽教育出版社 2004 年版，第 871 页。
④ 刘熙载撰，袁津琥校注：《艺概注稿》，中华书局 2009 年版，第 72 页。

士文风很难再有市场；第二是枚乘、邹阳的书信在今后的文学史发展中，也只是偶然出现，并未成为书信发展中的主要形式。

汉初书信中的"辞气纷纭"，在历史长河中有所延续，最近的一次出现在两汉之际。从西汉帝国的崩溃到东汉王朝的建立，历史进入了风云变幻的阶段，因为没有控制局面的强有力的政权，军阀割据的局面再次形成，各地豪强趁机发展自己的势力，"在此群雄并峙的复杂背景下，一批有关的军政文书及颇有战国纵横家权衡形势、分析利害之特点的作品应运而生"①。虽然同是政局动荡引发纵横文风的复兴，但是历史毕竟是不断变化的，"罢黜百家，独尊儒术"后，儒家文风产生了绝对的影响，②"西京之文，降而东京，整齐缛密，生气渐少"③，议论以儒学为宗，放肆激切被从容不迫取代。承平时代，教育获得了较大的发展，儒士在两汉之际明显增多。史学家赵翼《廿二史札记》"东汉功臣多近儒"条指出："西汉开国，功臣多出于亡命无赖，至东汉中兴，则诸将帅皆有儒者气象，亦一时风会不同也……是光武诸功臣，大半多习儒术，与光武意气相孚合。盖一时之兴。"④

两汉之际的书信一改西汉后期萧索平庸的面貌，在行文上更加灵活，感情更为细腻，构思更为精巧，也成就了这一时期书信勃兴的局面。在论述两汉之际书信特点时，林传甲在《中国文学史》中谈道："光武御制之文。敕冯异。报隗嚣手书赐窦融书。与公孙述书。观其驾驭英才之略。周旋列强之际。庙算神远。交际文牍最优者也。读窦

---

① 卞孝萱、王琳：《两汉文学》，安徽教育出版社 2001 年版，第 307—308 页。

② 钱基博论曰："西汉奏议，自宣帝而后，风气亦一变：由排宕而温醇，由纵横而儒雅，刘氏向、歆、匡衡、谷永其选也。其为文章，引经据典，好以诵数为功，而傅会时事，裁以己意。"［钱基博：《中国文学史》（上），上海古籍出版社 2011 年版，第 90—91 页］皮锡瑞说："元成以后，刑名渐废。上无异教，下无异学。皇帝诏书，群臣奏议，莫不援引经义，以为据依。国有大疑，辄引《春秋》为断。"（皮锡瑞：《经学历史》，中华书局 2008 年版，第 103 页）钱基博、皮锡瑞所说虽是奏议，但从西汉后期和东汉前期的作品来看，这种风气实际上深入大部分作品中了。

③ 张溥撰，殷孟伦注：《汉魏六朝百三家集题辞注》，人民文学出版社 1960 年版，第 29 页。

④ 赵翼撰，王树民校证：《廿二史札记校证》，中华书局 1984 年版，第 90—91 页。

融责让隗嚣书。见事勇决。措辞英敏马援与隗嚣将杨广书。婉语周详。陈义恳切。朱浮与彭宠书。谕以大义。动以利害。雄快劲直。耸然可听。"① 与汉初"辞气纷纭"的书信相比，两汉之际的书信有着明显的变化，试以《报彭宠书》说明。

朱浮的《报彭宠书》作于光武帝建立东汉政权的第二年，即公元 26 年。《后汉书·朱浮传》载："浮年少有才能，颇欲厉风迹，收士心，辟召州中名宿涿郡王岑之属，以为从事，及王莽时故吏二千石，皆引置幕府，乃多发诸郡仓谷，禀赡其妻子。渔阳太守彭宠以为天下未定，师旅方起，不宜多置官属，以损军实，不从其令。浮性矜急自多，颇有不平，因以峻文诋之，宠亦很强，兼负其功，嫌怨转积。浮密奏宠遣吏迎妻而不迎其母，又受货赂，杀害友人，多聚兵谷，意计难量。宠既积怨，闻之，遂大怒，而举兵攻浮。浮以书质责之。"②《后汉书·彭宠传》载："是时北州破散，而渔阳差完，有旧盐铁官，宠转以贸谷，积珍宝，益富强。朱浮与宠不相能，浮数潜构之。建武二年春，诏征宠，宠意浮卖己，上疏愿与浮俱征。又与吴汉、盖延等书，盛言浮枉状，固求同征。帝不许，益以自疑。而其妻素刚，不堪抑屈，固劝无受召。宠又与常所亲信吏计议，皆怀怨于浮，莫有劝行者。帝遣宠从弟子后兰卿喻之，宠因留子后兰卿，遂发兵反，拜署将帅，自将二万余人攻朱浮于蓟。"③ 史料的排比中明显可以看出，朱浮与彭宠之间的怨仇"非一日之寒"，且事件的引起者是朱浮本人。彭宠通过合法途径申诉冤情不果，而此时的政局又是军阀割据，没有能有效控制局面的政权，致使拥有一定实力的部将在依违去就之间容易被蛊惑，彭宠遂起兵反叛，正如朱浮所说，是无比愚蠢的举动。

本含冤情的彭宠却因此愚蠢的举动被朱浮抓住了把柄，于是朱浮《报彭宠书》紧紧围绕"知者顺时而谋，愚者逆理而动"展开，书中不提与彭宠的个人恩怨，完全以朝廷、天子对彭宠的恩

① 林传甲：《中国文学史》，时代文艺出版社 2009 年版，第 174 页。
② 范晔：《后汉书》，中华书局 1965 年版，第 1137 页。
③ 范晔：《后汉书》，中华书局 1965 年版，第 503 页。

典为基准，正反对比，将彭宠瞬时刻画成自不量力、"内听骄妇之失计，外信谗邪之谀言"的小人，强词夺理、无理争三分的无耻行径达到了极致。难怪谭献说他："幸灾之言，辞锋甚锐。破觚散朴，险诮如见其人。"① 然而文章却是"甚劲有气，议论甚透快，亦有辞锋"②。

《报彭宠书》与枚乘、邹阳的书信相比，没有大面积的典故运用，也没有过分骈偶化的句式，它所关注的是从对方的现状出发，在诘问和感叹中彰显对方举动的愚蠢，用典也不再是仅仅点到，而是具体叙述典故，如辽东豕，语意浅显，却能丰富文章内容，达到预期的效果。"东汉之文，虽多反复申明之词，然不以隶事为主，亦不徒事翰藻也。"③ 刘师培所说不以隶事为主和不徒事翰藻，也正代表着枚乘、邹阳书信与两汉之际书信的不同。

### 三　党锢之祸与书信内容的变化

《论语·宪问》中有一段对话："子路问君子。子曰：'修己以敬。'曰：'如斯而已乎？'曰：'修己以安人。'曰：'如斯而已乎？'曰：'修己以安百姓。修己以安百姓，尧舜其犹病诸？'"④ 孔子所强调的是士人对于自我道德的修养以及修养的作用。中央集权制度下，"修己"在迫不得已的形势下发展了。余英时曾经指出："在'势'的重大压力之下，知识分子只有转而走'内圣'一条路，以自己的内在道德修养来做'道'的保证。所以'中庸'说'修身则道立'。儒家因此而发现了一个独立自足的道德天地，固是事实。但是从历史的观点看，儒家的最初与最后的向往都是在政治社会秩序的重建上面。"⑤ 士的修身持道与社会责任感，成为社会秩序得以重建的保障。

---

① 李兆洛选辑：《骈体文钞》，岳麓书社 1990 年版，第 327 页。
② 于光华辑：《重订文选集评》（下），国家图书馆出版社 2012 年版，第 67 页。
③ 刘师培：《中国中古文学史讲义》，上海古籍出版社 2000 年版，第 26 页。
④ 阮元校刻：《十三经注疏》，中华书局 1980 年版，第 1513—1514 页。
⑤ 余英时：《士与中国文化》，上海人民出版社 2003 年版，第 113 页。

《后汉书·党锢列传序》："逮桓灵之间，主荒政缪，国命委于阉寺，士子羞与为伍，故匹夫抗愤，处士横议，遂乃激扬名声，互相题拂，品核公卿，裁量执政，婞直之风，于斯行矣。"① 这一时期发生了一件对当时和后世都影响深远的事件——党锢之祸。东汉中后期，影响政局的三股势力——外戚、宦官和外廷朝官不断地进行斗争。汉桓帝借宦官势力杀掉外戚梁冀后，宦官的势力也就越来越大。宦官势力的增大，所带来的是仕途道路的阻塞，也导致了这一时期士人交游明显增多并蔚然成风，士人为名利、理想和学问而游学游宦，交结名士，攀附权贵，交游客观地影响到了文学的发展已被学者广泛地关注。社会的越发黑暗，仕途的阻塞，最终导致了士人联合外戚想要消灭宦官，却被实力明显增强的宦官反扑，党锢之祸连续两次发生，士人被禁锢持续了二十余年。党锢之祸的直接后果是"士与大一统政权的疏离"。

东汉末年党锢之祸，士人之间的交往受到了极大的限制，书信的数量在党锢期间自然会急剧减少，张奂在《与延笃书》中所说的"京师禁急，不敢相闻。岂不怀归？畏此简书"②，正是这种情况的反映。张奂《与阴氏书》："笃念既密，文章灿烂。名实相副，奉读周旋。纸弊墨渝，不离于手。"③ 延笃《答张奂书》："离别三年，梦想言念，何日有违。伯英来，惠书盈四纸，读之三复，喜不可言。"④这两则材料常被用来说明纸张在东汉末年已经被用于书信之中，而两篇书信所表现出的对来书的珍爱，可能更多的是因为险恶的政治环境中，书信交往困难，来书成为某种慰藉，才会有着长时间的反复阅读。

党锢之祸前后，士人的分化是极为严重的。可以明显地看出，士人在汉末乱世中由积极救世逐渐转变为消极遁世。面对外戚专权、宦官乱政，士人表现出令人钦佩的担当意识，可谓针砭时弊，毫不留

---

① 范晔：《后汉书》，中华书局 1965 年版，第 2185 页。
② 严可均辑：《全上古三代秦汉三国六朝文》，中华书局 1958 年版，第 822 页。
③ 严可均辑：《全上古三代秦汉三国六朝文》，中华书局 1958 年版，第 823 页。
④ 严可均辑：《全上古三代秦汉三国六朝文》，中华书局 1958 年版，第 810 页。

情；拯世救国，虽死不辞。李固《奏记梁商》："今四海云扰，背义趋利。父劝其子，兄勉其弟，皆先论价而后定位。夫致一贤，则国赖其功；招一恶，则天下被其害。数年以来，妖怪屡起，宫省之中，必有阴谋。"① 《临终与胡广赵戒书》："固受国厚恩，是以竭其股肱，不顾死亡，志欲扶持王室，比隆文、宣。何图一朝梁氏迷谬，公等曲从，以吉为凶，成事为败乎？汉家衰微，从此始矣。公等受主厚禄，颠而不扶，倾覆大事，后之良史，岂有所私？固身已矣，于义得矣，夫复何言！"② 甚至认为自己未能救国家于危难之中，令子孙"殡殓于本郡硗埆之地，不得还墓茔，污先公兆域"（《临终敕子孙》)③。再如陈球《与司徒刘郃书》："公出自宗室，位登台鼎，天下瞻望，社稷镇卫，岂得雷同容容无违而已。"④ 拯救汉室于危难的理念，一直到曹操专政的时候还有所延续，这在书信中也有所体现，如陈珪《答袁术书》："今虽季世，未有亡秦苛暴之乱也。……以为足下当勠力同心，匡翼汉室，而阴谋不轨，以身试祸，岂不痛哉！若迷而知反，尚可以免。吾备旧知。故陈至情，虽逆于耳，骨肉之惠也。"⑤ 这些书信，不讲求言说的技巧，在文采上或许乏善可陈，思想内容甚至是单一的，但是直抒胸臆，书信所体现出的士人形象是鲜活生动的，忠君爱国，指陈时弊，甚至有着明知不可为而为之的气度。范晔在《后汉书·陈蕃传论》中有一番经典的评论，引录如下："桓、灵之世，若陈蕃之徒，咸能树立风声，抗论惽俗。而驱驰崄阨之中，与刑人腐夫同朝争衡，终取灭亡之祸者，彼非不能洁情志，违埃雾也。愍夫世士以离俗为高，而人伦莫相恤也。以遁世为非义，故屡退而不去；以仁心为己任，虽道远而弥厉。及遭际会，协策窦武，自谓万世一遇也。懔懔乎伊、望之业矣！功虽不终，然其信义足以携持民心。汉世乱而不亡，百余年间，数公之力也。"⑥

① 严可均辑：《全上古三代秦汉三国六朝文》，中华书局 1958 年版，第 736 页。
② 范晔：《后汉书》，中华书局 1965 年版，第 2087 页。
③ 范晔：《后汉书》，中华书局 1965 年版，第 2087 页。
④ 范晔：《后汉书》，中华书局 1965 年版，第 1834 页。
⑤ 陈寿：《三国志》，中华书局 1959 年版，第 209 页。
⑥ 范晔：《后汉书》，中华书局 1965 年版，第 2171 页。

　　然而汉室政权的确是穷途末路、气数已尽了，"大木将颠，非一绳所维"（徐稚《与郭林宗书》）①。在宦官和外戚势力的压制下，士人的抗争一次又一次地失败，所能得到的反而是忠心维护的大一统政权的惩罚，这是历史的讽刺，也是对士人心理最大的打击。我们能够在书信中明显地看到士人从消极避仕到逐渐隐遁的悲凉转变历程。李固被杀前，这种心理已经在不少士人中表现得非常明显了，如前述所引，李固所批判的胡广、赵戒，他们也只是没有李固所表现的如是激进，还算不上是消极。郭泰《答友劝仕进者》"末若严岫颐神，娱心彭、老，优哉游哉，聊以卒岁"②，明显是消极避仕，甚至是一种隐遁情怀了。

　　当政权不再占据生活全部的时候，士人才能有机会去关注自身的生活以及内心情感的变化，这种转变，恰恰给士人开辟出更为广阔的精神空间，书信的题材也随之扩大了。个体精神生活领域的扩大，儒家的发乎情、止乎礼不再具有强大的约束力，书信的交往中更多地展露出士人的真性情。

　　汉末交游蔚然成风，人际交往类的书信水涨船高，自然也就多了起来。这一时期人际交往类书信最大的新变是朱穆《与刘伯宗绝交书》的出现。此篇书信与朱穆前述军政类书信风格一脉相承，朱穆对刘伯宗位卑时违礼亦谒、位高时"反因计吏以谒相与"的势利举动表示不齿，并与之绝交，疾恶如仇，发语直截了当，语势逼人，纵情任性可见一斑。这类书信到魏晋之交时被嵇康等人发挥到了极致。

　　除此之外，这一时期较多的是名士之间的交往书信，以皇甫规《追谢赵壹书》、赵壹《报皇甫规书》、高彪《复刺遗马融书》、张奂《与许季师书》、张芝《与府君书》等为代表。汉末品评人物的风气较盛行，名士之名一经传播开来，与之结交便成为士林之人梦寐以求的事情，于是慕名士而与之失之交臂便成为人生的一大憾事，张奂《与许季师书》"不面之阔，悠悠旷久，饥渴之念，岂当有忘"③，虽

① 严可均辑：《全上古三代秦汉三国六朝文》，中华书局 1958 年版，第 849 页。
② 严可均辑：《全上古三代秦汉三国六朝文》，中华书局 1958 年版，第 848 页。
③ 严可均辑：《全上古三代秦汉三国六朝文》，中华书局 1958 年版，第 823 页。

是残篇，却仍能窥一斑而览全豹，见出张奂的渴慕之情。而当被名士拒绝时，渴慕便演变为一种激愤的嘲讽了，这是汉末士人纵情任性、任诞之风的体现。赵壹《报皇甫规书》、高彪《复刺遗马融书》被拒以后恼羞成怒，借古贤之礼贤下士，毫不留情地将被拜谒者羞辱一通，即使再来书道歉也不复回，任诞之行为，纵情之表现，实为魏晋先声。

当然这一时期也不乏文士之间真诚交往的文字留存下来。如张奂《与延笃书》：

> 唯别三年，无一日之忘。京师禁急，不敢相闻。岂不怀归？畏此简书。年老气衰，智尽谋索，每有所处，违宜失便。北为儿车所𫐓，中为马循所困，真欲入三泉之下，复镇之以大石。厄乎此时也。且太阴之地，冰厚三尺，木皮五寸，风寒惨烈，剥脱伤骨。但此自非老惫者所堪，而复加之以师旅，因之以饥馑，众艰馨集，不可一二而言也。声盲目甚，气力寝衰，神邪当复相见者，从此辞矣。①

再说士人人生志趣追求的书信。对大一统政权的自觉疏离，士人追求的一个倾向转为希企在自然山水的怀抱中乐志怡情的人生意向，这种人生志趣的追求并不是什么新内容，但在这一时期却表现得更为自觉、更为明确了，这是士人对自我意识认同的发展，也是士人审美观念的进步。这一类书信往往以拒而不仕的归隐书信的形式出现。如延笃《与李文德书》、郭泰《答友劝仕进者》、徐稚《与郭林宗书》、蔡邕《被州辟辞让申屠蟠》等。

延笃《与李文德书》：

> 吾尝昧爽栉梳，坐于客堂。朝则诵羲、文之易，虞、夏之书，历公旦之典礼，览仲尼之春秋；夕则消摇内阶，咏《诗》

① 严可均辑：《全上古三代秦汉三国六朝文》，中华书局1958年版，第823页。

南轩。百家众氏，投闲而作，洋洋乎其盈耳也，涣烂兮其溢目
也，纷纷欣欣兮其独乐也。当此之时，不知天之为盖，地之为
舆；不知世之有人，己之有躯也。虽渐离击筑，傍若无人，高凤
读书，不知暴雨，方之于吾，未足况也。①

描写生活中极普遍的场景，且用语极质朴，然自适其乐之情却跃
然纸上，显示出流连于诗书的安闲生活已经被士人广泛地认可。

如果说延笃的恬然自适还带有"为人臣不陷于不忠，为人子不
陷于不孝，上交不谄，下交不黩，从此而殁，下见先君远祖，可不惭
赧"，竭忠尽智后的坦然，那么郭泰的《答友劝仕进者》、徐稚的
《与郭林宗书》则明显是远祸保身，体现出对于个体生命价值的珍
视，这类书信在魏晋时期发展成文采斐然、格调高远的优美散文。

## 第三节 "杼轴乎尺素，抑扬乎寸心"
### ——司马迁等人的书信

梁任昉《文章缘起》一书②载："书，汉太史令司马迁《报任安书》。"③
任昉之意，是将司马迁《报任安书》作为"书"的文章定型或规范
之始。④ 一种文体的成立，当然不会因为某一篇文章而确定，至少应
该有一定量的文学作品作为支撑。任昉选择司马迁《报任安书》作

---

① 范晔：《后汉书》，中华书局 1965 年版，第 2106 页。
② 任昉《文章缘起》之真伪，聚讼不已。笔者认为，吴承学对四库馆臣视《文章缘
起》"疑为依托"几个理由的批驳，以及"在'疑为依托'说没有其他充分的文献与理论依
据作为支持之前，还是尊重以现存《文章缘起》为任昉著的传统说法为妥"的说法，是客
观公允的。可参阅吴承学《中国古代文体学研究》，人民出版社 2011 年版，第 297—317 页。
笔者所论也以现存《文章缘起》为任昉所作为前提。
③ 陈懋仁：《文章缘起注》，王水照主编：《历代文话》（第三册），复旦大学出版社
2007 年版，第 2524 页。
④ 《文章缘起》其基本的体例为："文章名—创立时代—（官爵）作者—篇名。除个
别则之外，所列的文章篇名都包含了'文章名'。""《文章始》之'始'，不是纯粹的时间
概念，而是带有文章定型和规范之始的含义。故综合起来看，任昉所列作品大致有明确的创
作年代、创作者，是独立完整并有一定规范性或典范性的。"以上分别见于吴承学《中国古
代文体学研究》，人民出版社 2011 年版，第 312、313 页。

为"书"体之"始"，是独具只眼的，而司马迁之后出现的一系列文章，是对"书"体成立的有力支撑。《文心雕龙·书记》篇所论，或许能提供一种佐证："观史迁之报任安，东方之难公孙，杨恽之酬会宗，子云之答刘歆，志气盘桓，各含殊采；并杼轴乎尺素，抑扬乎寸心。"刘勰也认为一系列具有代表性的书信造成了汉代书信的状貌。笔者将在下文展开讨论《报任安书》等书信的文体学意义，并探讨其蕴含的深层文化意蕴。

## 一 士的修身持道与现实出路

士的特出和受人尊敬之处在于以道自任的精神。"士志于道，而耻恶衣恶食者，未足与议也。"（《论语·里仁》）[1] "士而怀居，不足以为士矣。"（《论语·宪问》）[2] "王子垫问曰：'士何事？'孟子曰：'尚志。'曰：'何谓尚志？'曰：'仁义而已矣。杀一无罪，非仁也，非其有而取之，非义也。居恶在？仁是也；路恶在？义是也。居仁由义，大人之事备矣。'"（《孟子·尽心上》）[3] 这种精神乃是一种传统，渊源有自，自先秦时就被普遍接受。正如孔子所说："天下有道，则礼乐征伐自天子出；天下无道，则礼乐征伐自诸侯出。……天下有道，则政不在大夫。天下有道，则庶人不议。"（《论语·季氏》）[4] 然而在士人看来，天下总是处于"无道"和纷乱之中，于是施道以拯救国家、百姓于水火之中，是士人以道自任精神的一种表现。

士人虽以道而崇高，其身份却是尴尬的。通俗而言，士人是既无权势又无金钱的，道的实现唯有借助于君主这一"中介"来转化。因而君主与士人之间的微妙关系，成为一个被持续探讨的话题。上文已经讲到，大一统的局面下，士人所面临的已经别无选择。士人对于王权，除却道义上的自高和传统中君主必须要礼贤下士的非强制性约束，丝毫没有制衡王权的撒手锏。士人被摧残和被忽略的现象屡

---

① 阮元校刻：《十三经注疏》，中华书局 1980 年版，第 2471 页。
② 阮元校刻：《十三经注疏》，中华书局 1980 年版，第 2510 页。
③ 阮元校刻：《十三经注疏》，中华书局 1980 年版，第 2769 页。
④ 阮元校刻：《十三经注疏》，中华书局 1980 年版，第 2521 页。

见不鲜，前者以焚书坑儒为代表，后者可从《汉书·贾山传》中见出端倪："今陛下念思祖考，术追厥功，图所以昭光洪业休德，使天下举贤良方正之士，天下皆欣欣焉……今方正之士皆在朝矣，又选其贤者使为常侍诸吏，与之驰殴射猎，一日再三出……今从豪俊之臣，方正之士，直与之日日猎射，击兔伐狐，以伤大业，绝天下之望。"① 举贤良方正而日日游乐，武帝朝之前的士人地位，与武帝朝的"倡优蓄之"相比，似乎并未有多大的差别。此种状况之下，以道自任的崇高感、使命感和现实生活中的实际待遇，必然会形成一种巨大的心理落差和挫败感。

这种现实政治的逼迫，毫无保障的修身则道立，使士人在政权面前，不得不面对两个问题：一是权势利禄的诱惑，二是舍生取义的抉择。

《史记·儒林传》太史公曰："余读功令，至于广厉学官之路，未尝不废书而叹也。"② 其所叹者，"（公孙）弘之兴儒术也，则诱以利禄"，"盖儒者宁隐而不见，其出也，必不肯自轻其道如此。今乃以记诵比掌故，补卒史，此中尚有儒乎？由弘以前，儒之道虽淤滞，而未尝亡；由弘以后，儒之途通，而其道亡矣。此所以废书而叹也"。③ 实际上士人与权势利禄的结合古已如是，只不过到公孙弘时将其制度化而已。矫饰取誉以获取仕途之进取，成为一种难以消除的流弊，也为修身持道的士人所鄙视，如《史记·儒林列传》中辕固生警示公孙弘曰："公孙子，务正学以言，无曲学以阿世！"④ 东方朔《与公孙弘借车书》中对公孙弘的讥讽。为利禄而折腰的流弊，也成为士人政治理想得以实现的一种阻力，甚至成为逼迫士人舍生取义的主要力量。

刘向《说苑·臣术》篇说："人臣之术，顺从而复命，无所敢专，义不苟合，位不苟尊，必有益于国，必有补于君，故其身尊而子

---

① 班固：《汉书》，中华书局 1962 年版，第 2335—2336 页。
② 司马迁：《史记》，中华书局 1959 年版，第 3115 页。
③ 方苞撰，刘季高校点：《方苞集》，上海古籍出版社 1983 年版，第 53、54 页。
④ 司马迁：《史记》，中华书局 1959 年版，第 3124 页。

孙保之。"① 并将人臣划分为六个层次，是为"六正"②。刘向醇儒，所指出的是理想型的君臣关系和人臣准则，现实则远非如此。许同莘曾言："古上下自称皆曰朕，大夫见于国君，则国君拜其辱。秦法皇帝自称曰朕，群臣上书曰昧死。尊君抑臣，堂廉隔绝，其失一。……历代相循，爰迄近世，仍而不革。呜呼，民之与国，臣之与君，相视如胡越，而漠然无与于已。覆亡相属，以至于今者，秦人之罪也！"③ 出语虽略显偏激，却能一针见血。有如此之势，在中央集权制度下，稍有不顺便遭杀身之祸者，可谓比比皆是。因而，士人若要坚持道义，最后招数也只能是舍生取义。

然而正如罗宗强先生所说："不论是东方朔、司马相如，还是王褒、枚皋，都不存在与大一统政权扞格的问题。他们的被倡优蓄之的地位，并没有冲淡他们对于皇帝、对于大一统政权的亲近感。他们和这个政权是一体的。"④ 这或许是因为士人在封建社会中出路的不可选择，更是因为士人原初的理想是美好政治社会秩序的重建，与政权的紧密结合，是唯一的一条出路。也正是这种不得不的选择和亲近，造成了士人悲壮的命运和历史的共鸣。

## 二　司马迁等人悲剧的造成与抒发

汉代是赋体文学极盛的时代，以赋颂扬与表彰，都能见出汉代盛世气象。然而历史的经验告诉我们，越是盛世之下，越是隐藏着难以察觉的黑暗和悲剧。司马迁等人的悲剧，也正是盛世的产物。

---

① 刘向撰，向宗鲁校证：《说苑校证》，中华书局 1987 年版，第 34 页。

② "一曰萌芽未动，形兆未见，昭然独见存亡之几，得失之要，预禁乎未然之前，使主超然立乎显荣之处，天下称孝焉，如此者，圣臣也；二曰虚心白意，进善通道，勉主以礼谊，谕主以长策，将顺其美，匡救其恶……如此者，良臣也；三曰卑身贱体，夙兴夜寐，进贤不解，数称往古之行事，以厉主意……如此者，忠臣也；四曰明察幽见成败，早防而救之，引而复之，塞其间，绝其源，转祸以为福，使君终以无忧，如此者，智臣也；五曰守文奉法，任官职事，辞禄让赐，不受赠遗，衣服端齐，饮食节俭，如此者，贞臣也；六曰家国昏乱，所为不道，然而敢犯主之严颜，面言主之过失，如此者，直臣也；是谓六正。"（刘向撰，向宗鲁校证：《说苑校证》，中华书局 1987 年版，第 34—35 页）

③ 许同莘：《公牍学史》，档案出版社 1989 年版，第 24 页。

④ 罗宗强：《玄学与魏晋士人心态》，天津教育出版社 2005 年版，第 7 页。

如果说司马迁、董仲舒、李陵、东方朔、杨恽、冯衍等士人的悲剧，是不同的历史原因造成的，那么我们至少可以看到两个因素始终如影随形：冤屈与不得志。此种处境似乎是无法遁逃的，班固早就指出了这一点，《汉书·司马迁传赞》中说："以迁之博物洽闻，而不能以知自全，既陷极刑，幽而发愤，书亦信矣。迹其所以自伤悼，《小雅》巷伯之伦。夫唯《大雅》'既明且哲，以保其身'，难矣哉！"① 如果说历史对这些大才还算公平，那就是他们都以文字留下了自己的遭际、苦闷、困惑、愤懑和理想。而这些文字内容的出现，有着明显的历史渊源。

楚子屈原，乃是典型的修身持道的士人，"纷吾既有此内美兮，又重之以修能"（《离骚》），有着振兴楚国、兼济苍生的美政思想，"上称帝喾，下道齐桓，中述汤武，以刺世事。明道德之广崇，治乱之条贯，靡不毕见"②，"陈尧舜之耿介，称汤武之祗敬，典诰之体也；讥桀纣之猖披，伤羿浇之颠陨，规讽之旨也；虬龙以喻君子，云蜺以譬谗邪，比兴之义也；每一顾而掩涕，叹君门之九重，忠恕之辞也：观兹四事，同于《风》《雅》者也"（《文心雕龙·辨骚》）。屈原因谗言而被冤枉，"上官大夫与之同列，争宠而心害其能"而谗之，"王怒而疏屈平"，最终郁郁不得志，自沉于汨罗。

《汉书·地理志》曰："始楚贤臣屈原被谗放流，作《离骚》诸赋以自伤悼。"③ "《骚经》《九章》，朗丽以哀志；《九歌》《九辩》，绮靡以伤情"（《文心雕龙·辨骚》），屈原以其惊艳的辞藻，使内心的情感喷薄而出，"矢耿介，慕灵修，怨恓不乱，永矢弗谖，表廉正洁清之志，写缠绵悱恻之忧；帝子无闻，怅艾萧之当户，党人不亮，悲椒樧之当帷，虽感时抚事，亦志洁行芳"，"又或疾时俗之混浊，感主听之不聪；贤士无名，智不明而数不逮，谗人罔极，忠见谤而信见疑"④，

---

① 班固：《汉书》，中华书局1962年版，第2738页。
② 司马迁：《史记》，中华书局1959年版，第2482页。
③ 班固：《汉书》，中华书局1962年版，第1668页。
④ 刘师培：《文说》，王水照主编：《历代文话》（第十册），复旦大学出版社2007年版，第9546页。

"惊采绝艳"中交织着屈原炽热的矛盾。论其文，则"枚贾追风以入丽，马扬沿波而得奇，其衣被词人，非一代也"（《文心雕龙·辨骚》）。论其行，则"屈原以其选择死亡的人性高扬和情感态度，即对丑恶现实的彻底否定和对理想人生的眷恋憧憬，极大地感染、启发和教育着后代人们。屈原通过死，把礼乐传统和孔门仁学对生死、对人生、对生活的哲理态度，提高到一个空前深刻的情感新高度"①，更为可贵的是，这种"异常具体而个性化的感情，给了那'情感的普遍性形式'以重要的突破和扩展"②。由于从"人类"走向了"个体"，从内心深处显露出的文字最具有感染力，其具体而微的悲壮情感也就最能引发共鸣。

历史也以其极大的相似性，使此类悲剧不断上演，于是"屈原式的情感操守却一代又一代地培育着中国知识者的心魂，并经常成为生活和创作的原动力量。……他们都考虑过或考虑到去死，尽管他们并没有那样去做，却把经常只有面临死亡才能最大地发现的'在'的意义很好地展露了出来。它们是通过对死的情感思索而发射出来的'在'的光芒"③。也许可以这样总结屈原的文化史意义，他的瑰丽文辞、他对个体情感的强调以及对生命意识④的启发，皆为后世精神文化的不竭资源。楚骚精神也成为中华文化中的隐性基因，在文

---

① 李泽厚：《美学三书》，安徽文艺出版社 1999 年版，第 339 页。梁启超对屈原的自杀的心理个性有过经典的分析："屈原性格诚为极端的，而与中国人好中庸之国民性最相反也，而其所以能成为千古独步之大文学家亦即以此。彼以一身同时含有矛盾两极之思想：彼对于现社会，极端的恋爱，又极端的厌恶；彼有冰冷的头脑，能剖析哲理，又有滚热的感情，终日自煎自焚；彼绝不肯同化于恶社会，其力又不能化社会。故终其身与恶社会斗，最后力竭而自杀。彼两种矛盾日日交战于胸中，结果所产烦闷至于为自身所不能担荷而自杀。彼之自杀实其个性最猛烈最纯洁之全部表现。非有此奇特之个性不能产此文学，亦惟以最后一死能使其人格与文学永不死也。"参见梁启超《要籍解题及其读法》，《梁启超全集》（第十六卷），北京出版社 1999 年版，第 4662—4663 页。

② 李泽厚：《美学三书》，安徽文艺出版社 1999 年版，第 338 页。

③ 李泽厚：《美学三书》，安徽文艺出版社 1999 年版，第 340 页。

④ 对于生命意识的理解，众说纷纭，笔者认为杨守森的说法较为合理，录之如下：生命意识是"具有了意识活动能力的人类，对自我生命存在的感知与体悟，以及在此基础上产生的对人的生命意义的关切与探寻，具体体现为生命体验、生命思考、生命策略与生命关爱等等。从性质上看，又可分为原初生命意识与文化生命意识两个层级"（杨守森：《生命意识与文艺创作》，《文史哲》2014 年第 6 期）。

人的不自觉中诉说和表现着。而当屈骚精神发生在汉代时，就催生出众多的伟大作品，就本书的研究对象而言，也促使书信文体初步形成。

刘永济《十四朝文学要略》论及楚风时指出："屈、荀词赋，其最著也……以情感为主，长于敷陈讽喻，而其失则从容婉顺，不能直谏，悲伤惨沮，能感人之情，而不能强人之志。"① 汉初统治者源于楚地，其爱好风尚，曾使汉王朝宫廷中弥漫楚风，这早已被前辈学人证实。司马迁深受楚风的影响，从《史记·屈原列传》中可知，他对屈原也是极为赞赏的。这种赞赏是出于历史的公正评价，更是一种同类相伤。

对于汉王朝，司马迁可谓充满了感恩之心，力图竭忠尽智报效厚恩。《报任安书》中说："仆少负不羁之才，长无乡曲之誉，主上幸以先人之故，使得奏薄技，出入周卫之中。仆以为戴盆何以望天，故绝宾客之知，忘室家之业，日夜思竭其不肖之材力，务壹心营职，以求亲媚于主上。"② 从史书的记载中可以看到，司马迁的这种心态是当时士人的普遍情怀。然而他所受的待遇确实让人难以接受，"仆之先人非有剖符丹书之功，文史星历近乎卜祝之间，固主上所戏弄，倡优所畜，流俗之所轻也"。司马迁一族，虽以太史令任职，终不免以倡优蓄之被对待，然而司马迁终非倡优。《国语·晋语二》曰："我优也，言无邮。"③ 邮者，过也，则倡优之人，其言无罪。倡优尚能有言语无罪之待遇，司马迁却终因李陵之事上书被祸，其能无怨乎？司马迁因李陵之事而被祸，在《报任安书》中，司马迁是这样描述李陵其人其事的：

> 仆观其为人自奇士，事亲孝，与士信，临财廉，取予义，分别有让，恭俭下人，常思奋不顾身以徇国家之急。其素所蓄积也，仆以为有国士之风。夫人臣出万死不顾一生之计，赴公

---

① 刘永济：《十四朝文学要略》，中华书局 2007 年版，第 70 页。
② 班固：《汉书》，中华书局 1962 年版，第 2729 页。
③ 徐元诰集解，王树民、沈长云点校：《国语集解》，中华书局 2002 年版，第 276 页。

家之难，斯以奇矣。今举事壹不当，而全躯保妻子之臣随而媒孽其短，仆诚私心痛之。且李陵提步卒不满五千，深践戎马之地，足历王庭，垂饵虎口，横挑强胡，仰亿万之师，与单于连战十余日，所杀过当。虏救死扶伤不给，旃裘之君长咸震怖，乃悉征左右贤王，举引弓之民，一国共攻而围之。转斗千里，矢尽道穷，救兵不至，士卒死伤如积。然李陵一呼劳军，士无不起，躬流涕，沫血饮泣，张空拳，冒白刃，北首争死敌。①

李陵《答苏武书》中所写兵败被俘一事，与司马迁《报任安书》中所记大体相同：

> 先帝授陵步卒五千，出征绝域，五将失道，陵独遇战。而裹万里之粮，帅徒步之师，出天汉之外，入强胡之域。以五千之众，对十万之军，策疲乏之兵，当新羁之马，然犹斩将搴旗，追奔逐北，灭迹扫尘，斩其枭帅。使三军之士，视死如归。陵也不才，希当大任，意谓此时，功难堪矣。匈奴既败，举国兴师，更练精兵，强逾十万，单于临阵，亲自合围，客主之形，既不相如，步马之势，又甚悬绝。疲兵再战，一以当千，然犹扶乘创痛，决命争首，死伤积野，余不满百，而皆扶病，不任干戈。然陵振臂一呼，创病皆起，举刃指虏，胡马奔走。兵尽矢穷，人无尺铁，犹复徒首奋呼，争为先登。当此时也，天地为陵震怒，战士为陵饮血，单于谓陵不可复得，便欲引还，而贼臣教之，遂便复战，故陵不免耳。②

班固眼中的李陵是"善骑射，爱人，谦让下士，甚得名誉"③，李陵之败纯属历史的偶然，"高皇帝以三十万众，困于平城，当此之时，猛将如云，谋臣如雨，然犹七日不食，仅乃得免，况当陵者，岂

---

① 班固：《汉书》，中华书局 1962 年版，第 2729 页。
② 萧统：《昭明文选》，上海古籍出版社 1986 年版，第 1848—1850 页。
③ 班固：《汉书》，中华书局 1962 年版，第 2450 页。

易为力哉？"① 这并非为自己的失败辩解，毕竟李陵在战场上也进行了殊死抗争，伤亡惨重，其所以不死者，乃欲"有所为也"，"报恩于国主耳"。然而最终敌不过谗言和汉武帝的疑忌，"族陵家，母弟妻子皆伏诛。陇西士大夫以李氏为愧"②。"举事一不幸，全躯保妻子之臣随而媒孽其短"③，李陵能无怨乎？

司马迁外孙杨恽，"好交英俊诸儒，名显朝庭，擢为左曹。霍氏谋反，恽先闻知，因侍中金安上以闻，召见言状，霍氏伏诛，恽等五人皆封，恽为平通侯，迁中郎将"④，如此，则杨恽于汉朝有力挽狂澜之功。"恽居殿中，廉洁无私，郎官称公平。然恽伐其行治，又性刻害，好发人阴伏，同位有忤己者，必欲害之，以其能高人。由是多怨于朝廷，与太仆戴长乐相失，卒以是败。"⑤ 杨恽之败，有其性格方面的原因，直接的导火线是与戴长乐关系失和，然而据《汉书》记载，两人的失和皆因"人有上书告长乐非所宜言，事下廷尉。长乐疑恽教人告之，亦上书告恽罪"⑥，再者戴长乐上书所言之事，皆虚妄不能证实，若以"莫须有"之名称之，宜乎？最终却是"上不忍加诛，有诏皆免恽、长乐为庶人"⑦。更为让人惊诧的是，"会有日食变，骑马猥佐成上书告恽'骄奢不悔过，日食之咎，此人所致'。章下廷尉案验，得所予会宗书，宣帝见而恶之。廷尉当恽大逆无道，要斩。妻子徙酒泉郡。谭坐不谏正恽，与相应，有怨望语，免为庶人。召拜成为郎，诸在位与恽厚善者，未央卫尉韦玄成、京兆尹张敞及孙会宗等，皆免官"⑧。因诬而获罪，终未有申辩之机会；再者，宣帝朝之思想控制，已有后世"文字狱"的严苛了。"一朝以晻昧语言见废，内怀不服"⑨，岂非常人之情乎？司马迁、李陵、杨恽等人，

① 萧统：《昭明文选》，上海古籍出版社 1986 年版，第 1850 页。
② 班固：《汉书》，中华书局 1962 年版，第 2457 页。
③ 班固：《汉书》，中华书局 1962 年版，第 2456 页。
④ 班固：《汉书》，中华书局 1962 年版，第 2889 页。
⑤ 班固：《汉书》，中华书局 1962 年版，第 2890—2891 页。
⑥ 班固：《汉书》，中华书局 1962 年版，第 2891 页。
⑦ 班固：《汉书》，中华书局 1962 年版，第 2893 页。
⑧ 班固：《汉书》，中华书局 1962 年版，第 2897—2898 页。
⑨ 班固：《汉书》，中华书局 1962 年版，第 2894 页。

皆忠而被谤，冤屈不得申诉，志向不得实现；如果说司马迁等人的遭际还不具有普遍性的话，那么东方朔、董仲舒、冯衍等人的郁郁不得志则是士人更为普遍的遭遇。故一旦得到机会，终于向亲友倾泻而出，成不朽之文。其不朽者，在于文字的酣畅优美，更在于对自身遭际和情感的描写与抒发，这又能在历朝历代中找到知音。

### 三 司马迁等人与书信文体的初步形成

《报任安书》[①]《答苏武书》[②]《报孙会宗书》三篇书信能够留存

---

① 有学者指出，司马迁的《报任安书》乃是伪作，其作者应该是杨恽，"《报任安书》文章好，并且还有内容，作者对于司马迁的思想，了解得相当深刻，从来就没人怀疑过。但是这封信的本身却有很深的矛盾，影响到是否可以合理存在的问题。此书中'今少卿抱不测之罪，涉旬月，迫季冬'表示写的时候正在巫蛊之祸以后，汉武帝的大整肃时期，当时天下嚣然，人人自危。司马迁当时未被巫蛊之祸牵人，自保还来不及，怎样可能写这封激切的信给当时重罪的囚犯？如其说这是一封写好未发的信，那司马迁连《景纪》和《武纪》都不敢保留，又怎敢家藏这篇激切的信，来作牵连入罪的证据？试看一看《昭明文选》卷四十一中有司马迁的《报任安书》，接着就是杨恽的《报孙会宗书》（恽文出《汉书》本传）。这两封信都是气势雄肆的好文章，比较之下很有相似之处。如其《报任安书》为一篇仿作，而非司马迁的亲笔，应当只有杨恽才能有此资格"（劳幹：《古代中国的历史与文化·自序》，中华书局 2006 年版，第 3 页）。劳幹的观点实际上也只是推测，并未给出坚实的证据，录之姑备一说。

② 《文选》中选有《答苏武书》一篇，其真伪历来争议不断。力主其伪作者，以刘知幾、苏轼为代表，苏轼称其乃"齐梁间小儿所拟作"，浦起龙则通过江淹《上建平王书》，认为是"汉季晋初人为之"，果如此，则《答苏武书》必为拟书。然而，力主其为伪作者，并不能提供直接有力的证据，章培恒《关于李陵〈与苏武诗〉及〈答苏武书〉的真伪问题》有着详细的驳正，可参看。余英时《广乖离论——国史上分裂时期的分裂关系》一文指出："《归魂赋》中有'报李陵之别篇'之语，当指《文选》卷四一《答苏武书》或苏、李河梁赠答诗（《文选》卷廿九）而言。其实这些'书'和'诗'也都是南北朝时人的寄托之作，其文虽伪，其情则真，故不仅传诵当时，而且垂范后世。"余氏之说诗书之伪，不足取，然指出南北朝流离之痛与李陵诗、书有情感相通之处，亦可见何以主伪者定其为齐梁之作耳（余英时：《史学、史家与时代》，广西师范大学出版社 2004 年版，第 64 页）。孙月峰的论断可能是更为公允的，录之如下："刘子元疑此书为齐梁文士拟作，盖谓其词气稍涉华丽，又班史不录，故云尔。然枚乘《七发》、王子渊《四子讲德论》诸篇，班史亦不录，而词气亦复与西京殊，岂皆拟作邪？且齐梁文士，颜任辈即为最，其文与陈王诸表，尚隔一关，安能为此书哉？……凡文皆有滥觞，安知此调非少卿为之阶耶？"［于光华辑：《重订文选集评》（下），国家图书馆出版社 2012 年版，第 40 页］笔者认为，仅从风格判断而无直接的证据能够证明《答苏武书》为伪作，难以让人信服，姑以李陵作《答苏武书》论之。另，郑逸梅《尺牍丛话》中载："闻人从德意志返国，竟谓彼邦图书馆中，藏有李陵答苏武书真迹，字劣句鄙，与我人所传诵者不同，则长公不谓无识。"（郑逸梅：《尺牍丛话》，上海古籍出版社 1985 年版，第 9 页）不知郑氏所说何据，唯存疑耳。

下来，应该说是一个奇迹。

林纾《春觉斋论文》有云："至于汉世，则辞气纷纭纵恣，观史迁之报任安，足以见矣。迁之为史，语至深严；独此书悲慨淋漓，荡然不复防检，极力为李陵号冤，漫无讳忌。幸任安为秘其书，迁死乃稍出，然读之但生后人之悲愤，若见之当时，则又有媒孽其短者矣。"① 林纾此论，盖臆测之文，有悖情理。任安一氏，身陷囹圄，能报书于史迁，实属不易，且不久身死，牢狱之中岂能秘其书哉？汉代书写，非简即牍，洋洋巨文，又岂是衣袖所能藏乎？况"悲慨淋漓，荡然不复防检，极力为李陵号冤，漫无讳忌"，又岂能掩狱吏之耳目，媒孽其短哉？故此书必未至任安之手，当为史迁之自说自话，故能隐藏而后出。

细分析起来，三篇书信还是没有脱离与军政的关系，是与皇权相抗的产物。三者皆是抒写脱离皇权不被理解重用的苦闷，视角由皇权转换到个人，转换到人本身，所发出的声音也就能够标新立异，并且能够穿越时空，得到共鸣。

明人谢肇淛《五杂组》卷十四云："古人不作寒暄书，其有关系时政及彼己情事，然后为书以通之，盖自是一篇文字，非信手苟作者。如乐毅复燕昭王，杨恽报孙会宗，太史公复任少卿，李陵与苏中郎，千载之下，读其言，反覆其意，未尝不为之潸然出涕者，传之不朽，良有以也。下此鲁连之射聊城，已坠纵横之咳唾；邹阳之上狱书，不过幽愤之哀词。君子犹无取焉，况其他乎？自晋以还，始尚小牍，然不过代将命之词，叙往复之事耳。言既不文，事无可纪，而或以高贤见赏，或以书翰为珍，非故传之也。今人连篇累牍，半是颂德之谀言，尺纸八行，无非温凊之俚语，而灾之梨枣，欲以传后，其不知耻也亦甚矣。"② 谢氏所评，虽不免因抨击时弊而有所偏颇，实际上却道出了早期书信的某些特征：不作寒暄书，皆有事而发；所涉及的事情往往是"时政及彼己情事"，以"彼己情事"抒写为标准判断

---

① 林纾：《春觉斋论文》，人民文学出版社1959年版，第67页。
② 谢肇淛：《五杂组》，上海书店出版社2001年版，第285页。

书信艺术水平之高下。谢氏的观点是值得注意的。

书信中以抒写"情事"为高,实际上在前引任昉《文章缘起》中就有所体现了,任昉将司马迁《报任安书》作为书信文的代表而列出,虽未见任何的说明,其隐含之意,当是以书信抒写个人情感为主。这种书信观念应该是影响到了《文心雕龙·书记》篇,刘勰在总结书信的文体特征时,不仅盛赞了司马迁等人的书信,"观史迁之报任安,东方之难公孙,杨恽之酬会宗,子云之答刘歆,志气盘桓,各含殊采,并杼轴乎尺素,抑扬乎寸心",还将书信的主要文体特征确定为"详总书体,本在尽言,言所以散郁陶,托风采,故宜条畅以任气,优柔以怿怀。文明从容,亦心声之献酬也"。可以明显地看出,刘勰特别重视书信中个人情感的抒发,而这在司马迁等人的书信中已经开始初具规模。可以说,在司马迁等人的努力下,书信作为一种文体的最基本特征已经具备,其散文文体的地位也得以确定。

如果从历史发展的角度来看,司马迁等人的书信所做出的历史贡献则更为明显。前引谢氏之论,涉及战国时期乐毅的《与燕昭王书》。的确,乐毅之书已经有着个人情感抒发和命运的思考,在"国书"占绝对优势的战国时期,这是了不起的创作,然而毕竟所占比重实在太小,孤掌难鸣,未形成一种发展的趋势。司马迁等人的书信,也是出现在军政占书信内容主体的情境下,然而司马迁等人以其自身的遭际和独有的艺术才华,将内心深处的情感变化用文字展现出来。在无意为文中,肆意抒写,在抒写愤懑,感动后人的同时,极大地拓宽了书信的内容,且已不是战国时期的一枝独秀,而形成了一种写作的潮流。更为重要的是,书信在司马迁等人的努力下,已不再仅仅是信息传递的工具,也不再仅仅是一种应用文,已成为情文并茂的散文。

抒写"情事",在西汉后期和东汉前中期,并未显现多少发展的迹象,书信又回到以军政为主的路子上,这种情况直到汉末曹魏时期才有所改观,书信也得以在确立其文体地位后,有了一次大力发展的机会。这也从一个侧面凸显出司马迁等人为书信开疆拓土的历史功绩。

## 四　司马迁等人书信的艺术特征

司马迁等人的书信,不仅使书信的文体地位得以确定,而且本身也取得了极高的艺术成就。在这一部分，笔者将综论司马迁等人书信的艺术特征，以展现其独特的艺术成就。

今人熊礼汇说："武帝即位之后，单篇散文的发展大体有两种趋向，一是承续西汉前期的文风，论事说理，尚气尚情，疾言喷喷，无所隐遁；二是引经据典，婉曲作论；态度从容安和，选言弘奥典雅；以温柔敦厚为美，行文极重章法。"① 其说颇能条理汉代单篇散文发展趋势，以此为标准来区分，司马迁、李陵、东方朔、杨恽等的书信属于前者，而董仲舒、冯衍等的书信则属于后者，且后者成为西汉后期和东汉前中期书信的主要风格特征。需要说明的是，这种区分也并非界限分明的，如冯衍《与妇弟任武达书》，其风格之峻急，绝不是从容安和、温柔敦厚之作。

1. 悲愤郁勃，慷慨淋漓

一般来说，国家的动乱，政权的衰亡，随之而来的往往是战争的爆发，人们流离失所，饿殍遍野，朝不保夕，死难者不计其数。因而生活于朝代末世或战乱之中，往往会造成人生悲剧的频繁发生，无数的历史经验早已说明此点。然而，即便王朝处于上升时期，甚至是盛世，人生的悲剧也是时常发生的，司马迁、李陵、董仲舒、杨恽等人，都处于汉王朝的鼎盛时期。究其原因，乃是封建皇权固有弊端的无法消弭。封建皇权体制之下，权利高度垄断集中，社会等级森严，此种情况对于人民而言，是处于被剥削的地位成为一种常态；对于士人而言，是一种地位和处境的尴尬。

与普通百姓相比，虽然士人的境况要好一些，但是经济上失去了依靠；文化上所受的教育引领士人向齐家、治国、平天下的方向迈进，因而必须要进入权力的中心方能有所作为，这就需要统治阶层的赏识。这种退无经济依托、进需上层选用的尴尬处境，使士人的人生命运如同一场博弈，多数士人不可能成为赢家。因而在毫无保障的进取中，士人的热情期待换来的往往是失望。理想与现实的落差，命运的不公，前途的迷茫成为士人笔下永恒的话题。宗白华说："一部生

---

① 熊礼汇：《先唐散文艺术论》，学苑出版社1999年版，第210页。

命的历史，就是生活形式的创造与破坏。生命在永恒的变化之中，形式也在永恒变化之中。所以一切无常，一切无住，我们的心，我们的情，也息息生灭，逝同流水，向之所欣，俯仰之间，已成陈迹。这是人生真正的悲剧。这悲剧的来源，就是这追求不已的自心。"① 司马迁等人何尝没有这种尴尬的处境，又何尝不是追求不已，究其根本，是儒家"三不朽"——"立德""立功""立言"的情怀始终在他们的心中没有消歇过。

司马迁是积极入世的，曾经"日夜思竭其不肖之材力，务壹心营职，以求亲媚于主上"，然而最终"以口语遇此祸，重为乡党戮笑，污辱先人，亦何面目复上父母丘墓乎？虽累百世，垢弥甚耳！是以肠一日而九回，居则忽忽若有所亡，出则不知其所如往。每念斯耻，汗未尝不发背沾衣也"②。司马迁的悲剧是大一统后士人普遍要面临的生态环境，实际上文景之治中，贾谊就已经有过类似的悲剧性遭遇，太史公《屈原贾生列传》中论曰："余读《离骚》《天问》《招魂》《哀郢》，悲其志。适长沙，观屈原所自沈渊，未尝不垂涕，想见其为人。及见贾生吊之，又怪屈原以彼其材，游诸侯，何国不容，而自令若是。读《鵩鸟赋》，同死生，轻去就，又爽然自失矣。"③ 司马迁以卓越的眼光发现了战国之士与汉朝士人的境况的不同，面对不平的遭际，司马迁由贾谊其人其文而生发出对于生命意义的思索和追问。

人降临于世间，无论面对幸福还是苦难，终究逃不开死亡的结局，面对死亡每一个人必须要给出自己的答案。贾谊《鵩鸟赋》中言："至人遗物兮，独与道俱……真人恬漠兮，独与道息……纵躯委命兮，不私与己。其生若浮兮，其死若休。澹乎若深渊之静，泛乎若不系之舟。不以生故自宝兮，养空而浮；德人无累兮，知命不忧。"④ 阐明了对于生死祸福的达观态度，有着鲜明的道家思想倾向，这种

---

① 宗白华：《美学与意境》，人民出版社 1987 年版，第 73 页。
② 班固：《汉书》，中华书局 1962 年版，第 2729、2736 页。
③ 司马迁：《史记》，中华书局 1959 年版，第 2503 页。
④ 司马迁：《史记》，中华书局 1959 年版，第 2500 页。

"同死生，轻去就"的态度得到了司马迁的认同。《报任安书》对自己的苟活于世有所辩解：

> 夫人情莫不贪生恶死，念父母，顾妻子，至激于义理者不然，乃有不得已也。今仆不幸，早失二亲，无兄弟之亲，独身孤立，少卿视仆于妻子何如哉？且勇者不必死节，怯夫慕义，何处不免焉！仆虽怯懦欲苟活，亦颇识去就之分矣，何至自湛溺累绁之辱哉！且夫臧获婢妾由能引决，况仆之不得已乎！所以隐忍苟活，函于粪土之中而不辞者，恨私心有所不尽，鄙没世而文采不表于后也。①

为此，司马迁还广泛列举历史上因困厄而有所成就之人，以激励自己：

> 古者富贵而名摩灭，不可胜记，唯俶傥非常之人称焉。盖文王拘而演《周易》；仲尼厄而作《春秋》；屈原放逐，乃赋《离骚》；左丘失明，厥有《国语》；孙子膑脚，《兵法》修列；不韦迁蜀，世传《吕览》；韩非囚秦，《说难》《孤愤》。《诗》三百篇，大底圣贤发愤之所为作也。此人皆意有郁结，不得通其道，故述往事，思来者。②

这一个段落，在《报任安书》和《史记·自序》中以近乎相同的面貌出现，司马迁是极为看重这类先贤的榜样和激励作用的。司马迁就是要沿着先贤之路，发愤著书，以实现自身的价值。

隐忍苟活，于生命的价值有所实现，这似乎是当时士人的一种普遍的认识，李陵《答苏武书》中说："然陵不死，有所为也，故欲如前书之言，报恩于国主耳。诚以虚死不如立节，灭名不如

---

① 班固：《汉书》，中华书局 1962 年版，第 2733 页。
② 班固：《汉书》，中华书局 1962 年版，第 2735 页。

报德也。"李陵之所以投降匈奴，是为了伺机报效国家，只不过李陵不如司马迁幸运，"何图志未立而怨已成，计未从而骨肉受刑，此陵所以仰天椎心而泣血也"[1]，所留下的只是后人面对史书时的喟叹声。

司马迁和李陵是不幸的，命运没有给予他们公正的待遇，他们的冤屈即使是穿越千年也不禁让人唏嘘；司马迁和李陵是坚强的，面对生死的考验，他们以无比坚韧的生命力，用笔尖流淌的文字写下了自己的心声，所以他们又是幸运的，历史终究是记住了他们的不幸，让后世给出了公正的评判；司马迁和李陵的影响是深远的，毕竟是同一体制下的士人，虽然面对的具体情境不同，但命运却惊人地相似，那么他们的对于生命意义的思考和对不公的抗争，就有着不朽的意义，尤其是司马迁的发愤著书，成为后世文人不得志时的另外一种精神寄托和人生价值实现的方式。

王楙评《与孙会宗书》曾言："杨恽以口语坐废，其友人孙会宗与书，戒以大臣废退、阖门皇惧之意。恽报书委曲敷叙，其怏怏不平之气，宛然有外祖风致。"[2]《文选集评》中引孙月峰评语曰："是愤怨语，而豪迈自肆，于谲激处见态。"[3] 两人皆指出杨恽书信中有抑郁不平之气，此是性格使然，是受外祖司马迁影响，更是遭受冤屈而造成的。

与司马迁和李陵不同，杨恽在不平的遭际面前选择的是一种新的生活方式：

> 田家作苦，岁时伏腊，亨羊炰羔，斗酒自劳。家本秦也，能为秦声。妇，赵女也，雅善鼓瑟。奴婢歌者数人，酒后耳热，仰天拊缶而呼乌乌，其诗曰："田彼南山，芜秽不治。种一顷豆，落而为萁。人生行乐耳，须富贵何时！"是日也，拂衣而喜，奋

---

① 萧统：《文选》，上海古籍出版社 1986 年版，第 1850—1851 页。
② 王楙撰，郑明、王义耀点校：《野客丛书》，上海古籍出版社 1991 年版，第 18—19 页。
③ 于光华辑：《重订文选集评》（下），国家图书馆出版社 2012 年版，第 60 页。

袖低印，顿足起舞，诚淫荒无度，不知其不可也。①

而当这种生活方式也被孙会宗否定时，"大臣废退，当阖门惶惧，为可怜之意，不当治产业，通宾客，有称誉"②，杨恽才将压抑已久的怨气和盘托出，使"宣帝见而恶之。廷尉当恽大逆无道，要斩"③。杨恽虽然以被杀结局，但值得后人注意的有两点：一是抗争精神，二是一种新的生活方式。

杨恽绝无唯唯诺诺，写胸中抑郁酣畅淋漓，甚至对好友的责难也毫不留情，"足下离旧土，临安定，安定山谷之间，昆戎旧壤，子弟贪鄙，岂习俗之移人哉？于今乃睹子之志矣。方当盛汉之隆，愿勉旃，毋多谈"④，此种抗争精神，不独使相同遭际者读而内心无比畅快，更植根于潜意识中，成为一股不屈的精神原力。再者，杨恽所描绘的田家生活，虽然如林纾所说"杨子幼（恽）之《报孙会宗》，意似湛于农亩，然过自标举，所谓'酒酣耳热，仰天击缶，而呼呜呜'者，皆盛气语"⑤，不免裹挟着杨恽负气之语，与后世仲长统《乐志论》中描绘的田家生活场景不能相比，更不是陶渊明田园生活中的平和恬淡，但毕竟是大一统下士人对一种新的生活方式的探索，虽然还不能真正发现田园生活的美学价值，但其历史贡献不能被磨灭。

哈贝马斯指出："到了感伤时代，书信内容不再是'冰冷的信息'，而是'心灵的倾吐'。如果不得已提到了'冰冷的信息'，则需要予以道歉。用当时的行话来说，书信是'心灵的复制和探访'；书信中充满了作者的血和泪。"⑥"写信使个体的主体性表现了出来。"⑦当一篇作品所展现的心灵具有普遍性时，这种主体的思考和感受就具

---

① 班固：《汉书》，中华书局 1962 年版，第 2896 页。

② 班固：《汉书》，中华书局 1962 年版，第 2894 页。

③ 班固：《汉书》，中华书局 1962 年版，第 2898 页。

④ 班固：《汉书》，中华书局 1962 年版，第 2897 页。

⑤ 林纾：《春觉斋论文》，人民文学出版社 1959 年版，第 67 页。

⑥ ［德］哈贝马斯：《公共领域的结构转型》，曹卫东等译，学林出版社 1999 年版，第 53 页。

⑦ ［德］哈贝马斯：《公共领域的结构转型》，曹卫东等译，学林出版社 1999 年版，第 52 页。

有较高的美学价值。

2. 以倾诉为用

安德烈·莫洛亚在《拜伦书信选·序言》中指出:"保罗·瓦莱拉说:'一个作家对于不公正的命运总是尽可能逆来顺受。'换句话说,一个人曾经需要创造一个富有诗意的、幻想的世界,因为现实世界剥夺了他的幸福。"① 安德烈·莫洛亚这段话也许最能契合司马迁等人的心境,他们正是"因为没有别的办法只好写信并把他们的整个炽烈而充满活力的身心都倾注到通信中去的人"。书信满足了平等交流、私密对话的条件,可以毫不顾忌、毫不掩饰,成为情感宣泄的绝好场域。

孙月峰曾评《报任安书》曰:"直写胸臆,发挥又发挥,惟恐倾吐不尽,读之使人慷慨激烈,唏嘘欲绝,真是大有力量文字。""凡文字贵净贵炼,此文全不练不净;《中庸》称'有余''不敢尽',此则既'无余'矣,犹哓哓不已,于文字宜不为佳,然风神横溢,读者多服其跌宕不群,反觉练净者之为琐小。"② 余诚评《与孙会宗书》曰:"满腹牢骚,触之倾吐,虽极蕴藉处,皆极愤懑。所谓诚中、形外不能揜遏者也。篇中有怨君王语,有恨会宗语,皆自取祸。……至行文之法,字字翻腾,段段收束,平直处,皆曲折,疏散处,皆紧练,则酷肖其外祖。"③ 所关注者,皆是书信中毫不掩饰的倾诉,是一种情感的任性表达。任性的背后是一种随意,司马迁所要答复的是任安请求"以推贤进士为务",却演变成自我的独白;杨恽所要答复的是好友的善意劝告,却成了激烈的嘲讽和怨恨;李陵的叙别离之情倒成了冤屈的倾诉……这种随意明显是受情感的支配,随意写来,句句皆肺腑之言,千载之下犹能感人至深。

情感的任性表达说明,两汉士人并非一味地恪守儒家礼制的约

---

① 〔英〕乔治·戈登·拜伦:《拜伦书信选》,王昕若译,百花文艺出版社1992年版,第1—2页。

② 于光华辑:《重订文选集评》(下),国家图书馆出版社2012年版,第50—51、52—53页。

③ 余诚编,吕萤校注:《古文释义》,北京出版社2018年版,第515—516页。

束，毕竟人的情感是复杂而又变动不居的，也是任何外在因素难以抑制的，只是士人没有去表达，或者更准确地说，没有形成一种集中表达的方式，这种方式被经学发乎情止乎礼的儒教信念压制下来了。以审视的眼光来看，这种压制个人性情表达的无意识的做法，实质上断绝了文学由功利性走向非功利性的可能。直到汉末经学束缚解除，这种任性情的表达才又一次出现，并且催生出一次文学高潮。由此可见，性情之真实流露，无论对于士人还是文学，都非常可贵。

情感的任性表达还体现为司马迁、李陵、杨恽等人书信中的无意为文。所谓无意为文，是文章的写作以宣泄情感为主要目的，并非进行文学创作，因而不讲求文章的结构布局，"粗粗卤卤，任意写去，而矫健磊落，笔力真如走蛟龙，挟风雨；且峭句险字，往往不乏，读之但见其奇肆，而不得其构造锻炼处，古圣贤规矩准绳文字，至此一大变，卓为百代伟作"①。

同样是以倾诉为用，冯衍的情感在书信中的表现就较为隐晦。从冯衍的军政书信中可以看出，他是极具政治、军事才能的，另外也有着强烈的仕进之心。然而一时归降以迟，独被黜退，最终导致了一生的蹉跎。结合冯衍一生的境遇和《显志赋》，方能真正明白《与妇弟任达武书》实在是隐含内外交困的忧愤烦闷。

《史记·魏其武安侯列传》："武安者，貌侵，生贵甚。又以为诸侯王多长，上初即位，富于春秋，蚡以肺腑为京师相，非痛折节以礼诎之，天下不肃。"② 集权的统治者就是要以剥夺天下士人的自尊来强化王权的尊严的。司马迁与同时代士人一样，一方面为汉武盛世气象而振奋，积极投身于汉武王朝的政治文化建设；另一方面又为自己被侮辱、被损害的自尊心而自卑，他这一矛盾心情正是那个矛盾时代的反映。

《汉书·扬雄传》曰："太史公记六国，历楚汉，讫麟止，不与圣人同，是非颇谬于经。"③《汉书·司马迁传》曰："其是非颇缪于

---

① 于光华辑：《重订文选集评》（下），国家图书馆出版社 2012 年版，第 55 页。
② 司马迁：《史记》，中华书局 1959 年版，第 2844 页。
③ 班固：《汉书》，中华书局 1962 年版，第 3580 页。

圣人，论大道则先黄老而后六经，序游侠则退处士而进奸雄，述货殖则崇势利而羞贱贫，此其所蔽也。"① 《后汉书》注引《班固集》曰："司马迁著书，成一家之言。至以身陷刑，故微文刺讥，贬损当世，非谊士也。"② 东汉王允则称其为"谤书"，"昔武帝不杀司马迁，使作谤书，流于后世"③。如果换一个角度，就可以发现，司马迁的这种"非谬""毁谤"，实际上正是一种批判精神的体现。这种精神在皇权大一统的时代是非常宝贵的，尤其是在王朝鼎盛的时期，班固所说的司马相如"颂述功德，言封禅事，忠臣效也。至是贤迁远矣"（班固《典引》）④，明显是站在正统的文化观念的立场上，看不到司马迁批判精神的可贵。而这种批判精神，武帝时代，不是司马迁所专有的，董仲舒、李陵、东方朔，甚至到后来的杨恽、扬雄、刘歆等文士，都在书信中表露过这种批判精神。这种批判精神在东汉末年也发挥出了巨大的作用，王充、崔寔、赵壹、仲长统等，就是以这种批判精神与专制的弊端和腐朽作斗争，从而一步一步地认清王权与士人的关系，也一步一步地促使"人的觉醒"。

司马迁等人的书信，不仅使书信文体的文学史地位得以确立，而且因其情感真挚、文辞瑰丽、风格朗畅成为历代选本青睐的作品。这些书信因其所具有的文学价值和精神意蕴，可谓是影响深远。具体而言，有三点，以下申述之。

一是司马迁等人的书信使书信文体的地位得以确立，刘勰《文心雕龙》中对书信文体特征的总结充分借鉴和吸收了他们书信的成功经验，尤其是刘勰所关注的"抑扬乎寸心"，也就是在书信中充分展现自己内心真实的想法，成为书信文体最基本的特征。而这一特征是在司马迁等人的引领下才成为书信创作的趋势的。

二是后世书信创作追模前代，司马迁等人的书信往往成为模仿和评价的榜样和标准。钱锺书先生在论及江淹《诣建平王上书》时说：

---

① 班固：《汉书》，中华书局1962年版，第2738页。
② 范晔：《后汉书》，中华书局1965年版，第2007页。
③ 范晔：《后汉书》，中华书局1965年版，第2006页。
④ 萧统：《文选》，上海古籍出版社1986年版，第2158页。

"齐梁文士,取青妃白,骈四俪六,淹独见汉魏人风格而悦之,时时心摹手追。此书出入邹阳上梁孝王、马迁报任少卿两篇间。"① 论及王僧孺《与何炯书》时也指出:"摹司马迁、杨恽两书,不及江淹所为之俊利也。"② 可见,南朝文士在创作时充分借鉴了司马迁等人的书信。

三是司马迁等人的遭遇成为后世士人普遍要面对的人生困境,书信中所反映的情感一直回响于历史的时空中,也无数次地引起士人的共鸣,成为重要的创作主题,无论是诗歌、辞赋还是散文中,都有所表现。另外,非常有意思的是,李陵的《答苏武书》被苏轼认为是齐梁小儿之作,其观点当然缺乏有力的确证,但此观点还是值得注意的。苏轼之所以认为《答苏武书》是齐梁时期所作,主要是因为齐梁时期南北对峙,南人留北者而不得归者众多,与李陵所处的情境十分相似,因而会有拟作借古人之口以表露心声者,李陵的遭遇颇能契合当时人的心理,这也从一个侧面反映出李陵《答苏武书》的历史影响。

## 第四节　著意万重的家书

### 一　家书的特殊性

研究汉代的家书,面临着巨大的困难。从保存上看,家书往往涉及的是家人间的私事,事毕既废是大多数家书的命运。因为家书所涉及的私事,很少会成为正史撰写的材料依据,在文集观念出现之前,收集者很少会去关注家书;而书信双方也因为家书使命的完成,而绝少会对其进行妥善地保管。家书能够得以保存,主要是所涉及的内容较为重要,或者是借助书法艺术得以流传,如王羲之的法帖,往往是家书,然而这是纸张流行以后的事。从释读上看,家书因多包含亲人熟知的相应背景、事件或用语,除非熟识的双方,他人很难知晓其中

---

① 钱锺书:《管锥编》,生活·读书·新知三联书店 2007 年版,第 2198 页。
② 钱锺书:《管锥编》,生活·读书·新知三联书店 2007 年版,第 2233 页。

真正的含意，因而钱锺书在分析陆云《与平原兄书》时就指出："无意为文，家常白直，费解处不下二王诸《帖》。"① 郑逸梅《尺牍丛话》中记载了一则笑话："某甲客他方，托友寄家信一封，外洋一百元，嘱交其妻，其妻即持信往某先生处，求其代解。某先生拆阅之，不着一字，但见画龟八头，狗四只，胡琴一把，莫名其妙，甚为诧异。某妻见某先生不语，问曰，信中云何？某先生曰不解，既而沉吟半晌，复问另寄他物乎。某妻答曰，有洋一百元。某先生顿悟，大呼得矣得矣，八龟六十四，（龟与八谐声）四狗三十六，（狗与九谐声）计之乃百元；再胡琴一把，殆属汝勿与人拉拉扯扯耳。某妻闻言，羞赧而去。"② 虽属笑谈，却也反映出家书释读存在的困难，设若不见大洋100 元，此如猜谜一般的家书，恐真成历史的谜题矣。试想，历史上有多少这样只有当事的双方才能看懂的家书呢？

家书在书信发展历史上是一种独特的存在。从家书的写作上看，曹丕在《典论·太子篇序》中言："余蒙隆宠，忝当上嗣，忧惶蹝踖。上书自陈，欲繁辞博称，则父子之间不文也；欲略言直说，则喜惧之心不达也。里语曰：'汝无自誉，观汝作家书。'言其难也。"③ 可见，家书至少在汉末就已经被认为措辞不易把握，郑逸梅《尺牍丛话》："写家书，大都不经意为之，唐荆川与茅鹿门书有云：'直据胸臆，信手写出。如写家书，虽或疏卤，然绝无烟火酸诨习气。'"④ 而且家书还被作为观察人才能的一个重要参考。东汉时，书信中就已经开始出现骈俪化的倾向，随着时间的推移，书信中的骈俪化倾向不断加重，然而家书并未使用骈语写作，依然是用散句写作的方式呈现，直到齐梁时期情况发生了变化，开始用骈语写作家书。

从情感承载上看，家书绝非仅仅是一封书信，它的背后是亲人的

---

① 钱锺书：《管锥编》，生活·读书·新知三联书店 2007 年版，第 1915—1917 页。

② 郑逸梅：《尺牍丛话》，上海古籍出版社 1985 年版，第 94—95 页。

③ 严可均辑：《全上古三代秦汉三国六朝文》，中华书局 1958 年版，第 1097 页。钱锺书先生《管锥编》分析称："魏文'自陈'之'书'，欲征无存，然想见其为'文'而非'笔'，近表章之体，盖'父子之间'而兼君臣之分，'家书'亦必官样也。"（钱锺书：《管锥编》，生活·读书·新知三联书店 2007 年版，第 2353 页）

④ 郑逸梅：《尺牍丛话》，上海古籍出版社 1985 年版，第 83 页。

音容笑貌，是一份思念，一份牵挂，一丝哀婉，又是浓浓的渴望。因此，仅仅从字面上很难把握通信双方隐含其中的亲情。幸运的是，家人间的亲情，虽历时久远，却未有太大变化，仍有一种历史的延续性，使我们能在心意相通中理解古代家书中可能存有的亲情。①

## 二 汉代的诫子书

汉代家书的内容，主要有两类：一是诫子书，这类诫子书中实际上又包含两部分内容，一方面是先秦口诫的传承，主要是立身行事的训导，以马援的《诫兄子严敦书》为代表；一方面是遗书、遗令，主要是终制之文，这类文字是汉代诫子书的主要部分，以杨王孙《报祁侯缯它书》、郦炎《遗令书》为代表。蔡雁彬《从诫子书看汉魏六朝终制观的演变》一文中分析指出："先秦的遗戒，虽然内容简单，均为口诫，但其要不离立身行事的范围。到了汉代，遗戒内容渐渐转向对身后终制的安排。现存的东汉遗戒，绝大部分为终制。从东汉以迄南北朝，'遗令'、'遗命'、'遗戒'之类的诫子书，几乎成为终制的代名词。遗令终制的写作，自汉代起，成为士人普遍自觉的观念。"② 这一观点是符合汉代诫子书实际的。二是夫妻间的书信，这类书信以秦嘉、徐淑夫妻的往来书信为代表。

先看马援《诫兄子严敦书》。此书作于建武二十四年（48 年），光武帝几乎消灭了所有具有威胁的割据势力，东汉王朝逐步稳固。由开创基业到巩固政权，光武帝对待部将的态度也有相应的改变。仲长统《昌言》中载："光武皇帝愠数世之失权，忿强臣之窃命，矫枉过

---

① 现在所能见到的家书的实物，是云梦秦简中的两封家书。周凤五曾言："老母、妻儿、尊亲、朋友，一一问候，絮絮不休，我们仿佛看到了淮北平原早春和煦的阳光之下，两兄弟战地重逢，执手相看，恍若隔世的惊喜交集的情景。他们时而低头默想，时而振笔疾书。大约战争进行得十分激烈，军情紧急，短期内根本不敢奢望回家，只有把恐惧无助、孺慕思念的心情，化作一声声遥远的呼唤……其款款深情、绵绵思念，直到今天我们还能感受到他心中的那份挚爱与牵挂！"（［台湾"中国古典文学研究会"主编：《古典文学》（第七集），台北：台湾学生书局 1985 年版，第 64—65 页］周氏之论，虽多涉想象，却也合情合理，能反映出质朴文字背后实际上承载着深挚的情感。

② 蔡雁彬：《从诫子书看汉魏六朝终制观的演变》，《中国典籍与文化》1997 年第 2 期。

直，政不任下，虽置三公，事归台阁。自此以来，三公之职，备员而已。"① 不仅如此，光武的很多重臣"知帝欲偃干戈，修文德，不欲功臣拥众京师"②，邓禹、贾复、耿弇等人也相继交出了兵权。王朝建立之初，急需的就是政权的巩固，而政权的巩固正需要士人有极为稳定的心态，于是谦恭自守的风气迅速被士人认同，成为行事的准则。

传统观念中，对家族和睦与前途、对子孙后代的牵挂与眷念，是永远难以割舍的。不管是谁，总希望能把自己的经验和教训毫不保留地传授给后代，希望他们能更好地生活下去，这也是诫子类书信从先秦开始如涓涓细流、长盛不衰的重要原因。可以说诫子书既包含传统观念中的难以割舍，又有现实的担忧与指引。

经历过朝代更迭、宦海浮沉的马援，以极为敏锐的眼光看出了朝廷对于谦恭自守之士的偏爱和豪侠好义之士的弹压。于是在《诫兄子严敦书》中马援以眷眷之心教导侄子如何"为人"：重敦厚周慎，轻豪侠好义。文中马援不高唱大道，而注重为人处世，不以先贤为榜样，而以现实人物为标杆，语气舒缓，感情真挚，做法实际，为后世诫子书做出了很好的示范。在语言上，用语极为质朴平实，日常用语在书面语中有所增加，如"吾欲汝曹闻人过失，如闻父母之名，耳可得闻，口不可得言也。好议论人长短，妄是非正法，此吾所大恶也，宁死不愿闻子孙有此行也"③，与东汉初期散文用语骈俪化的倾向完全不同。

诫子书中或品评人物、树立榜样，或畅论道理、阐明规则，皆以教育子弟为目的，后来的诫子书大多都受此影响。诫子书到郑玄《戒子益恩书》更像是一篇自传，言及自己的生平和对自己的评价，可以说是以自身为榜样，有言传身教之意。言及其子，舐犊情深："家事大小，汝一承之。咨尔茕茕一夫，曾无同生相依。其勖求君子之道，研钻勿替，敬慎威仪，以近有德。显誉成于僚友，德行立于己

---

① 司马光：《资治通鉴》，中华书局1956年版，第1571页。
② 范晔：《后汉书》，中华书局1965年版，第667页。
③ 范晔：《后汉书》，中华书局1965年版，第844页。

志。若致声称，亦有荣于所生，可不深念邪！可不深念邪！""家今差多于昔，勤力务时，无恤饥寒，菲饮食，薄衣服，节夫二者，尚令吾寡恨。若忽忘不识，亦已焉哉。"①

汉代诫子书中的主要部分是终制文。终制文主要内容有两类：一类是面对死亡的洒脱，一类是对生的眷恋。第一类以杨王孙《报祁侯缯它书》为代表。《汉书·杨王孙传》载："杨王孙者，孝武时人也。学黄老之术，家业千金，厚自奉养生，亡所不致。及病且终，先令其子，曰：'吾欲裸葬，以反吾真，必亡易吾意。死则为布囊盛尸，入地七尺，既下，从足引脱其囊，以身亲土。'其子欲默而不从，重废父命，欲从之，心又不忍，乃往见王孙友人祁侯。"② 这才引发了缯它与杨王孙之间的劝诫与辩解。

缯它的书信中本《孝经》圣人遗制，奉儒家丧葬之礼，劝诫杨王孙不要违圣人教化，以致裸见先人。杨王孙的辩解出儒入道，瞬间将缯它"彼岸"世界的想象化为乌有，缯它之哑口无言可以想见。

要理解杨王孙《报祁侯缯它书》中的辩解，势必要先了解儒道两家不同的丧葬态度。《论语·为政》篇孔子尝言："生，事之以礼；死，葬之以礼，祭之以礼。"③《荀子·礼论》曰："礼者，谨于治生死者也。生，人之始也；死，人之终也：始终俱善，人道毕矣。故君子敬始而慎终。终始如一，是君子之道，礼义之文也。夫厚其生而薄其死，是敬其有知而慢其无知也，是奸人之道而倍叛之心也。"④ 又云："事死如事生，事亡如事存，状乎无形影，然而成文。"⑤ 儒家的"三礼"对丧葬之礼的记载十分详细，尤其是《礼记》中竟有十三篇专述丧葬礼仪，约占《礼记》内容的三分之一，丧葬礼仪在儒家礼仪中的重要性可见一斑。儒家在重视丧葬之礼的同时，也非常重视节制，《礼记·檀弓上》说："先王之制礼也，过之者俯而就之，不至

---

① 范晔：《后汉书》，中华书局 1965 年版，第 1210 页。
② 班固：《汉书》，中华书局 1962 年版，第 2907 页。
③ 阮元校刻：《十三经注疏》，中华书局 1980 年版，第 2462 页。
④ 王先谦集解：《荀子集解》，中华书局 1988 年版，第 358—359 页。
⑤ 王先谦集解：《荀子集解》，中华书局 1988 年版，第 378 页。

焉者，跂而及之。"① 即是说哀情与丧葬的用度，要注意节制，以防过犹不及。

道家对于丧葬礼节则是完全摒弃的，《庄子·列御寇》谓："庄子将死，弟子欲厚葬之。庄子曰：'吾以天地为棺椁，以日月为连璧，星辰为珠玑，万物为赍送，吾葬具岂不备邪？何以加此！'弟子曰：'吾恐乌鸢之食夫子也。'庄子曰：'在上为乌鸢食，在下为蝼蚁食，夺彼与此，何其偏也。"② 杨王孙"学黄老之术"，道家对生命本真问题的思考，道家的生死观，皆对他有着深刻的影响。

钱穆在《秦汉史》中谈道："政治宽简，一任社会事态自为流变，致于在经济复苏之过程中，不免连带而来之敝患。其最著者，厥为新商人阶级之崛起，而形成资产之集中与不均。因此又导致社会奢侈之风习。此其事，可于贾谊及晁错诸人之奏议中证明之。"③ 此种流弊文、景时期有，武帝时期亦有，王夫之甚至说"尤要者，则自困辱商贾始。商贾之骄侈以罔民而夺之也，自七国始也"④。推而演之，商贾不仅助长了"养游士，务声华，而游宴珍错之味侈。益之以骄奢之主，后宫之饰、狗马雁鹿袨服殊玩之日新"⑤ 的风气，同时也助长了厚葬的风气。尚节俭的文帝、景帝，也无法阻止藩国诸侯王的奢侈腐化的生活。

杨王孙针对现实，首先抨击"亡益于死者""死者不知，生者不得"的厚葬做法"是谓重惑"⑥，裸葬就是为了"矫世"。他的做法可谓惊世骇俗，不但有违儒家礼制，更是当世之人所无法接受的。杨王孙的子女和祁侯缯它激烈的反应，就足以说明这一点。主张薄葬者，不独杨王孙一人，前有汉文帝遗诏，后世又有樊宏、谢夷吾之辈，虽然没有杨王孙言辞、行为之激进，所要矫世厚葬风气的出发点却是一样的。那么，杨王孙此文之妙，恐不在此。

① 阮元校刻：《十三经注疏》，中华书局 1980 年版，第 1282 页。
② 庄子撰，郭庆藩集释：《庄子集释》，中华书局 1962 年版，第 1063 页。
③ 钱穆：《秦汉史》，生活·读书·新知三联书店 2005 年版，第 55—56 页。
④ 王夫之：《读通鉴论》，中华书局 1975 年版，第 55 页。
⑤ 王夫之：《读通鉴论》，中华书局 1975 年版，第 55 页。
⑥ 班固：《汉书》，中华书局 1962 年版，第 2908—2909 页。

《庄子·大宗师》有云："若人之形者，万化而未始有极也，其为乐可胜计邪？"郭象注曰："人形乃是万化之一遇耳，未足独喜也。无极之中，所遇者皆若人耳，岂特人形可喜而余物无乐耶？"① 人的形体是千变万化、未有穷尽的，万物的形体也是千变万化的，生命的尽头又是另外一种生命形态的开始，万物就是处在这种不断的转化之中，人的生命的存在和生命的结束都只是万物转化时的一种状态。"且夫死者，终生之化，而物之归者也。归者得至，化者得变，是物各反其真也。反真冥冥，亡形亡声，乃合道情。"② 死就是"物各反其真"，是"合道情"的。厚葬之风反而"鬲真，使归者不得至，化者不得变，是使物各失其所也"③，最终是"鬲以棺椁，支体络束，口含玉石，欲化不得，郁为枯腊"④。阻断了死者"化"的道路，致使"千载之后，棺椁朽腐，乃得归土，就其真宅"。杨王孙此文中所说的"化"，与其说是死者肉体上归"真宅"的"化"，倒不如说是精神上的"化"，一种摆脱世俗的困扰达到精神返璞归真的"化"。

杨王孙在《报祁侯缯它书》中所表现出来的这种思想，不但在当时是惊世骇俗的，就是放到当下的环境中，也是难以被普遍接受的。杨王孙此文通脱的思想，流畅的笔调，不止抨击了厚葬之风，更是从万物转化的角度启迪世人达到精神上的返璞归真。虽被视为狂狷，却是"达于性理，贵于速变"，就连开始时规劝他的祁侯缯它也不能不说"善"，最后得以裸葬。此书一出，后世遗令薄葬者再难现其光辉。

第二类是对于生的眷恋，以郦炎《遗令书》为代表。郦炎，字文胜，范阳人。灵帝时，州郡辟命皆不就，后患疯病，父死病发，导致他正在分娩的妻子惊悸而死，为妻家诉讼入狱，死于狱中，年二十八。卢植《郦文胜诔》赞美他说："白龀未成童，著书十余箱，文体

---

① 庄子撰，郭庆藩集释：《庄子集释》，中华书局 1962 年版，第 244—245 页。
② 班固：《汉书》，中华书局 1962 年版，第 2908 页。
③ 班固：《汉书》，中华书局 1962 年版，第 2908 页。
④ 班固：《汉书》，中华书局 1962 年版，第 2908 页。

思奥，烂有文章，箴缕百家。"①

郦炎留下的《遗令书》中以写给老母和幼儿的两篇文字抒情性最强，也最为感人。"白老母，无怀忧，怀忧何为？无增悲，增悲何施？寒必厚衣，无炎，谁为母厚衣；暑必轻服，无炎，谁为母轻服？弃炎无念，此常厚衣，不尤不怨，此常轻服矣。"② 郦炎文中故作镇静，强作宽慰，拿寒暑时节增添衣物这样的常识性的生活琐事说事，似不必说的话，在这里却催人泪下，饱含情感。

对于襁褓之中的婴儿，郦炎则更是不舍，四则之中此篇最长。"人之丧也，非父则母，非昆则弟，非姊则妹。人之孤也，龀齿其少矣，汝之孤也，曾未满两旬。"自己将死，幼儿也将成为孤儿，命运的悲惨降于不满两旬的孩子身上，可以想见这位父亲的凄楚之情！然而，郦炎对这个孩子充满了期望：

> 汝无自以为微弱，物有微弱于汝者，乃其长而繁焉。后稷弃之寒冰隘巷矣，汝比之犹逸焉。於菟之在虎乳极矣，汝比之犹易焉。乃终不在，乃始在。在惧惟生，无惧管、蔡之逸，厥终乃不逸之，易厥终不易言。咨嗟止戈，汝能言，则赞之顾言，汝能行，则履我之所训。刚焉柔焉，弱焉强焉，学焉愚焉，仕焉隐焉，惧汝身之柔，可不厉汝以刚乎！惧汝之刚，可不厉以柔乎！惧汝之弱，可以训汝之强！惧汝之愚，以不勖汝以学！惧汝之隐，可不敕汝以仕乎！消息汝躬，谓和汝体。思乃考言，念乃考训。必博学以著书，以续受父母久业。③

接着就是言传身教，并以现实中的人物为例，希望自己的孩子成为如何如何之人，用心深切。难怪今人熊礼汇会这样说："此信能以情动人，关键在于，它是将死之父遥对婴儿的诀别词。作者把儿子应该如何做人的大道理说得越多，越充分，越能唤起读者的同情心。而

---

① 严可均辑：《全上古三代秦汉三国六朝文》，中华书局 1958 年版，第 908 页。
② 严可均辑：《全上古三代秦汉三国六朝文》，中华书局 1958 年版，第 912 页。
③ 严可均辑：《全上古三代秦汉三国六朝文》，中华书局 1958 年版，第 913 页。

行文的善于往复，以否定求肯定的表意方式，句子的时整（包括排比句组）、时散，以及大量语气词的运用，也容易使他叙事、说理的叮嘱之语，成为心底哀哀之情的真实流露。"①

### 三　汉代的夫妻书信

不仅汉代家书，就是整个书信发展历史上，夫妻间的书信也是少之又少的。西汉时司马相如和卓文君的书信勉强可算一例，而秦嘉和徐淑的夫妻书简就显得弥足珍贵了。② 秦嘉为桓帝时一个小官吏，尝赴洛阳向朝廷进献计簿，夫妻分离，才有了这四篇书信。

秦嘉《与妻徐淑书》抱怨为吏辛苦，吏事疲惫："不能养志，当给郡使，随俗顺时，黾勉当去，知所苦故尔。……当涉远路，趋走风尘，非志所慕，惨惨少乐。"③ 希望能与在娘家养病的妻子相见，以叙"相念悒悒"之苦并有所嘱托。徐淑报书：

> 知屈珪璋，应奉藏使，策名王府，观国之光，虽失高素皓然之业，亦是仲尼执鞭之操也。自初承问，心愿东还，迫疾惟宜，抱叹而已。日月已尽，行有伴例，想严庄已办，发迈在近。谁谓宋远，企予望之。室迩人遐，我劳如何？深谷逶迤，而君是涉；高山岩岩，而君是越，斯亦难矣。长路悠悠，而君是践；冰霜惨烈，而君是履。身非形影，何得动而辄俱？体非比目，何得同而不离？于是咏萱草之喻，以消两家之思，割今者之恨，以待将来之欢。④

① 熊礼汇：《先唐散文艺术论》，学苑出版社1999年版，第394页。
② 谭家健《六朝家书研究》（谭家健：《六朝文章新论》，北京燕山出版社2002年版，第393页）一文，论及南北朝时王肃之妻谢氏《赠王肃书》一文。谢氏，史书不载，《洛阳伽蓝记》卷三：正觉寺，尚书令王肃所立也。……肃在江南之日，聘谢氏女为妻。及至京师，复尚公主。其后谢氏入道为尼，亦来奔讲。见肃尚主，谢作五言诗以赠之。其诗曰："本为箔上蚕，今作机上丝。得路逐胜去，颇忆缠绵时。"公主代肃答谢云："针是贯线物，目中恒任丝。得帛缝新去，何能衲故时。"肃甚有愧谢之色，遂造正觉寺以憩之。观谢氏诗，语虽质朴，颇能以物寓意，实有作书之能力，然而未曾提及《赠王肃书》。此书信也不见于类书或总集，直至清人所编《历代名媛尺牍》载之，文献之可靠性值得怀疑。当是后人据《洛阳伽蓝记》中所载之事代笔而成，非谢氏原文。谭先生据而论之，似为不妥。
③ 严可均辑：《全上古三代秦汉三国六朝文》，中华书局1958年版，第834页。
④ 严可均辑：《全上古三代秦汉三国六朝文》，中华书局1958年版，第990—991页。

为书一则劝慰秦嘉，一则倾诉己怀，路途遥远，犹如己伴。骈偶为句，回环复沓，大量用典，含蓄深致，凸显出绵长的牵念与不舍，可谓至情可感。《重报妻书》和《又报秦嘉书》中互相赠予生活物品，絮絮叨叨，似有不尽的话语，用日常生活中的物品显示自己对于对方的关爱，为语虽矜持，情爱却深挚。郑逸梅说："徐淑者，为秦嘉妇，读其报嘉书，辄深关雎淑女草虫君子之思，可以笃人伦，匪若后世之谈香奁矜丽体者伦也。书才一通，而达情深思深之无穷。"① 正是点出了徐淑、秦嘉书信与后世"香奁三绝"的区别。这种内容的书信在东汉中期以前是不敢想象的，也只有到士人自我意识觉醒和对于日常生活更加留意以后才能出现。

汉代还有一篇非常有趣的书信，冯衍的《与妇弟任武达书》，虽然与书的对象是其内弟，但是内容多涉及夫妻间日常生活琐事，故在此一并论述。张溥《冯曲阳集题辞》中说："幅巾归诚，偃蹇朝邑……穷困无徒，空文自老……陆机谓之曰怨，江淹名之以恨，其知心乎！建武八事，其书不传。自陈哀悃，不蒙见答，上惭鲍子，下愧田生，志命兴汉之臣，而一生蹭后夫之罚，是真雨而裘，堂而襄矣。显宗欲用其身，而毁者日至，肃宗重其文，而其人已死。冯氏多贤，遇者稀少，新丰地脉，又安在哉！"② 体察入微，概括精当。

冯衍素有大志，本传载其自叹曰："衍少事名贤，经历显位，怀金垂紫，揭节奉使，不求苟得，常有陵云之志。三公之贵，千金之富，不得其愿，不概于怀。贫而不衰，贱而不恨，年虽疲曳，犹庶几名贤之风。修道德于幽冥之路，以终身名，为后世法。"③ 就因为当年归降慢了半拍，便一生偃蹇，又怎能不悲不怨呢？

《与妇弟任武达书》大致可以分为三部分：文章开始，冯衍先是悲叹自己命运的不济，可谓自伤之思；紧接着冯衍历数悍妻的"罪行"，甚至连用四个"不去此妇"，足见其内心的悲愤；最后是联系

---

① 郑逸梅：《尺牍丛话》，上海古籍出版社 1985 年版，第 101 页。

② 张溥撰，殷孟伦注：《汉魏六朝百三家集题辞注》，人民文学出版社 1960 年版，第 29—30 页。

③ 范晔：《后汉书》，中华书局 1965 年版，第 1003 页。

自己一生的遭遇，终有归隐之思。

如果说《显志赋》上承《离骚》之"忠怨之情"，那么《与妇弟任武达书》则是延续了冯衍前期的纵横捭阖的文风。在外，冯衍是偃塞于朝邑，本想"率妻子耕耘兮，委厥美而不伐"①，然而遇人不淑，娶妻不贤，悍妇之行，鸡犬不宁，实在让人忍无可忍。《与妇弟任武达书》共有129句，有116句为四字句，语意急迫，如疾风骤雨，狂飙而下。如不是文中"唯一婢，武达所见"②提醒，使人几乎忘却这是在给自己的内弟写信，完全是内心积怨的迸发，是一种悲苦的内心独白，是一纸向悍妻宣战的檄文。文末冯衍提及："衍以世家纷然之故，捐弃衣冠，侧身山野，绝交游之路，杜仕宦之门，阖门不出，心专耕耘，以求衣食，何敢有功名之路哉"③，让人琢磨。可以想见"其扬眉抵几，呼天饮酒"，外不能济天下之苍生，内不能享天伦之乐，内心之悲苦，只有空自白发。张溥说："彼惟不得志于时，故发愤于中冓。"④ 今人熊礼汇认为"冯衍把政治上的失意、暮年生活的潦倒和其妻的悍妒联系在一起，故言妇之恶，如同讨伐"⑤，可谓穿越千年的知音。赵树功认为，这是写作家庭纠纷的作品中"最好也是最早的一篇"⑥。

## 第五节　建安文学的先声
### ——孔融书信

《文心雕龙·风骨》篇说："故魏文称文以气为主，气之清浊有体，不可力强而致。故其论孔融，则云体气高妙……公干亦云孔氏卓卓，信含异气；笔墨之性，殆不可胜。"而欲理解孔融之"体气"

---

① 范晔：《后汉书》，中华书局1965年版，第990页。
② 范晔：《后汉书》，中华书局1965年版，第1003页。
③ 范晔：《后汉书》，中华书局1965年版，第1004页。
④ 张溥撰，殷孟伦注：《汉魏六朝百三家集题辞注》，人民文学出版社1960年版，第29页。
⑤ 熊礼汇：《先唐散文艺术论》，学苑出版社1999年版，第385页。
⑥ 赵树功：《中国尺牍文学史》，河北教育出版社1999年版，第103页。

"异气"，当从其性情和所处的时代环境说起。

## 一　孔融的性情

孔融，字文举，鲁国人，孔子二十世孙，幼有异才。先看《后汉书》《孔融家传》中的两个小故事。《后汉书·孔融传》记载："融幼有异才。年十岁，随父诣京师。时河南尹李膺以简重自居，不妄接士宾客，敕外自非当世名人及与通家，皆不得白。融欲观其人，故造膺门。语门者曰：'我是李君通家子弟。'门者言之。膺请融，问曰：'高明祖父尝与仆有恩旧乎？'融曰：'然。先君孔子与君先人李老君同德比义，而相师友，则融与君累世通家。'众坐莫不叹息。太中大夫陈炜后至，坐中以告炜。炜曰：'夫人小而聪了，大未必奇。'融应声曰：'观君所言，将不早惠乎？'膺大笑曰：'高明必为伟器。'"[①]《孔融家传》曰："兄弟七人，融第六，幼有自然之性。年四岁时，每与诸兄共食梨，融辄引小者。大人问其故，答曰：'我小儿，法当取小者。'由是宗族奇之。"[②] 则孔融早慧，毫无畏惧，年少时就能以异于常人的视角分析问题，此乃天赋，非人力所能强求；孔融持论惊人，亦能助其获盛名，这是东汉末年清议人物品藻的习气。由此而论，孔融的散文能独辟蹊径与命运的无出路，皆已露其端倪矣。

孔融性情刚直，"融负其高气，志在靖难"[③]，"辟司徒杨赐府。时隐核官僚之贪浊者，将加贬黜，融多举中官亲族。尚书畏迫内宠，召掾属诘责之。融陈对罪恶，言无阿挠。河南尹何进当迁为大将军，杨赐遣融奉谒贺进，不时通，融即夺谒还府，投劾而去"[④]。"京兆人脂习元升，与融相善，每戒融刚直。"李贤等注引《魏略》曰："曹操为司空，威德日盛，融故以旧意书疏倨傲，习常责融令改节，融不从之。"[⑤] 敢于直言，勇于抗争，除其性情的因素外，这种底气更来

---

① 范晔：《后汉书》，中华书局 1965 年版，第 2261 页。
② 范晔：《后汉书》，中华书局 1965 年版，第 2261 页。
③ 范晔：《后汉书》，中华书局 1965 年版，第 2264 页。
④ 范晔：《后汉书》，中华书局 1965 年版，第 2262 页。
⑤ 范晔：《后汉书》，中华书局 1965 年版，第 2279 页。

自其在文士中享有很高的声誉，地位颇高，这一方面因为他才思敏捷，持论惊人，声名自高；另一方面也因为他奖掖士人，拥护者颇多，"性宽容少忌，好士，喜诱益后进。及退闲职，宾客日盈其门。常叹曰：'坐上客恒满，尊中酒不空，吾无忧矣。'与蔡邕素善，邕卒后，有虎贲士貌类于邕，融每酒酣，引与同坐，曰：'虽无老成人，且有典刑。'融闻人之善，若出诸己，言有可采，必演而成之，面告其短，而退称所长，荐达贤士，多所奖进，知而未言，以为己过，故海内英俊皆信服之"①，被贬东海，"到郡，收合士民，起兵讲武，驰檄飞翰，引谋州郡。贼张饶等群辈二十万众从冀州还，融逆击，为饶所败，乃收散兵保朱虚县。稍复鸠集吏民为黄巾所误者男女四万余人，更置城邑，立学校，表显儒术，荐举贤良郑玄、彭璆、邴原等。郡人甄子然、临孝存知名早卒，融恨不及之，乃命配食县社。其余虽一介之善，莫不加礼焉。郡人无后及四方游士有死亡者，皆为棺具而殓葬之"②。孔融也因此而名重天下，下文排比几则史料可明确地说明此点。《后汉书·孔融传》："融逼急，乃遣东莱太史慈求救于平原相刘备。备惊曰：'孔北海乃复知天下有刘备邪？'"③ "河南官属耻之，私遣剑客欲追杀融。客有言于进曰：'孔文举有重名，将军若造怨此人，则四方之士引领而去矣。不如因而礼之，可以示广于天下。'进然之，既拜而辟融，举高第，为侍御史。"④《后汉书》注引《融家传》曰："客言于进曰：'孔文举于时英雄特杰，譬诸物类，犹众星之有北辰，百谷之有黍稷，天下莫不属目也。'"⑤

孔融的早慧、持论惊人以及性情的刚直和喜欢奖掖、品评士人，都对其后来的作品有着直接的影响。

## 二 时风与士风的影响

考察孔融的书信成就，除了个人性情与禀赋，他所处时代风气的

---

① 范晔：《后汉书》，中华书局 1965 年版，第 2277 页。
② 范晔：《后汉书》，中华书局 1965 年版，第 2263 页。
③ 范晔：《后汉书》，中华书局 1965 年版，第 2263 页。
④ 范晔：《后汉书》，中华书局 1965 年版，第 2262—2263 页。
⑤ 范晔：《后汉书》，中华书局 1965 年版，第 2263 页。

影响也至关重要。对孔融影响最大的，一是王朝没落与儒士的历史使命感互相碰撞时产生的现实焦灼，二是汉末道家思想回归所带来的现实批判精神的具体反映，以及处士横议时代风气的影响。这些因素的交融作用，在孔融的禀赋中发酵，最终成就了其历史地位。不能忽略的是，后世对孔融的历史评说，可谓毁誉参半，究其原因，乃是其没落的名士情怀与新文学风气的开拓者、先锋者身份交织于一身的结果。

汉末士风，"逮桓灵之间，主荒政缪，国命委于阉寺，士子羞与为伍，故匹夫抗愤，处士横议，遂乃激扬名声，互相题拂，品核公卿，裁量执政，婞直之风，于斯行矣"①，此人所习知。汉末名士因党锢之祸而分化，有如李固、朱穆、范滂、李膺者，与外戚宦官进行殊死抗争，为维护汉王朝一统政权虽死无悔；有如郭泰、许劭、赵壹者，于汉家政权持绝望态度，隐而不仕，议论政事，品评人物，博取高名。观孔融一生事迹，实集两者特性于一身。

孔融受李膺赏识，与李膺政见相同，乃是坚定的汉王朝政权的维护者，这就能够解释为何孔融对曹操的态度前后矛盾了。曹操是汉末军阀中有匡扶天下之志者，使士人能于混战中见到一丝希望，故孔融与王粲等人一样，对曹操充满赞誉之情，孔融在《与王朗书》中说："曹公辅政，思贤并立。"《与曹公书论盛孝章》又言："惟公匡复汉室，宗社将绝，又能正之。"② 只不过前提是曹公是汉之辅臣，而当曹操透露出取而代之的意图时，"既见操雄诈渐著，数不能堪，故发辞偏宕，多致乖忤"③，孔融便毫不留情地进行了辛辣嘲讽。孔融书信中的一些无厘头嘲讽，也只有在这一历史背景下，才能解释得通。后世史家，颇有能见出此点者，《三国志·崔琰传》曰："太祖性忌，有所不堪者，鲁国孔融、南阳许攸、娄圭，皆以恃旧不虔见诛。"④ 范晔在《后汉书·孔融传论》中给予了高度的评价："若夫文举之高

---

① 范晔:《后汉书》，中华书局 1965 年版，第 2185 页。
② 严可均辑:《全上古三代秦汉三国六朝文》，中华书局 1958 年版，第 921、922 页。
③ 范晔:《后汉书》，中华书局 1965 年版，第 2272 页。
④ 陈寿:《三国志》，中华书局 1959 年版，第 370 页。

志直情，其足以动义概而忏雄心。故使移鼎之迹，事隔于人存；代终之规，启机于身后也。夫严气正性，覆折而已。岂有员园委屈，可以每其生哉！懔懔焉，皓皓焉，其与琨玉秋霜比质可也。"① 然而就历史发展趋势而言，孔融的做法可能是不合时宜的，这正是张璠《汉纪》所说的："是时天下草创，曹、袁之权未分，融所建明，不识时务。又天性气爽，颇推平生之意，狎侮太祖。"②

孔融的批判精神，与汉末士人章奏或子书中的批评精神或内容有太多相似之处，可谓一脉相承。曹操在罗织孔融的罪名时，其中之一就是："父之于子，当有何亲？论其本意，实为情欲发耳。子之于母，亦复奚为？譬如寄物瓶中，出则离矣。"③ 这一狂狷之论，实际上来源于王充的《论衡·物势》篇"夫天地合气，人偶自生也；犹夫妇合气，子则自生也。夫妇合气，非当时欲得生子，情欲动而合，合而子生矣。且夫妇不故生子，以知天地不故生人也"④。但两者有很大的不同，王充所说的"夫妇不故生子"，目的是证明"天地故生人"的"虚妄"，而孔融则把"夫妇不故生子"当作直接的现实经验加以使用，以破除世俗中"孝"的价值观。由此可见，孔融不做理论上的深入探讨，其批判皆针对现实有的放矢；再者，孔融的批判着重于揭示虚伪现象背后的实质。此种倾向使孔融的批判不能在更高层次上有所探讨，也就导致了曹丕所说的"不能持论，理不胜辞"⑤；而当曹操"僭形已彰，文举既不能诛之，又不敢远之，并立衰朝，戏谑笑傲，激其忌怒"⑥，事事作对，时时评判，发其本质，使曹操终于忍无可忍，"操疑其所论建渐广，益惮之。然以融名重天下，外

---

① 范晔：《后汉书》，中华书局 1965 年版，第 2280 页。

② 陈寿：《三国志》，中华书局 1959 年版，第 372 页。

③ 范晔：《后汉书》，中华书局 1965 年版，第 2278 页。

④ 王充撰，黄晖校释：《论衡校释》，中华书局 1990 年版，第 144 页。孔融颇得蔡邕赏识，得与相善，蔡邕曾得王充《论衡》，秘之，谈论水平大幅提高，则孔融于蔡邕处得观或得闻《论衡》之言论，其可能性非常大。

⑤ 严可均辑：《全上古三代秦汉三国六朝文》，中华书局 1958 年版，第 1097 页。

⑥ 张溥撰，殷孟伦注：《汉魏六朝百三家集题辞注》，人民文学出版社 1960 年版，第 57—58 页。

相容忍，而潜忌正议，虑鲠大业。山阳郗虑承望风旨，以微法奏免融官"①，终因"傲诞以速诛"(《文心雕龙·程器》)。

### 三　孔融书信的风格特征

李充《翰林论》有云:"或问曰:何如斯可谓之文?答曰:孔文举之书，陆士衡之议，斯可谓成文矣。"② 可见，孔融的书信在晋人眼中是极具文采的，而刘勰在《文心雕龙·书记》篇中言"文举属章，半简必录"，将孔融看作尺牍之偏才。那么孔融的书信有着怎样的风格特征? 其贡献又有哪些呢?

在探讨孔融书信的风格特征之前，先来看孔融书信的内容包含哪些。大体而言，孔融书信的内容可以分为两类:一类是品评和举荐士人的，以收入《文选》的《与曹公书论盛孝章》等为代表;一类是对于曹操行为和举措嘲讽的，以《难曹公表制酒禁书》《又书》《报曹公书》等为代表。两种内容的书信所表现出的风格特征既有连贯性，又有较为明显的差别。所谓风格特征连贯者，是指孔融散文讲求以气运词、文辞典丽。所谓明显差别者，乃指孔融荐举和品评士人时，务求穷尽胸中感想，多用夸张、譬喻之词，不乏"辞气温雅，可玩而诵"之作;而当批判曹操时，则多以实证法，敷衍古人古事以成其论。

曹丕《典论·论文》中说:"孔融体气高妙，有过人者，然不能持论，理不胜词，以至乎杂以嘲戏，及其所善，扬、班俦也。"《文心雕龙·章表》篇说:"至如文举之《荐祢衡》，气扬采飞。"《文心雕龙·才略》篇说:"刘向之奏议，旨切而调缓;赵壹之辞赋，意繁而体疏;孔融气盛于为笔。"《文心雕龙·论说》篇指出:"孔融《孝廉》，但谈嘲戏。"张溥说:"东汉词章拘密，独少府诗文，豪气直上，孟子所谓浩然，非邪?"③ 关于"杂以嘲戏"，徐公持曾有所解

① 范晔:《后汉书》，中华书局1965年版，第2272页。
② 严可均辑:《全上古三代秦汉三国六朝文》，中华书局1958年版，第1767页。
③ 张溥撰，殷孟伦注:《汉魏六朝百三家集题辞注》，人民文学出版社1960年版，第57—58页。

释："从文学角度说，'杂以嘲戏'亦为一体，可以增强论说文兴味，避免刻板枯燥"①。"杂以嘲戏"所带来的是文学性的提高。综观诸家所论，关注点皆集中于以气运词、文辞典丽，或称气扬采飞方面，颇能见出孔融散文的艺术风貌。

刘师培论"建安文学，革易前型"时，总结出四点变化②，若再行概括则可见发展大势有二，一是曹操所代表的由通脱渐趋清峻，二是以曹丕兄弟为代表的由通脱渐趋华靡。曹氏兄弟所代表的文学发展趋向，前驱则是孔融，具体表现就是以气运词、文辞典丽。

孔融的以气运词，具体表现为无论是叙事还是论理，皆务必发抒胸中所想。前述笔者已经提到，孔融"天性乐善，甄临配食，虎贲同坐，死不相负"③，奖掖士人，毫不吝啬辞藻，且多用夸张、譬喻之词。孔融曾推荐王修为孝廉，王修辞让邴原，孔融盛赞邴原，并两次致书王修，"掾清身洁己，历试诸难，谋而鲜过，惠训不倦。余嘉乃勋，应乃懿德，用升尔于王庭，其可辞乎！"④（《重答王修》）而对于邴原，则赞曰："原之贤也，吾已知之矣。昔高阳氏有才子八人，尧不能用，舜实举之。原可谓不患无位之士。以遗后贤，不亦可乎！"（《答王修教》）以上古贤臣比况邴原，评价甚高，而希望邴原能举有道，为国效力，"王室多难，西迁镐京。圣朝劳谦，畴咨俊乂，我徂求定，策命恳恻，国之将陨，蒌不恤纬，家之将亡，缇萦跋涉，彼匹妇也，犹执此义。实望根矩，仁为己任，授手援溺，振民于难。乃或晏晏居息，莫我肯顾，谓之君子，固如此乎！根矩，根矩，

---

① 徐公持：《魏晋文学史》，人民文学出版社 1999 年版，第 132 页。

② "建安文学，革易前型，迁蜕之由，可得而说：两汉之世，户习七经，虽及子家，必缘经术；魏武治国，颇杂刑名，文体因之，渐趋清峻，一也。建武以还，士民秉礼。迨及建安，渐尚通倪，倪则侈陈哀乐，通则渐藻玄思，二也。献帝之初，诸方棋峙，乘时之士，颇慕纵横，骋词之风，肇端于此，三也。又汉之灵帝，颇好俳辞，下习其风，益尚华靡，虽迄魏初，其风未革，四也。"（刘师培：《中国中古文学史讲义》，上海古籍出版社 2000 年版，第 7 页）

③ 张溥撰，殷孟伦注：《汉魏六朝百三家集题辞注》，人民文学出版社 1960 年版，第 57 页。

④ 俞绍初辑校：《建安七子集》，中华书局 2005 年版，第 16 页（注：下文所引孔融诗文皆出于此书，只随文注出篇名，不再详注）。

可以来矣!"(《喻邴原书》)惜贤求贤之心,可谓恳切。对于他人的优点,孔融不独直接赞美,更是广用譬喻,如谓王朗"知櫂舟浮海,息驾广陵,不意黄熊突出羽渊也"(《与王朗书》);谓虞翻"今睹吾子之治《易》,乃知东南之美者,非但会稽之竹箭焉"(《答虞仲翔书》);谓韦端父子"不意双珠近出老蚌,甚珍贵之"(《与韦休甫书》);论边让"为九州衣被则不足,为单衣襜褕则有余"(《与曹公书荐边让》),在赞美的同时也强化了书信的文采。

最能体现孔融渴慕之情的是《与曹公论盛孝章书》。《三国志》裴注引《会稽典录》曰:"宪字孝章,器量雅伟,举孝廉,补尚书郎,稍迁吴郡太守,以疾去官。孙策平定吴、会,诛其英豪,素有高名,策深忌之。初,宪与少府孔融善。融忧其不免祸,乃与曹公书⋯⋯由是,征为骑都尉。制命未至,果为权所害。"①通过史书中这一背景的介绍,可以看出孔融书信中"其人困于孙氏,妻孥湮没,单子独立,孤危愁苦。若使忧能伤人,此子不得复永年矣⋯⋯身不免于幽执,命不期于旦夕",诚非虚言。而在孔融看来,盛孝章"实丈夫之雄也,天下谭士依以扬声","有天下大名,九牧之民所共称叹",此种盛赞可谓极尽夸张之能事。如此贤才处于困境,爱才之孔融岂能不急?因而"一幅爱士爱交热肠,笔墨外神韵拂拂"②。

在这种急迫的形势下,孔融为了说服曹操,"前半以交情论,则当至孝章以宏友道,后半以国事论,则当尊孝章以招众贤,深情远韵,逸宕绝伦"③。无论是"宏友道"还是"招众贤",孔融都广引故事以增强说服力,在丰富的正反对比之中,自然能使人认识到招纳盛宪的重要性;而曹操为此的付出只有"驰一介之使,加咫尺之书,则孝章可致"。如此,不费吹灰之力,既能弘扬友道,又能得到贤才,还能获得科渴慕贤才的美誉,可谓百益而无一害,若论孔融"不善持论",信乎?

如果说孔融在对士人的品评和给朋友的书信中,还有"辞气温

---

① 陈寿:《三国志》,中华书局 1959 年版,第 1214—1215 页。
② 于光华辑:《重订文选集评》(下),国家图书馆出版社 2012 年版,第 63 页。
③ 于光华辑:《重订文选集评》(下),国家图书馆出版社 2012 年版,第 63 页。

雅，可玩而诵"的风格，那么当觉察到曹操的不臣之心时，孔融给曹操的书信则完全是另外一种面貌了。

钱锺书《管锥编》云："融两《书》皆词辩巧利，庄出以谐……《论文》评孔融'不能持论，理不胜词，以至乎杂以嘲戏'，岂亦比乃翁一洒辩难不胜之耻乎？融好持非常可怪之论，见于难曹操禁酒两书、为曹丕纳袁熙妻《与曹公书》、《全后汉文》卷九四路粹《枉状奏孔融》、《全三国文》卷二魏武帝《宣示孔融罪状令》、《全晋文》卷四九傅玄《傅子》诸篇者，颇言之成理，'嘲戏'乃其持论之方，略类《史记·滑稽列传》所载微词谲谏耳。"① 钱先生所说"融好持非常可怪之论"，不假；"嘲戏"乃其持论之方，更是卓见。

孔融对曹操是有过真诚赞赏的，而当"融知绍、操终图汉室，不欲与同"②，态度便完全转变了。对于曹操的做法和政令，孔融往往借古人古事以嘲讽今人今事，有时候是转着弯骂人，如《嘲曹公为子纳甄氏书》："武王伐纣，以妲己赐周公。"史载曹操不明何意，向孔融问明，孔融答曰："以今度之，想当然耳。"③《嘲曹公讨乌桓书》"昔肃慎氏不贡楛矢，丁零盗苏武牛羊，可并案也"④，也是如此，让人在看明白典故背后的含义时，方能觉察出深曲的嘲讽。有时候又是公然作对，曹操禁酒，他排比了大量的典故，运用整齐的语言，将酒的功德一一陈述，使人不得不思之，嘲讽也就显得直白。虽然没有精深的理论推演，但是例证的繁复，加上语言讲求整齐，一种无法阻挡的雄迈之气也就产生了。

## 四 孔融书信的历史贡献

孔融是没落王朝的维护者，其所坚守的旧事物已经不符合历史发展的潮流，这也就注定了他的悲剧命运。而且孔融自身也有着致命的缺点，无法力挽狂澜。《三国志·崔琰传》注引司马彪《九州春秋》

① 钱锺书：《管锥编》，生活·读书·新知三联书店 2007 年版，第 1627—1628 页。
② 范晔：《后汉书》，中华书局 1965 年版，第 2264 页。
③ 范晔：《后汉书》，中华书局 1965 年版，第 2271 页。
④ 范晔：《后汉书》，中华书局 1965 年版，第 2272 页。

曰："融在北海，自以智能优赡，溢才命世，当时豪杰皆不能及。亦自许大志，且欲举军曜甲，与群贤要功，自于海岱结殖根本，不肯碌碌如平居郡守，事方伯、赴期会而已。然其所任用，好奇取异，皆轻剽之才。至于稽古之士，谬为恭敬，礼之虽备，不与论国事也。"①《资治通鉴》卷六十二亦用此史料，司马彪所记当属实，那么孔融的好激赏提携士人，好奇取异，徒博高名，而不能真正地得士、用士，与曹操之"唯才是举"相差甚远矣。吉川幸次郎的观点，最能说明孔融与曹操的异同："过剩的论理，以及作为它的堕落形态的过剩的机智，和它们在人际关系方面的表现——散布在具有同样的论理与机智的人们之间的过剩的放浪的友情，构成了后汉末文人的性格特征。他们的最后一个代表，便是孔融。而从后汉末这种风气中，曹操只是巧妙地、注重效果地继承了它促使人的精神趋向自由的一面，割舍了它过剩的部分。"②

再者，前述张溥所说面对曹操的僭越之举，"文举既不能诛之，又不敢远之，并立衰朝，戏谑笑傲，激其忌怒"，这种批判在谲诈的实干家眼中是多么的苍白无力。孔融最终对此应该是有了较为清醒认识，《临终诗》中说："言多令事败，器漏苦不密。河溃蚁孔端，山坏由猿穴。涓涓江汉流，天窗通冥室。谗邪害公正，浮云翳白日。靡辞无忠诚，华繁竟不实。人有两三心，安能合为一。三人成市虎，浸渍解胶漆。生存多所虑，长寝万事毕。"

然而孔融的悲剧毕竟不能以后世人的观点和处境去评判，无论怎样，他都是一位不屈的名士。在汉末大乱中，其对汉王朝的忠贞，不屈的批判精神，都成为后世士人的楷模，尤其是孔融嬉笑怒骂皆成文章的批判精神，在正始嵇康那里就找到了相同的因素。

孔融不屈批判精神的背后，是对儒家温柔敦厚的突破，任性通脱、无所顾忌、我行我素，这是对自我主体精神的重视和彰显，表现在文章中就是对"气"的崇尚。对"气"的崇尚，实际上就是对个

---

① 陈寿：《三国志》，中华书局 1959 年版，第 371 页。

② ［日］吉川幸次郎：《中国诗史》，章培恒译，复旦大学出版社 2001 年版，第 124 页。

体情感的重视，情感的抒发成为文章的主导，情之所至，辞亦随之，形成了文章的雄迈气势。曹丕、曹植和建安诸子与孔融一样，皆为逞才任性之辈，《世说新语·伤逝》篇记载："王仲宣好驴鸣。既葬，文帝临其丧，顾语同游曰：'王好驴鸣，可各作一声以送之。'赴客皆一作驴鸣。"①曹植是"任性而行，不自雕励，饮酒不节"②，杨修、祢衡、王粲、刘桢、繁钦、吴质等建安诸子皆是通脱之辈，可谓心意相通，那么孔融文章的以气为尚，也就为建安文士树立了榜样。建安文士对于孔融的逞才任性也有着较高的评价，如曹丕说"体气高妙，有过人者"，刘桢说"孔氏卓卓，信含异气，笔墨之性，殆不可胜"（《文心雕龙·风骨》）。以气为尚，以个体情感的表现谓为主导，这是社会发展的必然，孔融用他的笔触为建安文士开拓出了一个个体情感世界，社会生活，人生场景都会引发情感的变化，用文字来表述这些情感变化，文学题材也就拓宽了。建安书信中对人生短暂的苦闷、壮志难酬的苦闷的抒发以及对昔日美好场景的描绘等，都是在展现个体的感悟和思考，使书信越发鲜活和动人起来。这一方面，孔融开了风气之先。

---

① 刘义庆撰，余嘉锡笺疏：《世说新语笺疏》，中华书局 2007 年版，第 748 页。
② 陈寿：《三国志》，中华书局 1959 年版，第 557 页。

# 第四章　三国：书信的因革与创新

　　余英时曾言："最近十余年来，不少西方哲学家、社会学家和史学家都特别注意到古代文明发展过程中有一种'突破'的现象；有人称之为'哲学的突破'，也有人称之为'超越的突破'。……所谓'突破'是指某一民族在文化发展到一定的阶段时对自身在宇宙中的位置与历史上的处境发生了一种系统性、超越性和批判性的反省；通过反省，思想的形态确立了，旧传统也改变了，整个文化终于进入了一个崭新的更高的境地。"[1] 余英时曾在《综述中国思想史上的四次突破》中认为第二次突破发生在汉末，一直延续到魏晋南北朝，即3—6世纪。借用余英时这一观点来审视魏晋南北朝书信，能明显觉察到与汉代书信的巨大差异，这种突破首先表现在建安书信和正始书信中。

　　三国文学，其起讫包括建安时期在内，共有七十年（196—265年），且以曹魏文学为主，又以太和六年曹植去世为界，被划分为建安和正始两个阶段。在本章论述的过程中，笔者遵从学界的这一做法，将三国书信分为建安与正始两个阶段，并涉及数量多、特点显著的诸葛亮书信。

　　建安与正始，是书信发展史上极为重要的两个阶段。"建安时代在中国文学史上乃一极关重要之时代，因纯文学独立价值之觉醒在此

---

[1]　余英时：《士与中国文化》，上海人民出版社2003年版，第82—83页。

时期也。"① 建安文学承续汉代文学，又在重个性、重抒情、求华美上着力突破，罗宗强先生说："抒情之倾向，成了建安文学最引人注目之特征，也成了建安文学的灵魂。正是它标志着文学思想的巨大转变。而此一转变……实有关乎中国文学发展之前途。"② 这一评价是切中肯綮的。就书信创作而言，建安书信开启了不同于两汉书信的新倾向，书信作品中个人情感之浓烈，内容之丰富和辞采之华美，这都是建安之前的书信创作所没有的。建安书信为魏晋南北朝书信的发展开拓了一片新的天地。

正始时期，玄风大畅，士人的人生理想、生活志趣、审美趣味以及生活方式都因玄学而发生变化。罗宗强先生说："建安时期是一个抒情的时代，而正始则是一个充满哲思的时期。""建安士人，往往悲歌慷慨，于悲歌慷慨中得到感情的满足；而正始士人，则于玄思冥想中领悟人生。"③ 此说既宏观又精当。反映到书信创作上，是对阔大人生境界和理想主体人格的追寻和建立。

黄侃《诗品讲疏》论建安五言诗时曾说："故其称物则不尚雕镂，叙胸情则唯求诚恳，而又缘以雅词，振其美响，斯所以兼笼前美，作范后来者也。"④"兼笼前美，作范后来"，移以评价建安、正始时书信之地位，应是切当而又符合历史事实的。

## 第一节　建安书信的历史贡献

王琳先生指出："一种文体的巨大变革，非少数作家的努力便可完成，它需要一定的艺术积淀，需要新的社会条件及强有力的领袖人物的倡导，需要文学观念审美趣味的改变及众多作家的集体投入，方可完成。"⑤ 建安书信之所以能开辟一片新天地，就是因为具备了王

---

① 钱穆：《中国学术思想史论丛》（卷三），安徽教育出版社 2004 年版，第 90 页。
② 罗宗强：《魏晋南北朝文学思想史》，中华书局 2006 年版，第 19 页。
③ 罗宗强：《魏晋南北朝文学思想史》，中华书局 2006 年版，第 33 页。
④ 曹旭选编：《中日韩〈诗品〉论文选评》，上海古籍出版社 2003 年版，第 95 页。
⑤ 王琳：《六朝辞赋史》，世界图书出版公司 2014 年版，第 28 页。

琳先生所说的上述几个因素。若仅就数量而言，现存整个三国时期的书信总量不到 400 篇，建安时期书信数量近 150 篇，是三国书信总量的三分之一还要多，书信创作众多者不在少数，如曹操 18 篇、曹丕29 篇、曹植 7 篇、吴质 5 篇等。建安书信不仅数量多，而且文学成就高，《文选》"笺""书"类 13 篇，占到整个汉魏六朝书信的三分之一强。那么，建安书信有着怎样的历史贡献呢？

刘勰《文心雕龙·时序》篇论建安文学曰："自献帝播迁，文学蓬转，建安之末，区宇方辑。魏武以相王之尊，雅爱诗章；文帝以副君之重，妙善辞赋；陈思以公子之豪，下笔琳琅；并体貌英逸，故俊才云蒸。仲宣委质于汉南，孔璋归命于河北，伟长从宦于青土，公干徇质于海隅，德琏综其斐然之思，元瑜展其翩翩之乐，文蔚休伯之俦，于叔德祖之侣，傲雅觞豆之前，雍容衽席之上，洒笔以成酣歌，和墨以藉谈笑，观其时文，雅好慷慨，良由世积乱离，风衰俗怨，并志深而笔长，故梗概而多气也。"于此可见建安文学之兴盛，建安的诗赋，因其成就突出，也多为学界所重。建安时代对于文学史的贡献，乃是"于绮藻丰缛之中，运简质清刚之气，盖将结两汉散体文之局，开六朝骈体文之先者也，谓之辞胜可也"①。

刘师培在《中国中古文学史讲义》中指出："魏文与汉不同者，盖有四焉：书檄之文，骋词以张势，一也；论说之文，渐事校练名理，二也；奏疏之文，质直而屏华，三也；诗赋之文，益事华靡，多慷慨之音，四也。"② 曹魏书信与汉代书信不同之处，刘师培以为乃"骋词以张势"也。然而刘氏所论只是举其大端，两者的不同之处，绝非骋词张势所能完全涵盖。

若论建安书信之历史贡献，有三点不可不说。一是刘师培所说之"骋词以张势"，此乃语言求丽辞之进步也；二是以书信谈心，写心中之独特感受，此乃文章重个性、重抒情之表现也；三是不独日常生活情境成为书信题材，谈文论艺亦成为不可或缺之题材，此乃书信

---

① 陈康麟：《古今文派述略》，王水照主编：《历代文话》（第九册），复旦大学出版社2007 年版，第 8159 页。

② 刘师培：《中国中古文学史讲义》，上海古籍出版社 2000 年版，第 32 页。

内容拓展之需要也。兹请就此详细申述。

《晋书·傅玄传》：“近者魏武好法术，而天下贵刑名；魏文慕通远，而天下贱守节。其后纲维不摄，而虚无放诞之论盈于朝野，使天下无复清议，而亡秦之病复发于今。”① 傅玄以名教中人之身份，论曹氏父子对天下纲纪之破坏，并从侧面道出一个事实，纵横之论在汉末魏初再一次兴起，俨然战国策士之风，则刘师培所说之“骋词以张势”，实由此而产生。其中之缘由，当从社会政治和思想环境中找寻。

就政治环境而言，汉末大乱，主微政衰，军阀割据，豪族并起，此乃读史者人所共知之事实。仅就建安初年而言，幽州有公孙瓒、公孙度，凉州有李傕、韩遂，冀州有袁绍，淮南有袁术，益州有刘璋，荆州有刘表，徐州有吕布，兖州有曹操，江东有孙策，其中以袁绍、曹操势力最为强大，曹操在《让县自明本志令》所说“设使国家无有孤，不知当几人称帝，几人称王”②，虽不免自我吹嘘之词，但的确是当时社会状况的真实写照。在群雄混战中，曹操、刘备、孙权三家终成三国鼎立之势。政局的变迁对士人的前途产生直接的影响，不独主择臣，臣亦择主的思想再次产生，用则留，不用则走，虽不如战国时期普遍和明显，但仍是士人选择是否效忠的原则。曹操“设天网以该之，顿八弦以掩之”，网罗天下英才，如王粲不被刘表重用而归于曹操，陈琳则效忠于袁绍，“袁氏败，琳归太祖。太祖谓曰：‘卿昔为本初移书，但可罪状孤而已，恶恶止其身，何乃上及父祖邪？’琳谢罪，太祖爱其才而不咎”③，成为一段佳话。曹植《与杨德祖书》：“当此之时，人人自谓握灵蛇之珠，家家自谓抱荆山之玉。”④虽是评说建安七子，然而用以评论汉末士人亦未尝不可。士人以才能被重用，因文章而晋谒，骋词之风自然兴起。

在社会思想方面，学界对此关注和研究颇为充分，于此不做详细论述，仅取结论以用。《后汉书》中的这条史料被频繁提及，“逮桓

---

① 房玄龄等：《晋书》，中华书局 1974 年版，第 1317—1318 页。
② 严可均辑：《全上古三代秦汉三国六朝文》，中华书局 1958 年版，第 1063 页。
③ 陈寿：《三国志》，中华书局 1959 年版，第 600 页。
④ 曹植撰，赵幼文校注：《曹植集校注》，人民文学出版社 1998 年版，第 153 页。

灵之间，主荒政缪，国命委于阉寺，士子羞与为伍，故匹夫抗愤，处士横议，遂乃激扬名声，互相题拂，品核公卿，裁量执政，婞直之风，于斯行矣"①。魏文帝《典论》中也有类似的评论："桓灵之际，阉寺专命于上，布衣横议于下；干禄者殚货以奉贵，要名者倾身以事势；位成乎私门，名定乎横巷。由是户异议，人殊论；论无常检，事无定价；长爱恶，兴朋党。"②罗宗强先生说："不仅桓、灵之际，直到建安，亦复如此。""总之，在玄学建立之前，思想领域儒术一尊的局面完全打破了，没有统一的价值观念，没有统一的是非标准，思想一统的局面已成了过去的历史。思想学术都进入了一个非常活跃，而又变动不居，多元并存而又互相渗透的时期。"③

　　思想的变迁带来的是审美情趣的变化，无论是"人的觉醒"还是"文的自觉"，所带来的都是文章由专注于外部的社会生活，转向对于自身情感的体察和描写，而情感的复杂和抽象，也为文学创作开拓出更为广阔的题材和写作的空间。这也就是钱穆所说的文人之文："文人之文之特征，在其无意于施用。其至者，则仅以个人自我作中心，以日常生活为题材，抒写性灵，歌唱情感，不复以世用撄怀。"④在诗歌方面，则表现为"五言腾踊"；在散文方面，则以书信的成就尤其引人关注。钱穆说："窃谓当时新文佳构，尤秀出者，当推魏文陈思之书札。此等尤属眼前景色，口边谈吐，极平常，极真率，书札本非文，彼等亦若无意于为文，而遂成其为千古之至文焉。至是而文章与生活与心情，三者融浃合一，更不见隔阂所在。盖文章之新颖，首要在于题材之择取，而书札有文无题，无题乃无拘束，可以称心欲言也。古人书札，亦有上乘绝顶之作，如乐毅之报燕惠王，司马子长之报任少卿，皆是也。然皆有事乃发，虽无题而有事。建安书牍，乃多并事无之，仅是有意为文耳。无事而仅为文，所以成其为文人之文。文人

---

① 范晔：《后汉书》，中华书局1965年版，第2185页。
② 严可均辑：《全上古三代秦汉三国六朝文》，中华书局1958年版，第1094页。
③ 罗宗强：《玄学与魏晋士人心态》，天津教育出版社2005年版，第28页。
④ 钱穆：《中国学术思想史论丛》（卷三），安徽教育出版社2004年版，第93页。

之文而臻于极境，乃所以成其为一种纯文艺作品也。"① 钱穆所论诚为不易之论，钱穆所关注者，实际上是以书信谈心，写心中之独特感受，这是文章重个人情感的表现。这种表达在建安时期成为集中出现的风尚，是建安之前所没有的。也正是重视个体情感，激起士人情感变化的日常生活、节候变化、山水景物才能成为文章中的写作题材，我们也才能在士人的交流中看到这类题材所引发的士人情感之间的变化。生活、情感、文章的有机融合，是建安书信为文学史提供的创作经验。

在析理方面，建安书信在骈词中所论者乃军国大政，无论艺术上有何变化，这种内容仍是延续前代而来，这是继承；若论创新，建安时期书信在论理方面将关注点放到了谈文论艺上。当然，这方面的内容在前代也出现过，只不过零星呈现，未形成一种趋势。建安书信中的谈文论艺表现为截然不同的文学思想，表现为对于士人成就和风格的笼统评价。谈文论艺中的内容，一方面是文学的独立地位还没有充分确立，另一方面是汉末以来人物品藻兴盛，简洁概括式的评价乃当时的一种风气。

## 第二节　三曹与建安诸子之书信

### 一　曹操与诸葛亮

无论从政治还是文学的角度论述，曹操都是一个特异的存在。若要准确评价曹操的文学成就，则必须紧密结合政治而言。

曹操所面对的政治出身和政治环境都是相当严苛的，纷乱严酷的局势，形成了他一切本诸实用的精神品格。这位"乱世之奸雄"运用诡诈手段，"挟天子以令诸侯"，"奉王命征讨不庭"，揽大权于掌心，该贤才于麾下，统一北方，奠定了曹魏政权的基业。

曹操的成功，可注意者有二，一是本人的雄才大略，二是策略的实用。魏武之雄才大略，可就当时人之评价见出，桥玄曾言："天下

---

① 钱穆：《中国学术思想史论丛》（卷三），安徽教育出版社 2004 年版，第 99 页。

将乱，非命世之才不能济也。能安之者，其在君乎!"① 许劭评曰：
"治世之能臣，乱世之奸雄。"② 所谓策略的实用，是指曹操往往根据
现实的需要，博采众家之长，儒、墨、刑名、法家学说，皆综而用
之。如《以高柔为理曹掾令》说："夫治定之化，以礼为首；拨乱之
政，以刑为先。"③《论吏士行能令》："治平尚德行，有事赏功能。"
对不同局势中的应对策略有着清醒的把握。更为明显地体现在人才
的任用策略上，《求贤令》中说："自古受命及中兴之君，曷尝不得
贤人君子与之共治天下者乎! ……今天下尚未定，此特求贤之急时
也。……若必廉士而后可用，则齐桓其何以霸世! 今天下得无有被褐
怀玉而钓于渭滨者? 又得无有盗嫂受金而未遇无知者乎? 二三子其佐
我明扬仄陋，唯才是举，吾得而用之。"《敕有司取士毋废偏短令》：
"夫有行之士，未必能进取，进取之士，未必能有行也。……由此言
之，士有偏短，庸可废乎!"《举贤勿拘品行令》："今天下得无有至
德之人放在民间，及果勇不顾，临敌力战；若文俗之吏，高才异质，
或堪为将守；负污辱之名，见笑之行，或不仁不孝而有治国用兵之
术：其各举所知，勿有所遗。"求贤诸令，其历史意义前述已明。不
偏执于德行，唯才是举的策略以及渴慕贤才的急切心理，乃魏武成功
之基石也。

魏武的雄才大略和策略的实用，于文学而言，实际上造成了深远
的影响。鲁迅先生称曹操是"改造文章的祖师"，实开一代文章风
气。至于对人才的重视，则表现为招揽大批文士，终成邺下文学盛
况。建安时期书信能够取得巨大的成就，可以说与曹操的努力有着非
常紧密的关系。

在论述和评价曹操书信之前，有两个词语——通脱与清峻——要
率先厘清。

---

① 陈寿：《三国志》，中华书局1959年版，第2页。《三国志》注引《魏书》曰："太
尉桥玄，世名知人，睹太祖而异之，曰：'吾见下名士多矣，未有若君者也! 君善自持。吾
老矣! 愿以妻子为托。'"语虽不同，而桥玄高度评价曹操的才能，当实有之。

② 陈寿：《三国志》，中华书局1959年版，第3页。

③ 中华书局编辑部：《曹操集》，中华书局2012年版，第44页（注：本节所引曹操诗
文，皆出于此书，只随文注出篇名）。

鲁迅《魏晋风度及文章与药及酒之关系》说："董卓之后，曹操专权。在他的统治之下，第一个特色便是尚刑名……影响到文章方面，成了清峻的风格。就是文章要简约严明的意思。此外还有一个特点，就是尚通脱。他为什么要尚通脱呢？自然也与当时的风气有莫大的关系。因为在党锢之祸以前，凡党中人都自命清流，不过讲'清'讲得太过，便成固执，所以在汉末，清流的举动有时便非常可笑了。……个人这样闹闹脾气还不要紧，若治国平天下也这样闹起执拗的脾气来，那还成甚么话？所以深知此弊的曹操要起来反对这种习气，力倡通脱。通脱即随便之意。此种提倡影响到文坛，便产生大量想说甚么便说甚么的文章。……总括起来，我们可以说汉末魏初的文章是清峻，通脱。在曹操本身，也是一个改造文章的祖师，可惜他的文章传的很少。他胆子很大，文章从通脱得力不少，做文章时又没有顾忌，想写的便写出来。"[①]

鲁迅先生的观点本刘师培而来："建安文学，革易前型，迁蜕之由，可得而说：两汉之世，户习七经，虽及子家，必缘经术；魏武治国，颇杂刑名，文体因之，渐趋清峻，一也。建武以还，士民秉礼，迨及建安，渐尚通侻，侻则侈陈哀乐，通则渐藻玄思，二也。"[②]

通侻，《淮南子·本经训》曰："其言略而循理，其行侻而顺情。"高诱注曰："侻，简易也。"[③]《三国志·王粲传》曰："表以粲貌寝而体弱通侻，不甚重也。"裴松之注曰："通侻者，简易也。"[④]那么，通侻所指的乃是性情坦率和易、不拘小节。这也就是鲁迅先生所说"通脱即随便之意。此种提倡影响到文坛，便产生大量想说甚么便说甚么的文章"（按：通脱，即通侻，脱与侻通）。需要注意的是，"想说甚么便说甚么"，实际上是一种真性情的抒发，并不仅仅是语层面上的简洁、质朴。另外，刘师培与鲁迅先生观点的不同之处在于，刘师培指向整个建安文风，鲁迅先生则重在论述曹操

① 鲁迅：《而已集》，人民文学出版社 2005 年版，第 524—525 页。
② 刘师培：《中国中古文学史讲义》，上海古籍出版社 2000 年版，第 7 页。
③ 刘向撰，刘文典集解：《淮南鸿烈集解》，中华书局 1989 年版，第 244 页。
④ 陈寿：《三国志》，中华书局 1959 年版，第 598 页。

的文风。①

清峻一词，内涵极为复杂，且具有明显的阶段性。《说文》曰：
"清，朖也。澂水之皃。"段注曰："朖者，明也。""引申之凡洁曰
清。"②"清"本意为水之洁净，与浊相对。"清"在先秦时已被赋予
伦理学的意义，用于人物的品鉴，"猗嗟名兮，美目清兮"（《诗经·
齐风·猗嗟》），汉末时清浊被用于人物品鉴即渊源于此。魏晋时期，
"清"之内涵完成了由伦理学意义向审美范畴的转变，"对比'清'
在魏晋时的各种不同使用，我们知道它大体有四方面的含义。一是指
为人为官品行端方，奉公守法，如'清正'、'清公'、'清廉'等。
二是指为人超尘拔俗，不同凡流，如'清傲'、'清真'、'清退'等。
三是指人的风神气韵之美好，如'清令'、'清雅'、'清畅'、'清
俊'等。四是指艺术的清真天然之美，如'清工'、'清新'、'清
约'、'风清骨俊'、'清典可味'等"③。

"峻"，《说文》云："峻，高也。"又可释为严苛、严厉、严峻，
如《史记·淮南衡山列传》："政苛刑峻，天下熬然若焦。"④ 于此，
结合魏武颇杂刑名论之，则清峻乃是简洁质朴而直指现实之意。王达
津《建安文学的特色》一文中曾说，清峻是"建安文学的最大特
点"，清是"文章内容之清"，峻是"以严峻的态度对待现实"⑤，其

---

① 徐公持说："傅玄原文用'通达'，且所指为'魏文'，所说本为政风；刘师培改作
'通侻'，又移指建安，所说已是文风；鲁迅又改作'通脱'，更移指曹操。……刘师培所
论，则与史实略有出入，所谓'侻则侈陈哀乐，通则渐藻玄思'，又云"献帝之初，诸方棋
峙，乘时之士，颇慕纵横，骋词之风，肇端于此'；'汉之灵帝，颇好俳词，下习其风，益尚
华靡；虽迄魏初，其风未革'云云，皆与建安时期文学'以情纬文，以文被质'（沈约语），
文质相辅，'彬彬之盛，大备于时'（钟嵘语）的基本面貌有所不合。视建安文风为'华
靡'，亦与前引刘勰'魏初表章，指事造实，求其靡丽，则未足美也'等判断相悖。可知，
刘师培'通侻'之说，并不完全可靠。鲁迅以'通脱'说曹操之文，并释作'想写甚么就
写甚么'，就此点而言，无疑确切得多。这是鲁迅见解高于刘师培处。"（徐公持：《魏晋文
学史》，人民文学出版社1999年版，第45页）然而如果通侻所指的乃是性情坦率和易、不
拘小节，并非仅指语言上的尚实、质朴，则刘师培所论与刘勰、钟嵘之说并无扞格也。

② 许慎撰，段玉裁注：《说文解字注》，上海古籍出版社1981年版，第550页。

③ 靳青万、赵国乾：《"清"与魏晋审美精神》，《海南大学学报》（社会科学版）1997
年第1期。

④ 司马迁：《史记》，中华书局1959年版，第3090页。

⑤ 王达津：《古典文学研究丛稿》，巴蜀书社1987年版，第31页。

说颇能见曹操清峻之特色。

除此之外，清峻还有更为丰富的审美内涵。徐公持说："'清峻'一语，揆其原义，盖清洁明朗而高大高峻之谓也。刘师培'清峻'之说，亦非自撰，当取自刘勰'风清骨峻'（《文心雕龙·风骨》）语，刘勰之论，实指'风骨'问题上一种造诣和境界，故云：'若能确乎正式，使文明以健，则风清骨峻，篇体光华。'"徐先生接着论述说："由此可知，刘师培取此语以概括曹操文章风格，不甚切合。而鲁迅袭用刘氏所用语，又诠释为'简约严明'，亦失其旨。"① 则未考虑到实际上"清峻"原非仅此一意，刘氏与鲁迅所指之内涵，实与徐先生不同，非是两先贤有误，此点需要读者明晰。

总之，通脱乃是率性而为，随意写出；清峻则是简洁质朴，直指现实。通脱和清峻也可验诸曹操的文学思想。《文心雕龙·章表》篇："曹公称为表不必三让，又勿得浮华。所以魏初表章，指事造实，求其靡丽，则未足美矣。"《文心雕龙·诏策》篇："魏武称作敕戒当指事而语，勿得依违，晓治要矣。"《文心雕龙·章句》篇："寻兮字承句，乃语助馀声……而魏武弗好，岂不以无益文义耶？"《文心雕龙·事类》篇："故魏武称张子之文为拙，然学问肤浅，所见不博，专拾掇崔杜小文，所作不可悉难，难便不知所出。"由刘勰所引魏武之论，可见其一贯主张指事造实，指事而语，切忌浮华、无益于文，甚至对东汉时惯用之征引前人文句故实的做法也一并否定。曹操的文学主张与其崇尚通脱、清峻的风格是一致的。这两种风格特征体现在曹操的文学作品中，尤以书信最为明显。

曹操的书信，流传下来的有 18 篇②，《与王修书》《与太尉杨彪

---

① 徐公持：《魏晋文学史》，人民文学出版社 1999 年版，第 44 页。
② 汤用彤说："刘宋陆澄《法论目录》，载有魏武帝致孔文举书。而陆序有曰：'魏祖答孔，是知英人开尊道之情。'（《祐录》十二）《弘明集后序》亦云：'魏武英鉴，书述妙化。'曹孟德原书已佚，详情与真伪均不可考。……按文帝、陈思王均摈斥方士，自不能明言其父笃好方术。陈思王谓其父并未全信，明帝敕书谓其父以老子为贤人，不毁其屋，皆为尊亲讳也。实则敕书中既引及汉帝遣宦官祠老子，次言及武帝。则孟德或奉行桓帝故事。以汉代方术浮屠之关系，则魏武帝书中称述佛教，或亦有其事也。"（汤用彤：《汉魏两晋南北朝佛教史》，北京大学出版社 2011 年版，第 73—74 页）许理和认为："这封信没有收在像（转下页

书》当是完篇，其余皆是残篇。曹书多见载于陈寿《三国志》和裴注，少部分被类书《北堂书钞》《艺文类聚》《太平御览》征引。与书对象多为同朝僚属，亦有政敌如孙权、诸葛亮等人。从曹书多由史书保存和与书对象来看，亦反映出曹书多涉及政治内容，其中以盛赞对方的功绩和追念贤才的失去为主，如《与荀彧书》《报荀彧》《下荆州书》《与钟繇书》《与王修书》《与荀彧书追伤郭嘉》。除此之外，曹书可注意者是书信中所体现出曹操丰富复杂的人物性格，与《度关山》等诗歌一致，曹操在《答袁绍》一书中表现出极强烈的社会责任感和匡扶天下的决心；《报刘廙》《戒子植》中所表现出的是曹操极强的政治自负；为达目的不惜使用谲诈手段，如《与太尉杨彪书》，将斩杨彪之子杨修，却又惮于杨氏豪门之势力，赠物以安抚，实则是变相地通告和强力压制；面对惨败，仍自负地强自辩解，如《与孙权书》："赤壁之役，值有疾病。孤烧船自退，横使周瑜虚获此名。"

与东汉散文遣词造句力求工整不同，曹操不特着意于文章用语，只是率性而为，随意写出，唯以达意为目的。要言不烦，极少征引，简洁明快，畅所欲言，是曹操书信的语言特色。在这种不尚修饰的语言背后，是曹操对真性情不加掩饰地真实呈现，如《与荀彧书追伤郭嘉》：

> 郭奉孝年不满四十，相与周旋十一年，险阻艰难，皆共罹之。又以其通达，见世事无所疑滞，欲以后事属之。何意卒尔失之，悲痛伤心！今表增其子满千户，然何益亡者！追念之感深。且奉孝乃知孤者也，天下人相知者少，又以此痛惜，奈何奈何！
> 追惜奉孝，不能去心。其人见时事兵事，过绝于人；又人多

---

（接上页）《弘明集》一类的佛教文献中，而且它从来没有在佛教论战文字中被引用过……曹操的信很可能被贬为伪作或者弄错了作者。"（许理和：《佛教征服中国》，江苏人民出版社 2017 年版，第 67 页）曹操这封书信或实曾有过，陈寅恪先生在《魏志司马芝传跋》一文中推知"释迦之教颇流行于曹魏宫掖妇女间"，佛教在当时民间也颇为流行，则魏武称述佛教，不当是无稽之谈，然而无直接的文献作为依据，此信之真假有无也只能出于臆测了。

畏病，南方有疫，常言吾往南方，则不生还。然与共论讨，云当先定荆，此为不但见计之忠厚，必欲立功分，弃命定事。人心乃尔，何得使人忘之！

两封书信皆无华丽语言，却娓娓道出心中悲伤，这完全是作者肺腑之言和真挚情感的流露，是无关于外部社会的，只是作者本人情感的写照，完全是个人的。书信能够表达真性情，反映人物的喜怒哀乐，这无疑是历史的巨大进步。从书信的内容上看，曹操仍然没有改变汉代以来以政治为主要内容的局面，然而从书写个人性情的角度而言，曹操的书信已经与汉代书信截然不同了。重性情的抒发，这是曹操书信的文学史贡献，也与魏晋时期文学发展的方向和趋势是一致的。因为关注性情的抒发，书信的内容也就由社会生活转向内心世界，无论是社会还是自然，所引发的情感的波动也就可以进入书信，书信的内容也就极大地拓开了。因而，鲁迅先生说曹操是"改造文章的祖师"，诚不诬也。

曹操的书信虽与其子以及建安诸子的书信风格迥异，却并不孤单，近者有风格十分类似的蜀汉丞相诸葛亮，远则有东晋王羲之父子、陶渊明等人。①

曹操与诸葛亮之相类，钱基博尝有论曰："（《出师表》）绝去雕饰，沛然如肝肺中流出；而风神高远，自然朗隽；盱衡当世，足以配之者，唯魏武帝一人而已。魏武帝文出掇拾，完篇者少；然就余所睹，质悫明白，若与其生平不类；开心沥胆，蔑权奇之气，饶肫诚之气；意密而体殊，气俊而辞质。……其他教令，皆经事综物，文彩不艳，而过于丁宁周至，无不与诸葛亮气象相类。魏武帝学申商之法术，该韩白之奇策，官方授材，各因其器；而诸葛亮亦为后主写《申》、《韩》、《管子》、《六韬》一通，整理戎旅，科教严明，循名

---

① 钱志熙说："与陶渊明很接近，可以说都是不重在修辞而重在达意抒情；从审美的趣味上看，曹操在魏晋诗人中，是属于自然派的。"［钱志熙：《中国诗歌通史》（魏晋南北朝卷），人民文学出版社2012年版，第91页］

责实,刑政虽峻,而无怨者;尊闻行知,亦无不同。"① 钱氏所论,曹操与诸葛亮所同者有二,一是奉行之思想相同,循名责实,经世致用,二是风格相类,皆不崇尚文辞华美,直道心中所想。钱氏所论,实则有所本矣。

陈寿《上诸葛氏集目录表》中说:"论者或怪亮文彩不艳,而过于丁宁周至。……亮所与言,尽众人凡士,故其文指不得及远也。然其声教遗言,皆经事综物,公诚之心,形于文墨,足以知其人之意理,而有补于当世。"②《诸葛亮传论》则曰:"诸葛亮之为相国也,抚百姓,示仪轨,约官职,从权制,开诚心,布公道……游辞巧饰者虽轻必戮……庶事精练,物理其本,循名责实,虚伪不齿;终于邦域之内,咸畏而爱之,刑政虽峻而无怨者,以其有心平而劝戒明也。可谓识治之良才,管、萧之亚匹矣。"③《晋书》中记载李密的评价曰:"(张华)问:'孔明言教何碎?'密曰:'昔舜、禹、皋陶相与语,故得简雅;大诰与凡人言,宜碎。孔明与言者无己敌,言教是以碎耳。'华善之。"④

王夫之《读通鉴论》中道破一事实:"先主之初微矣,虽有英雄之姿,而无袁、曹之权藉,屡挫屡奔,而客处于荆州,望不隆而士之归之也寡。及其分荆据益,曹氏之势已盛,曹操又能用人而尽其才,人争归之,蜀所得收罗以为己用者,江、湘、巴、蜀之士耳。楚之士轻,蜀之士躁,虽若费祎、蒋琬之誉动当时,而能如钟繇、杜畿、崔琰、陈群、高柔、贾逵、陈矫者,亡有也。军不治而唯公治之,民不理而唯公理之,政不平而唯公平之,财不足而唯公足之;任李严而严乱其纪,任马谡而谡败其功;公不得已,而察察于纤微,以为吁谟大猷之累,岂得已乎?"⑤ 王夫之所论孔明事必躬亲,因其所面临的境况与曹操相比,实有不得已的苦衷。孔明为世人敬仰者,乃其鞠躬尽

---

① 钱基博:《中国文学史》,华中师范大学出版社 2011 年版,第 118—120 页。
② 陈寿:《三国志》,中华书局 1959 年版,第 931 页。
③ 陈寿:《三国志》,中华书局 1959 年版,第 934 页。
④ 房玄龄等:《晋书》,中华书局 1974 年版,第 2276 页。
⑤ 王夫之:《读通鉴论》,中华书局 1975 年版,第 307 页。

瘁死而后已之情义。白帝托孤的重任，孔明未曾有一刻忘记，《答李严书》曰：

> 吾与足下相知久矣，可不复相解！足下方诲以光国，戒之以勿拘之道，是以未得默已。吾本东方下士，误用于先帝，位极人臣，禄赐百亿。今讨贼未效，知已未答，而方宠齐、晋，坐自贵大，非其义也。若灭魏斩睿，帝还故居，与诸子并升，虽十命可受，况于九邪？①

所言简洁明了，皆肺腑语，而其背后所隐藏的是孔明无比沉重的责任感、紧迫感和焦灼感。此种滋味，唯有道于老友，也唯有老友能理解。

孔明的书信，缺乏孟德书信的率真和豪情，却透着一种机智，如《与关羽书》，三言两语之间化解一场不必要的矛盾干戈。孔明最值得称道的是诫子书。张溥论曰："戒子书曰：'静以成学，学以广材'，周孔之教也。晋世有写其词遍勖诸子者，其理学始基乎。"②

《诫外生书》曰："夫志当存高远，慕先贤，绝情欲，弃疑滞，使庶几之志，揭然有所存，恻然有所感；忍屈伸，去细碎，广咨问，除嫌吝，虽有淹留，何损于美趣，何患于不济，若志不强毅，意不慷慨，徒碌碌滞于俗，默默束于情，永窜伏于凡庸，不免于下流矣。"

《诫子书》曰："夫君子之行，静以修身，俭以养德，非澹泊无以明志，非宁静无以致远。夫学须静也，才须学也，非学无以广才，非志无以成学。淫慢则不能励精，险躁则不能治性。年与时驰，意与岁去，遂成枯落，多不接世，悲守穷庐，将复何及？"

又曰："夫酒之设，合礼致情，适体归性，礼终而退，此和之至也。主意未殚，宾有余倦，可以致醉，无致迷乱。"

---

① 段熙仲、闻旭初编校：《诸葛亮集》，中华书局2012年版，第20页（本节所引诸葛亮书信皆出于此书，只随文注出篇名，不再详注）。

② 张溥撰，殷孟伦注：《汉魏六朝百三家集题辞注》，人民文学出版社1960年版，第61页。

《诫外生书》，与书的对象，或为蒯祺与长姐之子，或为庞山民与二姐之子庞涣，今已不可考。《戒子书》乃是给儿子诸葛瞻的，孔明曾在《与兄瑾言子瞻书》中不无担忧地说："瞻今已八岁，聪慧可爱，嫌其早成，恐不为重器耳。"《又书》则是给过继嫡子诸葛乔的。三者皆是对后进子弟的教育。

孔明诫子书与马援、郑玄诫子书有所不同，书中没有出现前贤或时贤作为榜样，也没有用自身的经历现身说法，全书皆以劝导为主，从正反两方面分别立论，所用句式整齐，或三言、四言、五言、六言、七言，参差交错，往往以对句出之，读之朗朗上口。孔明或许有一种期盼，希望后进子弟能够将诫子书的内容背诵，并时时用作现实中的指导。至少我们能够看到，如"非澹泊无以明志，非宁静无以致远""非学无以广才，非志无以成学"等名句，已经成为不少家训的主导，甚至成为校训或座右铭，被广泛地使用。

## 二　曹丕兄弟与邺下文人集团

建安时期，在书信发展历程中的贡献最大者，莫过于以曹丕为首的邺下文人集团。所涉及的文人包括曹丕、曹植、建安七子、杨修、繁钦、吴质等。邺下宴游，因日常会面极容易，无须书信来往，因而所成者多诗赋之文，鲜有书信之作。将邺下文人集团拈出，是因为邺下回忆，已成为诸子心中萦绕之胜景，对建安书信的内容和成就影响极大。刘永济《十四朝文学要略》指出："邺下诸子，陪游东阁，从容文酒，酬答往复，辄吟咏相高。"[1] 所论乃五言诗兴盛之缘由，却也点出书信兴盛实邺下盛会之流衍。宴游盛会，高朋满座，竞才骋词，觥筹间情谊自厚，实已成众人怀想之由，建安书信中多次提及邺下欢愉，即为明证。一旦分离，其情谊必借助于书信以延续，而语词岂可轻视，必接"吟咏相高"之余绪，于书信中再展才能。于是，建安之书信，既有分离相隔的苦楚，又有竞才骋词的努力，则变革前代，必矣。

---

① 刘永济：《十四朝文学要略》，中华书局 2007 年版，第 156 页。

再者，诸子邺下前后的书信创作，内容和风格有着较大的转变，因此笔者拟以邺下文人集团为关节点，对建安时期书信的总体成就进行一番论述。

邺下文人集团的形成，可以说完全出自政治目的，是曹操重视人才招揽的结果，曹植《与杨德祖书》曾言："然今世作者，可略而言也。昔仲宣独步于汉南，孔璋鹰扬于河朔，伟长擅名于青土，公干振藻于海隅，德琏连发迹于大魏，足下高视于上京。当此之时，人人自谓握灵蛇之珠，家家自谓抱荆山之玉。吾王于是设天网以该之，顿八纮以掩之，今悉集兹国矣。"① 子建之书不独透露出曹操的招揽之功，也道出了七子邺下宴游之前业已成名的事实。

邺下文人集团以建安七子为代表，包括孔融、阮瑀、陈琳、王粲、徐幹、应玚、刘桢。七子之称始于曹丕《典论·论文》："今之文人，鲁国孔融文举，广陵陈琳孔璋，山阳王粲仲宣，北海徐干伟长，陈留阮瑀元瑜，汝南应玚德琏，东平刘桢公干：斯七子者，于学无所遗，于辞无所假，咸以自骋骥騄于千里，仰齐足而并驰，以此相服，亦良难矣。"七子之中，只徐幹未有书信留存，余者书信对建安文学的影响也不尽相同。

七子中，以孔融"结两汉之局，而开魏晋之派"，"有以先之也"的独特地位，已在前文章节中论述，此不赘。而建安前期书信风格，以王粲、陈琳、阮瑀等人为代表，阮瑀《为曹公作书与孙权》、陈琳《为曹洪与魏太子书》、王粲《为刘荆州谏袁谭书》《为刘荆州谏袁尚书》是代表作品，其中阮瑀、陈琳的作品被选入《文选》。四篇书信皆为代书，乃文士寄居幕僚劳务之作，体现出刘师培所说魏文与汉文不同的一个方面，"书檄之文，骈词以张势"。曹丕阮瑀"书记翩翩"，阮瑀、陈琳"今之隽也"，皆是由于书信文中表现出的骈词张势、文辞华美的文章风格。

《三国志·王粲传》云："太祖并以琳、瑀为司空军谋祭酒，管记室。军国书檄，多琳、瑀所作也。"裴松之注引《典略》又云：

_____

① 曹植撰，赵幼文校注：《曹植集校注》，人民文学出版社1998年版，第153页。

"太祖尝使瑀作书与韩遂。时太祖适近出，瑀随从，因于马上俱草，书成呈之。太祖览笔欲有所定，而竟不能少增损。"① 不仅二人满足了曹操在公务上的需要，而且在作品的文学性方面，曹操也挑不出任何毛病。曹丕《典论·论文》有云："琳、瑀之章表书记，今之隽也。"把二人的书信作为当时书信的最杰出代表。

《文心雕龙·神思》篇论创作时，举出了自西汉至曹魏的六位构思神速的作家，阮瑀为其中之一，"阮瑀据案而制书"。刘勰对阮瑀创作的总体印象是：他最善于书信体的写作，且思维非常敏捷。

阮瑀《为曹公作书与孙权》作于建安十五年，赤壁之战后，吴蜀联盟牢固，曹操此书的用意是拆散孙刘联盟，使孙吴能够加入曹氏的阵营中。"此番致书在赤壁交兵以后，吴蜀之好方固。立言殊难入手，从婚媾旧好引入，便见虽有小忿不废懿亲，前先构争，俱可付之度外，又恐受吴讥笑，将讥笑情事，豫为抉破处处俱占地步。末期以取蜀自效，是致书本意，行文极有锋棱。"（方伯海评）② 然而"当败军之后，有倍难于措词者"，阮瑀却能"以逊词为大言"，对吴"徐怵之以祸害"，"说英雄之徒，全以情讽理喻，令人心折……于此见元瑜之工"（邵子湘评）③，阮瑀此书因是劝谕，颇费周章，"文词英拔，见重魏朝"④。书中说事论理，必辅以典故证明，典故有用偶句、排比句出之，析理绵密，加之以四言为主，杂言为辅，文章条畅任气，辞采可观。这也正是骈词张势风格的体现。

陈琳《为曹洪与魏太子书》与阮瑀书信有着相同的骈词张势的风格，然而陈琳的书信明显要比阮瑀雄健。《为曹洪与魏太子书》作于建安二十年，内容是曹洪与曹丕讨论曹军大破关中的原因，书中盛赞关中之险，"汉中地形，实有险固，四岳、三涂，皆不及也。彼有精甲数万，临高守要，一人挥戟，万夫不得进，而我军过之，若骇鲸

---

① 陈寿：《三国志》，中华书局 1959 年版，第 600—601 页。

② 于光华辑：《重订文选集评》（下），国家图书馆出版社 2012 年版，第 80—81 页。

③ 于光华辑：《重订文选集评》（下），国家图书馆出版社 2012 年版，第 80 页。

④ 张溥撰，殷孟伦注：《汉魏六朝百三家集题辞注》，人民文学出版社 1960 年版，第 81 页。

之决细网，奔兕之触鲁缟，未足以喻其易"①，用极言，善夸张，以张大气势；次言中才易守，再言无道有人皆可救，皆博引众事以证之，典故信手拈来，足见文才极富；最后辩解为文非倩人，"夫绿骥垂耳于林垧，鸿雀戢翼于汙池，褒之者固以为园囿之凡鸟，外厩之下乘也。及整兰筋，挥劲翮，挥劲融，陵厉清浮，顾盼千里，岂可谓其借翰于晨风，假足于六驳哉"！② 实乃以譬喻叙事论理。陈琳书信，"纯以骈词为主"，好极言，善夸张，援譬隐喻，旁征博引，叙事说理，文辞繁复，必极之、尽之；又好以整句中夹杂部分长句，使书信气势自出。

《魏志·王粲传》注引鱼豢《魏略·王繁阮陈路传论》曰："寻省往者，鲁连、邹阳之徒，援譬引类，以解缔结，诚彼时文辨之隽也。"③ 钱基博也说："琳、瑀书记，得苏张纵横之辩。"④ 鱼豢和钱基博所指出的，实际上是阮瑀、陈琳等人骈词张势的来源，乃是战国策士纵横捭阖的遗风。若从叙事说理角度而言，阮瑀、陈琳等人的骈词张势，只不过是运用各种表达技巧，以达到其预期的目的，客观上造成了文辞华美的事实，这是符合建安时期追求华美的文学思想的，因而受到了曹丕等人的赞赏。实际上，曹丕、繁钦等人在书信创作中也表现出对骈词张势的明显喜好。曹丕在《又与钟繇书》中描绘见到钟繇所赠之玉时说：

> 乃不忽遗，厚见周称，邺骑既到，宝玦初至，捧匣跪发，五内震骇，绳穷匣开，烂然满目。猥以蒙鄙之姿，得睹希世之宝，不烦一介之使，不损连城之价，既有秦昭章台之观，百无蔺生诡夺之诳。⑤

① 俞绍初辑校：《建安七子集》，中华书局 2005 年版，第 55 页。
② 俞绍初辑校：《建安七子集》，中华书局 2005 年版，第 56 页。
③ 陈寿：《三国志》，中华书局 1959 年版，第 604 页。
④ 钱基博：《中国文学史》，华中师范大学出版社 2011 年版，第 106 页。
⑤ 严可均辑：《全上古三代秦汉三国六朝文》，中华书局 1958 年版，第 1088 页。

以整句、用典的方式叙事,渲染内心的惊喜。馈赠物品,乃通信过程中常有之举动。馈赠以交好,往往只是品列其名,不摹其状,此种最为常见,当然也有馈物以寓意者,这在西汉时就已经出现了,较为著名者有邹长倩《遗公孙弘书》、汉末徐淑《又报秦嘉书》,皆以物寓意,前者乃出于政治意图,后者实为夫妻情感之表达与延伸,此可见书信由国家、社会逐渐关注日常感情生活、情感之发展轨迹。至于所馈赠之物品,实寓意之载体,并未受到过多的关注。曹魏时期,这种状况有所改变,随着语言表现能力的加强,物品的细致描写成为一个着力点,曹丕的《又与钟繇书》,信中以赋的手法赞美钟繇所送之玉,正是"驱辞逐貌,唯取昭晰之能"(《文心雕龙·明诗》)在书信中的应用。

繁钦《与魏文帝笺》中描绘薛访车子演唱,实际上也是骋词张势之作:

> 潜气内转,哀音外激,大不抗越,细不幽散,声悲旧笳,曲美常均。及与黄门鼓吹温胡,迭唱迭和,喉所发音,无不响应;曲折沈浮,寻变入节。自初呈试,中间二旬,胡欲憿其所不知,尚之以一曲,巧竭意匮,既已不能。而此孺子遗声抑扬,不可胜穷,优游转化,余弄未尽。暨其清激悲吟,杂以怨慕,咏北狄之遐征,奏胡马之长思,凄入肝脾,哀感顽艳。是时日在西隅,凉风拂袵,背山临溪,流泉东逝。同坐仰叹,观者俯听,莫不泫泣殒涕,悲怀慷慨。①

繁钦对于音乐应该有着较深的造诣,若非有细腻深微的鉴赏能力,很难将曲折感人的音乐进行直观的摹状;同样,繁钦也是位语言运用的高手,能将抽象无形的音乐用巧丽自然的语言描写出来,使人身临其境,难怪《典略》会以"记喉转意,率皆巧丽"②评之。曹

① 萧统:《昭明文选》,上海古籍出版社1986年版,第1821页。
② 陈寿:《三国志》,中华书局1959年版,第603页。

丕的答书（《答繁钦书》）充分显示出建安文士以文采相高的特点，
他写少女王琐的歌舞之妙曰：

> 是日戊午，祖于北园，博延众贤，遂奏名倡。曲极数弹，
> 欢情未逞，白日西逝，清风赴闱，罗帏徒祛，玄烛方微。乃令
> 从官引内世女，须臾而至，厥状甚美：素颜玄发，皓齿丹唇。
> 详而问之，云善歌舞。于是振袂徐进，扬蛾微眺，芳声清激，
> 逸足横集，众倡腾游，群宾失席。然后修容饰妆，改曲变席，
> 激清角，扬白雪，接孤声，赴危节。于是商风振条，春鹰度
> 吟，飞雾成霜。斯可谓声协钟石，气应风律，网罗韶濩，囊括
> 郑卫者也。今之妙舞，莫巧于绛树，清歌莫善于宋腾，岂能上
> 乱灵祇，下变庶物，漂悠风云，横厉无方。若斯也哉，固非车
> 子喉转长吟所能逮也。[1]

文辞华美，多形容夸张之词，描摹更加细致生动，可谓极尽骋词
张势之能事。

同样是骋词张势、文辞华美，阮瑀、陈琳的书信更多是延续纵横
策士的风气，对枚乘、邹阳的书信中过分炫耀语言技能的倾向，没有
太多的改变，他们谈论的内容依旧还是军政，只不过因为文辞赡富，
被人们喜爱。同样是骋词张势，曹丕、繁钦等人的书信中更多的不是
在炫耀语言技能，而是要用繁复的语言描绘一个事物，这个事物已经
不再只是军政内容了，更重要的是，在描绘的过程中，他们都将自己
的感受融入文字中了，如曹丕初见玉玦时的惊喜，繁钦欣赏表演时的
陶醉。他们的骋词只是为了叙事务求其尽，让人更好地接受，而不是
文辞的炫耀了。这，是一种进步。

真正引领建安书信创新、取得成就的是曹丕和曹植。《抱朴子·
疾谬》篇云："咸以劳谦为务，不以骄慢为高。汉之末世，则异于
兹。……其相见也，不复叙离阔，问安否，宾则入门而呼奴，主则望

---

① 严可均辑：《全上古三代秦汉三国六朝文》，中华书局 1958 年版，第 1088 页。

客而唤狗。其或不尔，不成亲至，而弃之不与为党。"① 葛洪指出，汉末以来私人关系发生了很大的变化，表现出"亲至"的特点。葛洪所指出的私人亲密关系，在曹氏兄弟与建安诸子的交往中表现得十分明显。曹氏兄弟没有因为自己的尊贵地位而影响到与建安诸子的平等交往。虽然有学者指出："从政治意义上讲，当日文学活动本身，实际是丕、植兄弟争夺太子之位的另一种表现，双方都在拉拢文人，组织文学活动，以扩大势力、影响。"② 但是从曹丕与曹植对诸子的思念来看，这种政治目的并非唯一的目的。

曹丕既有非凡的才能，又有王储的政治地位，无疑是邺下文人集团的绝对领袖。如果我们评判曹丕对于书信的贡献，至少有三点是必须指出：一是提高了文学的地位，书信作为一种文体得到关注（此点前文已论，不赘）；二是拓展了书信内容，书信"所以叙朋旧，忆欢娱，道契阔，念死亡……文学之于时代，时代之于心情，心情之于生活，沆瀣一气，皆于咏叹淫佚中泄发之"③；三是在书信中品评文士创作，发表对于文学问题的看法，拓展了书信的内容。曹植则是曹丕三点贡献的有力参与者和推动者。

曹丕在政治上可能是一个"矫情自饰"④ 的人，但是在文艺上他却是一个极富情感、内心十分敏感的人，如果说曹操还是一种家国抱负抒写的话，曹丕更关注的是个人情怀的表达，是社会生活的生离死别、自然景物的秋肃冬杀给他敏感内心带来的种种感触，再加上"文帝天资文藻，下笔成章，博闻强识，才艺兼该"⑤，书信在曹丕手中开始了新的一页。徐公持曾评价曹丕散文的优点，说："第一，文中披沥思绪，颇见真情，悲喜个性，跃然纸上；第二叙述敷演，事贯理畅，既富变化，又饶兴味，文字优雅，甚得记述之美。""曹丕书笺一般都以骈偶形式出之……对偶已经相当工整，在文的由散而骈

---

① 葛洪撰，杨明照校笺：《抱朴子外篇校笺》（上），中华书局1991年版，第630—632页。

② 傅刚：《魏晋南北朝诗歌史论》，吉林教育出版社1997年版，第14页。

③ 钱穆：《中国学术思想史论丛》（卷三），安徽教育出版社2004年版，第107页。

④ 陈寿：《三国志》，中华书局1959年版，第557页。

⑤ 陈寿：《三国志》，中华书局1959年版，第89页。

演变过程中，起着重要的作用。"① 曹丕散文的优点，都能在书信中找到。

曹丕是极重感情之人，昔日的宴游欢乐场景，他总是念念不忘：

> 每念昔日南皮之游，诚不可忘。既妙思六经，逍遥百氏，弹棋闲设，终以六博，高谈娱心，哀筝顺耳。驰骛北场，旅食南馆，浮甘瓜于清泉，沈朱李于寒水。白日既匿，继以朗月，同乘并载，以游后园，舆轮徐动，参从无声，清风夜起，悲笳微吟，乐往哀来，凄然伤怀。（《与吴质书》）②

昔日好友的逝去，总能让他感受到人生的无常：

> 昔年疾疫，亲故多离其灾，徐、陈、应、刘，一时俱逝，痛可言邪！昔日游处，行则连舆，止则接席，何曾须臾相失！每至觞酌流行，丝竹并奏，酒酣耳热，仰而赋诗。当此之时，忽然不自知乐也。谓百年已分，可长共相保，何图数年之间，零落略尽，言之伤心。顷撰其遗文，都为一集。观其姓名，以为鬼录，追思昔游，犹在心目，而此诸子化为粪壤，可复道哉！（《又与吴质书》）③

曹丕书信的最后一个贡献是对文士创作的品评和对文学问题的探讨，这一方面在曹植和杨修的书信中表现得也非常突出。

曹丕在《与王朗书》中说："生有七尺之形，死惟一棺之土，惟立德扬名，可以不朽；其次莫如著篇籍。"④ 《又与吴质书》中说："（伟长）著《中论》二十余篇，成一家之言，辞义典雅，足传于后，

---

① 徐公持：《魏晋文学史》，人民文学出版社 1999 年版，第 57 页。
② 严可均辑：《全上古三代秦汉三国六朝文》，中华书局 1958 年版，第 1089 页。
③ 严可均辑：《全上古三代秦汉三国六朝文》，中华书局 1958 年版，第 1089 页。
④ 严可均辑：《全上古三代秦汉三国六朝文》，中华书局 1958 年版，第 1090 页。

此子为不朽矣。"① 曹丕认为著述可以使人不朽，观点实际上与《典论·论文》中"文章者，经国之大业，不朽之盛事"具有一贯性，提高了文学的地位。曹丕对于文章地位的评定，实际上在杨修的《答临淄侯笺》中早已出现："今之赋颂，古诗之流，不更孔公，风雅无别耳。修家子云，老不晓事，强著一书，悔其少作。若此仲山、周旦之俦，为皆有怨邪！君侯忘圣贤之显迹，述鄙宗之过言，窃以为未之思也。若乃不忘经国之大美，流千载之英声，铭功景钟，书名竹帛，斯自雅量，素所畜也，岂与文章相妨害哉？"② 杨修认为文章写作时"经国之大美"，同样可以"流千载之英声，铭功景钟，书名竹帛"。虽然我们已经不能确知曹丕的观点是不是来自杨修，但至少可以知晓，在建安时期，文学被重视是一种普遍的现象。

曹丕《又与吴质书》中还说：

> 伟长独怀文抱质，恬谈寡欲，有箕山之志，可谓彬彬君子者矣。著《中论》二十余篇，成一家之言，辞义典雅，足传于后，此子为不朽矣。德琏常斐然有述作之意，其才学足以著书，美志不遂，良可痛惜。……孔璋章表殊健，微为繁富。公干有逸气，但未遒耳，其五言诗之善者，妙绝时人。元瑜书记翩翩，致足乐也。仲宣续自善于辞赋，惜其体弱，不足起其文，至于所善，古人无以远过。昔伯牙绝弦于钟期，仲尼覆醢于子路，痛知音之难遇，伤门人之莫逮。③

曹丕首先评论了建安七子的文学，指出了他们的优缺点，这是汉末以来盛行的人物品藻风尚，在《与杨德祖书》中曹植也对建安诸子有着简洁的评论。与"文气说"一致，曹丕强调个人性情与文章风格相统一，崇尚一种强健有力的文风，这自然是与建安时期身处乱世，渴望建功立业，救民于水火之中的政治理想有关。另外，曹丕还

---

① 严可均辑：《全上古三代秦汉三国六朝文》，中华书局 1958 年版，第 1089 页。
② 严可均辑：《全上古三代秦汉三国六朝文》，中华书局 1958 年版，第 758 页。
③ 严可均辑：《全上古三代秦汉三国六朝文》，中华书局 1958 年版，第 1089 页。

感慨知音难遇，实际上已经涉及了文学鉴赏的问题。曹植在《与杨德祖书》也有着类似的观点，"有南威之容，乃可以论于淑媛；有龙渊之利，乃可以议于割断。刘季绪才不能逮于作者，而好诋诃文章，掎摭利病"①，只不过他更强调文学鉴赏者应该有实际的创作能力，不能不懂装懂，信口雌黄。文学鉴赏还应该提倡风格多样，反对以己度人，若以"人人自谓握灵蛇之珠，家家自谓抱荆山之玉"，终不出文人相轻的窠臼，"世人之著述，不能无病"，文人相轻实际上也就失去了提升的机会。曹丕、曹植的文学观点无疑是具有历史进步意义的。

与曹丕将文章视为经国大业不同，曹植似乎对于文学创作抱有轻视的态度，《与杨德祖书》中说：

> 辞赋小道，固未足以揄扬大义，彰示来世也。昔杨子云先朝执戟之臣耳，犹称"壮夫不为"也。吾虽薄德，位为藩侯，犹庶几戮力上国，流惠下民，建永世之业，流金石之功，岂徒以翰墨为勋绩，辞赋为君子哉？若吾志不果，吾道不行，亦将采史官之实录，辨时俗之得失，定仁义之衷，成一家之言，虽未能藏之于名山，将以传之于同好。②

曹植有着强烈的建功立业的渴望，无论是在文学创作中，还是在实际行动中，都有明显的表达。曹植此处将辞赋与政治功业相比较，显露出对于辞赋的轻视，这与前面表现出的对于文章的喜爱和重视，是矛盾的。对此，鲁迅先生这样解释："这里有两个原因，第一，子建的文章做得好，一个人大概总是不满意自己所做而羡慕他人所为的，他的文章已经做得好，于是他便敢说文章是小道；第二，子建活动的目标在于政治方面，政治方面不甚得志，遂说文章是无用了。"③除了鲁迅先生上述的解释，我们还应该考虑到书信的特性，毕竟是两

---

① 曹植撰，赵幼文校注：《曹植集校注》，人民文学出版社1998年版，第154页。
② 曹植撰，赵幼文校注：《曹植集校注》，人民文学出版社1998年版，第154页。
③ 鲁迅：《而已集》，人民文学出版社2005年版，第526页。

个人之间的私人交谈。史书记载杨修与曹植交往颇为亲密，因而在说出的观点的时候，不会有太多的考虑和逻辑上的连贯性，更何况这是在给杨修寄自己辞赋作品时写的。不能据此认为曹植对于文学是轻视的，其文学观念是落后的。

再者，尽管说过“岂徒以翰墨为勋绩，辞赋为君子哉”（《与杨德祖书》）的话，但对于写作，他始终抱着认真、严肃的态度，并且充满了创作的激情。他的同时代人鱼豢说：“陈思王精意著作，食饮损减，得反胃病也。”[①]

曹植留下的书信，远不如其父兄数量多，且全为前期创作，这种状况的出现是因为曹植的人生轨迹发生了巨大的转折：曹丕登基，折其羽翼，限制了他的自由，前述所言“魏重诸王交通宾客之禁”，在这位落魄公子身上体现得尤为明显。试想，又有谁会自寻无趣，与之发生任何的联系呢？曹植也只有将自己的一腔凌云壮志和悲愤，转化入诗赋中了吧？

实际上，真正将建功立业作为重中之重、表露无遗的是吴质。吴质现存的书信，全部是与曹丕、曹植交往的。吴质，字季重，济阴人。“少游遨贵戚间，盖不与乡里相沈浮”[②]，在曹魏集团中却如鱼得水，有才学和政治谋略，更有强烈的仕途进取心。在与曹丕、曹植的欢宴中，吴质“鹰扬其体，凤叹虎视，谓萧曹不足俦，卫霍不足侔也。左顾右盼，谓若无人”[③]，极具雄心壮志，且自视甚高。

在与曹丕、曹植的三封回信中更是表露无遗。《答东阿王书》[④]，吴质所说自己无才无德，志在辅佐于帝侧，蹈无过之地，明哲保身，

---

① 李昉等：《太平御览》，中华书局1960年版，第1738页。

② 陈寿：《三国志》，中华书局1959年版，第609页。

③ 严可均辑：《全上古三代秦汉三国六朝文》，中华书局1958年版，第1141页。

④ 钱锺书说：“植原书有‘墨翟自不好伎，何为过朝歌而回车乎？’一节，《文选》李善注谓此节乃‘别题’，昭明‘移’入本文，以与质答书‘相应’。窃疑植得质答，遂于原书后‘别题’此节，正对质自夸之‘盛德’、‘明哲’而发。质以植‘训以政事’，故言己治朝歌之政，植因撮合质所治与质所志，发在弦之矢焉；以‘别题’补入原书，则无的放矢、预搔待痒矣。……植察见隐衷，例之墨翟，谓非‘不好’声色滋味，乃实‘好’而畏避。使植来书已发此意，而质若罔闻知，报书津津自矜矫情遏性，亦钝于应对、不知箭拄刃合者矣。”（钱锺书：《管锥编》，生活·读书·新知三联书店2007年版，第1703页）

不过是些苍白的托词。你看他"北慑肃慎"、"南振北越"、平吴灭蜀之豪情是多么的壮伟，他真正要表达的是"然一旅之众，不足以扬名，步武之间，不足以骋迹，若不改辙易御，将何以效其力哉！今处此而求大功，犹绊良骥之足，而责以千里之任；槛猿猴之势，而望其巧捷之能者也"①，朝歌不是他的用武之地。

由朝歌调任元城，在《在元城与魏太子笺》中，吴质用了严助、吾丘寿王、张敞、陈咸四人的典故，他们四人能入京城任职，而自己则由一个小城调任另外一个小城。"古今一揆，先后不贸，焉知来者之不如今？"② 怀才不遇之怨，委曲又直白。

《答魏太子笺》中吴质更是明确地表示自己不愿意做文人墨客，他所要做的就是建功立业，虽"时迈齿载，犹欲触匈奋首，展其割裂之用也"③。魏文帝曹丕代汉自立后，吴质终于平步青云了。

可以看到，吴质有着多么强烈的仕途进取心，多么渴望能够建功立业，特别是建安二十二年的大瘟疫以后，陈、徐、刘、应化为异物，使吴质更加感受到人生的短促与无常，"今质已四十二矣，白发生鬓，所虑日深，实不复若平日之时也""游宴之欢，难可再遇；盛年一过，实不可追"④，急于建功立业之心空前高涨。可以想见，吴质在给曹丕复信时心情是多么的不平与焦躁。在这短暂而无常的生命中，他多么渴望能让自己的人生变得丰富而有意义，这是对生命的发自内心的珍惜和体认。这种体认和珍惜是个人的心语，更是时代的强音。急于建功立业的心理，加上张扬的个性，行文跌宕、典故繁富、文采斐然，作品多得以入选《文选》，也就顺理成章了。

综观曹丕、曹植与建安诸子的书信交流，往往是平等状态下的开诚布公，书信将他们的友情紧密联系在了一起。在建安时期，经过建安文士的努力，汉代书信中正式的、事务性的、非个人的书信被朋友间的叙友情、谈心事等私人化的内容代替了。书信可以说进入了全新

---

① 严可均辑：《全上古三代秦汉三国六朝文》，中华书局 1958 年版，第 1222 页。
② 严可均辑：《全上古三代秦汉三国六朝文》，中华书局 1958 年版，第 1222 页。
③ 严可均辑：《全上古三代秦汉三国六朝文》，中华书局 1958 年版，第 1221 页。
④ 严可均辑：《全上古三代秦汉三国六朝文》，中华书局 1958 年版，第 1221 页。

的时代。笔者想用褚斌杰的一段话结束这一节的叙述:"在书牍文的写作上,极大地加强了艺术色彩,仿佛写信不仅是交流思想,传递信息,还要骋才华,托风采,叫读者欣赏一篇美文,于是书信也就不单纯是一种社会必需的应用文体,而成为一种文学创作,成为文学之林的一种具有独立地位的文学样式。因此,当时的书信,许多都是情文相生、趣味隽永、词藻明丽的佳制,堪称为文学史上的名篇。"①

## 第三节 正始书信概况及文化背景

太和六年即公元 232 年,曹植去世,文学史研究者将其作为建安文学与正始文学的分割线,此后的三十余年中,正始文士开始登上历史的舞台,演绎出别样的风采。《文心雕龙·时序》篇论及正始文学则曰:"至明帝纂戎,制诗度曲,征篇章之士,置崇文之观,何刘群才,迭相照耀。少主相仍,唯高贵英雅,顾盼含章,动言成论。于时正始余风,篇体轻澹,而嵇阮应缪,并驰文路矣。"与建安文学全面繁盛不同,正始文学相对寂寥,却也因阮籍、嵇康的存在而颇值得玩味。

若论书信,总的来看,正始时期的书信呈现出两个极端:一方面书信的数量极少,书信的创作者人数也不多;一方面书信成就斐然,文采壮丽,境界高远,展现出前所未有的风貌。

《世说新语·文学》篇载"袁伯彦作《名士传》成",刘孝标下有注文曰:"宏以夏侯太初、何平叔、王辅嗣为正始名士,阮嗣宗、嵇叔夜、山巨源、向子期、刘伯伦、阮仲容、王浚仲为竹林名士,裴叔则、乐彦辅、王夷甫、庾子嵩、王安期、阮千里、卫叔宝、谢幼舆为中朝名士。"② 名士乃当时社会影响至大者,中朝名士为有晋时期,暂且不论,然而正始名士和中朝名士中,能称得上文士者极少,有书信存世者更少。书信存世数量较多且成就较高者,以应璩、阮籍、嵇康为代表,其中应璩属于建安与正始书信的过渡者。可以说,正始书

---

① 褚斌杰:《中国古代文体概论》(修订版),北京大学出版社 1990 年版,第 392 页。

② 刘义庆撰,余嘉锡笺疏:《世说新语笺疏》,中华书局 2007 年版,第 322 页。

信是相对寂寥的。

正始时期，影响书信创作的因素主要是政治环境和玄学思潮，一方面是政局时势的压迫，一方面是学理自然演进的结果。

先论政局时势的压迫。历史是非常有趣的，它的简单在于历史总是在不断地以相似的面貌出现，汉魏禅代与魏晋易朝是多么的相似；它的复杂在于相似的表面下总掩藏着实质上的区别和差异，曹氏父子面对的真正意义上名存实亡的汉王朝，司马氏集团所窃夺的曹魏政权，实际上是一个根基刚稳的实际政权。这种复杂所产生的相应策略，深刻地影响着思想和文学的发展走向。

政权之衰，往往祸起萧墙，曹魏同之，值得一提的是，孙权曾有《别咨诸葛瑾》一书，其文曰：

> 近得伯言表，以为曹丕已死，毒乱之民，当望旌瓦解，而更静然。闻皆选用忠良，宽刑罚，布恩惠，薄赋省役，以悦民心，其患更深于操时，孤以为不然。操之所行，其惟杀伐小为过差，及离间人骨肉，以为酷耳。至于御将，自古少有。丕之于操，万不及也。今叡之不如丕，犹丕不如操也。其所以务崇小惠，必以其父新死，自度衰微，恐困苦之民一朝崩沮，故强屈曲以求民心，欲以自安住耳，宁是兴隆之渐邪！闻任陈长文、曹子丹辈，或文人诸生，或宗室戚臣，宁能御雄才虎将以制天下乎？夫威柄不专，则其事乖错，如昔张耳、陈馀，非不敦睦，至于秉势，自还相贼，乃事理使然也。又长文之徒，昔所以能守善者，以操笮其头，畏操威严，故竭心尽意，不敢为非耳。逮丕继业，年已长大，承操之后，以恩情加之，用能感义。今叡幼弱，随人东西，此曹等辈，必当因此弄巧行态，阿党比周，各助所附。如此之日，奸谗并起，更相陷怼，转成嫌贰。一尔已往，群下争利，主幼不御，其为败也焉得久乎？所以知其然者，自古至今，安有四五人把持刑柄，而不离刺转相蹄啮者也！强当陵弱，弱当求援，此乱亡之道也。①

---

① 陈寿：《三国志》，中华书局 1959 年版，第 1234 页。

孙权所论，虽秉一代不如一代之成见，却实能洞若观火、切中要害，阐明曹魏衰乱之由。魏明帝淫侈多欲，不能自克，又不喜与朝士交接，则必生大权旁落之弊，虽料简功能，务绝浮华谮毁之端，终使国家陷于危亡之中。如此，则魏衰之征，明帝时已发。加之"魏氏多宫闱之祸……宗姓既疏，而又外无强辅，则权臣之篡窃弥易矣"①。正始十年，即 249 年，司马懿发动"高平陵之变"，诛杀曹爽及其党羽，何晏、丁谧、邓飏、毕轨、桓范、李胜等名士皆被杀，"支党皆夷及三族，男女无少长，姑姊妹女子之适人者皆杀之，既而竟迁魏鼎云"②。司马氏开始操控整个曹魏政权。正元元年，即 254 年，司马师杀夏侯玄、李丰、张缉，并夷灭三族，"魏晋之际，天下多故，名士少有全者"（《晋书·阮籍传》)③。

甘露五年，即公元 260 年，在司马昭的指使下，成济弑杀高贵乡公曹髦，举国震惊。篡权弑君，其罪恶之程度，连其子孙也感到羞愧："明帝时，王导侍坐。帝问前世所以得天下，导乃陈帝创业之始，及文帝末高贵乡公事。明帝以面覆床曰：'若如公言，晋祚复安得长远！'"④

篡权弑君，血雨腥风，名士减半，政治环境异常残酷险恶，名士自保尚且不及，又怎会主动发声呢？嵇康被杀后，所能见到的书信越来越少，这不仅是历史流传的原因，更重要的应该是文士避祸心理下交往减少所导致的。作为交往之用的书信，此时最容易引发嫌疑，为避祸计，写作的数量自然急剧下降。不仅如此，政局的恐怖，带来的是士人对前途的迷茫甚至绝望，如阮籍《咏怀诗》（其二十）："杨朱泣歧路，墨子悲染丝。揖让长离别，飘飘难与期。岂徒燕婉情，存亡诚有之。萧索人所悲，祸衅不可辞。赵女媚中山，谦柔愈见欺。嗟嗟涂上士，何用自保持。"黄节说："杀夺之机，自上启之，

---

① 吕思勉：《秦汉史》，上海古籍出版社 2005 年版，第 383 页。
② 房玄龄等：《晋书》，中华书局 1974 年版，第 20 页。
③ 房玄龄等：《晋书》，中华书局 1974 年版，第 1360 页。
④ 房玄龄等：《晋书》，中华书局 1974 年版，第 20 页。

可叹如此，世途之人何以自保乎？"① 能够做的，也只有在精神的世界里找到一片新的天地，也就是我们要关注的玄学探讨和其对文学以及书信的影响。

再论学理的自然演进，即玄学思潮产生所带来的影响，这是极为复杂的问题，非本书所要探讨的主要问题，故仅就与正始书信相关者论述之。

汉魏间的学理演进中，烦琐的训诂章句渐次被简洁明晰的主题思辨取代，这是玄学发展中很重要的一个方面，前贤论述已详，不赘。与文学相关则表现为言辞的简洁隽永，这种倾向在正始书信中表现得还不是特别明显，晋代书信，尤其是东晋书信，玄学在言辞方面的影响体现得非常明显，留待后面再详细阐述。

汉末"人的觉醒"，引发士人由外而内认知自我的性情，重视外部世界所激发的个体情感反应。当士人处于建安时期，虽然所面对的是生命的短促和战乱的残酷，但是前途值得追寻，因而慷慨悲歌中展现出的是对生命的珍视和对建功立业的渴望。历史走到正始，则完全是另外的一幅景象，政局的严苛，名教的虚伪，使士人在现实社会层面找寻不到希望和出路，阮籍的穷途而哭实际上是敏感的士人对于现实困境的反应。然而人毕竟是要活下去的，当现实找寻不到出路时，士人所要做的就是找寻内心的通达与自由。魏晋玄学的最高主题是，"对个体人生的意义价值思考"②，"玄学的重大课题是对人格理想作本体论的建构"③。阮籍和嵇康所做的努力，就是在现实黑暗的逼迫下，在理想的世界里构建理想的人格，找寻人生的价值和意义，这种努力是以对现实的反抗为前提的。

徐公持《魏晋文学史》中述及玄学对文士的三重功能时，曾言："玄学标举'玄远'、'虚胜'，讨论诸如'圣人体无'、'言意之辨'、

---

① 陈伯君：《阮籍集校注》，中华书局2012年版，第282—284页。
② 李泽厚、刘纲纪：《中国美学史·魏晋南北朝卷》，安徽文艺出版社1999年版，第103页。
③ 李泽厚、刘纲纪：《中国美学史·魏晋南北朝卷》，安徽文艺出版社1999年版，第104页。

'才性之论'等问题，皆具抽象思辨非世俗性质，可以显示清高神韵风致；同时对部分士人而言，玄学亦可以起到逃避现实矛盾超脱现实利害作用，为全身远害一遁逃薮。此外玄学以道家思想为基干，老庄道家向有批判现实既存秩序，否定仁义、礼制等传统，此亦予一些不满现实者提供理论批判武器。"[①] 徐公持所指出的玄学对文士的影响，实际上都反映在文学创作中：因抽象思辨而文风清高玄远，因惧祸而题旨遥深，因不满现实的虚伪而文章犀利、剑拔弩张。这三点也正是正始书信的突出特征。

至于正始书信的历史贡献，大体而言可以从内容与风格两方面来探讨。就内容方面而言，正始书信不仅数量少，内容也相对较为狭窄，基本上延续了建安书信的题材而少有拓展，值得关注的是阮籍、嵇康书信中对理想人格本体的探讨，这是前无古人的创造。而从风格上言，正始书信中犀利的批判风格延续汉末名士和孔融的批判风格而来，却在态度的决绝与深度上都有着前所未有的推进，此其一；阮籍书信中所描绘的瑰丽的精神世界，以大言为遁词的玄远境界，是以往书信中不曾有过的风采，此其二。另外，值得关注的是应璩，他的书信创作短小精悍，文辞华美，骈散交错，颇具风味，开南朝书信小简创作的先河。因此，可以说应璩是建安、正始书信过渡者，而阮籍、嵇康则是正始书信的集中代表，有鉴于三人的独特地位和成就，笔者将在后文详论。

虽然正始是玄学集中发展的阶段，但是儒学思想以其强大的生命力，从未断绝其发展的脉络。伏义《与阮籍书》则是这一时期儒学散文风格的集中代表，至于王昶《诫子书》、沐并《豫作终制戒子俭葬》，则明显能够见出儒、道思想对家书的不同影响。

## 第四节　"秀绝时表"的应璩书信

《文心雕龙·书记》篇："魏之元瑜，号称翩翩；文举属章，半

---

① 徐公持：《魏晋文学史》，人民文学出版社 1999 年版，第 176 页。

简必录；休琏好事，留意词翰；抑其次也。"刘勰将阮瑀、孔融的书信与应璩书信并列，但以"抑其次也"来评价，认为应璩的书信并未达到很高的艺术水平。萧统《文选》中选取了应璩四篇书信，是所选书信作品中数量最多者，可见萧统对应璩书信的推崇。刘勰、萧统对于应璩书信都给予了必要的关注，只是在艺术成就的高低上产生了分歧。那么，研究这一时期的书信发展历程，究竟该给予应璩怎样的历史定位，这是必须要回答的问题。

应璩，《三国志·王粲传》注引《文章叙录》曰："璩字休琏，博学好属文，善为书记。文、明帝世，历官散骑常侍。齐王即位，稍迁侍中、大将军长史。曹爽秉政，多违法度，璩为诗以讽焉。其言虽颇谐合，多切时要，世共传之。复为侍中，典著作。嘉平四年卒，追赠卫尉。"① 应璩因讽喻诗和书记而闻名。《隋书·经籍志》载："梁有《应璩书林》八卷，夏赤松撰。"② 应该是夏赤松把应璩所写的大量书札编成八卷，取名《书林》，据此也可以看出应璩书信之多，存世的文章全部为书信，共计 34 篇（含残篇）。存世书信之多，成就之高（《文选》极为推崇），乃当之无愧的汉魏书信第一人。

应璩之诗，以《百一》最为世人称道。刘勰《文心雕龙·明诗》篇曰："若乃应璩百一，独立不惧，辞谲义贞，亦魏之遗直也。"钟嵘《诗品》亦称其诗："祖袭魏文，善为古语，指事殷勤，雅意深笃，得诗人激刺之旨。"③ 《文选》卷二十一应璩《百一诗》李善注引张方贤《楚国先贤传》谓："休琏作《百一诗》，讥切时事，遍以示在事者，咸皆怪愕，或以为应焚弃之，何晏独无怪也。"又李充《翰林论》谓："应休琏作五言诗百数十篇，以风规治道，盖有诗人之旨焉。"孙盛《晋阳秋》谓："璩作五言诗百三十篇，言时事颇有补益，世多传之。"④ 应璩虽讥切时事，虽也有诸多的不得意，但其人性格应不是如嵇康般峻急。史书中虽不见这方面的记载，然而通过

① 陈寿：《三国志》，中华书局 1959 年版，第 604 页。
② 魏徵等：《隋书》，中华书局 1973 年版，第 1089 页。
③ 钟嵘撰，曹旭集注：《诗品集注》，上海古籍出版社 2011 年版，第 296 页。
④ 萧统：《昭明文选》，上海古籍出版社 1986 年版，第 1015 页。

存世的书信，可以看到应璩交往的范围十分广泛，书信中的用语和语气多温婉有礼，文如其人，则应璩应是如陆云般性情可爱之人。

在具体探讨应璩书信前，笔者先罗列前贤对于应璩书信的评论。《北堂书钞》卷一百三引《应璩集序》曰："璩博学，好属文，善为书记。"① 张溥评论说："德琏集鲜书记，世所传者，止报庞公一牍耳。休琏书最多，俱秀绝时表。列诸辞令之科，陈孟公王景兴其人也。德琏善赋，篇目颇多，取方弟书，文藻不敌。诗虽此肩，亦觉百一为长，休琏火攻，良可畏也。……汝南应氏，世济文雅，德琏幸遇子桓，时可著书，忽化蒿莱，美志不遂。休琏历事二主，喉舌可舒，而世无赏音，义存优孟，嗟乎命也。"②

骆鸿凯曰："休琏长于书记，而时乖运蹇，怀才不遇，沈沦之叹，情见乎辞。《文选》所录《与曹长思书》，自伤寡助。《与君苗君胄书》，志在归田。皆可以觇其身世。至于诸书文体，整而兼俪。复好引事类，以佐敷陈。虽不免失之拘制，然周旋之态，俯仰之情，亦自成风格。当时以书记擅名，岂无故哉。"③

钱基博说应璩："为文章多所称引，义托比兴，辞必偶俪；有余于翰藻，不足于风致。魏文帝谓'应场和而不壮'，吾则谓应璩整而未瑕；只以征事为腴，琢句为工；文体相辉，而风骨陨矣。盖任昉之所祖矣。"④

总而言之，诸家评论所集中之处，不外乎应璩擅长书记，应璩书信擅长用典，语言更加骈俪化，辞藻更为华美：这些的确是应璩书信的特点。另外，徐公持从思想和文学个性两个方面阐明应璩乃是建安文学与正始文学的过渡，实乃卓见。⑤

建安书信部分，笔者已经指出生活、情感、书信的有机融合乃是

---

① 虞世南撰，孔广陶校注：《北堂书钞》，《续修四库全书》（第1212册），上海古籍出版社1995年版，第479页。

② 张溥撰，殷孟伦注：《汉魏六朝百三家集题辞注》，人民文学出版社1960年版，第113页。

③ 骆鸿凯：《文选学》，中华书局1989年版，第502页。

④ 钱基博：《中国文学史》，华中师范大学出版社2011年版，第111页。

⑤ 徐公持：《魏晋文学史》，人民文学出版社1999年版，第161、164页。

建安书信给予书信发展历史的独特贡献，应璩则将这一独特贡献固定下来。如果说建安书信中还存有大量的关于军政方面内容的话，应璩书信中这种内容基本上已经消失不见。应璩书信的内容是朋友、同僚交往的真实情感记录，是现实生活感触的抒发，是理想生活的勾勒，是独特审美情趣的展现。应璩的书信是一个时代作用于个体时的文字反映，因而其中能够见到政局和社会思潮的影响，但是更多的是个人的感受，也正是刘勰所说的"散郁陶，托风采……优柔以怿怀……亦心声之献酬也"。

应璩书信展现出他丰富的情感变化。有生活困顿的凄惨，如《与董仲连书》："谷籴惊踊，告求周邻，日获数斗，犹复无薪可以熟之，虽孟轲困于梁宋，宣尼饥于陈蔡，无以过此。夫挟管晏之智者，不有厮役之劳；怀陶朱之虑者，不居贫贱之地。出蒙诮于臧获，入见谪于嫔息，忽使己愤，不知处世之为乐也。"[1] 有期蒙拔擢的渴望，如《御览》引《书》曰："左执屈卢之劲矛，右秉干将之雄戟，高冠拂云，长剑耿介，萧管振音，厥声载路，冯轼虎视，清风震叠，可谓堂堂乎难与并为仁矣！"有政见不同的直言，如"仆顷倦游谈之事，欲修无为之术，不能与足下齐镳骋辔，争千里之表也"（《与刘文达书》）。有不得赏识和年华易逝的愤懑，如"鹑鷃栖翔凤之条，鼋鼍游升龙之渊，识真者所为愤结也"（《与刘公干书》）；"历观前后，来人军府，至有皓首，犹未遇也。徒有饥寒骏奔之劳，俟河之清，人寿几何？且宦无金张之援，游无子孟之资，而图富贵之荣，望殊异之宠，是陇西之游，越人之射耳"（《与从弟君苗、君胄书》）；"遭值有道之世，免致贫贱之患，援鉴自照，鬓已半白，良可惧也"（《与夏侯孝智书》）。

应璩书信中更多的是对于生活本真的发现，体现出一种独特的审美情趣。可以是因故不能赴约对于欢会的想象之词，如《与满公琰书》："漳渠西有伯阳之馆，北有旷野之望，高树翳朝云，文禽蔽绿

---

[1] 严可均辑：《全上古三代秦汉三国六朝文》，中华书局 1958 年版，第 1219 页（注：本节所引应璩书信皆出于此书，只随文注出篇名，不再详注）。

水，沙场夷敞，清风肃穆，是京台之乐也。"也可以是宦海沉浮，郁郁不得志，因厌倦而萌生退意之词，如《与从弟君苗、君胄书》："间者北游，喜欢无量，登芒济河，旷若发矇，风伯扫途，雨师洒道，案辔清路，周望山野。亦既至止，酌彼春酒，接武茅茨，凉过大夏。扶寸肴修，味逾方丈，逍遥陂塘之上，吟咏菀柳之下，结春芳以崇佩，折若华以翳日，弋下高云之鸟，饵出深渊之鱼。蒲且赞善，便嬛称妙，何其乐哉。虽仲尼忘味于虞韶，楚人流遁于京台，无以过也。班嗣之书，信不虚矣。"再如《与程文信书》："欲求远田，在关之西，南临洛水，北据芒山，托崇岫以为宅，因茂林以为荫。"此种抒写，不仅情感娴雅，文辞也异常清新明丽，给人以心旷神怡之感。

　　曾经的欢乐场景引发文人的怀念，而成就在于生活场景的诗意化描写，这在曹丕等人的书信中就已经出现过，如前述所引《与吴质书》中所写"每念昔日南皮之游，诚不可忘。既妙思六经，逍遥百氏，弹棋闲设，终以六博，高谈娱心，哀筝顺耳。驰骛北场，旅食南馆，浮甘瓜于清泉，沈朱李于寒水。白日既匿，继以朗月，同乘并载，以游后园，舆轮徐动，参从无声，清风夜起，悲笳微吟，乐往哀来，凄然伤怀"。应璩继承并发展了这种审美观念，将其扩展到自然的山水景物中，并且出现了想象中的山水之境。因仕途境遇的不顺而生发出对于山水美景的欣赏，似乎在建安之前就已经进入了审美的领域，对此钱锺书先生曾有宏论："《全后汉文》卷六七荀爽《贻李膺书》：'知以直道不容于时，悦山乐水，家于阳城'；参之仲长欲卜居山涯水畔，颇征山水方滋，当在汉季。荀以'悦山乐水'，缘'不容于时'；统以'背山临流'，换'不受时责'。又可窥山水之好，初不尽出于逸兴野趣，远致闲情，而为不得已之慰藉。达官失意，穷士失职，乃倡幽寻胜赏，聊用乱思遗老，遂开风气耳。"[1] 应璩书信中，对于山水景物的观照和描写，主要也是仕途的不顺造成的。

　　然而应璩书信中山水景物之美还只是社会生活的一种点缀，并未真正成为一种独立的写作题材。山水景物真正进入文学，还要等到玄

---

① 钱锺书：《管锥编》，生活·读书·新知三联书店 2007 年版，第 1642 页。

学影响加深的东晋时期。然而不管怎样，应璩书信中个人的情感因素成为书信的主体，山水景物也成为书信中审美观照的部分，因此应璩是山水书简发展过程中很重要的一环。

建安以来，书信创作呈现出两种风格：一种以曹操、诸葛亮为代表，真诚坦率，不重文辞修饰；一种既关注情感的自由表达，又特别讲究辞藻的华美，后者成为建安以来书信发展的主要倾向，应璩是这种风格的典型代表。前述先贤将应璩的书信特点的总结为辞藻华美，语言更加骈俪化，擅长用典，乃为不易之论，现具体申述之。

关于辞藻华美，前述已论，不再赘述。接着来看应璩书信所表现出的骈俪化。刘师培《论文杂记》论魏代之文，认为其"合二语成一意"，并阐释说："或上句用四字，下句用六字，或上句用六字，下句用四字，或上句下举皆用四字，而上联咸与下联成对偶。诚以非此不能尽其意也，已开四六之体。"① 刘师培所说魏代之文所表现出的特点，以应璩为代表。应璩书信中所表现出的骈俪化，只是一种发展趋向而已，并非六朝严格意义上的四六文，应璩书信中的骈俪化主要是对句的大量运用。值得一提的是，与孔融书信中以四言体为主不同，应璩所运用的对句以杂言对居多，四言、五言、六言、七言、八言、九言皆广泛使用，当然也包括隔句对。四言对如"入作纳言，出临京任"（《与刘文达书》）、"风伯扫途，雨师洒道，案辔清路，周望山野"（《与从弟君苗、君胄书》），五言对如"高树翳朝云，文禽蔽绿水"（《与满公琰书》）、"皮朽者毛落，川涸者鱼逝，春生者繁华，秋荣者零悴"（《与侍郎曹长思书》）、"植济南之榆，栽汉中之漆"（《与庞惠恭书》），六言对则如"逍遥陂塘之上，吟咏菀柳之下，结春芳以崇佩，折若华以翳日，弋下高云之鸟，饵出深渊之鱼"（《与从弟君苗、君胄书》），七言对则有"景云浮则应龙翔，治道明则隽乂臻"（《荐贲伯伟笺》）、"仲尼忘味于虞韶，楚人流遁于京台"（《与从弟君苗、君胄书》），八言对则有"仲孺不辞同产之服，孟公

---

① 刘师培：《论文杂记》，王水照主编：《历代文话》（第十册），复旦大学出版社 2007 年版，第 9492 页。

不顾尚书之期"(《与满公琰书》)、"进无颜子不改之志，退无扬雄晏然之情"(《与韦仲将书》)，九言对如"八元进则太平之化成，六贤用则九合之功立"(《荐和虑则笺》)。除此之外，还有为数不少的隔句对，如"海内企踵，欣慕捉发之德；山林投褐，思望旌弓之招"(《荐和虑则笺》)、"德非陈平，门无结驷之迹；学非杨雄，堂无好事之客；才劣仲舒，无下帷之思；家贫孟公，无置酒之乐"(《与侍郎曹长思书》)。

书信中骈俪化的倾向实际上在汉代时就已经出现，然而并非有意为之，乃是汉语语言特点所致。随着时间的发展，书信中骈偶的倾向也愈加明显，"曹丕书笺一般都以骈偶形式出之……对偶已经相当工整，在文的由散而骈演变过程中，起着重要作用"①。应璩书信的骈化倾向，承续曹丕并有所强化。骈俪化的言辞成为应璩书信的主要表述方式。应璩的书信并非典型的骈文，实际上是骈散结合，也正是这样的行文方式，使书信既有整齐划一之美，同时又因散句的时时穿插文句、长短结合，错落有致，行文富于变化，文章自然生动流畅。

再如用典，应璩书信中的典故，可谓俯仰皆是，如《与满公琰书》：

> 虽昔侯生纳顾于夷门，毛公受眷于逆旅，无以过也。外嘉郎君谦下之德，内幸顽才见诚知己，欢欣踊跃，情有无量，是以奔骋御仆，宣命周求。阳昼喻于詹何，杨倩说于范武，故使鲜鱼出于潜渊，芳旨发自幽巷，繁俎绮错羽爵飞腾，牙旷高徽义渠衰激。当此之时，仲孺不辞同产之服，孟公不顾尚书之期，徒恨宴乐始酣，白日倾夕，骊驹就驾，意不宣展。

书中运用了侯嬴、毛公、阳书、杨倩、伯牙、师旷、灌夫、陈遵八人的典故，表达出深切的知己之情。再如《与从弟君苗、君胄书》：

---

① 徐公持：《魏晋文学史》，人民文学出版社 1999 年版，第 57 页。

> 昔伊尹辍耕，郅恽投竿，思致君于有虞，济蒸人于涂炭。而
> 吾方欲秉耒耜于山阳，沈钩缗于丹水，知其不如古人远矣。然山
> 父不贪天地之乐，曾参不慕晋楚之富，亦其志也。

运用伊尹、郅恽、许由、曾参的典故，在对比中表达不慕名利的淡泊之情。用典在书信中，尤其是叙事说理的军政书信中，使用是非常频繁的，远有邹阳、枚乘之书，近有阮瑀、陈琳之作。只不过，应璩之前的书信用典多是骈词张势之用，是作为论证观点的论据出现的，而应璩书信中的多是用来抒写情志的，典故在书信中成为其表达情感不可分割的一部分，不仅丰富了文章的内容，也使书信作品委婉含蓄，极为雅致。

前引钱基博说应璩的书信，"征事为腴，琢句为工，文体相辉，而风骨隤矣。盖任昉之所祖矣"，实际上指出了应璩书信在骈俪化和用典方面对六朝书信有着开风起源的作用。只不过应璩身处曹魏中后期，建安时期的慷慨悲凉之美已逐渐褪去了。应璩是撰作书信的专家，现存文章全是书信。应璩的书信，不论与书对象是谁，都写作得非常用心，讲求辞采，可以说是"秀绝时表"，这说明曹魏后期，书信讲究辞采的华美已经成为一种趋势。或许正因此，他的书信才被纂辑成《书林》。然而，还需指出的是，这种趋势还没有影响到家书的创作，家书重视辞采的华美，要到齐梁时期才真正完成。

## 第五节 "开模以范俗"的阮籍、嵇康书信

阮籍和嵇康的书信，数量不多，阮籍有 4 篇存世，嵇康也只有 3 篇存世，但是阮籍和嵇康的书信代表了正始书信的最高成就，也为书信增添了新的内容，开拓了新的境界。要理解阮籍和嵇康的书信，不仅要从其书信文本入手，更要结合二人其他作品，结合复杂的政局和玄学思潮，才能做出更准确客观的评价和定位。

### 一 阮、嵇的性格与政治态度

阅读有关阮籍、嵇康的史料和作品，会发现两位具有哲学气质的伟大作家，无论在性格还是在处世态度上，都存在着矛盾。这矛盾无法调和却又能对立统一于阮籍和嵇康身上。性格决定命运，放诸阮、嵇，诚然。阮籍，字嗣宗，容貌瑰杰，志气宏放，傲然独得，任性不羁，而喜怒不形于色。博览群籍，尤好《庄》《老》。嗜酒能啸，善弹琴。当其得意，忽忘形骸。时人多谓之痴。《晋书》本传谓阮籍本有济世志，《咏怀诗》（其十五）："昔年十四五，志尚好书诗。被褐怀珠玉，颜闵相与期。"① 《晋书》记载："尝登广武，观楚汉战处，叹曰：'时无英雄，使竖子成名！'登武牢山，望京邑而叹，于是赋《豪杰诗》。"也可以从中反映出阮籍的济世成名之志。然而生当"魏晋之际，天下多故，名士少有全者，籍由是不与世事，遂酣饮为常"②。史料中记载着许多关于阮籍放荡不羁的事例，干宝《晋纪》曰："何曾尝谓阮籍曰：'卿恣情任性，败俗之人也。'"③ 阮籍的悖礼现在能够看到的是不守丧礼，如《世说新语·任诞》篇载："阮步兵丧母，裴令公往吊之。阮方醉，散发坐床，箕踞不哭。"④《北堂书钞》卷八十五引《裴楷别传》云："阮籍遭母丧，楷往吊。籍乃离丧位，神气晏然，纵情啸咏，傍若无人。楷便率情独哭，哭毕而退。"⑤ 不守伦常之礼，如《晋书》本传曰："籍嫂尝归宁，籍相见与别。或讥之，籍曰：'礼岂为我设邪！'邻家少妇有美色，当垆沽酒。籍尝诣饮，醉，便卧其侧。籍既不自嫌，其夫察之，亦不疑也。兵家女有才色，未嫁而死。籍不识其父兄，径往哭之，尽哀而还。"⑥ 饮酒荒

---

① 阮籍撰，陈伯君校注：《阮籍集校注》，中华书局2012年版，第265页（注：本节所引阮籍作品皆出于此书，只随文注出篇名，不再详注）。

② 房玄龄等：《晋书》，中华书局1974年版，第1360页。

③ 刘义庆撰，余嘉锡笺疏：《世说新语笺疏》，中华书局2007年版，第855页。

④ 刘义庆撰，余嘉锡笺疏：《世说新语笺疏》，中华书局2007年版，第862页。

⑤ 虞世南撰，孔广陶校注：《北堂书钞》（《续修四库全书》本），上海古籍出版社1995年版，第403页。

⑥ 房玄龄等：《晋书》，中华书局1974年版，第1361页。

放，如《世说新语·任诞》篇注引《文士传》曰："籍放诞有傲世情，不乐仕宦。晋文帝亲爱籍，恒与谈戏，任其所欲，不迫以职事。籍常从容曰：'平生曾游东平，乐其土风，愿得为东平太守。'文帝说，从其意。籍便骑驴径到郡，皆坏府舍诸壁障，使内外相望，然后教令清宁。十余日，便复骑驴去。后闻步兵厨中有酒三百石，忻然求为校尉。于是入府舍，与刘伶酣饮。"①

有趣的是，这位在行为上放荡不羁、目若无人者，在政治态度上却谨小慎微。《晋书》本传："文帝初欲为武帝求婚于籍，籍醉六十日，不得言而止。钟会数以时事问之，欲因其可否而致之罪，皆以酣醉获免。"②晋文帝司马昭曾言："然天下之至慎者，其唯阮嗣宗乎！每与之言，言及玄远，而未尝评论时事，臧否人物，可谓至慎乎！"③这是因为司马氏集团加速了篡取曹魏政权的步伐，整个政局陷入动荡和白色恐怖之中，天下名士少有全者，阮籍的济世之志也随之消歇，政治上的谨小慎微无非为了远祸，行为上的任诞也是为了远祸，这一点研究者早已指出。罗宗强先生将阮籍的心态归结为"惧祸"，"他主要不是真放，而是佯狂，不是抗志高洁，而是玩世，而一切都是为了自全"④。从阮籍的表现可以看出，少年时的济世之志真的很难磨灭，性格的懦弱可以使人在行为上不做出反抗，却不能限制精神的自由。心中所想与现实行为不能一致，只能曲意逢迎，这是极度痛苦的，《世说新语·栖逸》篇注引《魏氏春秋》曰："阮籍常率意独驾，不由径路，车迹所穷，辄恸哭而反。"《世说新语·任诞》篇："王孝伯问王大：'阮籍何如司马相如？'王大曰：'阮籍胸中垒块，故须酒浇之。'"⑤现实是一种穷途末路的绝望，唯有借酒浇愁。诗文给了阮籍莫大的安慰，他可以将心中的痛苦反映到文字上，然而现实的环境和本身的惧祸心理决定了他只能选择隐晦的方式表达自己的心

---

① 刘义庆撰，余嘉锡笺疏：《世说新语笺疏》，中华书局 2007 年版，第 858 页。
② 房玄龄等：《晋书》，中华书局 1974 年版，第 1360 页。
③ 刘义庆撰，余嘉锡笺疏：《世说新语笺疏》，中华书局 2007 年版，第 21 页。
④ 可参阅罗宗强《玄学与魏晋士人心态》，天津教育出版社 2005 年版，第 122—123 页。
⑤ 刘义庆撰，余嘉锡笺疏：《世说新语笺疏》，中华书局 2007 年版，第 762、896 页。

声，阮籍《咏怀诗》八十二首历来被视为晦涩难懂之作，皆是出于这一原因，理解阮籍的书信，也可以从中找到线索和依据，此详于下文，于此不赘。

与阮籍的性格懦弱不同，嵇康的性格是"刚直峻急"[①]的。嵇康，字叔夜，《晋书》本传谓其有奇才，远迈不群。身长七尺八寸，美词气，有风仪，而土木形骸，不自藻饰，人以为龙章凤姿，天质自然。恬静寡欲，含垢匿瑕，宽简有大量。学不师受，博览无不该通，长好《老》《庄》。嵇康《幽愤诗》曰:"嗟余薄祜，少遭不造。哀茕靡识，越在襁褓。母兄鞠育，有慈无威。恃爱肆姐，不训不师。爰及冠带，冯宠自放。抗心希古，任其所尚。"[②] 可见，嵇康虽然少年失怙，却在母兄的养护下成长，性格自然骄纵、放荡不羁，《与山巨源绝交书》中所说"少加孤露，母兄见骄，不涉经学，性复疏懒。筋驽肉缓，头面常一月十五日不洗，不大闷痒，不能沐也。每常小便而忍不起，令胞中略转乃起耳。又纵逸来久，情意傲散"，应当是可信的。少年成长的自由，对嵇康养成刚直峻急的性格是有很大影响的。

嵇康对于自己的性格应该是不满意的，曾试图加以改变，"阮嗣宗口不论人过，吾每师之而未能"，虽不能真如阮籍那般口不臧否人物，却也是十分努力，《世说新语·德行》篇注引《康别传》曰:"康性含垢藏瑕，爱恶不争于怀，喜怒不寄于颜。所知王浚冲在襄城，面数百，未尝见其疾声朱颜。此亦方中之美范，人伦之胜业也。"[③]《三国志·嵇康传》注引《魏氏春秋》也说:"康寓居河内之山阳县，与之游者，未尝见其喜愠之色。"[④] 这应该是其强自克制的结果。然而遇到与其性情相违之事，刚直峻急的性格还是会表露出来，如《与山巨源绝交书》中他说自己"刚肠疾恶，轻肆直言，遇事便发"，吕巽的行为让人鄙视，他愤而发出绝交书。他刚直峻急的性格主要

① 罗宗强:《玄学与魏晋士人心态》，天津教育出版社 2005 年版，第 97 页。
② 嵇康撰，戴明扬校注:《嵇康集校注》，中华书局 2014 年版，第 42 页（注:后文所引嵇康作品皆出于此书，只随文注出篇名，不再详注）。
③ 刘义庆撰，余嘉锡笺疏:《世说新语笺疏》，中华书局 2007 年版，第 22—23 页。
④ 陈寿:《三国志》，中华书局 1959 年版，第 606 页。

还是体现在对待功名利禄和虚伪礼法的态度上。《述志诗》（其一）
曰："多念世间人，凤驾咸驱驰。冲静得自然，荣华安足为!"《与
阮德如诗》中说："泽雉穷野草，灵龟乐泥蟠。荣名秽人身，高位
多灾患。未若捐外累，肆志养浩然。"厌恶功名，鄙视荣华富贵，
追求一种古朴的自由，不愿意参与到政治权力的争斗之中，《述志
诗》（其二）曰："何为人事间，自令心不夷。慷慨思古人，梦想
见容辉。愿与知己遇，舒愤启其微。"《与山巨源绝交书》中，拒
绝山涛的举荐，也是他思想一贯性的表现。然而嵇康终究不是心如
止水的出世者，对于俗世、俗人，其刚直峻急的性格总是难以压
制，对于先贤权威，嵇康曾言"非汤武而薄周孔"，其目的是"越
名教而任自然"，彰显"养素全真"（《幽愤诗》）的思想；对于志
趣不同的时人，嵇康表现出特别厌恶和蔑视的态度，《三国志·王
粲传》注引《魏氏春秋》曰："钟会为大将军所昵，闻康名而造之。
会，名公子，以才能贵幸，乘肥衣轻，宾从如云。康方箕踞而锻，会
至，不为之礼。康问会曰：'何所闻而来？何所见而去？'会曰：'有
所闻而来，有所见而去。'会深衔之。大将军尝欲辟康。康既有绝世
之言，又从子不善，避之河东，或云避世。及山涛为选曹郎，举康自
代，康答书拒绝，因自说不堪流俗，而非薄汤、武。大将军闻而怒
焉。初，康与东平吕昭子巽及巽弟安亲善。会巽淫安妻徐氏，而诬安
不孝，囚之。安引康为证，康义不负心，保明其事，安亦至烈，有济
世志力。钟会劝大将军因此除之，遂杀安及康。"[1]《世说新语·雅
量》篇注引《文士传》曰："钟会庭论康，曰：'今皇道开明，四海
风靡，边鄙无诡随之民，街巷无异口之议。而康上不臣天子，下不事
王侯，轻时傲世，不为物用，无益于今，有败于俗。昔太公诛华士，
孔子戮少正卯，以其负才乱群惑众也。今不诛康，无以清洁王道。'"[2]
嵇康被杀，表面上是因为对钟会等人的蔑视，实际上是因为他所揭露
的问题直指司马氏政权的虚伪本质，且因其名士身份，"负才乱群惑

---

① 陈寿：《三国志》，中华书局 1959 年版，第 606 页。

② 刘义庆撰，余嘉锡笺疏：《世说新语笺疏》，中华书局 2007 年版，第 407 页。

众"，负面影响太大。①

## 二　阮、嵇的玄学思想

阮籍和嵇康的性格和政治态度，都可以从阮籍和嵇康的玄学思想中找寻到最为根本的合理解释。阮籍和嵇康都是正始玄学名家，其玄学思想的核心是自然和逍遥。

阮籍和嵇康的思想有着前后转变的过程，大体而言，阮籍和嵇康思想前期往往倾向于名教与自然的统一、结合，如阮籍《乐论》和《通易论》、嵇康的《太师箴》中都有体现，正始以后则转变为崇尚自然，反对名教，也就是"越名教而任自然"。这是现实政治环境所造成的，是正始以后司马氏集团将名教转变成了篡夺政权的工具，大肆铲除异己的恐怖统治下发生的。"阮籍、嵇康玄学思想的共同特征，表现为在原来的精神支柱崩溃以后承受了巨大的内心痛苦继续从事新的探索。"② 阮籍和嵇康所做出的努力，是在现实世界找寻不到出路的情况下，返回自身的精神世界，在个体的精神世界中建立了理想的人生境界。"阮籍、嵇康的自然论的玄学与何晏、王弼的贵无论的玄学不同，不去讨论世界的本体是什么，而把自觉的意识对本体的关系作为研究的中心。换句话说，他们以人的问题取代了宇宙问题，以主体自身的问题取代了世界本源的问题，以人生哲学取代了政治哲学。"③ 这是时代发展的必然结果，也是阮籍、嵇康对玄学的贡献。

因而阮籍和嵇康追求自然与逍遥，其目的都是要求人性从礼法的束缚中解放出来，安顿自我的灵魂。

阮籍标举自然，"自然之道，乐之所始也"（《乐论》），阮籍认为人只有与自然真正合为一体，才是真正的解放，也才能为灵魂找到

---

① 《晋书》本传曰："康将刑东市，太学生三千人请以为师，弗许。"三千太学生为嵇康请命，也从侧面看出嵇康影响之大。

② 任继愈主编：《中国哲学发展史》（魏晋南北朝卷），人民出版社1988年版，第154页。

③ 任继愈主编：《中国哲学发展史》（魏晋南北朝卷），人民出版社1988年版，第162页。

最终的安顿之所，《大人先生传》中说："夫大人者，乃与造物同体，天地并生，逍遥浮世，与道俱成，变化散聚，不常其形。"大人，实际上是阮籍所设想的人与自然合二为一的理想人格。不仅如此，阮籍还曾构建一个合乎自然的理想社会，《达庄论》中说："天地生于自然，万物生于天地。自然者无外，故天地名焉；天地者有内，故万物焉。当其无外，谁谓异乎？当其有内，谁谓殊乎？……天地合其德，日月顺其光，自然一体，则万物经其常。""故至道之极，混一不分，同为一体，得失无闻。伏羲氏结绳，神农教耕，逆之者死，顺之者生。又安知贪污之为罚，而贞白之为名乎！使至德之要，无外而已。大均淳固，不贰其纪，清静寂寞，空豁以俟，善恶莫之分，是非无所争，故万物反其所而得其情也。"然而这种美好的理想毕竟不能在现实中实现，尤其是当面对残酷的现实时，这种理想与现实的巨大差异，会给自我的精神一种痛苦的撕裂感。这也就是阮籍的《咏怀诗》和《达庄论》《大人先生传》等一直在探索，却始终有穷途末路之感的原因。

嵇康也崇尚自然，他理想中的主体人格是"君子"，"夫称君子者，心无措乎是非，而行不违乎道者也。何以言之？夫气静神虚者，心不存于矜尚；体亮心达者，情不系于所欲。矜尚不存乎心，故能越名教而任自然；情不系于所欲，故能审贵贱而通物情。……君子之行贤也，不察于有度而后行也。任心无邪，不议于善而后正也。显情无措，不论于是而后为也。是故傲然忘贤，而贤与度会；忽然任心，而心与善遇；傥然无措，而事与是俱也"（《释私论》）。君子能够超越世俗的一切是非善恶观念，任心而行，不存矜尚，不系所欲，集真善美于一体。嵇康也有着自己倾慕的精神世界，"顺天和以自然，以道德为师友，玩阴阳之变化，得长生之永久，任自然以托身，并天地而不朽"（《答难养生论》）。

不管是"大人"还是"君子"，抑或是阮籍、嵇康的理想人生境界，都是对自我精神的完善和安顿，这也是在个体意识觉醒后，时代的先驱者力图建立一个更为安适的社会秩序的一种努力。只不过从现实的角度来看，它是不符合实际的，只能存在于审美的世界里。这个审美的世界对他们的影响是巨大的，罗宗强先生说："玄学思潮对于他们的人生理想、生活情趣、生活方式，特别是对于他们的精神生活，影响是根本性的。"① 这无疑是对的。以审美世界衡量现实世界，注定了阮籍、嵇康的悲剧，自然也注定了他们身后是永远不会寂寞的。

### 三 阮、嵇书信的风格特征及历史贡献

阮籍、嵇康的书信，是其玄学思想与性格的最好展现。

阮籍共有4篇书信存世，《为郑冲劝晋王笺》《诣蒋公奏记辞辟命》《与晋文王书荐卢播》《答伏义书》，笼罩在四封书信之上的是阮籍的惧祸心理。阮籍既然崇尚自然，服膺老庄，就决定了他应该对现实的功名利禄以及司马氏集团所标榜的虚伪的名教礼法进行激烈的批判，阮籍的确是这样做了，只不过从来不指向现实中具体的人和事，懦弱的性格和惧祸心理，使他遭遇现实的重压时，只能一味地退让。

《诣蒋公奏记辞辟命》，《晋书》本传载："太尉蒋济闻其有隽才而辟之……初，济恐籍不至，得记欣然，遣卒迎之，而籍已去，济大怒。于是乡亲共喻之，乃就吏。后谢病归。复为尚书郎，少时，又以病免。"② 阮籍对蒋济的征辟是不屑的，但是最终因惧祸还是去了，所采取的对策是消极怠工，借口免官而已。《为郑冲劝晋王笺》则更是如此。《晋书》本传说："会帝让九锡，公卿将劝进，使籍为其辞。籍沈醉忘作，临诣府，使取之，见籍方据案醉眠。使者以告，籍便书案，使写之，无所改窜。辞甚清壮，为时所重。"③《世说新语》也记载有此事："魏朝封晋文王为公，备礼九锡，文王固让不受。公卿将校当诣府敦喻。司空郑冲驰遣信就阮籍求文。籍时在袁孝尼家，宿醉扶起，书札为之，无所点定，乃写付使。时人以为神笔。"④ 从史料的记载看，阮籍沉醉，实际上是为了逃避，然而避无可避，只能为之，高步瀛说："勉以桓文，期以支许，劝之实以讽之也。辞意诙

---

① 罗宗强：《玄学与魏晋士人心态》，天津教育出版社2005年版，第80页。
② 房玄龄等：《晋书》，中华书局1974年版，第1359—1360页。
③ 房玄龄等：《晋书》，中华书局1974年版，第1360—1361页。
④ 刘义庆撰，余嘉锡笺疏：《世说新语笺疏》，中华书局2007年版，第290页。

诡，司马字长之遗。"[①] 或许是阮籍隐曲的真实意图，与《与晋文王书荐卢播》中称赞司马昭"皇灵诞秀，九德光被，应期作辅，论道敷化"一样，至少都非出自真心，实乃是惧祸之文。此文被《文选》选入，又时常被人提及，恐怕一是因为它非常符合劝进的文体，二是因为来历的奇特。从艺术水平上看，似乎没有太多可取之处。

最能体现阮籍书信水平的是《答伏义书》。伏义来书，是劝阮籍入仕，实是招隐之作。伏义之书全篇高倡"名利"二字，"闻建功立勋者，必以圣贤为本；乐真养性者，必以荣名为主"，"名利者，总人之纲，集衢之门也"，认为"若弃圣背贤，则不离乎狂狷；凌荣起名，则不免乎穷辱"，"治大而见遗，不如资小而必集；出俗而见削，不如入检而必全"，而且"王道虽宽，无纵逸之流；苟无其分，则为身害教，贼怨布天下，以此备之，殆恐攻害，其至无日，安坐难保"，奉劝阮籍去除狂狷，不要"郁怨于不得，故假无欲以自通；怠惰于人检，故殊圣人以自大"。大魏兴隆，皇衢清敞，阮籍若有真才实学，当定勋立事，抚国宁民，然而"总论吾子所归，义无所出"，是真有才学吗？伏义之书，可谓以名利相诱导，以权势想胁迫，以无才相激励，发言有理、有力，立论有据，词赡事详，条贯有序，是一篇不可多得的叙事论理的书信。

正所谓道不同不相为谋，伏义与阮籍的追求，背道而驰，阮籍似乎不屑一驳，于是就出现了我们今天看到的《答伏义书》，似乎是在回答，又似乎是在自说自话。

《大人先生传》中阮籍曾虚拟了一封来书，书中极力称赞君子高致，曰：

> 天下之贵，莫贵于君子：服有常色，貌有常则，言有常度，行有常式；立则磬折，拱若抱鼓，动静有节，趋步商羽。进退周旋，咸有规矩。心若怀冰，战战栗栗。束身修行，日慎一日，择地而行，唯恐遗失。诵周孔之遗训，叹唐虞之道德，唯法是修，

---

① 高步瀛：《魏晋文举要》，中华书局1989年版，第84页。

唯理是克，手执圭璧，足履绳墨，行欲为目前检，言欲为无穷则。少称乡闾，长闻邦国，上欲图三公，下不失九州牧。故挟金玉，垂文组，享尊位，取茅土，扬声名于后世，齐功德于往古；奉事君王，牧养百姓，退营私家，育长妻子，卜吉而宅，虑乃亿祀，远祸近福，永坚固己：此诚士君子之高致，古今不易之美行也。

此"君子之高致，古今不易之美行"，与伏义《与阮嗣宗书》中之君子如出一辙：

> 闻建功立勋者，必以圣贤为本；乐真养性者，必以荣名为主。若弃圣背贤，则不离乎狂狷；凌荣起名，则不免乎穷辱。故自生民以来，同此图例，虽历百代，业不易纲；譬如大道，徒以奔趋迟疾定其驽良，举足向路，总趋一也。①

阮籍在《答伏义书》中并未进行直接的回应，只是说：

> 夫九苍之高，迅羽不能寻其巅；四溟之深，幽鳞不能测其底。矧无毛分所能论哉！且玄云无定体，应龙不常仪：或朝济夕卷，翕忽代兴；或泥潜天飞，晨降宵升。舒体则八维不足以畅迹，促节则无间足以从容；是又瞀夫所不能瞻，琐虫所不能解也。然则弘修渊邈者，非近力所能究矣；灵变神化者，非局器所能察矣。何吾子之区区而吾真之务求乎！

而在《大人先生传》中，则予以辛辣的嘲讽和鞭挞②：

---

① 严可均辑：《全上古三代秦汉三国六朝文》，中华书局 1958 年版，第 1350 页。

② 王志坚《四六法海》卷七："嗣宗尝著《大人先生传》，其略曰：'世之所谓君子，惟法是修，惟礼是克。手执圭璧，足履绳墨。行欲为目前检，言欲为无穷则。少称乡闾，长闻邻国。上欲图三公，下不失九州牧。独不见群虱之处裈中，逃乎深缝，匿乎坏絮，自以为吉兆也。行不敢离缝际，动不敢出裈裆，自以为得绳墨也。然炎丘火流，焦邑灭都，群虱处于裈中而不能出也。君子之处域内，何异夫虱之处裈中乎！'此书不出此意。"[王志坚：《四六法海》，《景印文渊阁四库全书》（第 1394 册），上海古籍出版社 1987 年版，第 537 页]

往者，天尝在下，地尝在上，反覆颠倒，未之安固，焉得不失度式而常之？天因地动，山陷川起，云散震坏，六合失理，汝又焉得择地而行，趋步商羽？往者群气争存，万物死虑，支体不从，身为泥土，根拔枝殊，咸失其所，汝又焉得束身修行，磬折抱鼓？李牧功而身死，伯宗忠而世绝，进求利以丧身，营爵赏而家灭，汝又焉得挟金玉万亿，祗奉君上而全妻子乎？且汝独不见夫虱之处乎裈中，深缝、匿夫坏絮，自以为吉宅也。行不敢离缝际，动不敢出裈裆，自以为得绳墨也。饥则啮人，自以为无穷食也。然炎丘火流，焦邑灭都，群虱死于裈中而不能出。汝君子之处区内，亦何异夫虱之处裈中乎？悲夫！而乃自以为远祸近福，坚无穷已。

名利之徒，处世君子，皆如裈中群虱，鞭辟入里，入木三分。他人笑我太痴狂，我笑他人看不穿，礼法之士处近祸远福境地，却总对他人指手画脚，着实可恶也。如果说《与伏义书》还是"以大言为遁词"的话，这里则是犀利的反击了。只不过阮籍终不免惧祸之讥，只有将自己真实的内心放置于无何有之乡时才能完全呈现。

《与伏义书》中再一次展现了理想的人生境界："若良运未协，神机无准，则腾精抗志，邈世高超，荡精举于玄区之表，摅妙节于九垓之外而翱翔之。乘景跃踆，踔陵忽慌，从容与道化同逌，逍遥与日月并流，交名虚以齐变，及英祇以等化，上乎无上，下乎无下，居乎无室，出乎无门，齐万物之去留，随六气之虚盈，总玄网于太极，抚天一于寥廓，飘埃不能扬其波，飞尘不能垢其洁，徒寄形躯于斯域，何精神之可察。"这与《达庄论》《大人先生传》中的描绘是一致的。学者通常引用刘勰的"阮旨遥深"来评价阮籍的咏怀诗，实际上阮籍的《与伏义书》同样也是旨趣"遥深"的，书中运用比兴之法，喻象迭出，以奇特的形象展现了高妙的理想境界，文辞瑰丽而语含锋芒。罗宗强先生说："正始文学创作的一个新的倾向，便是在作品中表现老、庄的人生境界。"① 这在以前的书信中是不曾有过的内容，

---

① 罗宗强：《魏晋南北朝文学思想史》，中华书局 2006 年版，第 36 页。

可以说是阮籍对书信史的贡献。

与阮籍的书信不同,同样崇尚自然的嵇康,在其刚直峻急性格的影响下,书信则表现出另外一种风貌。

景元初,山涛迁为尚书吏部郎,典选举,嵇康《与山巨源绝交书》作于景元二年,即公元 261 年,山涛的举荐,是一种职责,更是出于公心。《山涛启事》:"人才既自难知,中人已下,情伪又难测。吏部郎以碎事日夜相接,非但当正己而已!乃当能正人,不容秽杂也。""吏部郎主选举,宜得能整风俗理人伦者。"① 山涛典选举,既重视守正持平,又重视人才的能力,《山涛启事》曾评论说:"羊祜忠笃宽厚,然不长理剧。""太子保傅,不可不高尽天下之选。羊祜重德尚义,可出入周旋,令太子每睹仪刑。""征南大将军羊祜,体仪正直,可以整肃朝廷,裁制时政。"② 从羊祜后来的表现可以看出,山涛是能识人的。

然而山涛的举荐与嵇康的追求相悖,"足下昔称吾于颖川,吾常谓之知言。然经怪此意,尚未熟悉于足下,何从便得之也。前年从河东还,显宗阿都,说足下议以吾自代,事虽未行,知足下故不知之"。嵇康是将山涛引为知己的,作为知己却违逆自己的本心,嵇康非常失望,因而作书告绝,③ 具体陈述其中原委。从深层意义上看,可以说嵇康此书是与名教的绝交书。

《与山巨源绝交书》展现了嵇康的个人志趣与社会风气和社会要求之间的矛盾,全书以对比的形式展现了这种矛盾的不可调和。

嵇康引用孔子、子文、尧舜、许由、子方、接舆等人的典故,无非在对比中展现"君子百行,殊涂而同致,循性而动,各附所安,故有处朝廷而不出,入山林而不反之论……志气所托,不可夺也"。"循性而动,各附所安",实是其崇尚自然思想的显现。而嵇康与社会

---

① 严可均辑:《全上古三代秦汉三国六朝文》,中华书局 1958 年版,第 1653 页。

② 严可均辑:《全上古三代秦汉三国六朝文》,中华书局 1958 年版,第 1654 页。

③ 关于《与山巨源绝交书》为绝交书,徐公持先生曾提出异议,《嵇康〈与山巨源绝交书〉非绝交之书论》力证此书并非绝交,只是告绝而已。徐先生的论述,史料充实,观点清晰,结论是可信的。本书依从徐先生的观点,认为嵇康是拒绝山涛的举荐,并非与山涛绝交(参阅徐公持《嵇康〈与山巨源绝交书〉非绝交之书论》,《中华文史论丛》2008 年第 3 期)。

需求是格格不入的："吾不如嗣宗之资，而有慢驰之阙，又不识人情，暗于机宜，无万石之慎，而有好尽之累，久与事接，疵衅日兴，虽欲无患，其可得乎?"更以"必不堪者七，甚不可者二"展开叙述：

> 卧喜晚起，而当关呼之不置，一不堪也；抱琴行吟，弋钓草野，而吏卒守之，不得妄动，二不堪也；危坐一时，痹不得摇，性复多虱，杷搔无已，而当裹以章服，揖拜上官，三不堪也；素不便书，又不喜作书，而人间多事，堆案盈机，不相酬答，则犯教伤义，欲自勉强，则不能久，四不堪也；不喜吊丧，而人道以此为重，已为未见恕者所怨，至欲中伤者，虽惧然自责，然性不可化，欲降心顺俗，则诡故不情，亦终不能获无咎无誉，如此，五不堪也；不喜俗人，而当与之共事，或宾客盈坐，鸣声聒耳，嚣尘臭处，千变百伎，在人目前，六不堪也；心不耐烦，而官事鞅掌，机务缠其心，世故繁其虑，七不堪也。又每非汤、武而薄周、孔，在人间不止，此事会显，世教所不容，此甚不可一也；刚肠疾恶，轻肆直言，遇事便发，此甚不可二也。

在叙述中，嵇康极力自贬形象，处处用对比展现个体与社会要求的冲突与对立，名教的荒谬和不合情理也在对比之中显露无遗，既然如此，就"不可自见好章甫，强越人以文冕也；已嗜臭腐，养鸳雏以死鼠也"。嵇康又不失时机地推出自己的志趣和追求，"吾顷学养生之术，方外荣华，去滋味，游心于寂寞，以无为为贵"，"但愿守陋巷，教养子孙，时与亲旧叙阔，陈说平生。浊酒一杯，弹琴一曲，志愿毕矣"。《与山巨源绝交书》是嵇康个体形象的全面展示，他对于名教的批判，对于自由、超脱的精神世界的执着追求也展露无遗。张溥说："中散绝交巨源，非恶山公，于当世人事诚不耐也。"[①] 此乃知人论世之言。因为是给自己的好友写信，所以嵇康书中乃是真性情

---

① 张溥撰，殷孟伦注：《汉魏六朝百三家集题辞注》，人民文学出版社 1960 年版，第90 页。

的发抒，直言尽言，不吐不快；因为所要评判的是厌恶的名教和现实社会，所以嵇康书中直率任性，语含讽刺与不屑，态度孤傲而决绝，实乃嵇康真性情在书信中的一次完美展现。

张溥《颜光禄集题辞》中说："嵇中散任诞魏朝，独家戒恭谨，教子以礼。"① 有研究者也指出，嵇康《家诫》与平素的行为颇为不合，② 鲁迅先生解释为嵇康对自己的性格不满意，希望儿子能够改掉，他们的行为是乱世中的不得已，并非本态。鲁迅的解释是有道理的，嵇康的确是赞赏阮籍"口不论人过"的，因此在《家诫》中他用了大段的篇幅，预想了各种场景，反复强调"慎"，这当然是一个父亲对儿子的眷眷之心。然而，人的本性和志趣是难以掩藏的。此一点早已被钱锺书揭示："嵇《家诫》谆谆于谨言慎行，若与《绝交书》中自道相反而欲教子弟之勿效乃父者，然曰：'若志之所之，则口与心誓，守死无二'，又曰：'人虽复云云，当坚执所守，此又秉志之一隅也'，又曰：'不忍面言，强副小情，未为有志也'，又曰：'不须作小小卑恭，当大谦裕；不须作小小廉耻，当全大让'，又曰：'或时逼迫，强与我共说，若其言邪险，则当正色以道义正之；何者？君子不容伪薄之言故也。'则接物遇事，小小挫锐同尘而已，至是非邪正，绝不含糊怯，勿屑卷舌入喉、藏头过身。此'龙性'之未'驯'、炼钢之柔未绕指也。"③

嵇康书信中所反映出的形象，是汉末士人批判形象的一种集中表现。汉末士人对政权的失望、疏离，演变为嵇康的与之完全绝交，

---

① 张溥撰，殷孟伦注：《汉魏六朝百三家集题辞注》，人民文学出版社1960年版，第173页。

② 鲁迅先生说："我看他做给他的儿子看的《家诫》——当嵇康被杀时，其子方十岁，算来当他做这篇文章的时候，他的儿子是未满十岁的——就觉得宛然是两个人。他在《家诫》中教他的儿子做人要小心，还有一条一条的教训。有一条是说长官处不可常去，亦不可住宿；官长送人们出来时，你不要在后面，因为恐怕将来官长惩办坏人时，你有暗中密告的嫌疑。又有一条是说宴饮时候有人争论，你可立刻走开，免得在旁批评，因为两者之间必有对与不对，不批评则不像样，一批评就总要是甲非乙，不免受一方见怪。还有人要你饮酒，即使不愿饮也不要坚决地推辞，必须和和气气的拿着杯子。我们就此看来，实在觉得很希奇：嵇康是那样高傲的人，而他教子就要他这样庸碌。"（鲁迅《魏晋风度及文章与药及酒之关系》）

③ 钱锺书：《管锥编》，生活·读书·新知三联书店2007年版，第1726页。

只是这种带有自毁性的战斗宣言，最终导致了被诛。我们不得不审视阮籍、嵇康存在的价值和意义。阮、嵇二氏，其道接庄生之逍遥，境界亦高远，然而是真能超脱吗？是真能逍遥吗？有理想人格，世浊而不能循巢、由之道，抱政权而不放，却又寻不到最终的慰藉，徒以苦闷、愤懑立于天地之间。其逍遥之境界，现实之追求，所处之境遇，充满了矛盾与纠结。阮、嵇矛盾，正是士人现实与精神世界的真实写照。因为在士人的心中，现实总是那么的不尽如人意，总不能满足心中之理想境界，士人的境况时常有类于阮、嵇。吟咏阮、嵇，又何尝不是自身苦闷的一次次表露。这正是阮、嵇形象的独特价值所在。"嵇康天才卓出，'风姿清秀，高爽任真'（《北堂书钞》引藏荣绪《晋书》），又独立特行，其风采魅力，实汉末以来诸名士所难伦比。加之其悲剧结局，更增添人们无限景仰同情，遂成为诸多士子包括闺阁中人的偶像式人物。"① "阮籍从逍遥游中寻找到的解脱人生苦恼的方式，为后来士人所普遍运用。庄子思想对于士人的影响，阮籍之前主要是任自然，任由情性自由发泄；到了阮籍，才被用来作为解脱人生苦恼的精神力量。"②

---

① 徐公持：《理极滞其必宣——论两晋人士的嵇康情结》，《文学遗产》1998 年第 4 期。
② 罗宗强：《玄学与魏晋士人心态》，天津教育出版社 2005 年版，第 125 页。

# 第五章　两晋：书信的多元发展

## 第一节　西晋书信发展的文化背景及历程

司马懿三父子，作为晋室三祖，终其一生所做之事是篡夺曹魏政权。司马氏脚踩名士鲜血，头顶弑君污名，终于在公元 265 年即泰始元年登上历史舞台。"盖晋之王业，虽若成于宣、景、文三朝，然其所就者，实仅篡窃之事，至于后汉以来，政治、风俗之积弊，百端待理者，实皆萃于武帝之初。此其艰巨，较诸阴谋篡窃，殆百倍过之。虽以明睿之姿，躬雄毅之略，犹未必其克济，况如武帝，以中材而涉乱世之末流乎？"[①]

然而历史的规律显示，新朝承乱而立，往往能获得较长时间的安定和发展，况且晋武帝"宇量弘厚，造次必于仁恕；容纳谠正，未尝失色于人；明达善谋，能断大事，故得抚宁万国，绥静四方。承魏氏奢侈刻弊之后，百姓思古之遗风，乃厉以恭俭，敦以寡欲……临朝宽裕，法度有恒"[②]。因而在其当政的二十多年时间里，晋朝出现了太康之治，它是两晋南北朝时期少有的安定局面。然而"平吴之后，天下义安，遂怠于政术，耽于游宴，宠爱后党，亲贵当权，旧臣不得专任，彝章紊废，请谒行矣。爰至末年，知惠帝弗克负荷，然恃皇孙聪睿，故无废立之心"[③]，终因惠帝不慧，藩王觊觎皇位，后宫专政，

---

① 吕思勉：《两晋南北朝史》，上海古籍出版社 2005 年版，第 10 页。
② 房玄龄等：《晋书》，中华书局 1974 年版，第 80 页。
③ 房玄龄等：《晋书》，中华书局 1974 年版，第 80 页。

纲纪大坏，导致"八王之乱"爆发，接踵而至的是内迁的少数民族匈奴、鲜卑、羯、羌、氏趁机起兵，侵扰中原。311 年，永嘉之乱起，统一的局面不复存在。

徐公持《魏晋文学史》将西晋文学划分为前后两期，"前期为晋武帝在世的泰始、咸宁、太康年间，以及晋惠帝元康年间（265—299），后期为惠帝永康之后及怀帝、愍帝年间（300—316），前期较长，后期较短"①。熊礼汇将西晋散文的发展分成了三个阶段，实则是将徐公持所分的第一个阶段又细化为泰始、咸宁时期和太康、元康前后时期。② 两个阶段的分期，无疑能够更好地帮助我们理解西晋散文的发展历程。然而从西晋书信发展的实际出发，笔者更愿意以"八王之乱"起始之年（291 年）为界，分为前后两期，主要是因为前后期书信的内容和精神面貌有着较为明显的差异。那么，影响西晋书信发展的因素有哪些？西晋书信又有着怎样的发展历程呢？

## 一 儒学复兴与书信的主题

陈寅恪先生指出："魏、晋的兴亡递嬗，不是司马、曹两姓的胜败问题，而是儒家豪族与非儒家的寒族的胜败问题。"③ "西晋政权的出现，表明儒家贵族最终战胜了非儒家的寒族。西晋政权是儒家豪族的政权，政治社会道德思想与曹操时期不一样了，与曹操以前的东汉，则有相通之处。西晋统治者标榜儒家名教，中正以'品'取人，品指'行性'，即指儒家用来维系名教秩序的道德标准。而豪族与儒家是同义词，因此选举变成'门选'。门选起着巩固豪族统治的作用。唯才是举的时代过去了，又西晋豪族以奢靡相高，崇尚节俭的时期也过去了。"④ 陈先生所论，魏晋统治者阶级不同，用人策略不同，俭奢不同，可谓根本上的揭示，这些都对西晋书信产生了极大的影响。

---

① 徐公持：《魏晋文学史》，人民文学出版社 1999 年版，第 245 页。
② 熊礼汇：《先唐散文艺术论》，学苑出版社 1999 年版，第 641—642 页。
③ 陈寅恪：《魏晋南北朝史讲演录》，贵州人民出版社 2011 年版，第 2 页。
④ 陈寅恪：《魏晋南北朝史讲演录》，贵州人民出版社 2011 年版，第 19 页。

西晋一朝,从思想上看,是儒学、玄学和佛学并存发展的阶段①,因为佛学所产生的影响到东晋中后期才越发显著,故此只探讨儒学和玄学的影响。西晋时,儒学占主流,晋武帝在登基之初就表现出了对儒术的崇尚,泰始四年《责成二千石诏》曰:"敦喻五教,劝务农功,勉励学者,思勤正典,无为百家庸末,致远必泥。士庶有好学笃道,孝弟忠信,清白异行者,举而进之;有不孝敬于父母,不长悌于族党,悖礼弃常,不率法令者,纠而罪之。"② 泰始六年《幸辟雍行乡饮酒礼下诏》:"'礼仪之废久矣,乃今复讲肆旧典。'赐大常绢百匹,丞、博士及学生牛酒。"③ 不仅如此,晋武帝还下诏广开言路,《下傅玄、皇甫陶诏》曰:"凡关言于人主,人臣之所至难。而人主若不能虚心听纳,自古忠臣直士之所慷慨,至使杜口结舌。每念于此,未尝不叹息也。故前诏敢有直言,勿有所距,庶几得以发蒙补过,……虽文辞有谬误,言语有失得,皆当旷然恕之……欲使四海知区区之朝无讳言之忌也。"④ 再加上晋初羊祜、王祥、杜预、傅玄、傅咸等人皆是儒学名家,西晋儒学得到了较好的发展。《晋书·荀崧传》记载云:"世祖武皇帝应运登禅,崇儒兴学。经始明堂,营建辟雍,告朔班政,乡饮大射。西阁东序,《河》《图》秘书禁籍。台省有宗庙太府金墉故事,太学有石经古文先儒典训。贾、马、郑、杜、服、孔、王、何、颜、尹之徒,章句传注众家之学,置博士十九人。九州之中,师徒相传,学士如林,犹选张华、刘寔居太常之官,以重儒教。"⑤ 儒学复兴,带来的是社会责任感和批判意识的强化。

然而时代毕竟是不断发展的,即便同是儒者,西晋的儒者也表现出了与前人不同的精神特征。《晋书·羊祜传》记载:"祜女夫尝劝

---

① 吕思勉说:"世皆称晋、南北朝,为佛、老盛行,儒学衰微之世,其实不然。是时之言玄者,率以《易》《老》并称,即可知其兼通于儒,非专于道。少后,佛家之说寖盛,儒、道二家多兼治之,佛家亦多兼通儒、道之学。三家之学,实已渐趋混同。"(吕思勉:《两晋南北朝史》,上海古籍出版社2005年版,第1226—1227页)
② 房玄龄等:《晋书》,中华书局1974年版,第57页。
③ 房玄龄等:《晋书》,中华书局1974年版,第670页。
④ 房玄龄等:《晋书》,中华书局1974年版,第1320页。
⑤ 房玄龄等:《晋书》,中华书局1974年版,第1977页。

祜：'有所营置，令有归戴者，可不美乎？'祜默然不应，退告诸子曰：'此可谓知其一不知其二。人臣树私则背公，是大惑也。汝宜识吾此意。'尝与从弟琇书曰：'既定边事，当角巾东路，归故里，为容棺之墟。以白士而居重位，何能不以盛满受责乎！疏广是吾师也。'祜乐山水，每风景，必造岘山，置酒言咏，终日不倦。尝慨然叹息，顾谓从事中郎邹湛等曰：'自有宇宙，便有此山。由来贤达胜士，登此远望，如我与卿者多矣！皆湮灭无闻，使人悲伤。如百岁后有知，魂魄犹应登此也。'湛曰：'公德冠四海，道嗣前哲，令闻令望，必与此山俱传。至若湛辈，乃当如公言耳。'"① 羊祜作为儒者，清廉公正，希望能够功成身退，同时感伤于人生不永，又对山水抱有一定的审美情趣，这是汉末以来"人的觉醒"所致，也似乎与玄学的发展有紧密的关系，于此也能看出儒、玄的相互影响和借鉴。

对于刚刚稳固的政权来说，儒学带来的，是一脉积极昂扬的精神，这无疑是有重要意义的。这种积极奋进的精神在晋初的书信中，表现得十分明显，然而从这些书信的艺术成就上看，并非杰出。能够代表这一时期书信成就的是孙楚《为石仲容与孙皓书》和赵至《与嵇茂齐书》。两封书信，所反映的主题完全不同：《为石仲容与孙皓书》实是敦促孙吴投降的一纸檄文，《与嵇茂齐书》抒发的则是不被重用的愤懑，这恰恰是从反面证明了士人的进取之心。这两封书信笔者将放入第三部分详细论述。

另外，值得一提的是，儒学的复兴，带来的还有对书信礼仪的重视。关于此点，笔者将其放入《月仪帖》部分一并谈论。

## 二　玄学新义与书信

儒学影响下的社会责任感和国家情怀，在晋初、八王之乱中的表现都十分明显，再加上晋武帝的政治情怀和宽容的策略，西晋本应该能够走上一条繁荣之路的，然而却很快走到了乱亡。干宝《晋纪总论》指出：

---

① 房玄龄等：《晋书》，中华书局 1974 年版，第 1020 页。

今晋之兴也，功烈于百王，事捷于三代，盖有为以为之矣……二祖遍禅代之期，不暇待叁分八百之会也。是其创基立本，异于先代者也。又加之以朝寡纯德之士，乡乏不二之老，风俗淫僻，耻尚失所，学者以《庄》《老》为宗，而黜六经，谈者以虚薄为辩，而贱名检，行身者以放浊为通，而狭节信，进仕者以苟得为贵，而鄙居正，当官者以望空为高，而笑勤恪。是以目三公以萧杌之称，标上议以虚谈之名，刘颂屡言治道，傅咸每纠邪正，皆谓之俗吏。其倚杖虚旷，依阿无心者，皆名重海内。若夫文王日昃不暇食，仲山甫夙夜匪懈，盖共嗤点，以为灰尘，而相诟病矣。由是毁誉乱于善恶之实，情慝奔于货欲之涂，选者为人择官，官者为身择利，而秉钧当轴之士，身兼官以十数，大极其尊，小录其要，机事之失，十恒八九。而世族贵戚之子弟，陵迈超越，不拘资次，悠悠风尘，皆奔竞之士，列官千百，无让贤之举……礼法刑政，于此大坏，如室斯构而去其凿契，如水斯积而决其堤防，如火斯畜而离其薪燎也。①

正如干宝所论，西晋统治者在禅代之初就有着难以言说的原罪感②，再加上晋武帝宽厚而又优柔的性格，最终导致依违两可、政失准的风气的形成。不可否认，政失准的挫伤了士人的政治理想，使西晋始终没有形成宏图远志；士人的价值观念一直处于较为混乱的状态，也加剧了士无特操的状况。两晋之际陈頵在《与王导书》也有着类似的观点："中华所以倾弊，四海所以土崩者，正以取才失所，先白望而后实事，浮竞驱驰，互相贡荐，言重者先显，言轻者后叙，遂相波扇，乃至陵迟。加有庄老之俗倾惑朝廷，养望者为弘雅，政事者为俗人，王职不恤，法物坠丧。"③ 陈頵将关注的焦点放在了人才的选取上，这也正是陈寅恪先生所关注的西晋用人策略方面存在的问

---

① 萧统：《文选》，上海古籍出版社 1986 年版，第 2185—2187 页。

② 赵翼《廿二史札记》"魏晋禅代不同"条，其述魏晋禅代之不同及司马氏之鄙甚详（可参阅赵翼撰，王树民校证《廿二史札记校证》，中华书局 1984 年版，第 147—148 页）。

③ 房玄龄等：《晋书》，中华书局 1974 年版，第 1893 页。

题。《新唐书·柳冲传》中记载："魏氏立九品，置中正，尊世胄，卑寒士，权归右姓已。其州大中正、主簿，郡中正、功曹，皆取著姓士族为之，以定门胄，品藻人物。晋、宋因之，始尚姓已。"① 九品中正制下，社会风尚和门第成为影响士人晋升的决定因素，社会虚诞之风和高门大族控制选举，导致真正的人才，尤其是寒门子弟，很难得到赏识，如赵至《与嵇茂齐书》、左思《咏史诗》中所反映的社会现实和内心苦闷。社会风气如此，士人没有真正的出路，国家又何以能够维持长久？

罗宗强先生曾经指出，西晋士人的精神风貌，"完全转向世俗的自我心态，那种以老庄为依归的、带有很大理想成分、与宇宙泯一的自我完全消失了"，西晋士人的心态呈现出的是，"贪财，用心并善于保护自己，求名，怡情山水和神往于男性的女性美"。② 如此，士风凋敝，所关注者唯有自身利益与欲望的满足，儒家的社会责任感和国家情怀，也逐渐消磨殆尽，而当面对统治阶级内部的权力斗争时，士人所做的唯有根据自身利益相沉浮，至于正义与否已然不是考虑的重点了。降及杨骏专政、贾后擅权、八王之乱，西晋中后期则完全成为诸侯王争斗的舞台，互相倾轧，内耗国力，外致强敌，士人流离失所及死难者无数。而被后世尊为民族英雄的刘琨，早年也是沉迷于声色犬马之中，只是国家的支离破碎激起了其原有的豪情壮志。然而从刘琨的结局和各方面的反应来看，即使是国家处于风雨飘摇之中，也很难激起士人的用世之心，他们所做的是明哲保身，保全自己的家族。

西晋这种颓靡士风的形成，实际上是司马氏篡国的后遗症，也与玄学的发展有着紧密的联系。"司马氏政权在君臣纲纪问题上的两难境地与无可选择的选择，造成了一种道德环境，多数的士人不以忠节为念。"③ 此一点，前述已论。

玄学进入西晋，与正始时期的截然对立不同，自然与名教的关系已被认为是一致的。《晋书·阮瞻传》载："见司徒王戎，戎问曰：

---

① 欧阳修、宋祁：《新唐书》，中华书局 1975 年版，第 5677 页。
② 罗宗强：《玄学与魏晋士人心态》，天津教育出版社 2005 年版，第 196 页。
③ 罗宗强：《玄学与魏晋士人心态》，天津教育出版社 2005 年版，第 145 页。

'圣人贵名教，老庄明自然，其旨同异？'瞻曰：'将无同'。戎咨嗟良久，即命辟之。时人谓之'三语掾'。太尉王衍亦雅重之。"① 关于"将无同"，鲁迅先生曾说："'将毋同'三字，究竟怎样讲？有人说是'殆不同'的意思；有人说是'岂不同'的意思——总之是一种两可、飘渺恍惚之谈罢了。"② 就是在这种依违两可中，自然与名教的关系，在西晋士人中得到了统一。西晋中后期，玄学发展出现了郭象的《庄子注》。郭象的理论，"可以简略地表述为：自生、自是、独化、适性"③。根据这一理论，放纵情欲、行为狂悖是合理的，贪婪无度、毫无节操是合理的，甚至连口谈玄虚、不婴事务也是合理的。郭象的主张为士人的各种行为提供了理论基础，也加速了颓靡士风的流行。葛洪《抱朴子·外篇·疾谬》将其时士风概括为："蓬发乱鬓，横挟不带，或裸衣以接人，或裸袒而箕踞，朋友之集，类味之游，莫切切进德，阊阊修业，攻过弼违，讲道精义。其相见也，不复叙离阔，问安否。宾则入门而呼奴，主则望客而唤狗。其或不尔，不成亲至，而弃之不与为党。及好会，则狐蹲牛饮，争食竞割，擘、拨、捺、折，无复廉耻。以同此者为泰，以不尔者为劣。终日无及义之言，彻夜无箴规之益。诬引老、庄，贵于率任，大行不顾细礼，至人不拘检括，啸傲纵逸，谓之体道。呜呼惜乎！岂不哀哉！"④

关于西晋的败亡，时人认为玄学有着不可推卸的责任，前引陈頵《与王导书》持这样的观点，刘琨《答卢谌书》中也有类似的反思，《晋书·王衍传》则说："衍将死，顾而言曰：'呜呼！吾曹虽不如古人，向若不祖尚浮虚，勠力以匡天下，犹可不至今日。'"⑤ 然而祖逖曾上言晋元帝曰："晋室之乱，非上无道而下怨叛也，由宗室争权，自相鱼肉，遂使戎狄乘隙，毒流中土。"⑥ 祖逖认为晋室的内斗，最终导致了西晋的败亡，希望司马睿能够以此为鉴。虽然对于玄风大畅

① 房玄龄等：《晋书》，中华书局 1974 年版，第 1363 页。
② 鲁迅：《鲁迅全集》（第九册），人民文学出版社 2005 年版，第 321 页。
③ 罗宗强：《玄学与魏晋士人心态》，天津教育出版社 2005 年版，第 198 页。
④ 葛洪撰，杨明照校笺：《抱朴子外篇校笺》，中华书局 1991 年版，第 631—632 页。
⑤ 房玄龄等：《晋书》，中华书局 1974 年版，第 1238 页。
⑥ 司马光编著，胡三省音注：《资治通鉴》，中华书局 1956 年版，第 2801 页。

最终导致了西晋败亡，许多学者持有异议，但是我们必须看到，玄学对于士风的确有着非常明显的影响。吕思勉的观点值得注意："诸名士之诒害于世者，乃在其身家之念太重。……次则其人少居华膴，酖毒晏安，不能自振。"① 不管是诸名士的自全还是不能自振，都与玄风之盛有着紧密的关系，谁又能说西晋的败亡不是玄学作用的结果？因此，笔者认为，西晋的败亡应是宗室争权与崇尚浮虚双重作用的结果。若要探讨西晋玄学的发展与书信的关系，则必须从祖尚浮虚的玄风入手。士人的虚诞之风，不婴事务，终于将晋初刚刚崛起的儒家用世精神消磨殆尽。而政局的动荡、权力的倾轧，又加剧了虚诞之风。

玄学影响之下，人们的审美观念开始发生新的变化。与正始时期精深的义理探讨不同，西晋玄学更多的是一种审美体验。"汉末个性的觉醒导致李膺的悦山悦水和仲长统的山水乐志；正始的越名教而任自然导致嵇康的从自然中体认人生的闲适情趣，把审美经验带入山水的鉴赏中。而西晋士人'士当身名俱泰'的人生理想，则把山水作为游乐的对象，把大自然的美作为人间荣华富贵的一种补充。"② 西晋清谈更专注于旨远调美，风神潇洒，言辞简洁隽永，其中言辞的简洁隽永更成为两晋文学，尤其是东晋文学发展的主要趋势。反映在书信方面，则是陆云《与平原兄书》中所展现出的文学思想。

### 三　西晋书信的发展历程

本章伊始，笔者依据西晋前后期书信的内容和精神面貌有着较为明显的差异，以"八王之乱"起始之年为界，将西晋书信分为前后两期。

1. 言富理济的晋初书信

西晋前期，新政权给士人带来了新的希望，因而不论是统治者还是士人，对于新王朝都抱有极大的热情，参政议政的风气也再次高

---

① 吕思勉：《两晋南北朝史》，上海古籍出版社 2005 年版，第 1243—1244 页。
② 罗宗强：《玄学与士人心态》，天津教育出版社 2005 年版，第 189—190 页。

涨，表现在书信上是内容以军政为主，叙事说理具有极强的责任意识。晋初士人信心高涨，在平吴之役中展露得最为明显，以孙楚《为石仲容与孙皓书》、荀勖《为晋文王与孙皓书》为代表，两封书信虽然都作于西晋立国前一年，但司马氏擅权，曹魏早已是傀儡，因而足以反映晋初士人的风貌。

灭蜀平吴乃是司马氏的统一计划，咸熙元年（264 年）平吴进入最后阶段，已成摧枯拉朽之势，两封书信都是在派遣归降吴将符劭、孙郁到吴国通报平蜀之事时所作，两封书信里挟有不可阻挡的气势，尤以孙楚《为石仲容与孙皓书》更加突出，如：

> 唯华夏乖殊，方隅圮裂，六十余载，金革亟动，无年不战，暴骸丧元，困悴困定，每用悼心，坐以待旦。将欲止戈兴仁，为百姓请命，故分命偏师，平定蜀汉，役未经年，全军独克。于时猛将谋夫，朝臣庶士，咸以奉天时之宜，就既征之军，藉吞敌之势，宜遂回旗东指，以临吴境。舟师泛江，顺流而下，陆军南辕，取径四郡，兼成都之械，漕巴汉之粟，然后以中军整旅，三方云会，未及浃辰，可便江表砥平，南夏顺轨。（荀勖《为晋文王与孙皓书》）[1]

> 故先开示大信，喻以存亡，殷勤之旨，往使所究。若能审识安危，自求多福，飜然改容，祇承往告。追慕南越，婴齐入侍，北面称臣，伏听告策；则世祚江表，永为藩辅，丰报显赏，隆于今日矣。若侮慢不式王命……忽然一旦身首横分，宗祀屠覆，取诚万世，引领南望，良以寒心。（孙楚《为石仲容与孙皓书》）[2]

书对于荡平孙吴极富信心，虽有所夸张，但也是符合当时的历史情境的。两书的风格差异较大，孙书行文气盛辞壮，不可一世，如"盖闻见机而作，《周易》所贵；小不事大，《春秋》所诛，此乃吉凶

---

[1] 陈寿：《三国志》，中华书局 1959 年版，第 1163 页。

[2] 萧统：《昭明文选》，上海古籍出版社 1986 年版，第 1937 页。

之萌兆，荣辱之所由兴也。……不复广引譬类，崇饰浮辞，苟以夸在为名，更丧忠告之实。今粗论事势，以相觉悟"，并极言己方盛德与强大，对方处境的险恶，在鲜明的对比中给人以压倒性的气势；荀书则尽显仁儒之德，立足于百姓疾苦，直言相劝，如"国朝深惟伐蜀之举，虽有静难之功，亦悼蜀民独罹其害，战于绵竹者，自元帅以下，并受斩戮，伏尸蔽地，血流丹野。一之于前，犹追恨不忍，况重之于后乎？是故旋师按甲，思与南邦共全百姓之命"。风格的差异应该源自两人性情和家学的不同，孙楚"才藻卓绝，爽迈不群，多所陵傲"①，乃恃才傲物之人，加之为武将孙苞代书，自然盛气凌人，据传"劭等至吴，不敢为通"②；荀勖乃颍川荀氏，荀爽曾孙，家世儒学，因而文风平实冲和，仁人之心溢于言表，这应该也是司马昭选用荀书的原因，史书记载其效果是"皓既报命和亲，帝谓勖曰：'君前作书，使吴思顺，胜十万之众也。'"③

晋初其他书信，内容以军政为主。从这些书信中可以明显地看出，士人对于新的王朝抱有极大热情，羊祜《与从弟琇书》："吾以布衣，忝荷重任，每以尸素为愧。大命既隆，唯江南未夷，此人臣之责，是以不量所能，毕力吴会，当凭朝廷之威，赖士大夫之谋，以全克之举，除万世之患。"④ 王沈《与傅玄书》："省足下所著书，言富理济，经纶政体，存重儒教，足以塞杨墨之流遁，齐孙孟于往代。"⑤ 乃儒家一贯之治国、平天下之责任感。再如傅咸《答杨济书》："自古以直致祸者，当自矫枉过直，或不忠允，欲以亢厉为声，故致忿耳。安有悾悾为忠益，而当见疾乎！"⑥ 甚至不畏杖刑，"违距上命，稽留诏罚，退思此罪，在于不测，才加罚黜，退用战悸，何复以杖重为剧"⑦；不惜触犯君主逆鳞，"往从驾，殿下见语：'卿不识韩非逆

① 房玄龄等：《晋书》，中华书局1974年版，第1539页。
② 房玄龄等：《晋书》，中华书局1974年版，第1542页。
③ 房玄龄等：《晋书》，中华书局1974年版，第1153页。
④ 严可均辑：《全上古三代秦汉三国六朝文》，中华书局1958年版，第1696页。
⑤ 房玄龄等：《晋书》，中华书局1974年版，第1323页。
⑥ 房玄龄等：《晋书》，中华书局1974年版，第1326页。
⑦ 严可均辑：《全上古三代秦汉三国六朝文》，中华书局1958年版，第1760页。

鳞之言耶，而欷摩天子逆鳞！'自知所陈，诚额额触猛兽之须耳，所以敢言，庶殿下当识其不胜区区。前摩天子逆鳞，欲以尽忠；今触猛兽之须，非欲为恶，必将以此见恕"[1]。不仅如此，即便是在诫子书中，也能看到儒家教义的显著影响，如王祥《训子孙遗令》："夫言行可覆，信之至也；推美引过，德之至也；扬名显亲，孝之至也；兄弟怡怡，宗族欣欣，悌之至也；临财莫过乎让：此五者，立身之本。颜子所以为命，未之思也，夫何远之有！"[2] 儒家所令人敬佩的地方在于，无论时局多么的不利，士人的责任意识似乎从来不会消失。可以看到，虽然西晋朝局在后期混乱不堪，但实际上这股中正之气始终没有消失。

实际上，西晋立国伊始，也曾取得引人瞩目的政绩。干宝《晋纪总论》："太康之中，天下书同文，车同轨，牛马被野，余粮栖亩，行旅草舍，外闾不闭，民相遇者如亲，其匮乏者，取资于道路，故于时有天下无穷人之谚。"[3] 然而这份济世的信心很快就消歇了，原因是司马氏集团立朝不正，司马炎为政又采用政治平衡术，其结果就是"政失其本"，士人的政治理想被极大地挫伤，刘勰在《文心雕龙·明诗》篇中指出："张潘左陆，比肩诗衢，采缛于正始，力柔于建安，或析文以为妙，或流靡以自妍，此其大略也。"诗歌之中风力不足，士人缺乏政治理想，转而将精力转移到追求辞采的华美上，其实不单单诗歌如此，书信也有着这种倾向，陆云《与兄平原书》中大部分是对于文学创作技巧的探讨，索靖《月仪帖》中华美的文辞，很可能也是这种风气影响下的产物。陆云与索靖，笔者将专节论述，此处不赘。

2. 颇具骨鲠的晋末书信

晋武帝的统治策略虽然是不得已而为之，但后果是灾难性的。政失准的，士无特操，惠帝不慧，终于导致大权旁落，权臣、诸王竞相登场，朝野成为谋夺个人权力的角逐场，士人多避祸以自全，东晋时

---

[1]　房玄龄等：《晋书》，中华书局 1974 年版，第 1327 页。
[2]　房玄龄等：《晋书》，中华书局 1974 年版，第 989 页。
[3]　萧统：《文选》，上海古籍出版社 1986 年版，第 2178—2179 页。

应詹曾上疏说："元康以来，贱经尚道，以玄虚宏放为夷达，以儒术清俭为鄙俗。永嘉之弊，未必不由此也。"① 应詹指出的实际上就是士人的不婴事务以自全，然而将西晋的败亡归咎于此，恐怕还不能说明全部的问题，缪钺指出："惠帝时，诸王争权，政局多变，士大夫往往朝膺轩冕之荣，夕遭灭族之祸。顾荣《与杨彦明书》：'吾为齐王主簿，恒虑祸及，见刀与绳，每欲自杀。'（《晋书·顾荣传》）可见当时仕官中朝之危险，居官任职者自易养成委蛇苟全不负责任之心理。故新进清谈名士之祖尚浮虚，遗落世事，亦多因当时政治环境所造成，非必尽清谈理论使然也。"② 缪钺的观点似乎更加客观全面，实际上不仅顾荣有这样的心理，王接在《报潘滔书》中说："今世道交丧，将遂剥乱，而识智之士，钳口韬笔，祸败日深，如火之燎原，其可救乎？"③ 可见在严酷的政治环境中，很多人选择的道路就是避祸自全。如果我们再去看愍怀太子司马遹《遗王妃书》，就会发现，这位被幽禁的太子，极力用最为直白的语言，将每个人的话语都写得非常清楚，来还原事情的真相，在绝望中期望妻子能够给他伸冤，而权力的争斗又何尝不是欲加之罪何患无辞呢？王室尚且如此悲惨，遑论士人！

八王之乱中，诸王相互倾轧，互相利用，只为满足自己的私利，扩张自己的势力，丝毫不顾国家利益。太安元年（302年）司马冏专政，司马颙和司马颖起兵反叛，此时司马乂杀了司马冏，结果司马颙与司马颖转攻司马乂，诏令司马乂迎击司马颙，并派王衍等人说和司马乂和司马颖，结果司马颖不从。司马乂《致成都王颖书》，打着骨肉亲情的幌子："卿宜还镇，以宁四海，令宗族无羞，子孙之福也。如其不然，念骨肉分裂之痛，故复遗书。"实际上两人都是为了争夺专政的权力，而对于征战中将士的死亡，司马乂却认为："自投沟涧，荡平山谷，死者日万，酷痛无罪。岂国恩之不慈，则

---

① 房玄龄等：《晋书》，中华书局1974年版，第1858页。

② 缪钺：《清谈与魏晋政治》，胡晓明等编：《释中国》（第三册），上海文艺出版社1998年版，第2046页。

③ 房玄龄等：《晋书》，中华书局1974年版，第1435页。

用刑之有常。"① 这是多么残酷无情、自私专横！司马颖的回信同样无耻，他以诛杀羊玄之、皇甫商为借口，以"要当与兄整顿海内"为幌子，实际上是觊觎京师的专政之权。在满口的仁义、骨肉亲情之中，司马氏政权也日渐衰微了。

历史上总会有骨鲠之士，不惜以生命为代价，发出正义的声音。如王豹，豹乃齐王冏主簿，面对齐王冏的专权，他连上二笺——《致齐王冏笺》《重致齐王冏笺》，最终惹恼了齐王冏而见杀。二笺发言真切平实，不作辞藻的修饰，然而气势却是咄咄逼人，第一笺先立观点"是以为人臣而欺其君者，刑罚不足以为诛；为人主而逆其谏者，灵厉不足以为谥"，接着就将齐王冏推入"逆耳之言未入于听"的行列，勇气可嘉。分析齐王冏的处境则是一针见血，"今以难赏之功，挟震主之威，独据京都，专执大权，进则亢龙有悔，退则蒺藜生庭，冀此求安，未知其福"，第二笺又重申此意，"元康以来，宰相之患，危机窃发，不及容思，密祸潜起，辄在呼嗡，岂复晏然得全生计！前鉴不远，公所亲见也。君子不有远虑，必有近忧，忧至乃悟，悔无所及也"②。王豹所言以及对于未来的担忧，都是非常有道理的，齐王冏不仅没有听从反而杀了他，可见其专横跋扈、刚愎自用。敢于批评齐王冏的还有郑方，史传载他见齐王冏专政，发愤步诣洛阳，自称荆楚逸民，献书直陈齐王冏的五大过失。

从艺术的角度来说，王豹、郑方的书信可能没有太多值得关注的地方，但是在士风凋敝的西晋后期，能有人站出来畅言自己的反对意见，是值得我们关注和表彰的。当然，士人之中，刘琨是不得不提到的。

3. "劲气直辞，回薄霄汉"的刘琨书信

刘琨的书信应该划归于晋末书信的行列，之所以将其单列，是因为他在西晋历史上是一个传奇的存在，完成了贵游子弟到救国英雄的转变，书信中带有自传性的反思，无论何时都是弥足珍贵和发人深省的。

---

① 房玄龄等：《晋书》，中华书局 1974 年版，第 1613 页。
② 房玄龄等：《晋书》，中华书局 1974 年版，第 2303、2304—2305 页。

刘琨，字越石，中山魏昌人。刘琨的传奇在于，早年过着贵游子弟的浮华生活，亲历过八王之乱的军阀混战，最后死于抗击外族的爱国战争。从贵游弟子到民族英雄，刘琨完成的是用血泪对西晋玄学风气的反思和否定。刘琨的书信，与他的诗歌一起，反映了战场的悲惨，反映了思想的痛苦蜕变，彰显出个人与社会责任感应该紧密结合的价值诉求。

现存的刘琨的书信和诗歌一样，都是他后期的作品，至于前期刘琨的生活与思想，也只能借助于史料的记载和他诗文中涉及的内容去推测还原了。

永嘉之前，刘琨的品行和政治行为没有太多可取之处。《晋书》本传评论说："刘琨弱龄，本无异操，飞缨贾谧之馆，借箸马伦之幕，当于是日，实佻巧之徒欤！"就品行而言，本传载"然素奢豪，嗜声色，虽暂自矫励，而辄复纵逸"①，奢侈豪纵、沉迷声色，这是刘琨早年贵游生活中养成的纵情自适习性，这种"未尝检括"也是他后期深自后悔的，然而品格的养成实在是难以去除，即使是在战乱中也不时表现出来。政治上，刘琨父子更是反复无常，八王之乱中，刘琨父子三人，因与赵王伦有姻亲关系，参与赵王伦的各种政治阴谋，赵王伦败，继而又依附于成都王冏和范阳王虓，可谓西晋"政失准的，士无特操"的典型。

钟嵘《诗品》中说刘琨的诗："其源出于王粲。善为凄戾之词，自有清拔之气。琨既体良才，又罹厄运，故善叙丧乱，多感恨之词。"② 钟嵘所说的刘琨诗歌的特点，皆归功于刘琨后期的艰难经历。刘琨的转变始于永嘉元年（307 年），其出任并州刺史，在赴任途中，刘琨看到的场景是触目惊心的：

> 九月末得发，道险山峻，胡寇塞路，辄以少击众，冒险而进，顿伏艰危，辛苦备尝，即日达壶口关。臣自涉州疆，目睹困

---

① 房玄龄等：《晋书》，中华书局 1974 年版，第 1699、1681 页。
② 钟嵘撰，曹旭集注：《诗品集注》，上海古籍出版社 2011 年版，第 310 页。

乏，流移四散，十不存二，携老扶弱，不绝于路。及其在者，鬻卖妻子，生相损弃，死亡委危，白骨横野，哀呼之声，感伤和气。群胡数万，周匝四山，动足遇掠，开目睹寇。唯有壶关，可得告籴。而此二道，九州之险，数人当路，则百夫不敢进，公私往反，没丧者多，婴守穷城，不得薪采，耕牛既尽，又乏田器。以臣愚短，当此至难，忧如循环，不遑寝食（《为并州刺史到壶关上表》）。①

　　"白骨露于野，千里无鸡鸣"的情景在汉末曹操、王粲等人早期诗歌中是有所描绘的，而当它以一幅真实的画面展现在刘琨面前时，是无比震撼的，场面凄惨，物资匮乏，他"忧如循环，不遑寝食"。也正是百姓遭兵燹之灾的震撼场面，激起了他尚未被磨灭的少年志气，②让他不得不直面惨烈的现实，毅然选择了勇赴国难，也走上了人格精神转变升华的道路。

　　刘琨匡扶国家的决心是不曾动摇的，《世说新语·言语》篇记载一事："刘琨虽隔阂寇戎，志存本朝，谓温峤曰：'班彪识刘氏之复兴，马援知汉光之可辅。今晋阼虽衰，天命未改。吾欲立功于河北，使卿延誉于江南。子其行乎？'温曰：'峤虽不敏，才非昔人，明公以桓、文之姿，建匡立之功，岂敢辞命！'"③虽然刘琨的行为得到了不少人的支持，但是道路注定是艰难的。一方面是刘琨贵游习气和军事才能的缺陷④，一方面是八王之乱后的司马氏政权内耗严重，已经无暇顾及北方防御。刘琨曾在《与丞相笺》中诉说自己的艰难：

---

　　①　房玄龄等：《晋书》，中华书局 1974 年版，第 1680—1681 页。

　　②　《晋书》本传说刘琨"少得俊朗之目，与范阳祖纳俱以雄豪著名"，"少负志气，有纵横之才"（房玄龄等：《晋书》，中华书局 1974 年版，第 1679 页）。

　　③　刘义庆撰，余嘉锡笺疏：《世说新语笺疏》，中华书局 2007 年版，第 114 页。

　　④　关于刘琨的军事才能，《晋书》本传有相关的记载："琨善于怀抚，而短于控御，一日之中，虽归者数千，去者亦以相继。""河南徐润者，以音律自通，游于贵势，琨甚爱之，署为晋阳令。润恃宠骄恣，干预琨政。奋威护军令狐盛性亢直，数以此为谏，并劝琨除润，琨不纳。""琨母曰：'汝不能弘经略，驾豪杰，专欲除胜己以自安，当何以得济！'"（房玄龄等：《晋书》，中华书局 1974 年版，第 1681 页）可见，刘琨长于招抚，短于控御，又不能识人，甚至还有嫉贤妒能的弱点，这些都是军事上甚为忌讳的。

不得进军者，实困无食。残民鸟散，拥发徒跣。录召之日，皆披林而至：衣服蓝缕，木弓一张，荆矢十发，编草盛粮，不盈十日。夏则桑椹，冬则莹豆，视此哀叹，使人气索。想吴孙韩白，犹或难之，况以琨怯弱凡才，而当率此，以殄强寇。①

条件艰苦，又要与强敌对垒，内忧外患，刘琨却始终在苦苦支撑，而且匡扶救难的决心丝毫没有减弱，晋元帝建武元年（317 年），他在《答晋王笺》中说："谨当躬自执佩，馘截二虏。"《与亲故书》中说："吾枕戈待旦，志枭逆虏，常恐祖生，先吾著鞭。"② 最令人感动的是答卢谌赠诗时的一封书信——《答卢谌书》。

《答卢谌书》作于 317 年，是刘琨被石勒打败后投奔段匹磾时所作，此时距刘琨被杀只有一年的时间，可以看作刘琨心境的完全反映。刘琨是卢谌的姨父、上司，更是知己，卢谌在《与刘琨书》中表达了对刘琨的感念之情以及调离的不舍。卢谌与刘琨有着相似的经历，卢谌书信中的感慨和怀想引发了刘琨的共鸣，使他"执玩反覆，不能释手，慨然以悲，欢然以喜"。刘琨用了今昔对比的手法，少壮"未尝检括"让他后悔不已，遭逢战乱，国破家亡，曾经的一切美好已不复存在，更让人难以释怀的是，萧条破败的境况又岂是一时所能解救的呢？刘琨悲伤于亲友的凋残，更深深忧虑国家的前途。他反思了自己的不足，反思了任诞玄风的恶果，最终的结局却只能是怀着深沉的忧虑之心，决绝地应对着。《重答卢谌诗》也许是最能体现这种心境，"谁云圣达节，知命故不忧。宣尼悲获麟，西狩涕孔丘。功业未及建，夕阳忽西流。时哉不我与，去乎若云浮。朱实陨劲风，繁英落素秋。狭路倾华盖，骇驷摧双辀。何意百炼刚，化为绕指柔"③，刘琨的书信和诗歌一样，体现出英雄穷途末路的悲哀和无奈。

一位浪子回头的民族英雄，注定了身后不会寂寞。后世不乏仰慕

① 严可均辑：《全上古三代秦汉三国六朝文》，中华书局 1958 年版，第 2081 页。
② 严可均辑：《全上古三代秦汉三国六朝文》，中华书局 1958 年版，第 2081 页。
③ 逯钦立辑校：《先秦汉魏晋南北朝诗》，中华书局 1983 年版，第 852—853 页。

其风采之辈，《晋书》本传记载一事，颇为有趣："初，温自以雄姿
风气是宣帝、刘琨之俦，有以其比王敦者，意甚不平。及是征还，于
北方得一巧作老婢，访之，乃琨伎女也，一见温，便潸然而泣。温问
其故，答曰：'公甚似刘司空。'温大悦，出外整理衣冠，又呼婢问。
婢云：'面甚似，恨薄；眼甚似，恨小；须甚似，恨赤；形甚似，恨
短；声甚似，恨雌。'温于是褫冠解带，昏然而睡，不怡者数日。"①
其事虽不见得真有，但刘琨魁伟雄杰的风姿应该是被时人仰慕的。
《晋书》本传传论对刘琨的高尚人格给予了高度的赞美："金行中毁，
乾维失统，三后流亡，递萦居巉之祸；六戎横噬，交肆长蛇之毒，于
是素丝改色，跅弛易情，各运奇才，并腾英气，遇时屯而感激，因世
乱以驱驰，陈力危邦，犯疾风而表劲，励其贞操，契寒松而立节，咸
能自致三铉，成名一时。古人有言曰：'世乱识忠良。'盖斯之谓
矣。"② 刘琨人格的高尚在于他能直面国家的急难，极力改变颓废的
品行，无论是在诗歌还是在书信中，刘琨都将自我与国家的命运紧密
地联系在一起，这是士人社会担当意识的自觉表现，在士无特操、以
纵欲享乐为追求的西晋社会，显得特立独行。刘琨的忧患意识是早已
消弭的雅好慷慨建安精神的延续，他不仅仅是悲天悯人，更多的是用
一种决绝的态度付诸实践，只不过"可惜并州刘越石，不教横槊建
安中"（元好问《论诗绝句》）③。

　　刘熙载指出："刘公幹、左太冲诗壮而不悲，王仲宣、潘安仁悲
而不壮。兼悲壮者，其惟刘越石乎？"④ 刘熙载所论乃是刘琨的诗歌，
若以"悲壮"论刘琨的书信，也是较为准确的。所谓"悲"，是指刘
琨善为凄戾之词，也就是书信中描写的百姓的凄惨、亲友的凋残和处
境的惨淡，这在之前的书信中是不多见的内容；所谓"壮"，实有两
重含义，一是指刘琨魁伟雄杰的人格风姿，刘勰称之为"雅壮多风"
（《文心雕龙·才略》）；二是指刘琨书信中多含刚健之气，虽有重重

①　房玄龄等：《晋书》，中华书局 1974 年版，第 2571 页。
②　房玄龄等：《晋书》，中华书局 1974 年版，第 1700 页。
③　郭绍虞、王文生：《中国历代文论选》（第二册），上海古籍出版社 1980 年版，第 449 页。
④　刘熙载撰，袁津琥校注：《艺概注稿》，中华书局 2009 年版，第 252 页。

困难，却始终无衰飒气象。

## 第二节　陆氏兄弟与书信的论文传统

陆机，字士衡，陆云，字士龙，吴郡吴县（今江苏苏州）人，乃西晋文学大家，皆有数量颇丰的文学作品存世。就书信而言，陆机书信存世者较少，只有十五篇，其中《至洛与成都王笺》《与赵王伦笺荐戴渊》《平复帖》内容相对完整，其余皆为残句；陆云的书信存世者较多，乃汉魏六朝时期书信存世数量仅次于王羲之父子者，共有书信七十六篇①，大部分较为完整。从陆云的书信数量来看，陆机书信远远不止于此，仅就兄弟二人的来往家书而言，陆机仅存九篇残句，与陆云三十九篇之数远不能相比，应该是在流传的过程中散佚了，因而陆机书信创作的实际情况已无法知晓，只能借助存世的书信窥知一二了。

### 一　陆云的性情与才能

《晋书》本传曰："六岁能属文，性清正，有才理。少与兄机齐名，虽文章不及机，而持论过之，号曰：'二陆'。"② 陆云性情清朗平正，反映到为政上就是廉洁公正，《四库全书总目·陆云集》指出，"今观集中诸启，其执辞谏诤，陈议鲠切，诚近于古之遗直"③。有才理、持论，乃是指陆云精于覃思，善于议论，这从葛洪《抱朴子》中也可以得到印证，《抱朴子》说："嵇君道曰：每读二陆之文，未尝不废书而叹，恐其卷尽也。《陆子》十篇，诚为快书。其辞之富者，虽覃思不可损也。其理之约者，虽鸿笔不可益也。观此二人，岂徒儒雅之士，文章之人也。"④

---

① 陆云《与平原兄书》，严可均《全晋文》中列为三十五首，刘运好《陆士龙文集校注》中析为三十九首，今从刘运好《陆士龙文集校注》。
② 房玄龄等：《晋书》，中华书局1974年版，第1481页。
③ 四库全书研究所整理：《钦定四库全书总目》（整理本），中华书局1997年版，第1985页。
④ 葛洪撰，杨明照校笺：《抱朴子外篇校笺》（下），中华书局1997年版，第751页。

　　《世说新语·赏誉》篇："蔡司徒在洛，见陆机兄弟住参佐廨中，三间瓦屋，士龙住东头，士衡住西头。士龙为人，文弱可爱。士衡长七尺余，声作钟声，言多慷慨。"刘孝标注引《文士传》曰："云性弘静，怡怡然为士友所宗。机清厉有风格，为乡党所惮。"①《晋书》本传载："吴平，入洛。机初诣张华，华问云何在。机曰：'云有笑疾，未敢自见。'俄而云至。华为人多姿制，又好帛绳缠须。云见而大笑，不能自已。先是，尝著缞绖上船，于水中顾见其影，因大笑落水，人救获免。"② 上述史料足可见陆云性情与其兄迥异，弘静覃思、率真、文弱可爱，与人多有交往，这些自然也与陆云的文学思想和书信创作有着紧密的关系。

　　不仅性情不同，陆氏兄弟的才能也不同，虽然四库馆臣认为"平吴二俊，要亦未易优劣也"，但总体而言，陆云才能弱于其兄陆机。《文心雕龙·镕裁》篇曰："士衡才优，而缀辞尤繁；士龙思劣，而雅好清省。及云之论机，亟恨其多，而称清新相接，不以为病。"《文心雕龙·才略》篇曰："陆机才欲窥深，辞务索广，故思能入巧，而不制繁。士龙朗练，以识检乱，故能布采鲜净，敏于短篇。"刘勰指出因为"才优"与"思劣"的差别，也造成了机、云文章风格的不同。需要指出的是，才思优劣和风格差异都应该是事实，但是两者是否如刘勰所说那般形成因果关系，是值得商榷的。陆云在文学创作方面坦陈，"不便五言诗"，"四言五言非所长，颇能作赋"③，从存世作品的数量来看，陆机留下的四言诗多达上百首，足见"四言非所长"有自谦的意味。陆云受时代风尚和其兄陆机的影响是比较大的，作品中多有模拟、重技巧的倾向，即使是他自认为颇能写作的辞赋，也不例外。

　　《晋书》本传记载有两则趣闻："云与荀隐素未相识，尝会华坐，

---

　　① 刘义庆撰，余嘉锡笺疏：《世说新语笺疏》，中华书局 2007 年版，第 525 页。
　　② 房玄龄等：《晋书》，中华书局 1974 年版，第 1481—1482 页。此事《艺文类聚》卷十九亦有记载，虽文有小异，当实有之。
　　③ 下文所引陆云《与兄平原书》，皆出于陆云撰，刘运好校注《陆士龙文集校注》，凤凰出版社 2010 年版。

华曰：'今日相遇，可勿为常谈。'云因抗手曰：'云间陆士龙。'隐曰：'日下荀鸣鹤。'鸣鹤，隐字也。云又曰：'既开青云睹白雉，何不张尔弓，挟尔矢？'隐曰：'本谓是云龙騤騤，乃是山鹿野麋。兽微弩强，是以发迟。'华抚手大笑。""初，云尝行，逗宿故人家，夜暗迷路，莫知所从。忽望草中有火光，于是趣之。至一家，便寄宿，见一年少，美风姿，共谈《老子》，辞致深远。向晓辞去，行十许里，至故人家，云此数十里中无人居，云意始悟。却寻昨宿处，乃王弼家。云本无玄学，自此谈《老》殊进。"① 陆云遇王弼事虚诞荒谬，明显是小说家言，当是陆云玄谈精进后，时人衍演而成。可以推测，其事虽然荒谬，但是陆云精于玄谈，且受《老子》和王弼思想影响最大，应当是事实。从张华的话中可以推测，陆云是经常谈玄的，而且机敏善辩，言辞精微，口才极好。玄学对陆云的文学思想有着直接的影响，此详于后，不赘。

陆云与陆机相比，虽然才能稍弱，但有着自己的特点。陆云性情温和，又精于覃思，善于谈辩，爱才好士，多所贡达，因而人际关系远好于其兄陆机。人际关系良好，也是其书信繁多的原因之一。

## 二 陆云书信中的文学思想

陆云的文学思想，主要见于《与兄平原书》，"云今意视文，乃好清省"，"清省观"是陆云文学思想的核心，此一点，前贤早已指出，如《文心雕龙·镕裁》篇说"士龙思劣，而雅好清省"，张溥也指出，"士龙与兄书，称论文章，颇贵清省"②。另外，《与兄平原书》中陆云所关注的文学问题已经由对文学价值定位的问题，转变到具体的文学制作和文学技巧方面的探讨，这是在建安时期对文学定位的基础上文学观念的进一步演进。试详述之。

作为陆云文学思想的"清省观"，实际上包含着"清"和"省"两个方面。《与兄平原书》中真正提到"清省"的地方并不多，陆云

---

① 房玄龄等：《晋书》，中华书局 1974 年版，第 1482、1485—1486 页。
② 张溥撰，殷孟伦注：《汉魏六朝百三家集题辞注》，人民文学出版社 1960 年版，第135 页。

更多的是提到"清"字以及与"清"字组成的词语，如"清工""清利""清新""清绝"等。陆云的"清"与"情"是紧密联系在一起的，"省《述思赋》，流深情至言，实为清妙，恐故复未得为兄赋之最"，"兄前表甚有深情远旨，可耽味，高文也"，可见文章的清妙与否，在陆云看来有深情是非常重要的，有时候即使是文辞稍嫌繁多而文有深情，也是可以接受的，如"然犹皆欲微多，但清新相接，不以此为病耳"。陆云自道他对于文章重情的观念，实际上是来自张华，"往日论文，先辞而后情，尚势而取不悦泽。尝忆兄道张公文子论文，实自欲得，今日便欲宗其言"。并且对于张华文情相称极为赞赏："张公文无他异，正自情省，无烦长，作文正尔，自复佳。"陆云所强调的文章的"清"不仅来自"情"，也来自文辞"清工""清绝"，"《漏赋》可谓清工"，"《祖德颂》无大谏语耳，然靡靡清工，用辞纬泽，亦未易"，"昔读《楚辞》，意不大爱之。顷日视之，实自清绝滔滔"，可见陆云是不排斥文辞的华美的，他要求"用辞纬泽"，所谓"纬泽"，实际上就是修辞上的润色。这种润色，从《与兄平原书》中陆云对其兄文章的赞叹来看，是指用典、韵律和文辞的新奇，如"省诸赋，皆有高言绝典，不可复言"，"古今之能为新声绝曲者，无又过兄"，"兄顿作尔多文，而新奇乃尔，真令人怖，不当复道作文"。但是文辞的修饰是有限度的，"《文赋》甚有辞，绮语颇多，文适多体，便欲不清"，应先情后辞，以情为主。

　　"清省观"中的"省"，主要是针对文辞和谋篇布局来说的。《与平原兄书》中，陆云多次表达了对于陆机文辞繁多的委婉批评，"兄《丞相箴》小多，不如《女史》清约耳"，"《二祖颂》甚为高伟。云作虽时有一佳语，见兄作，又欲成贫俭家，无缘当致兄此谦辞。又云亦复不以苟自退耳。然意故复谓之微多，'民不辍叹'一句，谓可省"，"若复令小省，恐其妙欲不见，可复称极"，"一日视伯喈《祖德颂》，亦以述作宜褒扬祖考为先，聊复作此颂。今送之，愿兄为损益之。欲令省，而正自辄多，欲无可如省"，对于文辞繁多而又空洞无物的文章，他给予了激烈的批评，"有作文唯尚多，而家多猪羊之徒。作《蝉赋》二千余言，《隐士赋》三千余言，既无藻伟体，都自不似事，文章实自不当多"。那么文辞的"省"到底以何种标准来评判呢？《与兄平原书》中说："不知《九愍》不多，不当小减。"《九愍》乃是陆云作品中篇幅最长者，乃是模拟《九章》之作，抒发国破家亡的沉痛之感，陆云认为《九愍》文辞虽多，但是不应删减，可见"省"并非单纯地减少字数，再结合前述所说"张公文无他异，正自情省，无烦长，作文正尔，自复佳"，可以看出，陆云实际上强调的是，文辞的多寡要根据情感来决定，情感丰富则文辞可繁，否则文辞要减少。

再者，"省"还体现在谋篇布局上，"省"就要求文章以少总多，要有"出语"，也就是陆机《文赋》中所说的"警策"（"立片言而居要，乃一篇之警策"）。"《祠堂颂》已得省。兄文不复稍论常佳，然了不见出语，意谓非兄文之休者"，"《刘氏颂》极佳，但无出言耳"。文章只有有出语，才能提纲挈领，中心鲜明突出，文章结构更加紧密，才能使读者更好地理解作者的深意，"视《九章》，时有善语，大类是秽文，不难举意"。"出语""警策"乃是刘勰"隐秀"理论的来源。

那么，可以看到，陆云的"清省观"实际上是要求文章：在内容上要有深情，要言之有物；在形式上文辞可以华美，有绮语，但是要在表达情感的基础上加以提炼，使文辞省净；在文章结构上要重视"出语"，使文章中心明确，不蔓不枝。只有这样才能达到文有深情而布采鲜净。

《与兄平原书》中对时人和陆机的文章作品进行了评论，从这些评论中可以看到，张华和陆机对陆云的影响是最大的。根据前述引文可以知道，陆云先辞后情观念的转变实际上是受张华的影响，而从陆云的书信中可以推知，时人应该是经常聚集在一起谈论文学创作，评论文章得失。这种讨论已经不是曹植、杨修等人关于辞赋是否是"小道"的讨论，而更多的是关注于文章的优劣和具体的写作技巧。《与兄平原书》中记载着大量的陆云请求陆机给自己修改文章、请教写法、品评文章好坏的事情，如"'彻'与'察'皆不与'日'韵，思惟不能得，愿赐此一字""'羊肠转时'极佳，问人皆不解何以作此'转'。虽云欲相泄，恐此正自取好耳。说之不能工，愿兄试一说之"等。有时候，陆机的修改意见不甚明了，陆云还会要求兄长说得再清楚明白些，如"兄意所谓不善，愿疏救其处绪，亦欲成之，令出意，莫更惑如恶所在"。文章在陆云眼中等同于制作，可以通过具体的探讨和传授来提高文学作品的艺术性。这当然是文学获得普遍重视之后的事情，同时也能看出，西晋文学偏重于繁缛，追求辞藻，也与对文学技巧的普遍重视有关。

### 三　对陆云书信的评价

陆云的书信文学成就最高者，莫过于《答车茂安书》。书中以赋的手法描写了鄮县的地理、物产、民风，并对石季甫加以委婉批判和鼓励，虽以写实为主，然而铺陈渲染，却极为精练，乃是陆云"清省观"的最好体现，如写鄮县的风物之美，"若乃断遏海浦，隔截曲隩，随潮进退，采蚌捕鱼，鳢鲋赤尾，鲽齿比目，不可纪名。鲙鲡鳆，炙鳖鲵，烝石首，曤鷊鴐，真东海之俊味，肴膳之至妙也。及其蚌蛤之属，目所希见，耳所不闻，品类数百，难可尽言也"，陆云不以夸饰为能事，而是抓住了物产中有代表性的进行精当的描写，以此来激发读者的想象，语言省净，却收到了良好的效果。车永《答陆士龙书》说："即日得报，披省未竟，欢喜踊跃。辄于母前，伏诵三周。举家大小，豁然忘愁也。足下此书，足为典诰，虽《山海经》《异物志》《二京》《南都》，殆不复过也。"[1]《答车茂安书》以书信的方式写景、叙事、抒情，实开南朝书信之先。

可以看到，陆云强调"清省"，其书信作品中也的确实践了这一文学思想，然而《与平原兄书》却不"省净"，何以会出现问题？笔者想先从陆云书信的语言谈起。

曹道衡说："陆云的书信，也多半是散体的。在这些书信中，给陆机的信，最为质朴；而给其他人的信，有时还较华美。这显然视他与写信对象的亲疏而定。越是疏远的朋友，越要客气，文字也就越讲

---

[1]　严可均辑：《全上古三代秦汉三国六朝文》，中华书局 1958 年版，第 2085 页。

究，至于家信一类，则几乎如同口语。可见像陆机、陆云等晋代文人中最重视辞藻和对仗的人，对骈俪化的文体也只使用于一定的场合。"① 曹先生的观点是正确的，陆云家书的确是因为通信对象为其兄长，才用语随意，不避楚音楚语，止足达意耳。也正因为此，"无意为文，家常白直，费解处不下二王诸《帖》"②。再看陆云与他人的书信，皆用语典雅省净，多四言体，可见此时家书与非家书的分野已经十分明显了。由原来的家书与非家书的区别不大，到现在的界限分明，实际上是书信礼仪作用初显端倪的结果。

书信在秦汉立仪之后，主要在书信的用语、格式、与书对象等方面做了明确的规定，然而在书信主体部分的语言上，没有太多的限制和要求，因而家书与非家书没有明显的分野，差别的出现应该是书信礼仪不断深入后的结果。与陆云同时代的索靖有《月仪帖》存世，是朋友之间交往书信的写作套语。《月仪帖》按照月份分别列出了与书和复书的具体写法，语言典雅华美，情感深挚动人，这种月仪的形式可能早在汉魏之际就已经产生。书信交往只有在人们极为重视和发挥着重要作用时，才会引发时人的关注，朋友间的交往是当时士人间最为普遍的事情，书信最能体现"士大夫风范"，因而无论是用语还是格式，都有着种种规定，月仪才会产生。实际上，这种礼仪的规范不只存在于朋友之间，在日常的社会生活中，无论是婚丧嫁娶，还是书信往来，都有着不同的要求，吊书就是当时社会生活的一部分，这种对于不同场合书信的礼仪要求，最终都形成了不同的书仪，成为士人遵守的规范，最好的明证就是敦煌写本书仪。家书与非家书的这种语言上的区别，在齐梁时期，因重文风尚的盛行，家书趋于骈俪化而泯灭了，这当然是后话了。

陆云的书信，因为与书对象的不同而产生的书信（法帖）内容有着极大的不同，这种现象的产生说明，一是书信与礼制已经有着紧密的结合，成为一种普遍被遵守的习惯；二是书信已经不仅是一种

---

① 曹道衡：《中古文学史论文集》，中华书局 2011 年版，第 40 页。
② 钱锺书：《管锥编》，生活·读书·新知三联书店 2007 年版，第 1915 页。

信息的传递方式了，在人们的眼中，它需要一种更为妥帖的写法。实际上，以文学的写法来写作书信，早就存在于书信之中，但是至少在陆云之前，书信的写作还没有真正从意识上将实用性和文学性区分开来。

书信论文在陆云之前的书信中出现过。曹丕著名的《与吴质书》《又与吴质书》，曹植与杨修的往来书信，都有过相关文学观点的阐释以及对于当时文人及作品的评价。虽如此，都不是专门的论文书信，而陆云《答兄平原书》则是数量可观的一组专门的论文书信。刘师培说："陆云《答兄平原书》，多论文之作，于文章得失，诠及细微；其于前哲，则伯喈、仲宣之作，多所诠评；其于时贤，则张华、成公绥、崔君苗之文，并多评核。"① 陆云在书信中对陆机和时人的作品有过不少评论，并反复表明自己的文学观点——清省，对于作品的写作技巧的探讨细致入微，甚至细化到具体的用字和用韵上。陆机的论文书信，"什九论文事，着眼不大，著语无多，词气殊肖后世之评点或批改，所谓'作场或工房中批评'（workshop criticism）也。方回《瀛奎律髓》卷一〇姚合《游春》批语谓'诗家有大判断，有小结裹'；评点、批改侧重成章之词句，而忽略造艺之本原，常以'小结裹'为务。苟将云书中所论者，过录于机文各篇之眉或尾，称赏处示以朱围子，删削处示以墨勒帛，则俨然诗文评点之最古者矣"②。钱锺书称陆云书信俨然士人评点最古者，可谓独具只眼。中国古代文论不像西方文论那般重视理论体系的建构，诗文评点论文，阐释文学思想，正是中国古代文论建设的常用方式。陆云以书信的方式探讨文学创作，阐明文学观点，虽然散乱不成体系，却也是文学创作交流的有效方式。在文士间的书信交往中，论文成为重要的内容，不管是作品的品评还是新的文学思想的阐释，都可以出现在书信中，书信也成为古代文论最为直接的资料来源。陆氏兄弟的论文书信之后，书信论文逐渐成为一种传统。

---

① 刘师培：《中国中古文学史讲义》，上海古籍出版社 2000 年版，第 71 页。
② 钱锺书：《管锥编》，生活·读书·新知三联书店 2007 年版，第 1915 页。

吊书进入书信，是陆云书信在内容拓展方面的贡献。刘师培《中国中古文学史讲义》中在吊文之后曾提到吊书："惟晋人文集所载，别有吊书（如《陆云集·吊陈永长书》五首、《吊陈伯华书》二首是也）。"①《文心雕龙·哀吊》篇指出："宜正义以绳理，昭德而塞违，剖析褒贬，哀而有正，则无夺伦矣。"这是吊文的文体特点和要求：要端正意义，以事理为准，褒扬德行，防止过失，并能够正确地表达哀情。吊文所悼念的对象可以是古人，可以是陌生之人，也可以借吊古人而抒发自我内心的情感，吊书则必须是相识之人，书中所要表达的是对于死者的哀伤之情，写法与哀辞相似。吊书是本人无法到场，遣使携书以吊。陆云以一组书信的形式来悼念自己的好友，篇幅短小精练，语言典雅含蓄，情感真挚感人，然而吊书内容略显呆板，缺乏变化，影响了它的艺术水平。

陆云吊书还有让人颇为费解之处，如果是遣使以吊，写作两封吊书，尚能理解，连续写上五封吊书，纵使感情再深也不至如此吧？考虑到历史上复书的存在，笔者试图从这个角度进行推论。《吊陈永长书》（五首），实际上它的内容每一首都不同。第一首概括写出了惊悉永曜早逝的悲痛，内容非常简单，这似乎是这封信的上纸，只是礼节性地表达悲痛，并没有实质内容，从第二首开始，似乎是这封信的下纸，每一首从一个角度具体表达痛惜的内容，如第二首写自己听闻噩耗之后遣使吊问，表达呼天抢地、临书思绪纷乱的痛苦，第三首则主要写永曜道德、气度、才能以及假乐之约，第四首写知音不存的悲痛，第五首写永曜之逝乃是国家的损失以及自己的思念之情。第二首至第五首层层递进，从友情写到永曜的品行，再写不仅是我失去知音，更是国家的损失，内容完整。与第一首相合，正好组成一封完整的复书。复书的形式，有学者认为索靖的《月仪帖》中就已经存在了②，索靖又是与陆云同时代的人，虽然很多学者对此持有异议，但是东晋流传下来的王羲之法帖中，很多都是吊书，明显使用了复书。

① 刘师培：《中国中古文学史讲义》，上海古籍出版社 2000 年版，第 65 页。
② 参见吴丽娱《敦煌书仪与礼法》，甘肃教育出版社 2013 年版，第 7 页。

也许陆云吊书中的复书形式，乃是王羲之吊书中复书形式的滥觞？惜乎史料缺乏，再加上只是书信文字的流传，并未有书信的原始格式存世，因而也只能求教于通识君子了。

不管怎样，陆云以书信的形式来写作吊书，还是有着一定的历史影响的，陆云之后，东晋庾亮就曾写《追报孔坦书》，南朝时颜延之有《吊张茂度书》，简文帝有《吊道澄法师亡书》，薛道衡有《吊延法师书》，等等，刘峻《追答刘秣陵沼书》还被选入《文选》，陆云的创始之功不应被磨灭。

## 第三节　《月仪帖》:书信与礼仪、书法的结合

### 一　月仪的源流

《月仪帖》属于书仪。书仪，"是写信的程式和范本，供人模仿和套用"①。"书仪内涵的界定应该是以公私往来信札为主体，兼有吉凶礼仪仪注书籍的专名。"② "从目前所见存的'书仪'来看，不外两种类型，有包函万象内容的综合'书仪'和按月令编纂而较为单纯的朋友'书仪'，就内容及性质而论，都是属于个人使用的吉凶礼仪的书面范本或言语应对之参考文字。至于表状笺启类'书仪'，以其为公文书启及官方往来的信函，非属私人应用参考的'书仪'类，不是狭义的'书仪'定义。"③ 已有的研究界定了书仪的内涵，分出了狭义的书仪和广义的书仪。狭义的书仪包含朋友书仪和综合书仪（也即吉凶书仪），广义的书仪中则加入了表状笺启类书仪，其中以朋友书仪的出现为最早。

朋友书仪是敦煌文书中，在形式和体裁上与月仪最为相似的书仪了。以发展演变的源流看，朋友书仪当是从月仪中脱胎的。

---

① 周一良、赵和平:《唐五代书仪研究》，中国社会科学出版社 1995 年版，第 94 页。
② 赵和平:《〈敦煌写本书仪研究〉订补》，《敦煌吐鲁番研究》（第三卷），北京大学出版社 1998 年版，第 231 页。
③ 王三庆:《北京大学图书馆藏本〈诸文要集〉一卷研究》，《庆祝吴其显先生八秩华诞敦煌学特刊》，台北:文津出版社 2000 年版，第 162 页。

月仪，现在所能知晓的，有七种。第一种是西晋索靖的《月仪帖》，"从文献记录来看，凡有三章的《淳化官帖》本、四章的《汝帖》本、十一章的和九章的《元祐秘阁续法帖》本，另有严可均源于《郁冈斋帖》九章本的录文"。① 索靖的《月仪帖》，乃现今所能看到的最早的月仪，遗失了四、五、六三章，严可均所录释文，本之于孙渊如《续古文苑》，孙氏所录文字来自《元祐秘阁续法帖》的复刊本《郁冈斋帖》。

第二种是东晋王羲之《月仪》，被类书《北堂书钞》《太平御览》等引录。

第三种是王献之《月仪帖》，已失传，《书画汇考》引怀素语曰："酒狂昨日过杨少府家，见逸少《阮步兵帖》，甚发书与也。颠素何可以到此，但恨无好纸墨一临之耳。比见献之《月仪帖》内数字，遂与右军并驰，非后人所能到。一点一画，便发新奇一法，此乃得钟繇弟子宋翼三遇波藏锋法。酒狂见此，遂大吐出胸中霓耳，千丈早晚纳去，俟杨生缚笔至，可为也。兹不具，□狂□藏真太师丈足下。"②

第四种是无名氏的《月仪》，《隋书·经籍志》"小学类"《劝学》一卷下著录："有司马相如《凡将篇》，班固《太甲篇》、《在昔篇》，崔瑗《飞龙篇》，蔡邕《圣皇篇》、《黄初篇》、《吴章篇》，蔡邕《女史篇》，合八卷，又《幼学》二卷，朱育撰；《始学》十二卷，吴郎中项峻撰；又《月仪》十二卷。亡。"③ 此可注意者有二：一是按照《隋志》著录的体例，则《月仪》出现的时间当为晋时；二是此《月仪》与字书类并列，则《月仪》可作为习字之用，此又与敦煌汉简中习字书信觚《时与翁糸书》（《敦》1448）相类似。《月仪》既可以作为写信的范本，也可以作为习字的模本，这是由于月仪乃书信范文与书法的结合体。

第五种是梁任昉的《月仪》，乃幼年之作品，"幼而聪敏，早称

---

① 王三庆、黄亮文：《〈朋友书仪〉一卷研究》，敦煌学会编：《敦煌学》（第二十五辑），台北：乐学书局 2004 年版，第 35 页。
② 董诰等编：《全唐文》，中华书局 1983 年版，第 10932 页。
③ 魏徵等：《隋书》，中华书局 1973 年版，第 942 页。

神悟。四岁诵诗数十篇，八岁能属文，自制《月仪》，辞义甚美"①，已失传。任昉幼而能制《月仪》，除其天分外，《月仪》制作和使用在当时的普遍程度，当引起重视。

第六种是《锦带书》，此月仪之作者历来聚讼不已，旧题作梁萧统撰，陈振孙《直斋书录解题》、马端临《文献通考》皆以为梁元帝所作，毛晋则以为是两者皆非，并提出自己的怀疑："岂永福省中秘笈，至元帝时，始流布人间耶？"②四库馆臣则认为："详其每篇自叙之词，皆山林之语，非帝胄所宜言。且词气不类六朝，亦复不类唐格，疑宋人案月令集为骈句，以备笺启之用，后来附会，题为统作耳。"③四库馆臣仅凭用语乃山林之语，词气不类六朝、唐格，就将此推至宋代，实难让人信服。日本学者川口久雄认为："唐慧琳《一切经音义》中已引此书，我国于西历八九一年编辑的《日本见在书目录》中亦见此书，故纪昀之说不足信。至少在唐代，此书就以昭明太子之作的名义流传于世无疑。"④其实可以换一个角度理解，月仪本为实用之文，地位自然不会尊贵，而所撰月仪要想得到认同，必然托名古人或地位尊贵之人。月仪托名古人明显不妥，必借助于时下或者时代不甚远之名人，以彰其大有来历。故毛晋之解释或许是最接近于实际的。

第七种是陈隋之际智永的《月仪》和《月仪献岁帖》。《宣和画谱》载赵宋御府藏有两种书迹，文本与书迹今皆不见，梅鼎祚《释文纪》中引录有部分来自元代陆有仁《研北杂志》征引的《月仪献岁帖》残文，其文曰："献岁将终，青阳应节。和风动物，丽景光辉。翠柳舒鳞，红桃结绶。想弟优游胜地，纵赏佳宾，酌桂醑以申心，玩琴书而写志。无令披聚，叙会何期？谨遣一介，希还数字。"⑤

---

① 李延寿：《南史》，中华书局 1975 年版，第 1452 页。

② 萧统：《锦带书》（丛书集成初编本），上海古籍出版社 1936 年版，第 5 页。

③ 四库全书研究所整理：《钦定四库全书总目》（整理本），中华书局 1997 年版，第 1799 页。

④ 转引自祁小春《迈世之风——有关王羲之资料与人物的综合研究》，文物出版社 2012 年版，第 101 页。

⑤ 严可均辑：《全上古三代秦汉三国六朝文》，中华书局 1958 年版，第 4224 页。

严可均辑录于《全隋文》中，然而以《与某人书》命名，实为不妥。

以上是唐之前月仪的状况，唐代还有如许敬宗《月仪》四卷、赵燈《十二月仪》七卷，均已散佚，现在所能看到的是《唐人月仪帖》和敦煌写本《朋友书仪》。《朋友书仪》是一种与月仪形式、题材最为类似的书仪，它很可能是根据多种月仪汇聚成篇，以供边城僚佐将士写作书信时参考之用。①

## 二　《月仪帖》的作者与内容

索靖，字幼安，《晋书》本传载其为敦煌人也，累世官族，父湛，北地太守。靖少有逸群之量，与乡人氾衷、张魈、索紾、索永俱诣太学，驰名海内，号称"敦煌五龙"，有识量，著《五行三统正验论》，辩理阴阳气运，又撰《索子》《晋诗》各二十卷，《草书状》。索靖为张芝姊之孙，其书法师承韦诞，远承张芝，善章草书，传芝草而形异甚，晋太安二年，索靖死于八王之乱中保卫洛阳的战役。

《月仪帖》的作者和现存书迹，都存有争议。《月仪帖》真迹不存，一般认为现存的《月仪帖》书迹乃是唐人临摹的，《法书要录》卷三引唐李嗣真《后书品》云："上中品七人：蔡邕、索靖、梁鹄、钟会、卫瓘、韦诞、皇象……钟索遗迹虽少，索有《月仪》三章，观其趣况，大为遒竦，无愧珪璋特达，犹夫聂政、相如，千载凛凛，为不亡矣。"②南宋书论家董逌《广川书跋》卷六："近世惟淳化官帖中有靖书，其后购书四方，得《月仪》十一章今入续帖中。其笔画劲密，顾他人不能眦睨其间，然与前帖中书亦异，不知谁定之。李嗣真曰：'靖有《月仪》三章，观其趣尚大为遒竦，无愧珪璋特达，犹夫聂政、相如，千载凛凛，为不亡。'今《月仪》不止三章，或谓昔人离析。然书无断裂固自完善，殆唐人效靖书临写近似。"③晚清学者杨守敬《评帖记》曰："《郁帖记》《真赏斋》刻有《月仪》，非

---

① 关于《朋友书仪》的成篇问题，可参阅王三庆等《〈朋友书仪〉一卷研究》。
② 张彦远：《法书要录》（卷一），人民美术出版社 1986 年版，第 105 页。
③ 董逌：《广川书跋》，《景印文渊阁四库全书》（第 813 册），上海古籍出版社 1987 年版，第 394 页。

幼安书，米元章、黄长睿已辨之，不复录。董广川谓是唐人临写，或差可信。"① 当然也有不同的意见，如清代帖学家王澍《竹云题跋》说："余窃以《月仪》为幼安真迹者固非，以为唐人书者亦过。观其文字卑靡，殆齐、梁间人所为。即其书，虽乏晋人澹古风韵，亦无唐人方幅气习，亦应出齐、梁间人手。余曾见齐、梁碑刻数十种，笔法峭劲，形貌虽不同，精神正与此合，以其近似靖书，故目以为靖耳。"② 然而，《月仪帖》引人关注和临写，其书法艺术的高妙是其中一个重要的原因，索靖为西晋书法大家，历史上应该的确存在索靖书写的《月仪帖》。

即便是索靖有《月仪帖》书迹，其文字内容是否为索靖所撰，这一点也存有争议。沈曾植认为："征西书语意质古，为汉、魏间人语无疑，亦或草书家相传旧文，不必自制也。"③ 周一良也论述过这一问题："《月仪帖》是否出于索靖之手，清姚鼐曾有怀疑。"④ 姚鼐先是质疑《月仪帖》书法并非索靖真迹，这与前述主流观点基本相同，"他在另一处又说：'索靖月仪宋绍圣时以入秘阁续帖，吾谓此唐人书耳。王世将携索靖书数行过江，以为至宝，安得唐后反存如许字耶？内有用郁字，依伪古文，以郁陶作忧思，此亦非西晋人语也。'"⑤ 周一良得出结论说："现在书法家的意见，也认为很可能是唐人摹写。但姚氏辩其文字亦非西晋人所撰，似未能举出充分证据。文字本身，恐怕仍出于晋人之手。"⑥ 周一良的观点被学界普遍接受。文字内容虽不能确定是索靖所撰，但也没有坚实的证据否认这一历史说法，笔者认为将著作权归于索靖，才是较为审慎的做法。⑦

《月仪帖》是按照月份来编排的，存世文本缺有四、五、六三个

① 谢承仁主编：《杨守敬集》（第八册），湖北人民出版社 1988 年版，第 591 页。
② 王澍：《竹云题跋》，中华书局 1991 年版，第 32 页。
③ 沈曾植：《海日楼题跋》，中华书局 1962 年版，第 88 页。
④ 周一良、赵和平：《唐五代书仪研究》，中国社会科学出版社 1995 年版，第 72 页。
⑤ 周一良、赵和平：《唐五代书仪研究》，中国社会科学出版社 1995 年版，第 72 页。
⑥ 周一良、赵和平：《唐五代书仪研究》，中国社会科学出版社 1995 年版，第 72 页。
⑦ 丁宏武在《索靖生平著作考》一文中举出五点理由，力证《月仪帖》的内容乃是索靖所撰（可参阅《文史哲》2013 年第 5 期），然观其理由多为猜测之词，并不能直接有效地证明他的观点。

月份，乃是朋友间的往来书信，叙节候景致和朋友间的离别存问之
情。钱锺书先生指出："玩其构制，似为每月通启问候之套式，即
《全梁文》卷一九昭明太子《锦带书十二月启》之椎轮，后世《酬世
锦囊》中物也。"① 其正月之文曰：

> 正月具书，君白：大蔟布气，景风微发，顺变绥宁，无恙幸
> 甚！隔限遐途，莫因良话，引领托怀，情过采葛，企伫难将，故
> 及表问，信李鹰鹰，俱蒙告音。君白。
> 君白：四表清通，俊乂濯景，山无由皓之隐，朝有二八之盛，
> 斯诚明珠耀光之高会，鸾皇翻翥之良秋也。吾子怀英伟之才，而
> 遇清升之祚；想已天飞，奋翼紫闼，使亲者有迩赖也。君白。②

与书起首语"君"乃是泛指，撰写书信者以自己姓名替代即可。
"大蔟布气，景风微发"，乃是节气物候之语，这种节候之语也存在
于王羲之《月仪书》中"日往月来，元正首祚，太蔟告辰，微阳始
布"。晋代的书信作品中，节候之语并非全是如此简单的形式之语，
往往杂以时光流逝的感慨，日本学者中田勇次郎曾说："尺牍起首语
之后，继以时节变化之感怀，而且情多哀伤。……从内容上看像是在表
达时节的问候，但实际上却更像是寄托了作者发自内心的哀愁……对于
这一现象似应作更深层的解释：即它反映出那个时代贵族们对于时节
变化所具有的一种特殊感受性，更进一步说，应是魏晋时代人所共有
的性情特征之一。"③ 中田氏指出了蕴含在节候之语背后深层的情感
意蕴，这是符合魏晋时期普遍存在的感伤情怀的事实，从哲学层面上
看，还属于天人合一、天人感应的自然观。南朝时，书信中的节候之
语又有所变化，讲究辞藻的华美和形式骈俪，体现出重文的特点，以
《锦带书》为代表，如太蔟正月："伏以北斗周天，送玄冥之故节；

---

① 钱锺书：《管锥编》，生活·读书·新知三联书店 2007 年版，第 1836 页。
② 严可均辑：《全上古三代秦汉三国六朝文》，中华书局 1958 年版，第 1946 页。
③ 转引自祁小春《迈世之风——有关王羲之资料与人物的综合研究》，文物出版社
2012 年版，第 607—608 页。

东风拂地，启青阳之芳辰。梅花舒两岁之装，柏叶泛三光之酒。飘飘余雪，人箫管以成歌；皎洁轻冰，对蟾光而写镜。"①

"顺变绥宁，无恙幸甚"，乃是平安问候语，也就是书信中常用的类似"不审体内如何"的话语。"隔限遐途，莫因良话，引领托怀，情过采葛，企伫难将，故及表问，信李廌廌，俱蒙告音"，表达的是离别思念之情。到南朝时，运用了更多的表达技巧，用典、对仗等，抒写这份离别之情，如："想足下神游书帐，性纵琴堂，谈丛发流水之源，笔阵引崩云之势。昔时文会，长思风月之交；今日言离，永叹参辰之隔。但某执鞭贱品，耕凿庸流，沈形南亩之间，滞迹东皋之上。长怀盛德，聊吐愚衷。谨凭黄耳之传，伫望白云之信。"②

与书多用四言，复书则稍有变化，多用对句和四六骈文，只不过还不是齐梁时期的典型骈文。复书中时有赞颂国家清明的内容，如"四表清通，俊乂濯景"，"王路熙和，皇化洋溢，博采英儒，以恢时佐"，主体内容还是表达对于与书友情的回应。西晋以来的月仪，最终在唐代被总结为《朋友书仪》，这一点已经超出本书论述的范围，不再详论。

### 三 《月仪帖》的书信史意义

从月仪发展的源流来看，月仪在当时应该是比较流行的一种书仪形式，与陆云《与平原兄书》相比，《月仪帖》的语言是典雅的，文辞是优美的，情感有时也颇为感人。只不过《月仪帖》是公式化的文章，不是一种能够随意抒写内心情感的书信，无法与曹丕等人书信中饱含浓厚的思念之情相提并论。然而书信毕竟是社会交往下的产物，它有着必须要遵守的社会规则，必须符合人际交往的礼仪要求。《月仪帖》是书信实用功能的凸显，它试图提供模板式写作方式，试图使书信交往在礼仪的规范下进行，孰不知这对书信创作而言，到底是一种阻碍和伤害。月仪的产生，实际上与西晋时期普遍形成的模拟

---

① 严可均辑：《全上古三代秦汉三国六朝文》，中华书局 1958 年版，第 3062 页。
② 严可均辑：《全上古三代秦汉三国六朝文》，中华书局 1958 年版，第 3063 页。

文风有着很大的关系。西晋文风有着繁缛的倾向，追求典雅和辞藻华美，重视文章的形式，在交往过程中往往会为了显示自己的文采，而模仿一些典雅之作，月仪也就有了产生的可能。正如黑格尔所说："凡是合乎理性的东西都是现实的，凡是现实的东西都是合乎理性的。"① 那么，《月仪帖》有着怎样的历史意义呢？

月仪产生的确切时间虽不能确定，但其出现至少不晚于西晋。《隋书·经籍志》中经部"小学类"有"《月仪》十二卷，亡"，早期的月仪是被用作习字教材的，这一作用在敦煌写本书仪中也可以明显看到②。撰写《月仪帖》的索靖乃是敦煌世族、大书法家，《月仪帖》的功能可能在作为书信写的套语之外，还兼有书法、习字范本的作用。将书信作为习字的范本，这是汉代边疆文吏经常使用的方法。书信与书法的结合，在晋代成为一种趋势，也才产生了艺术气息浓厚的法帖。《月仪帖》中优美典雅的书信语言，在使用和传播的过程中，潜移默化地影响着书信朝着更加整齐典雅、文辞华美的方向发展，对于书信文学性的提升有着不可忽略的影响。

《月仪帖》对于书信史而言，更为重要的意义在于对书信礼仪的研究。《礼记·孔子燕居》："子曰：制度在礼，文为在礼，行之其在人乎。"孔颖达正义曰："制度在礼者，言国家尊卑上下制度存在于礼；文为在礼者，人之文章所为，亦在于礼，言礼为制度文章之本；行之其在人乎者，言能行其礼全在人乎，谓人能行礼也。"③ 前面已经指出，书信中的礼仪来自言语交际中的实用礼仪。书信往来体现人际交往中的礼仪，作为书仪的月仪，自然也有着类似的表现，吴丽娱谈论月仪产生时，指出："尺牍文翰的修养与世家大族的交友之道及优美辞令相结合，于是有月仪的产生。"④ 《宋书·乐志》："夫有国有家者，礼仪之用尚矣。然而历代损益，每有不同，非务相

---

① 黑格尔：《法哲学原理·序言》，商务印书馆1961年版，第11页。

② 关于书仪被作为童蒙读物使用，可以参阅周一良、赵和平《唐五代书仪研究》，中国社会科学出版社1995年版，第35—36页。

③ 阮元校刻：《十三经注疏》，中华书局1980年版，第1614—1615页。

④ 吴丽娱：《唐礼摭遗——中古书仪研究》，商务印书馆2002年版，第2页。

改，随时之宜故也。"① 书仪也会随着时代的变迁、礼俗的变化而发生变化，因而追踪历代的书仪，既能够对当时书信的礼仪、用语等有更好的了解，又能够较为清晰地勾勒书信礼仪的发展历史。书信礼仪又是书信中不可分割的一部分，对于书信史的意义也就不言而喻了。

## 第四节　东晋政治文化背景与书信的演变

东晋书信，在整个汉魏六朝书信发展过程中，都是一个特殊的存在。直观而言，它在叙事论理方面与前代差别不大，往往是畅所欲言，只不过语言比西晋略显平实，内容上有了佛理的加入；而在写景抒情方面，篇幅极短，往往寥寥几句，表达给人含蓄隽永、回味悠长之感。如果说叙事论理的书信是外向型的，那么写景抒情的书信则是内向型的，东晋书信的重点就是要表达一种雅化了的内心世界。较之于西晋而言，有了明显的变化。这种变化首先来自东晋独特的政治文化背景。

### 一　偏安政局

东晋自永嘉南渡以来，形成了偏安政局。王朝的覆灭是应该认真反思的，而新的环境给他们带来的种种不适也更为真切，曾经悲怆凄楚的情绪弥漫在渡江士人之中，而《世说新语·言语》篇的两段记载也被广泛引用：

> 卫洗马初欲渡江，形神惨悴，语左右云："见此芒芒，不觉百端交集。苟未免有情，亦复谁能遣此！"②
> 过江诸人，每至美日，辄相邀新亭，借卉饮宴。周侯中坐而叹曰："风景不殊，正自有山河之异！"皆相视流泪。唯王丞相

---

① 沈约：《宋书》，中华书局 1974 年版，第 327 页。
② 刘义庆撰，余嘉锡笺疏：《世说新语笺疏》，中华书局 2007 年版，第 111 页。

怃然变色曰："当共勠力王室，克复神州，何至作楚囚相对？"①

　　国破家亡，立足未稳，南渡士人的悲观和不适是自然之事。王导在东晋王朝为能够在江南立足做出了巨大贡献，实现了他所说的"勠力王室"，此一点陈寅恪、田余庆等前贤已有细致论述，几成人所共知之事实，然而"克复神州"，的确是流于空言了。吕思勉论及《王导传》时曾说："此传颇能道出东晋建国之由。三言蔽之，曰：能调和南方人士，收用北来士大夫，不竭民力而已……帝之本志，盖仅在保全江表，而不问北方，即王导之志亦如此，故能志同道合。东晋之所以能立国江东者以此，其终不能恢复北方者亦以此。以建国之规模一定，后来者非有大才，往往不易更变也。"②吕氏所言确为精当，东晋的建立实际上就是苟安策略下的产物，缺乏应有的政治理想。东晋终不能有所更变者，实际上还因为主幼臣强，北伐恢复中原者，并非为国家前途和利益着想，而往往是出于个人或家族的私利，殷浩、桓温、谢万等莫不是如此。刘琨的沉痛反思和救亡图存的观念，早已随着时间的流逝淡化了。

　　统治阶层尚且如此，士人就更不愿意改变了，孙绰《谏移都洛阳疏》中说："植根于江外数十年矣，一朝拔之，顿驱蹙于空荒之地，提挈万里，逾险浮深，离坟墓，弃生业，富者无三年之量，贫者无一餐之饭，田宅不可复售，舟车无从而得，舍安乐之国，适习乱之乡，出必安之地，就累卵之危，将顿仆道涂，飘溺江川，仅有达者。"③难以割舍既得利益，不愿意寻求新的改变，这是偏安政局下的偏安心态，是士人精神缺乏崇高理想的后果。国家与社会的责任感已经让位于个人和家族的利益，文学表现的内容自然也就发生了变化。王羲之的书信中，因为极力劝阻北伐，也被评论者看作偏安心态的体现。而整个东晋书信中，再也没有见到士人因为家国的问题而生发出深沉的忧虑，两晋之际玄风所带来的国破家亡和沉痛的反思被遗

　　① 刘义庆撰，余嘉锡笺疏：《世说新语笺疏》，中华书局2007年版，第109页。
　　② 吕思勉：《两晋南北朝史》，上海古籍出版社2005年版，第99页。
　　③ 房玄龄等：《晋书》，中华书局1974年版，第1546页。

忘在历史中了。

## 二 门阀政治

东晋是门阀政治的时代，君权政治衰微，大权旁落，君主虽有崇高地位，却不得不受制于门阀大族，东晋立国之初，晋元帝司马睿面对王敦的叛乱甚至有"以避贤路"的畏惧，君权与门阀的微妙关系可见一斑。东晋百余年的时间，门阀操纵朝局没有变化，所变化的只是哪一个世家大族掌握政权而已。

门阀统治之下，世家大族政治上的明争暗斗一直持续，士人为了维护家族的利益也是千方百计、不遗余力，史籍斑斑可考。西晋提倡儒学，然而在历史的发展中玄学逐渐取代儒学，成为思想文化的主流，此种趋势在东晋依然没有变化，所变化者乃是西晋士人的任性放诞之举，多被摒弃，礼玄双修成为世家大族看重的文化素养。其出发点无非任性放诞、不婴事务，终究会使整个家族失去政治上的优势，而只有如王导、庾亮、谢安等"尊儒者之教，履道家之言"[1] 礼玄双修之士才能够承载整个家族的命运。陈寅恪《天师道与滨海地域之关系》一文早已指出："东西晋南北朝时之士大夫，其行事遵周孔之名教（如严避家讳等），言演老庄之自然。玄儒文史之学者著于外表，传于后世者，亦未尝不使人想慕其高风盛况。"[2] 罗宗强先生也曾指出："玄学思潮自中朝以来，已与名教合一，崇尚玄风之名士群体，大多已入世甚深。""其时纯粹以庄子之齐物论为人生取向者，已甚少为见；大抵标榜自然而实入世。东晋此种倾向并未改变。王导、谢安、王羲之诸人均如是。羲之尤为突出。"[3]

---

[1] 陈寿：《三国志》，中华书局1959年版，第745页。

[2] 陈寅恪：《金明馆丛稿初编》，生活·读书·新知三联书店2001年版，第44页。唐长孺先生将陈先生的观点阐述得更加明白，他认为东晋以后的学风是"礼玄双修"，并指出："正因为东晋以后名教与自然的关系已有较一致的结论，所以在学术上的表现便是礼玄双修，而这也正是以门阀为基础的士大夫利用礼制以巩固家族为基础的政治组织，以玄学证明其所享受的特权出于自然。当时著名玄学家往往深通礼制，礼学专家也往往兼注三玄。"（唐长孺：《魏晋南北朝史论丛》，河北教育出版社2000年版，第324页）

[3] 罗宗强：《玄学与魏晋士人心态》，天津教育出版社2005年版，第254页。

从实用层面来说，虽然玄学占主导地位，但儒学并未断绝，其表现主要是世家大族重视齐家之学。齐家主要是为了维护家族的秩序，使整个家族能在有序中形成强大的凝聚力，而家族的繁荣能为政治地位提供良好的保障。东晋齐家之学，主要表现为礼学的兴盛，尤其是丧服之礼。这一时期，书信中谈论礼学，尤其是丧服之礼的多了起来，一方面是为了解决南渡以来出现的新问题，另一方面主要是受齐家之学的影响。虽然在内容方面是拓宽了书信的写作题材，但是在写作上大多篇幅短小，并没有在叙事说理方面表现出太多的特点。精神追求方面，在玄风的影响下，士人不拘泥于现实的事务，更加关注精神的旷达放逸，追求自由、超越的人生理想。世家大族因有着独特的社会地位，其精神追求成为整个社会的文化风尚。这种风尚的背后，实际上也有着实用的因素，因为风尚所带来社会声誉也巩固了世家大族的社会地位。

### 三　玄学的影响

宗白华曾这样论述："晋人酷爱自己精神的自由，才能推己及物，有这意义伟大的动作。这种精神上的真自由、真解放，才能把我们的胸襟象一朵花似的展开，接受宇宙和人生的全景，了解它的意义，体会它的深沉的境地，近代哲学上所谓'生命情调'、'宇宙意识'，遂在晋人这超脱的胸襟里萌芽起来。"[1] 这是玄学深入发展的结果，与前人不同，东晋士人将这种玄学的思考移入了山水自然之中。

永嘉南渡，江南的奇丽景色让人惊讶，北方所从未见过的自然风光、秀美山川近在咫尺了。文士以浓厚的兴趣将清新明秀的自然景色记录下来，形成了一个地记创作的高潮，山水在他们的笔下是那么动人，让人神往。如：

> 湘水至清，虽深五六丈，见底了了，石子如樗蒲矢，五色鲜明，白沙如霜雪，赤岸如朝霞。（罗含《湘中记》）[2]

---

[1]　宗白华：《美学与意境》，人民出版社 1987 年版，第 190 页。
[2]　欧阳询撰，汪绍楹点校：《艺文类聚》，上海古籍出版社 1982 年版，第 148 页。

自黄牛滩东入西陵界，至峡口百许里，山水纤曲，而两岸高山重障，非日中夜半，不见日月，绝壁或千许丈，其石彩色，形容多所像类，林木高茂，略尽冬春，猿鸣至清，山谷传响，泠泠不绝。（袁宏《宜都记》）①

山在寻阳南，南滨宫亭湖，北对小江。山去小江三十余里，有匡俗先生者，出殷周之际，隐遁潜居其下，受道于仙人而共岭，时谓所止为仙人之庐而命焉。其山大岭凡七重，圆基，周回垂五百里。其南岭临宫亭湖，下有神庙。七岭会同，莫升之者。东南有香炉山，其上氛氲若香烟。西南中石门前有双阙，壁立千余仞，而瀑布流焉。其中鸟兽草木之美，灵药芳林之奇，所称名代。（慧远《庐山记略》）②

更应该引起关注的是，这种山水美景的描写已经不是单纯的记录了，士人自由、洒脱、超越的审美理想已经融入其中了，因而士人笔下的山水自然之美，实际上是士人审美理想的外在呈现。它更强调的是主体的审美感受，如《世说新语·言语》篇："简文入华林园，顾谓左右曰：'会心处不必在远。翳然林水，便自有濠、濮间想也。觉鸟兽禽鱼，自来亲人。'"③《世说新语·文学》篇："郭景纯诗云：'林无静树，川无停流。'阮孚云：'泓峥萧瑟，实不可言。每读此文，辄觉神超形越。'"④ 山水自然之美，在东晋激发出了士人的审美情趣，主要就是因为士人是"以玄对山水"（孙绰《庾亮碑》）。东晋书信中，自然山水也成为主要的内容，士人用极其简短的语言，表现出自然与人的精神体验完美结合的精神境界。

玄风所及，东晋文学创作与西晋崇尚典丽不同，更崇尚平淡的创作风格，语言往往质朴无华，刘师培说："晋人文学，其特长之处，非惟析理已也。大抵南朝之文，其佳者必含隐秀，然开其端

---

① 郦道元撰，陈桥驿校证：《水经注校证》，中华书局2007年版，第793页。
② 范晔：《后汉书》，中华书局1965年版，第3487页。
③ 刘义庆撰，余嘉锡笺疏：《世说新语笺疏》，中华书局2007年版，第143页。
④ 刘义庆撰，余嘉锡笺疏：《世说新语笺疏》，中华书局2007年版，第303—304页。

者，实惟晋文。又出语必隽，恒在自然，此亦晋文所特擅。齐、梁以下，能者鲜矣。（彦和以魏、晋之文为浅者，亦以用字平易，不事艰深，即《练字篇》所谓'自晋以来，用字率从简易'也）。"① 刘师培精确地指出了东晋士人"简易"文字的背后，实际上有着一种隽秀之美，更为可贵的是这种文约意丰之美，实际上是无意自工、出于天成的。王羲之、王献之、陶渊明的书信，是这方面的代表。陶渊明有《与子俨等书》，实是诚子书，它在写法上没有太多创新之处，实乃是郑玄和马援诚子书写法的结合，但让人惊讶的是名教与自然的结合在一个人身上能够如此地完美，毫无扞格。陶渊明在叙述自己生平时，体现出自然而然、自得其乐的人生体验和委任随化的人生态度：

> 吾年过五十，少而穷苦，每以家弊，东西游走。性刚才拙，与物多忤，自量为已，必贻俗患。僶俛辞世，使汝等幼而饥寒。余尝感孺仲贤妻之言，败絮自拥，何惭儿子，此既一事矣。但恨邻靡二仲，室无莱妇，抱兹苦心，良独内愧。少学琴书，偶爱闲静，开卷有得，便欣然忘食。见树木交荫，时鸟变声，亦复欢然有喜。常言五六月中，北窗下卧，遇凉风暂至，自谓是羲皇上人。②

整个书信在告诫儿子时，没有训诫，有的只是平等的交谈，有的是大限将至的淡淡忧伤，有的是一个慈父的愧疚之心，有的是过来人的人生经验，语言平淡亲切，自然而隽永。王文濡有过极为精辟的评论："与子之书，佳者难觏，不失之直，即失之浮。渊明诗文，善写性灵，此文叙骨肉之情，尤得性情之真，词质以达，情真以挚。读之如凉风忽至，时鸟自鸣，此渊明所独长，后世奚可企及。"③

① 刘师培：《中国中古文学史讲义》，上海古籍出版社 2000 年版，第 62 页。
② 陶渊明撰，龚斌校笺：《陶渊明集校笺》（修订本），上海古籍出版社 2011 年版，第 466 页。
③ 王文濡编：《南北朝文评注读本》（第一册），上海文明书局 1920 年版，第 60 页。

### 四　佛教的融入

刘师培指出:"东晋人士,承西晋清谈之绪,并精名理,善论难,以刘琰、王蒙、许询为宗,其与西晋不同者,放诞之风,至斯尽革。又西晋所云名理,不越老、庄。至于东晋,则支遁、法深、道安、惠远之流,并精佛理。故殷浩、郄超诸人,并承其风,旁迄孙绰、谢尚、阮裕、韩伯、孙盛、张凭、王胡之,亦均以佛理为主,息以儒玄;嗣则殷仲文、桓玄、羊孚,亦精玄论。大抵析理之美,超越西晋,而才藻新奇,言有深致,即孙安国所谓'南人学问,精通简要'(见《世说·文学》)也。故其为文,亦均同潘而异陆,近嵇而远阮。"[1] 刘师培所论述的实际上就是佛理融入对于东晋文学产生的影响,精于析理而疏于辞藻。

众所周知,佛教的传入是在东汉明帝之时,而佛教真正产生影响则是在东晋时期。汤用彤曾言:"溯自两晋佛教隆盛以后,士大夫与佛教之关系约有三事:一为玄理之契合,一为文字之因缘,一为死生之恐惧。"[2] 所谓玄理之契合,就是指对佛家作玄学的理解,就东晋佛教传播的方式而言,实际上前期是借助玄学而产生影响,从而使玄佛合流。因而佛学所产生的影响是隐形的,名僧亦如名士,出入于各种清谈的场合,只不过他们能够以佛释玄,发明玄学新意,如支遁对逍遥义的诠释就备受名士推崇,名士礼佛,名僧谈玄,这在东晋时是普遍现象。名士在现实社会中对于生死的忧虑,在玄学中已经很难找寻到好的答案和精神寄托,这种痛楚却能在佛教中找到解答,因而东晋以后佛教的影响迅速扩大。

佛教影响扩大,僧侣增多,佛理被广泛传播开来,引发的矛盾和问题也就随之而来,如佛教礼仪与儒家礼仪的扞格、僧侣与王权的关系、华夷之辨,等等,后来逐渐深入因果报应、形神之争等佛教义理的领域,呈现出由浅到深不断深入的趋势。而这些讨论,很多是借助

---

[1]　刘师培:《中国中古文学史讲义》,上海古籍出版社2000年版,第56页。
[2]　汤用彤:《隋唐佛教史稿》,中华书局1982年版,第193页。

书信完成的。就叙事论理方面而言，这些书信表现出的是析理绵密、逻辑清晰、说理透彻的特点。就写作的形式而言，很多名士与僧侣的书信，更像是完成一场清谈，发信者就一个问题提出自己的观点并详加阐释，类似于清谈中的"发端谈"，收信者根据对方的观点或问题，逐一驳难或阐释，有时甚至会逐一引述来书加以批驳，类似于清谈中的"作难"，收信人与发信者可以就一个问题进行往返数次的"共谈析理"，甚至可以就一个问题数人书信往返交谈。书信成为清谈的延伸，拉近了距离，使佛理的影响也越来越大了。

## 第五节　王羲之书信的历史意义

### 一　王羲之书信的存世现状

要着手研究王羲之父子的书信，我们面对的第一个问题就是他们书信的数量到底有多少。王羲之父子的书信数量的确很难有一个确定的数目。究其原因，王羲之父子都是著名的书法家，很多的书法作品其实就是当时的书信，书信数量估计连他们自己也没有统计；法帖被后世爱好书法者尤其是官方大量收藏，却因为战争等因素毁灭、散佚的情况非常多，再加上利益因素，王羲之父子法帖中出现了很多的赝品。各种因素掺杂在一起，造成了王羲之父子法帖的混乱。王羲之父子的法帖实际上包含书迹和文字两部分，书迹保存数量远小于文字保存数量。笔者在下文采用描述的方式，展现王羲之父子法帖的流存状况。

王羲之①，字逸少，琅邪临沂人，是东晋著名的书法家、文学家，被最为"书圣""大王"。《隋书·经籍志》"集部"记载有《晋金紫光禄大夫王羲之集》九卷，梁十卷，录一卷。王羲之的集子在

---

① 王羲之的生卒年月，一直存有争议，其说有六：太安二年生至升平五年卒（303—361年），永安元年至隆和元年（304—362年），光熙元年至兴宁二年（306—364年），永嘉元年至兴宁三年（307—365年），大兴四年至太元四年（321—379年），太安二年至太元四年（303—379年）。王羲之的生卒年月不是本书研究的重点，姑列之，取学界通行的303—361年说。

梁代时又有所增加，这与梁武帝爱好王羲之的书法关系密切，至于
"录"，可能是记叙与王羲之文集有关内容或书作流传的叙录。两
《唐志》录有《王羲之集》五卷，后来也散佚了。现在我们看到的王
羲之法帖的资料主要有四种：一是褚遂良的《晋右军王羲之书目》
（《右军书目》），这应该是王羲之集子的目录，录有正书五卷，行书
五十八卷，每一帖取前几个字做题目；二是张彦远《右军书记》，
录有王羲之法帖共计四百六十五种，褚遂良和张彦远的著录，是王
羲之撰述文献中最为可信的资料；三是张溥的《王右军集》十二
卷，共收书信、帖、序、诗歌五百二十九篇，因繁杂而不能精良；
四是严可均《全晋文》录王羲之文五卷，在张溥集本的基础上，有
所增删，计有六百五十九篇，张溥和严可均所辑录的都是王羲之法
帖的文字资料。今人刘茂辰《王羲之王献之全集笺证》又在此基础
上分杂帖为六百八十六条。考虑到王羲之书信中存在复书的情况，
这种统计的方法实在不能反映真实面貌，再加上可能还有伪作混杂
其中，笔者认为，保守地用六百余篇这样的约数，可能更为严谨和
审慎一些。至于王羲之书法墨迹的数量，刘涛认为："流传至今的
王羲之书法墨迹，丛帖刻本所存，约二百六十二帖，临摹的墨迹本
约存三十余帖。刻本与墨迹本有十五帖重合，则王羲之的书法作品
数量，约有二百七十余帖。如果剔除刻帖中的伪迹赝品，就不足此
数了。"①

　　王羲之诸子中，幼子王献之保存下来的书信数量是最多的，风格
与其父极为类似。王献之，字子敬，与其父同为书法家，被称为
"小王"。《隋书·经籍志》"集部"记载有《金紫光禄大夫王献之
集》十卷，录一卷，亡。两《唐志》未见著录，则其书或亡于江陵
之厄和隋末沉船。现在看来，张彦远《法书要录》是最早记载王献
之文的，题为《大令书语》，共 18 条。宋刻《淳化阁帖》收有 76
帖，明人张溥《汉魏六朝百三家集》著录王献之作品较详，有诗歌 2
首，书信 2 篇，疏、表、墓志各 1，法帖 87，张溥在《王大令集题辞》

---

① 刘涛：《中国书法史·魏晋南北朝卷》，江苏教育出版社 2002 年版，第 193 页。

中说：“法书简帖，间有伪书，翰墨足传，字贵尺璧。”① 可见王献之书信、法帖之中杂有伪书，王汝涛就认为《辞尚书令与州将书》疑非献之作。② 严可均《全晋文》今本上延续了张溥的格局，只是加入了《进书诀表》，剔除了误收入王献之集中的杂帖，最后保留有 85条，这只是杂帖的文字，并非墨本，刘涛认为：“我们现在论王献之书法，可以凭借者，是少数并非真笔的墨本，以及经过历代学者考订书法及帖文之后信为其真笔的法帖刻本，总计不过五十余帖。”③

## 二  王羲之的思想与书信内容

王羲之出身于地位显赫的琅琊王氏，其从叔父王导乃是东晋建立的功臣。王羲之虽然出生于八王之乱伊始，其父亲王旷早卒，但是从王氏的家族地位和王羲之被众人赏识中可以看出，他的少年时期生长在比较优渥的环境之中。《晋书》本传载：“年十三，尝谒周顗，顗察而异之。时重牛心炙，坐客未啖，顗先割啖羲之，于是始知名。”④周顗与王氏乃是姻亲。本传又载：“深为从伯敦、导所器重。时陈留阮裕有重名，为敦主簿。敦尝谓羲之曰：‘汝是吾家佳子弟，当不减阮主簿。’裕亦目羲之与王承、王悦为王氏三少。”⑤《世说新语·品藻》篇曰：“王右军少时，丞相云：‘逸少何缘复减万安邪？’”⑥《世说新语》刘孝标引《文字志》曰：“羲之少朗拔，为叔父廙所赏。”⑦ 可以看出，王羲之深受长辈们喜爱，当然这种喜爱本质上是提携后辈顺利进入仕途，从而维护家族的地位，但是王羲之应该从这种关爱中感受到了亲人的温情，无论是亲情还是友情上，王羲之都特别看重，与少年时期的影响有着很大的关系。长辈们的夸赞也在潜移默化中给予

---

① 张溥撰，殷孟伦注：《汉魏六朝百三家集题辞注》，人民文学出版社 1960 年版，第154 页。
② 王汝涛：《王羲之及其家族考论》，中国文史出版社 2003 年版，第 149 页。
③ 刘涛：《中国书法史》（魏晋南北朝卷），江苏教育出版社 2002 年版，第 217 页。
④ 房玄龄等：《晋书》，中华书局 1974 年版，第 2093 页。
⑤ 房玄龄等：《晋书》，中华书局 1974 年版，第 2093 页。
⑥ 刘义庆撰，余嘉锡笺疏：《世说新语笺疏》，中华书局 2007 年版，第 615 页。
⑦ 刘义庆撰，余嘉锡笺疏：《世说新语笺疏》，中华书局 2007 年版，第 144 页。

了政治上的引导，为今后的仕途打好了基础。

　　然而王羲之生活中经历了王敦的叛乱，王氏一族虽然在王导的极力周旋下得以保全，但已开始走向衰落，更重要的是王羲之亲历了王氏亲族的相互残杀，王导纵容王敦杀害了周颚，王敦杀害了王澄、王棱，王舒又杀害了王含、王应，等等，这一幕幕血腥的同根相煎的画面，对于尚未进入仕途、年轻的王羲之来说震动是非常大的，自然也极大地影响了他今后的政治走向，甚至对于生死问题的思考。在《报殷浩书》中他有过这样的表示："吾素志无廊庙，直王丞相时，果欲内吾，誓不许之，手迹犹存，由来尚矣，不于足下参政而方进退。"① 杂帖中还有"吾为逸民之怀久矣"，他应该是看过太多的血腥后才坚定了这种隐逸之志。然而作为世家大族的子弟，他还有维护家族地位的义务，因此在不得已而进入仕途时，他仍然是"不乐在京师，初渡浙江，便有终焉之志"②，不热心于政治，是他一生行为的特点。

　　过早地接触到政治的残酷，使王羲之总是能以清醒的状态看待政局和时人，《晋书》本传说庾亮临死，"上疏称羲之清贵有鉴裁"③，《世说新语·赏誉》篇："殷中军道右军：'清鉴贵要。'"④ 所谓的"鉴裁""清鉴"，实际上都是指王羲之具有敏锐的洞察力和判断力，庾亮和殷浩都是王羲之的好友兼上司，他们的判断是在充分了解的基础上做出的，自然可信。这是王羲之才能的表现，也与他始终与政局保持一定的距离、以旁观者清的姿态观察和判断有关。因而无论是在伐蜀还是在殷浩北伐中，他总能精准地分析时局。

　　王羲之实际上是对人生有着太多眷恋的。对政治有着自觉的疏远，既是出于避祸的心理，也是对人生眷恋的一种表现。

　　陈寅恪先生《天师道与滨海地域之关系》认为东晋世家大族许

　　① 严可均辑：《全上古三代秦汉三国六朝文》，中华书局 1958 年版，第 1581 页（注：下文所引王羲之书信皆出于此，只随文注出篇名，不再详注）。
　　② 房玄龄等：《晋书》，中华书局 1974 年版，第 2098 页。
　　③ 房玄龄等：《晋书》，中华书局 1974 年版，第 2094 页。
　　④ 刘义庆撰，余嘉锡笺疏：《世说新语笺疏》，中华书局 2007 年版，第 565 页。

多是忠实的道教徒，琅琊王氏便是其中的代表。《晋书》本传记载：
"王氏世事张氏五斗米道，凝之弥笃。"① 王羲之与道教徒有着频繁的
交往，"与道士许迈共修服食，采药石不远千里，遍游东中诸郡，穷
诸名山，泛沧海"②，王羲之信奉道教，求神仙长生之术，因而羲之
雅好服食，余嘉锡《寒食散考》一文中指出："王氏举家奉五斗米
道，右军又从道士许迈游，采药石不远千里，雅好服食养性，（均见
本传）自言'不去人间而欲求分外'，则其常饵金石之药。况寒食散
本非神仙服食之方，为人所常用者乎。今就诸帖观之，不独右军父子
兄弟及其亲戚交游之间，动辄散发，乃至妻女诸姑姊妹，亦无不服散
者。可以觇当时之风气矣。"③ 服食所带来的精神和肉体上的折磨，
在法帖中经常被王羲之提到。再者，服食使王羲之特别关注人的健康
问题，而对于一些悲哀之事，尤其能够催生他的情感，这与服食给他
情绪带来的悲观有着很大的关联。身体上的痛苦和现实中的死亡，使
他不得不去思考生死问题，他是追求长生的，"玄度先乃可耳，尝谓
有理因祠祀绝多感，其夜便至此，致之生而速之死，每寻痛惋不能已
已！省君书增酸，恐大分自不可移，时至不可以智力救如此"，"七
日告期，痛念玄度，未能（阙）汝。汝临哭悲恸何可言？言及惋塞，
夜（阙）市器俱不合用，令摧之也。吾平平，但昨来念玄度，体中
便不堪之"（《杂帖》一），许询是与王羲之一同修道之人，然而遽
死，不仅让王羲之悲痛不已，更使他对道教长生产生了怀疑。在
《兰亭集序》中，王羲之有"故知一死生为虚诞，齐彭殇为妄作"，
否定了庄子的齐物论思想，强调个体生命的价值。然而个体生命总是
要走到尽头的，因而王羲之对于生死的思考，虽然重视个体，但是不
能从具象中得以升华，最终不能走出因生命逝去而产生的悲伤。这又
何尝不是一种人生眷恋的表现呢？

东晋是玄学思想盛行的时代，从西晋开始玄学名士就开始既标榜
自然，又入世甚深，东晋时这种情况一直延续，王导、谢安、庾亮、

---

① 房玄龄等：《晋书》，中华书局 1974 年版，第 2103 页。
② 房玄龄等：《晋书》，中华书局 1974 年版，第 2101 页。
③ 余嘉锡：《余嘉锡论学杂著》，中华书局 2007 年版，第 198 页。

王羲之等人都是如此。只不过与他人不同的是，王羲之对于玄谈表现出的态度是不赞赏。《世说新语·言语》篇："王右军与谢太傅共登冶城。谢悠然远想，有高世之志。王谓谢曰：'夏禹勤王，手足胼胝；文王旰食，日不暇给。今四郊多垒，宜人人自效。而虚谈废务，浮文妨要，恐非当今所宜。'谢答曰：'秦任商鞅，二世而亡，岂清言致患邪？'"① 将国亡俗败归罪于清谈，恐怕不妥。"虚谈废务，浮文妨要"是王羲之对于玄谈的认识和定位，在《与会稽王笺》中他甚至要求会稽暂废虚远之怀。虽然如此，时代风气的影响是很难摆脱的，玄学实际上对王羲之产生了重要的影响。王羲之虽然对于庄子的生死观产生了怀疑，但是老庄的自然思想，他是笃信不疑的，山水自然成了他心灵的重要寄托，这一点笔者将在后文结合法帖具体内容展开探讨。

玄学实际上还对王羲之的书法产生了巨大的影响。李泽厚等曾经指出："后世公认晋人书'尚韵'，这'韵'无疑同当时玄学的好尚、趣味有关，推崇平淡自然之美是其主要特征。唐代李嗣真《书后品》用'披云睹日，芙蓉出水'、'阴阳四时，寒暑调畅'、'清风出袖，明月入怀'等语加以形容，也带有玄学的趣味。在玄学的气氛笼罩下发展起来的晋代书法，特别是东晋书法，发展了一种十分委婉、平和、自然而又超脱的抒情性。"② 李泽厚等的观点用以评价王羲之的书法也是十分妥帖的。书信是亲友之间的互通信息，因而在写作的时候主要是直抒胸臆，书法无论是在布局还是在结构、线条等方面，都无需太多的刻意，往往写起来真率自然、洒脱随意，无意求工而神韵自成，书信也借助书法得以流传，这种相辅相成关系的形成，深层意义上看，实际上就是玄学思想的作用。

前文在论述陆云"清省观"文学思想时，就指出它与玄学之间的关系。玄学对于文学语言的影响，表现为言约旨远，也就是语言可以非常的简洁，但能够借此引发人的思考和想象，将意思完整地传达

---

① 刘义庆撰，余嘉锡笺疏：《世说新语笺疏》，中华书局 2007 年版，第 153 页。
② 李泽厚、刘纲纪：《中国美学史》（魏晋南北朝卷），安徽文艺出版社 1999 年版，第 387 页。

出来。王瑶说："（晋人）言语特别注重简约，要能片言析理……可知谈论时须出口成章，即成文彩。所以晋人文笔多天成的隽语，重在自然文字长于析理，都是受到清谈的影响。"① 这是玄学尚简在文学语言上的表现。可以看到，王羲之写作了大量的书信，然而篇幅长的却很少，他往往用简洁的语言表现隽永的内涵，言约而旨远。那么，这些隽永的内涵有哪些呢？

欧阳修《集古录跋尾》论王献之法帖云："所谓法帖者，率皆吊哀候病，叙暌离，通讯问，施于家人朋友之间，不过数行而已。盖其初非用意，而逸笔余兴，淋漓挥洒，或妍或丑，百态横生，使人骤见惊绝，徐而视之，其意态愈无穷尽。披卷发函，烂然在目。"② 王羲之法帖，亦不出欧阳修所说的范围。刘茂辰等《王羲之王献之全集笺证》将王羲之杂帖分为十一类：（一）关乎帝王将相者；（二）关乎会稽为政者；（三）关乎自家人者；（四）关乎近族人者；（五）关乎二都者；（六）关乎二谢者；（七）关乎朋友问候者；（八）关乎亲戚往来者；（九）关乎服食、信教者；（十）关乎自身疾病者；（十一）关乎丧葬吊唁者。③ 刘茂辰等的这种分类当然是出于笺证的需要，使庞杂的王羲之法帖更为条理有序，但不得不指出，这一分类标准明显有交叉重出的弊端。

结合王羲之一生的行为和思想，实际上可以将他的书信划分为三类：军政、言情和闲情逸致。

王羲之的军政书信，最能显示他的政治才能，也因此而被后世史家诟病不已。王羲之的军政书信表现出与法帖的很大不同，逻辑清晰，论述严密，叙事说理务求直言尽言，在这一点上与前代军政书信没有太大的差别，然而王羲之叙事说理几乎不借助于典故旧事，只从利害得失出发，显示出较高的洞察力和判断力。

永和二年的西征伐蜀，从袁乔《劝桓温伐蜀》中，可以看出李

---

① 王瑶：《中古文学史论》，商务印书馆 2011 年版，第 50—51 页。
② 欧阳修：《集古录跋尾》，《历代碑志丛书》（第一册），江苏古籍出版社 1998 年版，第 47 页。
③ 参见刘茂辰等《王羲之王献之全集笺证》，山东文艺出版社 1999 年版。

蜀因地势之利，实际上是心腹大患，应该利用李蜀的骄横和防备松懈一举将其消灭。王羲之对伐蜀表现出极大的支持，"十四日，诸问如昨，云西有伐蜀意，复是大事，速送袍来"，用《诗经·秦风·无衣》典表达同仇敌忾之情。

北伐恢复中原一直是东晋军政中的一个重要内容，王羲之曾参与其中。殷浩和谢万的北伐行动，王羲之是十分反对的。殷浩的北伐是在北方石虎死后、胡中大乱的背景下进行的，王羲之却连续修书，劝阻北伐。王羲之《与殷浩书》："下官乃劝令画廉蔺于屏风。"实际上是劝解殷浩和桓温因争权而不和，内外协和，方能久安，殷浩又极力立功争权，王羲之的意见被搁置一旁。殷浩被姚襄打败后，王羲之分别写了《又遗殷浩书》和《与会稽王笺》。王羲之并非反对北伐的，《又遗殷浩书》中说："任其事者，岂得辞四海之责！追咎往事，亦何所复及，宜更虚己求贤，当与有识共之，不可复令忠允之言常屈于当权。"国之兴亡乃是匹夫的责任，但是要听从忠贞之言，要量力而行，《与会稽王笺》中说："庙算决胜，必宜审量彼我，万全而后动。功就之日，便当因其众而即其实。今功未可期，而遗黎歼尽，万不余一。且千里馈粮，自古为难，况今转运供继，西输许洛，北入黄河。虽秦政之弊，未至于此，而十室之忧，便以交至。今运无还期，征求日重，以区区吴越经纬天下十分之九，不亡何待！而不度德量力，不弊不已，此封内所痛心叹悼，而莫敢吐诚。"王羲之的意见是中肯的，东晋此时的确不具备北伐的实力，而且所用之殷浩乃玄谈之士，不具备北伐的军事才能。殷浩后来的失败证明了王羲之所言不差。

然而在王羲之退隐后，又上演了谢万北伐。谢万同样是才非其任者，《与桓温笺》中说："谢万才流经通，使之处廊庙，参讽议，故是后来之秀。而今屈其迈往之气，以之俯顺荒余，近是违才易务矣。"《晋书·谢万传》记载："才器后秀，虽器量不及安，而善自炫曜，故早有时誉。工言论，善属文。"[1] 可见是尚玄虚、恃才傲物之徒。劝阻不行，王羲之作《又遗谢万书》，苦口婆心地劝告："以君迈

---

① 房玄龄等：《晋书》，中华书局 1974 年版，第 2086 页。

往不屑之韵，而俯同群辟，诚难为意也。然所谓通识，正自当随事行藏，乃为远耳。愿君每与士之下者同甘苦，则尽善矣。食不二味，居不重席，此复何有？而古人以为美谈。济否所由，实在积小以致高大，君其存之。"发言切直真诚，其背后所隐藏的忧虑和担心可想而知。寿春之役，谢万大败，狼狈逃回。东晋不能听忠贞之言、采前车之鉴，不能不说是历史的悲哀。

与反对殷浩、谢万北伐不同，王羲之对桓温的北伐充满了关心与期待。"得都下九日书，见桓公当阳去月九日书，久当至洛，但运迟可忧耳。蔡公遂委笃，又加㿈下，日数十行，深可忧虑。得仁祖廿六日问，疾更委笃，深可忧。当今人物眇然，而艰疾若此，令人短气。"（《杂帖》四）王羲之对于北伐军事物资补给十分忧虑。而对于桓温收复洛阳，他表示出极大的欣喜，"虞义兴适送此，桓公摧寇，罔不如志，今以当平定。古人之美，不足比踪，使人叹慨，无以为喻"，"知虞帅云，桓公以至洛，即摧破羌贼，贼重命，想必禽之。王略始及旧都，使人悲慨深。此公威略实著，自当求之于古，真可以战，使人叹息。知仁祖小差，此慰可言。适范生书，如其语无异，故须后问为定。今以书示君"（《杂帖》五）。

对于北伐中王羲之的表现，张溥有着精辟的评价："殷深源与桓温不协，逸少遗书苦谏，欲画廉蔺于屏风。又曲止北伐，皆不见听，果败于姚襄。谢豫州直往不屑，才非将帅，违逸少之言，后亦狼狈。世谓其形神在名山沧海之间，于天下事，抑何观火也。"又言："逸少早识，善察百年。此数札者，诚东晋君臣之良药，非同平原辩亡，令升论晋，追览既往，奋其纵横也。"[1]

后世对于王羲之反对北伐大加挞伐，如王夫之《读通鉴论》说："羲之言曰：'区区江左，天下寒心，固已久矣。'业已成乎区区之势，为天下寒心，而更以陵庙邱墟臣民左衽为分外之求，昌言于廷，曾无疚愧，何弗自投南海速死，以延羯胡而进之乎？"[2] 客观而言，

---

① 张溥撰，殷孟伦注：《汉魏六朝百三家集题辞注》，中华书局1960年版，第150页。
② 王夫之：《读通鉴论》，中华书局1975年版，第424页。

世事变迁，王羲之的言辞虽然是一种偏安的表现，但是书信中所说之事，所言之理，皆是从当时的客观实际出发。再者，对于桓温北伐胜利收复洛阳，王羲之也是由衷欣喜的。再加上他在会稽任上针对会稽荒政的举措，是不能将其与苟安之徒简单划归为一类的。

宗白华曾说："（晋人）向内发现了自己的深情。"① 王羲之就是一位极重感情之人，因此在他的作品中，言情书信是最多也是最为复杂的，这个"情"包含友情、亲情和悲情。

对于友情而言，实际上，王羲之竭力反对北伐，屡次三番致书殷浩和谢万，很大程度上也是出于对两人的深厚友情。《世说新语·轻诋》篇载："谢万寿春败后还，书与王右军云：'惭负宿顾。'右军推书曰：'此禹、汤之戒。'"② 仍是诚心抚慰，鼓励谢万重新振作。

宗白华《论〈世说新语〉和晋人之美》指出："晋人虽超，未能忘情，所谓'情之所钟，正在我辈'！是哀乐过人，不同流俗。尤以对于朋友之爱，里面富有人格美的倾慕。"③ 对朋友的推崇也就更加真诚，试举一例。庾亮是王羲之人生中十分重要的人，《晋书·庾亮传》载："亮美姿容，善谈论，性好《庄》《老》，风格峻整，动由礼节，闺门之内不肃而成，时人或以为夏侯太初、陈长文之伦也。"④ 可见庾亮是一位礼玄双修之士，王羲之是庾亮的部下，又是朋友，对庾亮钦佩有嘉。《世说新语·容止》篇中记载："庾太尉在武昌，秋夜气佳景清，使吏殷浩、王胡之之徒登南楼理咏。音调始遒，闻函道中有屐声甚厉，定是庾公。俄而率左右十许人步来，诸贤欲起避之。公徐云：'诸君少住，老子于此处兴复不浅！'因便据胡床，与诸人咏谑，竟坐甚得任乐。后王逸少下，与丞相言及此事。丞相曰：'元规尔时风范，不得不小颓。'右军答曰：'唯丘壑独存。'"刘孝标此条目注引孙绰碑文称赞他："雅好所托，常在尘垢之外。虽柔心应世，

---

① 宗白华：《美学与意境》，人民出版社 1987 年版，第 189 页。
② 刘义庆撰，余嘉锡笺疏：《世说新语笺疏》，中华书局 2007 年版，第 986 页。
③ 宗白华：《美学与意境》，人民出版社 1987 年版，第 188—189 页。
④ 房玄龄等：《晋书》，中华书局 1974 年版，第 1915 页。

蠖屈其迹，而方寸湛然，固以玄对山水。"① 可见王羲之对于庾亮的风姿是由衷地欣赏和赞美的。而当这位老朋友病逝后，王羲之在法帖的字里行间显示出悲痛之情："庾虽笃疾，谓必得治力，岂图凶问奄至，痛惋情深。半年之中，祸毒至此，寻念相摧，不能已已！况弟情何可任！遐等荼毒备尽，当何可忍视！言之酸心，奈何奈何！可怀君怀。"（《杂帖》四）

王羲之早年丧父，却能在充满温情的环境中长大，一是前述所说的长辈的提携，一是母兄的抚育，王羲之《自誓文》说："羲之不天，夙遭闵凶，不蒙过庭之训。母兄鞠育，得渐庶几，遂因人乏，蒙国宠荣。"其中的功劳主要应该是他的嫂子周氏。温情的成长环境，使他对于亲情有着远胜于他人的重视。对于嫂子周氏，他是极为敬重和感激的，嫂子周氏去世以后，王羲之感念抚育之恩，异常悲痛，"六月二十七日羲之报：周嫂弃背，再周忌日，大服终此晦，感摧伤悼，兼情切剧，不能自胜，奈何奈何！穆松垂祥除，不可居处。言旦酸切，及领军信书不次。羲之报"（《杂帖》二）；"顿首顿首：亡嫂居长，情所钟奉，始获奉集，冀遂至诚，展其情愿，何图至此！未盈数旬，奄见背弃，情至乖丧，莫此之甚！追寻酷恨，悲惋深至，痛切心肝，当奈何奈何！兄子荼毒备婴，不可忍见，发言痛心，奈何奈何！王羲之顿首顿首"（《杂帖》二）。对于自己的妻子郗璇，未见直接的书信来往，但从与他人通信中略及的只言片语，也能看出两人的感情很好，如在回复郗愔、郗昙问候郗璇病情时，"承问，妹极得散力，以为至慰"（《杂帖》五），"贤姊体中胜常，想不忧也"（《杂帖》五），"得告，慰。为妹下断，以为至庆"（《杂帖》四），"贤妹大都胜前。至不欲饮食，笃羸，恒令人忧"（《杂帖》三），王羲之往往因为妻子的疾病而牵肠挂肚。王羲之对妻子的感情是平淡平凡而真挚的，他的儿子王献之对于被迫离婚的郗道茂表示出深沉的追悔和诚挚的思念之情，与其父相同，是一往情深，却又比其父更为大胆，情感更为浓烈，如"虽奉对积年，可以为尽日之欢，常苦不尽触颜之畅。

---

① 刘义庆撰，余嘉锡笺疏：《世说新语笺疏》，中华书局 2007 年版，第 727 页。

方欲与姊极当年之匹，以之偕老，岂谓乖别至此。诸怀怅塞实深，当复何由日夕见姊耶？俯仰悲咽，实无已已。惟当绝气耳"，"相过终无服日，凄切在心，未尝暂掇。一日临坐，目想胜风，但有感恸，当复如何？常谓人之相得，古今洞尽，此处殆无恨于怀，但痛神理与此而穷耳。尽此感深，殆无置处，常恨。况相遇之难，而乖其所同。省告，不觉灌流。既已往矣，亦复何言。献之白"。① 除此之外，王羲之对于族中长辈、同辈和晚辈以及自己的子女儿孙，都是十分关心的，在王羲之的杂帖中都有相应的内容，不再胪列。亲情是世家大族得以维持的保障，也是王羲之性情的表现。

　　王羲之的悲情，主要来自对于生死问题的直观感触和无法超脱。因为对于亲情和友情的看重，王羲之的法帖中不乏因亲人和朋友逝去而产生的悲伤。如前文我们看到庾亮、周嫂等人去世后他的书信虽然简短，却有着难以掩饰的悲痛，"奈何奈何"，可能不仅仅是一种伤感，更是一种无力回天的伤痛。王羲之的悲情还体现在他特别关注岁月季节的变化，对于时间的流逝表现出莫名的伤感之情，如"便陟冬日，时速感叹，兼哀伤切，不能自胜，奈何"。"秋节垂至，痛悼伤恻，兼情切割，奈何奈何"，"忽然改年。新故之际，致叹至深，君亦同怀"，"岁尽感叹，得十二日书，为慰；大寒，比可不"（《杂帖》一），此一点不可匆匆读过，上文笔者在论述索靖《月仪帖》节候变化时，指出这实际上是魏晋人的普遍的感伤情怀，这一论断也是适用于王羲之的。王羲之在岁月季节的变化中，实际上感受到的是一种死亡的临近，而他又是不相信庄子所说的齐生死的，因而对于个体生命的衰老和死亡自然有着无法超脱的逍遥。王羲之信奉道教，雅好服食，实际上也是因为在生死问题思考下，对于长生的一种向往，然而没有想到的是，服食给他带来的是无尽的痛苦和精神的折磨，法帖中说："便疾绵笃，了不欲食，转侧须人，忧怀深；小妹亦故进退不孤，得散力，烦不得眠，食至少，疾患经月，兼燋劳不可言。"（《杂帖》一）"吾顷胸中恶，不欲食，积日匆匆。五六日来小差，尚甚虚

① 严可均辑：《全上古三代秦汉三国六朝文》，中华书局 1958 年版，第 1614 页。

劣，且风大动，举体急痛，何耶？赖力及，足下家信不能悉。王羲之。"（《杂帖》三）"吾故苦心痛，不得食经日，甚为虚顿。"（《杂帖》五）法帖中言及服食之痛，还非常多，仅举例说明耳。服食的痛苦使王羲之精神萎靡不振，也导致他常常以悲观的心理看待事物，自然也就造成了法帖中有许多悲情内容。

王羲之书信中的第三类内容是闲情逸致。王羲之笃好老庄，崇尚自然，在殷浩被废后，他终于因为与之不睦的王述做了自己的上司，愤而在父母墓前发誓绝意于仕途，自此归隐。王羲之的隐逸实际上是他逸民情怀的最终实现。王羲之的闲情逸致，集中表现在他的《与谢万书》，为了更好地说明问题，现引录全文如下：

> 古之辞世者，或被发佯狂，或污身秽迹，可谓艰矣。今仆坐而获免，遂其宿心，其为庆幸，岂非天赐！违天不祥。
>
> 顷东游还，修植桑果，今盛敷荣，率诸子，抱弱孙，游观其间，有一味之甘，割而分之，以娱目前。虽植德无殊邈，犹欲教养子孙以敦厚退让。戒以轻薄，庶令举策数马，仿佛万石之风。君谓此何如？
>
> 比遇重熙，去当与安石东游山海，并行田尽地利，颐养闲暇。衣食之余，欲与亲知时共欢宴，虽不能兴言高咏，衔杯引满，语田里所行，故以为抚掌之资，其为得意，可胜言耶！常依陆贾、班嗣、杨王孙之处世，甚欲希风数子，老夫志愿尽于此也。

王羲之在此书中表现出对隐逸生活的满足，可以看到，他的隐逸与古人不同，他是"坐而获免"，而古人的隐逸方式多是"被发阳狂，或污身秽迹"，远离权力的中心，过着艰苦的生活。王羲之毕竟是世家大族，他是有着隐逸的经济条件的，再者王羲之的隐逸更主要的是心理上的向往，并不是要远离政治（王羲之在隐逸之后对于谢万和桓温的北伐都是极为关注的），而是将内心与自然融合，发现自然中的美。"顷东游还，修植桑果，今盛敷荣，率诸子，抱弱孙，游观其间，有一味之甘，割而分之，以娱目前。"这是极为平常的生活场景，然而如果以闲逸之情去感受，往往能够发现其中蕴含的生机、生趣，这也是生活的本真之美。《兰亭集序》中说："此地有崇山峻岭，茂林修竹；又有清流激湍，映带左右，引以为流觞曲水，列坐其次。虽无丝竹管弦之盛，一觞一咏，亦足以畅叙幽情。是日也，天朗气清，惠风和畅，仰观宇宙之大，俯察品类之盛，所以游目骋怀，足以极视听之娱，信可乐也。"实际上是将自然的生机与人生的乐趣紧密地结合在一起，表现出对于生机盎然的自然与生命的热爱之情。

法帖中，此种闲逸之情不少，试举几例。"数日雨冷，肾气痹腰，复嗽。动静遇风紧，陂湖汛涨，船不可渡，勿讶。谢光禄鹅在山下，悬情可爱。羲之遣"，"节日萦牵少睡，薤茶微炙，善佳。令姊差耶，石首鲝食之，消瓜成水。此鱼脑中有石如棋子，野鸭亦有，云此鱼所化干，蜗青黛，主风搔搦良"（《杂帖》五），"仆近修小园子，殊佳。致果杂药，深可致怀也。悗因行往，希见。比二处动静，故之常患，驰情"（《杂帖》四）。

王羲之对于日常生活、自然事物的描写，率意命笔，语言简洁生动，潇洒散淡，生活的惬意、自然之妙趣，随意点染，任情而真率，令人颇觉意味隽永。

### 三 王羲之书信的历史意义

近人陈柱曾言："吾国美术，莫高于书法。而自古以书法兼文章名者，于周秦莫如李斯；于汉莫如蔡邕；于汉以后莫如王羲之。"[1]王羲之的历史意义更在于，他用无意自工而神韵自成的书法写了大量的书信，创造出了书信中的"帖"体，自此开启了书法和书信双秀的时代。赵树功在《中国尺牍文学史》中说："晋代王羲之等大家的帖产生后，中国尺牍文学从此面目为之一新，即文章与书法双秀。审美范围的扩展，意味着实用性进一步的淡化，而收集名家简帖之风也由此大盛，中国尺牍文学史赖此衍续、传递。"[2] 这一定位是非常准确的。

---

[1] 陈柱：《中国散文史》，东方出版社1996年版，第172页。

[2] 赵树功：《中国尺牍文学史》，河北人民出版社1999年版，第86页。

王羲之的法帖是借助书法得以保存的，祁小春有一个说法值得关注："传世文献所收历代名人尺牍文的特征主要有以下几点：（1）尺牍的文体规整。（2）遣词造句平和流畅、文从字顺。（3）记述富于条理性。（4）贵议论，重主张，少涉私事。所以，这类文献虽名曰尺牍文翰，但即使作为一篇文章来阅读欣赏，较诸正统文学作品也毫不逊色。然而以王羲之法帖为主体的日常私书家信则与之大异其趣，其特征主要表现在：（1）文体书式简素。（2）记述随意约略。（3）行文跳跃性强，用语隐晦。（4）多涉私事，非当事者不易解读。"①祁小春实际上用了比较的方法，将传世书信与王羲之法帖的不同呈现了出来。

王羲之法帖以日常私人书信为主，这些借助书法幸运保存下来的书信，应该只是冰山一角。可以推想，在东晋时期，这样的书信应该是非常多的。东晋以世家大族立国，书信的往来也就有着经济上的保障，专人专递往来于道的情况比较普遍，再加上纸张使用的流行不仅便利了书法，也便利了传递。王羲之法帖的存世说明，书信私人化的程度在东晋时已经非常高了，书信使用非常普遍流行。书信内容被极大地拓展了。

祁小春说王羲之法帖"多涉私事，非当事者不易解读"，王羲之的法帖的确有很多令人费解之处，这不仅是私事所造成的，还由于其中的用语也颇难理解。钱锺书《中国诗与画》一文有一段话对此颇具启发意义："一个社会、一个时代各有语言天地，各行各业以至一家一户也都有它的语言天地，所谓'此中人语'。譬如乡亲叙旧、老友谈往、两口子讲体己、同业公议、专家讨论等等，圈外人或外行人听来，往往不甚了了。缘故是：在这种谈话里，不仅有术语、私房话以至'黑话'，而且由于同伙们相知深切，还隐伏着许多中世纪经院哲学所谓彼此不言而喻的'假定'（supposition），旁人难于意会。"②王羲之法帖记载的私事，虽难理解，却是当时大量私人日常生活最原

---

① 祁小春：《迈世之风——有关王羲之资料与人物的综合研究》，文物出版社 2012 年版，第 75 页。
② 钱锺书：《七缀集》，生活·读书·新知三联书店 2002 年版，第 4 页。

始的信息，这是社会生活史的第一手资料，为我们研究王羲之的交游，王羲之时代人们关注的话题、生活习惯、思想礼俗等提供了最为珍贵的材料。

作为书法范本，王羲之的法帖往往被临摹刻帖，因而虽然大量的法帖原本丢失，但是法帖的原始影像还是保存下来了，它为我们研究书信的书写格式提供了最为原始和直观的资料。周一良说："我国自古有句话：字如其人。石印尺牍真迹，使读者不仅得睹信札首尾全貌，而且从手迹想见其人格风貌，有'如亲謦欬'之感。"① 这种直观的感触是传世文献中的文字书信所不具有的。随着书法与书信的结合，书信成为艺术作品被人们收藏，书信的用纸、封缄方式等，也在不断被重视。如各种笺纸的使用，人们不仅在上面印上各种图案，还会使用各种香料，为的就是给人一种美的享受。

王羲之还有《月仪书》存世，现存仅为一条残句："日往月来，元正首祚，太簇告辰，微阳始布，罄无不宜，和神养素。"张溥《汉魏六朝百三家集》"月仪书题解"曰："此似元会诗之属，当非书笺也，与索靖《月仪帖》不同。"② 张溥的观点是一种臆测，既然称之为"月仪"，那么就应该是每月都有才名副其实，"元正首祚""太簇告辰"，这是对节候的叙述，与《月仪帖》极为类似，不可能是元会诗，王汝涛说："羲之的《月仪书》应是在索靖《月仪帖》的基础上，加大了篇幅，拓展了内容。倘若十二个月的全书流传下来（御览既举出书名叫《月仪书》，那就一定有了成书，而非片段文字了），则王羲之之上还有这样一种专著问世。"③ 王汝涛的推论是正确的。也就是说，王羲之在当时不仅会根据自己的性情和需要来写作书信，而且也根据礼仪的需要撰写过《月仪书》。

月仪明显是出于显示自己家族懂礼、知礼的需要而撰作的，是世

① 周一良：《敦煌写本书仪研究·序》，《敦煌写本书仪研究》，台北：新文丰出版公司1993年版，第3页。

② 张溥：《汉魏六朝百三家集》，《景印文渊阁四库全书》（第1413册），上海古籍出版社1987年版，第611页。

③ 王汝涛：《王羲之及其家族考论》，中国文史出版社2003年版，第108页。

家大族日常交往中所需要的。王汝涛说:"王导及其族弟王廙、王彬、王舒等人,未闻有《月仪》、《书仪》之类著作著录,故知琅邪王氏家族中,王羲之为撰写这类作品的第一人,以后,其家族中人以此知名于世。俗说家学渊源,王弘、王俭书仪之学,故应出自王羲之。"①《宋书·王弘传》记载:"弘明敏有思致,既以民望所宗,造次必存礼法,凡动止施为,及书翰仪体,后人皆依仿之,谓为王太保家法。"②《隋书·经籍志》中就记载了王弘所作的《书仪》十卷,周一良说:"大约王弘、王俭等人的书札和礼法,被当时士族所推重,成为模仿的典范。掌握他们写信的风格体裁,是士族高门文化修养的内容。"③六朝人是精于礼学的,礼学名家大都是名门大族,王氏一族乃东晋重臣,于礼学颇有研究,因而朝中议事往往能以礼而发,被当朝倚重,礼学也成为世家大族的家学,在保持功名利禄的前提下,又能显示出家族的文化地位。而家礼与书仪相结合,使礼学更为深入和普遍了,吴丽娱研究指出:"世族的家礼形成不但影响朝廷制礼,且与书仪的制作相辅相成,在中古时代达成了全社会礼仪教化的共识。"④

---

① 王汝涛:《王羲之及其家族考论》,中国文史出版社 2003 年版,第 108 页。
② 沈约:《宋书》,中华书局 1974 年版,第 1322 页。
③ 周一良、赵和平:《唐五代书仪研究》,中国社会科学出版社 1995 年版,第 95 页。
④ 吴丽娱:《唐礼摭遗——中古书仪研究》,商务印书馆 2002 年版,第 204 页。

# 第六章 南朝：书信的繁荣期

永嘉南渡后，文化中心南迁，南北文学分野，南朝文学成为文学发展的主流。南朝，一般是指宋、齐、梁、陈四个朝代，时间断限为宋武帝刘裕代晋（420年）至陈后主祯明三年（589年）灭国，共计170年。其间，中国文学又一次进入了变革的时代，作为分支的南朝书信文学，无论是内容、形式还是理论总结，都取得了前所未有的成绩，需要我们展开细致的研究。

## 第一节 南朝书信概况及社会文化背景

### 一 南朝书信的存世状况

有论者将南北朝书信称为"尺牍的第一个高峰"①，更准确的说法应该是南朝书信是尺牍的第一个高峰，具体表现是：一方面是作者众多，作品数量大，内容丰富多彩；另一方面是表现手法多样，文学成就高（后文详述）。

南朝170年、刘宋59年、萧齐23年、萧梁55年、陈33年，统治的时间都很短，朝代更迭频繁，然而却有着数量众多的书信作家，仅就严可均《全上古三代秦汉三国六朝文》辑录的有书信传世的作家就有260余人，是三国书信作者人数的1.5倍，与两晋书信

---

① 赵树功：《中国尺牍文学史》，河北人民出版社1999年版，第11页。

作家的人数基本持平，然而南朝书信的文学成就实在是两晋书信难以望其项背的。

兹就南朝不同时期的书信情况列表如下：

| 朝代数目 | 刘宋 | 齐 | 梁 | 陈 | 总计 |
|---|---|---|---|---|---|
| 作者 | 87 | 40 | 115 | 22 | 264 |
| 军政 | 57 | 30 | 53 | 20 | 160 |
| 论道 | 33 | 17 | 79 | 14 | 143 |
| 离情别绪 | 5 | 3 | 22 | 11 | 41 |
| 致谢 | 2 | 8 | 100 | 3 | 113 |
| 隐逸 | 7 | 4 | 17 | 1 | 29 |
| 论文品艺 | 5 | 5 | 19 | 0 | 29 |
| 山水 | 3 | 0 | 4 | 2 | 9 |
| 伤悼 | 8 | 2 | 7 | 1 | 18 |
| 诫子书 | 6 | 5 | 6 | 1 | 18 |
| 其他 | 19 | 14 | 25 | 5 | 63 |

笔者所列表格中，作者所属朝代皆依据严可均《全上古三代秦汉三国六朝文》的归类划分。南朝书信的内容十分庞杂，为避免细碎，笔者将举荐书、品评人物、言事、求取（求文与求物）、拟书、夫妻等书信划归入"其他类"，不再一一单列，但这并不代表否定这类书信的重要性，"其他类"书信中也有新的变化出现，如南朝求人撰写碑文、铭文的书信，随信附送诗文作品的现象增多，表现出对于文章的看重，夫妻间的书信可以倩人代写，这种不可思议的书信却因为文辞的华美，得以流传。

综观上表，军政书信仍然占据数量上的绝对优势，这与南朝政权更迭、政局一直处于动荡和战乱之中有着紧密的关系。南朝军政书信中所涉及的内容，与建安时期相比，很明显缺乏崇高的政治理想。面对偏安江左政治环境，统治阶级更多的是内部争斗，如刘宋、萧齐皇室之间的权力之争，再有就是权臣谋夺政权的颠覆活动。面对北朝政权，很少有人能像臧质在《答魏主拓跋焘书》中那样表现出冲天的豪气和视死如归的信念，"我本不图全，若天地无灵，力屈于尔，齑之粉之，屠之裂之，如此未足谢本朝"①。曹道衡、沈玉成先生指出：
"终南朝之世，并没有出现激动人心或者深刻地感染人心的作品，作
家所追求和创造的，大抵是那种精致、华丽和轻柔之美。"② 从书信
中看，南朝士人是将他们的精力集中到了探讨佛道和文艺创作之中
了。南朝人所持有的文学观念是重文与重情，尤其是对于文辞显示出
特殊的爱好，因而书信中无论是离情别绪、隐逸、伤悼还是山水，都
笼罩在华美的文辞之下，萧梁时期呈爆发之势涌现的谢启，说到底也
只是文辞和礼仪的游戏。

　　上述所说的书信，主要是依靠别集、总集、类书、史书等留存下
来的，往往文学性较强，儒释道辨析义理的书信则主要借助于《弘
明集》和《广弘明集》得以留存。传世文献中保存下来的书信今天
较易看到，然而南朝书信的数量原非如此。除了踪迹难觅的民间书
信，我们还可以从史书的记载中看到，南朝书仪影响下的吉凶书信往
来是非常频繁的。上文提到，《隋书·经籍志》中记载有南朝时期十
余家书仪，甚至有僧侣书仪和妇人书仪。《颜氏家训》中记载："江
东妇女，略无交游，其婚姻之家，或十数年间，未相识者，惟以信命
赠遗，致殷勤焉。"③ 南朝女子赖书信以沟通亲情，这与北朝女子有
巨大的差异，"邺下风俗，专以妇持门户，争讼曲直，造请逢迎，车
乘填街衢，绮罗盈府寺，代子求官，为夫诉屈"④，北朝女子秉持门
户，走亲拜友，抛头露面，出入于各种场合，不必借助书信往来。从
颜之推的记载中可以窥知，婚丧嫁娶，各种书仪的盛行，都是社会需
要的结果，那么南朝书信中类似的书信应该还有很多，只不过这类书
信过于程式化，呆板缺乏生气，虽然被广泛使用，但是在当时没有保
存价值，故随用随弃，几乎消失殆尽。

　　书仪是随着社会的需要不断变化的，南朝的书仪被唐人沿袭使
用，唐代书仪又机缘巧合地被保存在敦煌文献中，虽然书仪已经是唐

①　沈约：《宋书》，中华书局1974年版，第1912—1913页。
②　曹道衡、沈玉成：《南北朝文学史》，人民文学出版社1991年版，第15页。
③　王利器：《颜氏家训集解》（增补本），中华书局1993年版，第48页。
④　王利器：《颜氏家训集解》（增补本），中华书局1993年版，第48页。

人加以改变使用的，不复南朝书仪的原貌，但是其承传关系还是非常明显的。① 敦煌写本书仪，可以反映出南朝书信所维护的复杂的人际关系，也可以展现出南朝书信的形制和礼仪。无论是内容还是外在的形制上，虽然这些书信湮没于历史长河中，但是它仍然是我们研究南朝书信时应该加以考虑的重要内容。也就是说，南朝书信不仅仅是我们所看到的传世文献中的叙事抒情、辨析义理的书信，也同样包括被频繁使用的礼仪性书信。

## 二　南朝文学观念与书信

南朝文学的发展演变，因其特点和成就突出，加之关涉唐代文学的发展，历来备受关注。南朝书信作为南朝文学的有机组成部分，自然无法摆脱时代文风的影响。就南朝书信的发展来看，门阀式微，家族文学兴盛，统治阶层提倡奖掖文学，文士创作热情再次高涨，儒释道异同之争辩逐渐深入，都是书信繁盛的原因，笔者在上文已经有所论述。在这一部分，笔者想要重点阐明的是南朝文学观念与书信的关系。南朝的重情与重文，使书信又经历了一次新的转变。

南朝文学继承晋代文学，却有着巨大的转变，这种转变在晋宋之际已然彰显。东晋到刘宋文学的转变，早已被时人勘破。刘宋史学家檀道鸾《续晋阳秋》论曰："自司马相如、王褒、扬雄诸贤，世尚赋颂，皆体则《诗》、《骚》，傍综百家之言。及至建安，而诗章大盛。逮乎西朝之末，潘、陆之徒虽时有质文，而宗归不异也。正始中，王弼、何晏好《庄》、《老》玄胜之谈，而世遂贵焉。至江左李充尤盛。故郭璞五言始会合道家之言而韵之。询及太原孙绰转相祖尚，又加以三世之辞，而《诗》、《骚》之体尽矣。询、绰并为一时文宗，自此作者悉体之。至义熙中，谢混始改。"② 认为玄风自谢混而变，沈约重申了这一观点，《宋书·谢灵运传论》曰："有晋中兴，玄风独振，为学穷于柱下，博物止乎七篇，驰骋文辞，义单乎此。自建武暨乎义

---

① 关于这方面的研究，可以参阅周一良、赵和平《唐五代书仪研究》和史睿的论文《敦煌吉凶书仪与东晋南朝礼俗》。

② 刘义庆撰，余嘉锡笺疏：《世说新语笺疏》，中华书局 2007 年版，第 310 页。

熙，历载将百，虽缀响联辞，波属云委，莫不寄言上德，托意玄珠，遒丽之辞，无闻焉尔。仲文始革孙、许之风，叔源大变太元之气。爰逮宋氏，颜、谢腾声。灵运之兴会标举，延年之体裁明密，并方轨前秀，垂范后昆。"① 《南齐书·文学传论》则有不同的说法："江左风味，盛道家之言，郭璞举其灵变，许询极其名理，仲文玄气，犹不尽除，谢混情新，得名未盛。颜、谢并起，乃各擅奇，休、鲍后出，咸亦标世。"② 萧子显认为真正改变江左风味的是颜延之与谢灵运，并非谢混与殷仲文。钟嵘《诗品序》曰："永嘉时，贵黄老，稍尚虚谈。于时篇什，理过其辞，淡乎寡味。爰及江表，微波尚传。孙绰、许询、桓、庾诸公，诗皆平典似《道德论》，建安风力尽矣。先是，郭景纯用隽上之才，变创其体；刘越石仗清刚之气，赞成厥美。然彼众我寡，未能动俗。逮义熙中，谢益寿斐然继作。元嘉中，有谢灵运，才高词盛，富艳难踪，固以含跨刘、郭，陵轹潘、左。"③ 钟嵘与萧子显观点相同，且更强调谢灵运的作用。

　　综观诸家之论，对玄风真正改变者是谁④，虽说法稍有不同，但谢混、殷仲文、颜延之、谢灵运所处的晋宋之际，玄风逐渐被革除，并出现了"俪采百字之偶，争价一句之奇；情必极貌以写物，辞必穷力而追新"（《文心雕龙·时序》）的新文风，这是历史事实。现代学者说得更为清晰，罗宗强先生指出："元嘉文学创作倾向有异于东晋文风的，主要便是从哲思又回归到感情上来，以情思取代玄理。"⑤ "元嘉文学思想新变的又一点，是对于文学形式的有意探讨。"⑥ 曹道衡、沈玉成先生也指出："文学作品中的'情性'的空前强调和语言技巧的刻意追求是这一代文学最引人注目的两个方面。"⑦ 可见，晋宋之

---

　　① 　沈约：《宋书》，中华书局1974年版，第1778—1779页。
　　② 　萧子显：《南齐书》，中华书局1972年版，第908页。
　　③ 　钟嵘撰，曹旭集注：《诗品集注》，上海古籍出版社2011年版，第28、34页。
　　④ 　对于殷仲文、谢混最早以创作山水诗革除玄风这一说法，傅刚持否定的态度，认为"谢灵运和南朝山水诗人实际上继承了杨方、李颙的写作传统"，可备一说。参阅傅刚《魏晋南北朝诗歌史论》，吉林教育出版社1995年版，第274—285页。
　　⑤ 　罗宗强：《魏晋南北朝文学思想史》，中华书局2006年版，第130页。
　　⑥ 　罗宗强：《魏晋南北朝文学思想史》，中华书局2006年版，第154页。
　　⑦ 　曹道衡、沈玉成：《南北朝文学史》，人民文学出版社1991年版，第12页。

际，重情与重文成为文学发展的主要趋势。

南朝人对情的重视，究其缘由，一方面是政治的原因。门阀政治解体，门阀士族的地位逐渐下降，皇权政治势力得以强化，为了维护本家族和自身的利益，士族唯有不断与新生政权妥协，昔日的特权和优越感渐行远去，士族再也不能淡然于人生得失，倡言出处同归，他们所有的是一种沉郁的悲观心理。门阀士族地位的下降，最终导致了寒素士人的崛起。寒素士人在门阀士族余风尚存的南朝，所经历的是对于功名利禄的强烈追求以及求之不得的怨愤，只不过这种怨愤与汉魏时相比，又显得曲折委婉。南朝朝代更迭频繁，皇室内部的争斗激烈残酷，尤其是宋齐两代，文人多因此而罹祸，政局的混乱和政治环境的恶劣，导致南朝很多士人对于政治缺乏较高的热情，多关注个体对生命和生活的内心感受和表达。如果说刘宋时期，士人创作中还有不少愤激不平之作的话，到齐梁时期就基本上被离愁别绪、花前月下、闺房衽席等内容占据了。

另一方面是学理演进的结果。玄学主张去情累，远世虑，然而门阀政治特权的消歇，使这一思想失去了原有的政治根基，南朝呈现出儒学、玄学、佛学思想并存的局面，玄风在士人的生活情趣、生活方式等方面的影响也逐渐淡化，关注的焦点也从玄虚的人生哲理思考转化为现实的人生感慨。汉末曹魏时重抒情、求华美的文学思想再次被士人普遍关注，范晔《狱中与诸甥侄书以自序》："常谓情志所托，故当以意为主，以文传意。以意为主，则其旨必见，以文传意，则其词不流。然后抽其芬芳，振其金石耳。"[1] 王微《与从弟僧绰书》："文词不怨思抑扬，则流澹无昧。文好古，贵能连类可悲，一往视之，如似多意。"[2] 他们所表现出的都是对于情感的重视。刘宋之后重情的文学思想更为普遍，"必以情志为神明"（《文心雕龙·附会》篇），"文章且需放荡"（萧纲《诫当阳公大心书》），"情灵摇荡"（《金楼子·立言》篇），"文章当以理致为心肾"（《颜氏家训·文章》篇）。

---

① 沈约：《宋书》，中华书局 1974 年版，第 1830 页。
② 沈约：《宋书》，中华书局 1974 年版，第 1667 页。

情感的抒发和重新回归创作，对于书信而言是至关重要的。书信是"言所以散郁陶，托风采"，个体情感的表达是书信的基本功能和主要特点，建安书信之所以取得很高的艺术成就，主要的原因就是书信中所抒写的是个体对人生和生活的敏锐感触，进入南朝，个体真挚的情感再次成为书信的主要内容。江淹《诣建平王上书》是冤屈之后的自陈，情形与邹阳的《狱中上梁王书》类似，其书慷慨陈词，情感真挚动人，"下官抱痛圜门，舍愤狱户，一物之微，有足悲者。仰惟大王少垂明白，则梧丘之魂，不愧于沈首，鹄亭之鬼，无恨于灰骨"①，言辞恳切，情调哀怨，梁王僧孺《与何炯书》，诉苦言悲，风格与之相同。谢庄《与江夏王义恭书》是一封辞职信，信中所写因多病而感慨生命的短促，遂萌生退意，所写实在是内心的焦虑与忧惧："下官凡人，非有达概异识，俗外之志，实因羸疾，常恐奄忽，故少来无意于人间，岂当有心于崇达邪。……家世无年，亡高祖四十，曾祖三十二，亡祖四十七，下官新岁便三十五，加以疾患如此，当服几时见圣世，就共中煎恼若此，实在可矜。"② 任昉《与沈约书》："将莅此邦，务在遄速，虽解驾流连，再贻款顾，将乖之际，不忍告别，无益离悲，祗增今怅，永念平生，忽焉畴曩。"③ 短短数语，将离别的怅惘和对故人的情谊表露无遗。感情的抒发不仅能够给人以强烈的感染，更为重要的是创作者关注主体的情感和感受，使现实生活所引发的情感皆能作为内容进入书信，书信的题材内容也就相应地扩大了。

再来看南朝的重文。重文，实际上包含两方面的内容，一方面是南朝极为重视文章写作，文学地位空前提高。文学在南朝业已独立成科，"元嘉十五年，征次宗至京师，开馆于鸡笼山，聚徒教授，置生百余人。会稽朱膺之、颍川庾蔚之并以儒学，监总诸生。时国子学未立，上留心艺术，使丹阳尹何尚之立玄学，太子率更令何承天立史

---

① 江淹撰，胡之骥汇注：《江文通集汇注》，中华书局1984年版，第330—331页。
② 沈约：《宋书》，中华书局1974年版，第2171—2172页。
③ 欧阳询撰，汪绍楹点校：《艺文类聚》，上海古籍出版社1982年版，第611页。

学，司徒参军谢元立文学，凡四学并建"①。第一次设置了专门的文学机构，文学得以与儒学、玄学、史学并列，这是文学地位提高的有力证明。不仅如此，南朝还形成了朝野普遍重视文学创作的浓厚氛围。统治阶层的提倡使文学成为仕途进阶的可能，寒素士人将其作为"敲门砖"，尽可能地展现自己的文学才华，而高门士族在政权上失势后，则借助于世代的文化积累，在文学上占据了突出的优势，成为他们维护家族地位、晋身的一种保障，这些因素客观上都使文学呈现出繁荣的态势。

另一方面是南朝人对于文学语言的特殊看重，重视文章辞藻和对文学技巧的探索与实践。具体而言，是指文学作品中讲求对仗，注重隶事、修辞和声律。"彼辈只承认艺术至上，旖旎风华，才是文学之至高意义、至高价值，举凡议论文、小品文、言情赋、艳体诗、乐府词，莫不错彩镂金，竞奇斗艳，踞食无匹之美文，于焉大盛。"②张仁青所论虽然略显绝对，但也基本上反映了南朝人在文学表达技术上的普遍追求。南朝是骈文由正式成立到成熟的阶段，骈体书信也在这一阶段走向成熟，这一点留待下节再详谈。书信写作往往会根据与书对象的身份进行创作，重文风尚的盛行，使南朝书信往复中几乎都会注重辞采富丽、用事繁密、属对工巧，甚至是声律的和谐。

南朝文学观念中的重情与重文，极大地影响了书信的内容和艺术风貌。书信因为重情而内容得以拓展，尤其是山水自然类的书信取得了较高的艺术成就，个体情感的抒写也更加细密。重文则使南朝书信在外在形式上更加关注于文学语言审美意味的强化。

## 第二节　南朝书信由散入骈的演变历程

赵树功认为南朝尺牍达到了一个新的高度，"表现有四：1. 形式

---

① 沈约：《宋书》，中华书局 1974 年版，第 2293—2294 页。
② 张仁青：《中国骈文发展史》，浙江大学出版社 2009 年版，第 240 页。

上，启、笺、书、简、帖等各种形式都已完备；2. 内容上，山水尺
牍繁荣，开拓了尺牍文学前所未有的新领域，取得了后世难继的成
绩；3. 产生了一大批作家、作品，《宋书·刘穆之传》中还有了'自
旦至中，穆之得百函，龄石得八十函'的记载，即二人写信比赛；
4. 出现了中国历史上最系统的对尺牍进行评论的作家刘勰，及其
《文心雕龙·书记》。而其对尺牍的评论，已从其实用性转移到了文
学性"①。赵树功所论大体不差，基本上总结出了南朝书信的历史贡
献，较为遗憾的是，南朝骈体书信的逐渐成熟没有被关注。南朝书信
经历了形式上的由散渐骈、骈体书信逐渐成熟的发展历程，笔者以此
为切入点，将南朝分为刘宋、齐梁和陈朝②三个阶段，勾勒出南朝书
信的发展历程。

## 一　"虽涉雕华，未全绮靡"的刘宋书信

四库馆臣指出："宋之文，上承魏、晋，清俊之体犹存；下启齐、
梁，纂组之风渐盛。于八代之内，居文质升降之关，虽涉雕华，未全绮
靡。"③ 四库馆臣此论实际上很好地概括了刘宋书信的发展状况。

与东晋文章唯求达意，不事辞藻不同，"宋初文咏，体有因革"，
一方面是"庄老告退，山水方滋"，另一方面是"俪采百字之偶，争
价一句之奇"，东晋文风的平淡转变为刘宋的绮丽。刘宋向来被文学
史认为是骈文正式形成的时期，但是从书信创作的实际来看，刘宋书
信的确比东晋更加注重藻饰，然而骈体书信并未成为主导，以元嘉三
大家为例，颜延之和谢灵运的十篇书信虽有骈语，但都是散体文，只
有鲍照的四篇书启全是骈文。因而可以看出，在形式上，刘宋书信虽
然受骈俪化的影响，但是以散体文写作仍是刘宋书信的主导，也就是
四库馆臣所说的"虽涉雕华，未全绮靡"。

---

① 赵树功：《中国尺牍文学史》，河北人民出版社 1999 年版，第 142 页。
② 这里所说的齐梁，实际上指的是萧齐和萧梁前中期；陈朝，则是指梁代后期和整个
陈朝，望读者明晰。
③ 四库全书研究所整理：《钦定四库全书总目》（整理本），中华书局 1997 年版，第
2650 页。

从内容上看，刘宋书信以军政和辩论佛教义理为主，数量颇多，与东晋"微言精理"不同，刘宋书信中多有生命忧惧和伤逝之悲，显示出对情感的重视，另外山水自然在书信中则有着更为集中的关注。自然山水类和辩论佛教义理的书信，笔者将放于本章第四节、第五节专门讨论。现在笔者将从军政书信谈起。

刘宋处于南北对峙之中，战乱纷争不断，军政书信数量为多，本应是必然之事，然而在外患之外，刘宋皇室又有着血腥的权力争斗，这些情况部分被记录在了军政书信中。与八王之乱中的钩心斗角、全以个人利益为上相同，这一部分军政书信中表现出的仍是不以国家为念的无耻与狠辣。笔者以刘休范《与袁粲褚渊刘秉书》为例分析。宋明帝为保政权，全不以手足之情为念，接连诛杀其弟刘休祐、刘休仁、刘休若，并对外宣称休若乃是猝死，并书信一封送与刘休范，信中历数刘休若罪状，对刘休祐、刘休仁之死更是冷酷无情。实际上，刘休仁被杀实因功高盖主，刘休若被杀则是因为其和善，能谐缉物情，明帝怕他将来权倾幼主。刘休范得书，虽有疑虑却因自保未能伸张。后废帝登基，刘休范期望的权势未能得到，因而心怀不忿，最终借刘休若之事反之。《与袁粲褚渊刘秉书》中，刘休范将休若之死的罪状推到擅政的阮佃夫和王道隆身上，并以消除奸佞为借口起兵，"桂蠹必除，人邪必翦。枉突徙薪，何劳多力。望便执录二竖，以谢冤魂，则先帝不失顺悌之名，宋世无枉笔之史"，"千钧之弩，不为鼷鼠发机，欲使薰莸内辨，晋阳外息尔，功有所归，不亦可乎？便当投命有司，谢罪天阙，同奉温清，齐心庶事"①。仅观休范此言，可谓忠心耿耿，休范此书更是博引史实，析理透彻，颇有气势，然而这些都改变不了休范为夺权势而起兵的本质。统治阶层内部的权力争斗，自相残杀，终南朝之世都在上演。梁代萧纶《与湘东王书》向我们展现了萧梁皇室的争斗惨剧，徐陵的代言书信更是权势和利益博弈的最好记录。

战乱不息，统治阶级内部又争斗不断，士人阶层往往自顾不暇，

---

① 沈约：《宋书》，中华书局 1974 年版，第 2050 页。

刘宋书信中多有生命的忧惧和伤逝之悲，具体表现在隐逸和伤悼类书信中。笔者以江淹和王微的书信为例分析。

江淹，字文通，其书信多作于刘宋时，骈化倾向突出，基本上属于骈文，且以《诣建平王上书》《报袁叔明书》《与交友论隐书》成就最高。

江淹历仕宋、齐、梁三朝，学识宏博，位列鼎司，诏诰教令，多出其手，晚年对弟子说："人生行乐耳，须富贵何时。吾功名既立，正欲归身草莱耳。"① 可见江淹怀有功成身退的志向，以此来看他在书信中表现的隐逸，则是一种理想之境，虽不能否定其真心归隐的想法，但明显的隐逸乃是其排遣现实苦闷的手段。如《报袁叔明书》中说：

> 拂衣于梁齐之馆，抗手於楚赵之门，且十年矣。容貌不能动人，智谋不足自远。竟惭君子之恩，卒离饥寒之祸。近亲不言，左右莫教。凉秋阴阴，独立闲馆，轻尘入户，飞鸟无迹，命保琴书而守妻子，其可得哉？②

所写的就是"可为智者道，难与俗士言"的寄人篱下的悲苦和不得志的愤懑。然而书中所写："方今仲秋风飞，平原影色，水鸟立于孤洲，苍葭变于河曲。寂然渊视，忧心辞矣。独念贤明早世，英华殂落。仆亦何人，以堪久长？一旦松柏被地，坟垄刺天，何时复能衔杯酒者乎？"③ 这类清丽隽永的文字，情景交融，十分具有感染力，显示出时代风尚的熏陶和向齐梁文风过渡的痕迹。

《与交友论隐书》中说，"影然十载，竟不免衣食之败"，"今年已三十，白发杂生，长夜辗转，乱忧非一"，隐逸也仍然是现实困境下的逼迫。"犹以妻孥未夺，桃李须阴。望在五亩之宅，半顷之田，

---

① 姚思廉：《梁书》，中华书局 1973 年版，第 251 页。
② 江淹撰，胡之骥汇注：《江文通集汇注》，中华书局 1984 年版，第 347—348 页。
③ 江淹撰，胡之骥汇注：《江文通集汇注》，中华书局 1984 年版，第 350 页。

鸟赴檐上，水匝阶下；则请从此隐，长谢故人。"① 田园生活成了他精神和情感最好的寄托。隐逸的理想于士人而言，始终如影随形，而现实困境下的田园与自然向往，也更容易打动人，因而江淹的这两封书信历来备受称道。

江淹的书信之所以能感染人，一个很重要的原因是对汉魏文风的模仿，这一点钱锺书先生已经指出："齐梁文士，取青妃白，骈四俪六，淹独见汉魏人风格而悦之，时时心摹手追。此书出入邹阳上梁孝王、马迁报任少卿两篇间，《与交友论隐书》则嵇康与山巨源之遗，《报袁叔明书》又杨恽与孙会宗之亚；虽于时习刮磨未净，要皆气骨权奇，绝类离伦。"② 作者胸有块垒，却能出语井然，虽文多偶对，但能寓骈于散、骈散结合，使情感表达疏荡、畅达，因而颇具感染力。

在书信中重视情感表达的莫过于伤悼类文字，以王微《以书告弟僧谦灵》为代表。王微，字景玄，其存书皆为散体文，有《与江湛书》《与从弟僧绰书》《报何偃书》《以书告弟僧谦灵》《遗令》五篇存世。《宋书》本传谓其："为文古其，颇抑投，袁淑见之，谓为诉屈。"结合上文所引王微的观点"文词不怨思抑扬，则流澹无昧。文好古，贵能连类可悲，一往视之，如似多意"，可以推知，王微非常重视情感的表达，尤其是悲情，强调情感的抑扬起伏，有汉魏书信风致，在刘宋文坛上独树一帜，李慈铭称其书信："皆历落有古致，于六朝别一蹊径。"③ 钱锺书也说："王微《与江湛书》《与从弟僧绰书》《报何偃书》。按三书均步趋嵇康《与山巨源绝交书》，意态口吻有虎贲中郎之致。"④

王微写得最为感人的当属《以书告弟僧谦灵》，它是以书信形式写的祭文。《宋书》本传曰："（王微）弟僧谦，亦有才誉，为太子舍人，遇疾，微躬自处治，而僧谦服药失度，遂卒。微深自咎恨，发病

---

① 江淹撰，胡之骥汇注：《江文通集汇注》，中华书局 1984 年版，第 350—351 页。
② 钱锺书：《管锥编》，生活·读书·新知三联书店 2007 年版，第 2198 页。
③ 李慈铭：《越缦堂读书记》，中华书局 2006 年版，第 281 页。
④ 钱锺书：《管锥编》，生活·读书·新知三联书店 2007 年版，第 2007 页。

不复自治，哀痛谦不能已，以书告灵。"① 文中王微将悲痛、自怨、悔恨之情融于回忆之中，叙日常琐事，足有千斤之重。如：

> 寻念平生，裁十年中耳，然非公事，无不相对，一字之书，必共咏读，一句之文，无不研赏，浊酒忘愁，图籍相慰，吾所以穷而不忧，实赖此耳。奈何罪酷，茕然独坐。忆往年散发，极目流涕，吾不舍日夜，又恒虑吾羸病，岂图奄忽，先归冥冥。反覆万虑，无复一期，音颜仿佛，触事历然，弟今何在，令吾悲穷。
>
> 常云："兄文骨气，可推英丽以自许。又兄为人矫介欲过，宜每中和。"道此犹在耳，万世不复一见，奈何！唯十纸手迹，封坼俨然，至于思恋不可怀。及闻吾病，肝心寸绝，谓当以幅巾薄葬之事累汝，奈何反相殡送！②

实在是无意为文而其文自佳。吊书在陆云笔下就已经产生，王羲之的法帖中也多伤悼类书信，然而或含蓄委婉，情发而礼止，或寥寥数语，情感之动人，实难与王微此书相提并论。日常琐事的叙述，实际上饱含着浓浓的情谊，毫无做作之感。

刘宋书信，形式上仍以散体为主，骈体书信以鲍照、江淹为代表，并未成为刘宋文坛的主要趋势，只不过骈俪化的倾向已经开始融入日常的创作中了，即使是以散体著称的王微，《在与江湛书》中也有不少骈俪化的语句，其他人的书信则是语言的对偶明显增多，用典也有繁复的倾向。刘宋书信引人关注之处，主要是时人表现出明显的对于情感的关注和表达，主体情感的抒写成为书信中的重点，也因此取得了较高的成就。

## 二　"篇翰可观" 的齐梁书信

齐梁时期乃是南朝文学的鼎盛时期。统治者对于文学抱有一如既

---

① 沈约:《宋书》，中华书局 1974 年版，第 1670 页。
② 沈约:《宋书》，中华书局 1974 年版，第 1670、1671 页。

往的热爱，尤其是萧梁皇室，追慕建安，崇尚文艺，多有"怜风月，狎池苑，述恩荣，叙酣宴"（《文心雕龙·时序》）的举动，因而书信创作进入繁荣阶段，数量众多且艺术成就较高。若就内容而言，与刘宋书信相同处在于，军政与辩论佛教义理书信仍是主体；与之不同处在于，齐梁书信延续了建安时期对于亲情、友情的叙写传统和论文品艺的传统，并将其细化、深化。另外，齐梁时期还涌现出大量的致谢书启，夫妻间书信也出现倩人代写的新情况。

若就形式而言，齐梁书信给人的总体印象是"篇翰可观"，文辞极尽华美之能事，骈体书信在齐梁时期成为书信的主要样式。曹道衡就指出："齐梁文章有一个显著变化，就是在刘宋，除了章奏和给尊贵者或客气的人的书信外，一般给朋友的信，还常用散体，而齐梁文人们，则一律用骈体。"[1]

骈文的特征表现为属对工稳，字句整齐且以四字或六字句调为基本，音调和谐，用典繁复，辞藻华美。可以说，骈文在艺术形式上具有天然的优势。日本学者冈村繁说，骈文是"悠游不迫"的文体，"在从容不迫中逐渐展开所思所想的文章，一方面对于必须细说慢道的理论性阐述而言，当为极其有效；另一方面就淋漓尽致地抒发叙写作家的情绪心境，想必也是非常合适的。骈文正是在这两个世界中扬其所长，得其所求的"[2]。冈村繁指出骈文长于说理与叙情，这是不错的。骈文既有艺术形式的天然优势，又有着说理、叙情的长处，两者结合的文学作品，应该是艺术成就较高的。齐梁时期的许多书信，实际上就得益于此。

然而，齐梁文人雕琢辞藻，过分关注文学的形式，书信甚至被作为高门文化修养的内容，有不得不雕琢华美的情势。因而齐梁书信虽然总体上"篇翰可观"，但实际上存在着两极分化的现象。

谭献在评萧统《答湘东王书求〈文集〉〈诗苑〉书》时言："书

---

① 曹道衡：《中古文学史论文集》，中华书局 2002 年版，第 45 页。
② ［日］冈村繁：《汉魏六朝的思想和文学》，陆晓光译，上海古籍出版社 2002 年版，第 519 页。

牍至此，只有晁华可采。"① 言下之意，萧统此文除却文辞华美，皆不足取。谭献的评价是严苛的，毕竟萧统在书信中阐述了自己的文学观点，并且表达了四时变化所触发的不同情感，展现了对美好生活的向往，并非内容空洞之作。然而谭献所言"只有晁华可采"的确是齐梁书信中突出的现象，具体表现在致谢书启中。

齐梁时期涌现出大量的致谢书启，大多是答谢皇室、上司或长辈的赍物之作，笔者罗列部分致谢书启，观其特点。

> 纲启，蒙赍豹裘一领，降斯止谤，垂兹信服，物华雄毳，名高燕羽。纲才惭齐相，受白狐之饰，德谢汉蕃，均黑貂之赐。地卷朔风，庭流花雪。故以裾生惠气，袖起阳春，荷泽知惭，承恩兴感，不任下情，谨启事谢闻，谨启。(萧纲《谢东宫赐裘启》)②

> 杨雄口讷，本贵谈端；田蚡貌寝，终于丽饰。始兴之扇，方斯非拟；邺中之锦，匹此为轻。方愿弘此仁风，既动承华之气；服兹怀袖，复比文若之香。(萧绎《谢东宫赐麈尾锦帔团扇等启》)③

> 窃以积丝成彩，散兰腾花，巧擅易水之间，价贵丛台之下，民受禄为养，沾荷弥深。圣恩曲渐，自叶流根；复袖缊裾，岂伊恒饰。荣新之宠，固难轻报。(沈约《谢齐景陵王赍母赫国云气黄绫裙襦启》)④

其内容无非表达谢意，其中不免夸张的颂扬和自谦感恩之词，几乎演变成一种套路，所能自由发挥的空间，仅剩对于所赍之物的描写和赞扬了。上引三篇谢启中关于豹裘、团扇、黄绫裙襦的内容，无不是如此。于是谢启之中，对句、典故以及华美的文辞成为主体，从中已经找寻不到情感的踪迹，致谢书启真的只有"晁华可采"了。从某种意义上说，这类书信已经失去了它原有的生命力。

---

① 李兆洛选辑：《骈体文钞》，岳麓书社 1992 年版，第 680 页。
② 严可均辑：《全上古三代秦汉三国六朝文》，中华书局 1958 年版，第 3004 页。
③ 严可均辑：《全上古三代秦汉三国六朝文》，中华书局 1958 年版，第 3045 页。
④ 严可均辑：《全上古三代秦汉三国六朝文》，中华书局 1958 年版，第 3114 页。

另外，值得一提的是，齐梁时期的书仪受时风的影响，也有着明显的雕琢痕迹，拿索靖《月仪帖》与萧统《锦带书》比较，其区别立即显露而出。

其实，不仅在偏重于礼仪交往的书信中，藻饰被齐梁人特别看重，就是在军政书信中，书信用语的华美也被特别关注。关于丘迟的名篇《与陈伯之书》，有非常有趣的一个现象，钱锺书说："《梁书·陈伯之传》称：'伯之不识书……得文牒辞讼，惟作大诺而已；有事，典签传口语'；则迟文藻徒佳，虽宝非用，不啻明珠投暗、明眸卖瞽，伯之初不能解。想使者致《书》将命，另传口语，方得诱动伯之，'拥众归'梁；专恃迟《书》，必难奏效，迟于斯意，属稿前亦已夙知。"① 高步瀛对《梁书》此说颇不以为然，说："伯之虽不识字，岂无左右与之详为解释者？其拥众来降，固不得专归功此书，然利害明晰，辞意动人，亦不得谓竟无助力也。"② 丘迟此书乃是文学史的名篇，它的艺术成就自然不容置疑，尤其是"暮春三月，江南草长，杂花生树，群莺乱飞"一段，"秀绝古今，文能移情，端属此等"③。钱锺书和高步瀛二位先生虽然意见不同，但是《梁书》所记陈伯之看不懂丘迟来书，他们都是承认的，其中原因恐怕也是雕琢辞藻所致吧？虽然这是非常极端的例子，但也从侧面看出齐梁书信对于辞采的重视程度。

很明显，这类只有"晁华可采"的骈体书信，并不是成功的书信创作，真正成功的书信应该是下面所引的这类书信：

> 朓实庸流，行能无算。属天地休明，山川受纳，褒采一介，抽扬小善，故舍耒场圃，奉笔兔园，东乱三江，西浮七泽，契阔戎旃，从容宴语。长裾日曳，后乘载脂，荣立府庭，恩加颜色，沐发晞阳，未测涯涘；抚臆论报，早誓肌骨。不悟沧溟未运，波臣自荡；渤澥方春，旅翮先谢。清切藩房，寂寥旧荜；轻舟反溯，吊影独留。白云在天，龙门不见；去德滋永，思德滋深。惟

---

① 钱锺书：《管锥编》，生活·读书·新知三联书店 2007 年版，第 2257 页。
② 高步瀛：《南北朝文举要》，中华书局 1998 年版，第 479 页。
③ 高步瀛：《南北朝文举要》，中华书局 1998 年版，第 486 页。

待青江可望，候归艎于春渚；朱邸方开，效蓬心于秋实。如其簪履或存，衽席无改，虽复身填沟壑，犹望妻子知归。揽涕告辞，悲来横集，不任犬马之诚。（谢朓《拜中军记室辞随王笺》)①

　　执别灞浐，嗣音阻阔，合璧不停，旋灰屡徙，玉霜夜下，旅雁晨飞。想凉燠得宜，时候无爽。既官寺务烦，簿领殷凑，等张释之条理，同于公之明察。雕龙之才本传，灵蛇之誉自高，颇得暇逸于篇章，从容于文讽。顷拥旄西迈，载离寒暑。晓河未落，拂桂棹而先征；夕鸟归林，悬孤帆而未息，足使边心愤薄，乡思遭回。但离阔已久，戴劳癏瘵，伫闻还驿，以慰相思。（萧纲《与刘孝绰书》)②

　　这两封书信，都是典型的骈文，历来被人传颂，谢氏之文被选入《文选》，许梿评曰："情思婉妙，绝去粉饰浮艳之习，便觉浓古有余味。"③ 萧纲之文则入《六朝文絜》，许梿更是称赞它："深情婉致，娓娓动人。"④ 正如冈村繁所说，它们"淋漓尽致地抒发叙写作家的情绪心境"，《拜中军记室辞随王笺》与《与刘孝绰书》之所以取得成功，就是因为将美的形式与情感结合起来了。可以看到，齐梁书信，不管是叙写离别，如萧纲《与萧临川书》、任昉《与沈约书》、沈约《与徐勉书》等，还是表现隐逸志趣，如沈约《报刘杳书》、伏挺《致徐勉书》、王僧孺《与何炯书》等，抑或是伤悼，如张瓒《与陆云公叔襄兄晏子书》、刘峻《追答刘秣陵书》等，这类书信之所以能被历代的读者关注，就是因为它们骈俪的辞藻下包裹着书信作者的情感和生命，在反复的诵读中能够激起人们的共鸣，而文辞恰能给人美的享受，内容与形式相辅相成、相得益彰，这类书信也自然成为书信创作中的发展趋向。

　　齐梁书信中还有一个有趣的现象——倩人代写夫妻间书信。中国古代的夫妻书信本来就是少之又少的，代写夫妻书信更是前所未有的，

①　谢朓撰，曹融南校注：《谢宣城集校注》，上海古籍出版社1991年版，第54—55页。
②　严可均辑：《全上古三代秦汉三国六朝文》，中华书局1958年版，第3010页。
③　许梿选，黎经诰笺注：《六朝文絜笺注》，上海古籍出版社1982年版，第95页。
④　许梿选，黎经诰笺注：《六朝文絜笺注》，上海古籍出版社1982年版，第108页。

它的出现明显是受梁代后期宫体诗风的影响，现存的作品只有何逊《为衡山侯与妇书》、庾信《为梁上黄侯世子与妇书》、伏知道《为王宽与妇义安主书》。后世评论，如"纤巧如剪彩宫花"①，"艳极韵极，恐被鸳鸯妒矣"②，"柔情绮语，黯然销魂"③，皆道出其秾丽艳情。虽有情与辞的完美结合，却因情感真实性问题，饱受后世非议，周亮工《尺牍新钞·选例》曰："裁书见志，取喻己怀，如病者之自呻，乐者之自美，安能隔彼膜而披其衷？讵可剜他肤而附其骨？故以此假人，不能快我心；以此代人，不能畅人意。何逊衡山之作，徒涉于淫；韩愈文昌之篇，实缘盲废。历稽古彦，亦甚寥寥。故代传之章，弃而弗录，亦姑例置也。"④ 可见，书信之中不仅需要情感，更需要创作主体真实的情感，这是书信文体最基本的要求。

### 三 "擒文振金石之声，怀叹极黍离之感" 的陈朝书信

梁代后期和陈朝，战乱不断，尤其是陈朝国祚短促，然而书信创作上却有着颇引人注意的地方。梁陈之际，侯景之乱，南北离析，文人滞留北方者颇多。南方文人，多因滞留而于书信中表达乡关之思，情景交融，凄婉哀艳，为书信内容的又一新变。历数陈朝书信作者，虽然人数寥寥，却有书信大家徐陵，留存下 34 篇书信，使陈朝在书信发展的历史上占据了一席之地。

曹道衡说："梁代后期至陈代，骈文的文风又有一个显著的变化，那就是用典的数量大为增加。……梁后期至陈代的骈文，有一个特点是差不多句句用典，甚至叙事之处，也往往借用典故。这种文风的代表人物就是庾信和徐陵。"⑤ 王瑶则指出："徐庾的主要成就，即在将宫体诗所运用的隶事声律和缉裁丽辞的形式特点，完全巧妙地移植在'文'上；使当时的骈文凝固成一种典型的文体，而成了后来

---

① 李兆洛选辑：《骈体文钞》，岳麓书社 1992 年版，第 695 页。
② 许梿：《六朝文絜笺注》，上海古籍出版社 1982 年版，第 132 页。
③ 许梿：《六朝文絜笺注》，上海古籍出版社 1982 年版，第 119 页。
④ 周亮工：《尺牍新钞·选例》，上海杂志公司 1935 年版。
⑤ 曹道衡：《中古文学史论文集》，中华书局 2002 年版，第 46 页。

唐宋四六和律赋的先导。"① 徐庾体乃是骈体成熟的标志，从二位先生所论来看，骈文在这一时期比齐梁时期更加细致和讲究。

　　一般认为庾信的成就高于徐陵，四库馆臣说："至信北迁以后，阅历既久，学问弥深，所作皆华实相扶，情文兼至，抽黄对白之中，灏气舒卷，变化自如，则非陵之所能及也。"② 沈德潜指出："庾子山才华富有，悲感之篇，常见风骨，所长不专在造句也。徐庾并名，恐孝穆华词，瞠乎其后。"③ 倪璠在《注释庾集题辞》中说："《哀江南赋序》称：'不无危苦之词，惟以悲哀为主。'予谓子山入关而后，其文篇篇有哀，凄怨之流，不独此赋而已。……凡百君子，莫不哀其遇而悯其志焉。"④ 从沈德潜与倪璠的论述中可以看出，庾信成就高于徐陵的原因，是庾信在作品中表达了悲情，也就是乡关之思，达到了"情文兼至"。若从这一角度比较，实际上徐陵书信也有着深挚的乡关之思，同样是情文兼至之作。庾信的书启多是写与北朝诸王，应归于北朝书信，且多是致谢书启，除去精美的艺术形式，可取之处寥寥，唯有《为梁上黄侯世子与妇书》是代滞留于北方的萧悫写给妻子的信，上文已论。陈朝书信当以徐陵为代表。

　　徐陵（507—583 年），字孝穆，《陈书》本传称："其文颇变旧体，缉裁巧密，多有新意。"⑤ 也就是上文所引曹、王二位先生的论述。李兆洛说："书记是其所长，他未能称也。"⑥ 极力表彰其书信才能。纵观徐陵一生，可大致分成前中后三期，前期乃是徐陵出使东魏之前的四十余年（507—547 年），其创作主要受梁代宫体诗风的影响，内容狭窄，文辞绮靡华艳；中期乃是出使东魏滞留十年和出使北齐的时段（约 548—556 年），这是徐陵"感慨兴亡，声泪并发"⑦ 的

---

① 王瑶：《中古文学史论》，商务印书馆 2011 年版，第 323 页。

② 四库全书研究所整理：《钦定四库全书总目》（整理本），中华书局 1997 年版，第 1988 页。

③ 沈德潜选：《古诗源·例言》，中华书局 1963 年版，第 3 页。

④ 庾信撰，倪璠注，许逸民校点：《庾子山集注》，中华书局 1980 年版，第 4—5 页。

⑤ 姚思廉：《陈书》，中华书局 1972 年版，第 335 页。

⑥ 李兆洛选辑：《骈体文钞》，岳麓书社 1992 年版，第 352 页。

⑦ 张溥撰，殷孟伦注：《汉魏六朝百三家集题辞注》，人民文学出版社 1960 年版，第 264 页。

阶段，其乡关之思的书信主要创作于这一阶段①；后期是任职陈朝时，徐陵在仕途上青云直上，备受陈朝统治者倚重，创作的书信多是与友人同僚的往来赠答②，颇有《陈书》本传所说"缉裁巧密"的特点。徐陵书信成就最高者莫过于中期的创作。

徐陵出使滞留北方，向北齐杨愔上书求归被拒，只能求助于徐姓宗亲，在《在北齐与宗室书》中，他诉说了客居北方的凄苦，表达出对于回归的渴望：

> 自徘徊河朔，亟积寒暄，风患弥留，半体枯废。折臂为公，虽非羊祜；跛足而使，无惭郤克。固以形如槁木，心若死灰，匍匐苦庐，才有魂气。夫迷山之客，迟遥响于岩崖；穷海之宾，望孤烟于洲屿；况乃宗均鲁卫，地匪燕吴，车骑相望，舟舻朝夕。三条不远，五达非难，信乃阔然，遂不蒙问。昔桃花之峡，长避秦嬴；芝草之山，遥然沧海。犹复渔船可入，何况平途不兼旬月。劳怀既积，辄命行人，弦望之间，迟枉归翰。傥二三兄弟，能敦昭穆之诗，求我漳滨，幸问刘桢之疾。③

在《与齐尚书仆射杨遵彦书》中反驳杨愔阻止他南归的理由时，用了"八未喻"条分缕析，逐条反驳，最具特点之处乃是徐陵以情运理，逐条反驳的背后是他对故国家乡亲人的无比思念之情，这种情感在反驳的最后终于集中爆发：

---

① 作于此时的书信主要是：《在北齐与宗室书》《与齐尚书仆射杨遵彦书》《与王僧辩书》《与王吴郡僧智书》《为梁贞阳侯与王太尉僧辨书》《为梁贞阳侯答王太尉书》《又为梁贞阳侯答王太尉书》《梁贞阳侯重与王太尉书》《又为贞阳侯答王太尉书》《又为贞阳侯颙答王太尉书》《为梁贞阳侯与陈司空书》《为梁贞阳侯重与裴之横书》《代梁贞阳侯与荀昂兄弟书》《武皇帝作相时与北齐广陵城主书》。

② 作于此时的书信主要是：《武皇帝作相时与岭南酋豪书》《与李那书》《答李颙之书》《答诸求官人书》《与顾记室书》《答周主论和亲书》《答周处士书》《与释智顗书》《又与释智顗书》《三与释智顗书》《五愿上智者大师书》《谏仁山深法师罢道书》。

③ 徐陵撰，许逸民校笺：《徐陵集校笺》，中华书局2008年版，第506页（注：所引徐陵书信皆出于此书，只随文注出篇名，不再详注）。

岁月如流，人生何几！晨看旅雁，心赴江淮；昏望牵牛，情驰扬越。朝千悲而下泣，夕万绪以回肠，不自知其为生，不自知其为死也。足下素挺词峰，兼长理窟，匡丞相解颐之说，乐令君清耳之谈，向所未疑，谁能晓谕。若鄙言为谬，来旨必通，分请灰钉，甘从斧镬，何但规规默默，龉舌低头而已哉！若一理存焉，犹希矜眷，何故期令我等必死齐都，足赵、魏之黄尘，加幽、并之片骨？遂使东平拱树，长怀向汉之悲；西洛孤坟，恒表思乡之梦。千祈已屡，哽恸良深。

钱锺书先生说此文："陵集中压卷，使陵无他文，亦堪追踪李陵报苏武、杨恽答孙会宗，皆只以一《书》传矣。非仅陈吁，亦为诘难，折之以理，复动之以情，强抑气之愤而仍山涌，力挫词之锐而尚剑铦。'未喻'八端，援据切当，伦脊分明，有物有序之言；彩藻华缛而博辩纵横，譬之佩玉琼琚，未妨走趋；隶事工而论事畅。"[①] 诚为不刊之论！实际上，徐陵的以情运理也表现在他代贞阳侯萧渊明致书王僧辩的书信中，剖析利害，反复尽致，背后隐含着徐陵急切的思乡之情和深切的对国家兴亡的感慨。张溥说："余读其《劝进元帝表》，与代贞阳侯数书，感慨兴亡，声泪并发，至羁旅篇牍，亲朋报章，苏李悲歌？犹见遗则，代马越鸟，能不凄然。然夫三代以前，文无声偶，八音克谐，司马子长所以铿锵鼓舞也。浸淫六季，制句切响，千英万杰，莫能跳脱；所可自异者，死生气别耳。历观骈体，前有江任，后有徐庾，皆以生气见高，遂称俊物。"[②]

较之于齐梁书信，徐陵的书信同样有着浓厚的情感，更夹杂着深沉的对国家命运的感慨，之所以被作为南朝书信的"压轴之作"，不只是在裁对绵密、标句清新、用事巧妙、八音迭奏等形式方面"多有新意"，更重要的是情感和内容的相互结合。

实际上，可以看到，骈体书信两极分化的现象在徐陵和庾信那里

---

① 钱锺书：《管锥编》，生活·读书·新知三联书店 2007 年版，第 2287 页。
② 张溥撰，殷孟伦注：《汉魏六朝百三家集题辞注》，人民文学出版社 1960 年版，第 264 页。

表现得非常明显。他们在文学形式的创造上，可以说达到了后世难以超越的高度，同样也陷入了困境，如果没有情感作为依托，骈文的形式美只能是一种文字游戏。无论是骈体还是散体，也无论是书信还是其他作品，情感都是至关重要的。北朝有两篇书信《为阎姬与子宇文护书》和《报母阎姬书》，直书其意，鲜重文采，然而生活气息浓厚，质朴动人，毫无矫饰，钱基博评价说："一味情真，字字滴泪，而精神恺恻，为北朝第一篇文字，足与李密《陈情表》并垂千古……而阎姬先报一书，不知何人代笔，家常絮语，的是老妪口吻；然以絮碎出神隽，以恳恻发岸异；虽不如护之遒炼，然篇碎而神完，语絮而情切……足与护书称珠联璧合矣。"①

骈体也好，散体也罢，他们只是文学的样式，南朝书信借助于骈体的发展，实际上创造了成就极高的作品，这是不容否认的。唐人曾根据南北朝不同的优势和缺点，给出了一个文学理想，《隋书·文学传序》："江左宫商发越，贵于清绮，河朔词义贞刚，重乎气质。气质则理胜其词，清绮则文过其意，理深者便于时用，文华者宜于咏歌，此其南北词人得失之大较也。若能掇彼清音，简兹累句，各去所短，合其两长，则文质斌斌，尽善尽美矣。"② 情感与辞采、内容与形式两者的关系如何处理不仅是书信发展需要考虑的问题，也是整个文学发展必须始终面对的问题。

## 第三节 《文选》与《文心雕龙》的书信文体观念

明人陈洪谟云："文莫先于辨体，体正而后意以轻之，气以贯之，辞以饰之。"③ 一种新文体的产生和确立，根本上讲是社会生活发展的需要，随着创作者的不断加入，使用范围愈加广泛，创作数量越来越多，创作经验也日渐丰富，文体特征也由模糊逐渐到清晰，最终被文学理论批评者关注并加以系统总结。文体特征又反过来对作品

---

① 钱基博：《中国文学史》，华中师范大学出版社 2011 年版，第 206 页。
② 魏徵等：《隋书》，中华书局 1973 年版，第 1730 页。
③ 徐师曾撰，罗根泽点校：《文体明辨序说》，人民文学出版社 1962 年版，第 80 页。

的内容、题材、风格等具有制约性，因而掌握不同文体的特征也就被多数创作者重视。书信文体地位的确立也经历了这样一个过程。书信发展到南朝，刘勰在《文心雕龙·书记》篇中进行了一次系统的理论总结，同时，萧统以《文选》选文的方式表达了对书信的关注，那么隐藏在背后的选文标准，实际上就可以看作萧统的书信文体观念。刘勰与萧统的做法，都对书信产生了较大的影响，那么他们在书信理论的认知上有何异同呢？

### 一　齐梁之前的书信文体观念

书信与诗赋的地位，在很长的一段时间内无法相提并论，对其文体特性的认知经历了漫长的时间。

作为应用文体，书信很早就被广泛地使用了。殷墟出土的三片甲骨（第 431、512、531 片），"应该是我国书信的滥觞"①。1976 年在湖北云梦睡虎地四号墓中出土了战国时写在木牍上的两封家信，"提供了上古民间私信的最早实物……是名副其实的尺牍"②。实物的出现，有力地证明了书信出现早，使用范围广。汉代书信的数量应远超出存世的数量。前文所引《汉书·陈遵传》记载："遵起为河南太守。既至官，当遣从史西，召善书吏十人于前致私书，谢京师故人。遵冯几，口占书吏，且省官事，书数百封，亲疏各有意。"虽不无夸饰，却也能见数量之大。而出土的居延汉简中很多书牍，表现了西北边陲戍守士卒的心声。随着考古的进行，将有更多的书牍被发现。汉代书信的形制已较为固定，且注重保存书写较好的书信，如"（遵）性善书，与人尺牍，主皆藏去以为荣"。

然而战国两汉时期的书信，除因实用而产生的史学价值外，文体学意义上的理论总结并没有出现。许慎《说文解字·序》曰："著于竹帛谓之书。书者，如也。"刘熙《释名》云："书，庶也，记庶物也。亦言著也，著之简纸永不灭也。"这种词源学意义上的解释被

---

① 马增芳：《书信探源》，《文史知识》1994 年第 9 期。
② 黄金贵：《古代文化词义集类辩考》，上海教育出版社 1995 年版，第 1239 页。

《文心雕龙·书记》篇所延续，"大舜云：书用识哉！所以记时事也。盖圣贤言辞，总为之书"，但无助于书信文体特征的彰显。蔡邕《独断》只论及官文书形制，未及书信。即使是到了曹丕的时代，"奏议宜雅，书论宜理，铭诔尚实，诗赋欲丽"（《典论·论文》），也未涉及书信体。同时代的文士，如桓范《世要论》明及序作、赞象、铭诔，刘桢《处士国文甫碑》谈到过铭诔，都未提及书信体。虽然短短几十年，曹魏创造了量大质高的书信，曹丕在《与吴质书》说"（阮瑀）书记翩翩"，《典论·论文》中说"琳、瑀之章表书记，今之隽也"，关注到书信所取得的成就，但不得不承认，晋前书信还未真正进入理论总结的阶段。

《隋书·经籍志》云："晋代挚虞，苦览者之劳倦……自诗赋下，各为条贯，合而编之，谓为《流别》。是后文集总钞，作者继轨，属辞之士，以为覃奥，而取则焉。"① 此外，还有李充《翰林论》，惜乎均散佚不全。挚虞首创选文与评论结合的批评方式，现存残文主要论述了诗、赋、颂、铭、箴、诔、碑等12种文体；"李充之制《翰林》，褒贬古今，斟酌利病"②，论列各种文体，例举古今代表作品并对利病得失加以评论，概括各文体特征及写作要求，现存残文主要论述了议、表、驳、奏、论、赞、盟、檄等作品。二者所存残文都未涉及书信体，但从其选文与论述的广度来看，既已远涉图谶，则当时所存各种文体，应在论述之列，那么认为二者对书信有遴选和评论，似非荒谬臆测。更何况《隋书·经籍志》著录晋王履撰《书集》八十八卷，虽亡佚，却也能显示出书信已被广泛认同且有专体总集出现。南朝时这种情况更为显著。《隋书·经籍志》著录："《应璩书林》八卷，夏赤松撰；《抱朴君书》一卷，葛洪撰；《蔡司徒书》三卷，蔡谟撰；《前汉杂笔》十卷，《吴晋杂笔》九卷，《吴朝文》二十四卷，《李氏家书》八卷，晋左将军王镇恶《与刘丹阳书》一卷，亡。"③

---

① 魏徵等：《隋书》，中华书局1973年版，第1089—1090页。
② 遍照金刚撰，王利器校注：《文镜秘府论校注》，中国社会科学出版社1983年版，第73页。
③ 魏徵等：《隋书》，中华书局1973年版，第1089页。

据姚振宗《隋书经籍志考证》，此六书为总集书札之属，梁代所存有。[①] 可见，《文心雕龙》对书信做出系统理论总结乃是渊源有自。

## 二　《文心雕龙》对书信的理论提升

《文心雕龙·序志》篇（以下只注篇名）云："若乃论文叙笔，则囿别区分，原始以表末，释名以章义，选文以定篇，敷理以举统，上篇以上，纲领明矣。"自《明诗》至《书记》二十篇，刘勰就是在此"纲领"下，分别介绍了各种文体，内容无外乎四端：追溯源流，解释名称与性质，选取并评论代表作品，指出各种文体的特点和写作要求。《文心雕龙·书记》篇是文体论的末篇，与"文"之末尾附杂文相类，"笔"之末尾亦附有 24 种文体，"文""笔"末尾附录，乃刘勰有意为之。分析《文心雕龙·书记》篇，其内容主要包括书信体探讨和 24 种文体特点与写作要求概括，两部分统摄于开篇"书"之意义和作用段落之下。

《文心雕龙·书记》篇："大舜云书用识哉！所以记时事也。盖圣贤言辞，总为之书，书之为体，主言者也。扬雄曰'言，心声也；书，心画也。声画形，君子小人见矣。'故书者，舒也；舒布其言，陈之简牍，取象于夬，贵在明决而已。"刘勰此论有三层意思：一是从词源学意义上解释"书"之含义，将用文字记录者全部称为"书"，这明显是受许慎、刘熙之影响，前已详述。范文澜云："彦和之意，书记有广狭二义。……自广义言之，则凡书之于简牍，记之以表志意者，片言只句，皆得称为书记。"[②] 刘勰此举不仅论书信之源，更为《文心雕龙·书记》篇中的 24 种文体张本。二是提出"书之为体，主言者"的观点，这是对书信体最基本特征的概括，被历代沿用。三是将书记的文体渊源追溯到《尚书》，既是刘勰文体起源观念的一种体现，也是其理论体系以"原道""宗经""征圣"为根基的体现。刘勰试图为书信体的确立寻找稳固的根基，却在客观上无力于以

---

①　姚振宗：《隋书经籍志考证》，王承略、刘心明主编：《二十五史艺文经籍志考补萃编》，清华大学出版社 2014 年版，第 2243 页。

②　刘勰撰，范文澜注：《文心雕龙注》，人民文学出版社 1958 年版，第 481 页。

发展的眼光总结书信的发展，留待后文详述。

《文心雕龙·书记》篇对书信体的探讨主要有两方面：一为书信的特点，一为书信中尊卑有别的现象。

《文心雕龙·书记》篇中所列之代表作品，所强调的书信的特点，如"辞若对面"，黄侃直接指出"观此益知书所以代言语矣"①，"详总书体，本在尽言，言所以散郁陶，托风采，故宜条畅以任气，优柔以怿怀；文明从容，亦心声之献酬也"，都是着眼于"尽言"，这与开篇所说"书之为体，主言者也"遥相呼应。"尽言"，是要求将心中所想尽数表露，是真实情感的流露。尽言包含有"真"，是情感交流的要求，如此方能"散郁陶，托风采"，这是书信最难能可贵之处，也是《报任安书》《报孙会宗书》等篇章能打动千古人心的主要原因。

《文心雕龙·书记》篇还注意到了通信中的尊卑差别，与私人交往的"亲疏得宜"不同，等级之间"尊贵差序，则肃以节文"，并判断"战国以前，君臣同书，秦汉立仪，始有表奏"，这是符合历史事实的，发前人所未发。紧接着刘勰例证结合地论述了奏书、奏记、奏笺、笺记，认识到"原笺记之为式，既上窥乎表，亦下睨乎书"，要求笺记做到"敬而不慑，简而无傲，清美以惠其才，彪蔚以文其响"。这也是刘勰对书信体认知的精辟之论。

刘勰在承续前人的基础上，对书信做了集中而系统的论述。《文心雕龙·书记》篇的功绩，有如下四点：一是在后汉以降纷繁复杂的文体中将书信单列一篇，进行系统的论述，奠定了书信的地位。二是总结了书信的文体特征和写作要求，成为后世书牍评论的基本认识，后世论著如《文章辨体》《文体明辨》《铁立文起》《古今文综评文》等，虽有或多或少的驳论非议，但"言词翰者，莫得踰其范焉"②。三是选取各时段的代表作进行了精彩的评论，并扼要地总结了不同时期书信的发展特点，成为书信分期研究的重要参考。四是注

① 黄侃：《文心雕龙札记》，上海古籍出版社 2000 年版，第 83 页。
② 周亮工：《尺牍新钞》，上海杂志公司 1935 年版，第 5 页。

意到书信因尊卑有别而出现的不同写作要求和同质异名的现象，也涉及了代书及其成就。

### 三　《文选》的书信选取标准

文学总集的编选不是任意而为的，它往往是编选者根据一定的标准来编选的，能够反映编选者的文学观念。萧统在《文选序》中说："若夫椎轮为大辂之始，大辂宁有椎轮之质；增冰为积水所成，积水曾微增冰之凛。何哉？盖踵其事而增华，变其本而加厉；物既有之，文亦宜然。随时变改，难可详悉。"① 萧统在选取文学作品时，肯定了文学发展今能胜古，同时又能具体地分析作品的实际，不是一味地主张后世的作品一定能胜过前代。这是一种进步的文学发展观念。萧统的选文标准是在这样的文学发展观念下确定的。

《文选序》中有"事出于沉思，义归乎翰藻"，"'沉思''翰藻'之语虽是为史论赞序述而发，但也是萧统对其他体裁文章审美特性的看法"②。一般来说，"事出于沉思，义归乎翰藻"是被作为萧统《文选》选文标准来看的。但仅是如此，还不能完全反映萧统的选文标准，《答湘东王求〈文集〉及〈诗苑英华书〉》有一段话说："夫文典则累野，丽亦伤浮。能丽而不浮，典而不野，文质彬彬，有君子之致。"③ 文章的确是要讲求"翰藻"的，这是齐梁时期的一种普遍的风气，但是萧统在典丽之外，还要求文章能够做到"丽而不浮，典而不野"，这样才称得上真正的好文章。那么，何谓"丽而不浮，典而不野"？骆鸿凯《文选学》说："盖自江左文辞，稍崇华赡，下逮齐、梁，骈俪之习成，声病之学盛，取青媲白，镂叶雕花，日趋于纤艳，而古初浑朴之意尽失。昭明芟次七代，荟萃群言，择其文之尤典雅者，勒成一书，用以切劘时趋，标指先正。迹其所录，高文典册十之七，清辞秀句十之五，纤靡之音百不得一。以故班、张、潘、陆之

---

① 萧统：《昭明文选》，上海古籍出版社 1986 年版，第 1 页。

② 王运熙、顾易生主编：《中国文学批评通史》（魏晋南北朝卷），上海古籍出版社 2011 年版，第 279 页。

③ 严可均辑：《全上古三代秦汉三国六朝文》，中华书局 1958 年版，第 3064 页。

文，班班在列，而齐梁有名文士若吴均、柳恽之流，概从刊落，崇雅黜靡，昭然可见。"① 文章要求文辞华美不假，但是是在典雅基础上的华美，也就是骆鸿凯所说的"崇雅黜靡"，典雅而不华靡，这才是萧统所持的选文标准。

萧统《文选》选文六百六十余篇，诗、赋数量是绝对主体，有五百余篇，其他文体一百四十余篇，其中书信有三十九篇，上书七篇，五篇属于书信，启三篇，一篇属于书信，笺九篇，奏记一篇，书二十四篇，其中二十三篇属于书信，如果再算上刘琨和卢谌赠诗前的两封书信，则《文选》共选书信四十一篇，是除诗、赋之外，选文最多的一种文体。从数量上看，萧统是颇为重视书信的。

萧统选取的四十一篇书信中，有十八篇是三国时期的书信，主要集中于曹丕、曹植与建安诸子间的往来书信。建安时期文学发展的一个趋向就是重辞采，这与萧统的文学观念是相符的，书信文辞的华美是其选择的一个重要标准。萧统选取了枚乘、邹阳、陈琳、阮瑀、应璩、孙楚等人的书信，主要的原因就是这些书信文辞富赡，长于用典，叙事说理极具气势。

当然，萧统多选曹丕、曹植与建安诸子的书信，还是出于对曹氏兄弟等人的惺惺相惜。史传记载萧统"性宽和容众，喜愠不形于色。引纳文学之士，赏爱无倦。恒自讨论篇籍，或与学士商榷古今，间则继以文章著述，率以为常……性爱山水，于玄圃穿筑，更立亭馆，与朝士名素者游其中"②。萧统周围有大批的文士，他们宴游唱和，与当年南皮之游、邺城之会有着太多的相似之处，因而建安文士所表达的对于生活的真切感触，正契合萧统的心理。这也是萧统特别关注和喜爱建安书信的原因。建安书信的成就不仅表现在文辞的华美上，更为重要的是它反映了士人对人生、社会生活的感受和思考，是一种个体情感的真实抒发。也正是这种类似情境下的真实感受，让萧统能够有着更为真切的共鸣。可见，萧统在选取书信时，情感在书信中的表

---

① 骆鸿凯：《文选学》，中华书局1989年版，第32页。
② 姚思廉：《梁书》，中华书局1973年版，第167—168页。

达还是非常重要的一个因素。这一点还可以通过他选取的司马迁、李陵、杨恽、嵇康、刘孝标等人的作品加以证明。而书信恰恰又是特别重视个体情感的真实抒发的。

在重文辞和重情感之外，萧统还选取了两篇阮籍的书信，一篇是《为郑冲劝晋王笺》，一篇是《诣蒋公》，属于奏记。这两篇书信，与其他书信相比实际上并不出色，与阮籍《与伏义书》相比也是逊色的，萧统之所以选择这两篇书信，很可能是因为这两篇书信作为奏记和奏笺，是典雅的，是符合礼仪要求的，是可以作为后世奏记和奏笺范本的。有史料显示，萧统是很重视书信的礼仪的，普通三年（522年），萧统叔父萧憺去世，"东宫礼绝傍亲，书翰并依常仪"，他表示怀疑并最终听从明山宾等人的建议，在书信仪式方面做了改变。虽然我们已经不知道这种改变具体是什么，但从史料的记载上看，应该是关于书信礼仪方面的。《文选》在选取书信时，书信的起首和结尾都保存完好，这一方面是出于保存书信原貌的要求，另一方面也体现出萧统对书信礼仪的一贯重视的态度。再者，在书信的分类上，奏记、笺、启等因与书对象不同而不同的书信，在《文选》中也有着较好的区分，这自然也是因为萧统重视书信的利益要求。

## 四　《文选》与《文心雕龙》书信文体观念比较

骆鸿凯《文选学》说："《刘勰传》载其兼东宫通事舍人，深被昭明爱接；《雕龙》论文之言，又若为《文选》印证，笙磬同音。是岂不谋而合，抑尝共讨论，故宗旨如一耶。"① 骆氏此言，道出了《文心雕龙》与《文选》的关联性，其言大体不谬，仔细分析，仍有较大差别。

一，关注的侧重点不同。《文心雕龙·情采》篇说："情者，文之经，辞者，理之纬；经正而后纬成，理定而后辞畅：此立文之本源也。"刘勰的文学思想中，情与采是并重的，然而刘勰毕竟是以"原道""宗经""征圣"为根基来建立其理论体系的，这也注定了其"通

---

① 骆鸿凯：《文选学》，中华书局 1989 年版，第 10 页。

变"观是一种文学倒退观。① 反映到书信上,《书记》篇中认为书信乃是"心声之献酬",特别关注书信的"真",强调通信双方本人情感的表露,而对于礼仪性的书信往来和代书,他视为"尺牍之偏才"。因此刘勰谈论书信似乎更加重视真情抒发,奇怪的是,刘勰对曹魏时期书信的兴盛并未给予足够的重视,不能不说是一种缺憾。究其原因,似乎是曹魏时期的书信并非全是"散郁陶,托风采",不少倒是逞才游艺的戏作,引起了刘勰的不满,这可以从对应璩书信的评价中看出。"休琏好事,留意词翰,抑其次也",这是刘勰的评论。《文选》却选录应璩四篇书信,为该文体入选作品最多者。《文选》所录四篇,内容上无非聚会不得往之悒悒,思念友朋,讥讽他人祈雨不得和意欲回归田园,丝毫不关系国计民生,然情真意切,文采斐然,不独《文选》激赏,前述《隋书·经籍志》曾有"《应璩书林》八卷"之著录,可见时人的重视,刘勰却评为"好事""留意词翰",且列于次等,似是其保守文学史观的反映。与此相关,刘勰亦特重视文学之政教作用,因而在《书记》篇中所列之书信多涉及军政之事,且对与政局有关之笺记尤加重视,着墨不少,亦是其文学观念的一种反映。刘勰关注到了书信的抒情、尊卑、辞藻等方面的问题,然而这些都是建立在书信信息传递功能基础之上的,可以说刘勰始终没有脱离书信最基本的功能来谈其文学特质的演进。当然这在其他应用文体中也是如此。

与刘勰不同,《文选》虽是作品选,选录作品皆"事出于沉思,义归乎翰藻",能坚持以文学特征为主,文采与情感并重,体现出进步的文学史观。《文选》选文特重文章之抒情与辞藻,尤其是书信的辞藻华美成为《文选》选取书信的重要标准,书信最基本的功能倒是退居其次,成为后世书信选本的参考。甚至出现了一个明显的现象:后世探讨书信体理论,皆以《书记》篇为中心加以延伸;后世选本,虽未明言,却似乎在选取书信时皆受《文选》选文之苑囿。这也足以证明《文选》《文心雕龙》时代确定下的书信文体观念深深

---

① 傅刚:《昭明文选研究》,中国社会科学出版社 2000 年版,第 117—118 页。

影响和规定着后世书信的发展。

二，书信内容上存在差异。书信是实用与审美相结合的一种文体，实用性决定了采用书信传递信息，交流感情，讨论问题，都是常有之现象。《文选》中选取了不少涉及文学评论、文学观点的书信，情感与文辞融合，艺术成就也较高。论学、论文书信起源很早，数量颇多，且成为一种学术传统，尤其是在东晋以后，采用书信辩论佛理，已成为书信发展中的一种重要现象，刘勰于此绝口未提，这不能不说是一大缺憾。

三，对于书信家族中的其他成员，刘勰与萧统关注的对象可以互相补充。梅鼎祚《书记洞诠·凡例》："谱、籍、簿、录、方、术、占、试，律、命、法、制、符、契、券、疏，与夫关、刺、解、牒、状、列、辞、谚，《文心雕龙》以为'并书记所总'。其实体异旨歧，自难参混。至于论启，反别附奏，今则合载。"① 梅氏就表现出对刘勰将"启"附于"奏"，列为公牍文的不满。启，"在古代有奏启与书启的不同。给君主、诸王上书用'启'的名称，是魏晋时期开始的；至于'书启'，则是指一般亲朋之间的往来书信，前者属上行公文，后者则是一般的应用文"②，从现存文献看，魏晋南朝时期书启数量不少，未加区分而附于"奏"，的确有失审慎。《文选》中萧统选取了三篇启文，其中两篇为公牍启文，一篇为私启，可见萧统对于启文的认识是比较全面的。

关于家书，《文心雕龙·诏策》篇说："戒者，慎也；禹称戒之用休。君父至尊，在三罔极。汉高祖之《敕太子》，东方朔之《戒子》，亦顾命之作也。及马援以下，各贻家戒。班姬《女戒》，足称母师也。"刘勰将诫子书放置于"诏策"之内谈论，其理由是"戒敕为文，实诏之切者"，对于普通人的诫子书而言，这种说法显然是不合适的。不过刘勰能够关注到家书中的这一内容已经是难能可贵了。齐梁之前的家书语言往往质朴平实，讲求的是真情的流露，而这明显

① 梅鼎祚：《书记洞诠》，《四库全书存目丛书》（集部第371册），齐鲁书社1997年版，第275页。

② 褚斌杰：《中国古代文体概论》（修订版），北京大学出版社1990年版，第442页。

是不符合《文选》选文的标准的，因此在《文选》中没有一篇家书入选，即使是萧统特别欣赏的陶渊明的家书，萧统也没有将其选入。再者是情人、夫妻间的书信，萧统选文是"崇雅黜靡"，而男女之情在他看来应该是华靡的内容，《文选》中选录的作品很少，就诗歌而言，著名的《陌上桑》《羽林郎》《孔雀东南飞》等都没有被选入，情人、夫妻间的书信不被选入也就可以理解了。同样，刘勰也没有关注这类内容。

再有就是帖，"《说文》：'帖，帛书署也。'盖书于木则谓之札，书于帛则谓之帖，各随其字之所从，而义自见。后乃转为书之别名，其文亦以善于用短为贵，魏晋间人多有之。今则学书者，取前人笔迹以供临摹，名之曰帖，又一义也"①。书信与书法并行，成为传世艺术品，尤以二王等人最为著名，故朱筠为《颜氏家藏尺牍》题辞称："若晋宋诸贤，兼以书法著者，曰帖。"② 这一现象在当时比较流行，姚振宗《隋书经籍志考证》在"梁有抱朴君书一卷，葛洪撰，亡""梁有蔡司徒书三卷，蔡谟撰，亡"后考证："葛蔡两家书或其手迹之仅存者，后人录以相传，如欧公试笔之类，皆集外别行欤？亦或出此两家所传之名人尺牍也。"③ 皆为书信与书法相结合之"帖"。从帖之艺术成就与后世选本、评论之重视，亦可见出刘勰和萧统未加关注的缺憾。

《文心雕龙·书记》篇以理论探讨的方式，《文选》以选文定篇的方式，表达了对书信的认知，是承续了前人的优秀成果而加之以精深覃思得出的，客观而言有得有失。我们不能苛责古人，应用发展的眼光去看待这一问题，在书信的发展史上，刘勰和萧统的两种方式厥功甚伟，不管是得还是失，都给我们留下了极大的启发和广阔的研究空间。

---

① 吴曾祺：《涵芬楼文谈附录》，王水照主编：《历代文话》（第七册），复旦大学出版社 2007 年版，第 6644 页。

② 转引自赵树功《中国尺牍文学史》，河北人民出版社 1999 年版，第 11 页。

③ 姚振宗：《隋书经籍志考证》，王承略、刘心明主编：《二十五史艺文经籍志考补萃编》，清华大学出版社 2014 年版，第 2242 页。

## 第四节 南朝书信中的自然：从赋法山水到诗意山水的转变

### 一 山水自然与书信

《后汉书·逸民传》分析隐士的动机时说："或隐居以求其志，或回避以全其道，或静己以镇其躁，或去危以图其安，或垢俗以动其概，或疵物以激其清。然观其甘心畎亩之中，憔悴江海之上，岂必亲鱼鸟乐林草哉，亦云性分所至而已。"① 范晔此论指出，隐逸乃是远祸去害（战乱或政治迫害），条件自然艰苦，唯有自然山水能给予必要的慰藉。这一点，钱锺书先生早有宏论：

> 《全后汉文》卷六七荀爽《贻李膺书》："知以直道不容于时，悦山乐水，家于阳城"；参之仲长欲卜居山涯水畔，颇征山水方滋，当在汉季。荀以"悦山乐水"，缘"不容于时"；统以"背山临流"，换"不受时责"。又可窥山水之好，初不尽出于逸兴野趣，远致闲情，而为不得已之慰藉。达官失意，穷士失职，乃倡幽寻胜赏，聊用乱思遗老，遂开风气耳。②

钱锺书先生还论述过山水自然在汉魏晋宋时的发展轨迹：

> 诗文之及山水者，始则陈其形势产品，如《京》、《都》之《赋》，或喻诸心性德行，如《山》、《川》之《颂》，未尝玩物审美。继乃山水依傍田园，若茑萝之施松柏，其趣明而未融，谢灵运《山居赋》所谓"仲长愿言"、"应璩作书"、"铜陵卓氏"、"金谷石子"，皆"徒形域之荟蔚，惜事异于栖盘"，即指此也。终则附庸蔚成大国，殆在东晋乎。袁崧《宜都记》一节足供标

---

① 范晔：《后汉书》，中华书局 1965 年版，第 2755 页。
② 钱锺书：《管锥编》，生活·读书·新知三联书店 2007 年版，第 1642 页。

识："常闻峡中水疾，书记及口传悉以临惧相戒，曾无称有山水之美也。及余来践跻此境，既至欣然，始信耳闻之不如亲见矣。其迭崿秀峰，奇构异形，固难以词叙。林木萧森，离离蔚蔚，乃在霞气之表，仰瞩俯映，弥习弥佳。流连信宿，不觉忘返，目所履历，未尝有也。既自欣得此奇观，山水有灵，亦当惊知己于千古矣！"（《水经注》卷三四《江水》引）。游目赏心之致，前人抒写未曾。六法中山水一门于晋、宋间应运突起，正亦斯情之流露，操术异而发兴同者。《全宋文》卷一九王微《报何偃书》："又性知画绘……故兼山水之爱，一往迹求，皆仿像也。"[1]

山水自然之物在东晋时才真正进入审美领域，"蔚成大国"，而晋宋之际，山水自然虽然表达的情感与东晋时并未有太大的差异，但是描写的手法发生了变化，也就是"操术异而发兴同"也。

南朝时，山水自然不仅在诗赋中作为重要的审美对象被描写，在书信中同样也是如此。笔者将在下面简要追溯山水自然在汉魏晋书信中的发展轨迹，重点描述山水自然在南朝书信中发生的新变。

书信中写景，很早就已经出现。西汉李陵《重报苏武书》："胡地玄冰，边土惨裂，但闻悲风萧条之声。凉秋九月，塞外草衰，夜不能寐，侧耳远听，胡笳互动，牧马悲鸣，吟啸成群，边声四起。"是为异域胡地之景，乃叙事之点染，并非主要描写对象。触目所及，实是与中原不同之景，又是李陵胸中之哀怨，于是"晨坐听之，不觉泪下"。张奂《与延笃书》："太阴之地，冰厚三尺，木皮五寸，风寒惨冽，剥脱伤骨。"亦是北地苦寒之景。景物的描写，在汉代书信中，仅是一种特例，并未形成写作习惯。这与汉人对于山水景物的认识是一致的。即使是在汉赋中出现较多的山水景物描写，也并非表示汉人对于山水景物有着多么深入的认识。山水景物在赋中，只是赋家以讽谏为目的使用的对象，并非出于情感的需要；且赋家所写之

---

[1] 钱锺书：《管锥编》，生活·读书·新知三联书店 2007 年版，第 1644—1645 页。

山水景物，往往也只是"陈其形势产品"。在汉代，山水景物还未真正成为独立的审美对象，在以实用为目的的书信中鲜有出现也就很正常了。

汉末政衰，老庄思想复归，士人个体自觉，极重内心之自足，此学界之所习知。《庄子·外篇·刻意》中所描绘之"就薮泽，处闲旷，钓鱼闲处，无为而已矣；此江海之士，避世之人，闲暇者之所好也"[1] 放逸情景，被发展成一种生活志趣，仲长统《乐志论》正是这种生活志趣的集中表达，兹引之如下：

> 使居有良田广宅，背山临流，沟池环匝，竹木周布，场圃筑前，果园树后。舟车足以代步涉之难，使令足以息四体之役。养亲有兼珍之膳，妻孥无苦身之劳。良朋萃止，则陈酒肴以娱之；嘉时吉日，则烹羔豚以奉之。蹰躇畦苑，游戏平林，濯清水，追凉风，钓游鲤，弋高鸿。讽于舞雩之下，咏归高堂之上。安神闺房，思老氏之玄虚；呼吸精和，求至人之仿佛。与达者数子，论道讲书，俯仰二仪，错综人物。弹《南风》之雅操，发清商之妙曲。消摇一世之上，睥睨天地之。不受当时之责，永保性命之期。如是则可以陵霄汉，出宇宙之外矣。岂羡夫入帝王之门哉！[2]

《乐志论》中所描绘的自然之美，已绝非汉代李陵等人书信中的苦寒之地，也不再仅仅是景物衬托耳，乃成为士人生活之志趣，山水怡情已融入士人的生活中。如果说仲长统《乐志论》中还是一种理想状态的话，曹魏时期则已经成为一种现实。曹丕在《与朝歌令吴质书》中写道："每念昔日南皮之游，诚不可忘。既妙思六经，逍遥百氏，弹棋闲设，终以六博，高谈娱心，哀筝顺耳。驰骛北场，旅食南馆，浮甘瓜于清泉，沈朱李于寒水。白日既匿，继以朗月，同乘并

---

① 庄子撰，郭庆藩集释：《庄子集释》，中华书局 2012 年版，第 536 页。
② 范晔：《后汉书》，中华书局 1965 年版，第 1644 页。

载，以游后园，舆轮徐动，参从无声，清风夜起，悲笳微吟，乐往哀来，凄然伤怀。"应璩在《与满公琰书》中说："夫漳渠西有伯阳之馆，北有旷野之望，高树翳朝云，文禽蔽绿水，沙场夷敞，清风肃穆，是京台之乐也。"《与从弟君苗、君胄书》："间者北游，喜欢无量，登芒济河，旷若发矇，风伯扫途，雨师洒道，案辔清路，周望山野。亦既至止，酌彼春酒，接武茅茨，凉过大夏。扶寸肴修，味逾方丈，逍遥陂塘之上，吟咏菀柳之下，结春芳以崇佩，折若华以翳日，弋下高云之鸟，饵出深渊之鱼。蒲且赞善，便嬛称妙，何其乐哉。"可见，《乐志论》中的山水怡情、生活志趣被广泛地接受，自然山水已成为一种生活需求，被纳入魏晋以降的审美范畴中。

魏晋以降，在人物品藻、玄学、佛学的影响下，山水景物才逐渐作为审美对象出现，对此前辈学者已经有较多的研究，不再赘述。需要说明的是，晋代书信中山水景物的描写，出现了三种表述方式，第一种是以陆云《答车茂安书》为代表的赋法写山水景物的方式；第二种是以喻希《与韩豫章笺》、朱超石《与兄书》为代表的散笔写山水景物的方式，以介绍风物为主，艺术成就不高，且影响不大，故略而不谈；第三种是"以玄对山水"，观照的是山水自然的整体美，是士人借山水以形自然之道，因而往往是宁静平和的，笔者在东晋书信部分已经详述，不赘。陆云《答车茂安书》，是书信中首次以赋法写景，陆云极力铺陈渲染，鄮县之地理优势、物产丰富、民风淳朴、风光秀丽，一一胪列，颇类左思《三都赋》。虽不免夸饰，却以写实为主，也因敷陈描写之细致，收到了意想不到的效果，车永复书曰："即日得报，披省未竟，欢喜踊跃。辄于母前，伏诵三周。举家大小，豁然忘愁也。足下此书，足为典诰，虽《山海经》《异物志》《二京》《南都》，殆不复过也。恐有其言，能无其事耳。虽尔犹足息号泣，欢忭笑也。"书信中以赋法写景、叙事，实开南朝书信之先。

## 二 从赋法山水到诗意山水

《文心雕龙·明诗》篇有云："宋初文咏，体有因革。庄老告退，而山水方滋。"① 刘勰之论，虽不准确，却能显示一个事实——山水成为重要文学题材进入诗歌创作中。而书信写景，刘宋时期有了极大的进步，以鲍照《登大雷岸与妹书》为代表。

鲍照，字明远，东海郡兰陵人，文辞赡逸，与颜延之、谢灵运齐名，被称为"元嘉三大家"。宋文帝元嘉十六年，临川王刘义庆出镇江州，引鲍照为佐史，鲍照由建康赴江州途中驻足大雷时，书信一封寄予其妹鲍令晖。令晖者，才女也。巧才思，工歌诗，"断绝清巧，拟古尤胜"，鲍照尝答孝武帝时云于"臣妹才自亚于左芬，臣才不及太冲尔。"② 由今所见《玉台新咏》中令晖之诗看，多为思妇之辞，情意缠绵，虽才亚左芬，实不世才女。与书对象有大才，也决定了鲍照可以将才情尽抒于家书中。

路途遥远的旅行，往往伴随凄苦与孤寂，而当从未见识的风景映入眼帘时，旅行者惊讶于眼前的景色，一纸书信将其描绘而出，希望能将这份惊喜与收信者分享。而书信中所交织的情感，是对美景的赞叹和对远方亲友的思念。鲍照所述，亦皆如此，又有所偏重。鲍照的旅途甚是艰难："吾自发寒雨，全行日少，加秋潦浩汗，山溪猥至，渡溯无边，险径游历，栈石星饭，结荷水宿，旅客贫辛，波路壮阔，始以今日食时，仅及大雷。途登千里，日逾十晨，严霜惨节，悲风断肌，去亲为客，如何如何！"③ 这也就决定了鲍照所写大雷岸之美景，浸染于一派壮阔悲凉中。鲍照在赞叹胜景之奇后，往往因景触情，以悲语作结："创古迄今，舳舻相接。思尽波涛，悲满潭壑。烟归八表，终为野尘。而是注集，长写不测，修灵浩荡，知其何故哉！""夕景欲沈，晓雾将合，孤鹤寒啸，游鸿远吟，樵苏一叹，舟子再泣。诚足悲忧，不可说也。"④ 足见其胸中之郁结浓重，许梿评论："意多郁结而

① 刘勰这一观点，学界多有辩驳，仅引罗宗强先生之说，以见山水与庄老之关系。"刘勰所说的'老、庄告退而山水方滋'，是不确的，老、庄之人生境界进入文学，乃是山水进入文学的前奏。山水意识是建立在老、庄人生情趣之上的。"（罗宗强：《魏晋南北朝文学思想史》，中华书局 2006 年版，第 5 页）

② 钟嵘撰，曹旭集注：《诗品集注》，上海古籍出版社 2011 年版，第 592 页。

③ 鲍照撰，钱仲联增补集说校：《鲍参军集注》，中华书局 1980 年版，第 83 页。

④ 鲍照撰，钱仲联增补集说校：《鲍参军集注》，中华书局 1980 年版，第 84、85 页。

气自激昂……沉郁语非身历其境者不知。"① 诚为知言。

鲍书中成就最高者，莫过于以赋法写大雷之山水景物，"烟云变灭，尽态极妍，即使李思训数月之功，亦恐画所难到"，"惊涛骇浪，恍然在目"，"句句锤炼无渣滓，真是精绝"②。以四方之地理写景，起源甚早，钱锺书曾有梳理：

> 《战国策》中游说，如《秦策》一苏秦说秦惠王曰："大王之国，西有巴蜀汉中之利，北有胡貉代马之用，南有巫山黔中之限，东有崤函之固"……犹地理图也。词赋中写四至，则意在作风景画耳。卷二一司马相如《子虚赋》："其东则有蕙圃衡兰云云，其南则有平原广泽云云，其西则有涌泉清池云云，其北则有阴林巨树云云"，且南尚有"其高燥则生云云，其埤湿则生云云"，西尚有"外发云云，内隐云云，其中则有云云"，北尚有"其上则有云云，其下则有云云"，敷陈侈于《七发》，与《全上古三代文》卷一〇《招魂》、《大招》之以"无东"、"无西"、"无南"、"无北"为间架者，手眼无异。后汉以还，张衡《西京赋》、冯衍《显志赋》、刘劭《赵都赋》、左思《蜀都赋》之属，相沿成习。他体亦复踵事，如张衡《四愁诗》、鲍照《登大雷岸与妹书》、王巾《头陀寺碑文》、苏轼《李氏园》及《登常山绝顶广丽亭》，而鲍照《书》尤振绝，一扫平铺板列之陋。③

所谓振绝者，乃是借景抒情，于栩栩如生之景中熔铸真挚的情感，"与其说是写所见，不如说是借所见写旅途的飘零寂寞心绪，孤鹤与游鸿，仿佛旅人之跋涉，樵苏未必真一叹，舟子亦未必真再泣，一叹与再泣者，实为游子之心境。《登大雷岸与妹书》可以说是一篇非常情绪化的佳作"④，"驱迈苍凉之气，惊心动魄之辞，运意深婉，

---

① 许梿：《六朝文絜笺注》，上海古籍出版社 1982 年版，第 99—101 页。
② 许梿：《六朝文絜笺注》，上海古籍出版社 1982 年版，第 102 页。
③ 钱锺书：《管锥编》，生活·读书·新知三联书店 2007 年版，第 1450 页。
④ 罗宗强：《魏晋南北朝文学思想史》，中华书局 2006 年版，第 153 页。

融情于景，无句不锤炼，无句不俊逸"①，山水景物已不再是一幅幅风景画，更是文人胸中的情感映射，这是一种新的美学风尚。傅刚说："新艺术感受的寻找和体味，是南朝诗人的鲜明意识。在南朝众多的山水作品中，有一类以书信方式出现的体裁，很值得注意。……由于书信体的规定性，决定了它的评述性质。因此这类作品最易见出作家对山水的艺术感受。比如鲍照《登大雷岸与妹书》，本为家信，而作者却以主要篇幅描写旅途中所见到的山水风光。由于是向乃妹介绍，故描述的字里行间，分明透露出个人的感受。……这种感受，是南朝作家新建立的。"②

辞采、情志俱美，又体现出一种新的美学风尚，那么认为鲍照《登大雷岸与妹书》，"明远骈体，高视八代。文通稍后出差足颉颃，而奇峭幽洁不逮也"（吴汝纶评语）③，"奇崛惊绝，前无此体，明远创为之"④，"鲍文第一，即标为宋文第一，亦无不可也"⑤，则非过誉之词。

谭献言及《登大雷岸与妹书》时说："矫力奇工，足与《行路难》并美。向尝欲以比兴求之，所谓诗人之文也。"⑥ 以"诗人之文"称之，大抵不差。这一点可以借助当时的诗歌加以证明。《文心雕龙·物色》篇说："自近代以来，文贵形似，窥情风景之上，钻貌草木之中。吟咏所发，志惟深远，体物为妙，功在密附。故巧言切状，如印之印泥，不加雕削，而曲写毫芥。故能瞻言而见貌，即字而知时也。"刘勰所指的"近代以来"实际上就是刘宋以来，文学追求形似，"巧言切状""曲写毫芥"，就是运用精巧细致的语言对自然景物进行穷形尽貌式的描写，将以往作品中对于自然景物片段式、概括式的描写，转变成为以时空变化为主轴的立体式景物描写。如：

① 钱基博：《中国文学史》，华中师范大学出版社 2011 年版，第 155 页。
② 傅刚：《魏晋南北朝诗歌史论》，吉林教育出版社 1995 年版，第 239 页。
③ 许梿：《六朝文絜笺注》，上海古籍出版社 1982 年版，第 104 页。
④ 鲍照撰，钱仲联校：《鲍参军集注》，中华书局 1980 年版，第 94 页。
⑤ 钱锺书：《管锥编》，生活·读书·新知三联书店 2007 年版，第 2054 页。
⑥ 李兆洛选辑：《骈体文钞》，岳麓书社 1992 年版，第 676 页。

猿鸣诚知曙，谷幽光未显。岩下云方合，花上露犹泫。逶迤
傍隈隩，迢递陟陉岘。过涧既厉急，登栈亦陵缅。川渚屡径复，
乘流玩回转。蘋萍泛沉深，菰蒲冒清浅。企石挹飞泉，攀林摘叶
卷。想见山阿人，薜萝若在眼。握兰勤徒结，折麻心莫展。情用
赏为美，事昧竟谁辨？观此遗物虑，一悟得所遣。(谢灵运《从
筋竹涧越岭溪行》)①

悬装乱水区，薄旅次山楹。千岩盛阻积，万壑势回萦。巃嵸
高昔貌，纷乱袭前名。洞洞窥地脉，耸树隐天经。松磴上迷密，
云窦下纵横。阴冰实夏结，炎树信冬荣。嘈嘈晨鹍思，叫啸夜猿
清。深崖伏化迹，穹岫閟长灵。乘此乐山性，重以远游情。方跻
羽人途，永与烟雾并。(鲍照《登庐山二首》其一)②

两首诗都是一个基本的模式，先是行程概述，接以景色描写，结
尾加以议论或感慨，景物的描写铺陈细致，给人以丰富的美感。以时
空变化为主轴的景物描写方式，明显是从辞赋中借鉴而来的。鲍照
《登大雷岸与妹书》运用了诗歌创作中的模式，基本上是自然景物之
后接以感慨或议论，景物描写与主观情思相结合，因而认为它是
"诗人之文"大抵是不差的。

然而鲍照此书毕竟是以赋笔写山水景物，铺采摘文，体物为妙，
多客观描写，未免雕琢繁复，未若齐梁书信中以诗意笔法点染山水景
物，短小精悍，寥寥数语，将万种风景纳入笔端，意境高远，令人遐
想无限，实乃真诗人之文也。从赋法山水到诗意山水，是南朝人对山
水审美和书写的进一步深化，也是南朝书信表现出的又一新变。

这一新变的集中代表是吴均《与朱元思书》《与顾章书》《与施
从事书》、陶弘景《答谢中书书》等。

风烟俱净，天山共色，从流飘荡，任意东西。自富阳至桐

---

① 谢灵运撰，顾绍柏校注：《谢灵运校注》，中州古籍出版社 1987 年版，第 121 页。
② 鲍照撰，钱仲联校：《鲍参军集注》，中华书局 1980 年版，第 262 页。

庐,一百许里,奇山异水,天下独绝。水皆漂碧,千丈见底,游鱼细石,直视无碍,急湍甚箭,猛浪若奔。夹峰高山,皆生寒树,负势竞上,互相轩邈,争高直指。千百成峰,泉水激石,泠泠作响,好鸟相鸣,嘤嘤成韵,蝉则千转不穷,猿则百叫无绝。鸢飞戾天者,望峰息心;经纶世务者,窥谷忘反。横柯上蔽,在昼犹昏。疏条交映,有时见日。(吴均《与朱元思书》)①

仆去月谢病,还觅薜萝。梅溪之西,有石门山者,森壁争霞,孤峰限日,幽岫含云,深溪蓄翠,蝉吟鹤唳,水响猿啼,英英相杂,绵绵成韵。既素重幽居,遂葺宇其上,幸富菊华,偏饶竹实,山谷所资,于斯已办,仁智所乐,岂徒语哉!(吴均《与顾章书》)②

故鄣县东三十五里有青山,绝壁干天,孤峰入汉,绿嶂百重,青川万转。归飞之鸟,千翼竞来。企水之猿,百臂相接。秋露为霜,春梦被径,风雨如晦,鸡鸣不已。信足荡累颐物,悟衷散赏。(吴均《与施从事书》)③

山川之美,古来共谈。高峰入云,清流见底,两岸石壁,五色交晖,青林翠竹,四时俱备,晓雾将歇,猿鸟乱鸣,夕日欲颓,沉鳞竞跃,实是欲界之仙都,自康乐以来,未复有能与其奇者。(陶弘景《答谢中书书》)④

钱锺书在评论吴均的三篇书信时说:"前此模山范水之文,惟马第伯《封禅仪记》、鲍照《登大雷岸与妹书》二篇跳出,其他辞、赋、书、志,佳处偶遭,可惋在碎,复苦板滞。"⑤钱先生的观点无疑是正确的,书信中唯有鲍照《登大雷岸与妹书》中以游记的方式将山水自然作为整体来进行描写。与鲍照书信采用赋法,面面俱到、

---

① 严可均辑:《全上古三代秦汉三国六朝文》,中华书局 1958 年版,第 3305—3306 页。
② 严可均辑:《全上古三代秦汉三国六朝文》,中华书局 1958 年版,第 3306 页。
③ 严可均辑:《全上古三代秦汉三国六朝文》,中华书局 1958 年版,第 3305 页。
④ 严可均辑:《全上古三代秦汉三国六朝文》,中华书局 1958 年版,第 3216 页。
⑤ 钱锺书:《管锥编》,生活·读书·新知三联书店 2007 年版,第 2263 页。

穷形尽相的客观描写不同，陶弘景和吴均书信中虽然也是以游记的方式去写山水自然，但已经不是纯粹客观的描写，而更加关注于意象的选取，通过独特的景物组合表现内心的感受。如《与朱元思书》中高山寒树、碧水游鱼、急湍猛浪、鸟鸣嘤嘤、蝉啭猿啼，寥寥几个景物，将一幅动态的富春江游图勾勒而出，语言清新自然，景物的描写之中融入了作者无比的赞美之情，江山渊赞此文有云："移江山入画图，缩沧海于尺幅。寥寥百余言，有缥碧千丈、沧波万顷之状。可以作宗氏之卧游图，可以作柳子之山水记。"① 陶弘景《答谢中书书》更是注重意象的选取，陶氏所要写的并非某一处的景物，乃是江南山水之美，所选取的景物不受时空的限制，崇山、流水、翠竹、晓雾、猿鸣、鸟啼、鱼跃，实乃目前之景与想象之景交织而成，陶氏只是将这些意象按照空间的高下和时间的早晚，用清新明丽的语言串联起来，就形成了一幅超凡脱俗、清新明净的画面。

从鲍照《登大雷岸与妹书》到吴均、陶弘景的书信，可以看到，山水自然已经不再是一种客观的景物，不必按照时空的顺序做全面客观的描绘，它是一组意象，可以根据作者的情感需要选取和组合，山水自然与作者的心灵糅合在一起的，情景交融，不可分割。他们所要描写的，已不再是客观的山水自然，而是要创造由各种意象组合而成的具有诗意美的意境。这是齐梁时期诗歌中经常运用的方法，被移植到书信中来，无疑是加强了书信的文学性。

## 第五节　南朝书信论学传统的形成

吴讷《文章辨体序说》："惟朋旧之间，则曰书而已。盖论议知识，人岂能同？苟不具之于书，则安得尽其委曲之意哉？战国、两汉间，若乐生、若司马子长、若刘歆诸书，敷陈明白，辨难恳到，诚可为修辞之助。至若唐之韩柳，宋之程朱张吕，凡其所与知旧、门人答问之言，率多本乎进修之实。读者诚能熟复，以反之于身，则其所

---

① 王文濡编：《南北朝文评注读本》（第二册），上海文明书局1920年版，第2页。

得，又岂乎文辞而已哉？"① 吴氏之论本诸刘勰《文心雕龙·书记》篇，"尽其委曲之意"即是"尽言"，这一点已被广泛注意；除此之外，吴氏还认为，与唐前书信不同，唐宋书信中有着优秀的论学传统，能阐发文理与义理，"本乎进修之实"，能够达到修身的目的。

吴氏论战国、两汉之书只能"为修辞之助"，偏颇不实，然而揭示唐宋书信中存在的论学传统，却是应充分关注的事实。检之唐宋书信，论学之内容已经是广泛而深入了，那么这一传统是如何形成和发展的呢？要解决书信论学传统形成和发展的问题，就必须在历史的回溯中寻找线索。

## 一 书信论学之肇始

清代学者顾炎武《与人书》言："人之为学，不日进则日退，独学无友，则孤陋而难成；久处一方，则习染而不自觉。"② 此可见学术交流的重要性。书信论学③，是古人经常采用的一种交流方式。书信所具有的优势，为书信论学传统的形成提供了天然条件。《文心雕龙·书记》篇云："详总书体，本在尽言，言以散郁陶，托风采，故宜条畅以任气，优柔以怿怀。文明从容，亦心声之献酬也。""尽言"，是要求将心中所想尽数表露，是真实思想感情的流露。尽言包含有"真"，是思想情感交流的要求，如此方能"散郁陶，托风采"，这是书信最难能可贵之处。与其他文体相比，书信的这一特点最大限度地保证了书信文献的可靠性，这也是后世特别关注书信文献的原因之一。书信可以很正式，也可以很随意，可长可短，可散可骈，甚至可以不受文体的限制，任意抒写，可以直接、有效、快捷地传递信息。同时书信还有私密性的特点，通信双方往往能够少有顾忌地畅所

① 吴讷：《文章辨体序说》，人民文学出版社 1962 年版，第 41 页。
② 顾炎武：《顾亭林诗文集》，中华书局 1983 年版，第 90 页。
③ "论学"，以现代学术思维观之，则是"学术"无疑，然而放诸汉魏六朝时期，其"学"实际上应有两部分：一是学术，一是文学。这是早期文学尚未从学术中分离出来所致，因而论述汉魏六朝书信论学传统，实际上要考察书信中对于学术和文学这两部分内容的讨论。

欲言，在一种宽松、自由的氛围中，进行平等的交流。具有如此的优势，在交通十分不便、媒介十分单一的古代，书信自然成为交流信息、切磋学问的不二选择。

书信论学，汉代是其肇始阶段。论学书信，早在西汉初年就已经出现，孔臧的《与侍中从弟安国书》，应该是迄今所知最早的论学书信。然而，汉代真正的论学书信数量极少，仅有司马相如的《答盛览问作赋》、缯它的《与杨王孙书》、杨王孙的《报祁侯缯它书》、班婕妤的《报诸侄书》、刘歆的《移书让太常博士》和《与杨雄书从取方言》、扬雄的《答刘歆书》、张衡的《与崔瑗书》、孔融的《答虞仲翔书》和《与诸卿书》。就是这极少数的几篇书信中，文献的可靠性也有存在争议的，如孔臧的《与侍中从弟安国书》①、司马相如的《答盛览问作赋》②。

分析而言，汉代论学书信表现出如下特点。

首先，数量少，内容相对比较狭窄，仅涉及经学问题，如孔臧的《与侍中从弟安国书》、刘歆的《移书让太常博士》、张衡的《与崔瑗书》；薄葬，缯它的《与杨王孙书》、杨王孙的《报祁侯缯它书》；文学创作与批评问题，如司马相如的《答盛览问作赋》、班婕妤的《报诸侄书》；对立言的珍视，如刘歆的《与杨雄书从取方言》、扬雄的《答刘歆书》。当然，这并不能说明汉代论学意识的缺失，只是在当时尚未形成一种以书信论学的风气，论学主要还是借助于经注、史书和子书等来完成的。另外，汉代的有些书信，虽然不是专门论学，但是也包含着对于学术和文学的一些精辟见解。如司马迁《报任安书》，其"发愤著书"说与"究天人之际，通古今之变，成一家之言"的史学观念，皆可谓至精之论；汉成帝《赐赵婕妤书》中论及"君子贵素，文足通殷勤而已，亦何必华辞哉"，文学语言应"推诚

---

① 蒋善国：《尚书综述》，上海古籍出版社 1988 年版，第 339 页。蒋先生在书中认为《与侍中从弟安国书》是伪作，而现在学界主流倾向是没有直接有力的证据，尚不能肯定其为伪作。

② 龚克昌：《评汉代的两种辞赋观》，《文史哲》1993 年第 5 期。文中龚先生详审地力辩其不伪。

写实"，不尚华辞，得到了班婕妤①的首肯，可见当时已涉及文辞朴实与华美之争的问题。

其次，汉代经学治世，是经学"昌明""极盛"的时代（皮锡瑞语），然而书信中专论经学问题则与其繁盛状况极为不相称。汉代军政类书信占据了大半江山，可以明显地看出，自"罢黜百家，独尊儒术"后，依经立意一直是汉代文士讨论问题的主要方式。军政类书信中对于政事和军事利害的分析，依经立意的分析方式可谓触目皆是，如王生《与盖宽饶书》，"切直尽意"（李兆洛语），紧紧围绕"直而不挺，曲而不诎"，力劝盖氏以中庸之道安身立命，且引《大雅》之语佐证之。由此可见，汉人并未在书信中集中论述经学问题，然而依经立意、通经致用已经成为其主要的思维方式。

最后，与后世论学书信的平和、理性相比，汉代的论学书信有着情感充沛的特点。西汉末年，经今古文之争起，"歆欲建立《左氏春秋》及《毛诗》、《逸礼》、《古文尚书》，皆列于学官。哀帝令歆与五经博士讲论其议，博士或不肯置对，歆因移书太常博士责让之"（《移书让太常博士》序言）②。此书溯经学之历史，述学术之流变，"在信古的外衣里，表现出存古的主张，反对绝灭各家的'专己守残'的政策，反对'雷同相从'的陋习"③，言辞犀利，分析到位，字里行间饱含浓烈的情感，有百川归海、综揽百家之气魄，可谓挞伐今文经学之檄文，难怪刘勰以"辞刚而义辨"（《文心雕龙·檄移》篇）评论此书。更为有趣的是扬雄的《答刘歆书》。此文是刘歆闻知扬雄作《方言》一书，派人借取时扬雄的答书，扬雄用大量笔墨进行一番学术自述，而对于借取之事，却言道："即君必欲胁之以威，陵之以武，欲令入之于此，此又未定，未可以见。今君又终之，则缢死以从命也。而可且宽假延期，必不敢有爱。雄之所为，得使君辅贡

---

①　班婕妤《报诸侄书》，郭绍虞称其为"妇女做的第一篇批评专文"，见郭绍虞、王文生《中国历代文论选》（第二册），上海古籍出版社 1980 年版，第 354 页。

②　严可均辑：《全上古三代秦汉三国六朝文》，中华书局 1958 年版，第 348 页。

③　侯外庐等：《中国思想通史》（第二卷），人民出版社 1957 年版，第 206—207 页。

于明朝，则雄无恨，何敢有匿？"①　求取小事，扬雄却能以死相胁，"凌纸怪发，字字生稜"②，既可见其童真，又显示出其视学术为生命的严谨态度。

作为肇始阶段的汉代论学书信，无论在数量上，还是在内容的广度上，都难与后世相比，然而能为后世论学书信起例发凡，无论是论佛、论道、论经、论史还是讨论礼仪、谈论文学，都能回溯至汉代，其功绩自然也就不可磨灭。

### 二　书信论学传统的初步形成

一个传统的形成，需要一个好的开始，更需要长时间众多人的努力和参与。三国西晋时期，论学书信是延续汉代的内容并有所开创，东晋南朝时，论学书信大量出现，使用书信的方式阐明观点、交流思想已经被广泛地采用，因此笔者认为，经历了魏晋的发展，南朝时书信论学传统已经初步形成。

魏晋南朝时期，论学书信在内容方面有了极大的拓展，有论音乐者，如繁钦《与魏太子书》、曹丕《答繁钦书》、桓玄《与袁宜都书论啸》；有论书法者，如王羲之《与人书》；有论礼仪者，如庾亮《答王群谘为从父姊反服》、王导《与贺循书论虞庙》、贺循《答王导书论虞庙》、温峤《为王导答华太常书》，等等。然而，魏晋南朝时期的论学书信，最为引人关注的有两方面的内容：一是关于文学问题的讨论，二是关于玄、佛、道问题的讨论。

书信中讨论文学问题，在魏晋南朝时有三次高峰，分别是建安时期、太康时期和萧梁时期。文学问题的讨论在论学书信中的不断增多，也为文学从学术中不断脱离，逐渐发现自己的美学特质提供了旁证。罗宗强先生说："建安是一个文学自觉的时代，也是一个文学批评自觉的时代，论文成为一时风尚。"③　而太康时期、萧梁时期又何尝不是如此？以书信论文就是构成这一风尚的有机组成部分。建安时

① 严可均辑：《全上古三代秦汉三国六朝文》，中华书局1958年版，第411页。
② 林纾：《春觉斋论文》，人民文学出版社1959年版，第67页。
③ 罗宗强：《魏晋南北朝文学思想史》，中华书局2006年版，第28页。

期的论文书信，有曹丕的《与朝歌令吴质书》和《与王朗书》、曹植的《与杨德祖书》和《与吴季重书》、吴质的《答魏太子笺》、杨修的《答临淄侯笺》、陈琳的《答东阿王笺》和《答张纮书》、秦宓的《与王商书》。书信中所涉及的问题包括文学的地位、作家作品的批评、批评者的素养、文学批评的标准、文章藻饰皆出于自然，等等，都成为后世文学批评中的基本问题，业已被文学批评史和文学思想史重点关注，不再赘述。建安时期的论文书信，往往是在追述过往叙及作家，因而书信饱含感情，这明显与汉代论学书信情感充沛是一脉相承的。

如果说建安时期的论文书信只是提出了观点，尚未进行详细的论述，那么西晋陆机陆云兄弟的论文书信，则是其对文学创作和文学批评观点的详尽阐释。陆云在《与兄平原书》中鲜明地阐释了自己的文学观点：一是主张以情为文，以情论文；二是主张文辞新绮而典雅；三是强调作品内容的真实性；四是将"清"作为文学批评的最高标准。这在学术界几乎已成为一种共识。除此之外，《与兄平原书》更为重要的意义在于，他以一组书信的形式专门讨论文学的问题，甚至对于文学创作的问题细化到用字用词的探讨上。文学创作开始脱离经验式、感悟式总结的传授方式，进入细致探讨的阶段。无论是在探讨文学问题的深度还是在专门程度上，可以说《与兄平原书》的出现对于书信论文而言具有划时代的意义。

以书信切磋文学、交流观点，已经成为文士普遍采用的一种方式，尤其是在萧梁时期，声律、丽辞、情感等文学的重大问题，成为文士书信往返中经常探讨的话题。

齐梁时期，文辞之美普遍成为时人力求达到的文学效果，沈约将声律美看作文辞优美的必要条件，他在《宋书·谢灵运传论》中说："夫五色相宜，八音协畅，由乎玄黄律吕，各适物宜。欲使宫羽相变，低昂互节，若前有浮声，则后须切响。一简之内，音韵尽殊；两句之中，轻重悉异。妙达此旨，始可言文。"① 沈约的声律说在当时即引起

---

① 沈约：《宋书》，中华书局1974年版，第1779页。

了广泛的争论，如陆厥《与沈约书》认为前贤已知音律之理，沈约的"此秘未睹""近于诬"，甄琛则作《碜四声》诘难沈约妄自穿凿。沈约则在《答陆厥书》《答甄公论》中——回应，"自古辞人，岂不知宫羽之殊，商徵之别。虽知五音之异，而其中参差变动，所昧实多。故鄙意所谓'此秘未睹'者也"（《答陆厥书》）①，他认为四声与五音，"明各有所施，不相妨废"，"昔周、孔所以不论四声者，正以春为阳中，德泽不偏，即平声之象；夏草木茂盛，炎炽如火，即上声之象；秋霜凝木落，去根离本。即去声之象；冬天地闭藏，万物尽收，即入声之象：以其四时之中，合有其义，故不标出之耳"（《答甄公论》）②。声律论的重大意义，早已成文学批评史上人所共知的事实，故不赘述。

萧梁皇室同样对文辞之美表现出极大的热情。如萧纲《与湘东王书》中说："比见京师文体，儒钝殊常，竞学浮疏，争为阐缓，玄冬修夜，思所不得，既殊比兴，正背风骚。……吾既拙于为文，不敢轻有掎摭，但以当世之作，历方古之才人，远则杨、马、曹、王，近则潘、陆、颜、谢，而观其遣辞用心，了不相似。若以今文为是，则古文为非，若昔贤可称，则今体宜弃。……裴氏乃是良史之才，了无篇什之美。"③表现出对于当时盛行的绮靡华丽文风的赞赏。萧纲还强调文学的独立性，"立身之道，与文章异，立身先须谨重，文章且须放荡"（《诫当阳公大心书》）④，就是要用华美的文辞，写出内心的真实感受，与道德教化无关。相比较而言，萧统的观点则略显保守，《答湘东王求〈文集〉及〈诗苑英华书〉》中说："文典则累野，丽亦伤浮。能丽而不浮，典而不野，文质彬彬，有君子之致。"⑤文辞华美的同时，还要注重内容力避浮浅和轻薄。当然文辞之美并非人人提倡，如萧子野就撰《雕虫论》，力主诗教劝善惩恶。

---

① 沈约撰，陈庆元校笺：《沈约集校笺》，浙江古籍出版社1995年版，第137页。
② 沈约撰，陈庆元校笺：《沈约集校笺》，浙江古籍出版社1995年版，第468—469页。
③ 严可均辑：《全上古三代秦汉三国六朝文》，中华书局1958年版，第3011页。
④ 严可均辑：《全上古三代秦汉三国六朝文》，中华书局1958年版，第3010页。
⑤ 严可均辑：《全上古三代秦汉三国六朝文》，中华书局1958年版，第3064页。

"魏晋经学承两汉发展而来，其间二百年，经学关键，可综为二：曰王郑之争，曰经学玄学化。"① 孔融在《与诸卿书》中已表现出对于郑玄经学的不满。至于经学玄学化，在书信中涉及很少，很明显，玄学问题未成为论学书信的重点问题，原因是这一问题被众多学者、文士放在了当时非常发达的论体文和子书中来探讨了。东晋时，佛学东渐，僧侣借助玄学，逐渐在中国站稳了脚跟，佛学的基本问题和习俗，与中华传统思维和生活方式有着巨大的差别，引起了极大的关注和争论。东晋南北朝时期，围绕佛教问题所展开的讨论，成为论学书信的一个主体。这些书信，大部分被萧梁时期的释僧祐和唐代释道宣分别收入了《弘明集》和《广弘明集》。《弘明集》被认为是中国佛教史上第一部护法弘教的文献汇编，而它实际上也是中国历史上最早的一部论学书信的汇编。

东晋南北朝时期关于佛学的论争呈现出阶段化和不断深入的特点。"自大教东流，四百余年矣，虽蕃王居士，时有奉者，而真丹宿训，先行上世，道运时迁，俗未金悟，藻悦涛波，下士而已。唯肃祖明皇帝，实天降德，始钦斯道"②，则东晋时佛教始兴隆，此亦可由东晋前绝少文士与释子的通信佐证之。佛教东渐，借助于玄学以立足和昌明佛理，因而在东晋的玄谈之聚上，时常会有僧侣的身影出现，翻检《世说新语》则不难发现此点。僧侣借助于佛理，以独特的视角阐释玄学问题，自然能给业已停滞的玄学谈论带来新意，如支遁造《逍遥论》，"不但释《庄》具有新义，并实写清谈家之心胸，曲尽其妙"③。从文士与释子的通信来看，东晋前期和中期，他们所谈论的问题重点并非佛理问题，文士所激赏的是僧侣对于玄谈的新解和独特的风神，僧侣遁出世外则更是暗中契合了文士的隐逸情怀，这种状况到东晋后期才有所改观，不少高僧不仅弘扬佛法，也开始讲解佛经，

① 焦桂美：《南北朝经学史》，上海古籍出版社 2009 年版，第 13 页。

② 严可均辑：《全上古三代秦汉三国六朝文》，中华书局 1958 年版，第 2229 页。《与释道安传》，《弘明集》卷十二作《与释道安书》，文之首尾载有"兴宁三年四月五日，凿齿稽首和南"，"弟子襄阳习凿齿稽首和南"，此为文士与释子通信之惯常用语，则严可均《全晋文》作《与释道安传》有误，当据《弘明集》改为《与释道安书》。

③ 汤用彤：《汉魏两晋南北朝佛教史》，北京大学出版社 2011 年版，第 103 页。

而文士们所谈论的主要内容也由玄学逐渐转变为佛理，如刘遗民与僧肇的通信，僧肇对般若无知论的阐释，已经是佛学精深之理了。

东晋文士与僧侣的交往，从现存的书信中可以看到，往往是大名士与著名高僧之间的往来，且相对较为集中，主要围绕僧朗、支道林、道安、慧远、鸠摩罗什、僧肇等几位高僧。这有可能是书信文献留存不足造成的，但也可以说明，东晋前期和中期，文士与僧侣的交往并非主要是为了探讨佛理，更多的是对著名僧侣风神的一种向往，才导致某一时间段内，名士将关注点集中于某一高僧身上。

东晋关于佛学论争的书信中，最为引人关注的是沙门与王权之争。佛法以其出世的精神，在一开始传入中国，就引起了儒士对佛教无君无父的攻击，在佛教早期文献《牟子理惑论》中有着明确的记载。"不依国主，则法事难立"①，佛教在传入之初，就与政权有着紧密的关系。东晋以来，随着佛教的逐渐兴盛，僧徒的数量越来越多，成为一个不可忽视的社会团体，极易被不轨之徒利用，刘宋初比丘尼法净与沙门法略助孔熙先谋逆，既可见统治阶级对佛教崇信之广，僧侣对上流社会渗入之深，又可见佛教对政权影响之大。而经济上，众多的佛教僧徒剥夺了中国的劳动力，消耗了大量的人力物力，极大地影响了经济发展。统治阶级也绝不允许在"率土之滨，莫非王臣"的中华大地上有不臣之人出现。因此，可以看出，沙门与王权之争，并非纯粹的理论探讨，而是佛教在融入时必须首先要解答的外部问题，与之相关的还有沙门踞食和袒服问题的讨论。这些都是佛教兴盛前期尚未进入佛理探讨阶段所必须要扫清的障碍。沙门与王权之争，起于庾冰、何充，白热化于桓玄、王谧、慧远等人的激烈辩论，终于桓玄事败，慧远作《沙门不敬王者论》，尽力调和二者的矛盾。相关的通信保存在《弘明集》卷十二中，前辈学者如汤用彤、许理和等已进行过细致的研究，今人刘立夫有专门论述，可以参看。笔者所关注的是，在沙门与王权的论争过程中，通信双方已经能以一种冷静、客观的态度就一个问题进行深入的分析，而且是多人对于这一问题进

---

① 释慧皎撰，汤用彤校注：《高僧传》，中华书局 1992 年版，第 178 页。

行激烈的辩论，一改以往论学书信饱含情感、浅尝辄止和讨论者人数及影响有限的面貌。

这种书信论学的形式，被接下来的南朝很好地继承了下来。后来兴起的不管是白黑之论（论孔释的异同），还是夷夏之辨，甚或是因果报应和形神之争，都是在以书信的方式，集中讨论一个问题，且当时主要的文士几乎都会加入讨论的行列，如刘宋时期范泰、王弘、王昙首、宗炳、何承天、谢灵运、袁粲等人都成为论学书信的主要撰写者，且热情远远高于僧侣。萧梁时期，梁武帝萧衍甚至是皇帝以政令的方式，使大批的文士参与到形神之争讨论中来，《弘明集》卷十《与王公朝贵书并六十二人答》，所涉人数达六十余人，相信这一个数字还应该更大。举朝上下就形神问题进行了一次大讨论，这也是前所未有之举。如果说，西汉时期刘歆的《移书让太常博士》还是一枝独秀的话，那么到了南朝时期，书信论学传统在佛教传入的影响下则正式确立了。

值得一提的是，论学书信与南朝竞相骈俪和文辞华美的文风不同，不关注文辞的修饰，不注重才能的炫耀，他们将更多的精力放到了辩论义理上，是为辩理而作文，因而"文以辩洁为能，不以繁缛为巧。事以明核为美，不以深隐为奇"①，力求务必将道理说透说尽，展现出与文士创作不同的艺术风貌。当然，不受南朝文风的影响是不现实的，四库馆臣的说法或许更为客观："其时文士竞以藻丽相高，即缁流亦具有词采。故大抵吐属娴雅，论说亦皆根据经典，尤不类唐以后诸方语录徒以俚语掉弄机锋，即论其文章，亦不失为斐然可观也。"②

有了汉魏六朝的努力，以书信论学自有唐以来波荡开来，成为论学和研究不可忽视的一种传统。

### 三　书信论学传统形成原因

本节开始，笔者就指出书信具有的优势为书信论学传统的形成提

---

① 徐师曾撰，罗根泽点校：《文体明辨序说》，人民文学出版社 1962 年版，第 133 页。
② 四库全书研究所整理：《钦定四库全书总目》（整理本），中华书局 1997 年版，第 2653 页。

供了天然条件。书信发展经历了内容不断拓展的过程，作为文士生活一部分的文学和学术，自然也会进入书信，成为交流内容的一种，这是符合书信发展规律的。前文也描述了书信论学传统在汉魏六朝从肇始到逐渐确立的过程，那么这一传统得以形成的原因是什么呢？

汉代经学章句兴而义理废，儒士固守家法，陈陈相因，儒学一天天走向烦琐化和神秘化，因而很难出现西汉末年今古文之争时刘歆激昂慷慨的论争，而文学作为学术的一部分，尚不足以独立发展，书信中论学的可能性也就极小了。然而，"一方面由于汉帝国漫长的统治终究曾使中国古代文化获得了辉煌的发展，并且使包含在儒家思想中的古代人道主义思想深入到了中国民族的意识之中；另一方面，门阀世族庄园经济的存在和发展不但使统治阶级的生存没有完全陷入绝境，而且还获得了相对自由的活动余地，因此从汉末到魏晋，既产生了对人的存在和价值的感伤和思索，但又并未完全堕入悲观主义，仍然有着对人生的执著和爱恋"①，这也就能够解释为什么建安时期的文学作品中始终饱含着人生不永的焦虑与感伤，从书信中也能看出文士交往中对此的普遍感慨。魏晋"人的觉醒"，引发了"文的觉醒"，这几乎已成为学界的共识，对文学的普遍重视，自然会引起普遍关注和探讨，成为关注的焦点，文士们通信交流心得、指点文字也就成为一种必然。由此，我们也可以理解为什么论文书信集中出现会早于论学书信。

汉末经学衰微，一统之局面被打破，"儒学信仰危机的加深，对人生意义的探求，把魏晋思想引向了玄学"②。思想界也随之十分活跃，玄学谈辩成为一种时尚，《世说新语》中就记载了名士聚会谈玄的事情。很多时候这种辩论不但要关注所谈内容，也要关注谈玄者所表现出的举止、风度，更需要谈玄者才思敏捷。除此之外，魏晋名士还辅之以大量的论体文和子书，使玄学问题的探讨愈加深入。论学书

---

① 李泽厚、刘纲纪：《中国美学史》（魏晋南北朝卷），安徽文艺出版社1999年版，第5—6页。

② 李泽厚、刘纲纪：《中国美学史》（魏晋南北朝卷），安徽文艺出版社1999年版，第6页。

信是聚会辩论的一种延伸,许多书信还保留或者采用了论辩时的对问形式,如桓玄《答慧远书》、宗炳《答何衡阳书》《又答何衡阳书》等。在交通不甚便利和时局动荡不安的魏晋南北朝时期,面谈的机会都十分宝贵,聚会辩论则自然是少之又少。书信以其优势,使相距甚远的文士就某一问题进行探讨成为一种可能,加速了思想的交流和碰撞,正可谓"江山虽缅,理契即邻"(僧肇《答刘遗民书》)。在书信中,双方都可以免除谈辩时的行为举止的顾忌,有更为充分的思考时间,将问题谈论得更加条理系统。在通信中,往往是一人或多人就某一问题展开论述,各抒己见,互相辩难,回环往复中,论学书信的数量自然不会少。因而,论学书信就是在玄学论辩的时代风气下逐渐形成的。

促使论学书信的成熟以及书信论学传统的形成,佛教于其中有着巨大的作用。佛教东渐,与传统学术有着极大的不同,必然激起本土学者的驳难。此可从佛教借助玄学以奠定根基、弘扬佛法反证之。

统治者的提倡是原因之一。统治者的政策和个人喜好,甚至可以左右某一阶段文学和学术的繁荣。魏晋南朝时期三曹和萧梁皇室都爱好文学,当时文学创作和批评都出现了繁荣的景象;萧衍崇信佛教,三次舍身出家,甚至以政令的形式,使朝野之士都参与到佛学的讨论中去,萧梁时期佛教自然昌盛,论学书信自然也就繁荣了。

当然,书信论学传统在魏晋南朝时期形成,是综合因素作用的结果,笔者所论述的是书信论学传统形成的主要因素,除此之外,一些客观的外部因素,如纸张的普遍使用、地理因素等,自然也不能忽略。

## 四 书信论学传统形成的历史意义

葛兆光说:"应当指出的是,在那个时代(引者注:十八世纪),文化人实际上使用的是三种不同的'话语'……一种是在公众社会中使用的'社会话语',它是一本正经的,未必发自内心但人人会说的话语,尤其通行在官场、文书、礼仪、社交的场合;一种是在学术圈子里使用的'学术话语',它是以知识的准确和渊博为标准的,只在少数学者之间通行,由于它的使用,这些学术精英彼此认同,彼此沟通，但它并不是一个流行的话语；还有一种是在家庭、友人之间使用的'私人话语'，它是呢喃私语或低斟浅唱，人人会说但不宜公开，满足心灵却不可通行，最多形之诗词。"① 实际上，葛兆光所说的"私人话语"所表现的形式应该还有书信。论学书信，则介于"学术话语"和"私人话语"之间。与学术话语相较，它缺乏一种严谨性、准确性和系统性，与私人话语相较，它所谈论的问题则是文学的、学术的。也正是这种非学术话语的论学书信，在传播条件非常落后的古代，发挥着现代学术期刊的作用，记录着学术成长的轨迹。在论学书信中，我们可以看到很多原生态的信息，书信往复中，可以很明显地看出学术成长的痕迹。如桓玄、王谧、慧远等人关于沙门与王权的论争，就是在桓玄与王谧、慧远的反复论争中不断深入，最终成就慧远之《沙门不敬王者论》。没有桓玄和王谧的书信，今天也就很难得知这一论争的演变过程。因此，书信论学传统下的原始资料，其文献意义必是首先要强调的。

书信论学，并非只是纯粹的谈论某一问题，而是充满人文情怀、饱含情感的。如前述司马迁《报任安书》"究天人之际，通古今之变，成一家之言"，就是要通过对天人关系的探讨，在历史的兴衰成败中，探索朝代兴亡之理，找寻到历史发展的规律，以垂法于后代，这是在论学书信肇始阶段就已经奠定的人文情怀基调。书信能够迅速反映社会热点问题，因而很多论学书信所谈论的往往是当时最受关注和亟须解决的问题。如因果报应之争，"夫报应之说，佛家之根本义。此亦为晋宋间争论之一"②，也是佛教传入中国得到崇信的重要理论。随着佛教义理探讨的深入，这一迥异于中国传统伦理观念的因果报应理论也在晋宋之际激起了广泛的讨论，戴逵与慧远、何承天与颜延之、宗炳与何承天、李淼与释道高等的通信，是这一争论留下的文献。报应理论所要回答的是现实生活中人的命运的问题，因果报应是对现实中已饱受质疑的传统善恶报应说和命定论的一种修正和补充，

① 葛兆光：《十八世纪的学术与思想》，《读书》1996 年第 6 期。
② 汤用彤：《汉魏两晋南北朝佛教史》，北京大学出版社 2011 年版，第 238 页。

尤其是慧远的三报论，适应了社会发展的要求，解决了很多当时难以回答的人生问题，业报的思想也广为传播，几乎成为中国民众的一种集体无意识。可见，在书信论学传统形成的过程中，这一高尚的人文情怀始终伴随，而在后世的学人通信中，人文情怀也始终如影随形，这不能不说是士人担当意识的一种体现。

汉魏六朝时期，书信论学经历了从肇始到形成的曲折发展过程，笔者粗略地描述了其发展的历程，这其中尚有很多复杂的问题，需要我们去厘清。书信在当下的学术界，已经开始受到关注，然而研究的力度明显不够，只就其名篇进行研究，则明显不能反映历史的真实，大量的书信还有待清理。这一方面是由于书信搜集的困难，另一方面是论学书信与专门的论学文章相比，本身并不是一种严谨的论学方式，缺乏一种严谨性、准确性和系统性，这些非正式交流中的不利因素都成了论学书信信息利用的障碍。尽管如此，论学书信毕竟是历史留给我们的一份宝贵财产，无论在散文史上还是在中国学术的发展史上，都是不能也不应该被忽略的。

# 结 束 语

　　汉魏六朝书信经历了初步形成、多元发展以及走向繁荣的不同阶段，为中国散文贡献了一种新的文体，也为书信在文学发展史上争得了一席之地。笔者通过对书信文体特征、汉魏六朝各时期书信的不同特点、演变的原因、历史地位的梳理和探索，对汉魏六朝书信有了一个较为宏观、全面的把握和认识。

　　首先，汉魏六朝书信充分发挥了书信的自由性，试图将生活中的点点滴滴都纳入创作之中。如果说汉代书信还紧紧围绕着军政和家书等有限的内容，那么到建安时期，个体的情感和生活成为重要的内容，个体精神领域被引入，使书信的内容一下子开阔起来。举凡军政、举荐、叙情、问候、伤悼、论礼、论文、论道、品评、致谢、隐逸、山水、乡关之思、诫子等内容，都被纳入书信之中，对比后世的书信内容，基本上是在汉魏六朝书信内容范围内消长。可以说，汉魏六朝书信内容抒写十分自由，基本上涵盖了后世书信内容的全部。

　　其次，汉魏六朝书信呈现实用性与文学性并重的特征，且特殊偏爱于书信的文学性，书信的实用性也受到文学性的影响，文辞逐渐华美。汉魏六朝书信的实用性不仅表现在信息的传递上，更表现在对礼仪的应用和深入传播上。从"秦汉立仪"开始，书信就与礼制紧密相连，这不仅是古代社会森严等级的要求，更是人际关系交往中的礼仪要求。最迟在西晋时就出现了书信的写作范本《月仪帖》，月仪是书仪的早期形式。虽然我们今天已经无法看到更多魏晋南北朝时期的书仪，但是从残留的书仪和史料的记载中可以推知，书仪在当时被广泛使用，高门大族甚至将书仪作为门第和文化修养的象征，而且书仪随着时代风气的变化逐渐呈现出文辞华美的趋势，《锦带书》几乎就是典型的骈文。随着敦煌写本书仪的发现，书信与书仪的关系越发引起我们的重视，然而对于魏晋南北朝书信与书仪的关系探索尚处于初始阶段，应该引起重视。

再次，汉魏六朝书信受时代风气的影响非常大，统治者对文学的态度、文学思潮、哲学思想等，都会立即在书信中有所反映。如曹氏父子、萧氏皇族对于文学的提倡，与文士的积极交流甚至是相互竞赛，促成了书信在两个阶段的飞跃式发展。再如玄学思潮的影响，"人的觉醒"，个体情感的重视，理想人格主体的构建，都被拉入书信之中，在士人之间进行交流；而士人周围的山水自然也因为玄学的影响而成为实现自由、超脱的人格生活理想的重要方面，山水自然进入书信呈现出一种清丽空灵，实在是后世小品的滥觞。玄学不重辞藻，只求达意，使整个东晋书信言辞简短，鲜有长篇。如果再提及佛教，对书信的影响更大，东晋中后期以至整个南朝，书信往来辩论佛教义理成为士人生活的一部分，留下了诸多的书信资料，也使书信论学的传统在南朝初步形成。

复次，虽然有着漫长的发展过程，但从其演变历程来看，汉魏六朝书信实际上经历过几个发展的关键点。一是西汉司马迁等人在叙事过程中将个体的情感表露在书信中，使书信成为私人情感表达的媒介，书信基本的文体特征得以形成。二是在建安时期，无论是对于社会生活还是人生的感触和思考，都被放入书信中，极大地拓展了书信的内容。三是东晋时期，书法和书信结合，书帖被作为艺术品珍藏，书信的内容与书法并重。四是南朝时期，书信进入美文的时代，真挚的情感在华美的辞藻包裹下，造就了书信的艺术成就。而且，刘勰和萧统以理论总结和选文定篇的方式对书信文体加以提升，书信成为散文文体中重要的一员。

最后，汉魏六朝处于整个书信发展史的起始阶段，研究汉魏六朝书信发展历程，总结它的发展规律，揭示其中的原因，有助于我们更为全面地认识汉魏六朝书信，尤其是有助于我们把握整个书信发展史的发展脉络。这种研究的意义是重大的，但也有着无法回避的问题和困难。一是我们所掌握的汉魏六朝书信文献资料大部分来自传世文献，主要是士人阶层的书信，民间书信由于多方面的因素，我们几乎很难再见到了，因而在揭示书信演变历程，总结其中的规律时，存在着无法弥补的缺憾。二是笔者自身的原因。汉魏六朝时间跨度很长，书信作者众多，史料异常庞杂，在有限的时间内，以笔者薄弱的文献基础和理论修养，要从中梳理出清晰的发展脉络，总有力不从心之感。好在发现问题才是进步的开始，汉魏六朝书信研究是有着重要意义的，它留给我们的问题还有很多，笔者将在今后的学习中将汉魏六朝书信作为重点，进行更加深入的研究和探索。

# 参考文献

安徽亳县《曹操集》译注小组：《曹操集译注》，中华书局1979年版。

班固：《汉书》，中华书局1962年版。

鲍照撰，钱仲联增补集说校：《鲍参军集注》，上海古籍出版社1980年版。

卞孝萱、王琳：《两汉文学》，安徽教育出版社2001年版。

曹道衡、沈玉成：《南北朝文学史》，人民文学出版社1991年版。

曹道衡：《兰陵萧氏与南朝文学》，中华书局2004年版。

曹道衡：《南朝文学与北朝文学研究》，商务印书馆2015年版。

曹道衡：《中古文学史论文集》，中华书局2002年版。

曹道衡：《中古文学史论文集续编》，中华书局2011年版。

曹道衡、刘跃进：《南北朝文学编年史》，中华书局2000年版。

曹植撰，赵幼文校注：《曹植集校注》，人民文学出版社1998年版。

陈槃：《汉晋遗简识小七种》，上海古籍出版社2009年版。

陈寿：《三国志》，中华书局1959年版。

陈寅恪：《金明馆丛稿初编》，生活·读书·新知三联书店2005年版。

陈寅恪：《金明馆丛稿二编》，生活·读书·新知三联书店2005年版。

陈直：《居延汉简研究》，中华书局2009年版。

仇润喜、刘广生主编：《中国邮驿史料》，北京航空航天大学出版社1999年版。

褚斌杰：《中国古代文体概论》（修订版），北京大学出版社1990年版。

杜佑：《通典》，中华书局1988年版。

范晔:《后汉书》,中华书局 1965 年版。

房玄龄等撰:《晋书》,中华书局 1974 年版。

傅刚:《魏晋南北朝诗歌史论》,吉林教育出版社 1995 年版。

葛洪撰,杨明照校笺:《抱朴子外篇校笺》,中华书局 1997 年版。

顾易生、蒋凡:《先秦两汉文学批评史》,上海古籍出版社 1996 年版。

郭预衡:《中国散文史》(上),上海古籍出版社 2000 年版。

黄侃:《文心雕龙札记》,上海古籍出版社 2005 年版。

嵇康撰,戴明扬校注:《嵇康集校注》,中华书局 2014 年版。

江淹撰,胡之骥汇注:《江文通集汇注》,中华书局 1984 年版。

李百药:《北齐书》,中华书局 1972 年版。

李昉等编:《太平御览》,中华书局 1960 年版。

李均明、刘军:《简牍文书学》,广西教育出版社 1999 年版。

李延寿:《北史》,中华书局 1974 年版。

李延寿:《南史》,中华书局 1975 年版。

李泽厚、刘纲纪:《中国美学史》,安徽文艺出版社 1999 年版。

李兆洛选辑:《骈体文钞》,岳麓书社 1992 年版。

林纾:《春觉斋论文》,人民文学出版社 1998 年版。

令狐德棻等撰:《周书》,中华书局 1971 年版。

刘广生、赵梅庄:《中国古代邮驿史》(修订版),人民邮电出版社 1999
    年版。

刘师培:《中国中古文学史讲义》,上海古籍出版社 2000 年版。

刘熙载撰,袁津琥校注:《艺概注稿》,中华书局 2009 年版。

刘勰撰,范文澜注:《文心雕龙注》,人民文学出版社 1958 年版。

刘勰撰,李曰刚斠诠:《文心雕龙斠诠》,台北:"国立"编译馆中华
    丛书编审委员会 1960 年版。

刘勰撰,詹瑛义证:《文心雕龙义证》,上海古籍出版社 1988 年版。

刘义庆撰,余嘉锡笺疏:《世说新语笺疏》,中华书局 2007 年版。

刘永济:《十四朝文学要略》,中华书局 2007 年版。

刘永济校释:《文心雕龙校释》,武汉大学出版社 2013 年版。

刘跃进:《秦汉文学编年史》,商务印书馆 2006 年版。

刘跃进：《秦汉文学论丛》，凤凰出版社 2008 年版。

刘知幾撰，浦起龙释：《史通通释》，上海古籍出版社 2009 年版。

楼祖诒：《中国邮驿发达史》，上海书店出版社 1991 年版。

楼祖诒：《中国邮驿史料》，人民邮电出版社 1958 年版。

鲁迅：《汉文学史纲要》，上海古籍出版社 2005 年版。

陆云撰，刘运好校注：《陆士龙文集校注》，凤凰出版社 2010 年版。

逯钦立辑校：《先秦汉魏晋南北朝诗》，中华书局 1983 年版。

吕思勉：《两晋南北朝史》，上海古籍出版社 2005 年版。

吕思勉：《秦汉史》，上海古籍出版社 2005 年版。

罗宗强：《读文心雕龙手记》，生活·读书·新知三联书店 2007 年版。

罗宗强：《魏晋南北朝文学思想史》，中华书局 1996 年版。

罗宗强：《玄学与魏晋士人心态》，天津教育出版社 2005 年版。

莫道才：《骈文通论》（修订版），齐鲁书社 2010 年版。

欧阳询编，汪绍楹点校：《艺文类聚》，上海古籍出版社 1982 年版。

皮锡瑞撰，周予同注：《经学历史》，中华书局 1959 年版。

祁小春：《迈世之风——有关王羲之资料与人物的综合研究》，文物
    出版社 2012 年版。

钱存训：《书于竹帛——中国古代的文字记录》，上海书店出版社 2004
    年版。

钱穆：《国史大纲》，商务印书馆 1996 年版。

钱穆：《秦汉史》，生活·读书·新知三联书店 2004 年版。

钱穆：《中国学术思想史论丛》（一、二、三），安徽教育出版社 2004
    年版。

钱志熙：《魏晋诗歌艺术原论》（修订本），北京大学出版社 2005 年版。

钱志熙：《中国诗歌通史·魏晋南北朝卷》，人民文学出版社 2012
    年版。

钱锺书：《管锥编》，生活·读书·新知三联书店 2007 年版。

任广：《书叙指南》，上海商务印书馆 1937 年版。

任继愈主编：《中国哲学发展史·秦汉卷》，人民出版社 1985 年版。

任继愈主编：《中国哲学发展史·魏晋南北朝卷》，人民出版社 1988

年版。

阮籍撰，陈伯君校注：《阮籍集校注》，中华书局 1987 年版。

尚学锋：《道家思想与汉魏文学》，北京师范大学出版社 2000 年版。

沈约：《宋书》，中华书局 1974 年版。

释宝唱撰，王孺童校注：《比丘尼传校注》，中华书局 2006 年版。

释慧皎撰，汤用彤校注：《高僧传》，中华书局 1992 年版。

释僧佑、道宣：《弘明集·广弘明集》，上海古籍出版社 1991 年版。

释僧佑撰，李小荣校笺：《弘明集校笺》，上海古籍出版社 2013 年版。

司马光：《司马氏书仪》，上海商务印书馆 1936 年版。

司马光：《资治通鉴》，中华书局 1956 年版。

司马迁：《史记》，中华书局 1959 年版。

四库全书研究所整理：《钦定四库全书总目》，中华书局 1997 年版。

孙昌武：《中国佛教文化史》，中华书局 2010 年版。

谭家健：《六朝文章新论》，北京燕山出版社 2002 年版。

汤用彤：《汉魏两晋南北朝佛教史》，北京大学出版社 2011 年版。

汤用彤：《魏晋玄学论稿》（增订版），生活·读书·新知三联书店 2005
　　年版。

唐长孺：《山居存稿续编》，中华书局 2011 年版。

唐长孺：《魏晋南北朝史论丛》，商务印书馆 2010 年版。

唐长孺：《魏晋南北朝史论丛续编·魏晋南北朝史论拾遗》，中华书
　　局 2011 年版。

陶渊明撰，龚斌校笺：《陶渊明集校笺》（修订本），上海古籍出版社
　　2011 年版。

田余庆：《东晋门阀政治》，北京大学出版社 2012 年版。

万绳楠整理：《陈寅恪魏晋南北朝史讲演录》，贵州人民出版社 2011
　　年版。

汪桂海：《汉代官文书制度》，广西教育出版社 1999 年版。

王符曾编：《古文小品咀华》，书目文献出版社 1983 年版。

王国维：《王国维遗书》，上海古籍出版社 1983 年版。

王水照主编：《历代文话》，复旦大学出版社 2007 年版。

王羲之、王献之撰，刘茂辰等笺证：《王羲之王献之全集笺证》，山东文艺出版社1999年版。

王瑶：《中古文学史论》，商务印书馆2011年版。

王运熙、杨明：《魏晋南北朝文学批评史》，上海古籍出版社1996年版。

魏收：《魏书》，中华书局1974年版。

魏徵等撰：《隋书》，中华书局1973年版。

吴承学：《中国古代文体学研究》，人民出版社2011年版。

吴丽娱：《敦煌书仪与礼法》，甘肃教育出版社2013年版。

吴丽娱：《唐礼摭遗——中古书仪研究》，商务印书馆2002年版。

萧统撰，李善注：《文选》，上海古籍出版社1986年版。

萧子显：《南齐书》，中华书局1972年版。

谢朓撰，曹融南校注集说：《谢宣城集校注》，上海古籍出版社1991年版。

熊礼汇：《先唐散文艺术论》，学苑出版社1999年版。

熊礼汇：《中国古代散文艺术史论》，湖北人民出版社2005年版。

徐复观：《两汉思想史》，华东师范大学出版社2001年版。

徐复观：《中国艺术精神》，广西师范大学出版社2007年版。

徐公持：《魏晋文学史》，人民文学出版社1999年版。

徐陵撰，许逸民校笺：《徐陵集校笺》，中华书局2008年版。

许梿选，黎经诰笺注：《六朝文絜笺注》，上海古籍出版社1982年版。

许同莘：《公牍学史》，档案出版社1989年版。

荀悦、袁宏撰，张烈点校：《两汉纪》，中华书局2002年版。

严可均辑：《全上古三代秦汉三国六朝文》，中华书局1958年版。

颜之推撰，王利器集解：《颜氏家训集解》（增补本），中华书局1993年版。

姚汉章、张相纂辑：《古今尺牍大观》，中华书局1933年版。

姚鼐编，吴孟复、蒋立甫主编评注：《古文辞类纂评注》，安徽教育出版社2004年版。

姚振宗：《隋书经籍志考证》，清华大学出版社2014年版。

于光华辑:《重订文选集评》,国家图书馆出版社 2012 年版。

于景祥:《中国骈文通史》,吉林人民出版社 2002 年版。

于迎春:《汉代文人与文学观念的演进》,东方出版社 1997 年版。

于迎春:《秦汉士史》,北京大学出版社 2000 年版。

余祖坤编:《历代文话续编》,凤凰出版集团 2013 年版。

俞绍初辑校:《建安七子集》,中华书局 2005 年版。

庾信撰,倪璠注,许逸民校点:《庾子山集注》,中华书局 1980 年版。

张峰屹:《两汉经学与文学思想》,生活・读书・新知三联书店 2014
　　年版。

张峰屹:《西汉文学思想史》,台北:台湾商务印书馆 2013 年版。

张可礼:《东晋文艺系年》,山东教育出版社 1992 年版。

张可礼:《建安文学论稿》,山东教育出版社 1984 年版。

张溥撰,殷孟伦注:《汉魏六朝百三家集题辞注》,人民文学出版社 1960
　　年版。

张仁青:《中国骈文发展史》,浙江大学出版社 2009 年版。

张彦远:《法书要录》,人民美术出版社 1986 年版。

章学诚撰,叶瑛校注:《文史通义校注》,中华书局 1985 年版。

赵和平:《敦煌表状笺启书仪辑校》,江苏古籍出版社 1997 年版。

赵和平:《敦煌写本书仪研究》,台北:新文丰出版公司 1993 年版。

赵树功:《中国尺牍文学史》,河北人民出版社 1999 年版。

赵翼撰,王树民校正:《廿二史札记校正》,中华书局 1984 年版。

郑逸梅:《尺牍丛话》,上海古籍出版社 1985 年版。

钟涛:《六朝骈文形式及其文化意蕴》,东方出版社 1997 年版。

周亮工编纂:《尺牍新钞》,上海杂志公司 1935 年版。

周一良:《魏晋南北朝史论集》,中华书局 1963 年版。

周一良:《魏晋南北朝史论集续编》,北京大学出版社 1991 年版。

周一良、赵和平:《唐五代书仪研究》,中国社会科学出版社 1995
　　年版。

朱世英等撰:《中国散文学通论》,安徽教育出版社 1995 年版。

彭励志:《尺牍书法:从形制到艺术》,博士学位论文,吉林大学,

2006 年。

徐月芳：《魏晋南北朝书牍研究》，博士学位论文，（台北）中国文化大学中国文学研究所，2007 年。

杨芬：《出土秦汉书信汇校集注》，博士学位论文，武汉大学，2010 年。

# 后　记

　　博士学位论文写到"致谢"，有一种"终于等到你，还好我没放弃"的感觉。而立之年一过，每每觉得时间如穿梭的高铁，倏忽而去，而读博的三年，时间仿佛又乘上了超级高铁，眨眼已逝。博士三年，有着太多的美好回忆，有着太多的人生转变，也有着太多的辛酸，更有着说不尽的感激之情。

　　记得初入南开园，开学典礼大家一起学唱校歌时，我曾因能够重返校园而热泪盈眶。追忆当初，我的求学之路颇为曲折和艰辛，幸有师友的指导和家人的支持，我才能不断前行。在内心深处，埋藏着我深深的感激之情。

　　首先要感谢的自然是我的导师张峰屹先生。先生不弃愚顽，将彷徨无依的我收入门墙，循循善诱。先生修改我的论文，标点、字词、语句、篇章，细细斟酌，详加改正，对待学术的严谨，使初叩学术之门的我不禁赧颜。如我有任何的成绩，皆是先生教导鞭策之功。先生为人平易近人、和蔼可亲、风趣幽默，又极为善解人意，整个师门大家庭关系融洽，其乐融融。最让我佩服的是先生总能睿智而理性地看到问题的实质，三言两语切中要害。先生的人格魅力与学术素养，是我一生学习的榜样。

　　其次要感谢的是改变我人生的"四王"。四王是指我的三位老师王琳教授、王勇教授、王红旗教授还有我的妻子王海静。王琳教授是我的硕士导师，恩师乃古之谦谦君子，"望之俨然，即之也温，听其言也厉"。视学术为生命，一丝不苟；待学生如家人，和蔼可亲。毕业后每次登门拜访，恩师总是站在门口迎候，嘘寒问暖，为我们高兴，替我们担忧，是恩师，亦是慈父。王勇老师和王红旗老师虽不是我的业师，却是古道热肠，乐于提携后辈，其中恩情，怎能不铭记终生？另外，还有与我朝夕相处的发妻王海静。海静是济宁人，有着圣人之乡熏陶下的贤良淑德。多年以来，我以异常自私的执着在求学，她始终是顶着巨大的压力在默默地支持我，不离不弃。这是上苍对我的眷顾，往事不可追，我只有在今后的平淡生活中努力弥补。

再次要感谢南开大学古代文学教研室的赵季老师、陶慕宁老师、张培锋老师、宁稼雨老师以及中国社会科学院文学研究所的刘跃进老师，他们在开题和预答辩时对我的论文都提出了宝贵的意见，这份情意不能忘记。

最后要感谢我的朋友们。我虽愚顽，幸有不少朋友陪伴。志强师兄、学良师兄、晨光师姐、清仙师姐、米臻师弟、文翔兄、双梅姐、崔洁、王玮、刘畅、唐萌、海涛、开林等，他们都是亦师亦友的好伙伴，也是学术之路上的同行者，有他们的帮助、提携和陪伴，我相信学术之路不会寂寞。

写下这段文字，为三年的博士生活画上圆满的句号，但是师友情谊不会因此而结束。怀揣着感恩之心，开始另一段新的征程，就让这些美好的回忆植根于我的脑海深处，随着我的血液流淌，给我温暖，给我欢乐。

刘银清

2016 年 4 月于南开大学西区公寓

【又记】本书是在博士学位论文的基础上稍作修订而成的。2016年博士毕业后，我随即进入山东师范大学文学院工作，三年博士时光充实而短暂，我深知博士学位论文中有不少问题并未真正解决，顺利通过答辩后，本想尽最大努力补充修改，怎奈琐事缠身，终致岁月蹉跎，只得满怀愧疚地交上这份"答卷"，算是对自己学术之路的一次记录。恩师张峰屹先生、王琳先生不弃愚顽，为本书赐序，感激之情铭于五内，若能不损两位恩师学界清誉，已是万幸矣。本书的出版得到山东师范大学文学院领导的关怀和厚爱，获山东师范大学中国语言文学山东省高水平学科·优势特色学科建设经费资助。本书责任编辑王小溪博士为本书的出版付出良多，精益求精的态度令人敬佩。在此一并致以诚挚的谢意。

刘银清

2021 年 12 月于泉城济南寓所